BASTEI
LÜBBE

Hedwig Courths-Mahler

Ich kann's dir nimmer sagen

Ich lasse dich nicht

Diana

BASTEI LÜBBE

BASTEI-LÜBBE-TASCHENBUCH
Band 12727

Einbandgestaltung: Roland Winkler
Titelfoto: Bastei-Eigenproduktion
Satz: hanseatenSatz-bremen, Bremen
Druck und Verarbeitung: Elsnerdruck, Berlin
Printed in Germany April 1998
ISBN 3-404-12727-7

Der Preis dieses Bandes versteht sich einschließlich
der gesetzlichen Mehrwertsteuer.

Hedwig Courths-Mahler

Ich kann's dir nimmer sagen

BASTEI
LÜBBE

1

WENN ICH DICH nicht störe, Papa, will ich gern bei dir bleiben.«

»Mich stören? Ach, liebe Rena, ich bin stets froh, wenn ich jemanden bei mir habe. Dagmar ist ja leider immer beschäftigt. Zumal, seit sie verlobt ist, hat sie nie mehr Zeit für mich.«

Ein mitleidiger Blick aus Renatas Augen huschte zu dem Kranken hinüber. Sie wußte, daß Dagmar, ihre Stiefschwester, sich wenig genug um den Vater kümmerte, trotzdem sie seine leibliche Tochter war und es ihre Pflicht wäre, ihm jede freie Minute zu widmen. Aber Renata sprach das nicht aus. Fürsorglich und erbarmend neigte sie sich über den Stiefvater und glättete ihm die Kissen.

»Es tut Dagmar sehr leid, lieber Papa, daß sie sich dir nicht mehr widmen kann, aber du weißt ja, wie anspruchsvoll ihr Verlobter ist, und wieviel sie mit der Besorgung ihrer Aussteuer zu tun hat. Sie weiß ja auch, daß ich bei dir bin«, entschuldigte sie die Stiefschwester.

Der alte Herr seufzte ein wenig. Seine Augen blickten mit einem matten Lächeln zu Rena empor, und er streichelte leise ihre Hand, die sich für ihn mühte.

»Ich weiß schon, du läßt nichts auf Dagmar kommen, suchst sie sogar immer zu entschuldigen. Du bist ein gutes, liebes Kind, Rena, und läßt es mich nicht fühlen, daß ich nur dein Stiefvater bin.«

»Wie sollte ich auch, Papa, du hast mich doch auch nie fühlen lassen, daß ich deine Stieftochter bin. Du hast mir in liebevoller Weise eine Heimat in deinem Hause gegeben, als du meine Mutter in zweiter Ehe geheiratet hast. Nie hast du mich fühlen lassen, daß ich kein Recht hatte auf diese Heimat.«

»Was sprichst du für Torheiten, Rena? Kein Recht? Du gehörtest doch dahin, wo deine liebe Mutter hingehörte, und – die gehörte in mein Haus und in mein Herz. Ich habe sie sehr geliebt, sehr! Sie war die einzige Frau, der ich mein ganzes Herz schenken konnte. Denn Dagmars Mutter habe ich nie geliebt – das weiß auch Dagmar –, und wenn sie dir gegenüber immer ein wenig kalt und lieblos erscheint, so muß ich das mit einer gewissen Eifersucht entschuldigen. Sie gönnte auch deiner Mutter meine Liebe nicht. Glaubt sie doch, allein Anspruch auf diese Liebe zu haben.«

»Das ist ja auch der Fall, Papa, und deshalb trage ich es Dagmar nicht nach, wenn sie nicht liebevoll und herzlich zu mir sein kann.«

Wieder seufzte der Kranke auf.

»Das kann sie leider zu niemand sein, auch zu mir nicht. Doch was hilft es, daß ich mich darüber gräme, sie muß so genommen werden, wie sie ist. Aber ich freue mich um so mehr, daß du mir so viel kindliche Liebe und Herzlichkeit entgegenbringst, kleine Rena. Das tut meinem einsamen Herzen wohl. Was Dagmar an Gefühlen aufbringen kann, gehört ihrem Verlobten. Sehr reich wird auch dieser nicht damit bedacht werden, aber mir scheint, als sei ihm das gerade recht, er bringt Dagmar sicherlich auch keine wärmeren Gefühle entgegen. Die beiden werden eine ganz moderne Ehe führen, die auf die nüchternste Sachlichkeit eingestellt ist. Man muß sich damit abfinden, da sie beide anscheinend sehr zufrieden damit sind.«

Renata sah wie träumend vor sich hin, während sie sich neben dem Bett des Stiefvaters niederließ.

»Ich möchte aber um keinen Preis eine solche Ehe eingehen!«

Ein schwaches Lächeln umspielte den Mund Georg Persicks, und er streichelte ihre Hand.

»Nein, Kind, für dich wäre das nichts. Du hast ein weiches, warmes Herz wie deine unvergeßliche Mutter. Du würdest in einer solchen Ehe todunglücklich werden. Doch da du nie eine solche eingehen wirst, brauche ich mich darum nicht zu sorgen. Aber da wir jetzt gerade ganz ungestört sind, weil Dagmar vor Abend nicht heimkommen wird, möchte ich etwas mit dir besprechen, was mir schon lange auf dem Herzen liegt. Nimm meinen Schreibtischschlüssel und hole mir bitte die große mittelste Schublade herüber. Ich möchte allerlei ordnen, für den Fall, daß ich einmal schnell abberufen werde.«

Sie sah ihn erschrocken an.

»Lieber Papa, o bitte, sprich nicht davon.«

Es zuckte um seinen Mund. Er fühlte es, daß seine Zeit bald abgelaufen war, wenn der Arzt ihm das auch nicht ganz klar und deutlich gesagt hatte. Bei seinem Leiden, das wußte er, gab es eines Tages ein schnelles Ende. Die Krankheit, die ihn jetzt niedergeworfen hatte, war eine ernste Mahnung, sich auf alles gefaßt zu machen. Wohl war er noch einmal davongekommen, aber ein neuer Anfall konnte das Ende herbeiführen. Und – er wollte Renata nicht ganz hilflos zurücklassen. Um seine Tochter Dagmar brauchte er sich nicht zu sorgen. Die war die reiche Erbin ihrer verstorbenen Mutter, seiner ersten Frau. In deren Testament stand die Bestimmung, daß er selbst die Nutznießung von einem Drittel aller Einkünfte aus ihrem Vermögen beziehen sollte, bis zu seinem Lebensende. Alles andere fiel als Erbe an seine Tochter Dagmar. Nach seinem Tode fiel auch die Nutznießung des Drittels, das er bei Lebzeiten bezog, an diese zurück, so daß sie dann unumschränkte Erbin des gesamten Vermögens ihrer Mutter wurde.

Georg Persick hatte auch bis zu seinem Tode das Recht, die Hälfte der Räume in der Villa Anna, dies war der Name seiner verstorbenen ersten Frau, zu bewohnen, während die andere Hälfte für Dagmar bestimmt worden war. Dagmar war schon beim Tode ihrer Mutter ein sehr eigenwilliges Kind gewesen, und da ihr bekannt war, daß sie eine reiche Erbin war, wurde sie sehr selbstbewußt und hochmütig. Je älter sie wurde, desto schlimmer wurde das. Als ihr Vater zwei Jahre nach dem Tode ihrer Mutter sich zum zweiten Male verheiratete, war sie außer sich, daß dieser ihr eine Stiefmutter ins Haus brachte. Sie sah in der Stiefmutter und deren Töchterchen aus erster Ehe unberechtigte Eindringlinge und stellte sich dementsprechend zu ihnen.

Ihrem Vater verzieh sie es niemals, daß er zum zweiten Male heiratete, und es gelang ihrer Stiefmutter nie, sich Dagmars

Herz zu erobern, trotzdem diese kluge, gütige und großmütige Frau alles tat, was in ihrer Macht stand, um sich der Stieftochter Zuneigung zu erringen.

Dagmar bewahrte eine reservierte formelle Haltung der Stiefmutter gegenüber, und auch ihr Verhältnis zu dem Vater wurde immer kühler und zurückhaltender. Am feindlichsten aber begegnete sie Renata, ihrer Stiefschwester. Wohl war sie eine reiche Erbin und Renata nur ein armes Mädchen, da ihre Mutter nach dem Tode ihres Vaters in sehr einfachen Verhältnissen zurückgeblieben war, aber Renata war sonst von der Natur mit allen Gaben bedacht worden, die sie Dagmar vorenthalten hatte. Während Renata aber Dagmar neidlos ihren Reichtum gönnte, mißgönnte Dagmar dieser das schöne Äußere, ihre hervorragenden Geistesgaben, ihren angeborenen Charme und ihre sonstigen Gaben. Trotzdem Renata ihre Mutter unterstützte, Dagmars Zuneigung zu gewinnen, blieb diese kalt und feindlich gegen die beiden »Eindringlinge«, wie sie Mutter und Tochter nannte.

Nach dem vor zwei Jahren erfolgten Tod von Renatas Mutter hatte Dagmar, wie von einer schweren Last befreit, aufgeatmet. In ihrem Verhalten der Stiefschwester gegenüber änderte sich nichts; sie zeigte ihr wie dem Vater nur kalte Zurückhaltung.

Renata wußte sehr wohl, daß die Stiefschwester ihr nicht wohlgesinnt sei, wenn sie auch bei ihrem weichen, gütigen Wesen nicht begreifen konnte, weshalb sie von ihr gehaßt wurde. Renata tat auch jetzt noch alles, was in ihrer Macht lag, um Dagmar keine Veranlassung zu geben zu Feindseligkeiten und Reibereien. So lag es wirklich oft nur an ihrem taktvollen Verhalten, wenn es nicht zu offenen Zwistigkeiten zwischen den Stiefschwestern kam.

Das Leben in »Villa Anna« war den Verhältnissen des Hauses entsprechend ein Leben in großem Stil. Georg Persick beglich alle Kosten des Haushaltes von dem ihm zustehenden Zinsgenuß, und Dagmars Einkünfte wurden nicht von ihm angegriffen. Er verwaltete ihr Vermögen nach bestem Ermessen und kümmerte sich um alle Geschäfte, die mit dem Erbe seiner ersten Frau zusammenhingen. Damit hatte er reichlich zu tun. Er fühlte sich aber dazu verpflichtet und verzichtete auf eine Stellung oder auf einen Beruf, weil er dann das Vermögen seiner Tochter nicht hätte so verwalten können, wie es nötig war. Dagmar sah das alles als selbstverständlich an, denn sie meinte bei sich, der Vater sei von ihrer Mutter reichlich für seine Mühewaltung bezahlt worden durch die Nutznießung des Drittels ihres Erbes.

Georg Persick konnte von dem, was ihm persönlich verblieb, keine großen Ersparnisse machen, zumal gerade Dagmar sehr anspruchsvoll war, und es für ihr gutes Recht hielt, daß sie den Anteil des Vaters reichlich für sich in Anspruch nahm. Sonst wäre das alles doch nur der verhaßten Stiefmutter und Stiefschwester zugute gekommen. Mehr und mehr richtete sich Dagmar dabei ihr Leben nach ihrem eigenen Geschmack ein und wurde immer anspruchsvoller, aber auch immer unliebenswürdiger.

Vor zwei Jahren hatten sich bei Georg Persick die ersten Zeichen eines Leidens eingestellt, das ihn zum erstenmal an den Tod denken ließ. Und da hatte er bedacht, was aus seiner Frau und ihrer Tochter Renata werden solle, wenn er abberufen würde. Sein augenblickliches Einkommen würde an Dagmar fallen und seine Frau dann auf deren Gnade angewiesen sein. Dieser Gedanke erfüllte ihn mit Schrecken. Und er begann von diesem Tage an zu sparen. Es half nichts, er mußte Dagmar klarmachen, daß ihre immer größer werdenden Ansprüche in Zukunft von ihrem eigenen Vermögen zu bestreiten seien. Sie war ja reich genug, und daß er bisher alles für sie bezahlt hatte, war nur sein freier Wille gewesen.

Es wurde ihm nicht leicht, dies alles mit Dagmar zu besprechen. Jedoch es half nichts, es mußte geschehen.

»Du mußt bedenken, Dagmar«, hub er eines Tages an, »wenn ich sterben sollte, steht meine Frau völlig mittellos da. Der größte Teil meiner Einkünfte ist bisher draufgegangen, um alle deine Wünsche zu erfüllen, und ich habe nichts zurücklegen können. Ich habe nicht daran gedacht, daß ich eines Tages sterben könne und meine Frau dann mittellos zurücklassen müßte.«.

Dagmar hatte gleichgültig mit den Schultern gezuckt.

»Das hättest du eben bedenken müssen, Papa, ehe du dich zum zweiten Mal verheiratetest.«

Er hatte sie mit großen Augen angesehen. Hatte er noch eine Hoffnung gehabt, daß sie sagen würde: »Selbstverständlich werden deine Frau und deine Tochter immer eine Heimat in diesem Hause haben, und sie werden immer vor Sorge geschützt sein«, so sah er nun ein, daß dies nie geschehen würde. Das schmerzte ihn, wie ihn Dagmars kühles, abweisendes Wesen stets geschmerzt hatte. Groß war ihre Liebe zu ihm nie gewesen, aber seit seiner Wiederverheiratung war ihr Herz anscheinend ganz verhärtet. Aber er zeigte ihr nicht, wie sehr sie ihn getroffen hatte, sondern erwiderte nur:

»Ich dachte leider nicht daran, daß ich mit einem frühzeitigen Ende zu rechnen haben würde. Heute bin ich dazu gezwungen, und deshalb muß von Stund an alles, was du gebrauchst, aus deinem Vermögen und deinen Einkünften bestritten werden. Alles, was ich dadurch sparen kann, muß ich für meine Frau zurücklegen. Es war ja auch von deiner lieben Mutter so gedacht, daß das mir vermachte Drittel der Einkünfte ihres Vermögens für mich allein verwendet werden sollte, während die Kosten für deine Bedürfnisse aus deinen Einkünften gedeckt werden sollten.«

»Nun ja, das weiß ich, aber du hast dich doch freiwillig erboten, meinen Unterhalt mit von deinen Einkünften zu bestreiten.«

»Ja, gewiß solange ich es konnte, habe ich es auch gern getan. Nun muß ich an meine Frau denken, und das wirst du begreifen.«

Es hatte um Dagmars Lippen gezuckt, und sie hatte den Kopf zurückgeworfen.

»Nun gut, ich begreife das, und du wirst eben in Zukunft alles, was ich brauche, von meinem Geld bezahlen.«

Damit war diese Unterredung beendet gewesen. Dagmar hatte nicht, wie er gehofft hatte, gesagt: »Da du bisher alles für mich bezahlt hast, gilt es mir als Selbstverständlichkeit, daß ich, im Falle dir etwas zustoßen sollte, für deine Frau und Renata sorgen werde. Du brauchst dich also nicht wegen der Zukunft zu beunruhigen.«

Seither hatte Georg Persick alles, was er erübrigen konnte, gespart. Der Sorge um seine Frau wurde er jedoch nur zu bald enthoben, denn sie starb ganz plötzlich an einer schweren Grippe.

Seine Sorge galt danach nur noch Renata. Er hoffte allerdings, daß Dagmar sie nach seinem Tode nicht aus dem Hause weisen würde, zumal nicht, da die Stiefmutter nicht mehr am Leben war. Denn er meinte, Dagmars Hauptgroll habe nur dieser gegolten. Aber immerhin suchte er auch jetzt jede unnötige Ausgabe zu vermeiden, um für Renata einen Notgroschen zurücklegen zu können, damit sie nicht ganz auf Dagmars Gnade angewiesen wäre.

In diesen beiden letzten Jahren hatte er nicht mehr als zehntausend Mark sparen können und sagte sich, viel mehr würde es kaum noch werden, denn er ahnte, daß er nur noch eine kurze Spanne Zeit vor sich hatte. Es galt aber, diese kleine Summe für Renata so anzulegen, daß sie ihr allein gehören würde, wenn er starb, und daß Dagmar ihr diese nicht streitig machen konnte. Denn inzwischen hatte sich Dagmar mit einem jungen Rechtsanwalt verlobt, der ganz gewiß in erster Linie an Dagmars großes Vermögen gedacht hatte, und der sicherlich auch nur für sie sorgen würde.

Über alles das gedachte er heute mit Rena zu sprechen, denn er wußte, heute bliebe er ungestört. Dagmar machte mit ihrem Verlobten einen Besuch bei dessen Eltern, die in einer kleinen, unweit von Berlin gelegenen Provinzstadt lebten.

Sie waren in einem vor kurzem von Dagmar gekauften Auto fortgefahren und wurden erst am späten Abend zurückerwartet

Renate hatte die Schublade aus dem Schreibtisch herübergeholt und auf ein Tischchen neben dem Bett ihres Stiefvaters gestellt.

In dieser Schublade lagen nebeneinander, zu kleinen Bündeln geordnet, allerlei Briefschaften, einige Geschäftsbücher und dergleichen mehr.

»So, Rena, nun setze dich zu mir und reiche mir eines dieser Päckchen nach dem andern zu, damit ich sie durchlesen und bestimmen kann, was vernichtet werden kann, und was aufbewahrt werden muß. Aber zuerst gib mir das schmale, schwarze Buch herüber, das den Aufdruck ›Deutsche Bank‹ trägt.«

Renata hatte sich neben das Tischchen an das Lager ihres Stiefvaters gesetzt, nachdem sie ihm die Kissen etwas höher gerichtet hatte, so daß er aufrecht im Bett sitzen konnte. Sie reichte ihm das bezeichnete Buch. Es war ein Kontobuch, auf ihren Namen ausgestellt.

»Dies, meine liebe Rena, ist ein Kontobuch der Deutschen Bank, darin habe ich alle Beträge eintragen lassen, die ich in den letzten Jahren sparen konnte. Sie sind für dich bestimmt.«

Renatas Gesicht wechselte jäh die Farbe.

»Für mich? Aber lieber Papa!« rief sie fast erschrocken.

»Ja, mein Kind, leider ist es nicht viel, denn ich habe erst in den letzten Jahren Rücklagen machen können. Dies wenige aber soll nach meinem Tod dir gehören, denn Dagmar ist so reich, daß sie dieser kleinen Summe, die eine Bagatelle für sie wäre, nicht bedarf. Ich hoffe ja, daß du, bis du dich eines Tages verheiraten wirst, eine Heimat in diesem Hause behalten mögest. Dagmar wird ihre Schwester nicht von ihrer Schwelle weisen, aber du sollst nicht gezwungen sein, sie um jeden Pfennig zu bitten, den du brauchen wirst, weil ich weiß, daß . . . nun ja, daß sie dir das bei ihrem Charakter nicht leicht machen würde.«

Renatas Lippen hatten sich fest aufeinandergepreßt. Sie kannte Dagmar noch besser als ihr Vater, und sie zweifelte nicht daran, daß ihres Bleibens in diesem Hause nicht länger sein würde, sobald der Stiefvater die Augen geschlossen haben würde. Vielleicht, daß Dagmar ihre Feindseligkeit nicht soweit trieb, ihre Tür vor ihr zu verschließen, aber sie würde ihr das Leben noch viel schwerer machen als bisher, und es dahin zu bringen versuchen, daß sie von selbst gehen würde. Darüber gab Renata sich keinen Täuschungen hin, aber weil sie wußte, wie lieb der Stiefvater sie hatte und wie sehr er sich um sie sorgte, verriet sie ihm nichts von ihren Gedanken. Solange er am Leben war, konnte ihr in seiner Hut nichts geschehen, starb er aber, dann erfuhr er ja nicht mehr, wie sich die Dinge entwickelten, und es würde ihm nicht mehr weh tun, wenn man sie heimatlos machte. Etwas unsicher sah sie ihn nun an.

»Deine Sorge um mich ist rührend, lieber Papa, aber – ich weiß doch nicht, ob ich das annehmen kann. Dagmar ist deine Tochter und wirklich allein berechtigt, dich zu beerben, wenn, was Gott noch recht lange verhüten möge, du uns genommen wirst.«

Der Kranke erregte sich.

»Du mußt es annehmen, Rena, wenn du mich nicht sehr betrüben willst. Es ist leider nur sehr wenig, was ich für dich über meinen Tod hinaus tun kann. Sieh hier, da ist die Endsumme des Kontos, das ich für dich angelegt habe, und auf das ich all meine Spargroschen eingezahlt habe und vor meinem Tode noch einzahlen werde. Mit Zinsen beträgt die Einzahlung elftausendsechshundert Mark bis jetzt. In Papieren wollte ich das Geld nicht anlegen, für den Fall, daß du das Geld einmal plötzlich brauchst. Es soll dir immer zur Verfügung stehen, ohne daß dir jemand hineinreden kann und darf. Du weißt, Dagmars Verlobter, Doktor Hartung, ist ein sehr spitzfindiger Rechtsanwalt, und falls das Geld einen Teil meines Nachlasses ausmachen würde, würde er es für Dagmar mit Beschlag belegen. Deshalb schenke ich es dir bei Lebzeiten, alle diese eingezahlten Beträge sind Schenkungen an dich, meine Stieftochter, und du nimmst jetzt schon dieses Buch an dich, und was ich dir jetzt noch geben kann, zahlst du selbst bei der Bank ein. So ist dies Geld unstreitig dein Eigentum und du kannst ganz frei darüber verfügen. Verwahre das Buch gut. Es ist nicht nötig, daß Dagmar oder ihr Verlobter darum wissen, du weißt, es würde nur neue Feindseligkeiten für dich im Gefolge haben, und das wollen wir beide vermeiden.«

Renata beugte sich auf seine Hand und küßte sie.

»Du bist so gut und so liebevoll besorgt um mich, lieber Papa, ich weiß auch, es würde dich nur beunruhigen, wenn ich dies großmütige Geschenk nicht annehmen würde. So will ich nicht weiter dagegen reden, zumal ich weiß, daß dieser Betrag, der für mich ein kleines Vermögen bedeutet, für Dagmar kaum in die Waagschale fallen würde. Du kannst dir denken, daß ich zuweilen schon an meine Zukunft gedacht habe, und wärest du nicht kränklich gewesen seit meiner Mutter Tod, hätte ich das alles schon gern einmal mit dir besprochen. Durch deine Güte habe ich viel lernen können, meine Erziehung ist in jeder Beziehung abgeschlossen, und ich bin froh, daß ich zur Not jederzeit auf eigenen Füßen stehen könnte, auch dann, wenn ich dies Haus eines Tages verlassen müßte, was ja immerhin in Erwägung zu ziehen ist.« Um den Kranken nicht aufzuregen, verschwieg Renata ihm, daß sie bestimmt wußte, daß dieser Fall eintreten würde. »Durch deine Güte und Fürsorge bin ich nunmehr in der Lage, mir in Ruhe irgendeine Existenz gründen zu können, wenn die Notwendigkeit einmal an mich herantreten sollte, und dafür danke ich dir von ganzem Herzen.«

Er strich über ihr schönes, goldbraunes Haar und ließ seine Hand auf ihrem Kopf ruhen.

»Daß du selbst einen solchen Fall ins Auge faßt und ruhig darüber sprichst, ist mir eine große Beruhigung, meine Rena. Wie gesagt, bei Dagmars Charakter kann und muß man auf alles gefaßt sein, wenn ich auch nicht annehme, daß sie dich heimatlos machen würde. Immerhin ist es gut, wenn man auch den schlimmsten Fall ins Auge faßt. Und ich will ganz ruhig darüber sein, deine Kenntnisse und Fähigkeiten, sowie deine Klugheit und Energie geben mir eine gewisse Garantie, daß du selbst für dich einstehen kannst, wenn es nötig ist. Dieser kleine Notgroschen wird dir eine gewisse Basis geben. Du bist jetzt ebenfalls einundzwanzig Jahre alt und brauchst, wenn ich abberufen werde, keinen Vormund mehr. Auch das ist mir eine Beruhigung. So, nun nimm dies Buch und bringe es zunächst in deinem Zimmer in Sicherheit. Dann komme wieder zu mir und hilf mir weiter, allerlei zu regeln.«

»Willst du nicht erst ein wenig ruhen, damit du dich nicht zu sehr anstrengst?«

Er schüttelte den Kopf.

»Nein, nein, ich will diese Stunden nützen, in denen wir allein sind und ich schmerzfrei bin; ich habe keine Ruhe, solange alles dies nicht erledigt ist. Es gibt hier manches, was ich nicht in lieblose Hände fallen lassen möchte, und mein Schwiegersohn wird, darüber bin ich sicher, jedes Fäserchen meines Nachlasses kritisch durchforschen«, sagte er bitter.

Renata nahm das Buch und trug es in ihr Zimmer. Hier blieb sie eine Weile stehen, das Buch auf das Herz gepreßt. Sie fühlte sich durch diese Schenkung von einer schweren Sorge befreit, denn sie wußte nur zu gut, daß sie auf diesen Notgroschen angewiesen sein würde, sobald der Stiefvater die Augen schloß, denn sie war zu stolz, das Gnadenbrot in dem Hause ihrer Stiefschwester zu essen, das sehr bitter sein würde.

Sorgsam barg sie das Buch in ihrem Wäscheschrank zwischen den zierlich geordneten Wäschebündeln. Dann ging sie zu ihrem Stiefvater zurück.

Sie reichte ihm erst noch einmal seine schmerzstillende Medizin und machte eine Orange zurecht, damit er zuweilen ein Stück davon nehmen könnte. Dann gab sie ihm nach seiner Weisung eines der Briefbündel nach dem andern. Das erste enthielt Briefe ihrer Mutter. Die legte er beiseite.

»Ich wollte sie verbrennen, Renata, damit sie nicht in fremde Hände fallen, aber es wird mir zu schwer, sie zu vernichten, ehe ich selbst der Vernichtung anheimfalle. Versprich mir, diese Briefe zu verbrennen, sobald ich meine Augen für immer geschlossen habe. Nimm sie an dich, ich weiß, du wirst keinen Blick hineintun, sie sind nur für mich bestimmt gewesen.«

»Das verspreche ich dir, Papa, sie sollen mir heilig sein; in deiner Sterbestunde – o mein Gott, möge sie noch in weiter Ferne liegen – werde ich diese Briefe verbrennen, dessen sei gewiß.«

»Ich bin es, mein liebes Kind. Und nun reiche mir dies kleine Bündel mit dem schwarzen Bändchen herüber. Das sind Briefe und kleine Andenken an einen lieben, teuren Freund, der mir leider sehr früh genommen wurde.«

Er löste das Band und blätterte in den Papieren. Dabei fiel eine Fotografie heraus, die schon etwas vergilbt war. Er reichte sie Renata hin.

Die Fotografie stellte ein junges Paar dar, in einer Mode, die vielleicht um zwanzig Jahre zurücklag.

»Sieh dir diese beiden Menschen an, Rena, dieses Foto ist kurz nach ihrer Verlobung aufgenommen worden. Es ist mein Freund Ernst von Rahneck mit seiner Braut Maria Lossen. Sie war die Tochter eines Professors an der landwirtschaftlichen Hochschule, die wir beide besuchten, und dessen Kollegien wir hörten. Dadurch wurden wir in sein Haus eingeführt. Maria Lossen war, wie du siehst, ein wunderschönes Mädchen, und mein Freund verliebte sich auf den ersten Blick in sie und wurde wohl ebenso schnell wiedergeliebt. Er war auch der liebenswerteste, charmanteste Mensch, der mir je im Leben begegnet ist. Das Leben im Hause des Professors war das harmonischste, das man sich denken kann, wir haben in diesem Hause herrliche Stunden verlebt. Diese drei Menschen, Vater, Mutter und Tochter, strahlten eine so bezaubernde Lebensfrische aus, eine so gesunde, liebevolle Behaglichkeit, daß wir beiden jungen Leute uns sehr bald bei ihnen heimisch fühlten. Die Frau des Professors bemutterte uns ein wenig in ihrer fraulichen Güte, der Professor unterhielt sich gern mit uns, und seine blonde Tochter lachte und scherzte mit uns, neckte sich mit mir und strahlte Ernst von Rahneck mit ihren lieben hellen Augen an, daß es zu begreifen war, wie schnell er von ihr bezaubert war. Ich war gegen diesen Zauber nur darum gefeit, weil ich schnell merkte, wie es um die beiden stand. Innerhalb eines Vierteljahres waren sie verlobt, und gleich nach der Beendigung seiner Studien sollte die Hochzeit stattfinden. Ernst von Rahneck lebte in den besten Vermögensumständen; er war der Erbe seines kürzlich verstorbenen Vaters, Besitzer eines wertvollen Gutes in der Rheingegend, das damals ein Administrator verwaltete, der auch im Amt blieb, als Ernst von Rahneck sein Studium beendet hatte. Das Gut war so groß, daß Ernst sehr wohl noch eine tüchtige Stütze gebrauchen konnte, und der alte Administrator war schon lange im Amt und auf seine Treue und Tüchtigkeit erprobt.

Ich war damals oft mit auf Schloß Rahneck, wie das Herrenhaus hieß; es war ein wundervoller alter Bau, in dem ich es mir gern wohl sein ließ.

Das Glück meines Freundes und seiner jungen Frau war wohl zu groß gewesen – es sollte leider ein schnelles und furchtbares Ende finden.«

Renata hatte während dieser Erzählung voll Interesse auf das Bild der beiden schönen und glückstrahlenden Menschen gesehen. Nun hob sie den Blick

»Wie geschah das, Papa?«

Er hatte sinnend vor sich hingesehen. Jetzt seufzte er aus tiefer Brust.

»Ich will es dir erzählen, Rena, es wird dich anmuten wie ein Roman mit einem katastrophalen Ausgang. Also, über zwei Jahre waren Ernst und seine Frau verheiratet und waren nur füreinander da, ganz wie in den Flitterwochen. Frau Maria von Rahneck hatte ihrem Gatten ein Töchterchen geschenkt, was ihr Glück noch erhöht hatte. Ich war oft, auch nach Ernsts Verheiratung, als Gast in Rahneck, und das jubelnde Glück dieser beiden Menschen machte auch mir das Herz froh. Ich spielte mit der kleinen Garda – das Töchterchen hieß Irmgard und wurde Garda gerufen –, und wir tollten oft im glücklichen Übermut in dem wunderschönen, alten Park herum. Klein Garda krähte vergnügt dazwischen. So war ich auch gerade in Rahneck anwesend, als eine furchtbare Katastrophe das leuchtende Glück vernichtete und mich dieser geliebten Freunde beraubte. Ich habe es lange nicht verwinden können.«

Er schwieg wieder eine Weile, und Rena sah ihn erwartungsvoll an.

»Strengt dich das alles nicht zu sehr an, Papa?«

»Nein, nein, laß nur – es erleichtert mich, wieder einmal davon sprechen zu können. Und es ist seltsam, Rena, wenn ich daran denke, daß mir deine liebe Mutter voranging und diese beiden Menschen, dann ist mir, als müsse ich mich auf mein Ende freuen; ich werde wieder gläubig bei dem Gedanken, daß sie mir vorangegangen sind, um mich im Jenseits zu erwarten. Also höre weiter. Wir hatten mit der kleinen Garda gespielt, hatten sie abwechselnd im Park herumgetragen, mit ihr gescherzt und gelacht. Nun lag sie mit ihrer Milchflasche in ihrem Bettchen, und wir gingen in die Bibliothek, in der wir uns gern aufhielten, weil es ein herrlich harmonischer und schöner Raum war. Neben dieser Bibliothek lag ein ebenso großer Raum, in dem eine große Waffensammlung untergebracht war. Wir sprachen davon, daß wir am andern Tage einen Rehbock schießen wollten, und Frau Maria schmollte ein wenig in ihrer bezaubernden Art, weil wir sie dann den ganzen Vormittag über allein lassen würden.

›Nehmt mich doch mit auf die Jagd‹, bettelte sie.

Wir wollten davon zunächst nichts wissen, aber sie bettelte weiter. Ihr Gatte konnte schließlich nicht widerstehen. Scherzend und lachend erhoben sich die beiden und gingen hinüber in den Waffensaal. Ich blieb in der Bibliothek sitzen, über ein altes Historienbuch gebeugt, das mich fesselte. Nebenan hörte ich das junge Paar lachen und scherzen und freute mich seiner harmlosen Heiterkeit.

Ich entnahm aus dem Gespräch, daß Ernst seiner Frau verschiedene Waffen zeigte und ihr deren Gebrauch erklärte.

Als ich einen Blick hinüberwarf, sah ich von meinem Platz aus, daß Ernst einige Revolver und Pistolen auf eine Tafel gelegt hatte. Er hatte dann ein Gewehr erfaßt und hantierte damit, während Frau Maria spielerisch einen Browning in die Hand nahm und darauf niedersah. Gerade wollte ich ihr zurufen, sie möge die Waffe hinlegen, da sie geladen sei, als ein Schuß krachte. Frau Maria hatte in ihrem Unbedacht den Browning entsichert und den Drücker berührt, während mein Freund das Gewehr nachsah. Als der Schuß krachte, sprang ich erschrocken auf, zugleich sah ich aber, daß mein Freund schwankte, das Gewehr fallen ließ und niederstürzte. Dabei entlud sich auch das Gewehr, und nun stürzte auch Frau Maria, die wie zu Stein erstarrt vor Entsetzen auf ihren Gatten sah und zu ihm eilen wollte, ohne sich regen zu können, zu Boden. Am Fenster der Bibliothek hatte zu gleicher Zeit der Gärtner gestanden, um wilden Wein anzubinden. Wir beide sahen uns einen Moment entsetzt an, er sprang zum Fenster herein. Wir stürzten vorwärts und beugten uns über die beiden, die mit bleichen Gesichtern nebeneinander lagen. Ernst von Rahneck war durch das Geschoß aus dem Browning in die Brust getroffen worden, und Maria hatte die Gewehrkugel direkt in die Schläfe getroffen. Sie war sofort tot, mein Freund öffnete noch einmal die Augen, richtete einen starren Blick auf mich und sah dann seine Frau neben sich liegen. Er erkannte wohl, daß sie tot war, ein Stöhnen brach aus seiner Brust, und er stieß mühsam hervor:

›So will ich auch nicht mehr leben. Maria – meine Maria! Unser Glück war zu groß!‹

Mit einer erschütternden Zärtlichkeit legte er seine Hand auf ihren Körper und – seine Augen brachen.«

Von der Erinnerung an diese Szene überwältigt, schloß Georg Persick die Augen, und Renata, die ebenfalls tief erschüttert war, neigte sich über ihn.

»Papa, lieber Papa, du darfst dich nicht so aufregen«, sagte sie besorgt.

Er faßte sich und lächelte zu ihr empor.

»Es hat mich damals allzu hart getroffen, Rena; das wirkt immer wieder nach, wenn ich daran denke. Was dieser Katastrophe folgte, kannst du dir denken. Die Schüsse hatten die Dienerschaft herbeigerufen. Der Arzt wurde geholt, er konnte nur den Tod der beiden Gatten konstatieren. Man holte den Administrator und depeschierte an die Verwandten. Es lebte ein Vetter von Ernst von Rahneck mit seiner Familie in der nächsten Kreisstadt, sie kamen herbei, und dieser Vetter übernahm die Vormundschaft über die kleine Garda. Er ist dann bald mit seiner Familie nach Schloß Rahneck übergesiedelt und wohnt wohl noch immer da. Die Mutter Frau Marias hatte die Schreckensbotschaft aufs Krankenlager geworfen, sie starb bald danach, und einige Jahre später ist auch der Professor gestorben. Mir war, als habe ich mit den Freunden eine Heimat verloren. Mit dem Vetter Ernst von Rahnecks stand ich nicht gut, er war mir ebenso unsympathisch wie ich ihm, und ich hörte, nachdem ich Rahneck verlassen hatte, nur noch zuweilen durch den alten Administrator von dem Ergehen der kleinen Garda. Sie werde von der Familie des Vetters liebevoll umhegt und gepflegt und könne zum Glück noch nicht begreifen, was ihr genommen worden sei. Der Gärtner und ich, die beiden einzigen Augenzeugen des unseligen Vorganges, haben vor Gericht aussagen müssen, daß Ernst von Rahneck durch die Unvorsichtigkeit seiner Frau erschossen worden sei, während diese durch einen losgegangenen Schuß aus dem Gewehr, das Ernst von Rahneck entfiel, in die Schläfe getroffen wurde. Ich blieb noch bis zur Beisetzung meiner Freunde und bis alles sonst notwendig Werdende erledigt worden war.

Nach einigen Jahren starb auch der alte Administrator, und von da an hörte ich nichts mehr von Rahneck. Da ich mich alsdann, bald nach meiner Rückkehr nach Berlin, mit Dagmars Mutter verheiratete, wurde mein Interesse sowieso in andere Bahnen gedrängt, aber vergessen habe ich diese mir so lieben Menschen nicht. Dieses Bildchen hob ich mir zur Erinnerung an sie auf und ebenso die wenigen Briefe, die ich von Ernst von Rahneck erhalten hatte. Es sind auch einige kleine Billetts von seiner Gattin dabei. Wenn es dich interessiert, kannst du diese Briefe lesen. Du wirst aus ihnen erkennen, was für vortreffliche Charaktere sie waren, und wie schade es war, daß diese gesunden, glücklichen und lebensfrischen Menschen so jung sterben mußten. Nach beendeter Lektüre kannst du die Briefe wie das Bildchen vernichten. Ich habe schon daran gedacht, es Garda von Rahneck zu senden, aber ich bin doch davon abgekommen. Vielleicht reiße ich damit nur alte Wunden auf und komme vielleicht auch bei ihren Angehörigen in den Verdacht, mich aufdrängen zu wollen.«

»So will ich es verwahren, lieber Papa. Was du mir von diesen Menschen erzählt hast, nötigt mir warme Teilnahme ab, und darum würde es mir leid tun, das Bild und die Briefe zu vernichten.«

»Gut, in deinen Händen weiß ich sie gut verwahrt, Rena. Aber nun wollen wir weitersehen.«

Beide sahen sich nunmehr die übrigen Papiere durch, und Rena mußte das meiste davon vernichten. Als alles geregelt war, legte sich Georg Persick in die Kissen zurück und atmete wie erlöst auf.

»Nun ist mir eine Last vom Herzen, Rena. Ich wollte das alles schon längst ordnen, aber es ergab sich immer keine passende Gelegenheit. Du weißt nun auch Bescheid über alles, was nach meinem Tode geschehen muß.«

Rena sah ihn mit feuchten Augen an.

»Sprich doch nicht von deinem Tode, Papa, ich kann das nicht hören.«

Er lächelte matt.

»Deshalb sterbe ich keine Stunde früher oder später, darüber kannst du beruhigt sein. Deinetwegen blieb ich gern noch einige Jahre am Leben, aber wie Gott will!«

Renata holte dem Kranken eine stärkende Mahlzeit aus der Küche und half ihm, dieselbe einzunehmen. Danach bat sie ihn, zu versuchen, ob er schlafen könne; sie werde im Nebenzimmer warten, bis er schliefe.

Aber noch ehe sie sich zurückgezogen hatte, kam der Arzt, um nach dem Kranken zu sehen.

»Sie kommen heute später als sonst, Herr Doktor«, sagte Georg Persick und reichte dem langjährigen Hausarzt die Hand.

»Ich konnte nicht früher kommen, es lagen einige ernste Fälle vor, die mich ein wenig aufhielten«, erwiderte der alte Herr und ließ sich neben dem Lager des Kranken nieder. Und zu Renata aufsehend, fragte er lächelnd: »Ist unser Patient artig, Fräulein Rena?«

»Er hat sich ein wenig angestrengt, Herr Doktor, weil er unbedingt Briefschaften durchsehen wollte.«

»Ach, solche Geschäfte schieben Sie lieber auf, bis Sie gesund sind«, schalt der Arzt mit dem Kranken.

Georg Persick lächelte schwach.

»In meiner Lage soll man nichts aufschieben, lieber Herr Doktor. Es gab allerlei Wichtiges zu ordnen. Dabei fielen mir einige Briefe von meinem Freunde Ernst von Rahneck in die Hände. Sie erinnern sich seiner wohl noch, da Sie damals, als er sich mit Maria Lossen verheiratete, Hausarzt bei dem Professor waren.«

»Gewiß, sehr gut erinnere ich mich seiner, er war ein prächtiger Mensch. Schade um ihn und seine junge Frau. War ja ein schreckliches Unglück, zwei so junge, gesunde und schöne Menschen gingen an einem boshaften Zufall zugrunde. Wenn man so viele kranke und sieche Menschen umherlaufen sieht, die ein hohes Alter erreichen, dann versteht man die Vorsehung nicht, die grausam solch junges, gesundes Blut dahinrafft. Na, und die Eltern der Frau von Rahneck waren ja schließlich auch nur Opfer dieses selben Zufalls. Die hätten bei ihrer gesunden Konstitution hundert Jahre alt werden können, wenn sie nicht das Leid um die verlorene Tochter aller Lebenskräfte oder besser, allen Lebenswillens beraubt hätte. Wo der Lebenswille fehlt, da haben wir Ärzte allemal schwere Arbeit. Das sollten auch Sie sich zu Herzen nehmen, mein lieber Herr Persick. Ihnen fehlt es auch an dem rechten

Willen zum Leben, seit Ihre Frau, Fräulein Renas Mutter, Ihnen genommen wurde.«

Der Kranke winkte nur matt ab, aber Rena nickte dem Arzt zu. Sie hatte aufmerksam seinen Worten gelauscht, und sie prägte sich dieselben ein, ahnungslos, daß ihr diese Worte eines Tages bei einer sehr wichtigen Angelegenheit wieder ins Gedächtnis zurückgerufen werden sollten. »Der Wille zum Leben!« Diese Worte des alten Arztes hatten sie im tiefsten Herzen berührt.

»Ja, Herr Doktor, machen Sie Papa nur klar, daß der Lebenswille bei jeder Krankheit doppelt wichtig ist.«

»Aber sicher, Fräulein Rena. Dafür geben uns Herr und Frau Professor Lossen ein lehrhaftes Beispiel. Die Frau Professor wollte einfach nicht mehr leben, weil ihr das Schicksal die einzige Tochter auf so grausame Art genommen hatte. Sie brach zusammen und hatte nur den einen Wunsch, zu sterben, damit sie mit ihrem Kinde wieder vereinigt wäre. Und dieser Wunsch brachte die sonst so gesunde Frau auch wirklich in wenigen Tagen vom Leben zum Tode. Und ihr Gatte verlor ebenfalls den Willen zum Leben, weil er nach der geliebten Tochter auch noch die ebenso geliebte Frau verloren hatte. Auch er war im Grunde ganz gesund, aber er besaß keine Widerstandskraft. Eine leichte Erkältung, die sonst bei seiner gesunden Konstitution in wenigen Tagen zu beheben gewesen wäre, brachte ihn zur Strecke, und er atmete gewissermaßen mit großer Befriedigung sein Leben aus, um mit Frau und Tochter wieder vereint zu sein. Und unserm lieben Kranken hier fehlt auch nichts weiter als ein energischer Lebenswille.«

Georg Persick sah vor sich hin, wie in eine weite Ferne.

»Bei mir ist es doch wohl etwas anderes, lieber Herr Doktor, mein Leiden ist doch viel ernsterer Natur, und selbst wenn ich den energischsten Lebenswillen hätte, würde mir das höchstens noch eine kleine Frist verschaffen. Es würde das aber zugleich nur meine Qualen verlängern. Wozu das? Gönnen Sie mir ein baldiges ruhiges Einschlafen, und du, meine liebe Rena, mußt mir das auch gönnen.«

Sie streichelte seine Wangen. Ach, wie gut konnte sie ihn verstehen, denn sie wußte, wie sehr er ihre Mutter geliebt hatte und wie einsam er geworden war nach ihrem Tode. Sie wußte auch, daß er oft von starken Schmerzen geplagt wurde, wußte, daß ihn nur noch die Sorge um sie abhielt, sich ganz willenlos dem Tode zu ergeben. Die Augen wurden ihr feucht bei dieser Erkenntnis. War er doch der einzige Mensch auf Erden, der sie liebhatte, der zu ihr gehörte, wenn auch nur über die Liebe hinweg, die er für ihre Mutter gefühlt hatte.

»Ich bin so egoistisch, Papa, mir sehr dringend zu wünschen, daß du noch recht lange bei mir bleibst. Ich hoffe, daß du wieder ganz gesund wirst und daß du doch noch einmal Freude am Leben gewinnst. Nicht wahr, Herr Doktor, er muß nur wollen, dann schafft er es auch?«

Der Arzt nickte ihr lächelnd zu.

»Selbstverständlich, Fräulein Rena.«

Er untersuchte den Kranken noch einmal und verschrieb ihm eine neue Medizin. Dann verabschiedete er sich. Rena begleitete ihn hinaus. Und als sie allein waren, sah sie angstvoll zu ihm auf.

»Nicht wahr, lieber Herr Doktor, Papas Zustand ist nicht so schlimm, wie er denkt?«

Er nahm ihre Hand in die seine und drückte sie herzlich.

»Ich wollte, Fräulein Dagmar dächte auch mit so viel sorgender Liebe an ihn, wie Sie es tun, Kindchen. Aber ich muß Ihnen leider sagen: Sein Zustand ist noch viel schlimmer, als er es annimmt, und aller Lebenswille würde ihm nicht mehr helfen. Das war eine von den vielen barmherzigen Lügen, zu denen mich mein Beruf zwingt. Aber – ich weiß, wie die Verhältnisse hier im Hause stehen, weiß, wie schwierig Ihre Lage wird, wenn Ihr Vater Ihnen genommen wird. Und deshalb halte ich es für meine Pflicht, Ihnen zu sagen, daß Sie Ihren geliebten Kranken nur noch ganz kurze Zeit behalten werden. Für Sie ist es sicherlich wichtig, wenn Sie in Bereitschaft sind. Nun, nun, weinen Sie nur nicht, Ihr Kranker darf doch keine Tränenspuren sehen. Seien Sie tapfer, wie Sie es bisher waren. Und – es ist wohl gut, wenn Sie auch Fräulein Dagmar darauf vorbereiten, daß die Tage ihres Vaters gezählt sind.«

Sie sah ihn gramvoll an.

»Kann ich gar nichts tun, ihn mir länger zu erhalten?«

»Nein, mein liebes Kind, da ist Menschenhilfe machtlos. Suchen Sie ihm die letzten Lebenstage so leicht wie möglich zu machen, denn – Fräulein Dagmar wird wie immer wenig genug Zeit für ihren Vater haben. Weiter können Sie nichts tun. Und ein wenig an sich denken, Fräulein Rena, verstehen Sie? Sie dürfen sich nicht überrumpeln lassen, wenn das Ende kommt. Tapfer sein! Und nun muß ich gehen, es warten noch andere Patienten auf mich.«

Er verabschiedete sich, und Rena blieb allein in dem Zimmer zurück. Sie preßte in stummer Qual die Hände aufs Herz, denn sie fürchtete sich vor der Einsamkeit, in der sie zurückbleiben mußte, wenn der Stiefvater sie verließ.

Sich zu einem ruhigen Gesicht zwingend, ging sie nach einer Weile wieder zu ihm hinein. Sie legte ihm die Kissen noch einmal zurecht und nickte ihm lächelnd zu. Was sie das Lächeln kostete, wußte nur sie allein. Dann ging sie hinaus, weil er schlafen sollte.

2

DAGMAR PERSICK KAM gegen acht Uhr abends von dem Besuch bei ihren künftigen Schwiegereltern zurück. In ihrer Begleitung befand sich ihr Verlobter.

»Fred wird mit uns zu Abend essen, Rena, bitte gib Auftrag in die Küche«, sagte sie, nachdem sie Rena flüchtig begrüßt hatte.

Renata erfüllte ihren Wunsch, der mehr einem Befehl glich. Als sie in das Wohnzimmer zurückkam, wo die beiden Verlobten Platz genommen hatten, fragte Dagmar obenhin: »Wie geht es Papa?«

Es klang weder Liebe noch Sorge aus diesen Worten, nur eine formelle Höflichkeit.

»Er schläft jetzt, Dagmar, der Tag ist ziemlich gut für ihn verlaufen.«

»Nun, das freut mich.«

»Mich auch, sehr herzlich!« warf ihr Verlobter ein. Aber auch aus seinen Worten klang nur eine kühle Höflichkeit. Und wer Doktor Hartung in das dünkelhafte Gesicht sah, mußte ohne weiteres erkennen, daß dieser Mann außer Eigenliebe und Rechthaberei keinen hervorstechenden Charakterzug besaß. Nur aus seinen blaßblauen Augen sprühte einen Moment ein begehrlicher Funke, als er zu Renata hinübersah. Diese stach freilich sehr vorteilhaft von der farblos nüchternen Erscheinung seiner Braut ab.

Zwei größere Gegensätze als diese beiden Stiefschwestern konnte es so leicht nicht geben. Rena war eine entzückende Erscheinung, sie war schlank, ohne mager zu sein, hatte üppiges, goldschimmerndes Haar, nicht blond, sondern goldbraun, dazu samtbraune Augen von einem tiefen, beseelten Glanz, einen wundervollen Teint, einen schöngeschweiften Mund und eine graziöse Haltung. Ein unbeschreiblicher Charme lag über ihrer ganzen, lieblichen Erscheinung.

Dagmar dagegen war eckig und ungraziös, hatte ein hochmütiges und dabei ausdrucksloses Gesicht, hartblaue Augen, einen matten, nicht ganz reinen Teint und fahlblondes Haar, das glatt das schmale Haupt umgab. Ihre unausgeglichenen Bewegungen entbehrten jeder Anmut, und die kostbaren Toiletten, die sie immer zu tragen pflegte, gehörten anscheinend gar nicht zu ihr. Das schlimmste aber war, daß kein Hauch von Liebenswürdigkeit oder Güte dies wenig anziehende Gesicht verschönte. Es war also kein Wunder, wenn ihr Verlobter heimlich begehrliche Blicke auf Rena warf, wenngleich er auch dies heimliche Begehren unter einer kühlen Förmlichkeit versteckte.

Dagmar ließ sich schwer in einen Sessel fallen:

»Setz dich zu uns, Rena! Da Papa dich ja jetzt nicht braucht, möchten wir die Gelegenheit wahrnehmen, allerlei mit dir zu besprechen. Nimm bitte ebenfalls Platz, Fred, dein Herumlaufen macht mich nervös.«

Es klang aus Dagmars Worten ebensowenig Liebe für ihren Verlobten, wie in dessen Augen für seine Braut lag. Er ließ sich nieder, nachdem er gewartet hatte, bis Rena Platz genommen haben würde. Dabei zog er sorgfältig seine Hosenbeine über die Knie, wie er auch in seinem ganzen Äußeren in etwas übertriebener Weise Akkuratesse betonte. Sein unsympathisches Gesicht sah sehr wichtig aus – seine Untergebenen hatten ihm den Spottnamen: »Doktor Wichtig« gegeben, wegen dieses arrogant wichtigen Ausdrucks –, und sein Oberkörper blieb auch im Sitzen steil aufrecht. Da er sehr groß war, wirkte das etwas komisch. Aber das hätte ihm kein Mensch ungestraft sagen dürfen.

Dagmar war sehr gefühlsarm veranlagt und hatte seine Werbung angenommen, weil sie glaubte, daß er eine gute Karriere machen würde, und weil er immerhin eine stattliche, gesunde Erscheinung war. Sie legte nonchalant ein Bein über das andere und wippte mit den Fußspitzen auf und nieder, was ihren Verlobten, der aus kleinbürgerlichen Kreisen der Provinz stammte, immer etwas nervös machte. Bei Dagmar sah es auch wirklich nicht sehr graziös aus. Sie tippte die Fingerspitzen gegeneinander und sagte nun kühl und bestimmt:

»Wir haben heute bei Freds Eltern unsern Hochzeitstermin festgesetzt; unsere Vermählung wird in zwei Monaten stattfinden. Bis dahin muß hier im Hause allerlei geändert werden. Da Papa leidend ist, möchte ich ihn nicht mit meinen Wünschen behelligen. Aber da wir gesonnen sind, ein großes Haus zu führen, was Freds Karriere günstig beeinflussen wird, werden wir mit der Hälfte des Hauses kaum auskommen. Du und Papa, ihr braucht doch nicht so viel Platz. Die Zimmer, die deine Mutter bewohnte, stehen ohnedies leer. Die könnte ich wohl bestimmt bekommen, ohne daß es euch genierte. Und wenn du mir obendrein noch deine beiden Zimmer abtreten würdest, hätten wir die ganze erste Etage wieder zur Verfügung. Papa könnte selbstverständlich ungestört sein Zimmer im Parterre behalten, da liegen ja außerdem nur noch Gesellschaftsräume. Und du könntest dir die beiden Gastzimmer oben in der zweiten Etage einrichten lassen und deine Möbel dahin mitnehmen. So bliebe für Fred und mich die erste Etage unbeschränkt, was uns natürlich sehr lieb wäre.«

Renata hatte ruhig zugehört. Es kränkte sie nicht, daß Dagmar sie in die zweite Etage verbannen wollte, wo außer den Gastzimmern sich nur Dienstbotenräume befanden. Aber sie bedachte, daß für alle diese Umräumungen und Umänderungen Handwerker ins Haus kommen müßten, deren Tätigkeit mit großer, den Kranken belästigender Unruhe verbunden sein würde. Sie sah Dagmar mit großen, ernsten Augen an.

»Meine Zimmer stelle ich dir ohne weiteres zur Verfügung, Dagmar, und die meiner Mutter wird dir Papa sicherlich ebenfalls einräumen. Aber – ich gebe dir zu bedenken, daß Papa jetzt nicht gestört werden darf. Du mußt dir sagen, was das für einen Lärm im Hause gibt.«

Dagmar nagte unmutig an ihren Lippen.

»Aber das muß doch alles in Ordnung gebracht werden vor unserer Hochzeit. Was soll man da tun?«

»Gewiß, ich verstehe das wohl, aber – ich will dir jetzt sagen, was mir Doktor Heller für dich aufgetragen hat. Ich soll dir sagen, daß Papas Zustand so kritisch ist, daß sein Leben wahrscheinlich nur noch nach Tagen zählt. Bitte, gönne ihm also die ihm so notwendige Ruhe, und . . . du brauchst ihm dann auch nicht mitzuteilen, daß du die Zimmer meiner Mutter für dich beanspruchst, es würde ihn doch vielleicht ein wenig aufregen.«

Dagmar schien durch die Aussicht auf ihres Vaters baldigen Tod weniger betrübt zu sein, als Ärger darüber zu empfinden, daß sie irgendwelche Rücksichten nehmen sollte. Sie sah ihren Verlobten an. Der hatte leise gestutzt und sagte nun zu seiner Braut:

»Um Gottes willen, Dagmar, das wäre ja entsetzlich, wenn dein Vater jetzt wirklich . . . dir genommen würde.«

Renata staunte, daß Doktor Hartung der Verlust seines Schwiegervaters anscheinend naheging. Sie sah ihn fast dankbar an. Dagmar aber sank wieder in ihren Sessel zurück und sah mehr ärgerlich als betrübt auf ihre Hände herab.

»Ich kann mir nicht denken, daß Papas Zustand wirklich so besorgniserregend ist, er macht doch gar nicht den Eindruck eines Schwerkranken.«

»Du kannst das wohl kaum beurteilen, Dagmar, denn du siehst ihn immer nur für Minuten und warst noch nicht einmal Zeugin seiner Schmerzanfälle. Ich sorge mich schon so lange um ihn, und keinesfalls möchte ich, daß er bei seinem Zustand den störenden Handwerkerlärm über sich ergehen lassen muß. Habe doch noch eine Weile Geduld, verschiebe diese Umänderungen wenigstens so lange, wie es irgend angeht.«

Da hob Doktor Hartung die Hand, wie fast immer, wenn er etwas zu sagen hatte, so, als wolle er dadurch die Wichtigkeit seiner Worte vorbereiten.

»Liebe Dagmar, du vergißt hierbei das Wichtigste zu bedenken. Wenn – was Gott verhüten möge – wirklich dein Vater in nächster Zeit abberufen würde, wie sollen wir dann den Termin unserer Hochzeit einhalten?«

Dagmar sah ihn fragend an. »Wie meinst du das?«

»Aber das ist doch klar, wir könnten doch nicht daran denken, in der ersten Trauerzeit zu heiraten. Was würden die Leute dazu sagen?«

Dagmar nagte an den Lippen. Ihre Stirn zog sich zusammen.

»Mein Gott, ja, das ist zu bedenken. Was können wir da tun?«

»Das eben wollte ich dir sagen – wäre es nicht besser, wenn wir unsere Verlobungszeit auf das tunlichste abkürzten? Not kennt kein Gebot. In solchem Falle muß man sich schnell entschließen. Darf ich dir den Vorschlag machen, daß unsere Hochzeit dann lieber so schnell wie möglich stattfindet, ehe uns Hindernisse dazwischenkommen?«

Renata erkannte an diesen Worten, weshalb ihn der eventuelle Tod ihres Stiefvaters so sehr bedrückt hatte. Er sorgte sich wohl in erster Linie darum, daß das Ableben seines Schwiegervaters ein Hindernis für seine Vermählung sein könne. Um keinen Preis durfte etwas zwischen seine Verbindung mit der reichen Erbin kommen.

Dagmar sah nachdenklich vor sich hin. So viel Herzenskälte sie auch besaß, hegte sie doch für ihren Verlobten so viel Zuneigung, wie sie überhaupt zu vergeben hatte, und in jedem Falle wäre es auch ihr sehr unerwünscht gewesen, hätte ihre Hochzeit länger hinausgeschoben werden müssen.

»Wie könnten wir das in die Wege leiten, Fred?« fragte sie.

Er überlegte eine Weile und hob dann wieder seine Hand, um eine neue Wichtigkeit anzukündigen.

»Meine liebe Dagmar, wir hatten doch bereits mit meinen Eltern besprochen, daß wir wegen der Erkrankung deines

Vaters unsere Hochzeit ganz in der Stille feiern wollten. Ich werde also, wenn es dir recht ist, unser standesamtliches Aufgebot sofort anmelden. Der Zustand deines Vaters gibt uns genügend Grund, die Trauung zu beschleunigen. Ich werde das alles erledigen, du brauchst mir nur deine Einwilligung zu geben. Wir besprechen das auch in gebührender Weise mit deinem Vater, sobald er sich kräftig genug fühlt, uns anzuhören. Dann wirst du sehr bald meine liebe Frau, und wir können sofort nach der Trauung unsere Hochzeitsreise antreten. Die Einrichtung dieses Hauses werden wir dann erst in die Wege leiten, wenn wir zurückkommen und wenn dein Vater nicht ... nun, ich meine, nicht mehr gestört werden kann. Würdest du das nicht auch richtiger finden?«

Dagmar nickte lebhaft. Sie begriff sehr wohl, daß ihr Verlobter hatte sagen wollen: wenn dein Vater nicht mehr am Leben ist.

Und Renata begriff das auch, und es wehte sie wie Eiseskälte an aus dem ganzen Gebaren des Brautpaares.

Dagmar sagte nun: »Du hast recht, Fred, so wird es am besten sein, und mein armer Papa wird jetzt in keiner Weise behelligt. Unsere kleine Hochzeitsfeier können wir in irgendeinem Hotel abhalten. Und Renata bleibt dann bei Papa, nicht wahr, Renata?«

Diese war nur zu froh, von der Teilnahme an der Hochzeitsfeier entbunden zu sein.

»Das ist selbstverständlich, Dagmar, deswegen brauchst du dir keine Sorge zu machen«, sagte sie und war froh, daß auf diese Weise ihrem Stiefvater wahrscheinlich die Kränkung erspart bleiben könne, daß man ihn gewissermaßen in diesem Hause beiseite schieben würde.

»Also gut, Fred, du kannst dann gleich deinen Eltern mitteilen, daß unser Hochzeitstermin nahe bevorsteht, und warum das geschieht.«

Doktor Hartung war sehr froh, daß alles nach seinen Wünschen ging. Er erhob sich und legte den Arm um seine Braut. Auch diese Gebärde fiel mit einer beinahe komischen Wichtigkeit aus.

»Ich danke dir für deine Zustimmung, meine geliebte Dagmar.

Du kannst dir denken, daß ich es als ein großes Unglück betrachtet haben würde, sollte ich länger als geplant auf deinen Besitz verzichten müssen. Vielleicht hat Papa heute abend noch eine gute Stunde, in der wir alles mit ihm besprechen können.«

Renata hatte sich schon zum Gehen gewendet, aber nun blieb sie stehen und sah zurück.

»Darf ich dir einen Vorschlag machen, Dagmar?«

Ziemlich hochmütig sah Dagmar zu ihr hin.

»Was soll das für ein Vorschlag sein?«

»Bitte, überlasse es mir, Papa mitzuteilen, daß meine und meiner Mutter Zimmer in Zukunft für euch in Bereitschaft stehen sollen.«

Mißtrauisch sah Dagmar sie an.

»Warum das? Ich kann mir schon denken, daß du dich bei Papa beschweren willst, weil ich dich um deine Zimmer gebeten habe.«

Renata hätte gern gesagt, daß Dagmar sie gar nicht darum gebeten, sondern es einfach so bestimmt hatte. Aber sie vermied immer gern jede Zwistigkeit und sagte daher ruhig:

»Nein, Dagmar, da verstehst du mich ganz falsch. Ich wollte nur gern verhüten, daß Papa sich durch deine Bestimmungen gekränkt fühlen könnte. Es ist sicherlich viel besser und leichter für ihn, wenn gewissermaßen von seiner Seite aus freiwillig auf die unbenutzten Räume meiner Mutter verzichtet wird, wie ich ihm auch klarlegen möchte, daß ich freiwillig auf meine Zimmer verzichte. Willst du mir daher gestatten, daß ich Papa nichts von dieser Unterredung sage, sondern ihn dahin beeinflusse, daß er dir die Räume anbietet? Du hättest dann nicht nötig, ihn darum anzugehen, er kann sich dann nicht gekränkt fühlen, und du würdest ohne jede Schwierigkeit zum Ziele kommen.«

Dagmar sah ihren Verlobten an, ohne dessen Zustimmung sie nichts mehr tat. Er nickte ihr zu, nickte auch Renata zu und sagte mit einem Lächeln, das ziemlich herablassend wirkte, da es ja nur der armen, vermögenslosen Stiefschwester seiner Braut galt, deren Schönheit ihn zwar zuweilen entflammte, die ihm aber sonst in keiner Weise wichtig erschien:

»Da hat Renata einen sehr guten Gedanken gehabt, und es

erscheint mir auch zartfühlender, wenn Papa durch sie zu einem freiwilligen Verzicht veranlaßt wird. Es ist eigentlich ja nur selbstverständlich, wenn du als Erbin deiner Mutter den Hauptteil des Hauses für dich beanspruchst, und Papa hat wahrscheinlich in seiner Krankheit nur noch nicht daran gedacht, dir dies Angebot zu machen. Ich bin überzeugt, daß es nur eines Hinweises von Renatas Seite bedarf.«

»Davon bin auch ich überzeugt«, sagte Renata. »Ich will gleich vor dem Abendessen noch mit ihm sprechen, sobald er wach geworden ist. Nach dem Essen könnt ihr dann ja weiter mit ihm über eure Hochzeit sprechen. Sonst habt ihr jetzt wohl nichts weiter mit mir zu bereden, oder liegt noch etwas vor?«

»Nein, nein, du kannst gehen, Renata«, winkte Dagmar lässig ab.

Als Renata verschwunden war, zog Doktor Hartung seine Braut mit einer etwas umständlichen, wenig herzlichen Zärtlichkeit in seine Arme und küßte sie.

»Ich danke dir, mein Geliebtes, daß du mir nicht noch längere Sehnsuchtsqualen auferlegen willst. Ich kann den Gedanken nicht ertragen, daß unsere Hochzeit durch die Krankheit oder gar durch den Tod deines Vaters noch länger hinausgeschoben werden sollte.«

Der Wahrheit entsprechend hätte er sagen müssen: »Daß ich noch länger warten muß auf die Gewißheit, daß dein enormes Vermögen mir nicht entgehen wird.« Aber solche Wahrheiten vermied er »taktvollerweise«.

Dagmar schmiegte sich mit recht wenig Anmut in seine Arme. »Ach, Fred – wie schwer würde es auch mir fallen, noch länger von dir getrennt zu sein. Immerhin müssen wir darauf gefaßt sein, daß mein armer Papa bald abberufen wird. Es wäre schrecklich, zwänge uns eine lange Trauerzeit dazu, unsere Vereinigung auf einen unbestimmten Zeitpunkt vertagen zu müssen.«

Ein besonders zärtlicher Kuß besiegelte diese Aussprache.

Renata hatte währenddessen das Zimmer ihres Stiefvaters betreten.

Mit weitgeöffneten Augen sah er ihr entgegen.

»Ach, du bist schon wieder wach, Papa?«

»Ja, mein gutes Kind, aber ich habe wohl eine halbe Stunde geschlafen, und das hat mir sehr wohl getan. Ist Dagmar inzwischen heimgekehrt?«

Renata setzte sich an sein Lager.

»Ja, Papa, und Fred ist mitgekommen und wird zu Abend mit uns speisen. Dagmar wollte eigentlich gleich zu dir kommen, aber ich sagte ihr, daß du schliefest, und hielt sie zurück. Ich wollte mich erst vergewissern, ob du wieder wach wärest, und habe Dagmar und Fred versprochen, daß sie nach dem Abendessen ein Stündchen mit dir plaudern dürfen. Du fühlst dich doch kräftig genug?«

Er lächelte.

»Um Freds weitschweifige Wichtigkeit zu ertragen, muß man wirklich kräftig sein. Aber ich glaube, daß ich soweit in Form bin.«

»Ich bringe dir jedenfalls jetzt erst deine Abendmahlzeit, danach ruhst du dich ein wenig aus, bis auch wir mit dem Essen fertig sind.«

Renata erhob sich, klingelte und gebot dem Diener, das Essen für den Kranken zu bringen.

Dann setzte sie sich wieder zu diesem.

»Dagmar und Fred haben mit Freds Eltern wegen ihres Hochzeitstermins gesprochen, das Resultat wollen sie dir vermutlich heute noch mitteilen. Ich will da nicht vorgreifen. Aber sie sprachen davon, daß sie dir, angesichts deiner Krankheit, jede Behelligung durch arbeitende Handwerker fernhalten wollten und auch die Hochzeit ganz in der Stille und ohne große Festlichkeit zu feiern gedächten, da du dieser ja doch nicht würdest beiwohnen können. Denn sie möchten selbstverständlich sehr bald heiraten.«

Es zuckte um des Kranken Mund.

»Ich verstehe schon, Renata. Es ist wirklich sehr rücksichtsvoll von ihnen, daß sie mir allen Lärm und alle Unruhe fernhalten wollen. Ich denke ja, daß sie das nicht lange mehr nötig haben werden.«

»Davon sollst du doch nicht sprechen, mein lieber Papa. Aber ich möchte dir bei dieser Gelegenheit einen Vorschlag machen.«

Er sah sie an. »Nun?«

»Sieh mal, Papa, Dagmar und Fred werden doch, schon aus Rücksicht auf Freds Karriere, ein großes Haus führen müssen. Sie werden dann in den Räumen, die Dagmar zur Verfügung stehen, etwas beengt sein. Und du und ich, wir brauchen doch wirklich nicht die Hälfte des Hauses. Ich meine daher, es wäre sehr lieb von dir, machtest du Dagmar das Anerbieten, daß sie die Zimmer von meiner Mutter, die ja doch leerstehen, mit benutzen könnte. Auch meine beiden Zimmer ließen sich ganz wohl in die zweite Etage verlegen. Die Gastzimmer stehen doch auch die ganze Zeit leer. Dann hätte Dagmar für sich und ihren Gatten die ganze erste Etage. Du behieltest deine Zimmer hier im Parterre, und die Gesellschaftsräume wären dann für uns alle da. Fändest du das nicht richtig?«

Er hatte ihr still zugehört. Nun faßte er ihre Hand. Er ahnte sofort, daß sie sich nur zum Sprachrohr machte für Dagmars und Freds Wünsche. Aber er wollte sich nicht merken lassen, daß er alles durchschaute, weil er Renata die Genugtuung gönnen wollte, sie vermöge ihm eine Kränkung zu ersparen.

»Das ist ein sehr guter Gedanke von dir, Renata, ich bin nur noch nicht darauf gekommen. Kranke sind immer Egoisten, die nur an sich und ihre Krankheit denken. Freilich, daß du in die Gastzimmer übersiedeln sollst, paßt mir nicht, aber ich weiß schon, du wirst mir keine Ruhe lassen; solche Opfer bringst du nur zu gern.«

»Es ist kein Opfer, Papa, ich wohne da oben wirklich sehr hübsch.«

Er sah sinnend vor sich hin und überlegte, daß es vielleicht das beste sei, wenn Renata im zweiten Stock wohnte. Um so weniger würde Dagmar, wenn er nicht mehr am Leben war, es sich einfallen lassen, Renata aus dem Hause zu weisen, was er immer wieder fürchtete.

»Nun gut, wie du willst, mein Kind. Also ich werde nachher mit Fred und Dagmar darüber sprechen. Wenn ich nicht mehr am Leben sein werde, können sie auch noch meine Zimmer haben. Du bist dann da oben wenigstens hübsch für dich, Renata, das hat auch seinen Vorteil.«

Jetzt brachte der Diener das Tablett mit dem Essen für den

Patienten. Renata nahm es ihm ab und richtete dem Vater alles so bequem wie möglich. Und während sie ihm half, die Speisen zu sich zu nehmen, sagte sie ihm beiläufig, daß Dagmar sie gebeten habe, bei dem Vater zu bleiben während ihrer Hochzeitsfeier, die nur im engsten Kreise stattfinden sollte. Er nickte.

»Ich weiß, daß du nicht viel entbehren wirst, wenn du dieser Feier nicht beiwohnst, Renata, sonst würde ich das nicht annehmen.«

»Du kannst ganz ruhig sein, ich bleibe viel lieber bei dir«, sagte sie herzlich und nickte ihm lächelnd zu.

Sie verstanden sich.

Als der Patient gespeist hatte, verließ ihn Renata, um mit dem Brautpaar zusammen zu Abend zu essen. Sie berichtete, was sie mit dem Kranken besprochen hatte, damit die beiden genau orientiert wären. Renata glaubte fest daran, es sei dem Stiefvater nicht bewußt, daß sie ihm gewissermaßen suggeriert hatte, was er tun sollte. Sie war davon überzeugt, sie habe ihm einen Kummer erspart. Und dem Brautpaar war es sehr angenehm, daß es nun nichts zu verlangen brauchte, was den Vater hätte kränken können. So wenig Herz Dagmar auch für ihren Vater hatte, wollte sie doch nicht für herzlos gelten. Und Doktor Hartung war bei aller Arroganz und bei aller Wichtigtuerei dennoch ein ausgesprochener Feigling, und das stille, etwas ironische Lächeln seines künftigen Schwiegervaters, das ihm verriet, daß er von ihm nicht besonders hochgeschätzt wurde, fürchtete er immerhin ein wenig.

Georg Persick hätte nach der Meinung, die er von dem Verlobten seiner Tochter hatte, seine Einwilligung zu einer Verbindung mit ihm versagen müssen, hätte er sich nicht gesagt, daß Dagmar bei ihrem Charakter kaum etwas vermissen würde in dieser Ehe, und daß sie zu reizlos war, um nur aus reiner Liebe geheiratet zu werden. Nach Geld würde jeder Freier gehen, der um sie anhielt, und jeden, der nur um Geld freite, schätzte er nicht höher oder niedriger ein als seinen jetzigen Schwiegersohn. Außerdem hatte Georg Persick in dieser Angelegenheit kein reines Gewissen, auch er hatte seine erste Frau nur ihres Reichtums wegen geheiratet, wenn diese es auch gewesen war, die ihm eine Verbindung mit ihr nahegelegt und ihm versichert hatte, sie würde ohne ihn nicht leben können. Wie schwer ihm diese liebeleere Ehe geworden war, wußte er freilich wohl, aber Dagmar war nicht feinfühlig und gemütvoll. Darum würde sie in ihrer Ehe mit Doktor Hartung ebensowenig etwas entbehren, wie ihre Mutter in der ihren etwas entbehrt hatte.

Nach dem Abendessen begaben sich die Verlobten nach dem Krankenzimmer hinüber, und da besprachen sie dann alles mit möglichster Schonung mit dem Vater, der ruhig in alles willigte und ihnen selber den Vorschlag machte, daß sie die erste Etage für sich einrichten sollten. Mit einem wehmütigen Lächeln wehrte er den Dank ab und sagte ganz offen, daß Renata ihm erst diesen Gedanken eingegeben habe.

»Wartet nur noch ein Weilchen, ehe ihr die Handwerker ins Haus ruft, aber beschleunigt eure Hochzeit, soviel ihr könnt, damit ich euch keinen Strich durch die Rechnung mache.«

So sagte er, und dann entließ er das Brautpaar, weil er sich nach Ruhe sehnte. Als er mit Renata wieder allein war, fragte er mit einem gütigen Lächeln:

»Nun, kleine Samariterin, habe ich alles richtig gemacht? Bist du zufrieden?«

Sie küßte und streichelte seine Hände.

»Alles ist gut und richtig, lieber Papa! Du hast heute einen schweren Tag hinter dir und wirst hoffentlich gut schlafen. Solltest du aber keine Ruhe finden, dann klingle ruhig nach mir. Ich schlafe jetzt während deiner Krankheit im Nebenzimmer, damit du weißt, daß du nicht allein bist.«

Er nickte ihr zu. »Wie dankbar bin ich dir dafür.«

Lächelnd legte sie ihre Hand auf seinen Mund.

»Du sollst nicht danken, ich bin dir doch viel mehr Dank schuldig. Und es macht mir Freude, dir behilflich sein zu können.«

Er streichelte ihre Hand. »Dir muß der Himmel einmal ein ganz großes Glück bescheren, Rena, du verdienst es.«

»Glück geht nicht nach Verdienst, Papa. Aber nun mußt du schlafen.«

Sie glättete ihm die Kissen und verschwand.

Erst ging sie in ihr Zimmer und zog ein warmes Kleid an, damit sie immer bereit war, zu ihrem Kranken zu gehen, wenn er sie riefe. Sorgsam schloß sie aber erst noch die Briefe ihrer Mutter an ihren Stiefvater und dann die Briefe und das Bild von seinen verstorbenen Freunden fort. Niemand sollte seine Augen darauf ruhen lassen. Dann begab sie sich wieder hinunter.

3

SCHLOSS RAHNECK LAG in hellem Sonnenschein auf der bewaldeten Höhe, rings von einem herrlichen Park umgeben. An einem Fenster in der ersten Etage stand eine schlanke junge Dame, die mit einem seltsam ernsten, fast schwermütigen Ausdruck ihres schönen Gesichtes in das sonnenbeschienene Land hinaussah, das sich vor ihren Augen ausbreitete. Hier auf dieser Seite des Schlosses waren die hohen Bäume, die alle Aussicht behindert hätten, niedergelegt worden. So konnte der Blick aus den Fenstern der Vorderfront weit hinausschweifen über Berg und Tal und über den rauschenden Nebenfluß des Rheines, der zu Füßen der Anhöhe, auf der das Schloß stand, sich vorüberschlängelte.

Das Zimmer, in dem Garda von Rahneck stand, war mit vornehm gemäßigter Pracht ausgestattet. Es war ihr Arbeitszimmer, lag direkt über dem hohen Eingangsportal und hatte nur den einen Fehler, daß es einen zu ernsten, fast düsteren Eindruck machte. Dicht hinter Garda stand ein mächtiger Schreibtisch, der durchaus nicht aussah, als wenn eine junge Dame allerlei Nichtigkeiten darauf zu schreiben habe. Er sah im Gegenteil nach ernster Arbeit aus, es lagen große Kontobücher und Stöße von Briefen geschäftlicher Art und allerlei Rechnungen darauf.

Mitten in dem großen hohen Gemach stand auf einem herrlichen Perserteppich ein großer runder Tisch mit einer schwarzen Marmorplatte, auf dem ebenfalls allerlei Papiere lagen. Die eine Wand des Zimmers nahm ein mächtiges Bücherregal ein, auf dem ausschließlich landwirtschaftliche Werke,

Geschäftsbücher und Lexika standen, die anscheinend viel benutzt wurden und deshalb nicht in der großen Bibliothek des Schlosses Aufnahme gefunden hatten. Garda wollte diese Bücher immer in ihrer unmittelbaren Nähe haben.

An der gegenüberliegenden Wand stand eine breite Couch, das einzige moderne Möbel in diesem Raum. Sie war mit dunkelgrünem Samt bezogen. Aus demselben Samt waren auch die Übergardinen an den hohen Fenstern, einige bequeme Klubsessel waren ebenfalls mit diesem Stoff bezogen. Nichts Überflüssiges und Spielerisches befand sich in diesem Raume. Er machte den Eindruck, als arbeite hier ein ernster Mann. Dieses Zimmer war früher allerdings das Arbeitszimmer von Ernst von Rahneck gewesen, und jetzt benutzte es seine Tochter als Gutsherrin von Rahneck, benutzte es in der gleichen Weise, wie er es benutzt hatte. Nur daß statt des etwas schadhaft gewordenen Sofas die moderne Couch hereingestellt worden war.

Das Sonnenlicht spielte auf dem blonden Haar der jungen Schloßherrin und ließ es in goldigem Glanze schimmern. Garda war hoch und schlank gewachsen, ihr Körper war von vollendetem Ebenmaß, und ihr schönes Gesicht war dem ihrer verstorbenen Mutter so ähnlich, daß man sie hätte verwechseln können, hätte man sie im gleichen Alter nebeneinander gesehen. Aber sie hatte anscheinend nicht das sonnige heitere Naturell ihrer Mutter geerbt, denn auf ihrem jungen Gesicht lag ein tiefer Ernst.

Diesen Ausdruck hatte ihr Gesicht aber erst erhalten nach einer bedeutungsvollen Aussprache, die sie mit ihrem Vormund, dem Vetter ihres Vaters, Karl von Rahneck, gehabt hatte, nachdem sie das zwanzigste Jahr erreicht hatte. Bis dahin war sie ein fröhliches, lebhaftes Geschöpf gewesen. Sie hatte ja ihre Eltern so früh verloren, daß sie den Verlust nie so recht empfunden hatte. Onkel Karl und Tante Anna, dessen Frau, waren ihr immer sehr liebevoll begegnet, und es hatte sie nur betrübt, daß sie diese Liebe und Freundlichkeit niemals so zu erwidern vermochte, wie sie es gewünscht hätte. Sie kam sich undankbar vor, daß sie dem Vormund und Onkel immer mit einer starken Antipathie gegenüberstand und daß sie auch die Tante gewissermaßen nur ertrug, weil sie nun einmal Mutterstelle an ihr vertrat. Sie wußte nicht, woran es lag, daß sie diesen beiden Menschen keine Sympathie entgegenbringen konnte.

Den beiden Kindern ihres Vormunds, Hans und Leni, stand sie anfangs ganz freundlich und herzlich gegenüber. Aber als sie älter wurde und merkte, daß Hans, der ziemlich zehn Jahre älter war als sie, ihr gegenüber einen aufdringlich werbenden Ton anschlug und sie mit unangebrachten Zärtlichkeiten verfolgte, wurde er ihr mehr und mehr widerwärtig. Sie nahm ihm gegenüber eine kühle, abweisende Haltung ein und gab ihm immer deutlicher zu verstehen, daß er sie belästigte.

Auch ihr Verhältnis zu Leni wurde mit den Jahren ein immer frostigeres, denn sie erkannte mehr und mehr, daß Lenis Verhalten unecht war, daß sie ihr immer schmeichelte, wenn sie etwas Besonderes bei ihr erreichen wollte, und daß ein gewisser Neid in jedem ihrer Worte durchklang, wenn sie davon sprach, daß Garda eine reiche Erbin sei, während sie die Tochter völlig vermögensloser Eltern war.

Dies alles gab Garda zu denken. Sie war ein kluges Mädchen und besaß eine staunenswerte Energie, die sie nur nicht gezeigt hatte, solange ihr das nicht wichtig erschienen war.

Es war dann kurz vor ihrem zwanzigsten Geburtstag gewesen, als Hans wieder einmal sehr zudringlich zu ihr wurde, während er sich ihr auf einem Spaziergang durch den Park angeschlossen hatte. Er hatte sie dann plötzlich umfaßt und ihr einen Kuß gegeben. Sie hatte sich zornig losgemacht und ihn von sich gestoßen. Mit glühendem Gesicht und zornig blitzenden Augen hatte sie sich zu ihrer vollen, schlanken Höhe aufgerichtet und hatte ihm gesagt:

»Was unterstehst du dich, Hans? Ich verbitte mir das ein für allemal, ich denke doch, ich habe dich deutlich genug merken lassen, daß mir solche aufdringliche Zärtlichkeiten zuwider sind.«

Er hatte halb verlegen, halb lachend geantwortet:

»Aber Garda, sei doch nicht so prüde. Erstens sind wir doch Vetter und Base, und einen Kuß in Ehren kann niemand verwehren . . .«

»Aber ich verwehre es dir, mich zu küssen, ich mag das nicht!« hatte sie ihn unterbrochen, und darauf hatte er, sie mit blitzenden Augen betrachtend, gesagt:

»Das wird aber bald anders werden, Garda, denn in nicht zu langer Zeit wirst du meine Frau sein.«

Mit funkelnden Augen hatte sie ihn angesehen.

»Du bist wohl wahnsinnig? Nie wird das geschehen, das sage ich dir – nie, wie kommst du bloß auf solch einen Gedanken?«

»Nun, du wirst bald selbst auf diesen Gedanken kommen, mein schönes Bäschen, und wirst gern einwilligen, wenn ich dich zu meiner Frau machen will.«

Es hatte dabei ein Ausdruck in seinen Augen gelegen, der sie bis ins Herz hinein erschreckte. Und ein unbegreifliches Angstgefühl, daß dieser Mensch eines Tages Eigentumsrechte an sie geltend machen könnte, veranlaßte sie, in leidenschaftlicher Heftigkeit herauszustoßen:

»Du wirst unverschämt, Hans. Und das laß dir gesagt sein, damit es nun endlich einmal klar zwischen uns wird: Ich würde lieber sterben, als deine Frau werden! Das präge dir bitte ein und belästige mich nicht wieder, sonst müßte ich deinen Vater bitten, mich vor dir in Schutz zu nehmen.«

Damit hatte sie ihn stehen lassen und war davongelaufen.

Hans hatte ihr mit einem hämischen Blick nachgesehen und war dann sofort ins Schloß gegangen zu seinem Vater, der in seinem Arbeitszimmer saß. Karl von Rahneck hatte, seit sein Vetter damals zugleich mit seiner jungen Frau auf so tragische Weise ums Leben gekommen war, wie selbstverständlich als nächster Verwandter Gardas Vormundschaft übernommen und zugleich die Bewirtschaftung des großen Gutes. Damals stand ihm noch der alte Administrator zur Seite, aber er übernahm wie selbstverständlich die Oberleitung und spielte sich als der Herr von Rahneck auf. Bald danach gab er seinen Posten als Amtsgerichtsrat auf, weil er, wie er sagte, seine ganze Kraft der Verwaltung des Besitzes seiner kleinen Nichte widmen wollte. Das fand man allerorts sehr opferfreudig und ehrenwert.

Karl von Rahneck aber mußte wohl dabei noch andere Ziele verfolgen.

Zeit seines Lebens war er neidisch auf seinen sehr reichen Vetter gewesen. Er hatte es diesem sogar wenig gedankt, daß er ihn laufend mit einer sehr ansehnlichen Summe unterstützte. Seinem Empfinden nach war das beinahe ein Nichts gewesen, und als sein Vetter und seine Frau so früh starben, meinte er, daß im Grunde er der einzige rechte Erbe von Rahneck sein müsse, da er den Namen Rahneck führte. Was sollte das Kind Irmgard mit einem solchen Erbe anfangen? Es erschien ihm viel richtiger, wenn ein Rahneck wieder Herr auf Rahneck war. Im gesetzlichen Sinne hatte er allerdings nicht die mindeste Berechtigung dazu, denn als Stammgut der Familie kam Rahneck gar nicht in Frage, weil es vor langen Jahren, völlig heruntergewirtschaftet und verschuldet, im Konkurs versteigert worden war und so in den Besitz des Hauptgläubigers gelangte. Der Vater von Ernst von Rahneck hatte dann aber die Tochter des neuen Besitzers geheiratet, und diese hatte auf besonderen Wunsch ihres Vaters mit ihrem Gatten in Gütertrennung leben müssen. So war Rahneck nach dem Tod ihres Vaters ihr alleiniger Besitz geblieben, und sie hatte es ihrem Sohn Ernst als Erbe hinterlassen, wie auch ihr sonstiges Vermögen. Dies alles wußte Karl Rahneck sehr wohl, aber dennoch redete er sich ein, er könne trotzdem als Erbe von Rahneck gelten. Es stand auch nur die kleine Irmgard als Hindernis zwischen ihm und diesem Erbe, denn wenn diese nicht am Leben gewesen wäre, hätte Rahneck unbedingt ihm gehören müssen, da Ernst von Rahneck sonst weiter keine Verwandten besaß als ihn und seine Familie.

Sein neidischer Charakter brachte es mit sich, daß er der jungen Erbin dies Erbe gern streitig gemacht hätte. Er hatte deswegen Konferenzen mit verschiedenen Rechtsanwälten gehabt und mit ihnen die Aussichten eines Prozesses erwogen, wiewohl er als Jurist hätte wissen müssen, daß ein solcher aussichtslos sei. Und er hatte auch überall den Bescheid erhalten, daß er das Erbe Irmgard von Rahneck nicht streitig machen könne.

Trotzdem verrannte er sich immer mehr in den Gedanken, wenigstens an dem Erbe partizipieren zu dürfen. Viele Pläne wälzte er in seinem Hirn, wie das möglich zu machen sei. Vor allen Dingen sorgte er dafür, daß er zu Gardas Vormund bestellt wurde, und als das erfolgt war, nistete er sich als solcher in Schloß Rahneck ein. Tat es unter dem Vorwande, daß er damit ein Opfer bringe, um seine kleine Nichte nicht heimatlos zu machen und ihren Besitz verwalten zu können.

Mit großer Energie arbeitete er sich unter der verständigen Leitung des alten Administrators in alle Geschäfte ein, und man mußte zugeben, daß er sein Amt höchst sachgemäß verwaltete. Daß er dabei allerlei Vorteil für sich zog, war bei seinem Charakter selbstverständlich. Im Grunde lebte er mit seiner Familie vollständig auf Kosten seines Mündels.

Bald hatte Karl von Rahneck seinen festen Plan, wie das Erbe seines Vetters auf seine Familie zu übertragen sei. Er beschloß, daß sein Sohn Hans Garda heiraten solle. Er weihte darum seinen Sohn, sobald er das nötige Alter erreicht hatte, in seinen Plan ein, und dieser war nur zu sehr einverstanden damit, einstiger Herr auf Rahneck zu werden, ganz abgesehen davon, daß Irmgards Schönheit seine leicht zu entflammenden Sinne erregte.

Sein Vater ließ ihm gar keinen Zweifel, daß Garda seine Frau werden würde, da er, wie er ihm andeutete, die Macht dazu in den Händen habe, so daß Hans von Rahneck seiner Sache ziemlich sicher war.

Als ihm Garda aber verschiedentlich sehr energische Abfuhr erteilte, machte er seinem Vater davon Mitteilung. Dieser fühlte sich sofort sehr beunruhigt, denn es waren in der Nachbarschaft plötzlich zwei junge Herren in heiratsfähigem Alter aufgetaucht; zwei Brüder, die aus Amerika herübergekommen waren, und die ein von ihnen erworbenes Gut gemeinschaftlich bewirtschafteten. Er fürchtete, einer von diesen könne sich um Garda bewerben, und es lag ihm darum viel daran, baldmöglichst eine Verlobung zwischen seinem Sohne und dessen Base zustande zu bringen. Er gab ersterem daher die Weisung, energisch vorzugehen, ehe ihm ein anderer ins Gehege käme. An ernstlichen Widerstand Gardas glaubte er nicht, da er sehr von seinem Sohne eingenommen war. Dieser war auf Wunsch seines Vaters Landwirt geworden – sah er in ihm doch schon den künftigen Herrn von Rahneck – und war, als Garda zwanzig Jahre alt war, bereits seit einigen Monaten als Eleve in Rahneck angestellt, damit er sich unter der Leitung seines Vaters einarbeiten könnte. Nach dem Ableben des alten Administrators wurde kein neuer wieder in Rahneck angestellt. Karl von Rahneck liebte es nicht, sich zu sehr auf die Finger sehen zu lassen, und da er die Oberleitung in den Händen hatte, begnügte er sich mit einem jüngeren Inspektor, dem er nun seinen Sohn beigesellt hatte.

Welchen Erfolg Hans von Rahnecks stürmische Werbung bei Garda gehabt hatte, ahnte sein Vater nicht, als Hans aufgeregt zu ihm ins Zimmer trat.

»Also lieber Vater, ich habe mich deiner Weisung gemäß heute ganz deutlich um Garda beworben, habe ihr sogar einen Kuß gegeben. Der Erfolg war jedoch durchaus negativ. Nur gerade, daß sie mir nicht einfach mit einer Ohrfeige gedient hat. Ihre Abwehr war aber auch ohnedies deutlich genug – sie will lieber sterben, als meine Frau werden.«

Karl von Rahneck zog die Stirn zusammen.

»Warst du ungeschickt, Hans?«

»Ich glaube nicht, Vater, aber ihre Abwehr war so echt, daß ich dir nur raten kann, deine auf sie zielenden Pläne aufzugeben. Sie denkt nicht daran, meine Frau zu werden.«

Herr von Rahneck machte eine hastige abwehrende Bewegung.

»Unsinn, Mädchenlaunen! Sie wird deine Frau – muß deine Frau werden – was soll sonst aus uns werden? Wenn sie mündig wird und mein Amt als Vormund erledigt ist, sind wir mit erledigt. Schon dann müssen wir vielleicht unser Bündel schnüren; ganz gewiß aber, wenn sie einen anderen Mann heiraten würde. Das darf nicht sein, um keinen Preis. Die Brüder Sassenheim, diese Deutschamerikaner, die Burgwerben gekauft und sehr zur Unzeit sich in unserer Nachbarschaft ansässig gemacht haben, streichen mir viel zu unternehmungslustig herum. Garda wäre für sie wohl ein fetter Bissen. Bisher konnten wir sie von gefährlichen Bekanntschaften zurückhalten, aber das wird immer schwieriger, je älter sie wird. Deshalb muß sie so schnell wie möglich mit dir verlobt werden.«

»Aber sie will doch nicht, Vater, und du kannst mir glauben, das war keine Mädchenlaune. Ich habe dir schon immer gesagt, daß sie mir gegenüber sehr abweisend ist. Heute aber war sie es in einer Weise, daß ich das Spiel als definitiv verloren ansehen muß.«

Das energische und wenig sympathische Gesicht Karl von Rahnecks wurde sehr finster. Er reckte sich empor und sagte bestimmt:

»Nun, ich denke, ich habe ein wirksames Mittel, sie gefügig zu machen. Dieses Mittel hätte ich gern unangewendet gelassen, aber jetzt ist das nicht mehr möglich. Ich werde gleich nachher mit Garda sprechen und sie davon überzeugen, daß sie deine Frau werden muß.«

Erstaunt sah Hans ihn an.

»Was ist das für ein Mittel, Vater?«

Der alte Herr sah ihn mit einem unbeschreiblichen Blick an. Hans fuhr unwillkürlich ein wenig zusammen.

»Das ist mein Geheimnis, war es bisher; nun aber muß ich Garda einweihen. Vorläufig soll nur sie davon erfahren. Bitte, sage dem Diener, er soll sie sofort, wenn sie zurückkommt, zu mir bitten. Es ist die höchste Zeit, daß ich eingreife. Alles Weitere später; geh ruhig an deine Arbeit.«

Damit war Hans entlassen, und er wußte, wenn sein Vater so aussah, dann gab es keine Widerrede.

Garda von Rahneck hatte, als ihr Vetter sie verlassen hatte, ihren Spaziergang durch den Park fortgesetzt, bis zu einer an der Parkmauer gelegenen kleinen Anhöhe, auf der einige Sessel um ein rundes Tischchen standen. Dort oben war ihr Lieblingsplatz, und sie ließ sich hier auch heute nieder und schaute träumerisch in die Ferne. Ihres Vetters Überfall hatte sie sehr zornig gemacht, aber dies Gefühl hatte sie nun abgeschüttelt wie etwas Unreines, mit dem man sich nicht mehr beschäftigen darf. Sie glaubte endgültig mit ihm fertig zu sein und hoffte, daß er es nicht wieder wagen würde, sich ihr in solcher Weise zu nähern. Und sie wehrte alle Gedanken an ihn ab wie etwas sehr Unangenehmes, das man gern vergessen will.

Während sie sich nun bemühte, an andere, angenehmere Dinge zu denken, und traumverloren vor sich hinstarrte, drang plötzlich Pferdegewieher an ihr Ohr. Überrascht blickte sie nach dem Walde hinüber, von woher der Laut gekommen zu sein schien, und da gewahrte sie auf einem schönen, schlanken Goldfuchs einen Reiter, der sein Tier gezügelt hatte und unverwandt zu ihr herübersah. Langsam ließ er jetzt sein Pferd weiterschreiten, auf die Parkmauer zu, und zog höflich die Reitmütze von seinem Kopf.

Wie gebannt sah Garda in sein sonnengebräuntes, energisches Gesicht, aus dem ihr ein Paar lachende braune Augen entgegenstrahlten. Sie hatte ein Gefühl, als müsse sie vor diesen strahlenden Männeraugen fliehen, aber sie war nicht imstande, sich zu dieser Flucht aufzuraffen. Sie mußte, ob sie wollte oder nicht, in diese Augen hineinsehen, und dabei wurde ihr so seltsam wohl und wehe zumute wie nie zuvor in ihrem jungen Leben.

Der Reiter war jetzt dicht unter ihrem Platz an die Parkmauer herangekommen und verneigte sich.

»Verzeihung, mein gnädiges Fräulein, wenn ich es wage, hier über die Parkmauer hinweg mich Ihnen vorzustellen. Ich vermute, daß Sie die junge Herrin von Rahneck sind. Wir beide, mein Bruder und ich, haben schon wiederholt unsern Besuch in Schloß Rahneck gemacht, einige Male wurden wir nicht vorgelassen, aber vor etwa einer Woche hatten wir das Glück, Ihre Verwandten anzutreffen, und wurden empfangen. Nur Sie haben wir dabei nicht kennengelernt, und wir konnten lediglich unsere nachbarlichen Empfehlungen an Sie zurücklassen. Mein Name ist Werner Sassenheim, zum Unterschied von meinem Bruder Klaus. Und nun ich das Glück habe, Sie hier zu sehen, will ich nicht versäumen, Ihnen meine ehrerbietige Reverenz zu machen.«

Garda hatte ihren Blick nicht von ihm lassen können. Ihre Verwandten hatten ihr nichts von diesen Besuchen erzählt, und ihr auch keine Empfehlung bestellt.

»Meine Verwandten haben vergessen, mir Ihre Empfehlungen zu bestellen, und auch nichts von Ihrem Besuch erwähnt. Es tut mir leid, daß ich nicht zu Hause war. Vermutlich habe ich gerade nur einen Spaziergang im Park gemacht, da ich selten über die Mauern von Rahneck hinauskomme. Ich hätte also sehr leicht gerufen werden können und bedaure, daß dies nicht geschah, denn selbstverständlich interessiert man sich für seine nächste Nachbarschaft, und Burgwerben, das so lange unbewohnt war, liegt doch Rahneck am nächsten.«

So hatte Garda geantwortet, und Werner Sassenheim war so bezaubert von ihrer Schönheit und ihrem Liebreiz, daß er gern noch ein Weilchen mit ihr geplaudert hätte.

»Wir sind allerdings direkte Nachbarn, mein gnädiges Fräulein, und ich hoffe, daß Sie meinen Bruder und mich als solche akzeptieren.«

Sie neigte lächelnd den Kopf.

»Ich denke doch, daß das selbstverständlich ist. Aber ich glaube gehört zu haben, daß Burgwerben von zwei Amerikanern gekauft worden sei. Sie aber sind doch bestimmt ein Deutscher?«

»Unsere Eltern waren Deutsche, und wir sind sonach Deutschamerikaner. Nach dem Tode unserer Eltern haben wir den Entschluß gefaßt, uns in Deutschland anzukaufen, oder vielmehr haben wir damit einen Wunsch unserer Eltern erfüllt, die ihre alten Tage gern in Deutschland verbringen wollten. Sie starben aber leider, bevor der Entschluß ausgeführt wurde. Mein Bruder und ich haben in Deutschland landwirtschaftliche Studien betrieben, eben weil wir uns hier ansässig machen wollten. Wir hängen beide sehr aneinander und hausen nun gemeinsam auf Burgwerben. An eine Trennung mögen wir gar nicht denken, denn im Herzen sind wir ganz sentimentale Deutsche. Und so erscheinen wir auch anderen als ganz deutsch, niemand wird uns als Amerikaner einschätzen.«

»In der Tat, auch ich hätte das nicht getan.«

Darauf entstand eine kleine verlegene Pause, während der die beiden jungen Menschen einander ansahen. Garda wurde ein wenig rot dabei, und Werner Sassenheim begeisterte sich immer mehr an ihrer jungen Schönheit.

Endlich wechselten sie noch einige Worte, und Werner fragte sie, ob sie gestatte, daß er mit seinem Bruder nächstens noch einmal in Schloß Rahneck vorsprechen dürfe. Sie gab mit ruhiger Selbstverständlichkeit diese Erlaubnis, und dann mußte sich Werner Sassenheim verabschieden, obwohl er gern noch länger in die wundervoll helleuchtenden Grauaugen Gardas geblickt hätte.

Garda aber ging nun langsam, seltsam erregt, nach dem Schlosse zurück. Sie dachte darüber nach, warum man ihr nichts von dem Besuch der beiden Brüder gesagt haben mochte.

Kaum daß sie das Schloß erreicht hatte, trat ihr der Diener entgegen und richtete ihr aus, daß ihr Vormund sie bitten lasse, zu ihm zu kommen.

Ohne Zögern kam Garda diesem Wunsche nach.

Sie betrat das Arbeitszimmer ihres Onkels. Er erhob sich sogleich von seinem Schreibtischplatz und kam ihr mit ausgestreckten Händen entgegen.

»Du wünschst mich zu sprechen, Onkel Karl?« fragte Garda, ihm ihre Fingerspitzen reichend, wobei sie immer ein unbehagliches Gefühl hatte, das sie stets veranlaßte, ihre Hand schnell wieder zurückzuziehen. Sie schalt sich selbst aus deswegen, konnte es aber nicht ändern. Heute gelang es ihr aber nicht, sich so schnell wieder zu befreien, er hielt ihre Hand fest, faßte auch noch nach der andern und zog sie so neben sich auf einen Diwan nieder.

»Meine liebe Garda, ich habe heute etwas sehr Ernstes mit dir zu besprechen. Ich hatte mir vorgenommen, dir erst am Tage deiner Mündigkeit eine schwerwiegende Eröffnung zu machen, weil ich dich möglichst lange über diese Sache in Unwissenheit halten wollte. Aber ich habe nun eingesehen, daß ich nicht länger schweigen darf.«

Sie war ein wenig blaß geworden und sah ihn unruhig an.

»Das klingt, als hättest du mir etwas Unangenehmes zu sagen.«

Er seufzte tief auf und zwang sich zu einem mitleidigen Blick.

»Meine liebe Garda, wenn es nur etwas Unangenehmes wäre, wollte ich zufrieden sein. Es ist aber etwas sehr Trauriges und Betrübliches, das leider einen Schatten auf dein künftiges Leben werfen wird. Deshalb habe ich es dir ja so lange verheimlicht.«

In Gardas Gesicht trat der eigenartig energische Ausdruck,

den man sehr selten bei ihr sah, der aber immer verriet, daß in diesem jungen Geschöpf eine große Willenskraft lebte.

»Lieber Onkel – ich bitte dich, mich nicht lange mit Weitschweifigkeiten hinzuhalten. Wenn ich etwas Schlimmes hören muß, so sage es schnell und ohne Zögern. Ich bin bereits darauf gefaßt, etwas sehr Trauriges zu erfahren.«

»Leider kann ich nicht widersprechen. Nur unter einer Bedingung könnte ich dir auch ferner diese Eröffnung vorenthalten. Und nun will ich dir diese Bedingung nennen. Hans war vorhin bei mir und sagte mir, daß er dich unsagbar liebe, daß du dich aber energisch geweigert habest, seine Frau zu werden. Ich hätte es mit tausend Freuden begrüßt, wenn du dich hättest entschließen können, ihm deine Hand zu reichen, eben, weil ich dann nicht gezwungen gewesen wäre, dir ein düsteres Geheimnis zu offenbaren.«

Garda sah ihn mit großen Augen an.

»Das klingt ja ganz bedrohlich, Onkel Karl, aber was es auch sei, ich will es lieber hören, als daß ich Hans heiraten würde.«

Es zuckte ein Blick aus seinen Augen zu ihr hinüber, der sie unwillkürlich zusammenschrecken ließ. Aus diesem Blick leuchtete etwas wie Haß heraus, und es wurde ihr jetzt plötzlich klar, daß er sie schon öfter so angesehen hatte, aber immer nur einen flüchtigen Moment lang, so daß sie immer wieder glaubte, einer Täuschung zum Opfer gefallen zu sein. Aber jetzt war es ihr plötzlich klar geworden – das war Haß und Feindschaft, was aus seinen Augen gezuckt hatte. Wohl war auch jetzt dieser Ausdruck sofort wieder verschwunden, und ein scheinbar gütiger, mitleidiger Blick war an Stelle des feindseligen getreten. Aber wenn auch, sie glaubte diesem sanften Blick nicht mehr. Irgend etwas warnte sie vor ihm. Irgend etwas war da, was sie innerlich noch weiter von ihm abrücken ließ.

Nach einer kleinen Pause fuhr Karl von Rahneck fort, während er ihre Hand streichelte, was sie sich nur mit großem innerlichem Widerstreben gefallen ließ:

»Meine liebe Garda, es tut mir leid, daß dir Hans so widerwärtig erscheint.«

Das Blut schoß ihr ins Gesicht. Ja, Hans war ihr zuwider, aber es erschien ihr unmöglich, das dem Vater zuzugeben.

»Ein Mensch braucht einem doch nicht gerade widerwärtig zu sein, wenn man ihn nicht heiraten kann.«

»Nun ja, aber jedenfalls tut es mir leid, daß du dich nicht zu einer Verbindung mit ihm entschließen kannst. Ich wünschte es vor allem deinetwegen, weil ich dir dann viel Leid ersparen könnte. Ist es dir wirklich unmöglich, Hans deine Hand zu reichen?«

»Ganz unmöglich!« rief Garda mit einer Energie, die ihn überzeugen mußte.

Und so mußte er sich entschließen, die Karte auszuspielen, die wenigstens die Gefahr beseitigte, daß Garda jemals einen andern Mann heiraten würde. Er wollte für sich und seine Familie für immer eine angenehme Freistatt in Rahneck behalten, die ihm sicher verlorengehen würde, wenn Garda sich verheiratete und dann ihr Mann hier das Zepter ergriff. Mit einem mitleidigen Gesicht atmete er tief auf.

»Also, dann hilft es nichts, Garda, dann muß ich zu dir sprechen von dem Drama, das sich einst in diesem Hause abgespielt hat und durch das du beide Eltern verlieren mußtest.«

Sie reckte sich hoch auf und wurde sehr blaß.

»Oh, ich weiß doch, Onkel Karl, daß meine Eltern beide durch einen Unglücksfall ums Leben kamen.«

Er seufzte tief und schwer.

»Mein liebes Kind, das ist eine wohltätige Lüge gewesen, weil wir deine Jugend unbelastet lassen wollten. Sorgsam haben wir dir den wahren Sachverhalt verschwiegen und auch der Öffentlichkeit diese Lesart gelten lassen. Wir haben Sorge getragen, daß im Laufe der ersten Jahre deines Lebens die Dienerschaft, die etwas von der Wahrheit ahnen konnte, entlassen wurde. Der alte Administrator aus jener Zeit ist gestorben, ebenso der Arzt, der zu Hilfe gerufen worden war. So gelang es uns, dich ganz in Unwissenheit über die Katastrophe zu lassen. Wie gesagt, vor deiner Mündigkeitserklärung wollten wir vor dir alles geheimhalten, aber, wenn du es erst weißt, wirst du selber erkennen, daß wir dich nicht länger im unklaren lassen durften.«

Garda riß mit energischem Ruck ihre Hand aus der seinen und sprang erregt auf.

»Ich bitte dich, foltere mich nicht länger, sage mir, was geschehen ist!« rief sie außer sich.

Er zog sie wieder neben sich nieder.

»Ruhe! Ich bitte dich, sei ruhig, du wirst deine Kräfte nötig haben, mein armes Kind! Also – deine Eltern sind nicht durch einen Unglücksfall ums Leben gekommen, sondern – deine Mutter erschoß deinen Vater in einem Anfall geistiger Umnachtung; diese furchtbare Krankheit war – oder ist – in ihrer Familie erblich, denn auch ihre Mutter starb im Wahnsinn. Als sie von der Tat ihrer Tochter hörte, brach auch bei ihr diese furchtbare Krankheit aus. Als deine Mutter sah, daß dein Vater tot zusammenbrach, kam ihr wohl für einen Moment die Besinnung wieder, und sie erschoß sich selbst.«

Garda saß wie erstarrt. Sie konnte das Schreckliche, was ihr da erbarmungslos mitgeteilt wurde, nicht sogleich fassen, noch weniger hätte sie zu fassen vermocht, daß ein Mensch die Niedertracht begehen könnte, mit einer so grausamen Lüge ihr ganzes Leben zu vernichten und ihre tote Mutter mit Schmach zu bedecken. Zweifeln konnte sie nicht an den Worten des Onkels, konnte nicht ahnen, daß er dies furchtbare Märchen ersonnen hatte, um sie für immer in seine Hände zu bekommen und ungestört auf Rahneck als Herr walten zu können. Sie mühte sich nur, das Schreckliche, was sie soeben gehört, zu begreifen. Ihre Mutter hatte ihren Vater ermordet, sie war geisteskrank gewesen, und diese Krankheit war in ihrer Familie erblich. Das stand wie in greller Flammenschrift vor ihren Augen. Und nur langsam begriff sie, daß auch sie unter diesen Umständen Gefahr laufen könne, von dieser schrecklichen Krankheit eines Tages befallen zu werden.

Konnte das sein? Ihr klarer, ruhiger Verstand könnte sich eines Tages verwirren?

Und als sie das bedachte, erschien plötzlich vor ihrem geistigen Auge ein tiefgebräuntes Männergesicht, mit frohen, sonnig lachenden Augen, die sie drüben an der Parkmauer angeblitzt und die ihr das Herz durchleuchtet und erwärmt hatten.

Sie erzitterte unter dem Ansturm unbekannter Gefühle. Ihr war, als müsse sie vernichtet zu Boden sinken. Aber dann raffte sie sich auf mit Aufbietung ihrer ganzen Willensstärke.

»Das ist ja grauenhaft, furchtbar – entsetzlich«, stöhnte sie auf.

Dem Mann an ihrer Seite mochte bei dem Anblick des blassen, entsetzten Mädchens doch vielleicht das Gewissen schlagen, aber er war nun einmal diesen Schritt gegangen und sah in ihm die einzige Möglichkeit, sich in seiner mühsam errungenen Position zu halten.

»Meine liebe Garda, du kannst dir denken, wie schmerzlich es mir ist, daß ich dir das eröffnen mußte. Aber – du wolltest es doch nicht anders. Hättest du Hans geheiratet, hättest du das alles nicht zu erfahren brauchen.«

Sie sah ihn mit erloschenen Augen an.

»Aber – wie hättest du denn dareinwilligen können, daß Hans mich zu seiner Frau gemacht hätte?« fragte sie fassungslos.

»Oh, mein Kind, dann wäre das Geheimnis in der Familie geblieben, wir alle hätten dich liebevoll umhegt und gepflegt, alles hätten wir von dir ferngehalten, was dich hätte krank machen können, wir hätten dich, ohne daß du es ahntest, sorgsam beobachtet. Ich hätte Hans selbstverständlich einweihen müssen. Aber du wolltest es nicht. Und nun mußte ich dich warnen, du kommst jetzt in das Alter, in dem ein Mädchen an eine Heirat denkt. Aber du darfst dich nicht verheiraten, ohne deinem künftigen Gatten das Geheimnis dieser erblichen Belastung zu enthüllen. Doch welcher Mann würde dir unter diesen Umständen die Hand reichen? Du siehst somit wohl ein, daß du unverheiratet bleiben mußt, wenn du nicht eben Hans als Gatten akzeptieren willst, der in seiner heißen Liebe für dich über alles hinwegsehen würde. Vielleicht entschließt du dich doch noch dazu.«

Sie sprang auf und stand hoch aufgerichtet vor ihm.

»Jetzt weniger denn je. Um keinen Preis werde ich mich jemals verheiraten. Das ist doch selbstverständlich, nun ich das fürchterliche Geheimnis kenne. Das ist das einzige, was ich jetzt sicher weiß. Aber nun gestatte, daß ich mich zurückziehe. Nach allem, was ich soeben gehört habe, ist mein Kopf so benommen, gehen meine Gedanken so wirr durcheinander, daß mir jetzt schon ist, als könnte auch ich eines Tages die Klarheit meines Denkens verlieren.«

Ehe er hätte antworten können, war sie zur Tür hinaus und begab sich auf ihr Zimmer.

Karl von Rahneck sah ihr aufatmend nach. Gottlob, sie sah ein, daß sie niemals heiraten dürfe. Das hatte er wenigstens erreicht, und das war für ihn die Hauptsache. Ihre energische Abwehr hatte ihm kundgetan, daß Hans sich keinerlei Hoffnung auf ihre Hand machen dürfe. Nun gut, aber dann mußte auch sie sich mit dem Gedanken abfinden, daß sie ledig bleiben müsse.

Ledig – nun, es war ein Schicksal, das sie mit vielen anderen zu teilen haben würde. Im übrigen würde es ihr an nichts fehlen. Sie konnte ein angenehmes Leben führen und vermochte sich beinahe jeden Wunsch zu erfüllen.

Also, war sie nicht glücklich zu preisen vor vielen?

Und weil dem so war, brauchte er sich dann lange mit Gewissenbissen zu quälen?

Er hatte nichts getan, als sich und den Seinen ein sorgenfreies Leben zu verschaffen, denn im Grunde . . . war er der echte Erbe von Rahneck!

Damit versuchte er, sich zu beruhigen.

Wie schweres Leid er Garda angetan hatte, ahnte der Onkel nicht.

4

WIE GARDA VON Rahneck die nächsten Stunden nach der Unterredung mit ihrem Onkel verbracht hatte, hätte sie später nicht zu sagen vermocht. Jedenfalls befand sie sich in einer unbeschreiblichen Aufregung und seelischen Depression. Nicht die Spur eines Zweifels kam ihr, daß der Onkel ihr nicht die Wahrheit gesagt hätte, aber dennoch empfand sie diese Eröffnung als Grausamkeit. Sie erkannte an, daß es seine Pflicht gewesen sei, überhaupt von dem Schrecklichen zu sprechen; aber warum hatte er es nicht früher getan, nicht schon in der Zeit, wo sie die Schwere dieser Eröffnung noch nicht begriffen, wo sie ihr noch leichter zu tragen gewesen wäre als jetzt? Und als sie sich zitternd fragte, warum ihr Wissen sie gerade jetzt beinahe zu erdrücken drohe, tauchte, gleichsam als Antwort darauf, vor ihrem geistigen Auge wieder das sonnige, heitere Gesicht Werner Sassenheims auf. Und es durchzuckte sie ein heißer, brennender Schmerz, den sie sich aber nicht zu erklären wagte. Sie fühlte nur instinktiv, sie würde alles nicht so schwer genommen haben, hätte sie nicht kurz zuvor Werner Sassenheim kennengelernt. Trotzdem war es ihr nicht klar, daß sie ihr Herz auf den ersten Blick an den jungen Deutschamerikaner verloren hatte. Und doch fühlte sie jenseits ihrer Bewußtseinsschwelle, daß die Eröffnung ihres Onkels ihr künftiges Verhältnis zu Werner Sassenheim tief berühren mußte. Sie war im Grunde noch ein so unerfahrenes Kind, hatte noch keinen Verkehr mit jungen Männern gehabt außer mit ihrem Vetter Hans, daß sie sich nicht gleich erklären konnte, warum sie alles das unwillkürlich mit Werner Sassenheim in Verbindung brachte. Sie hatte nur die Empfindung, als wäre es besser gewesen, sie hätte alles ihr von dem Onkel Mitgeteilte schon gewußt, ehe Werner Sassenheim in ihren Gesichtskreis getreten war. Vielleicht meinte sie instinktiv, sie hätte besser dem Zauber widerstehen können, den seine Person unstreitig auf sie ausgeübt hatte.

Das alles strich aber nur unklar durch ihre Gedanken. Zwischendurch beobachtete sie sich selber mit einer furchtsamen Scheu, prüfte sich, ob sie auch klar und ungetrübt zu denken vermochte, oder ob schon ein leises Anzeichen der furchtbaren Krankheit ihrer Mutter sich bemerkbar bei ihr machte.

Und das erste klare Ergebnis dieser Beobachtung war:

Nein, ich bin vollständig gesund, meine Gedanken sind logisch und richtig, und nun, da ich die Gefahr kenne, in der ich schwebe, muß ich mit aller Energie darauf halten, immer klar und richtig zu denken. Ich darf mir kein Phantasieren gestatten, darf mich nicht mit phantastischen Abschweifungen beschäftigen, muß ganz ruhig und korrekt sein. Ich will nicht krank werden – will es nicht!

Und sie spürte mit einer gewissen Erleichterung, daß sie bedeutende Willensstärke besaß.

Niemals aber würde sie daran denken dürfen, sich zu verheiraten, das stand fest bei ihr, das hätte ihr der Onkel gar nicht so eindringlich vorzuhalten brauchen. Aber da mußte sie zu ihrem Leidwesen schon wieder an Werner Sassenheim denken. Warum nur? Wie kam das nur?

Aber wenn es so schlimm um sie stand, wie konnte der Onkel ihr dann gestatten wollen, sich mit Hans zu verheiraten? Wie konnte er das? Selbst wenn sie ihn geliebt hätte, wäre sie nie dazu zu bewegen gewesen, nun, nachdem sie alles wußte. Nein, sie durfte niemals heiraten, durfte den Keim der schrecklichen Krankheit nicht auf ein geliebtes Kind übertragen. Ihre arme Mutter hatte wohl nicht geahnt, welch furchtbares Erbe sie weitergab, sonst hätte sie sich nie dazu entschließen können, zu heiraten und Mutter zu werden. Was für ein furchtbares Ende das für ihre armen Eltern gewesen sein mußte. Was wohl ihr armer Vater gedacht und empfunden hatte, als die geliebte Frau die Waffe auf ihn gerichtet hatte?

Ein Glück war, daß kein Mensch mehr etwas von dieser Tragödie wußte. Welch eine Marter für sie, hätte sie argwöhnen müssen, daß alle Leute sie daraufhin ansähen, ob die furchtbare Krankheit wohl auch bei ihr ausbrechen würde. Hans und Leni wußten es wohl noch nicht, und sie wollte den Onkel bitten, es keinem Menschen weiterzusagen. Je weniger darum wußten, desto besser würde es sein.

Und doch konnte sie sich nicht frei machen von einem nun noch verstärktem Widerwillen gegen ihren Onkel. Sie fragte sich, warum er wohl durchaus gewollt hatte, daß Hans sie heiraten sollte. Wirklich nur, damit sie im engsten Familienkreis wohl aufgehoben sein sollte?

Man hätte sie dann wohl sorgfältig beobachtet? Zweifelsohne! – Vielleicht tat man das schon seit langer Zeit. Vielleicht war diese Art, sie heimlich zu beobachten, das Unklare, Ungewisse, was sie als falsch und unecht empfunden hatte, und was keine Sympathie zwischen ihr und ihren Verwandten aufkommen ließ.

Sie verbarg das Gesicht in den Händen. Wie grauenhaft das alles war! Wie sollte sich fortan ihr Leben abspielen? Wie ließ sich dieses Dasein in Zukunft am besten ertragen?

Sie sann und grübelte und überließ sich wieder eine ganze Weile ihrem Schmerz. Aber endlich wurde sie ruhiger. Sie sagte sich, der Onkel hätte die Heirat mit Hans nur begünstigt, damit Rahneck eines Tages als Erbe wieder an die Rahnecks zurückfallen sollte. Hatten der Onkel und auch die Tante, ja, zuweilen sogar ihre Base Leni ihr nicht Andeutungen gemacht, daß sie als Rahnecks erbberechtigt seien? Sie hatte früher nie so darauf geachtet, es war ihr so unwichtig erschienen, da ihr Geld und Geldeswert so nebensächlich waren, wie sie immer Menschen sind, die keinen Mangel kennen.

Langsam überwand sie den Schlag, der ihr versetzt worden war. Es steckte eben doch ein zu starker Lebenswille in ihr, als daß sie niedergebrochen wäre, wie es wohl manchem an ihrer Stelle geschehen wäre, und – wie es Karl von Rahneck vielleicht im Unterbewußtsein angenommen, vielleicht gehofft hatte, freilich ohne sich das selber einzugestehen. Es gibt Menschen, die vor keiner bösen Tat zurückschrecken würden, wenn sie nicht zu fürchten brauchten, daß sie dafür zur Rechenschaft gezogen werden könnten.

Solch ein Mensch war Karl von Rahneck, und was er Garda angetan hatte, war an sich schlecht und grausam genug, aber er konnte sich allenfalls hinter der Entschuldigung verkriechen, es sei nötig gewesen zur Sicherung seiner und seiner Familie Existenz, und – daß man ja nicht wissen könne, ob sich jene Katastrophe nicht wirklich so abgespielt habe, wie er sie Garda geschildert hatte. Es war damals nicht lange geforscht und gegrübelt worden. Nur das eine stand zweifellos fest, daß das Geschoß aus dem Browning, den Maria von Rahneck noch in den toten Händen hielt, in dem Körper ihres Gatten steckte, und das die Kugel aus dem Gewehr, das Ernst von Rahneck entfallen war, Marias Schläfen durchbohrt hatte. Was die beiden einzigen Zeugen der Katastrophe, der Gärtner und der Studienfreund Ernst von Rahnecks, ausgesagt hatten, war belanglos. Der Gärtner war kurze Zeit darauf nach Amerika ausgewandert, und der Freund hatte nie mehr etwas von sich hören lassen. Also stand es in seinem Ermessen, den Vorgängen jener Schreckenstage eine Deutung zu geben, wie sie ihm gefiel. Niemand, so meinte er, würde ihn der Lüge zeihen können.

Garda wurde seine Schwiegertochter nicht! Es galt also, sich mit dieser Tatsache abzufinden. Nun gut, aber dennoch war sie jetzt ein williges Werkzeug in seiner Hand, und er durfte daher seiner Meinung nach immerhin mit dem errungenen Sieg zufrieden sein. War es nicht schon Großmut, daß er ihr hier auf Rahneck ein gutes, sorgenfreies Leben zubilligte?

Wie tief er sie mit seiner lügenhaften Eröffnung getroffen hatte, ahnte er nicht.,

Er sollte sich in seinen Erwartungen in bezug auf Garda und wie sie sich fortan dem Leben gegenüber stellen würde, vollständig getäuscht haben. Sie war von diesem Tage an ein ganz anderer Mensch geworden als bisher. Sie wurde still und zurückhaltend, über ihre Jahre hinaus ernst und verschlossen und beschäftigte sich auffallend viel mit landwirtschaftlichen Dingen.

Als der Onkel sie eines Tages nach dem Warum fragte, erwiderte sie ruhig und bestimmt:

»Einen Lebensinhalt muß ich doch haben. Ich weiß jetzt, daß ich mich nie verheiraten werde, daß also nie ein Gatte mir in der Bewirtschaftung von Rahneck zur Seite stehen wird. Du bist bereits im sechzigsten Lebensjahr, eines Tages werde ich vielleicht ohne dich auskommen müssen. Da will ich doch wenigstens einen Begriff davon bekommen, wie ich Rahneck verwalten muß.«

Diese Worte machten ihn sehr betroffen, aber er faßte sich schnell. Das war wohl nur eine spielerische Laune von ihr, der man nachgeben mußte. Lächelnd entgegnete er:

»Deswegen mache dir keine Sorge, Garda, wenn ich abberufen werde, ist doch Hans noch da.«

Gerda sah ihn groß und ruhig an.

»Man weiß aber jetzt noch nicht, ob Hans ein tüchtiger Gutsverwalter sein wird, Onkel Karl.«

Wieder stutzte er und sagte etwas benommen:

»Das hoffe ich doch, und außerdem haben wir doch noch einen sehr tüchtigen Verwalter, den ich genügend sorgfältig angelernt habe. Er ist sehr zuverlässig. Aber immerhin, beschäftige dich nur ein wenig mit landwirtschaftlichen Studien, es wird dich wohltuend ablenken.«

Dies Gespräch fand an ihrem zwanzigsten Geburtstag statt. Nach jener Eröffnung über die Katastrophe beim Tode ihrer Eltern hatte Garda den Onkel gebeten, dies Thema nie wieder zu berühren, sie wolle versuchen, alles zu vergessen, um ihr Gleichgewicht wiederzugewinnen. Sie wisse nun, daß sie niemals heiraten dürfe, sie hoffe, sich damit abzufinden und würde danach trachten, sich einen speziellen Lebensinhalt zu schaffen.

So war Karl von Rahneck sehr zufrieden. Er hatte seinem Sohn gesagt, daß Garda nicht dazu zu bewegen sei, ihn zu heiraten. Hans hatte den Vater gefragt, was für eine Waffe er in der Hand gehabt habe, sie zu zwingen, seine Frau zu werden und warum diese Waffe versagt habe. Darauf hatte sein Vater geantwortet, daß er Garda sein Wort gegeben habe, dies auch ferner als Geheimnis zu betrachten. Er habe sich mit ihr darüber geeinigt.

Wirklich hatte Garda von ihm gefordert, dies Geheimnis zu bewahren. Auf ihre Frage, wer außer ihm und ihr noch eingeweiht sei, hatte er ihr geantwortet: Niemand; nur seine Frau wisse darum, daß über der Todesstunde von Gardas Eltern ein gewisses Dunkel schwebe. Näheres sei aber auch ihr unbekannt. Seine Kinder hätten keine Ahnung davon, und da Hans ihr Gatte nicht werden würde, brauche man ihn auch nicht einzuweihen. Er versprach ihr gleichzeitig, daß das Geheimnis des Hauses Rahneck bei ihnen beiden begraben sein solle.

Es war auch wirklich am besten so. Seine Frau hätte am Ende unbequeme Fragen an ihn richten können, und er wollte sich auch weder von ihr noch von seinen Kindern in die Karten sehen lassen. Er wollte weder seine Frau noch seine Kinder damit belasten, seine Pläne zu kennen, noch wollte er ihnen die gleiche Lüge auftischen, die er Garda aufgetischt hatte.

Daß Garda verändert war, merkten wohl alle, aber niemand ahnte, eine wie schwere Bürde dieses junge Geschöpf mit sich herumtrug.

Garda aber zog sich innerlich immer mehr von ihren Verwandten zurück, und der starke Wunsch erwachte in ihr, sich in der Zukunft ganz von ihnen loslösen zu können und ihr eigenes Leben zu leben. Der Vormund ahnte nicht, mit welcher Zähigkeit und Energie sie sich alle wichtigen landwirtschaftlichen Kenntnisse aneignete. Sie verschaffte sich sämtliche, in das Fach weisenden Bücher, deren Studium sie in willkommener Weise ablenkte von ihren trüben Gedanken. Schon damals richtete sie sich das Arbeitszimmer ihres Vaters so ein, wie es jetzt war, als sie so sinnend an dessen Fenster stand. Aber in der Zeit zwischen jenem Tage und dem Heute war noch manches andere Schwere über sie gekommen.

Seit ihr Onkel sicher war, daß Garda nie heiraten würde, hatte er nichts mehr dagegen einzuwenden, daß die Brüder Sassenheim häufig in Rahneck verkehrten, und daß man auch Besuche in Burgwerben machte. Er vergaß nicht, daß er eine heiratsfähige Tochter hatte, und es konnte doch geschehen, daß einer der Brüder sich um Leni bewerben würde. Da die Brüder Sassenheim sehr reich waren, brauchten sie nicht darauf zu sehen, nach Vermögen zu heiraten. Auch Frau Anna von Rahneck wälzte schwiegermütterliche Gefühle in ihrem Busen, wenn die beiden eleganten und sehr ansehnlichen jungen Männer in Rahneck auftauchten.

Zwischen Werner Sassenheim und Garda hatte sich ein eigenartiger Umgangston herausgebildet. Zufälligerweise war es nicht zur Sprache gekommen, daß er sich selbst ihr an der Parkmauer vorgestellt hatte. Sie hatte nichts davon berichtet noch darauf angespielt, und darum war es auch von ihm vermieden worden, davon zu sprechen. Nur sein Bruder Klaus wußte davon, und dieser mußte nach wie vor begeisterte Lobeshymnen auf Garda über sich ergehen lassen und wiederholte auch seinem Bruder zuliebe die Besuche in Rahneck, obwohl es ihm lästig war, daß Fräulein Leni von Rahneck ihm unausgesetzt Avancen machte.

Aber obwohl Werner Sassenheim Garda immer freundschaftlicher und herzlicher begegnete, und obwohl Gardas Herz ihm immer inniger entgegenschlug, blieb sie ihm gegenüber äußerlich ganz ruhig. Es entstand zwischen ihr und ihm mit der Zeit eine immer größere Vertraulichkeit. Sie unterhielt sich stets sehr lebhaft mit ihm und ließ sich nur zu gern von seiner frischen, sonnigen Art aufheitern, aber er kam ihr nie einen Schritt näher. Und er ahnte nicht, wie oft sie sich verzweifelt mit ihrem Gram in ihrem Zimmer einschloß, wenn sie wieder einmal mit ihm zusammengewesen war und seine Augen flehend und zärtlich in die ihren geblickt hatten.

Mit Klaus Sassenheim verband Garda eine echte, warme Freundschaft, und es kam ganz von selbst, daß sie ihn sehr oft in Dingen um Rat fragte, mit denen sie ihrem Onkel nicht kommen wollte. Werner war darauf zuerst sehr eifersüchtig geworden, aber Klaus hatte ihm lachend erklärt:

»Es ist Unsinn, Werner, daß du mir Othelloaugen machst. Garda von Rahneck liebt nur einen – das bist du. Und daher ist sie für mich tabu, das mußt du doch verstehen. Ich habe mich deshalb von Anfang an nur auf gute Kameradschaft mit ihr eingestellt, und ich kann dir sagen, es ist mir ernst damit. Denn ich ahne und fühle, daß sie eines treuen Freundes sehr dringend bedarf. Du siehst ja dank deiner heißen Liebe nur sie und immer nur sie, aber ich habe Zeit und Gelegenheit, auch ihre Umwelt zu beobachten. Und du kannst mir sagen, was du willst, da stimmt etwas nicht. Dieser Onkel – ich weiß nicht, wenn er mir die Hand reicht, sträuben sich mir all die feinen Härchen auf meinem Handrücken, und das ist immer ein Zeichen für mich, vor einem Menschen auf der Hut zu sein. Und der Herr Sohn, der ist mir, trotzdem er sich uns immer so bieder und freundschaftlich anschließt, mindestens ebenso unsympathisch. Die Mutter ist auch nur Mittelware, und die Tochter – ach, weißt du, Leni will halt einen reichen Mann haben und bewirbt sich mit elterlicher Zustimmung und allerlei neckischem Getue um meine Hand. Ich habe aber niemals Sinn gehabt für eine verkehrte Weltordnung, ich will mir, wenn es mal sein muß, meine Frau selbst aussuchen. Vorläufig eilt es mir noch nicht. Erst mußt du unter den Pantoffel, mein Herzbruder, und ich bin mit deiner Wahl restlos einverstanden. Im übrigen – ich glaube nicht, daß man es dir in Rahneck leicht machen wird, dich um Garda zu bewerben. Ich habe immer das Gefühl, daß man Wache steht, um dich nicht zu dicht herankommen zu lassen. Entweder will man die Herrin von Rahneck für den viellieben Hans aufheben oder aber, man will es überhaupt verhindern, daß Garda von

Rahneck sich verheiratet. Ihr Onkel will anscheinend die fetten Pfründe nicht aufgeben. Also richte dich ein bißchen danach, Werner. Ich fürchte, du mußt sieben Jahre um Rahel dienen.«

»Fällt mir nicht ein, Klaus, aber ich danke dir für alle diese Mitteilungen, ich werde sie nicht außer acht lassen, und ganz offen, sympathisch ist mir in Rahneck ebenfalls kein Mensch.«

»Nun, diese ist dir dafür um so sympathischer – und mir auch, soweit du mir das in brüderlicher Großmut gestatten wirst. Also, auf meine Hilfe kannst du dich in jeder Beziehung verlassen.«

So hatten die Brüder alles klargestellt und machten nun gemeinsame Sache.

Sie verkehrten nach wie vor in Rahneck und wurden auch von allen gut aufgenommen.

Garda hatte in all der Zeit fleißig gelernt und studiert. Sie vermied es jedoch, bei ihrem Onkel Rat und Hilfe zu holen. Im Anfang hatte sie das einige Male versucht, er hatte ihr jedoch entweder gar keine Auskunft gegeben und sie ein wenig spöttisch abgetan, oder wenn er ihr schon einen Rat gab, dann kam sie später dahinter, daß es ein sehr schlechter gewesen war. Das machte sie mißtrauisch. Überhaupt regte sich in ihr nach und nach ein immer größeres Mißtrauen gegen den Onkel und seine Familie. Deshalb wandte sie sich schließlich an den Verwalter, ohne daß es der Onkel merkte. Sie bat ihn, sie ein wenig in die Schule zu nehmen, aber ohne daß der Onkel es merke, da sie diesen später mit ihren Kenntnissen überraschen wolle. Der Verwalter war ein sehr kluger und anstelliger Mann und hatte sich längst schon darüber Gedanken gemacht, daß Karl von Rahneck sehr viel in seine Tasche arbeitete. Er bedauerte seine junge Herrin aufrichtig, und als sie ihm nunmehr Gelegenheit gab, ihr zu helfen, tat er es nur zu gern, zumal Karl von Rahneck allen Angestellten gegenüber ein wenig angenehmer Herr war.

Der Verwalter Neumann war ein ehrlicher Mensch, und da Garda bei allen ihren Leuten sehr beliebt war, machte es ihm Freude, ihr beizustehen. Vielleicht ahnte er auch, daß Garda ihrem Onkel gegenüber ein gewisses Mißtrauen hegte. Er konnte ihr selbstverständlich nicht helfen, hinter seine Schliche zu kommen, aber das versuchte er wenigstens, sie dahin zu bringen, sich selbst über alles ein Urteil zu bilden. So war Garda durch ihn immer gut beraten und lernte, ohne daß es ihre Verwandten ahnten, sehr viel. Wie auf Verabredung blieb alles das Geheimnis zwischen Garda und dem Verwalter, und selbst Hans erfuhr nichts. Dagegen lernte Garda erkennen, daß Hans sehr untüchtig war, faul und unzuverlässig, daß er die Nächte in der nahen Stadt durchbummelte und morgens zu spät zur Arbeit kam. Er gebärdete sich dann als großer Herr, schnauzte die Leute an und behandelte sie schlecht, das war sozusagen die einzige Arbeit, die er leistete. Dafür war er bei allen sehr verhaßt. Auf diesem Wege erfuhr Garda auch, daß ihr Onkel seinem Sohn ein sehr hohes Gehalt ausgesetzt hatte, wofür er absolut nichts leistete.

Alles das trug wesentlich dazu bei, daß Garda sich nach und nach über ihre Verwandten ein ganz anderes Urteil bildete, und es wurde ihr klar, daß ihre Aversion gegen diese nicht ganz grundlos gewesen war. Sie hätte ihnen gewiß jede Annehmlichkeit gern gegönnt, aber man sollte ehrlich gegen sie sein und sich nicht immer den Anschein geben, als bringe man ihr die größten Opfer.

Je mehr Garda sich mit den Brüdern Sassenheim befreundete, desto offener vertraute sie sich ihnen an und bat auch sie, ihr mit Rat und Tat zur Seite zu stehen. Sie ließ selbstverständlich keinerlei Mißtrauen gegen ihren Onkel durchblicken, sondern sagte ihnen nur, der Onkel traue ihr absolut keinen Ernst zu und behandle sie wie ein unfertiges Kind. Sie wolle aber nicht ewig abhängig von ihm sein, sondern lernen, ihre Geschäfte wenigstens zu übersehen.

Da legten sich nun die Brüder, die die Verhältnisse in Rahneck immer mehr durchschauten, gründlich ins Zeug, und Garda bekam von ihnen manche wertvollen Winke. Ohne daß es ihre Verwandten ahnten, traf sie oft genug in Feld und Wald mit den Brüdern zusammen. Um ihre Gesundheit zu stärken, trieb sie allerlei Sport mit ihnen. Sie sagte sich, daß ihr das gut tun müsse, wenn sie sich nicht überanstrengte. Welches Gespenst ihr der Onkel vorgemalt hatte bezüglich der ihr drohenden erblichen Belastung, behielt sie klüglich für sich. Das war ihr quälendes Geheimnis, das sie nie mehr ganz froh sein ließ. Aber sie fühlte doch den wohltätigen Einfluß der beiden Brüder auf ihr Seelenleben, wenn sie auch das Bewußtsein ihres schlimmen Erbes, an das sie glaubte, gerade deshalb so schwer bedrückte, weil es sie zwang, allen heimlichen und offenen Bewerbungen Werner Sassenheims auszuweichen. Denn daß sie ihn liebte und daß auch er sie liebte, hatte sie nur zu bald erkannt. Und nun litt sie nicht nur ihretwegen, sondern auch Werners wegen. Immer wieder suchte sie den Ton zwischen sich und ihm auf dem gleichen freundschaftlichen Niveau zu halten, wie es zwischen ihr und seinem Bruder bestand, aber das wurde ihr sehr schwer.

Als sie endlich das einundzwanzigste Jahr erreicht hatte, glaubte sie schon imstande zu sein, mit Hilfe des tüchtigen Verwalters Neumann Rahneck selbst verwalten zu können, zumal, wenn ihr die Brüder Sassenheim nach wie vor zur Seite stehen würden, woran sie nicht zweifelte. Und sie hätte sich gar zu gern auch innerlich von der Vormundschaft ihres Onkels befreit, wie sie dem Gesetz nach nun befreit sein würde. Aber es bestanden bei ihr Hemmungen ihm gegenüber. Sie wußte, wenn sie ihn aus seinem Amte entlassen würde, wäre er völlig existenzlos.

Das kam, wie sie veranlagt war, freilich gar nicht in Frage. Und doch sehnte sie sich nach unbedingter Selbständigkeit, weil sie sich im Kreise ihrer Verwandten ganz unfrei fühlte. Sie hatte sich fest vorgenommen, am Tage ihrer Mündigkeitserklärung sich offen mit dem Onkel auszusprechen und ihm zu sagen, daß sie von diesem Tage an die Oberleitung über ihren Besitz selbst in die Hände nehmen wolle, aber sie brachte es dann doch nicht fertig. Sie hatte sich vorgenommen, ihm ein Ruhegehalt auszuzahlen, mit dem er, wenn auch bescheidener als bisher, immerhin sorglos mit seiner Familie leben konnte. Aber auch das hatte sie nicht ausführen können. Am unerträglichsten war ihr, daß sie Hans nicht von Rahneck entfernen konnte, weil er ihr immer ein seltsam hämisches Gesicht zeigte, wenn sie sich mit den Brüdern Sassenheim unterhielt. Hans glaubte, da er ja nichts von seines Vaters

Maßnahmen wußte, Garda würde sich mit einem der Brüder verheiraten. Daß sie nicht daran dachte, jemals eine Ehe einzugehen, weil sein Vater ihr das einfach unmöglich gemacht hatte, wußte er ja nicht. Auch Leni zeigte ihr gegenüber jetzt ein direkt gehässiges Betragen, weil sie in ihr eine Rivalin bei den Brüdern Sassenheim sah.

So war Garda das Zusammenleben mit ihren Verwandten mehr und mehr zur Qual geworden. Aber ihre Mündigkeitserklärung war vorübergegangen, ohne daß sie sich hätte entscheiden können, einen nennenswerten Wechsel eintreten zu lassen. Nur hatte sie ihrem Vormund erklärt, er müsse ihr von nun an gestatten, sich etwas mehr um die Geschäfte zu kümmern und in die Bücher Einsicht zu nehmen, und er müßte fortan vor der Ausführung wichtiger Maßnahmen mit ihr sprechen.

Das hatte Karl von Rahneck sehr geärgert. Er hatte sie ziemlich brüsk gefragt, ob das ein Mißtrauensvotum sein solle, aber sie hatte sich nicht dadurch abschrecken lassen, sondern ihm ruhig gesagt, das sei es nicht, aber sie möchte endlich das Gefühl haben, daß sie die Herrin von Rahneck sei. Auch das hatte ihn geärgert, aber er hatte sich schließlich bei dem Gedanken beruhigt, sie wolle sich eben nur ein wenig wichtig machen und ihre Nase in Dinge stecken, die sie nicht verstehe, die ihr aber das Gefühl geben konnten, hier die Herrin zu sein. Und so hatte er denn mit einem gewissen ironischen Lächeln die Bücher vor sie hingelegt, fest davon überzeugt, daß sie nicht das mindeste davon verstehe.

Garda arbeitete seither jeden Tag einige Stunden im Verwaltungsbüro, und seiner Annahme entgegen wurde sie des trockenen Tones keineswegs in kürzester Frist satt, sondern blieb von Tag zu Tag länger bei dieser Arbeit.

Aber er ahnte nicht, wie genau Garda all diese Bücher, Rechnungen, Verträge und dergleichen prüfte, ahnte noch weniger, daß das mit Verstand geschah, und am allerwenigsten, daß ihr dabei immer mehr Fehler auffielen; daß ihr allerlei Unregelmäßigkeiten klar wurden, mit einem Wort, daß sie erkannte, der Onkel und Vormund habe sie absichtlich und wissentlich betrogen.

Sie sprach kein Wort darüber, sondern arbeitete sich nur

immer gründlicher in die Verwaltungsgeschäfte ein und war nun jetzt so weit gekommen, daß sie ziemlich genau die Höhe der Summe beziffern konnte, die der Onkel zu seinen Gunsten veruntreut hatte. Sie sagte auch nichts darüber, daß er für den faulen und untüchtigen Hans ein höheres Gehalt eingesetzt hatte als es der tüchtige und zuverlässige Verwalter Neumann bezog. Aber alles das genügte, ihr das Zusammenleben mit ihm und seiner Familie unerträglich zu machen.

Als sie eben sinnend und nachdenklich am Fenster stand, überlegte sie, wie sie einen völligen Wandel dieser unhaltbaren Zustände herbeiführen könne. Ihr Onkel ahnte nicht, daß sie hinter seine Verfehlungen gekommen war, er hielt sich für klüger als andere Leute, zumal als seine Nichte Garda. Ihre Arbeit im Büro hielt er für nichts anderes als für eine Pose und einen Zeitvertreib.

Garda aber sagte sich, daß ihr niemand zumuten könne, weiterhin mit ihren Verwandten zusammenzuleben. Sie kam schließlich auf den Gedanken, ihren Onkel und seine Familie ruhig und bestimmt zu bitten, nach einem kleinen Gute, mit Namen Gosseg, überzusiedeln, das zu Rahneck gehörte, aber einige Stunden von diesem entfernt lag. Es befand sich daselbst ein hübsches kleines Gutshaus, das jetzt nicht bewohnt war. Freilich war es nicht so herrschaftlich und geräumig wie das in Rahneck, aber es enthielt immerhin acht Zimmer und Zubehör, und bot einer Familie einen sehr angenehmen Aufenthalt. Onkel Karl konnte Gosseg verwalten, würde sein bestimmtes Einkommen von ihr angewiesen bekommen, und Hans konnte irgendwo eine Verwalterstelle annehmen, wo er endlich auch einmal zeigen konnte, daß ein Mensch in seinem Alter zum Arbeiten auf der Welt war. Er hätte sich ein Beispiel an den Brüdern Sassenheim nehmen können, die trotz ihres großen Vermögens ungemein fleißig und tüchtig waren.

Garda wartete nur noch auf eine passende Gelegenheit, ihrem Onkel kundzutun, was sie beschlossen hatte. Sie war sich dessen wohl bewußt, daß es einen Kampf geben würde, ja sie war eventuell bereit, dabei von ihren Waffen Gebrauch zu machen. Der Onkel würde ihr Undankbarkeit vorwerfen, aber sie konnte ihm damit dienen, daß sie seit einigen Jahren schon von seinen Unregelmäßigkeiten wisse und daß sie schon lange geplant habe, Wandel zu schaffen.

Während Garda noch nachdenklich am Fenster stand, sah sie Hans auf seinem edlen Reitpferd auf das Schloß zukommen. Das war auch so eine Verschwendung, die der Onkel nicht hätte leiden dürfen. Ein so edles Rassepferd brauchte sich Hans für seine belanglosen Ritte auf die Felder nicht zu halten. Selbst die beiden Herren von Burgwerben begnügten sich bei solchen Ritten mit weniger edlen Tieren, wenn sie sich auch einige Rassepferde hielten. Aber sie taten dies auf ihre eigenen Kosten und weil sie sehr vermögend waren.

Es blitzte unmutig in ihren Augen auf, als sie sah, wie Hans das edle Tier mit der Reitpeitsche züchtigte, weil es sich aufbäumte, als er es über eine Rosenhecke springen lassen wollte. Hans war zudem ein so schlechter Reiter, daß er jedes Pferd verdarb.

Unmutig wandte sie sich vom Fenster ab, weil sie das nicht mit ansehen konnte.

Ihr Gesicht zeigte jetzt einen sehr energischen Zug.

5

GEORG PERSICK WAR eine Woche nach Dagmars Hochzeit gestorben. Diese befand sich mit ihrem Gatten auf Hochzeitsreise. Renata war mit dem Sterbenden allein gewesen. Sie hatte die letzten Lebenstage des Stiefvaters mit ihrer liebevollen Sorgfalt verschönt, und er hatte ihr immer wieder dafür gedankt. Sein Ende war schließlich ein sehr ruhiges und friedliches gewesen, er war sanft eingeschlafen, während sie bei ihm saß. Renata war tief erschüttert durch den freilich längst vorausgesehenen Tod dieses einzigen Menschen, der sie liebte, und den sie lieben konnte.

Sie ließ unverzüglich ein Telegramm aufgeben an Dagmar, und diese mußte sich entschließen, sofort heimzukehren. Sie besprach aber mit ihrem Gatten, daß sie nur bis nach der erfolgten Beisetzung zu Hause bleiben und dann ihre Reise fortsetzen würden. Was sollten sie in der Trauerzeit auch anfangen. Ruhig und sachlich besprach das junge Paar unterwegs, in welcher Weise während ihrer Abwesenheit das Haus hergerichtet werden sollte. Denn nun gehörte Dagmar das ganze Haus, wie ihr auch das bisherige Einkommen ihres Vaters zufiel.

Als sie das alles besprochen hatten, fragte Dagmar:

»Was aber soll nun mit Renata geschehen?«

Ihr Gatte hob den Kopf und sah sie an. Er hätte es vielleicht ganz gern gesehen, wenn Renata im Hause geblieben wäre, sozusagen als Augenweide für ihn, aber er wollte seiner Frau nicht vorgreifen.

»Das zu bestimmen, liegt bei dir, meine liebe Dagmar.«

Die liebe Dagmar hätte freilich gern die Verantwortung von sich fortgeschoben und hätte es lieber gesehen, wenn sich Fred zum Sprachrohr ihrer eigenen Wünsche gemacht hätte. Es stand wohl längst fest bei ihr, daß die Stiefschwester nach dem Tode des Vaters das Haus verlassen müsse, aber sie wußte nur zu gut, daß man sie dann herzlos schelten würde, und das hätte sie gern auf ihres Mannes Schultern abgewälzt. Da dieser es ablehnte, die Initiative zu ergreifen, mußte sie selbst eine Entscheidung treffen. Sie schmiegte sich an die Schulter ihres Fred und sah mit ihren kalten, blauen Augen zu ihm auf.

»Ach, Fred, es ist mir, wie du dir denken kannst, nicht angenehm, Rena aus dem Hause weisen zu müssen, aber findest du nicht, daß ein Dritter in einer jungen Ehe sehr störend wirkt? Zumal Rena, die mich unliebsamerweise an meine Stiefmutter erinnert. Wäre Papa am Leben geblieben, dann hätte man sie sozusagen mit ihm isolieren können. Aber nun, nach Papas Heimgang, würde sie unbedingt als störendes Element wirken. Und – siehst du, im Grunde bin ich doch gar nicht mit ihr verwandt, sie ist schon lange genug sozusagen auf meine Kosten ernährt worden. Papa hat ihr eine sehr gute Erziehung zuteil werden lassen, so daß sie sicher sehr bald eine Stellung finden wird. Selbstverständlich bin ich gern bereit, ihr noch für einige Zeit monatlich eine Summe auszusetzen, von der sie leben kann, bis sie eine passende Stellung bekommt. Aber – wie gesagt, im Hause möchte ich sie nicht behalten, denn wir stehen uns im Grunde ganz fremd gegenüber. Und störend wäre sie auf jeden Fall; meinst du nicht auch, Männchen?«

Männchen war nun freilich der Ansicht, in Rena eine sehr schöne und erfreuliche Hausgenossin zu sehen, zumal wenn sie sich ihm dankbar dafür erweisen würde, falls er für ihr Bleiben stimmte, aber er wußte auch, daß Dagmar sehr zur Eifersucht neigte und daß es rätlich sei, sie bei guter Laune zu erhalten. Schließlich war es doch besser, er stimmte ihr zu. Und sich zu seiner ganzen Höhe aufrichtend, machte er durch Hebung der Hand darauf aufmerksam, daß er nun etwas sehr Wichtiges zu sagen habe.

»Ja, mein geliebtes Herz, ich muß dir schon beipflichten. Wir würden in unserer jungen Ehe doch wohl unliebsam durch einen Zeugen gestört werden. Und wie du bestimmst, so wird es recht sein.«

Er küßte sie alsdann pflichtgemäß auf den etwas großen und nicht sehr schönen Mund, und sie sagten sich gegenseitig die üblichen Zärtlichkeiten, die auf einer Hochzeitsreise angebracht sind.

Dann meinte Dagmar befriedigt:

»Selbstverständlich kann Rena so lange im Hause bleiben, bis wir von der Hochzeitsreise endgültig zurückkommen. Es ist ganz gut, wenn jemand da ist, um die Handwerker zu beaufsichtigen. Dann ist alles in schönster Ordnung, wenn wir heimkommen; Rena kann dann schon am Tage vor unserer Rückkehr ein neues Domizil beziehen, meinst du nicht auch, Männchen?«

Und Männchen meinte das auch.

Das junge Paar kam gerade noch zurecht zur Beisetzung Georg Persicks. Sie fanden Renata im schwarzen Kleide, mit verweinten Augen, aber still und gefaßt.

Gleich nach der Beisetzung, als die Trauergäste das Haus verlassen hatten, ließ Dagmar die Stiefschwester ins Wohnzimmer rufen.

»Ich wollte dir vor allem nochmals dafür danken, Rena, daß du Papa bis zu seinem Ende so treu gepflegt hast.«

Renata winkte leicht ab.

»Das bedarf keines Dankes von deiner Seite, Dagmar, es war mir ein Bedürfnis, Papa bis zu seinem letzten Augenblick all die kleinen Liebesdienste zu erweisen, die du ihm nicht erweisen konntest. Ich kann dir zu deiner Beruhigung sagen, daß er ein friedliches, sanftes Ende gefunden hat.«

»Hat er noch von mir gesprochen?« fragte Dagmar, das Taschentuch sanft und vorschriftsmäßig an die Augen drückend.

»Nun, wir sprachen des öfteren davon, wo ihr wohl weilen möchtet, und einmal sagte er mir: Ich habe mit Bewußtsein für immer von Dagmar Abschied genommen, denn ich weiß, ich sehe sie nicht wieder.«

Wieder drückte Dagmar das Taschentuch vor die Augen.

»Oh, ich habe nicht geglaubt, daß sein Ende so nahe bevorstände, sonst wäre ich nicht abgereist«, sagte sie und schluchzte ein wenig auf.

»Das kann ich mir denken, Dagmar«, erwiderte Renata.

Dagmar ließ eine kleine Pause eintreten, trocknete sich umständlich die gar nicht nassen Augen und setzte sich dann in Positur.

»Es ist nun nötig, Rena, daß wir über deine Zukunft sprechen. Du kannst dir denken, daß es nicht angängig ist, daß du ferner hier im Hause lebst. Zu einem jungen Ehepaar gehört kein Dritter, das ist doch immer etwas störend, nicht wahr?«

Renata wußte genau, was kommen sollte, und sie hatte nie damit gerechnet, nach dem Tode des Stiefvaters noch weiter im Hause zu bleiben. Daß es Dagmar aber so eilig hatte, ihr den Stuhl vor die Tür zu stellen, war ihr peinlich, sie schämte sich für Dagmar. Aber sie erwiderte ganz ruhig und gelassen:

»Selbstverständlich, Dagmar. Ich selber hatte mir das bereits überlegt. Ich habe immer damit gerechnet, eine Stellung annehmen zu müssen, wenn Papa mich einmal nicht mehr brauchen würde. Ich wollte nur erst die Beisetzung vorüber sein lassen. Aber morgen werde ich in eine Pension übersiedeln, das habe ich schon in die Wege geleitet.«

Dagmar hatte in der Annahme, daß Renata sie bestürmen würde, sie doch im Hause zu behalten, sich innerlich längst in Abwehrstellung begeben. Nun machte Renatas Bemerkung diese Pose ganz überflüssig. Dagmar war verblüfft über Renatas Ruhe und Sicherheit. So leichtes Spiel hatte sie nicht erwartet. Und außerdem wollte sie doch gern Renatas Hilfsbereitschaft bei dem Umbau im Hause in Anspruch nehmen.

»Nun, so eilig ist das wohl nicht, Rena!«

»Doch, Dagmar, mir ist es eilig, ich störe nicht gern.«

»Aber davon kann doch keine Rede sein! Fred und ich reisen morgen doch wieder ab, um unsere Hochzeitsreise programmgemäß zu beenden. Du kannst also ruhig hier im Hause bleiben, bis wir zurückkommen.«

»Das ist ein sehr liebenswürdiges Angebot, Dagmar, aber ich kann es nicht annehmen. Bisher war ich hier sozusagen Gast von Papa; jetzt aber gehört das ganze Haus dir allein, und ich mag deine Güte nicht in Anspruch nehmen.«

»Aber im Gegenteil«, erwiderte Dagmar enttäuscht, »ich hatte damit gerechnet, du solltest hier im Hause die Leitung und Aufsicht übernehmen, bis alles nach unsern Angaben geordnet ist. Ich hätte dir doch in jeder Beziehung vertrauen können und – selbstverständlich hätte ich dir auch gern eine kleine monatliche Rente ausgesetzt, bis du eine Stellung gefunden hättest. Dafür müßtest du mir dann freilich den Gefallen tun, zu bleiben, bis wir wieder zurückkommen, nicht wahr, Fred? So hatten wir beschlossen.«

Renata richtete sich zu ihrer ganzen schlanken Höhe empor.

»Du bist sehr liebenswürdig, Dagmar, aber ich bedaure, nichts von dir akzeptieren zu können. Auch nicht einen Tag möchte ich deine Gastfreundschaft annehmen. Und für die mir liebenswürdig zugedachte Rente muß ich ebenfalls danken.«

»Aber Rena, du bist sehr undankbar, wenn du uns jetzt einfach im Stich lassen wirst, wo wir deiner bedürfen.«

Ein leises Lächeln spielte um Renas Mund.

»Im Stich will ich dich gewiß nicht lassen, ich will nur keine Gnadengeschenke von dir annehmen. Du kannst unbesorgt reisen, ich werde die Arbeiten hier beaufsichtigen, soweit ich kann, nur wohnen will ich nicht hier. Und eine Bezahlung für meine Mühewaltung nehme ich unter keinen Umständen an. Ich tue dir gern einen Gefallen. Morgen früh siedle ich in die Pension über und werde jeden Tag einige Stunden hier nach dem Rechten sehen. In der Zwischenzeit sehe ich mich nach einer passenden Stellung um.«

»Aber wovon willst du inzwischen leben?«

»Sei unbesorgt, Papa hat mir ab und zu kleine Schenkungen gemacht, und damit bin ich für das Nötigste versorgt, bis ich eine Stellung gefunden habe.«

So war die Angelegenheit zwischen den Stiefschwestern erledigt. Dagmar fühlte sich allerdings irgendwie beleidigt, weil Renata sie nicht händeringend angefleht hatte, sie nicht heimatlos zu machen. Sie hätte keinesfalls eingewilligt, sie im Hause zu behalten, aber es paßte ihr nun doch nicht, daß Renata anscheinend keinerlei Wert darauf legte, bei ihr das Gnadenbrot zu essen.

So konsterniert war sie über Renatas ablehnende Sicherheit, daß sie gar nicht zu fragen wagte, wie hoch wohl der Renata von ihrem Vater zur Verfügung gestellte Betrag sein möchte. Sonst wäre sie vielleicht gar imstande gewesen, Renata einem Verhör zu unterziehen, ob ihr auch das Geld rechtmäßig zustehe. Renata fürchtete allerdings ein derartiges Verhör, und ihr Stiefvater mußte ein solches auch für möglich gehalten haben, denn er hatte Renata ganz genaue Anweisung gegeben, wie sie sich in einem solchen Fall verhalten solle. Immerhin war es ihr lieb, daß sie wenigstens diesem Verhör entging. Unendliche Dankbarkeit erfüllte sie gegen ihren Stiefvater, daß er sie durch seine Zuwendung davor bewahrt hatte, von Dagmar ein Almosen annehmen zu müssen.

Es wurde zwischen Renata und dem jungen Ehepaar noch einiges besprochen, was unumgänglich nötig war. Es gab einige Formalitäten zu erledigen, allein alles das erforderte nicht allzuviel Zeit, und so konnten die jungen Eheleute schon am nächsten Morgen ihre unterbrochene Hochzeitsreise fortsetzen, während Renata in die Pension übersiedelte. Der Abschied der Stiefschwestern vollzog sich ganz formell; sie wußten zwar, daß sie sich wahrscheinlich nie im Leben wiedersehen würden, beide fühlten sich dadurch aber nicht besonders bewegt.

Renata widmete sich in der nächsten Zeit pflichtgemäß der Beaufsichtigung der in Dagmars Hause auszuführenden Arbeiten und tat, was in ihrer Macht stand, um alles in Ordnung zu bringen.

Zu gleicher Zeit bemühte sie sich nach Kräften, baldmöglichst eine Stellung zu bekommen, denn selbstverständlich lag ihr nichts daran, ihren Notgroschen auszugeben, und jeder Tag in der Pension kostete Geld, wenn sie auch eine bescheidene Pension ausgesucht hatte.

Sie mußte bald einsehen, daß es durchaus nicht leicht war, eine Anstellung zu erhalten, trotzdem sie über allerlei Kenntnisse und Fähigkeiten verfügte und nicht sehr wählerisch war.

Sie fühlte sich natürlich sehr einsam und verlassen, hatte sie doch nun keinen Menschen mehr auf der Welt, der zu ihr gehörte.

Aber sie verlor den Mut nicht. Wieder und wieder bewarb sie sich um eine ausgeschriebene Stellung oder gab ein Inserat in der Zeitung auf.

Solange sie noch in Dagmars Hause beschäftigt war, ging es noch an, da war die Zeit wenigstens ausgefüllt. Als aber alles in Ordnung war und sie nun keinerlei Pflichten mehr hatte, blieb ihr nur zuviel Zeit, über ihre Zukunft nachzudenken. Und da kam manche schwere Stunde für sie.

Garda von Rahneck hatte das Arbeitszimmer ihres Onkels aufgesucht. Sie hatte ihn um eine Unterredung bitten lassen und fand ihn ihrer wartend. Sie gedachte des Tages, da er ihr in diesem Zimmer die Eröffnung gemacht hatte, daß sie ein unglückliches, erblich belastetes Geschöpf sei. Sie hatte das hingenommen wie ein Verhängnis, gegen das sie sich nicht zur Wehr setzen konnte. All die Zeit über hatte sie danach getrachtet, sich einen neuen Lebensinhalt zu schaffen, und es war ihr dank ihrem Fleiß und ihrer Energie gelungen, eine sehr tüchtige Gutsherrin zu werden. Davon waren alle überzeugt, nur seltsamerweise ihre Verwandten nicht. Diese betrachteten Gardas Schalten und Walten mehr als eine Spielerei, und ihnen gegenüber zeigte Garda auch nicht, wie erfahren und leistungsfähig sie wirklich war. Sie hatte ihre Gründe gehabt, ihrem Onkel zu verheimlichen, wie klar und richtig sie die Verhältnisse sah.

Als sie eintrat, erhob sich Karl von Rahneck, ganz wie damals, von seinem Schreibtisch. Seine Hand stützte sich dabei auf einen fertiggeschriebenen Brief, dem nur noch die Unterschrift fehlte.

»Du hast mich um eine Unterredung gebeten, Garda, und es ist mir ganz lieb, daß wir zusammenkommen. Ich möchte dir sagen, daß ich mit Hoyer & Co. abgeschlossen habe wegen der diesjährigen Getreideernte. Hoyer & Co. wollen auch diesmal unsere gesamte Ernte aufkaufen, und ich denke, die von mir gestellten und ausgehandelten Bedingungen sind, wie immer, akzeptabel. Du wünschtest ja aber, trotzdem das überflüssig ist, jeden Abschluß selbst zu prüfen, und so habe ich das abschließende Schriftstück, auf dem nur die Unterschrift fehlt, hier für dich bereit gelegt.«

Garda warf nur einen flüchtigen Blick auf den Bogen, legte ihn dann wieder hin und sagte ruhig und fest:

»Ich schließe nicht wieder mit Hoyer & Co. ab; die Verträge mit dieser Firma sind mir zu ungünstig.«

Er zuckte leicht zusammen und sah sie mit einem scharfen, bösen Blick an, den er jetzt oft für sie hatte, wenn sie ihm irgendwie widersprach.

»Was soll das heißen? Hoyer & Co. haben bereits mein Wort, und ich habe dieses in der festen Überzeugung gegeben, mit dieser Firma am besten abzuschließen.«

Garda nahm allen Mut und alle Energie zusammen; es mußte einmal zur Klarheit kommen zwischen ihr und dem Onkel. Und ruhig und fest erwiderte sie:

»Ja, ich weiß, daß die Abschlüsse mit Hoyer & Co. *für dich* die besten waren – aber – *nicht für mich.*«

Er erblaßte ein wenig und trat einen Schritt zurück.

»Was soll das heißen?«

Sie sah ihm fest in die Augen.

»Bitte, zwinge mich nicht, mich darüber auszusprechen. Ich will dir nur sagen, daß ich für mich günstigere Bedingungen erzielen kann, bedeutend günstigere. Und bei dieser Gelegenheit möchte ich dir gleich sagen, daß es mir mehr lieb wäre, wenn du mir die Verwaltung von Rahneck jetzt vollständig übergeben würdest. Ich bin wohl nun alt genug, um völlig selbständig zu handeln. Ich beabsichtige, Rahneck zusammen mit dem Verwalter Neumann allein zu bewirtschaften. Du wirst froh sein, wenn du etwas mehr Ruhe bekommst. In deinen Jahren braucht man etwas Ausspannung. Ich habe daher daran gedacht, daß du in der nächsten Zeit mit Tante und Leni nach Gossegg übersiedeln sollst. Für Hans ist es wohl an der Zeit, daß er einmal hinauskommt und unter fremder Leitung lernt, was arbeiten heißt. Hier kommt er nur dazu, mir gute Pferde zuschanden zu reiten und die Leute aufsässig zu machen durch seine Art, mit ihnen umzugehen. Auch ist mir für das, was er zu leisten vermag, das Gehalt zu hoch, das du ihm ausgesetzt hast.«

Karl von Rahneck starrte sie fassungslos an.

»Ich verstehe dich nicht. Du kannst doch unmöglich Rahneck selber verwalten?«

»Doch, darüber kannst du ganz ruhig sein. Seit meinem zwanzigsten Geburtstag bin ich eifrig in die Lehre gegangen, irgendeinen Lebensinhalt muß ich haben und – ich möchte vor allen Dingen in Rahneck allein leben. Es mag etwas sonderbar klingen, und ich habe mich lange dagegen gesträubt, dir das zu sagen, aber es muß sein. Ich habe eben, als ich einen Blick auf den Vertrag warf, den du sehr voreilig mit Hoyer & Co. abgeschlossen hast, gesehen, daß es höchste Zeit ist, die Oberleitung selbst in die Hände zu nehmen. Du kannst sobald wie möglich mit deiner Familie nach Gossegg übersiedeln, das dortige Gutshaus wird für euch vollständig genügen. Du wirst in Gossegg genügend Arbeit finden und kannst dort schalten und walten, wie du willst, und brauchst mir nur monatlich Rechnung abzulegen. Ich setze dir das doppelte Gehalt von dem aus, was Neumann bezieht.«

Karl von Rahneck war noch immer fassungslos. Er sah seine Nichte an, als glaube er jetzt selbst an das von ihm erfundene Märchen, und als sei sie plötzlich wahnsinnig geworden.

»Was du mir da sagst, ist unglaublich, Garda. Was ist das für ein Ton, den du plötzlich mir gegenüber anschlägst?«

Es zuckte in ihrem Gesicht. Sie mußte alle Kraft aufbieten, um ruhig bleiben zu können.

»Ich hätte ihn wohl schon längst anschlagen müssen, Onkel Karl. Jetzt ist es die höchste Zeit. Ich finde, daß Rahneck sehr schlecht verwaltet wurde, seit du die Oberleitung in den

Händen hast, wenigstens soweit es meine Interessen anbelangt.«

»Was willst du damit sagen? Ist das der Dank dafür, daß ich nach dem Tode deiner Eltern meine Karriere aufgab und alle meine Kräfte für dich opferte? Jetzt willst du mich mit einer Bagatelle abfinden und mir die Verwaltung von Rahneck aus den Händen nehmen. Ich soll gewissermaßen das Gnadenbrot in Gossegg essen!«

Sie sah ruhig in sein zorniges, verzerrtes Gesicht.

»Ich glaube nicht, Onkel Karl, daß du, wärest du in deinem Amt geblieben, dir ein Vermögen von über hundertfünfzigtausend Mark gespart hättest, daß du deinen Sohn hättest studieren lassen können und dieses immerhin recht gute Leben hättest führen können. Wenn du die Zinsen dieses Vermögens zu dem dir ausgesetzten Gehalt rechnest, wirst du ein sehr ansehnliches Einkommen haben, zumal ich dir vollständig freie Station für dich und deine Familie zubillige. Hans kann ja nun endlich anfangen, für sich selbst zu sorgen. Und was die Dankbarkeit anbetrifft, die du von mir forderst, so muß ich dir sagen, daß du deinen Dank in all den Jahren reichlich selbst kassiert hast, wie ich aus den Büchern herausgefunden habe.«

»Aus den Büchern?« fragte er vollkommen konsterniert.

»Ja, Onkel Karl, aus den Büchern. Ich habe sie genau kontrolliert und habe eingesehen, daß Rahneck bisher wohl für dich ein sehr ertragreiches Gut gewesen ist, aber nicht für mich. Du zwingst mich, indem du mir Undank vorwirfst, das alles auszusprechen, was ich mit Stillschweigen übergehen wollte. So wie bisher kann es nicht weitergehen. Noch bin ich die Herrin von Rahneck, noch gehört es mir. Du hast dich schon sehr darauf eingestellt, daß dir und den Deinen später einmal mein Besitz gehören könnte. Vorläufig gehört Rahneck aber noch mir, und ich will es nun selber so verwalten, wie ich es für gut und richtig halte. Vor der Öffentlichkeit geben wir an, daß du dich in Gossegg zur Ruhe setzen willst und dort die Verwaltung übernimmst. Wir werden uns von Zeit zu Zeit besuchen, werden wie gute Verwandte Nachbarschaft halten, und es wird niemand ahnen, weshalb wir uns trennen. Es wird also nur an dir liegen, wenn nicht alles ruhig abgeht.«

Gardas Sicherheit und Tatkraft verblüfften Karl von Rahneck vollständig. Er fühlte, daß sie ihm in die Karten geblickt hatte, daß sie anscheinend ganz genau informiert war über seine Winkelzüge, und er erkannte, daß sie ihm völlig gewachsen war. Ihr ganzes Wesen strahlte eine so unerhörte Energie aus, daß er sich völlig unterlegen vorkam. Und er hatte die Überzeugung, daß sie bei dem geringsten Zögern seinerseits ihm noch sehr viel unangenehmere Dinge an den Kopf werfen würde als bisher. So zog er es vor, gekränkt und beleidigt auszusehen.

»Ich hätte nie gedacht, daß du mir mein jahrelanges Schaffen und Wirken mit so viel Undank lohnen würdest«, sagte er vorwurfsvoll.

Sie richtete sich hoch auf.

»Wenn ich undankbar wäre, Onkel Karl, dann würde diese Unterredung zwischen uns bedeutend anders verlaufen sein, das wirst du wohl einsehen. Ich will nicht auf weitere Einzelheiten eingehen, erspare das mir und dir. Ich habe lange genug mit mir gerungen, Klarheit zwischen uns zu schaffen. Es war nötig, so wie bisher ging es nicht weiter. Setze dich bitte mit deiner Familie auseinander, damit ich nicht gezwungen sein werde, die wahren Beweggründe meines Handelns bekanntzugeben. Du mußt deinen Angehörigen vor allem begreiflich machen, daß es gut und richtig ist, wie ich handle. Wir können ja alles so hinstellen, als hätten wir uns nach bestem Ermessen so geeinigt. Außer den hundertfünfzigtausend Mark, die du auf ein sogenanntes geheimes Konto eingezahlt hast, besitzt du ja auch noch ein etwas bescheideneres Konto, das du dir offiziell aus Ersparnissen aus dem dir vom Vormundschaftsgericht zugebilligten Einkommen angelegt hast. Du siehst, ich bin über alles orientiert. Du hast den Fehler gemacht, mich zu unterschätzen. Noch sind meine Geistesgaben gottlob so beschaffen, daß ich mich, wenn auch gegen deinen Willen, in den ganzen Betrieb eingearbeitet habe. Das kann man leider von Hans nicht sagen. Er muß noch viel, sehr viel lernen. Zu früh hat er sich hier als künftigen Herrn von Rahneck aufgespielt. Es wird notwendig sein, daß er umlernt. Und nun haben wir uns wohl nichts mehr zu sagen. Bitte, begib dich morgen nach Gossegg hinüber und sieh dir das

Gutshaus an, ob alles zu eurem Empfang fertig ist. Das Nötigste habe ich schon vor Wochen angeordnet.«

Karl von Rahneck gab sich vollständig geschlagen. Er wußte, daß er einen andern, schmählicheren Abgang verdient hatte. So bitter es ihm auch war, so gedemütigt vor seiner Nichte dazustehen, mußte er dennoch zugeben, daß sie sehr glimpflich mit ihm verfahren war, nun sie alle seine Verfehlungen kannte, selbstverständlich bis auf die eine, schwerwiegendste, die das Märchen von ihrer erblichen Belastung betraf. Davon hatte sie zum Glück keine Ahnung. Sie würde also niemals heiraten – und schließlich würden seine Nachkommen eines Tages doch noch als Herren auf Rahneck sitzen.

Er verneigte sich mit einem sanft vorwurfsvollen Blick.

»Du bist schlimm mit mir umgegangen, Garda, und meine vollständig unschuldige Familie läßt du mit mir leiden. Das ist das härteste für mich.«

Aber Garda blieb fest. Zu sehr sehnte sie sich danach, allein zu sein in ihren vier Pfählen.

»Ich denke, auch deine Familie kann zufrieden sein mit dem Ruheposten, den ich dir zugewiesen habe. Du wirst schon die rechte Lesart finden, ihnen alles begreiflich zu machen.«

»Aber du kannst doch unmöglich hier in Rahneck allein leben?«

Ein trauriges Lächeln flog über ihr Gesicht.

»Mein trauriges Erbteil macht für mich eine Anstandsdame wohl überflüssig, ich bedarf einer solchen nicht. Ich werde auch nur mit wenigen Menschen Verkehr pflegen, und diesen gegenüber brauche ich keinen Schutz und keine Erklärung. Aber ich werde mir eine junge Dame engagieren, offiziell als Sekretärin und Gesellschafterin, und wenn ich diese als zuverlässig und diskret erkannt habe, werde ich ihr anvertrauen, welches Verhängnis über mir schwebt, damit sie mich in einer Stunde der Gefahr vor mir selber beschützen und behüten kann.«

Der Ton, in dem sie das sagte, griff dem verbrecherischen Mann doch etwas ans Herz, und wenn er ohne Schaden für sich in diesem Moment sein an Garda begangenes Unrecht hätte gutmachen können, hätte er es getan. Aber es ist vielleicht leichter, ein Unrecht zu begehen, als es einzugestehen. So sagte er nur:

»Es ist vielleicht wirklich das beste, wenn du dir eine junge, lebensfrische Persönlichkeit für diesen Posten engagierst, die imstande ist, dich aufzuheitern und von trüben Gedanken abzulenken.«

Da in diesen Worten etwas von einem echten Gefühl lag, war Garda schnell versöhnt. Ihr gutes Herz hätte sie vielleicht veranlaßt, zurückzunehmen, was sie dem Onkel gesagt hatte, aber zum Glück für sie fiel ihr schnell noch ein, daß sie sich in Gesellschaft ihrer Verwandten nie frei und wohl fühlen konnte. Und da sie sich einmal zu diesem Schritt aufgerafft hatte, wollte sie nicht wieder zurückschrecken vor der Ausführung.

»Auch ich habe die Überzeugung, daß dies das richtige für mich ist. Und nun habe ich dir momentan nichts mehr zu sagen, ich will auf die Felder reiten, damit ich bis Mittag zurück sein kann. Bis dahin wirst du ja wohl deine Familie mit den notwendigen Veränderungen bekanntgemacht haben, damit wir bei Tisch ruhig alle Einzelheiten besprechen können.«

Er verbeugte sich und rang sich noch einige entschuldigende Worte ab.

»Du darfst mich nicht zu hart verurteilen, Garda; wenn ich vielleicht manchen Schritt getan habe, der dir unentschuldbar erscheint, so bedenke bitte auch, daß ich für meine Familie sorgen mußte und – daß ich doch immerhin durch nimmermüden Fleiß Rahneck auf der Höhe gehalten habe.«

»Nun gut, das will ich bedenken, damit ich deine Schritte milder beurteilen kann. Auf Wiedersehen also bei Tisch!«

Wenn Garda freilich geahnt hätte, was er ihr über ihr Erblichbelastetsein vorgelogen hatte, wäre sie einer so milden Beurteilung seiner Person nicht fähig gewesen. Karl von Rahneck ließ also seine Nichte ruhig mit ihrem beschwerten Herzen von sich gehen, wenn sich auch schwaches Mitleid einen Augenblick in ihm geregt hatte.

Garda war nach dieser Unterredung mit ihrem Onkel befreiten Herzens auf die Felder geritten. Sie wollte ihren Verwalter aufsuchen, mit ihm über die Veränderungen sprechen, die in Rahneck vor sich gehen sollten.

Sie traf ihn auch draußen bei der Vorarbeit für die Heuernte. Als er sie kommen sah, ritt er ihr schnell entgegen.

»Guten Morgen, gnädiges Fräulein!«

»Guten Morgen, Herr Neumann! Haben Sie eine Weile Zeit für mich? Ich möchte etwas mit Ihnen besprechen.«

»Gewiß, gnädiges Fräulein, ich stehe zur Verfügung.«

»So begleiten Sie mich, wir wollen im Schritt nebeneinander reiten, dabei kann ich Ihnen am besten sagen, was ich Ihnen mitzuteilen habe.«

Sie ritten nebeneinander her, und als sie außer Hörweite der Arbeiter waren, sagte Garda in ihrer ernsten, freundlichen Art:

»Ich habe Ihnen sehr viel zu verdanken, Herr Neumann. Ohne Ihre vielen guten Lehren würde ich heute noch nicht imstande sein, mit einigem Verständnis der Bewirtschaftung von Rahneck gegenüberzustehen.«

Neumanns frisches Gesicht rötete sich ein wenig vor freudiger Verlegenheit.

»Das war nur meine Pflicht, gnädiges Fräulein.«

»Nein, nein, Sie haben viel mehr getan als Ihre Pflicht. Mein Onkel hätte mich nie so gründlich in den Betrieb eingeweiht – weil er mich wohl nicht für fähig hielt, wirkliche Arbeit leisten zu können.«

Er sah von der Seite schnell zu ihr auf und hätte am liebsten zu ihr gesagt: Er wird wohl seine Gründe dafür gehabt haben. Das wagte er aber doch nicht. Darum entgegnete er nur:

»Er hätte Ihnen das ruhig zutrauen können.«

»Nun, sprechen wir nicht mehr davon. Aber eines will ich Sie fragen, Herr Neumann – trauen Sie sich zu, mit mir allein Rahneck zu bewirtschaften, wenn Gossegg ausgeschaltet wird?«

Wieder sah Neumann mit seinen klugen Augen rasch zu ihr auf. Er merkte, daß diese Frage nicht ohne besonderen Grund gestellt war.

»Ja, gnädiges Fräulein, das traue ich mir zu, auch wenn Gossegg nicht ausgeschaltet würde.«

»Aber es müßte auch ohne meinen Vetter, Hans von Rahneck, gehen.«

Da mußte Neumann lachen.

»Oh, dann geht es noch viel besser, weil er uns dann die Leute nicht bockig macht.«

»Nun gut, Herr Verwalter, so will ich Ihnen sagen, daß ich mit meinem Onkel vereinbart habe, daß er sich von jetzt an in Gossegg zur Ruhe setzen soll – er ist doch schon in den Sechzigern – und sich darauf beschränkt, Gossegg zu verwalten. Er wird mit seiner Familie nach dem dortigen Gutshause übersiedeln.«

Die breite Brust des Verwalters hob sich, als fühle er sich von einer schweren Last befreit. Seine ehrlichen Augen sahen Garda mit seltsamem Leuchten an. Er ahnte sehr wohl, daß diese Übersiedlung Karl von Rahnecks eine Art Strafversetzung war. Nicht umsonst hatte er soviel wie möglich durch allerlei praktische Winke an die junge Gutsherrin dazu beigetragen, daß sie dahinterkommen mußte, wie wenig Herr von Rahneck ihren Vorteil wahrte. Ihm war immer zumute gewesen, als habe er selbst ein schlechtes Gewissen, weil er stumm zusehen mußte, wie Fräulein von Rahneck von ihrem Vormund und Onkel betrogen wurde. Und dabei war es sicher kein leichtes Arbeiten gewesen unter dem Kommando von Karl und unter den Schikanen von Hans von Rahneck.

»Sie können versichert sein, gnädiges Fräulein, daß ich mein möglichstes tun werde, Rahneck auf der Höhe zu halten. Ich – ich bin überzeugt, daß es ertragreicher wird, wenn – Herr von Rahneck mich nicht mehr an gewissen Neuerungen hindern wird. Ich habe schon mit den beiden Herren von Burgwerben, den Gebrüdern Sassenheim, darüber gesprochen, daß bei uns manches anders werden müßte. Die Herren wollten Sie schon gern darauf aufmerksam machen, aber es war selbstverständlich schwer, da etwas zu sagen.«

»Das war auch nicht nötig, Herr Verwalter, ich habe ja selbst Augen im Kopf. Und wir werden nun beide unsern Ehrgeiz darin suchen, den Betrieb noch besser als bisher in Gang zu halten. Ich kann mich auf Sie verlassen, nicht wahr?«

»Ganz gewiß, gnädiges Fräulein; als wäre Rahneck mein Eigentum, so will ich schaffen und arbeiten.«

Sie reichte ihm mit ihrem lieben Lächeln die Hand. Fest erwiderte sie seinen Händedruck.

»Ich danke Ihnen, Herr Verwalter. Und selbstverständlich soll Ihr Gehalt um ein Drittel erhöht werden. Ich weiß, Sie wollen gern heiraten, ich habe so etwas gehört. Dem wird nun nichts mehr im Wege stehen. Ihre Braut ist eine tüchtige Weißnäherin, sie kann auch, wenn Sie verheiratet sind, Arbeit genug von mir bekommen. Die jetzt leerstehenden drei Zimmer im Verwalterhause können Sie mit dazubekommen, damit Ihre junge Frau Platz hat. Und auf dem Speicher stehen eine Menge guter Möbel, mit denen Sie sich die Zimmer gern ausstatten können.«

Neumann hatte die Farbe gewechselt. Es leuchtete in seinen blauen Augen.

»Gnädiges Fräulein, ich weiß gar nicht, wie ich Ihnen danken soll. Sie sind so gütig und haben ein Herz für Ihre Leute. Ich darf wohl nachher gleich im Pfarrhause vorsprechen und meinem künftigen Schwiegervater mitteilen, daß ich seine Tochter nun bald heimführen kann?«

Sie nickte ihm lächelnd zu.

»Es braucht keinen Dank, Herr Verwalter, die Gehaltsaufbesserung hatte ich Ihnen schon lange zugedacht, und ob die Zimmer leerstehen oder bewohnt sind, ist gleichgültig. Sie werden nun vermutlich in besonders guter Stimmung an Ihre Arbeit gehen. Bitte grüßen Sie den Herrn Pfarrer und Ihr Fräulein Braut; ich weiß, daß sie eine tüchtige Verwaltersfrau sein wird. Und nun will ich Sie nicht länger von der Arbeit abhalten.«

Sie reichte Neumann die Hand, und er umfaßte die ihre mit einem etwas heftigen aber vielsagenden Druck.

Garda ritt heimwärts, und das Herz war ihr ein wenig leichter. Sie freute sich auf ihre Arbeit, die sie sich nun nach ihrem eigenen Wunsche einteilen konnte. Denn nur bei der Arbeit vergaß sie zeitweise den dauernd auf ihrer Seele lastenden Druck, der nicht mehr gewichen war, seit ihr Onkel ihr eröffnet hatte, daß sie durch ihre Mutter erblich belastet sei.

Langsam ließ sie ihr Pferd auf dem weichen Waldboden dahingehen und freute sich an dem Spiel der Sonnenlichter auf dem jungen Waldesgrün. Eine feierliche Stille herrschte ringsum, nur die Vögel sangen in den Bäumen und konnten sich nicht genug tun, ihre Daseinsfreude kundzutun.

Eine Weile war Garda so im Schritt dahingeritten, als sie plötzlich das Schnaufen eines Pferdes hörte. Sie erschrak und sah sich um, und da erblickte sie Werner Sassenheim, der wenige Schritte von ihr entfernt zwischen den Bäumen hervorkam. Bei ihrem Anblick strahlten seine Augen, und, seine Mütze vom Kopfe ziehend, so daß das braune Haar und die weiße Stirn, die scharf gegen das tiefe Braun seines Gesichtes abstach, frei wurden, kam er schnell herbei und hielt vor ihr an.

»Mein gnädiges Fräulein, das nenne ich Glück. Gerade wollte ich nach Rahneck hinüberreiten und mich nach Ihrem Befinden erkundigen.«

Sie reichte ihm lächelnd die Hand.

»So können Sie sich schon hier davon überzeugen, daß ich frisch und munter bin, Herr Sassenheim.«

»Das höre ich gern. Und man sieht es Ihnen auch an, Sie sehen aus wie der leibhaftige Frühling.«

»Halt, Komplimente sind zwischen so guten Freunden, wie wir es sind, ausgeschaltet.«

»Komplimente Ihnen gegenüber sind allerdings ausgeschlossen. Aber ich darf mich doch freuen, daß ich Ihnen begegnet bin.«

»Das dürfen Sie, ich freue mich auch. Wie geht es Ihrem Herrn Bruder?«

»Ausgezeichnet.«

»Wissen Sie, ob er das Inserat für mich aufgegeben hat? Ich bat ihn darum, als er kürzlich nach der Stadt fuhr.«

»Ja, er hat es selbstverständlich prompt besorgt, und ich war wieder einmal sehr neidisch, weil Sie ihm viel öfter einen Auftrag geben als mir.«

Dabei sah er sie mit seinen sonnigen Augen so heiß und bittend an, daß ihr das Blut jäh in das Gesicht stieg.

»Das ist doch lediglich Zufall; ich finde, ich nehme von Ihnen beiden immer sehr viel Gefälligkeiten an. Aber nun muß ich Ihnen etwas Neues berichten.«

»Wirklich?«

»Ja, nächstens werde ich ganz einsam in Rahneck zurückbleiben, und deshalb eilte es mir, daß Ihr Herr Bruder das Inserat wegen einer Sekretärin aufgab.«

»Ah, wollen Ihre Verwandten verreisen?«

»Nein, aber sie siedeln nach Gossegg über. Ich bin so kühn, mich ganz selbständig machen zu wollen. Mein Onkel soll sich etwas mehr Ruhe gönnen und wird nur noch Gossegg verwalten. Ich bewirtschafte nun Rahneck mit meinem Verwalter Neumann selbst, und mein Vetter Hans soll sich erst einmal in einer andern Stellung den Wind um die Nase wehen lassen.«

Werner Sassenheim hörte mit geheimer Befriedigung, daß Garda sich von dieser Bevormundung ihres Onkels frei gemacht hatte. Daß dieser aber mit seiner Familie nach Gossegg übersiedeln würde, verriet ihm, daß es wohl eine kleine Auseinandersetzung gegeben hatte. Darüber sagte er jedoch kein Wort, nahm scheinbar gläubig hin, was sie ihm darüber sagte, und meinte nur lachend:

»Nun, Ihrem Herrn Vetter wird es ganz gesund sein, wenn er einmal in eine andere, strengere Lehre kommt.«

»Ich glaube auch, daß ihm das guttun wird.«

Er war an ihrer Seite weitergeritten und sah sie mit heißen Augen an. Lange Zeit warb er nun schon heimlich um Garda, aber noch nie hatte sich ihm eine so günstige Gelegenheit geboten, seine Werbung anzubringen wie jetzt, und die Sehnsucht nach ihrem Besitz brannte so stark in seinem Herzen, daß er sich entschloß, diese Gelegenheit nicht ungenützt vorübergehen zu lassen. Auf einmal griff er ihrem Pferd in die Zügel und sah sie mit großen, ernsten Augen an.

»Fräulein Garda, der Himmel selbst hat Sie mir heute in den Weg geführt. Ich glaube nicht, daß es Ihnen ein Geheimnis geblieben ist, was ich für Sie fühle. Lange schon warte ich auf diesen Moment, in dem ich ganz ungestört mit Ihnen sprechen kann. Garda – ich liebe Sie, das wissen Sie, liebe Sie mit aller Inbrunst meines Herzens, und, trotzdem ich gemerkt habe, daß Sie mir immer geflissentlich ausweichen, glaube ich doch, daß Sie meine Liebe erwidern, Ihre Augen haben mir das zu meinem Trost verraten. Garda, wollen Sie meine Frau werden?«

Er faßte ihre Hand und sah sie flehend an. Sie war sehr blaß geworden, und ein tiefer Schmerz lag auf ihrem schönen, zuckenden Gesicht. Ihre helleuchtenden Augen schimmerten feucht.

»Oh, mein lieber, lieber Freund, wie weh tun sie mir – weil ich Ihnen weh tun muß. Ich kann, darf Ihre Frage leider nicht mit ›ja‹ beantworten, darf Ihnen nie mehr sein als eine treue Freundin.«

Er sah tief bekümmert in ihre Augen.

»Garda, Sie lieben mich nicht? Sie lieben einen andern?«

Und er dachte an seinen Bruder.

Sie schüttelte den Kopf und sah ihn mit so unverhüllter Liebe an, daß er sich kaum bezwingen konnte, sie nicht in seine Arme zu reißen.

»Nein, Werner Sassenheim, ich liebe keinen andern. Ich will Ihnen die Wahrheit sagen, will mich nicht hinter einer Ausflucht verstecken. Ja, ich liebe Sie, liebe Sie mit der ganzen Kraft meiner Seele, aber ich . . . ich darf Ihre Frau nicht werden. Nie werde ich einen andern lieben, nie einem andern angehören. Immer werde ich nur Sie lieben, aber angehören darf ich Ihnen nicht.«

Er faßte ihre Hand und drückte inbrünstig seine Lippen darauf.

»Wenn Sie mich lieben, Garda, dann müssen Sie mir auch gehören. Was könnte trennend zwischen uns stehen, wenn wir beide uns lieben?«

Sie seufzte tief auf, und aus ihren Augen rannen schwere Tränen herab.

»Trotzdem wir uns lieben, Werner Sassenheim, werden wir uns nie angehören dürfen. Und ich kann Ihnen nicht einmal den Grund sagen, will ihn Ihnen nicht nennen, weil er Geheimnis bleiben muß, weil ich es nicht über mich gewinne, Ihnen zu sagen, was mich von Ihnen trennt. Es liegt nicht in meiner Macht, dies Hindernis zu beseitigen.«

»Aber ich besitze die Kraft, Garda, nichts soll mir zu schwer werden. Bitte, sagen Sie mir, was uns hindern kann, uns anzugehören.«

Und flehend sah er in ihre weinenden Augen.

»Nein, mein Freund, ich kann es Ihnen nicht sagen, und Sie können dies Hindernis nicht mit all Ihrer Kraft beiseite räumen. Es ist ein Hindernis, das der liebe Gott selbst uns in den Weg geschleudert hat. Ich weiß gewiß, daß es nie hinweggeräumt werden kann. Aber ich weiß auch, daß ich Sie immer lieben werde, und bitte Sie herzlich und dringend: Entziehen Sie mir Ihre Freundschaft nicht. – Ich bedarf ihrer! Sie ahnen es nicht, wie sehr, wenn ich das Leben überhaupt erträglich finden soll. Gönnen Sie mir wenigstens das Glück, Sie sehen und sprechen zu dürfen.«

Er faßte ihre beiden Hände und drückte sie an seine Brust.

»Ich vermag mich nicht darein zu fügen, stumm zu verzichten, Garda. Sooft ich Sie sehen werde, werde ich Sie immer wieder anflehen müssen, mir dieses grausame Geheimnis zu verraten. Ich werde Ihnen immer wieder sagen müssen, daß ich Sie liebe, werde nie mehr ruhig und förmlich zu Ihnen sein können, nun ich weiß, daß Sie mich lieben. Und ich will nicht von der Hoffnung lassen, daß es mir eines Tages doch noch vergönnt sein soll, die uns trennende Schranke niederreißen zu können. Nun weiß ich wenigstens, weshalb Sie mir immer ausgewichen sind. Sie brauchen mich wahrlich nicht zu bitten, daß wir uns sehen und sprechen werden. Mein Gott, wie schwer ist es mir geworden, nicht täglich zu Ihnen zu kommen. Ich werde mir jetzt keinen Zwang mehr auferlegen, werde so oft wie möglich eine Begegnung mit Ihnen herbeiführen. Auch mir ist es Bedürfnis, Sie wenigstens sehen und sprechen zu können. Wie soll ich jetzt eine Trennung von Ihnen ertragen? Aber Freundschaft? Nein, Garda, Freundschaft kann ich nicht für Sie hegen, dazu ist das Gefühl für Sie in mir zu heiß und zu mächtig. Ach, Garda, liebe, teure Garda, wollen Sie mir nicht sagen, was uns trennt?«

Sie hatte sich mühsam gefaßt.

»Nein, Werner Sassenheim, ich kann den Schleier nicht lüften, es muß ein Geheimnis bleiben – bis – – bis es – ach, lassen Sie uns nicht mehr davon reden. Bitte, quälen Sie mich nicht, indem Sie mich danach fragen. Glauben Sie mir, ich leide namenlos darunter, Sie unglücklich machen zu müssen. Mein Leben gäbe ich gern dafür hin, müßte ich es nicht.«

Er preßte wieder ihre Hand an seine Lippen.

»Nun gut, ich werde Sie nicht fragen, nicht quälen, aber, bitte, nennen Sie mich in Zukunft Werner und lassen Sie mir das Vorrecht, Sie Garda nennen zu dürfen. Das würden Sie ja auch dem Freunde gestatten, nicht wahr?«

Sie nickte ihm mit feuchten Augen zu.

»Ja, wir wollen uns beim Vornamen nennen, Werner, schon das ist ein großes Glück für mich. Und Dank, innigsten Dank, daß Sie mir nicht grollen, daß Sie mich nicht aus Ihrem Leben verbannen wollen. Und daß Sie mich nicht mehr fragen werden! Glauben Sie mir, wenn Sie alles wüßten, würden Sie selbst mich nicht mehr zu Ihrer Frau machen wollen, obwohl mich so wenig Schuld an dem allen trifft wie Sie. Es ist ein grausames Verhängnis, das der Himmel uns auferlegt hat. Es wäre ja auch ein zu großes, leuchtendes Glück, wenn wir uns angehören dürften.«

Er sah ihr tief in die Augen, und aus seinem Blick war das sonnige Leuchten verschwunden, seine Augen blickten ernst und düster. Sie ritten eine Weile stumm nebeneinander her. Aber als sie an die Parkmauer von Rahneck herankamen, hielt Werner sein Pferd an.

»Ich kann jetzt nicht mit hineinkommen, Garda, es wäre mir unmöglich, jetzt mit Ihren Angehörigen zu sprechen. Bitte erlassen Sie mir das, ich muß erst wieder ruhig zu werden suchen. Leben Sie wohl für heute! Und – trotz allem, innigsten Dank, daß Sie mich für wert hielten, mich zu lieben und mir Ihre Liebe zu gestehen. Es ist ja doch ein Glück für mich – und, der Himmel kann Wunder tun, Garda, sagen Sie mir wenigstens, daß Sie mit mir an ein Wunder glauben wollen.«

Ein mattes Lächeln spielte um ihren Mund, und in den grauen Augen lag eine tiefe Trauer. Aber sie sagte, um ihm zu helfen, sich zu fügen:

»Ja, Werner, wir wollen auf ein Wunder hoffen!«

Er küßte ihre Hände, lehnte seine Wangen einen Moment an ihren Handrücken – dann riß er sich los und ritt davon.

Sie hielt, in ihren bitteren Schmerz vertieft, ihr Pferd eine Weile an und sah ihm nach. Und ehe er zwischen den Bäumen verschwand, sah er sich noch einmal um und grüßte stumm und ehrerbietig. Sie winkte ihm zu, und so starrten sie einander an, unfähig, sich aus den Augen zu verlieren. Aber als Werner ihr dann tief ergriffen eine Kußhand zuwarf, wandte sie erschrocken ihr Pferd und ritt schnell in den Park hinein.

Und ein leises Stöhnen quoll aus ihrer Brust empor.

6

WERNER SASSENHEIM RITT im schlanken Trab nach Burgwerben zurück. Der Weg führte ihn zunächst durch den Wald, dann am Flußufer entlang über Wiesen und Felder. Er war tief in Gedanken versunken. Was war es, das Garda von Rahneck hinderte, seine Frau zu werden, trotzdem sie ihn liebte? Konnte es wirklich etwas geben, das zwei Menschen, die sich in heißer Liebe zugetan waren, und deren Verhältnisse ihnen eine Verbindung gestattet hätten, hindern konnte, sich zu vereinen?

In düsterer Stimmung kam er in Burgwerben an. Seine Liebe zu Garda war noch tiefer und größer geworden, nun er wußte, daß sie ihn mit derselben Innigkeit liebte wie er sie. Ihr holdes, süßes Bild stand vor seinem geistigen Auge. Er seufzte tief und schwer. Und als er kurz nach Klaus' Heimkehr zu Hause anlangte und die Brüder im Speisezimmer zusammenkamen, sagte Klaus erschrocken:

»Mein Gott, Werner, wie siehst du denn aus? Ist dir etwas Schlimmes geschehen?«

Werner warf sich in einen Sessel und sah zu seinem Bruder auf.

»Ich glaube, das Schmerzlichste, was mir geschehen konnte, Klaus«, erwiderte er heiser.

Der Bruder trat neben ihn und faßte seine Hand. Herzliche Besorgnis lag in seinem Blick.

»Werner, es hängt doch hoffentlich nicht mit Garda von Rahneck zusammen?«

»Doch, Klaus, ich habe sie eben gebeten, meine Frau zu werden, und sie hat mir gesagt, daß es nicht sein dürfe.«

Klaus fuhr ungläubig zurück. »Aber sie liebt dich doch – ich müßte an mir selber irre werden, wenn sie dich nicht liebte.«

Werner strich sich über die Stirn.

»Darum brauchst du nicht an dir irre zu werden, sie liebt mich wirklich – aber sie will dennoch nicht meine Frau werden.«

Und er berichtete dem Bruder, was Garda ihm gesagt hatte. Dieser hörte aufmerksam zu. Dann ergriff er des Bruders Hand.

»Sei doch nicht mutlos, Werner, junge Mädchen, die noch so unerfahren sind, betrachten manches Ding als Hindernis, was gar keines ist. Ich kann mir nicht denken, daß es sich wirklich um eines handeln sollte, das nicht überwunden werden könnte. Ihr seid beide im passenden Alter, seid gesund und vermögend. Zudem ist sie ebenso unabhängig wie du. Niemand hat ein Veto einzulegen gegen eure Verbindung – also, was sollte da ein Hindernis bilden?«

Werner zuckte die Schultern.

»Ich weiß es nicht, und sie will es mir nicht sagen. Ich habe ihr sogar versprechen müssen, sie nicht mit weiteren Fragen zu quälen. Aber mutlos bin ich nicht! Ich werde, ohne sie zu fragen, zu ergründen suchen, was zwischen uns steht.«

»Und ich werde dir dabei nach Kräften helfen. Wie gesagt, so junge Damen haben zuweilen sonderbare Ansichten vom Leben. Das Hemmnis wird wahrscheinlich nur in ihrer Einbildung bestehen. Ich bin zwar überzeugt, daß Herr von Rahneck, ihr Onkel, seinen lieben Sohn Hans gern zum künftigen Herrn des Gutes gemacht hätte, aber da sie sich, wie du sagst, von der Bevormundung ihres Onkels frei gemacht hat, kann dieser kaum noch einen darauf hinzielenden Zwang ausüben. Und sie deutete dir gegenüber doch auch an, daß Hans fortgehen solle. Außerdem hat sie dir gesagt, daß sie nie einen andern heiraten würde. Sollte vielleicht in ihrer Vergangenheit irgend etwas liegen, was sie an einer Heirat hindern könnte? Hat sie vielleicht . . .? Aber nein, ich brauche mir nur ihre Persönlichkeit ins Gedächtnis zu rufen, um sicher zu sein, daß keine Jugendtorheit hinter ihr liegt.«

»Ausgeschlossen, sie sagt ja auch, daß weder sie noch mich

eine Schuld daran trifft, es sei nur ein unglückseliges Verhängnis.«

Sinnend sah Klaus vor sich hin. Und dann hob er plötzlich den Kopf.

»Mir hat kürzlich unser alter Verwalter, der ja schon seit fast vierzig Jahren auf Burgwerben sitzt, erzählt, daß die Eltern Garda von Rahnecks zusammen an einem Tage und zu einer Stunde gestorben seien, und zwar infolge eines Unglücksfalles. Man sei aber niemals ganz dahintergekommen. Die Eltern Gardas sind jedenfalls zu gleicher Zeit erschossen aufgefunden worden. Es hat geheißen, es sei ein Unglück mit Schießwaffen geschehen. Könnte dem nicht irgendein Geheimnis zugrunde liegen? Vielleicht eine Schuld ihres Vaters oder ihrer Mutter? Was ist damals vielleicht vertuscht worden? Wenn Garda vielleicht später davon gehört hätte? Mir fällt auch ein, daß mir der liebe Hans einmal erzählt hat, daß seine Base Garda früher ein sehr lustiges und übermütiges Geschöpf gewesen sei, und daß sie erst nach ihrem zwanzigsten Geburtstage so ernst und still geworden sei. Hat sie vielleicht an diesem Tage von ihrem Vormund erfahren, daß hinter dem Tod ihrer Eltern ein Geheimnis steht?«

Werner hatte unruhig zugehört. Jetzt sprang er auf.

»Klaus, da bringst du mich vielleicht auf eine Spur! Gesetzt den Fall, daß Garda von ihrem Vormund an ihrem zwanzigsten Geburtstag erfahren hat, das Andenken ihrer Eltern sei irgendwie mit Schuld beladen . . . Ja, das könnte es vielleicht sein. Wie Garda ist, würde sie dann nicht wagen, meine Frau zu werden, weil sie die Schuld ihrer Eltern mir alsdann preisgeben müßte. Herrgott, wenn man doch dahinterkommen könnte. Sie wäre imstande, sich und unser Glück einem solchen Phantom zu opfern. Wie soll man das aber ergründen? Ich kann sie doch nicht danach fragen?«

»Nun, warum nicht, wenn du nicht auf andere Weise Sicherheit erhalten kannst.«

»Anders ist es wahrscheinlich ausgeschlossen.«

»Du vergißt, Werner, daß sie dann nicht allein um dieses Geheimnis weiß, ihr Vormund muß doch auch orientiert sein.«

Werner fuhr sich über die Stirn.

»Er wird auch nicht darüber reden wollen.«

»Wenn er aber merkt, daß Gardas Glück davon abhängig ist?«

Werner blieb dicht vor Klaus stehen. Er sah ihn mit brennenden Augen an.

»Du hast eben von mir gehört, daß Herr von Rahneck nach Gossegg übersiedeln wird. Hältst du es für möglich, daß er sich freiwillig in die Verbannung schicken läßt, oder daß ihn Garda ohne schwerwiegende Gründe aus ihrem Hause weisen würde? Sie stellte mir das freilich so vor, als solle ihr Onkel da eine Art Ruheposten erhalten. Sie wird ihn vermutlich nicht bloßstellen auch wenn sie endlich dahintergekommen ist, daß er sich sehr unfair an ihr bereichert hat, wovon man hier überall überzeugt ist. Nein, sie hat ihn überführt und hat ihn deshalb nach Gossegg verbannt, das scheint mir ganz klar. Und ich glaube nicht, daß er nun sehr gut auf sie zu sprechen ist. Ein Mensch wie er ist edler Gefühle nicht fähig. Und selbst wenn er uns Rede stehen wollte, er wird begreiflicherweise ein Familiengeheimnis auch nicht preisgeben wollen.«

Klaus nickte vor sich hin.

»Ich verstehe schon, also von ihm erfahren wir die Wahrheit bestimmt nicht, auch wenn man ihn danach fragen würde. Aber deshalb brauchst du noch nicht verzagen. Wir werden schon herausbekommen, was hinter der Sache steckt. Wir sind doch beide mit einer genügenden Dosis Scharfsinn begabt. Es müßte doch toll zugehen, wenn mir mit vereinten Kräften nicht herausbekommen sollten, was so ein junges Mädchen verbergen will. Laß den Kopf nicht hängen, mein lieber Werner; geht es nicht auf andere Art, dann werde ich mir Garda einmal vornehmen, werde ihr klarmachen, daß sie ihr und dein Glück nicht irgendeinem Phantom opfern darf. Sicherlich ist es nur ein Phantom. Denn gesetzt, es liege da irgendeine Familienkatastrophe vor, irgendeine Schuld bei Gardas Eltern oder dergleichen, das soll doch nicht hindern, mit diesem lieben und liebenswerten Geschöpf glücklich zu werden!«

Werner Augen schimmerten feucht.

»Nein, bei Gott nicht, Klaus! Was gehen mich solche Dinge

an. Sie ist rein und hold, wir lieben uns – alles andere ist mir gleichgültig.«

»Das denke ich auch. Nur Mut, mein Junge, wir haben, denke ich, schon schwerere Exempel gelöst.«

»Aber es ging noch nie um so hohen Preis, Klaus!«

»Deshalb müssen wir uns doppelt anstrengen. Hand her, Bruderherz, wir schaffen es schon!«

Sie schüttelten sich die Hände und sahen sich groß und ernst in die Augen. Es war ein schöner Anblick, diese beiden kraftvollen Männer mit den hohen schlanken Gestalten, den rassigen Gesichtern und dem energischen Ausdruck darin so beieinander stehen zu sehen. Man merkte ihnen den Adel der Gesinnung an und die tüchtige deutsche Art, die hier mit der Großzügigkeit des Amerikaners gepaart war. Werner hatte die braunen Augen und das braune Haar von seiner Mutter geerbt und Klaus die grauen Augen und das blonde Haar vom Vater. Sonst sahen sie sich sehr ähnlich. Sie hatten fast dieselbe Größe, dieselben markigen Gesichtszüge, dieselbe schöne, gedankenvolle Stirn und den gleichen ausdrucksvollen, schmallippigen Mund.

Klaus schob seine Hand unter Werners Arm.

»Nun wollen wir erst einmal essen, mein Junge, damit wir bei Kräften bleiben. Mamsell Klüsemann hat uns hoffentlich etwas Gutes gekocht.«

Und sie gaben das Klingelzeichen, daß aufgetragen werden könnte.

Gleich darauf wurde die Suppe serviert. Der Haushalt in Burgwerben funktionierte tadellos, die beiden jungen Herren verstanden, ihr Personal auszusuchen und so anzustellen, wie es gut und richtig war. Das Burgwerbener Gutshaus war nicht viel kleiner als Schloß Rahneck, und da die Brüder es vor ihrem Einzuge vollständig hatten renovieren lassen, war alles in schönster Ordnung. Die Zimmer waren solide und elegant eingerichtet, alle Schlafzimmer, Bade- und Wirtschaftsräume ganz modern und praktisch gehalten, während in den Wohn- und Gesellschaftsräumen der alte Stil beibehalten worden war. Jedenfalls war Burgwerben ein stattlicher Besitz, und daß genügend Geld vorhanden war, ihn ganz auf der Höhe zu halten, merkte man an jeder Kleinigkeit.

Die beiden Brüder waren zudem tüchtige Landwirte und obendrein mit Lust und Liebe bei ihrer Arbeit. Der Vater der Brüder war ein kleiner deutscher Gutsbesitzer gewesen, hatte sein Gut aber schon stark verschuldet von seinem Vater übernommen und schließlich Konkurs anmelden müssen. Mit einer kleinen Restsumme, die bei der Versteigerung für ihn herausgekommen war, hatte er die Reise nach Amerika angetreten, hatte sich drüben ein Stück Boden gekauft und mit einer Farm begonnen. Pferdezucht im großen hatte ihn dann zu einem vermögenden Manne gemacht, und schließlich hatte er das Glück gehabt, daß die Regierung bei der Anlage einer Bahn seinen Grund und Boden gebrauchte, und so hatte er ein ansehnliches Stück Geld daraus gelöst. Aber die Sehnsucht nach seiner deutschen Heimat hatte ihm niemals Ruhe gelassen, und immer war das Ziel seiner Sehnsucht, nach Deutschland zurückzukehren und wieder deutscher Grundbesitzer zu werden. Aber ehe er die Reise nach Deutschland antreten konnte, war er gestorben. Er vererbte seinen Söhnen aber nicht nur ein sehr großes Vermögen, sondern auch die Sehnsucht nach der Heimat ihres Geschlechts und die Liebe zur Landwirtschaft und zum eignen deutschen Boden.

So waren die Brüder noch bei Lebzeiten der Eltern nach Deutschland gereist, um Landwirtschaft zu studieren, und waren dann nach dem Tode von Vater und Mutter von neuem nach Deutschland zurückgekehrt, um Burgwerben käuflich zu erwerben.

Sie fühlten sich in ihrem neuen Wirkungskreise sehr wohl und glücklich, zumal ihr gegenseitiges Verhältnis ungewöhnlich harmonisch war. Und als Werner, den um zwei Jahre älteren Bruder, nun ein Unglück in seiner Liebe betroffen hatte, litt der jüngere, Klaus, mit ihm und hatte nur den einen Wunsch und Willen, dem Bruder dennoch zu seinem Glück zu verhelfen, zumal er eine echte und herzliche Freundschaft für Garda empfand.

In der nächsten Zeit verfolgten die Brüder im stillen Einverständnis ihre Pläne. Sie ritten noch öfter als sonst nach Rahneck hinüber, denn, so sagte Klaus, da Garda mindestens ebenso unglücklich war wie sein Bruder, sei es ihre Pflicht, ihr in jeder Beziehung beizustehen.

Die Übersiedlung des Herrn von Rahneck mit seiner Familie erfolgte sehr bald. Die Brüder ließen sich nicht anmerken, daß sie in seiner Übersiedlung eine Art Strafversetzung sahen. Anscheinend harmlos meinten sie, es könne für den alten Herrn nur wünschenswert sein, würde er sich nun etwas mehr Ruhe gönnen.

Dieser machte gute Miene zum bösen Spiel. Hans aber zeigte sich sehr beleidigt, hatte ihm sein Vater doch klargemacht, daß er nun anfangen müsse, für sich selbst einzustehen. Er solle sich nach einer Verwalterstelle umsehen.

Hans wußte sehr wohl, daß das nicht so einfach war und daß er sich vor allen Dingen würde dazu bequemen müssen, ernsthaft zu arbeiten. Fast ebenso beleidigt wie Hans war auch seine Mutter, weil sie selbstverständlich nicht begreifen konnte, wie Garda »so undankbar« sein konnte, sie alle nach Gossegg zu verbannen.

Noch schlimmer erschien Leni diese Übersiedlung. Sie hatte sich im stillen große Hoffnungen gemacht auf einen der Brüder Sassenheim. Daß sie bei Werner absolut kein Glück hatte, merkte sie wohl, aber Klaus hatte zuweilen, um Leni von Werner und Garda abzulenken, sich ihr gewidmet, und das hatte sie zu kühnen Hoffnungen veranlaßt. Sie merkte nicht, daß Klaus immer nur geduldig an ihrer Seite aushielt, sobald Werner mit Garda beschäftigt war. Und nun sollte sie nach Gossegg gehen, das viel weiter als Rahneck von Burgwerben entfernt war. Bestimmt würden die Brüder sehr selten nach Gossegg kommen. Und um sich nun einen Weg offen zu halten, sagte sie, als sie den ersten Schreck verwunden hatte, zu Garda:

»Du wirst mir aber doch erlauben, dich recht oft zu besuchen, Garda? Wir haben uns doch mit den Brüdern Sassenheim so gut im Tennis eingespielt, und ich möchte auf diesen Sport nicht verzichten. In Gossegg ist doch kein Tennisplatz, und vor allen Dingen habe ich da nicht so gute und eingespielte Partner.«

Garda ahnte sehr wohl, daß Leni Absichten auf Klaus Sassenheim hatte, aber sie wußte auch, daß Klaus absolut nichts für Leni übrig hatte. Ganz abgesehen davon, daß Leni keine bezaubernde Persönlichkeit war, erschien sie ihr auch wegen ihrer Charaktereigenschaften keine passende Frau für Klaus. Sie kannte diesen sehr gut, ihre Freundschaft für ihn ließ sie wünschen, daß er eine wertvollere Frau bekam als Leni. Zugleich aber tat ihr die Kleine leid, sie sah für diese wenig Möglichkeiten, eine annehmbare Partie zu machen, und wußte doch, wie sehr sie damit rechnete.

So sagte sie gutmütig:

»Selbstverständlich kannst du mich besuchen, so oft du willst, Leni; das versteht sich doch ganz von selbst.«

Im ganzen war Garda froh, daß die Trennung von ihren Verwandten ohne Reibungen vor sich ging. Karl von Rahneck hatte wirklich gut vorgearbeitet, im Bewußtsein, daß es in seinem Interesse lag, seine Strafversetzung als eine von ihm selbst gewollte Übersiedlung hinzustellen. Er hatte davon gesprochen, daß ihm seine Jahre nicht mehr erlaubten, den ganzen Betrieb in Ordnung zu halten. Hans hatte darauf wenig erbaut und fassungslos geantwortet:

»Aber ich bin doch da, um dich zu unterstützen, Papa!«

Da hatte sein Vater ausgerufen:

»Eben, weil du als meine Stütze vollständig versagt hast und so unerhört untüchtig bist, habe ich in Rahneck abdanken müssen. Ich habe dich mit durchschleppen müssen und kann es nicht mehr verantworten, dir dies hohe Gehalt zu zahlen, für das du so gut wie nichts leistest. Garda ist das sehr unangenehm aufgefallen, sie beschwert sich darüber, daß du die edlen Rassepferde kaputtreitest, und wünscht vor allen Dingen, daß du eine andere Stellung annimmst, wo du erst einmal zeigen kannst, was du vermagst.«

Dadurch hatte Karl von Rahneck seinen Sohn mundtot gemacht und es danach nur noch mit seiner Frau und Leni zu tun, die aber nicht viel zählten.

So wurde äußerlich alles in Ruhe und Frieden abgewickelt. Die Familie fuhr nach Gossegg hinüber und sah sich das Gutshaus an. Da gab es freilich ein großes Wehklagen bei den beiden Damen, bis Karl von Rahneck nervös wurde und gereizt sagte:

»Seid froh, daß ihr ein gutes Unterkommen findet. Es hätte auch anders kommen können. Wir werden hier immerhin ein sorgloses Leben führen können.«

»Das sage ich auch! Mir wird es viel schlechter gehen«, maulte Hans mißmutig.

So mußten sich die Damen fügen und versuchen, aus den veränderten Verhältnissen zu machen, was sich daraus machen ließ. Aber sie grollten Garda sehr und schalten sie undankbar. Doch der Vater verbot ihnen das, und so schwiegen sie in seiner Gegenwart und murrten nur noch über Garda, wenn sie allein waren. Sie waren beide immerhin klug genug, um sich zu sagen, daß man es nicht ganz mit Garda verderben dürfe. Vielleicht kam ihnen auch eine Ahnung, daß zwischen dem Vater und Garda irgend etwas vorgefallen war, wobei der Vater nicht ganz glänzend abgeschnitten haben mochte. Frau von Rahneck hatte versucht, Garda klarzumachen, daß sie unmöglich ohne Gardedame in Rahneck hausen könne, zumal, wenn sie weiter die Besuche der Brüder Sassenheim empfangen wolle. Aber Garda hatte gelassen geantwortet:

»Du kannst ganz ruhig sein, Tante Anna, ich werde mir ohnedies eine Sekretärin engagieren müssen, und sollte die mir nicht als Stütze und Gesellschafterin genügen, dann kann ich mir ja immer noch eine Ehrendame engagieren. Vorläufig denke ich ohne eine solche auszukommen.«

So war auch dieser Einwand zurückgewiesen worden.

In Gossegg wurde schleunigst alles geordnet, denn auf beiden Seiten wurde man sich nun klar, daß es sich empfehle, die bevorstehende Trennung so schnell wie möglich in die Wege zu leiten. Garda zeigte sich auch hier sehr großzügig. Sie brachte noch manches Opfer, um ihren Verwandten in Gossegg ein behagliches Heim zu schaffen.

7

RENATA HOLL HATTE mit bangem Herzen immer wieder erfolglos sich um diese oder jene Stellung beworben. Sie lebte so einfach und bescheiden, wie es nur anging, um ihren Notgroschen nicht zu rasch zu verbrauchen. Sie war anfangs voller Zuversicht gewesen, bald eine Stellung zu erhalten, denn sie war sich bewußt, daß sie viel gelernt hatte. Und daß sie fleißig und tüchtig sein wollte, erschien ihr selbstverständlich. Aber überall, wo sie sich bewarb, bekam sie aus irgendeinem Grunde abschlägigen Bescheid. Es gab nur wenig Vakanzen, und daß sie noch keinerlei Zeugnisse aufzuweisen hatte, erschwerte ihr alles. Immer wurde zuerst nach Zeugnissen gefragt . . .

So verging Woche um Woche, ohne daß sie etwas gefunden hätte. Trotzdem suchte sie Tag für Tag die Zeitungen durch. Geld für Inserate auszugeben, schien ihr immer zweckloser. Sie bekam daraufhin überhaupt keine Offerten, denn für jede Vakanz war mindestens das Zehnfache an Bewerberinnen da.

Wieder hatte sie eines Tages erfolglos bei einem Rechtsanwalt Besuch gemacht, der eine Sekretärin brauchte. Dieser hatte verlangt, daß die Bewerberin um diese Stellung schon in dem Büro eines Kollegen gearbeitet haben müsse. Branchenkenntnisse verlangte man ja meistens. Sehr bedrückt fuhr sie in der Untergrundbahn wieder in ihre Pension zurück. Sie hatte bisher diesen Existenzkampf noch nicht kennengelernt; wohl beschützt und behütet hatte sie im Hause ihres Stiefvaters gelebt, und sie war ihm noch nachträglich von ganzem Herzen dafür dankbar, denn erst recht lernte sie nunmehr einsehen, eine wie große Wohltat er ihr erwiesen hatte. Sie merkte erst jetzt, wie schwer es war, auf eignen Füßen zu stehen.

Die Untergrundbahn war um diese Zeit nicht sehr besetzt, nur einige Herren saßen noch in ihrem Abteil. Die meisten lasen in einer Zeitung, und dieser oder jener ließ seine Zeitung beim Aussteigen liegen. Auch der Herr, der an ihrer Seite saß, legte, als er ausstieg, seine erledigte Zeitung auf die Bank. Unwillkürlich griff Renata danach. Sie war auf jede Zeitung erpicht und sah immer gleich nach dem Inseratenteil, in dem sich Stellenangebote befanden. Das Blatt, das sie jetzt in den Händen hielt, war keine Berliner, es war eine westdeutsche Provinzzeitung. Aber auch sie hatte eine Abteilung für Stellenangebote, die sie sofort eifrig studierte. Da fielen ihre Augen auf folgendes Inserat:

»Gesucht wird eine junge Dame von energischem Charakter und guter Erziehung, die imstande ist, den Posten einer Sekretärin bei einer Gutsherrin einzunehmen. Die junge Dame müßte ein sehr sympathisches Äußeres haben, taktvoll, heiter und liebenswürdig sein und zugleich als Gesellschafterin fungieren können. Es wird vor allem Wert auf eine unbedingt zuverlässige Persönlichkeit gelegt. Alter nicht über dreißig Jahre. Offerten sind mit Fotografie zu richten an Fräulein von Rahneck, Schloß Rahneck bei X.«

Wie gebannt ruhten Renatas Augen auf diesem Inserat. Fräulein von Rahneck auf Schloß Rahneck bei X? Das konnte doch wohl nur die Tochter des Freundes ihres Stiefvaters sein, deren Eltern ein so schlimmes Ende gefunden hatten. Alles, was ihr Stiefvater über diese Katastrophe erzählt hatte, fiel ihr wieder ein. Sie dachte daran, daß sie das Foto von den Freunden ihres Stiefvaters sowie die Briefe Ernst von Rahnecks und einige von Maria von Rahneck an ihren Stiefvater noch besaß. Diese Briefe hatte sie mit großem Interesse gelesen. Sie zeigten ihr, daß die Schreiber wertvolle, kluge und liebenswürdige Menschen gewesen sein mußten. Sie hatte sich nicht entschließen können, diese Briefe und das Foto zu verbrennen, irgend etwas hatte sie davon zurückgehalten, während die Briefe ihrer Mutter, die ihr der Stiefvater ebenfalls zum Vernichten übergeben hatte, seinem Wunsche gemäß gleich nach seinem Tode von ihr verbrannt worden waren.

Sie sagte sich, dieses Fräulein von Rahneck, die eine Sekretärin suchte, würde gewiß sehr gern diese Briefe und das Foto besitzen mögen. Und dann fragte sie sich, ob sie sich wohl um den Posten bemühen sollte. Hier wurden ausnahmsweise keine Zeugnisse verlangt, wenigstens nicht gleich im Inserat. Und was man sonst von der gesuchten jungen Dame verlangte, damit konnte sie aufwarten. Sie war gerade erst einundzwanzig Jahre alt, verfügte über die nötigen Kenntnisse, war, wie sie sich eingestehen konnte, von sympathischem Äußeren, besaß Takt und konnte, wenn Sorgen sie nicht bedrückten, sehr heiter sein und – zuverlässig war sie auch noch.

Sie beeilte sich, nach der Pension zurückzukommen, um sogleich ein Bewerbungsschreiben aufzusetzen.

Das war dann bald geschehen. Sie suchte auch gleich das bewußte Foto heraus und vertiefte sich in den Anblick des süßen Gesichts von Maria von Rahneck. Wenn dieses Fräulein von Rahneck wirklich ihre Tochter und ihr vielleicht ähnlich war, dann würde es ein Vergnügen sein, mit ihr zu leben. Ob sie sich nicht vielleicht darauf berufen sollte, daß ihr Stiefvater ein Freund von Ernst von Rahneck gewesen war? Das würde für sie vielleicht so gut wie eine Empfehlung sein? Aber nein – sie schüttelte den Kopf, es erschien ihr wie ein Bestechungsversuch. Es würde vielleicht auch als ein solcher angesehen werden und ihr nicht zur Empfehlung dienen. Nein, sie wollte nichts davon verraten.

Und so schickte sie das Gesuch mit einem ihrer Lichtbilder fort, mit bangem Herzen auf den Erfolg wartend.

Das hinderte sie allerdings nicht, weiterhin nach Stellungen zu suchen. Sie bot sich nacheinander als Stenotypistin, als Verkäuferin in einem Juweliergeschäft, als Kassiererin in einem Warenhaus, als Empfangsdame bei einem Fotografen, als Gesellschafterin für eine alte, kränkliche Dame und als Sekretärin für einen Schriftsteller an. Sie erhielt inzwischen noch verschiedene Absagen auf Bewerbungsschreiben, die sie abgesandt hatte. Aber am meisten wartete sie auf eine Antwort aus Schloß Rahneck, denn ihr war, als riefe sie etwas dorthin, als könne sie gerade dort ein Unterkommen finden. Sie machte sich nachträglich Vorwürfe, daß sie sich nicht auf ihren Stiefvater und auf seine Briefe von Ernst von Rahneck berufen hatte, und sagte sich, sie sei töricht gewesen, eine derartige Chance nicht auszunützen. Sie dürfe in ihrer Lage nicht so empfindlich sein.

Und wieder las sie die Briefe der Eltern von Garda von Rahneck durch und suchte sich daraus ein Bild zu machen von Schloß Rahneck und seinen früheren Bewohnern.

So verging ein Tag nach dem andern, und sie wartete mit zunehmender Ungeduld auf Nachricht. Sie mußte doch wenigstens ihr Foto zurückbekommen, sagte sie sich, als sie schon ganz verzagt war und nicht mehr daran glauben konnte, daß man sie berücksichtigen würde.

Und sie fühlte, bitterer als je würde sie sich enttäuscht fühlen, sollte auf dieses Gesuch eine Absage eingehen. War es nicht wie ein Fingerzeig des Schicksals gewesen, daß sie diese Zeitung gefunden, und daß gerade in dieser Nummer die fragliche Annonce gestanden hatte?

War das alles nur blinder Zufall?

Oder war es eine Fügung des Himmels?

Sie war nur zu gern bereit gewesen, das letztere anzunehmen. Aber als ein Tag nach dem andern verging, ohne ihr die ersehnte Antwort zu bringen, begann sie es für einen Zufall zu nehmen, wie es deren Tausende gab.

Garda von Rahneck hatte auf ihr Inserat eine Menge von Offerten bekommen. Aber da sie gerade in den Tagen einliefen, in denen ihre Verwandten übersiedelten, hatte sie die Schreiben zurücklegen müssen, bis sie mehr Ruhe hatte. Als endlich alles erledigt war und Garda in Ruhe an ihrem Schreibtisch saß, öffnete sie eine dieser Offerten nach der andern. Aber sie fand wenig Annehmbares darunter. Sie ging zunächst nach dem ersten Eindruck, den die Fotos auf sie machten, und wollte sich gewissermaßen von ihrem Instinkt leiten lassen. Aber keines dieser fotografierten Gesichter sagte ihr zu. Entmutigt legte sie alles beiseite. Sie hatte mit den Brüdern Sassenheim besprochen, daß diese am Nachmittag nach Rahneck kommen wollten, um gemeinsam mit ihr zu entscheiden, welche der Bewerberinnen zu bevorzugen sei. Aber bis jetzt hatte sie noch nicht eine gefunden, die überhaupt diskutabel war.

Garda sagte sich sehr richtig, daß ein Foto nicht alles verraten könne und daß manche von diesen Damen bei näherer Bekanntschaft ganz sympathisch sein möge, falls sie ihr auch nicht gleich gefallen würde. Aber sie wußte auch, daß es gar keinen Zweck hatte, erst mit einer den Versuch zu machen, die ihr nicht gleich beim ersten Sehen zusagte. Denn diese junge Dame sollte bei ihr eine ganz exzeptionelle Stellung einnehmen, sie mußte ihr unbedingtes Vertrauen einflößen, mußte ihr gleich beim ersten Blick verraten, daß sie in Frage komme.

So sah sie weiter durch, was vor ihr lag. Nur zwei Fotos lagen schließlich abseits von den andern, als nur möglicherweise in Frage kommend, als ihr endlich Renata Holls Brief in die Hände gelangte. Wie bei den andern zog sie zuerst das Foto hervor – und gleich beim ersten Blick darauf richtete sie sich empor. Ja – ihre Augen leuchteten auf –, das war das erste Gesicht, das zu ihr sprach, und zwar gleich so eindringlich, daß sie sich sagte, weiterzusuchen habe gar keinen Zweck. Diese junge Dame war die Rechte für sie, das fühlte sie mit einer bezwingenden Gewißheit. Dieses liebe, schöne und kluge Gesicht, mit den klaren, ruhigen und doch heiteren und lebensbejahenden Augen, das war, was sie brauchte.

Sie zog nun auch den Brief hervor, las den kurzen Lebenslauf, der mit knappen, präzisen Worten aufgezeichnet war, ohne Phrasen und Umschweife. Alles in diesem Briefe atmete Klarheit, Besonnenheit und Energie. Ja, Garda fühlte instinktiv, das war sie, die sie suchte, die ihr erträglich machen sollte, was sie fürchtete, die ihr beistehen würde, wenn Gott ihr das Schlimmste auferlegte, wenn bei ihr zum Ausbruch kommen sollte, was die Mutter ihr als Erbe hinterlassen hatte.

Sie vertiefte sich immer wieder in Renatas Bild und in ihren Brief, und schließlich schob sie mit einer Handbewegung alle anderen Offerten beiseite, nur diese eine kam für sie in Betracht. Aber dann legte sie doch die beiden, die sie zuvor ausgesucht hatte, dazu. Ihre Freunde sollten die Wahl haben, und sie wollte sehen, ob auch sie für Renata Holl stimmen würden.

Als die Brüder Sassenheim am Nachmittag kamen, um den Tee mit Garda einzunehmen, legte sie ihnen die ausgewählten Fotos und Offerten vor. Und beide Brüder stimmten ohne Zögern für Renata Holl.

Das freute Garda sehr. Sie plauderte angeregt mit ihren Besuchern, und diese fragten, ob sie sich nicht sehr einsam fühlte nach der Übersiedelung ihrer Verwandten nach Gossegg. Garde sah lächelnd zu ihnen hinüber.

»Ganz offen, ich glaube, ich fühle mich zum ersten Male in meinem Leben richtig wohl in Rahneck. Es ist vielleicht nicht recht von mir, daß ich die Anwesenheit meiner Verwandten immer drückender und quälender empfand. Sie können ja ebensowenig dafür, daß wir uns nicht sympathisch waren, wie ich. Als mein Onkel nach dem Tode meiner Eltern die Vormundschaft über mich übernahm, hat er mir zweifelsohne ein Opfer gebracht – aber ich bin nicht gefragt worden, ob mir das recht sein würde, und damals hätte ich auch noch keine Entscheidung darüber treffen können. Aber sobald ich imstande war, mir selbst ein Urteil zu bilden, wußte ich, daß ich keine Sympathie für sie zu empfinden vermochte, und mein einziger Trost ist es immer gewesen, daß auch ich ihnen schwerlich sympathisch sein konnte. Sonst hätte ich ihnen ja zu viel schuldig bleiben müssen. Und das ist ein schreckliches Gefühl.«

»Nun, ich meine, daß Ihnen im Gegenteil Ihr Herr Onkel samt seiner Familie sehr viel schuldig geworden ist«, sagte Klaus.

Sie atmete tief auf. »So ist es mir auch lieber; gerade wo man keine Sympathie empfindet, ist es viel leichter, der Gebende zu sein als der Nehmende.«

Werner hatte seine Augen nicht von ihr gelassen.

»Sie werden immer und überall die Gebende sein, mit wem Sie auch zusammenkommen, Garda.«

Er sprach sie jetzt zum ersten Male in Gegenwart eines andern Menschen mit ihrem Rufnamen an. Gardas Gesicht überzog sich mit einer tiefen Röte, und Klaus bemerkte das so gut wie Werner. Er wußte, daß er Garda helfen mußte, diese Situation selbstverständlich zu finden. Und als sie jetzt mit einiger Selbstüberwindung erwiderte: »Sie machen mir wieder Komplimente, Werner, das ist doch verboten«, sagte Klaus anscheinend überrascht:

»Ah, das brauche ich aber nicht zu leiden, daß Sie meinen Bruder so sehr auszeichnen. Ich bin doch auch Ihr Freund, wollen Sie mir nicht erlauben, daß ich Sie Garda nennen darf, und wollen Sie mich nicht, als Ihren ergebenen Freund, auch mit meinem Vornamen anreden?«

Garda reichte ihm schnell und sichtlich erleichtert die Hand.

»Gewiß will ich das, Klaus, ich bin Ihnen beiden überaus dankbar, daß Sie mir nicht nur treue Nachbarn, sondern auch gute Freunde sind. Ich konstatiere hier gleich, daß in unserm gegenseitigen Freundschaftsverhältnis immer nur ich die Nehmende gewesen bin. Und ich werde es wohl noch manchesmal sein müssen. Denn so fest ich mich meinem Onkel gegenüber auch auf die eigenen Füße gestellt habe, weiß ich doch, daß ich noch viel lernen muß, und ich will noch viele Male bei Ihnen und bei meinem Verwalter Neumann in die Schule gehen.«

»Damit beschenken Sie uns nur, Garda, wir sind wahrhaft stolz darauf, daß Sie sich unsere Hilfe gefallen lassen. Und was Neumann betrifft, auf den können Sie sich in jeder Lebenslage verlassen. Sie hätten nur hören sollen, was er uns von Ihnen vorgeschwärmt hat. Er ist überglücklich, daß er nun seine Braut heimführen kann und Sie ihm eine so hübsche Wohnung zur Verfügung gestellt haben.«

»Oh, das war alles nur Egoismus von mir. Es wäre doch nicht gut gegangen, daß ich einen unverheirateten Verwalter auf Rahneck habe. Es gibt mir einen gewissen Rückhalt, wenn Neumann eine Frau hat. Und ich kenne sie gut, sie hat schon oft für mich gearbeitet, denn sie ist eine sehr geschickte Weißnäherin. Sie wird mir auch in Zukunft noch Dienste leisten.«

Werner faßte schnell nach ihrer Hand und preßte seine Lippen darauf.

»Ihre Art Egoismus ist anbetungswürdig.«

Klaus hatte während der ganzen Zeit die Fotografie von Renata Holl in den Händen gehabt und seine Augen darauf ruhen lassen. Jetzt legte er sie zu den andern, aber es geschah sehr zögernd. Irgend etwas in Renatas Gesicht hatte ihn auf der Stelle gefesselt, nicht nur ihre Schönheit, denn schöne Frauen hatte er in seinem Leben schon oft kennengelernt, ohne daß sie ihm gefährlich geworden waren. Aber in Renatas Gesicht lag noch etwas anderes, was ihn anzog und interessierte.

Er sprach aber nicht darüber, und sein Bruder und Garda waren durch ihre eigenen Gefühle so stark in Anspruch genommen, daß sie nicht auf ihn achteten.

»Sie werden also diese – wie heißt sie doch? – Renata Holl

engagieren, Garda?« fragte Klaus, ohne sein starkes Interesse zu verraten.

»Ja, Klaus, ich schreibe sogar noch heute, es wäre mir sehr lieb, wenn sie bald nach Rahneck kommen könnte. Sie schreibt ja, daß sie frei ist und jederzeit ihre Stellung antreten kann. Es eilt mir nicht so sehr meinetwegen, aber ich möchte meiner Tante keine Gelegenheit mehr geben, darüber zu jammern, daß ich allein auf keinen Fall in Rahneck leben kann. Dieses Fräulein Holl ist nach Ansicht meiner Tante zweifelsohne zu jung als Gardedame für mich, aber ich wollte absichtlich ein frisches junges Blut um mich haben; ich brauche sehr nötig ein wenig Aufheiterung.«

Dabei sah sie flüchtig zu Werner hinüber, der sie mit heißen, flehenden Augen ansah.

»Dabei müssen Sie uns auch helfen lassen, Garda!« rief er ihr zu.

»Aber selbstverständlich, da fragen wir doch gar nicht erst«, bemerkte Klaus. »Es ist ja geradezu Christenpflicht, eine einsame Waise aufzuheitern. Werner und ich wissen ja aus Erfahrung, wie trostlos es einen macht, keine Eltern mehr zu haben. Wir haben unsere Eltern sehr geliebt und konnten es lange nicht verwinden, daß wir sie viel zu früh hergeben mußten. Aber Sie, liebe Garda, haben Ihre Eltern noch viel früher hergeben müssen. Man kann beinahe sagen, daß Sie sie gar nicht gekannt haben.«

Klaus brachte absichtlich die Rede auf Gardas Eltern. Diese sah vor sich hin, und ihre Lippen zuckten. Dann flog ein rascher Blick zu Werner hinüber, der sie gespannt beobachtete. Er wußte, weshalb sein Bruder von Gardas Eltern sprach.

»Ja, man kann das wohl sagen, da ich ja kaum das erste Lebensjahr vollendet hatte, als meine Eltern starben.«

»Wir hörten, daß Ihre Eltern einem Unglück zum Opfer fielen, und zwar an einem Tage?« forschte Klaus behutsam weiter.

Und beide Brüder sahen, wie Garda sehr blaß wurde und wie ihre Hände, die gerade die Tassen wieder füllten, merkbar zitterten. Schnell mußte sie ihr Werk beenden; und, sich zurücklehnend, sagte sie leise und hastig:

»Lassen Sie uns ein anderes Thema ergreifen, Klaus, es schmerzt mich, darüber zu sprechen.«

Klaus verneigte sich, aber er wechselte rasch einen Blick mit Werner, und die Brüder wußten nun, daß Gardas Weigerung, Werners Frau zu werden, wirklich mit dem Tode ihrer Eltern zusammenhängen mußte.

»Verzeihen Sie, Garda, ich habe da wohl eine Wunde berührt, die noch nicht ganz vernarbt ist.«

»Nie – nie wird sie das sein!« rief Garda und preßte ihr Taschentuch an ihre Lippen.

»Es tut mir aufrichtig leid, daß ich daran gerührt habe, es geschah aber in bester Absicht, und ich ahnte nicht, daß Sie heute noch so schwer darunter leiden, da Sie doch Ihre Eltern wirklich kaum gekannt haben und seither zwanzig Jahre vergangen sind.«

»Es gibt Wunden, die nie vernarben«, sagte Garda leise und sichtlich verstört.

Ein tiefes Erbarmen erfaßte Werner. Er glaubte nun gewiß zu sein, daß Gardas Weigerung, ihn zu heiraten, mit dem Tode ihrer Eltern zusammenhinge. Aber er sagte sich auch, daß, wenn er und Klaus weiterforschen würden, Garda nicht davon berührt werden dürfe. Sie mußten der Sache auf den Grund kommen, ohne sie zu beunruhigen. Eine gewisse Erleichterung überkam ihn. Wenn Klaus recht hatte und Gardas Weigerung mit jener Katastrophe zusammenhing, dann mußte sich das Hindernis zwischen ihnen wegräumen lassen, daran wollte er fest glauben. Dieser Glaube würde ihn ruhiger machen und geduldiger. Und um ihr zu helfen, sagte er schnell in einem tadelnden Ton zu seinem Bruder:

»Aber Klaus, mich dünkt, wir fangen es sehr verkehrt an, Fräulein Garda aufzuheitern. Wir wollen lieber von lustigen Dingen reden.«

Und die Brüder beeilten sich nun, Garda aufzuheitern, und es gelang ihnen auch. Sie sprachen von der Hochzeitsfeier, die Garda ihrem Verwalter richten wollte. Es gab da allerlei zu besprechen, es sollte zugleich auch für die Leute ein Fest werden. Gleich nach der beendeten Heuernte sollte diese Hochzeit stattfinden. Und die drei jungen Menschen berieten nun über die Einzelheiten des Festes. Garda war so zurückgezogen auf Rahneck aufgewachsen, daß sie andere als ländliche Festlichkeiten noch nicht kennengelernt hatte.

»Das müssen Sie alles nachholen, Garda; ich schlage vor, wenn wir Landwirte im Winter faule Zeit haben, fahren wir einmal zusammen für einige Wochen nach Berlin. Sie reisen dann in Begleitung ihrer neuen Sekretärin, und wir stürzen uns dann mit vereinten Kräften in den Strudel des Vergnügens. Warum sind Sie eigentlich noch nie für längere Zeit von Rahneck fortgegangen?« fragte Klaus.

Nachdenklich sah Garda vor sich hin.

»Ich weiß es nicht. Offen gestanden, habe ich nie darüber nachgedacht. Wenn ich je einmal daran dachte, mir ein wenig von der Welt anzusehen, dann kam es aus irgendeinem Grunde immer nicht dazu. Und so sehr war mir schließlich nicht darum zu tun, so daß ich immer wieder davon abkam. Im Grunde habe ich mich hier immer zufrieden gefühlt.«

»Sie sind aber zu jung, um sich hier abzuschließen, Sie müssen wirklich einmal heraus. Klaus hat da eine famose Idee, die werden wir weiter ausbauen. Erst werden wir mal nach Berlin gehen, dann stecken wir uns weitere Ziele. Wenn Sie gestatten, begleiten wir Sie als treue Ritter und Vasallen, in unserm Schutze werden Sie wohl aufgehoben sein.«

Gardas Augen glänzten auf. Sie war zu jung, als daß es sie nicht gereizt haben sollte, hinauszufliegen in die Welt. Und warum sollte sie das nicht tun – solange . . . nun, solange nicht etwas Drohendes ihr die Möglichkeit nahm, Reisen zu unternehmen. Sie preßte ihre Hände zusammen.

»Oh, das wäre schön! Wunderschön! Das möchte ich wohl! Und Sie haben eigentlich recht. Warum bin ich nicht einmal für längere Zeit auf Reisen gegangen? Ach, ich glaube, ich weiß es jetzt – ich hätte nicht in sympathischer Gesellschaft reisen können. Mit Onkel und Tante und mit Hans und Leni . . . nein, das hätte mich nicht gereizt.«

Und bei den letzten Worten lag ein allerliebstes Schelmenlächeln um ihren Mund, das Werner so sehr entzückte, daß er schnell ihre Hand erfaßte und an seine Lippen zog.

»Sie müssen uns aber nun auch gleich ganz fest versprechen, diesen Entschluß wahr zu machen. Wir werden einen sehr hübschen Reiseplan ausarbeiten. Schließlich können wir uns ja jedes Jahr im Winter einen netten Ausflug leisten. Wollen wir das, Garda?«

Sie nickte ihm errötend zu. Aber dann sah sie unsicher zu ihm auf.

»Aber, für Sie und Klaus wird es nicht eben sehr amüsant werden, wenn Sie mich beschützen müssen. Junge Herren reisen doch lieber allein.«

Klaus lachte.

»Das kommt erstens auf die jungen Herren an und zweitens auf die junge Dame. Und –«, er griff wieder nach Renatas Bild, »mir scheint, daß diese junge Dame auch recht gut zu uns passen wird, sie scheint klug und energisch zu sein.«

Etwas zaghaft sah Garda ihn an.

»Aber Tante Anna wird sagen, eine solche Reise schicke sich nicht.«

»Oh, bitte, drüben in Amerika ist das gar nichts Besonderes, und auch draußen in der großen Welt denkt man jetzt viel freier darüber. Ich hoffe doch, Garda, daß Sie uns soviel Vertrauen schenken, daß Sie sich unbesorgt unserer Führung anvertrauen.«

»Ganz gewiß, Klaus, das ohne Frage. Und jedenfalls werde ich es wagen, ein wenig Freude möchte auch ich mir einfangen, ehe . . .«

Sie brach hastig ab und begann von anderen Dingen zu reden. Die Brüder fingen gleich an, ihr Vorschläge zu machen, was sie sich von der Welt unbedingt ansehen müsse. Und sie wurden alle drei so eifrig dabei, daß ihnen die Zeit sehr schnell verging. Schließlich sprang Klaus auf.

»Aber jetzt müssen wir heimreiten, Werner, das war ein langes Teestündchen.«

Während sich Werner von Garda verabschiedete, betrachtete sich Klaus noch einmal Renata Holls Konterfei. Und er legte es sehr zögernd wieder hin, um sich auch von Garda zu verabschieden.

Als die Brüder ihre Pferde bestiegen hatten und durch den Park davonritten, sagte Werner erregt:

»Klaus, ich glaube, du hast recht! Gardas Weigerung, meine Frau zu werden, muß irgendwie mit dem Tod ihrer Eltern zusammenhängen.«

Klaus nickte. »Du hast es also auch bemerkt?«

»Ja, es fiel mir auf, wie bedrückt sie aussah, als du von ihren Eltern zu sprechen begannst. Und ich hoffe nun doch, daß alles sich klären lassen wird. Ich wüßte ja auch nicht, wie ich es ertragen sollte, auf sie zu verzichten.«

»Daran wollen wir gar nicht denken, ich hoffe bestimmt, daß Garda meine Schwägerin wird. Du hast es mir hoffentlich nicht übelgenommen, daß ich mir dieselbe Vergünstigung ausbat, die sie auch dir gewährt hat, aber ich tat es der Leute wegen. Wenn sie nur dich beim Vornamen nennt und du sie, dann könnte man etwas dabei finden, verkehren wir aber beide auf diese Weise mit ihr, klingt es harmlos und freundschaftlich.«

»Ich wußte gleich, daß du das beabsichtigtest, und danke dir, Klaus. In meiner Sehnsucht, ihr näher zu kommen, hätte ich sie sonst vielleicht kompromittiert. Du warst besonnener als ich.«

Klaus lachte. »Das kann man gut sein, solange das Herz nicht mitspricht, wodurch ich freilich nicht andeuten will, daß Garda meinem Herzen fernsteht. Sie ist mir lieb und wert wie eine junge Schwester. Weißt du, als wir jung waren, wünschten wir uns doch immer eine Schwester, die wir so recht verhätscheln könnten. Dieser Wunsch ist mir nun in Erfüllung gegangen. Ein kleines Fleckchen mußt du mir schon in Gardas Herzen lassen.«

Die Brüder reichten sich mit warmem Druck die Hände und ritten eine Weile schweigend dahin. Als sie Burgwerben schon oben auf dem Hügel liegen sahen, sagte Klaus wie beiläufig:

»Die Sekretärin, die Garda engagieren wird, scheint ein sehr vernünftiges Mädel zu sein, ihr Brief war sehr sympathisch abgefaßt.«

»Die ganze Persönlichkeit scheint sympathisch zu sein. Ich freue mich, daß Garda eine nette Gesellschafterin bekommt; lastet wirklich etwas Schweres auf ihrer Seele, dann ist eine heitere Gesellschafterin sehr notwendig für sie.«

»Dieser Meinung bin auch ich, und obendrein sehr neugierig, welchen Eindruck diese Renata Holl bei persönlicher Bekanntschaft machen wird.«

8

RENATA HOLL HATTE schon fast die Hoffnung aufgegeben, daß sie Antwort von Schloß Rahneck bekommen würde, als schließlich Gardas Brief doch noch eintraf. Mit bebenden Händen öffnete sie ihn. Noch konnte es sein, daß der Brief eine Absage enthielt. Erregt las sie:

»Sehr geehrtes Fräulein Holl! Unter den Bewerberinnen um die von mir ausgeschriebene Stellung ist meine Wahl auf Sie gefallen. Soweit man sich aus Brief und Foto ein Bild machen kann, scheinen gerade Sie die für mich passende Persönlichkeit zu sein. Es wäre mir sehr lieb, wenn Sie sehr bald nach Schloß Rahneck kommen könnten, damit wir uns darüber klar zu werden vermögen, ob wir uns gegenseitig ertragen können. Ich möchte nicht nur, daß Sie mir sympathisch sind, sondern auch, daß ich Ihnen einige Sympathie abnötigen kann. Ich lebe hier allein auf dem Lande und bedarf einer ganz zuverlässigen Persönlichkeit, der ich mein volles Vertrauen entgegenbringen kann. Also bitte, kommen Sie, sobald Sie können, ich lege Ihnen einen Scheck bei für Reisespesen. Alles Weitere besprechen wir hier. Vielleicht treffen Sie gleich Anordnungen, daß Sie hierbleiben können, und daß Ihr Gepäck Ihnen nachgeschickt werden kann. Ein Telegramm müssen Sie aufgeben, wann Sie ankommen, damit ich Ihnen den Wagen zum Bahnhof schicken kann.

In Erwartung Ihres Kommens

Hochachtungsvoll

Irmgard von Rahneck.«

Renata sah eine ganze Weile auf den Brief herab. Sie atmete tief auf. Noch glaubte sie nicht an ihr Glück, noch war sie ja nicht engagiert, aber es schien doch ein ernstes Interesse vorzuliegen, und wenn sie gefiel, konnte sie wohl darauf hoffen, angestellt zu werden. Und das erschien ihr, nun sie den Brief der jungen Schloßherrin gelesen hatte, sehr erstrebenswert, denn aus diesen Zeilen klang es so menschlich, so gütig, gar nicht herrisch und herablassend.

Sie säumte daher keinen Augenblick, sich für die Reise zu rüsten, und nachdem sie sich für den nächsten Tag die Abfahrts- und Ankunftszeiten aus dem Kursbuch in der Pension herausgesucht hatte, sagte sie der Pensionsinhaberin Bescheid, daß sie eventuell schon morgen für immer abreisen würde und daß man ihr in diesem Falle ihr Gepäck nachsenden solle.

Sie packte ihre Sachen in ihre beiden großen Koffer, einen kleinen Koffer füllte sie mit dem Nötigsten für einige Tage, bis ihr Gepäck, falls sie engagiert wurde, nachkommen konnte.

In der Nacht konnte sie vor Unruhe nicht viel schlafen, und früher als sonst erhob sie sich. Noch am Abend vorher hatte sie ein Telegramm aufgegeben, wann sie ankommen würde.

Gegen neun Uhr traf sie auf dem Bahnhof ein und bestieg den Zug. Den dem Briefe beigefügten Reisescheck hatte sie gestern noch einlösen können, er war sehr hoch bemessen und ließ sie günstige Schlüsse ziehen auf die Großzügigkeit des Fräuleins von Rahneck.

Die Bahnfahrt dauerte nur einige Stunden, und pünktlich traf der Zug auf der kleinen Station ein.

Sie sah neben dem Stationsgebäude ein Auto stehen, neben dem der Chauffeur Posten gefaßt hatte, der die Ankommenden aufmerksam musterte. Außer Renata stiegen nur einige Landleute aus und ein Herr mit einem Musterkoffer. So war es dem Chauffeur nicht schwer gemacht, die Person herauszufinden, die er abholen sollte. Er ging schnell auf Renata zu, die sich unschlüssig umsah. Der Schaffner hatte ihren Koffer neben sie auf den Bahnsteig gestellt. Mit einer Verbeugung trat der Chauffeur an sie heran.

»Fräulein Holl?« fragte er artig.

Renata nickte ihm lächelnd zu.

»Das ist mein Name. Sie kommen von Schloß Rahneck?«

»So ist es, Fräulein Holl! Wollen Sie bitte einsteigen, ich bringe Ihren Koffer gleich hinüber.«

Und während Renata zu dem eleganten Wagen hinüberschritt, trug der Chauffeur den Koffer neben ihr her.

Sie stieg ein, der Koffer wurde hinten auf dem Auto befestigt, und dann hub die Fahrt an.

Mit glänzenden Augen sah Renata zu den Wagenfenstern hinaus. Wie wundervoll breitete sich die hügelige Landschaft vor ihren Augen aus. Sie wünschte sich sehnlichst, hier leben zu dürfen. Wie jedem Großstädter, erschien auch ihr das Leben auf dem Lande und in so schöner Umgebung sehr verlokkend. Und als dann Schloß Rahneck vor ihren Augen auftauchte, schlug ihr das Herz bis zum Halse hinauf. Sie hatte ein Gefühl, als bedeute ihr Überschreiten der Schwelle des Schlosses für sie eine Schicksalswende.

Der Wagen fuhr eine Anhöhe hinauf, und wenige Minuten später wurde Renata in den kleinen Salon der Schloßherrin geführt. Hier erwartete Garda von Rahneck sie. Die beiden jungen Damen standen sich eine kleine Weile gegenüber und sahen sich mit großen Augen an, als wollte die eine die andere bis auf Herz und Nieren prüfen. Dann glitt zuerst ein Lächeln über Gardas Züge, und sie trat Renata einige Schritte entgegen und streckte ihr die Hand entgegen.

»Fräulein Holl! Ich begrüße sie und heiße Sie herzlich willkommen.«

Renata faßte ihre Hand, und die beiden Mädchenhände umfaßten sich gleich mit warmem Druck.

»Ich danke Ihnen, mein gnädiges Fräulein, daß Sie mich willkommen heißen. Ich bin Ihrem Rufe gern gefolgt, weil Ihr liebenswürdiges Schreiben mir Mut machte. Ich weiß nicht, ob ich alle Kenntnisse und Fähigkeiten besitze, die Sie von einer Sekretärin erwarten, aber ich kann Ihnen versprechen, daß ich mir große Mühe geben werde, all Ihre Wünsche zu erfüllen und Sie zufriedenzustellen.«

Garda sah sie freundlich an.

»Ich glaube schon, daß Sie die Stellung bei mir so ausfüllen können, wie ich es mir wünsche. Doch das alles wollen wir in Ruhe besprechen. Ich habe mich für einige Stunden für Sie freigemacht. Jetzt ziehen Sie sich bitte auf Ihr Zimmer zurück und erfrischen Sie sich ein wenig. In einer halben Stunde werden wir zusammen speisen. Alles übrige nachher.«

Garda reichte bei diesen Worten Renata nochmals die Hand und klingelte dann einem Diener, dem sie Auftrag gab, Fräulein Holl in ihr Zimmer zu führen.

Renata folgte dem Diener wie im Traum, sie hatte sogleich gemerkt, daß die junge Schloßherrin dem in ihrem Besitz befindlichen Bilde ihrer Mutter so sehr glich, wie sich Mutter und Tochter nur gleichen können. Und beim ersten Sehen erfüllte ihr Herz eine warme Sympathie für Garda, und sie wünschte sich sehr, daß sie engagiert werden würde.

Garda aber sah der jungen Dame nach, die nun ihre Hausgenossin werden sollte, denn sie war sich sogleich darüber klar, daß sie keine angenehmere und sympathischere Gesellschafterin bekommen könne als dieses Fräulein Holl. Beiderseitig sahen sie der gemeinsamen Mahlzeit mit großer Erwartung entgegen.

Renata sah sich in dem ihr angewiesenen Zimmer um. Es war ein ganz licht gehaltenes Schlafzimmer mit einem entzückenden Ausblick über Berg und Tal und über den rauschenden Fluß. Es lag in der zweiten Etage, direkt über dem Portal. Und nun sah sie, daß die Tür zum Nebenzimmer offenstand und daß dieses zweite Zimmer ihr anscheinend ebenfalls zur Verfügung stehen sollte. Es war ein behaglich eingerichteter Raum, in dem ein großer Schreibtisch am Fenster darauf hinwies, daß es gleichzeitig als Arbeitszimmer gelten sollte. Renata atmete tief auf. Ach, daß die beiden Zimmer sie doch recht lange aufnehmen möchten! Es überkam sie gleich eine Art Heimatgefühl. Etwas wehte ihr entgegen, das sie berührte wie das herzliche Willkommen der jungen Schloßherrin.

Es klopfte an der Tür, und auf ihren Ruf trat ein hübsches junges Mädchen mit weißer Schürze und weißem Häubchen ein.

»Das gnädige Fräulein läßt fragen, ob ich behilflich sein kann«, sagte sie freundlich.

Renata sah sich im Zimmer um. Ihr Koffer stand schon bereit, sonst war alles vorhanden, was sie brauchte.

»Ich danke Ihnen, ich bedarf Ihrer Hilfe nicht«, sagte sie lächelnd.

Das Mädchen verschwand, indem es sagte:
»Wenn Sie etwas brauchen, hier ist die Klingel. Bitte nur einmal zu drücken, dann bin ich gleich zur Stelle.«
»Danke schön, Fräulein!«
Dann war Renata wieder allein und öffnete nun schnell ihren Koffer, um das Nötige herauszunehmen, was sie zur Auffrischung brauchte. Auch ein hübsches schwarzes Kleid legte sie bereit, das sie anziehen wollte. Sie hatte sich auf dasselbe einen schmalen Spitzenkragen geheftet, damit die Trauer in ihrem Anzuge nicht allzusehr betont würde, denn sie meinte, ihre persönlichen Empfindungen müßten jetzt zurückstehen. Sie mußte daran denken, daß ihr Stiefvater vor Zeiten als Gast in diesem Schlosse geweilt hatte, und daß die Eltern der Schloßherrin seine Freunde gewesen waren.
Schnell machte sie sich fertig, und als sie vor den hohen Spiegel trat, konnte sie mit sich zufrieden sein.
Sie sah nach der Uhr. Noch fünf Minuten fehlten an der vorgeschriebenen Zeit. Die benutzte sie, um die herrliche Aussicht noch ein Weilchen genießen zu können. Würde sie nicht engagiert und würde ihres Bleibens in diesem Hause nur kurze Stunden sein, dann wollte sie wenigstens diese Stunden als ein Geschenk des Himmels betrachten. Sie wußte aber bereits, daß es ihr sehr schmerzlich sein würde, wenn sie nicht bleiben dürfe.
Gleich darauf tönte der Gong laut durch das Haus, und Renata sagte sich, daß dieser Ruf wohl auch ihr gelten würde. Sie verließ ihr Zimmer und fand draußen auf dem breiten Gange einen Diener, der sie mit einer Verbeugung aufforderte, ihm zu folgen.
Er führte sie die Treppe hinab bis in das Parterre, einen langen Gang, von der großen Halle ausgehend, bis zu einer hohen Flügeltür, die er öffnete, und ließ Renata eintreten. Ein wurderschönes großes Speisezimmer im Renaissancestil lag vor Renata. Am Fenster stand eine gedeckte, runde Tafel, neben der bereits Garda von Rahneck stand und Renata freundlich begrüßte.
Sie nahmen Platz, und Garda drückte auf eine elektrische Klingel, die neben ihrem Platz auf dem Tisch lag.

Während sie dann einige belanglose Worte mit Renata wechselte, wurde die Suppe aufgetragen. In Anwesenheit der Dienerschaft plauderten sie nun über gleichgültige Dinge. Garda fragte, ob Renata eine gute Reise gehabt habe, und Renata schwärmte von der herrlichen Aussicht von ihren Fenstern aus und von der wunderschönen landschaftlichen Lage von Schloß Rahneck.

Als sie gespeist hatten, wobei Garda mit Vergnügen beobachtete, wie sicher und formgewandt Renata war, bat sie diese in die Bibliothek hinüber, wo sie meistens nach Tisch den Mokka nahm. Er wurde auch heute hier serviert. Mit einem seltsamen Gefühl sah sich Renata in diesem vornehmen Raume um. Alle Wände waren mit Bücherregalen von oben bis unten bedeckt, und vor diesen Regalen standen schöngeschnitzte Bänke in dunkler Eiche. An den Fenstern hatte man bequeme Armsessel aufgestellt, und in den tiefen Fensternischen, die von der Dicke der Mauern zeugten, standen blumengefüllte Vasen. Die Blumen gaben dem sonst sehr ernsten Raum ein freundliches Aussehen. Auch auf dem großen runden Tisch, der in der Mitte des Raumes auf einem großen, kostbaren Perserteppich stand, prangte eine mit Fliederdolden gefüllte Kristallschale. Rings um den Tisch standen ebenfalls Lehnsessel.

Durch die offenen Fenster, von denen die gelblich getönten Spitzenvorhänge zurückgezogen waren, drang die balsamische Frühlingsluft herein, und Renata sah, daß sich um die Fenster draußen Kletterrosen rankten. Sie mußte daran denken, daß wohl an einem dieser Fenster damals der Gärtner die Rosen aufgebunden hatte, während ihr Stiefvater hier in der Bibliothek saß – vielleicht in demselben Sessel, in dem sie jetzt Platz genommen hatte. Man hatte vielleicht auch damals gerade hier den Mokka eingenommen. Die schöne Mutter der Schloßherrin hatte möglicherweise auf dem gleichen Platz gesessen wie jetzt ihre Tochter.

Und da drüben, durch die große offene Flügeltür, sah man in den Waffensaal; Renata konnte die mit Waffen gefüllten Schränke und einen Tisch sehen. Auf diesem Tisch sah Renata im Geiste die Revolver und Pistolen liegen, von denen Maria von Rahneck wie im Spiel den Browning ergriffen hatte, um in fraulichem Ungeschick mit Schießwaffen den verhängnisvollen Schuß zu tun, der ihrem Gatten den Tod brachte. Was Garda von Rahneck wohl sagen würde, wüßte sie, daß vor ihrem geistigen Auge ganz genau diese Szene sich abspielte, die den Tod ihrer Eltern verursacht hatte? Oh, es würde wohl trübe Erinnerungen in ihr aufwecken. Es war besser, sie sprach nicht davon, niemals, sie durfte nicht daran rühren – wenn die junge Schloßherrin nicht selbst davon sprach. Gedankenvoll rührte Renata in ihrer Mokkatasse. Garda entließ dann den Diener und wandte sich nun lächelnd zu Renata.

»Sie machen ein so nachdenkliches Gesicht, Fräulein Holl?«

Diese schrak aus ihrem Sinnen und lächelte ein wenig verwirrt.

»Verzeihung, daß ich so schweigsam war, ich sah mich in diesem wundervoll harmonischen Raum um. Wie beneidenswert Sie doch sind, gnädiges Fräulein, ein so herrliches Heim, eine so schöne Heimat zu besitzen.«

Gardas Gesicht wurde sehr ernst. »Ich würde auf der Stelle mit Ihnen tauschen, wenn ich das könnte.«

»Oh, das sagen Sie wohl nur im Scherz, ich bin ein armes und einsames Menschenkind.«

»Nun, einsam bin ich auch, und alle Güter der Welt könnten mich nicht glücklich machen.«

»Das vermag ich kaum zu glauben, mein gnädiges Fräulein, Sie sind noch so jung, so schön und gesund.«

Ein Schatten flog über Gardas Gesicht.

»Sie werden vielleicht eines Tages erkennen, wie wenig ich zu beneiden bin. Aber nun wollen wir von unserer Angelegenheit sprechen. Ich möchte Sie gern engagieren, am liebsten gleich bei mir behalten. Denn Sie sind mir sehr sympathisch, und ich kann mir sehr wohl denken, daß mir Ihre Gegenwart angenehm sein wird. Wie ist es aber mit Ihnen? Werden Sie mir einige Sympathie entgegenbringen können? In der Regel weiß man das immer gleich, wenn man jemand kennenlernt.«

Renata sah sie mit ernsten großen Augen an.

»Wenn ich mir erlauben darf, ganz offen zu sein – ich war bei Ihrem Anblick so sympathisch berührt wie selten beim Anblick eines Menschen. Eine Angestellte wird ja sonst nicht gefragt, ob ihr die Herrschaft sympathisch ist, aber mir ist es früher auch immer sehr angenehm gewesen, wenn unsere Angestellten sich freundlich zu uns stellten.«

»Ach, richtig, Sie schrieben mir, daß Sie früher nicht nötig gehabt hätten, sich Ihr Brot zu verdienen. Wie kamen Sie in diese Lage? Ich frage nicht aus Neugier, sondern aus Interesse.«

Renata verneigte sich dankend und berichtete dann knapp und ohne jede Ausschmückung und ohne jeden Vorwurf gegen ihre Stiefschwester, wie alles gekommen war. Ihre Stimme wurde nur sehr warm, wenn sie von dem Stiefvater sprach und von allem, was er für sie getan hatte. Aufmerksam hörte Garda zu. Als Renata zu Ende war, nickte sie ihr zu.

»Ich weiß, wie leicht es kommen kann, daß man mit seinen Verwandten nicht auf gutem Fuße steht, und ich kann mir denken, daß Sie lieber Ihre eigenen Wege gehen wollen, als bei Ihrer anscheinend recht lieblosen Stiefschwester das Gnadenbrot essen. Meine Verwandten lebten bisher mit mir zusammen hier im Hause, aber ich habe sie bitten müssen, nach einem kleinen, mir ebenfalls gehörigen Gut, das in der Nähe liegt, überzusiedeln. Wir stimmten in unsern Ansichten und Gefühlen sehr wenig überein. Jetzt werden wir uns nur noch besuchsweise sehen, und dabei werden wir sicherlich besser miteinander auskommen. Aber da ich nun ganz allein hier mit der Dienerschaft hause, muß ich jemanden haben, dem ich ganz vertrauen kann. Ich brauche eine Gesellschafterin für müßige Stunden, brauche eine Sekretärin, die mir allerlei kleine Geschäfte abnimmt und meine Korrespondenz besorgt – und – ich brauche sehr nötig eine *Freundin,* mit der ich auch von den internsten Dingen sprechen kann, einen Menschen, auf den ich mich in jeder Hinsicht verlassen darf. Sie machen mir den Eindruck, als könnten Sie mir dies alles sein. Wollen Sie?«

Sie reichte Renata mit einem rührend flehenden Blick die Hand.

Diese war tief bewegt, und ihre Augen schimmerten feucht.

»Ob ich will? O mein Gott, wie gern! Aber ob ich es kann? Ob ich Ihnen alles zu leisten vermag, was Sie von mir verlangen?« sagte sie, ihre Hand in die Gardas legend. Die beiden

Mädchenhände umschlossen sich mit einem warmen, starken Druck.

»Was Ihnen etwa noch fehlt, werden Sie bald erlernt haben. Darum ist mir nicht bange«, sagte Garda lächelnd. »Die Hauptsache ist, daß Sie mir Ihre Freundschaft schenken, wenn Sie mich erst näher kennengelernt haben. Ich – ich brauche so notwendig einen Menschen, der gesonnen ist, in jeder Lebenslage zu mir zu halten.«

Ehrlich und warm ruhten Renatas Augen in den ihren.

»Ich kann mir allerdings nicht denken, daß meine Freundschaft Ihnen wertvoll sein kann, aber wenn Sie mich engagieren werden, bin ich Ihnen so dankbar, daß Sie an meiner tiefsten und ehrlichsten Ergebenheit nicht zweifeln dürfen.«

Gardas Augen strahlten auf.

»Ich besaß noch nie eine Freundin und hoffe darum sehr, in Ihnen eine solche zu finden. Also – Sie bleiben bei mir, bleiben gleich bei mir, ja?«

»Es ist ein Glück für mich, mein gnädiges Fräulein, wenn ich bleiben darf.«

»Nun gut, so wollen wir versuchen, uns recht rasch nahezukommen, und deshalb bitte ich Sie, mich Garda zu nennen und mir zu gestatten, Sie auch beim Vornamen zu nennen. Sie heißen Renata, nicht wahr?«

»Man kürzte meinen Namen ab und nannte mich immer Rena.«

Wieder reichte ihr Garda die Hand.

»Gut, so werde auch ich Sie Rena nennen. Aber nun wollen wir auch über den geschäftlichen Punkt Ihres Engagements sprechen. Was verlangen Sie als Gehalt?«

»Das überlasse ich Ihnen, Fräulein Garda.«

»Nein, bitte nur Garda, auch das Fräulein streichen wir aus dem Verkehr, es ist nur lästig.«

Und nun besprachen sie alle andern Punkte, und Renata konnte wieder konstatieren, daß sie eine sehr noble und vornehme Herrin gefunden hatte.

Renata Holl blieb in Rahneck. Alles Nötige wurde schnell geordnet. Ihre Koffer wurden ihr von der Pension aus auf schnellstem Wege geschickt und trafen schon nach einigen Tagen ein.

Garda und Renata waren beide so sehr von dem Bestreben erfüllt, sich gegenseitig näherzukommen, daß ihnen das auch gelang, und zwar ohne Schwierigkeiten von beiden Seiten. Sie waren einander wirklich so zugetan, als seien sie schon lange innig miteinander befreundet. Von Anfang an stellte sich Garda Renata gegenüber gleich auf den Standpunkt einer Freundin, so daß auch Renata alle Scheu verlor. Sie fühlte instinktiv, daß Garda sie brauchte, daß diese mehr nach ihrer Freundschaft trachtete als nach ihrer Ergebenheit. So konnte sie gar nicht anders, als diese Freundschaft herzlich erwidern. Und Garda spürte dank ihrer Feinfühligkeit sehr bald, daß das Schicksal ihr in Renata wirklich den Menschen zugeschickt hatte, dessen sie bedurfte, wenn ihre dunkle Stunde gekommen sein würde.

Selbstverständlich sprach sie zunächst noch nicht davon, welches Verhängnis ihrer Meinung nach über ihr schwebe. Aber sie wußte, eines Tages würde sie es Renata sagen können. Ja, zu ihr würde sie das Vertrauen haben, das nötig war, um sich so ganz in die Hände eines andern Menschen geben zu können. Von Tag zu Tag wurde ihr Renata lieber. Sie stellte sie immer wieder auf kleine Proben, beobachtete sie scharf und horchte dabei auf die Stimme ihres Herzens, die ihr sagte: Das ist die geeignete Persönlichkeit, die du brauchst, und auf die du dich verlassen kannst.

In den ersten Tagen blieben die beiden jungen Damen ganz ungestört. Garda hatte die Brüder Sassenheim gebeten, nicht eher wieder nach Rahneck zu kommen, als bis sie anrufen würde, weil sie sich erst mit Renata Holl einleben wollte.

So waren die beiden Damen unzertrennlich in dieser ersten Zeit. Wenn sich Garda auf die Felder begab, benutzte sie jetzt das Auto, damit Renata sie begleiten konnte. So bekam Renata mehr und mehr Einblick in den großen landwirtschaftlichen Betrieb und sie ging in ihrer ganzen Munterkeit darauf ein und besprach alles mit Garda. Zu Hause angekommen, begaben sie sich dann beide in Gardas Arbeitszimmer, und dort arbeiteten sie gemeinschaftlich. Renata zeigte sich von großer Tüchtigkeit. Garda erkannte bald, einen wie guten Griff sie auch in dieser Beziehung getan hatte.

Renata hatte Buchführung gelernt, konnte stenographieren und beherrschte die Schreibmaschine perfekt. Hatte ihr doch ihr Stiefvater Gelegenheit gegeben, alles zu lernen, was sie später einmal brauchen konnte, um sich ihr Brot selbst zu verdienen. Da Renata auch die französische und englische Sprache beherrschte, konnte Garda mit ihr auch in diesen Sprachen verkehren und sich dabei vervollkommnen, denn sie hatte zwar eine englische Miß und eine französische Mademoiselle als Erzieherinnen gehabt, die zugleich sie und Leni unterrichtet hatten, aber als diese später entlassen waren, hatte sie nicht viel Gelegenheit, sich in diesen Sprachen zu üben, denn Leni war sehr faul gewesen und hatte nie Lust gehabt, ihr Köpfchen anzustrengen. Renata aber hatte sich mit ihrem Stiefvater und auch mit Dagmar fleißig in diesen beiden fremden Sprachen geübt. Der Stiefvater war perfekt darin gewesen, und Dagmar hatte hauptsächlich das Französische glänzend beherrscht.

So konnte sie Garda allerlei Hilfe geben, wenn deren Kenntnisse nicht ausreichten.

Saßen die beiden jungen Damen nach vollbrachter Arbeit entweder im Park auf lauschigen Plätzen oder in Gardas Salon oder auf der Terrasse, dann plauderten sie sehr lebhaft miteinander von allem, was sie interessierte. Kunst und Literatur wurden gepflegt, und Renata mußte von Berlin berichten. Garda sprach ihr von ihren Reiseplänen mit den beiden Freunden, und Renata sagte dazu:

»Ich kann mir zwar nicht vorstellen, daß es ein schöneres Erdenfleckchen geben kann als Rahneck, aber da Sie noch so wenig von der Welt gesehen haben, kann ich mir denken, daß Ihre Freunde Sie zu diesen Reisen veranlaßt haben. Sie werden von solchen Ausflügen immer gern wieder in Ihre schöne Heimat, in Ihr herrliches Heim zurückkehren, aber draußen die Welt bietet auch des Schönen und Sehenswerten viel.«

Und sie berichtete Garda von ihren Reisen, die sie früher mit der Mutter und dem Stiefvater, freilich in Dagmars Begleitung, gemacht hatte. Jedes Jahr waren sie mindestens einige Wochen gereist und hatten Neues und Schönes gesehen. Das breitete sie nun vor Gardas geistigen Augen aus und verstärkte ihre Lust, dies alles ebenfalls zu sehen. Und als sie hörte, daß sie dann Garda auf diesen Reisen begleiten müsse, strahlten ihre Augen auf.

»Oh, ich werde mich gewiß nicht sträuben, wenn ich es auch in Rahneck so wunderschön finde, daß ich ohne Bedauern mein ganzes ferneres Leben hier verbringen würde«, sagte sie in der munteren Art, die sich immer mehr bei ihr hervorwagte.

»Wenn es Ihnen nun nicht leid wird, Rena, denn es könnte sein, daß ich eines Tages Lust bekäme, Sie beim Wort zu nehmen und für immer in Rahneck festzuhalten.«

»Oh, es würde Ihnen von mir aus keine Schwierigkeit in den Weg gelegt werden«, entgegnete Renata lachend.

Forschend sah Garda sie an.

»Würden Sie nie fortverlangen von mir, auch dann nicht, wenn, wenn . . . Sie ganz allein mit mir bleiben müßten, wie jetzt und wenn ich dann . . . sehr traurig oder unleidlich sein würde?«

»Ich glaube nicht! Ich würde gegen Ihre Traurigkeit zu Felde ziehen und Ihnen immer wieder zum Bewußtsein bringen, wie gut Sie es haben. Und unleidlich können Sie gewiß nicht sein.«

Garda sah mit großen Augen vor sich hin.

»Es gibt Fälle, wo man nicht Herr über sich ist, wo man . . . nun, sagen wir, wo man aus Nervosität unleidlich wird.«

»Sie meinen, wenn man krank ist?«

»Nun ja!«

»Dann würde ich Sie schnell wieder gesundpflegen.«

»Also nichts könnte Sie erschrecken?«

»Nein, Garda, gewiß nicht.«

»Aber, wenn Sie sich nun eines Tages verheiraten möchten? Ich habe Sie noch nicht gefragt . . . ist Ihr Herz noch frei?«

Renata lachte harmlos.

»Ja, Gott sei Dank, es ist noch frei, und ein armes Mädchen wird heutzutage nicht geheiratet, dazu war schon früher wenig Aussicht, aber jetzt besteht sicherlich gar keine mehr. Auf diese Art wird man mich nicht von Rahneck fortholen. Aber, wenn Sie nun eines Tages sich verheiraten werden, Garda ... dann dürfte ich wohl schnell überflüssig werden.«

Garda stützte den Kopf in die Hand und sah Renata leidvoll an.

»Auch ich gehöre zu den Mädchen, die nicht geheiratet werden, Rena, obwohl ich reich bin. Ich werde ledig bleiben, das steht ganz fest.«

Es lag eine so tiefe Tragik in Gardas Worten, daß Renata betroffen zu ihr aufsah.

»Das kann ich nicht glauben.«

Garda lächelte traurig. »Glauben Sie es nur.«

»Oh, verzeihen Sie mir – dann kann ich mir das nur auf eine Art erklären.«

»Nun?«

»Ich weiß nicht, ob ich das aussprechen darf?«

»Doch, bitte, Sie sollen doch immer ganz offen zu mir sein.«

»Nun, ich kann mir das nur so erklären, daß Sie Ihr Herz an einen Mann verschenkt haben, der aus irgendeinem Grund unerreichbar für Sie ist, und daß Sie Ihr Herz einem andern nie schenken wollen.«

Garda strich sich über ihre Stirn.

»Es gibt auch andere Gründe dafür, meine liebe Rena. Aber davon wollen wir heute nicht mehr sprechen, es ist so quälend für mich. Eines Tages werde ich Ihnen auch das anvertrauen, dazu brauche ich aber noch eine geraume Zeit. Ihnen dies Letzte zu erschließen, kenne ich Sie doch noch nicht lange genug ... es wird sich schwer über meine Lippen ringen. Warten Sie in Geduld darauf. Und ... lernen Sie mich ein wenig liebhaben, Renata, ich brauche viel Liebe, viel Verständnis, und – glauben Sie mir, ich bin sehr zu bemitleiden.«

Betroffen sah Renata zu ihr hinüber. Sie saßen beide auf der Terrasse unter dem buntgestreiften Sonnenzelt.

»Ich kann mir nicht denken, wenn ich Sie ansehe, daß Sie irgendeines Menschen Mitleid verdienen sollten. Aber ich brauch nicht erst zu lernen, Sie liebzuhaben; wenn Sie es mir nur gestatten wollen, sage ich Ihnen schon heute, daß mir außer meinen Eltern nie jemand so lieb gewesen ist wie Sie. Und ich weiß, ich fühle es, Sie verdienen diese Liebe, ich habe noch nie eine so liebenswerte, eine so vornehm denkende Frau kennengelernt wie Sie. Betrachten Sie das bitte nicht als eine Phrase, es kommt mir aus dem Herzen, bitte, glauben Sie mir das.«

Garda faßte mit feucht schimmernden Augen ihre Hand.

»Sie werden vielleicht eines Tages beweisen müssen, daß Sie mich liebhaben, Rena. Ich danke Ihnen, daß Sie mir das gesagt haben. Und . . . nun wollen wir nicht mehr von diesen traurigen Dingen sprechen.«

Sie schlug ein anderes Thema an, und gleich darauf waren sie beide wieder in einer heiteren Unterhaltung begriffen.

Am nächsten Morgen, als sie wieder auf die Felder hinausfuhren, wo die Heuernte bereits begonnen hatte, sagte Garda zu Renata:

»Würden Sie mir zuliebe reiten lernen, Rena? Ich bin sehr an lange Ritte gewöhnt, und doch möchte ich Ihre Gesellschaft nicht missen, während ich auf die Felder reite.«

Renata lachte. »Zu lernen brauche ich das nicht erst, ich kann reiten, ich habe meinen Stiefvater oft auf seinen Morgenritten begleitet.«

»Aber Rena, warum haben Sie mir das nicht längst gesagt?«

»Ich konnte doch nicht wissen, ob Sie es nicht vermessen finden würden, hätte ich Ihnen gebeichtet, daß ich eine leidenschaftliche Reiterin bin. Hier macht das doch noch viel mehr Vergnügen als in Berlin. Und . . . ich wußte doch auch nicht, ob ein Reitpferd vorhanden sein würde.«

»Gewiß ist das vorhanden, ich besitze zwei Reitpferde und bin sehr froh, wenn das andere ebenfalls täglich bewegt wird. Also von morgen ab werden wir die Felder zu Pferde inspizieren.«

Wieder lachte Renata.

»Wie ich mir vorkommen werde, stolz zu Roß und mit der wichtigen Miene eines Inspektors. Ich glaube, wenn ich ein Mann wäre, würde ich mich ganz der Landwirtschaft ergeben haben.«

Garda nickte.

»Es macht mir viel Freude. Rahneck jetzt selbst zu verwalten. Solange mein Onkel hier das Zepter führte, war ich in einer Weise von ihm abhängig, daß ich mir gar nichts zutraute. Er machte immer ein merkwürdig überlegenes Gesicht, wenn ich mich ein wenig um die Bewirtschaftung kümmerte, als sei ich damit gar nicht ernst zu nehmen. Da bekam ich einen so ausgesprochenen Minderwertigkeitskomplex, daß mein Verwalter Neumann alle Beredungskunst aufbieten mußte, um mir wieder Mut zu machen.«

»Und ich bewundere Sie, daß Sie so sicher alle Fäden des großen Betriebes in den Händen halten. Ich . . . verzeihen Sie, wenn ich das offen ausspreche, ich möchte Ihre Verwandten kennenlernen. Meines Erachtens hat man Sie ein wenig verkümmern lassen.«

Garda lachte bitter auf.

»Sie werden das später besser verstehen, mein Onkel hatte vielleicht ein Recht dazu, mir so wenig Freiheit zuzubilligen«, sagte sie leise.

Renata sah sie von der Seite an und fragte sich, was eigentlich ihre junge Herrin mit all diesen rätselhaften Andeutungen sagen wollte. Daß diese irgendwie in ihrer vollen Entwicklung gehindert worden war, hatte sie längst erkannt. War das die Folge von einer verkehrten Erziehung? Es lagen viele Widersprüche in Gardas Wesen, die Renata nicht ergründen konnte. Aber liebenswert erschien sie ihr immer. Und ihr junges Herz schloß sich Garda ebenso innig an wie das Gardas an sie.

Eine Weile fuhren sie schweigend weiter, dann sagte Garda aufatmend:

»Wir werden in den nächsten Tagen einen Ausflug nach Gosseg machen; im Auto sind wir in einer Stunde dort. Sie werden dann meine Verwandten kennenlernen und sich ein Urteil über sie bilden. Ich werde sehr begierig sein, von Ihnen zu hören, wie sie alle auf Sie gewirkt haben. Sie sind ein kluges Mädchen und haben offene Augen. Und Sie müssen mir unverblümt Ihre Meinung sagen.«

Daß Garda ihren Verwandten nicht sympathisch gegenüberstand, wußte Renata von ihr selbst, und sie war fest entschlossen, ihr gegenüber mit ihrer Meinung nicht zurückzuhalten.

Am nächsten Morgen ritten die beiden jungen Damen nebeneinander auf die Felder. Ehe sie die Pferde bestiegen, hatte Garda in Renatas Gegenwart in Burgwerben angeklingelt. Der Diener, der sich auf ihren Anruf am Telefon meldete, hatte geantwortet, daß nur Herr Klaus Sassenheim zu Hause sei. Er wurde an den Apparat gerufen.

»Hallo, Klaus, sind Sie da?«

»So ist es, Garda, ich freue mich, endlich Ihre Stimme wieder zu hören. Ist das Freundschaft, daß wir so lange von Ihrem Angesicht verbannt wurden? Wir sind sehr neugierig auf Ihre Sekretärin.«

»Diese Neugier soll heute gestillt werden, wenn Sie Zeit haben. Bitte, kommen Sie mit Ihrem Bruder heute nachmittag zum Tee. Nach dem Tee können wir eine Partie Tennis spielen. Fräulein Holl spielt famos, davon habe ich mich schon überzeugt.«

»All right! Machen wir! Sind Sie zufrieden mit Ihrer Sekretärin?«

»Sehr! Ich habe einen ausgezeichneten Griff getan. Sie werden sehen. Also auf Wiedersehen heute nachmittag! Bitte grüßen Sie Werner herzlich von mir!«

»Das wird besorgt. Er wird selbstverständlich wieder neidisch auf mich sein, weil ich das Glück hatte, zu Hause zu sein, als Sie anriefen.«

Klaus konnte ja nicht sehen, wie rot Garda bei seinen Worten wurde.

Sie sagte nur hastig: »Auf Wiedersehen!«

Dann hängte sie ab und wandte sich nach Renata um. »Sie werden heute meine beiden besten Freunde, die Brüder Sassenheim, kennenlernen, Rena; ich erzählte Ihnen schon von ihnen. Ich bin froh, daß ich Sie nun als Gardedame bei mir habe, das ist auch eines der vielen Ämter, die Sie hier ausüben müssen. Meine Tante fand Sie zwar viel zu jung für dergleichen, aber ich hätte mich nicht entschließen können, zu diesem Zweck eine alte Dame zu engagieren, und ich denke, da ich selbständig meine Besitzung verwalten muß, werde ich auch so viel Selbständigkeit haben, mit meinen beiden Freunden ohne eine Gardedame im ehrwürdigen Alter verkehren zu können. Das ist ein Vorzug unserer modernen Zeit, daß man einer jungen Dame zutraut, daß sie sich schließlich selbst genug Schutz ist im Verkehr mit dem männlichen Geschlecht.«

»Damit haben Sie recht, Garda, und ich meine, wenn eine

junge Dame nicht imstande ist, sich selbst zu schützen, dann hilft ihr auch keine Gardedame, selbst wenn diese hundert Jahre alt sein würde.«

Garda lachte. »Diese Ansicht vertreten Sie aber lieber nicht Tante Anna gegenüber, sonst fallen Sie gleich bei ihr in Ungnade.«

»Aber Sie verlangen hoffentlich nicht, daß ich ihr gegenüber eine gegenteilige Ansicht laut werden lasse. Alles, wozu ich mich verpflichten kann, ist, daß ich schweigen werde, wenn ich nicht gefragt werde.«

Mit einem frohen Blick sah Garda aus ihren schönen grauen Augen zu Renata auf.

»Wie schön von Ihnen, daß Sie unfähig sind, unehrlich zu sein. Das habe ich schon oft mit Vergnügen festgestellt.«

Sie gingen hinaus und bestiegen ihre Pferde. Renata besaß zum Glück noch ihr Reitkleid, und wenn dieses auch nicht mehr der neuesten Mode entsprach, so saß es doch vorzüglich und kleidete sie außerordentlich gut. Mit strahlenden Augen saß sie im Sattel, und als sie das Parktor passiert hatten und einen Flotten Trab anschlugen, sagte sie lachend:

»Jetzt möchte ich vor Freude laut jauchzen!«

Garda nickte ihr lächelnd zu. »Tun Sie es doch, Rena!«

Schelmisch sah diese zu ihrer Herrin hinüber.

»Nur, wenn Sie es mit mir tun!«

Garda sah etwas unsicher aus.

»Ich weiß nicht, ob ich das kann – jauchzen?«

»Wir wollen es doch wenigstens versuchen – das Leben ist doch so schön, zumal an diesem herrlichen Frühsommermorgen.«

»Nun, so jauchzen Sie mir erst einmal etwas vor, Rena, ich stimme dann ein, wenn es geht.«

Und Rena stieß einen lauten, freudigen Jauchzer aus. Garda fiel ein, zwar ein wenig zaghaft, aber dann wiederholten sie beide den Ruf und jauchzten um die Wette, während ihre Pferde die Ohren spitzten und durch schnellere Gangart dieses Jauchzen quittierten.

Renatas Heiterkeit steckte Garda an, und schließlich kamen sie beide in beinahe ausgelassener Stimmung auf den großen Wiesen an, wo das Heu gewendet wurde. Hier hielt der Verwalter auf seinem Pferd und kam den beiden jungen Damen entgegen. Er erstattete Garda Bericht, und sie hörte ihm aufmerksam zu. Auch Renata lauschte aufmerksam. Sie interessierte sich lebhaft für die Landwirtschaft.

Als Herr Neumann schwieg, sagte Garda mit ihrem lieben, freundlichen Lächeln:

»Nur noch drei Tage gut Wetter, Herr Verwalter, dann haben wir das Heu herein. Und nächsten Sonntag wird dann Ihre Hochzeit sein. In Ihrer Wohnung ist doch alles fertig?«

»Ja, gnädiges Fräulein, mit Ihrer gütigen Hilfe fehlt es an nichts mehr. Wir sind Ihnen über alle Maßen dankbar, meine Braut und ich.«

»Es macht mir Freude, Ihnen behilflich sein zu können; Sie helfen mir doch auch, mein Rahneck instand zu halten.«

»Und wie gern, gnädiges Fräulein! Die Leute freuen sich schon sehr, daß es zur Feier meiner Hochzeit einen Festschmaus mit Freibier gibt.«

Garda lachte.

»Wenn das Heu trocken herein ist, sollen die Leute den Durst einmal ordentlich löschen können, den sie in der Heuernte so oft haben bezwingen müssen. Es war heuer schon sehr heiß, und da wir früh Heuernte halten konnten, wird es auch noch ein gutes Grummet geben. Und nun guten Morgen, Herr Verwalter, einen schönen Gruß an Ihre Braut und Pfarrers!«

»Danke ergebenst, gnädiges Fräulein; guten Morgen auch, Fräulein Holl!«

Renata nickte ihm lächelnd zu, und als die beiden Damen weiterritten, sagte sie anerkennend:

»Ihr Verwalter ist ein prächtiger Mann, Garda, so ein richtiger blonder Recke, Fräulein Pastor dürfte in den Glückstopf gegriffen haben.«

Garda nickte.

»Das glaube ich auch. Ich bin froh, daß mir dieser tüchtige und ehrliche Mann zur Seite steht. Wir müssen ihm sein Hochzeitsfest recht feierlich gestalten; dabei müssen Sie mir helfen, Rena.«

»Oh, wie gern!« rief diese fröhlich aus.

Während sie weiterritten, überlegten sie und besprachen vielerlei die Verwalterhochzeit Betreffendes.

Als sie gerade in den Wald einbiegen wollten, sahen sie die Brüder Sassenheim daraus hervorreiten. Sie begrüßten Garda erfreut, und diese stellte die Brüder Rena vor. Die junge Sekretärin wurde lebhaft begrüßt, und als Klaus ihr artig seine Verbeugung machte und sie sich dabei beide anschauten, geschah das mit gegenseitigem großem Wohlgefallen. Auch Werner fühlte sich sympathisch berührt von Renatas Anblick und freute sich, daß Garda eine so angenehme Gesellschafterin gefunden hatte. Die Herren baten darum, die Damen ein Stück begleiten zu dürfen, und Garda gestattete es sehr gern.

»Wir haben uns lange nicht gesehen und gesprochen, Garda, jetzt werden wir eine Menge zu fragen und zu sagen haben«, äußerte Werner, indem er an Gardas Seite ritt. Und sie plauderten sehr angeregt miteinander, wobei ihre Augen immer wieder mit liebevoll schmerzlicher Eindringlichkeit ineinander ruhten.

Klaus hatte wie selbstverständlich den Platz an Renatas Seite eingenommen.

»Wie gefällt es Ihnen in Rahneck, mein gnädiges Fräulein?« fragte er.

»Bitte nennen Sie mich einfach Fräulein Holl, Herr Sassenheim, in meiner Stellung möchte ich gern auf das gnädige Fräulein verzichten.«

Mit lachenden Augen sah er sie an.

»Wie Sie wünschen, Fräulein Holl, bei uns drüben würden wir Sie ja auch nur in jeder Lebenslage Miß Holl nennen.«

»Ja, bei uns haben das gnädige Fräulein und die gnädige Frau sehr überhandgenommen. Früher beschränkte sich das auch bei uns nur auf adlige Damen. Aber jetzt glauben die Herren, sie begehen einen Verstoß, wenn sie nicht jede Dame, mit der sie sprechen, zu einer Gnädigen machen. Und dabei gibt es manche darunter, die sehr ungnädig ist.«

»Schön, also darüber wären wir einer Meinung, das ist ein guter Anfang für unsere gegenseitigen Beziehungen. Denn damit dürfen Sie sich von vornherein abzufinden haben, daß Sie unsere Gesellschaft sehr oft ertragen müssen.«

Renata mußte lachen. »Ich kann mir Schlimmeres denken.«

»Wirklich? Das freut mich. Fräulein von Rahneck ist sehr zufrieden mit Ihnen, das weiß ich schon. Sie besitzen allerlei sehr gute Eigenschaften. Dazu entdecke ich nun noch, daß Sie auch Humor besitzen. Und das erscheint mir sehr wichtig. Unsere junge Freundin, Fräulein von Rahneck, hat, glaube ich, eine heitere Gesellschaft sehr notwendig.«

Renata wurde sehr ernst. »Das habe ich auch schon herausgefunden, sie wird zuweilen sehr plötzlich von einer großen Traurigkeit befallen, und dann ist sie schwer aufzuheitern. Und man sollte doch meinen, daß sie nur Ursache hat zum Fröhlichsein.«

Auch Klaus war ernst geworden.

»Ja, das sollte man meinen. Aber mein Bruder und ich haben bereits oftmals bemerkt, daß irgend etwas sie sehr bedrücken muß. Wir möchten ihr gar zu gern helfen. Und sie vertraut uns sonst alles an. Wir wissen auch, daß sie mit ihren Verwandten nicht so steht, wie das sein sollte, aber es muß einen andern Grund für ihr gelegentliches Bedrücktsein geben. Ich spreche sehr offen mit Ihnen über das alles, denn ich meine, wir drei müßten ein Bündnis schließen, um sie von dieser Traurigkeit zu befreien.«

Mit einem warmen Blick sah Renata ihn an.

»Oh, dazu möchte ich sehr gern mithelfen. Sie ist ein selten großherziges und vornehm empfindendes Geschöpf, und ich habe sie liebgewonnen. Denken Sie bitte nicht, daß ich mir damit etwas herausnehme, sie hat mich selbst darum gebeten, sie liebzuhaben. Und daß mir das so leicht geworden ist, können Sie vielleicht am besten verstehen.«

»Ja, das verstehe ich, und«, – er sah sie mit einem warmen Blick an, »ich kann sehr gut verstehen, daß sie wünscht, von Ihnen liebgehabt zu werden.«

Eine leise Röte stieg bei diesen Worten und unter seinem Blick in ihr Gesicht.

»Sie muß sich sehr einsam gefühlt haben«, sagte sie, schnell von sich ablenkend.

Er nickte.

»Das war aber kaum der alleinige Grund für ihre Traurigkeit, die doch absolut nicht in ihren Verhältnissen begründet ist. Mein Bruder und ich haben schon oft darüber gegrübelt. Irgendein Geheimnis muß ihre Seele belasten, das sie auch uns, ihren treuesten und ergebensten Freunden, nicht anvertrauen will – oder nicht kann. Verzeihen Sie, wenn ich mich Ihnen gegenüber gleich so offenherzig äußere, aber es könnte sein, daß es uns an Gelegenheit fehlt, so bald noch einmal unter vier Augen davon zu sprechen. Und, wie gesagt, ich möchte Sie als Bundesgenossin werben, denn seit ich Sie auch persönlich kenne, weiß ich bestimmt, daß man Ihnen, wenn es sich um eine gute Tat handelt, rückhaltlos vertrauen kann.«

Wieder wurde sie rot.

»Sind Sie nicht ein wenig schnell dabei, Ihr Vertrauen zu verschenken?« fragte sie, ihn groß ansehend.

Er gab ihren Blick zurück und sagte ruhig und fest:

»Entweder verschenke ich es schnell und rückhaltlos – oder gar nicht. Mein Bruder pflegt von mir zu sagen, daß ich einen sechsten Sinn habe, der es mir möglich macht, die Menschen ohne weiteres zu durchschauen. Nun, dieser sechste Sinn sagte mir gleich – beim Anblick Ihres Bildes –, daß Sie ein sehr vertrauenswürdiger Mensch seien. Ich habe nämlich auch ein Wort mitsprechen dürfen bei Ihrem Engagement.«

»Oh, dann danke ich Ihnen sehr, daß Sie für mich gestimmt haben. Ich habe hier ein herrliches Leben bei Fräulein von Rahneck, sie läßt mich keinerlei Abhängigkeit spüren und behandelt mich ganz wie eine Freundin. Ich hätte ganz gewiß keine bessere Stellung finden können, wenn ich überhaupt eine andere gefunden hätte. Ich war durch den Tod meines Stiefvaters in arge Bedrängnis geraten, und nun schickt mir der liebe Gott so schnelle Hilfe. Daß Sie dazu beigetragen haben, danke ich Ihnen.«

Er nickte ihr zu.

»Somit habe ich einen Stein im Brett bei Ihnen, das freut mich, und das werde ich gründlich ausnützen, ich bin nicht schüchtern. Und nun sagen Sie mir, wollen Sie sich mit uns verbünden, um Fräulein von Rahneck von einem vielleicht eingebildeten Leiden zu befreien?«

»Alles, was in meiner Kraft steht, werde ich tun, dazu beizutragen; dessen können Sie gewiß sein.«

»Gut, so werden Sie uns helfen; erst einmal herauszubekommen, wodurch Fräulein von Rahnecks Traurigkeit verursacht wird.«

Renata zögerte einen Moment, dann sagte sie rasch:

»Sie hat mir bereits versprochen, ich solle diesen Grund und alles, was sie bedrückt, eines Tages erfahren, sie will mich nur erst besser kennen, will erst erproben, ob sie mir ganz vertrauen kann. Das wird und muß sie herausfühlen, und so ist es wohl nur eine Frage der Zeit, bis ich es erfahre.«

»Ah, das ist ja sehr gut! Sie müssen uns dann sagen, was Sie erfahren haben, ja?«

Mit ernsten Augen sah sie ihn an.

»Was man mir anvertraut, muß ich als Geheimnis betrachten, Herr Sassenheim. Ich könnte Ihnen nichts verraten, was meine Herrin vor Ihnen geheimhalten wollte. Aber – um Ihnen zu helfen, verspreche ich freiwillig, daß ich Ihnen sagen werde, ob der Grund zu ihrer Traurigkeit ein stichhaltiger oder nur ein eingebildeter ist.«

»Gut! Das ist schon viel; Sie haben recht, mehr können Sie nicht versprechen. Es gefällt mir, daß Sie so gewissenhaft sind. Ich hätte mir gleich sagen müssen, daß ich Sie zu mehr nie würde veranlassen können. Aber, es liegen für mich sehr zwingende Gründe vor, zu erfahren, ob die Ursache für Fräulein von Rahnecks Traurigkeit wirklich so tief liegt, daß sie deshalb auf ein eigenes Lebensglück verzichten muß, und . . . auf das einer anderen, mir sehr teuren Person. Wenn Sie mir eines Tages sagen werden, daß sie Ihnen anvertraut hat, was sie bedrückt, dann werde ich Ihnen eine Frage vorlegen, die Sie mir ohne Vertrauensbruch beantworten können und die mir den nötigen Fingerzeig gibt. Ich gebe Ihnen mein Wort, das alles tue ich nur, um Fräulein von Rahneck von einem vielleicht nur eingebildeten Leid zu befreien.«

»Sie können fest darauf bauen, daß ich Ihnen, wenn ich es wirklich ohne Vertrauensbruch tun kann, Ihre Frage beantworten werde.«

»Ich danke Ihnen, Fräulein Holl, und ich möchte Ihnen gern

die Hand darauf geben, aber Ihre Herrin könnte sich gerade in diesem Moment umdrehen und es sehen, und dann würde sie vielleicht fragen, was wir da mit Handschlag bekräftigt haben. So, und nun sind wir im klaren. Ich denke, wir brauchen nicht mehr lange darauf zu warten, daß Ihnen Fräulein von Rahneck alles quälende anvertraut, sie wird bald herausgefunden haben, daß sie Ihnen alles sagen darf.«

Renata lächelte schelmisch.

»Ich bedanke mich bei Ihnen für die gute Meinung, die Sie von mir haben, und ich freue mich für meine junge Herrin, daß sie so treue und besorgte Freunde hat.«

»Ja, die hat sie bestimmt an uns. Und da sehe ich eben, daß sich Fräulein von Rahneck von meinem Bruder verabschiedet, hier trennen sich unsere Wege. Aber wir werden heute nachmittag zum Tennisspiel und zu einer Tasse Tee nach Rahneck kommen. Ich freue mich darauf, dann mit Ihnen weiterplaudern zu dürfen.«

Garda und Werner hatten inzwischen von allem möglichen geredet, nur nicht von dem, was ihre Herzen beschwerte. Als sie sich gerade verabschiedeten, kamen Klaus und Rena dazu.

»Wir haben schon ganz gute Freundschaft geschlossen, Fräulein Holl und ich, liebe Garda; und ich freue mich sehr auf unsere Tennispartie heute nachmittag, und noch mehr darüber, daß wir nun nicht länger von Ihrer Schwelle verbannt sein werden. Daran waren Sie schuld, Fräulein Holl«, sagte Klaus munter.

»Oh, das bedaure ich sehr, aber ich bin nur unschuldig schuldig«, erwiderte Renata.

»Sie brauchen sich nicht zu verteidigen, Rena, die Herren haben es nur Ihnen zu verdanken, daß sie jetzt wieder ganz ungeniert in Rahneck aus- und eingehen können«, erwiderte Garda lächelnd, »denn wenn Sie nicht als Gardedame fungierten, würde meine Tante ein Veto einlegen, wenn ich sie empfinge.«

»Also vielen Dank, Fräulein Holl, daß Sie uns die Bahn wieder frei gemacht haben. Wir werden fortan ganz gewiß nicht selten kommen«, sagte Werner, Garda mit heißen Augen ansehend.

Renata fing diesen Blick Werners auf und sah, daß Garda

ihn mit einer tiefen Traurigkeit anschaute. Da wurde ihr plötzlich klar, wer der Mann war, der ihrem Herzen teuer war. Aber zugleich wurde es ihr noch unverständlicher, was sie von ihrem Glücke trennte, da doch Werner Sassenheim nicht verheiratet war, auch wahrscheinlich nicht einmal verlobt. Und sie wußte nun auch, weshalb Klaus Sassenheim sich so sehr um Garda sorgte – sein Bruder war die ihm teure Person, um deren Glück es ging.

Die Herren verabschiedeten sich, und Garda und Renata ritten nach Schloß Rahneck zurück.

Die Brüder ritten nach Burgwerben hinüber, und nach einer Weile sagte Klaus:

»Wie gefällt dir Fräulein Holl, Werner?«

»Sie macht einen sehr angenehmen und sympathischen Eindruck, Klaus, ich konnte freilich nicht so viel mit ihr sprechen wie du. Hast du sie ein wenig mit deinem sechsten Sinn durchleuchtet?«

»Ja, Werner, und da ist alles lauter und klar wie ein Bergquell. Sie ist eine wertvolle und charmante Persönlichkeit, klug, taktvoll und vertrauenswürdig, Garda kann sich freuen, sie gefunden zu haben.«

»Und sie wird sich freuen, eine so gute Herrin gefunden zu haben.«

»Tut sie auch. Sie ist sehr dankbar und ergeben und . . . sie hat Garda bereits sehr liebgewonnen.«

»Und Garda ist ihr so zugetan, daß ich fast eifersüchtig werden könnte, sie hat mir viel von ihr vorgeschwärmt.«

»Ich glaube, das verdient sie auch. Und damit du ihr in deiner Eifersucht nicht grollst, will ich dir gleich sagen, daß ich sie bereits als Bundesgenossin gewonnen habe.«

Er berichtete seinem Bruder den Inhalt des mit Renata geführten Gesprächs. Dieser hörte sehr interessiert zu und wurde sehr erregt, als er vernahm, daß Renata Holl wahrscheinlich in nicht zu ferner Zeit den Grund von Gardas Traurigkeit erfahren würde.

»Siehst du, mein lieber Werner, wenn es so weit ist, werde ich Fräulein Holl die Frage vorlegen: ›Ist das, was Fräulein von Rahneck Ihnen anvertraut hat, ein stichhaltiger Grund, um sie zu hindern, in der Ehe ihr Glück zu finden?‹ Diese Frage wird sie mir ehrlich beantworten, da dies kein Vertrauensbruch, sondern ihre Ansicht sein wird. Und sie scheint mir hinreichend vernünftig zu sein, um als urteilsfähig gelten zu können. Sie wird inzwischen auch uns soweit kennengelernt haben, um sich über uns ein Urteil bilden zu können. Also, habe noch einige Zeit Geduld, Werner, ich hoffe zuversichtlich, daß Fräulein Holl uns helfen wird, klarzusehen oder uns doch wenigstens einen Schritt vorwärts zu helfen.«

»Gott gebe, daß du recht hast, Klaus, und vielen Dank für deine Bemühungen.«

»Keine Ursache; für Dinge, die mir selber Vergnügen machen, lehne ich jeden Dank ab. Ich habe mich sehr gut mit Fräulein Holl unterhalten. Sie ist ein entzückendes Geschöpf!«

Lächelnd sah Werner den Bruder von der Seite an.

»Klaus, halt's Herze fest!«

Dieser lachte und legte die Hand auf seine Herzgegend.

»Wird vielleicht nötig sein, Werner! Aber einmal trifft es jeden, wenn er von Fleisch und Bein ist und rotes warmes Blut in den Adern hat. Also halten wir fein still und warten wir ab.«

Sie lachten sich beide an und sahen sich dabei echt brüderlich und herzlich in die Augen.

9

Am Nachmittag trafen beide Herren pünktlich in Schloß Rahneck ein. Sie trugen beide sehr elegante Tennisdresses, und die hohen, schlanken Gestalten sahen darin so vorteilhaft wie möglich aus.

Garda schlug vor, man solle erst Tennis spielen, da es noch zu früh zum Tee sei und der Platz um diese Zeit prächtig im Schatten liege. So schritten sie zu vieren nach dem im Park liegenden Tennisplatz. Die beiden Damen trugen weiße Sportkleider. Renata hatte auf Gardas besonderen Wunsch die Trauer ganz abgelegt, und Renata hatte ihr diesen Wunsch gern erfüllt. Deshalb vergaß sie den geliebten Stiefvater dennoch nicht.

Wie selbstverständlich ging Werner wieder an Gardas Seite, während Klaus sich zu Renata gesellte. Sie schlugen gleich einen heiteren Ton an, und Garda mußte in diesen mit einstimmen, ob sie wollte oder nicht. Werner tat das auch, froh, daß sich Garda so fröhlich zeigte. Trotzdem trafen ihrer beider Augen immer wieder mit dem vollen Ausdruck ihrer sehnsuchtsvollen Liebe ineinander, ohne daß sie merkten, daß Renata das beobachtete.

Das Spiel entwickelte sich zu einem ernsten und regelrechten Kampf. Werner und Garda spielten gegen Klaus und Renata, und trotz aller Gegenwehr siegten schließlich Klaus und Renata, obwohl auch sie nicht sehr aufmerksam waren und zuweilen bei einem Fehler ertappt wurden. Sie vergaßen auch zuweilen, auf das Spiel zu achten, wenn sich ihre Blicke gerade trafen, und dann stieg Renata das Blut jedesmal verräterisch ins Gesicht, was Klaus sehr viel Freude machte. So viele, daß er es schließlich immer wieder darauf anlegte, diesen Farbenwechsel bei ihr hervorzuzaubern.

Als das Spiel zu Ende war, zollten die Brüder Renata ehrliche Anerkennung.

»Das macht freilich mehr Vergnügen, Garda, als wenn Ihre Base mit uns herumstümperte. Fräulein Holl spielt famos. Ich hoffe, wir spielen jetzt recht oft miteinander«, sagte Klaus.

Die Herren warfen ihre Sakkos wieder über und halfen den Damen in ihre Flauschjacken. Die Gardas war »dernier cri« und noch ganz neu, während die Renatas schon ein wenig abgetragen war. Doch man sah auch ihr an, daß sie aus einem guten Modeatelier stammte, und Klaus sah neugierig auf das innen am Kragen eingenähte Firmenstempelchen. Dabei dachte er ein wenig mitleidig: Dieses Fräulein Holl stammt aus sehr guten Verhältnissen, wenn sie früher bei dieser Firma arbeiten ließ. Sie wird es schmerzlich empfinden, daß sie das nicht mehr tun kann. Denn so generös ich Garda auch taxiere, allzu hoch wird das Gehalt dennoch nicht sein, das Fräulein Holl bezieht.

Und er hätte Renata am liebsten mitleidig über den Arm gestreichelt. Da er das nicht konnte, sprang er mit einem eleganten Satz über das Netz und tänzelte übermütig über den Platz.

Sie gingen ins Schloß zurück, und wieder schritt Klaus an Renatas Seite. Er behauptete, furchtbaren Hunger und Durst zu haben und zog seinen Riemen fester an, um zu beweisen, daß um seine Magengegend sehr viel Platz sei. Garda tröstete ihn, es würde gleich Tee und seine geliebten Sandwiches in großer Menge geben, sie habe in der Küche schon Bescheid gesagt, daß man extra eine große Portion herrichten möge.

Lachend sah Klaus in Renatas Gesicht.

»Lassen Sie sich nicht beeinflussen, mich für einen Vielfraß zu halten, Fräulein Holl, aber die Sandwiches in Rahneck sind besonders delikat!«

Renata lachte. »Das habe ich auch schon festgestellt.«

»Ah, Sie mögen sie auch gern?«

»So ist es!«

»O weh, dann bin ich in Sorge, daß ich zu kurz komme«, sagte er mit kläglichem Gesicht.

»Keine Sorge, ich werde heute enthaltsam sein, damit genug für Sie bleiben!«

Lachend und doch mit einem sehr sprechenden Blick erwiderte er: »Sie sind ein Engel, Fräulein Holl!«

»Ich möchte mir den Titel eines Engels nicht erschleichen; heute reflektiere ich auf die knusprigen Butterkekse, die der Rahnecker Koch ebenso vorzüglich zu bereiten versteht wie die Sandwiches. Die sind mir noch lieber.«

»Wie, Butterkekse gibt es auch? Garda, Sie haben wohl ein Attentat vor auf unsere schlanken Taillen?«

Garda nickte ihm lachend zu.

»Ich habe in einem Modebericht gelesen, daß mollig wieder Mode wird«, scherzte sie.

»Oh, das gilt nur für Damen!«

Mit solch munteren Reden kamen sie im Schlosse an. Da war auf der Terrasse unter den Sonnenzelten der Teetisch gedeckt, der sehr einladend aussah. Er wurde von den beiden Herren im Sturm genommen.

Der Diener fuhr den bereitstehenden Teewagen heran, und

Renata füllte die Tassen und reichte alles Nötige herum. Garda legte ostentativ faul die Hände in den Schoß.

»Sehen Sie nun, wie gut ich es habe? Fräulein Holl nimmt mir alle häuslichen Pflichten ab, ganz abgesehen davon, daß sie mir auch sonst in jeder Beziehung behilflich ist.«

Klaus hatte herzhaft zugelangt.

»Hm! Ich glaube schon, daß Sie zu beneiden sind, Garda. So gut möchte ich es auch mal haben.«

»Nur keinen Neid, Klaus, Sie haben doch Ihren Bruder!« scherzte sie.

»Ach der! Glauben Sie wohl, daß er nur ein einziges Mal auf den Gedanken kommt, mir Tee einzuschenken? Der wartet hübsch, bis der Diener das tut.«

Sie mußten alle über sein drolliges vorwurfsvolles Gesicht lachen, und Werner erwiderte, indem er dem Bruder einen kleinen Rippenstoß versetzte:

»Du hast es schon schlecht in Burgwerben, man kann dich nur tief bedauern.«

»Gut, daß du das endlich einsiehst«, meinte Klaus befriedigt.

Es wurde viel gelacht während dieser Teestunde. Aber wie gewöhnlich, wenn man recht vergnügt ist, bekamen die vier heiteren Personen einen kleinen Dämpfer, denn es kam das kleine Auto von Gossegg angefahren, in dem Leni von Rahneck saß. Sie sprang, kaum, daß der Wagen hielt, heraus und eilte mit schnellen Schritten zur Terrasse hinauf.

Sie mußte einen Anfall von Ärger überwinden, als sie die vier Personen so vergnügt beisammensitzen sah. Und sie merkte nicht, daß die beiden Herren etwas lange Gesichter machten, und Garda auch einen leichten Unmut überwinden mußte.

»Ah, da komme ich gerade zur rechten Zeit! Ich hoffe, Garda, daß ich auch noch eine Tasse bekommen kann.«

»Soviel du willst, Leni«, erwiderte Garda, sich Lenis Kuß gefallen lassend.

Die beiden Herren waren aufgestanden und verbeugten sich vor Leni.

»Mein gnädiges Fräulein, Sie haben viel Glück, daß wir noch etwas übriggelassen haben«, sagte Klaus sehr höflich, aber Renata merkte doch, daß ihm diese junge Dame nicht sehr sympathisch war. Und . . . sie konnte nicht anders, als sich darüber zu freuen.

Auch Werner begrüßte Leni sehr formell, rückte ihr jedoch artig einen Sessel zurecht.

Von Renata nahm Leni erst einmal keine Notiz, sie nahm Platz und begann sogleich eine Unterhaltung, bestellte Grüße von den Eltern und dem Bruder und nahm die Tasse, die ihr Renata gefüllt überreichte, mit einem nachlässigen Neigen des Kopfes in Empfang, so wie man einem Diener dankt. Gleich beim ersten Anblick war ihr Renata unsympathisch, weil sie so viel schöner war als sie selbst. Sie ärgerte sich, daß diese viel zu schöne Sekretärin wie eine Gleichberechtigte mit der Kusine und den Brüdern am Teetisch saß.

Garda monierte sofort diese Ungezogenheit.

»Willst du nicht auch Fräulein Holl begrüßen, meine Sekretärin, Leni?« Sie machte dabei eine vorstellende Bewegung.

Leni wurde vor Ärger rot.

»Ach so, richtig, du hast ja jetzt eine Sekretärin!«

Und Leni machte eine kleine Verbeugung zu Renata hinüber. Diese erwiderte diese Begrüßung, aber nicht einen Zoll freundlicher und liebenswürdiger. Renata sah ein, dieser anscheinend sehr taktlosen jungen Dame mußte sie, wenn möglich, mit gleicher Münze dienen.

Das ärgerte wiederum Leni, und sie beschloß, Renata begreiflich zu machen, daß sie eine Untergebene sei und daß sie mehr Unterwürfigkeit zu zeigen habe. Nachdem sie eine Weile in ihrer nichtssagenden Art geplaudert hatte, schauerte sie leicht zusammen.

»Hier weht ein kühles Lüftchen, und im Wagen war es sehr heiß. Bitte, holen Sie mir meine Jacke aus dem Wagen, Fräulein Holl«, sagte sie sehr von oben herab.

Renata merkte sofort die Absicht, sie zu demütigen, aber sie erhob sich ohne Widerspruch. Da war aber schon Klaus aufgesprungen.

»Bitte, behalten Sie Platz, Fräulein Holl, ich hole die Jacke herbei.«

Und mit einigen Sätzen war er die Terrasse hinuntergesprungen und lief zu dem Wagen. Dabei murmelte er etwas vor sich hin, was sicherlich keine Schmeichelei für Leni bedeutete.

Renata war stehengeblieben und sah ihre Herrin an.

»Befehlen Sie, daß ich mich zurückziehe, Garda?«

Diese faßte nach Renatas Hand und zog sie wieder in ihren Sessel.

Leni blieb buchstäblich der Mund offenstehen, als sie hörte, daß eine Sekretärin ihre Herrin beim Rufnamen nannte. Ganz konsterniert sah sie zu Werner hinüber, als wollte sie fragen: Finden Sie das nicht unerhört?

Werner verstand sehr wohl diese Frage, beeilte sich aber, statt einer Antwort Renata mit liebenswürdigem Lächeln seine Tasse zu reichen und zu sagen:

»Wollen Sie die Güte haben, mir noch eine Tasse zu kredenzen?«

Leni hatte sich von ihrer Indignation noch nicht ganz erholt, als Klaus wieder zur Stelle war und ihr die Jacke hielt, um ihr beim Anziehen zu helfen. Leni wandte sich ihm mit einem sehr liebenswürdigen Lächeln zu, wenn sie auch von ihm eine Lehre bekommen hatte.

»Ich danke Ihnen, aber Sie hätten sich nicht selbst zu bemühen brauchen, es sind ja Untergebene da.«

Klaus sah sie sehr ernst an. »Momentan nicht, mein gnädiges Fräulein, und im übrigen macht es mir ein Vergnügen, Ihnen einen Dienst zu erweisen.«

Damit brach er die Spitze ab, die gegen Renata gerichtet war.

Zu Lenis Ärger, die gewillt war, nicht zu wanken und zu weichen, solange die Brüder anwesend waren, erhoben sich diese schnell und verabschiedeten sich, Berufspflichten vorschützend.

»Oh, Sie brechen schon auf? Ich wollte doch mit Ihnen und Garda besprechen, wann wir wieder ein Tennismatch ausfechten könnten«, sagte Leni.

Die Brüder verneigten sich.

»Wir sind augenblicklich in der Heuernte und heute nach langer Zeit zum ersten Male wieder in Rahneck«, erwiderte Werner.

»Und Sie waren noch nicht ein einziges Mal in Gossegg seit unserer Übersiedlung dorthin, Mama ist Ihnen ganz böse.«

»Bitte, entschuldigen Sie uns, mein gnädiges Fräulein, wir werden das nachholen, sobald wir können.«

»Du mußt auch hinüberkommen, Garda!« fuhr Leni fort.

Garda tauschte einen kurzen Blick mit den Brüdern und las in ihren Augen ein heimliches Flehen, das sie nur zu gut verstand.

»Ich mache einen Vorschlag, meine Herren, Sie begleiten uns morgen nach Gossegg, ich will meiner Tante und meinem Onkel Fräulein Holl vorstellen. Wenn wir die Fahrt zusammen machen, ist es vergnüglicher.«

Leni war anscheinend mit diesem Arrangement nicht sehr zufrieden, aber die Brüder strahlten Garda dankbar an. So kamen sie zu diesem lange gefürchteten Besuch, ohne auf ein Alleinsein mit Leni und ihren Angehörigen angewiesen zu sein. Sie stimmten begeistert zu, und Klaus fand, daß Garda das wunderbar geordnet hatte. Leni hatte nach seiner Ansicht darauf gerechnet, daß die »Sekretärin« zu Hause bleiben müsse, und daß sie ihre Hoffnung auf ein gelegentliches Alleinsein mit ihm richte.

So war es auch, aber Leni konnte Garda nicht widersprechen, hatte man ihr doch zu Hause klargemacht, daß sie Garda gegenüber sehr liebenswürdig sein müsse.

Die Herren entfernten sich, nachdem sie nicht nur Garda,, sondern auch Fräulein Holl sehr liebenswürdig ihre Reverenz gemacht hatten. Von Leni verabschiedeten sie sich außerordentlich höflich, aber kühl bis ans Herz, was Leni sehr wohl bemerkte. Ein Blick voller Haß und Feindseligkeit flog zu Renata hinüber. Und als diese sich wieder hinsetzen wollte, sagte sie brüsk:

»Ich möchte einige Worte mit dir allein sprechen, Garda.«

Diese sah lächelnd zu Renata auf.

»Bitte, liebe Renata, erwarten Sie mich in meinem Arbeitszimmer, wir haben noch zu tun. In wenigen Minuten bin ich bei Ihnen.«

Renata entfernte sich mit einer Verbeugung; und kaum daß sie verschwunden war, sagte Leni:

»Ich bin ganz sprachlos darüber, Garda, welche Ausnahmestellung du diesem Fräulein Holl eingeräumt hast, die benimmt sich ja, als sei sie deine Freundin, statt eine Untergebene.«

Ruhig sah Garda sie an.

»Sie ist auch meine beste Freundin, Leni.«

»Aber, mein Gott, das geht doch nicht, du mußt doch die nötige Distanz wahren.«

Mit einem unbeschreiblichen Ausdruck sah Garda in der Kusine mißgünstiges Gesicht.

»Willst du es nicht mir überlassen, welche Distanz ich wahren will?«

Leni wurde rot.

»Mein Gott, von mir will ich noch nicht einmal sprechen, aber was wird Mama sagen, wenn sie merkt, wie intim du dich zu diesem Fräulein Holl stellst.«

Es zuckte um Gardas Mund. »Ich denke, das werde ich vor Tante Anna zu verantworten wissen. Hast du sonst noch etwas auf dem Herzen?«

»Nun, ich meine, daß du sie nicht als eine Gleichberechtigte mit deinen Gästen verkehren lassen dürftest.«

Stolz richtete sich Garda auf. »Es bleibt jedermann unbenommen, Rahneck zu meiden, wenn es ihm nicht paßt, mit Fräulein Holl auf gleichem Fuße zu verkehren. Sie ist mir nämlich sehr lieb und wert, und ich werde es nicht dulden, daß sie brüskiert wird. Das solltest du dir merken, Leni. Aufträge für die Dienerschaft hat Fräulein Holl nicht zu erledigen. Bitte, nimm das zur Kenntnis.«

»Mein Gott, du willst mich wohl gar abkanzeln, dieser Sekretärin wegen.«

»Bitte, betone dies ›Sekretärin‹ nicht so verächtlich. Du ahnst wohl nicht, wie tüchtig diese junge Dame ist und wie ehrenwert, daß sie sich ihr Brot selbst verdient. Abkanzeln will ich dich gewiß nicht, aber ich möchte dir klarmachen, daß ich es nicht dulden werde, wenn du diese mir sehr liebe und werte junge Dame demütigen willst durch dein wenig taktvolles Benehmen.«

Leni verzog den Mund, als wollte sie weinen.

»Ach, sie gilt dir wohl mehr als ich?«

»Diese Frage will ich dir lieber nicht beantworten, Leni.«

Die beiden Kusinen saßen noch eine Weile beisammen, ohne mehr als einige belanglose Phrasen zu tauschen. Schließlich fragte Garda:

»Hat Hans sich schon ernsthaft um eine Stellung beworben?«

Leni zuckte mit den Schultern.

»Gott, er schreibt hier und da Offerten, weil Papa es ernstlich von ihm fordert. Aber er hat noch nicht eine einzige Antwort darauf erhalten. Er mault nur den ganzen Tag. Weiß du, Garda, zum Totlachen ist es nicht in Gossegg, man langweilt sich entsetzlich.«

»Weil du nicht versuchst, dir einen Lebensinhalt zu schaffen.«

»Was soll ich denn tun?«

»Das mußt du freilich selbst überlegen.«

Leni erhob sich. Diese Art Unterhaltung paßte ihr nicht. Wenn ihr Menschen mit irgendwelchen Forderungen zu nahe kamen, war sie wenig entzückt davon.

»Ich will dich jetzt weiter nicht aufhalten, Garda, du hast ja noch mit deiner Sekretärin zu arbeiten.«

»Allerdings! Also, bitte, sage deinen Eltern, daß ich ihnen morgen Fräulein Holl vorstellen werde, und daß die Brüder Sassenheim uns begleiten werden.«

»Ja, das werde ich ausrichten. Leb wohl, Garda!«

»Leb wohl, Leni. Und . . . laß dir das mal durch den Kopf gehen, ob du nicht eine Tätigkeit finden kannst, die dich befriedigt. Du ahnst ja nicht, welcher Segen es ist, wenn man arbeiten kann.«

Es zuckte um Lenis Mund, als wollte sie sagen: Das kann ich mir nicht vorstellen. Aber sie antwortete lieber nicht und verabschiedete sich hastig.

Als sie fortgefahren war, begab sich Garda in ihr Arbeitszimmer, wo sie Renata schon bei der Arbeit fand.

Garda trat dicht an sie heran und legte ihr die Hand auf die Schulter.

»Ich muß Sie um Entschuldigung bitten für meine Base, Rena, sie hat sich sehr taktlos benommen.«

Renata sah zu ihr auf.

»Deshalb müssen Sie mich doch nicht um Entschuldigung bitten, Garda.«

»Doch, weil es in meinem Hause geschah und ich Lenis Unarten nicht in einer Weise abwehren konnte, wie es hätte sein müssen. Aber, Sie können mir glauben, ich bin ihr gegenüber auch ziemlich wehrlos, wenn sie mich verletzt. Allen meinen Angehörigen gegenüber bin ich wehrlos, weil sie von mir abhängig sind. Können Sie das verstehen?«

Ein liebes, warmes Lächeln flog um Renatas Mund.

»Ja, weil *Sie* es sind, kann ich es verstehen. Es gibt großmütige Menschen, die Sklaven ihrer Großmut sind. Dazu gehören Sie! Aber es macht Sie sehr liebenswert. Bitte, beunruhigen Sie sich aber meinetwegen nicht. Ich sehe nun schon voraus, daß auch Ihre anderen Verwandten mich nicht mit Glacéhandschuhen anfassen werden. Aber es wird mich nicht verletzen, weil ich ahne, daß man eifersüchtig auf mich sein wird, weil ich Ihnen lieb geworden bin. Dafür muß man gern und freudig ein wenig Verdruß von den andern ertragen. Sie sollen ruhig so garstig zu mir sein wie es ihnen beliebt, Ihre Zuneigung entschädigt mich reichlich dafür.«

Garda streichelte ihre Hand.

»Aber Sie müssen mir versprechen, daß Sie sich keine Unart gefallen lassen, ohne die richtige Antwort darauf zu geben. Versprechen Sie mir das?«

»Nun ja, ich will Ihnen das gern versprechen, nun ich weiß, daß ich damit nicht Sie zugleich treffe.«

»Das werden Sie gewiß nicht tun. Wie schade, daß unser hübscher Nachmittag einen so unbehaglichen Abschluß fand. Es waren reizende Stunden, die wir mit den Brüdern Sassenheim verbrachten. Wie gefallen Ihnen die beiden Herren?«

Renata lachte. »In mädchenhafter Schüchternheit müßte ich darauf antworten: Sie sind sehr nett! Aber ich geniere mich nicht, offen einzugestehen, daß ich in meinem ganzen Leben noch nie so charmante, natürliche und sympathische junge Herren kennengelernt habe. Ich merkte das schon heute morgen, als wir ihnen begegneten. Da habe ich freilich eigentlich nur Herrn Klaus Sassenheim kennengelernt, da ich mit Herrn Werner fast nicht gesprochen habe. Aber Herr Klaus Sassenheim hat mir vom ersten Augenblick an so gut gefallen, daß ich mich gefreut habe, seine Bekanntschaft machen zu dürfen. Sie sehen sich sehr ähnlich, die Herren und unterscheiden sich fast nur durch Haar und Augen. Herr Klaus ist wohl der lustigere von beiden – oder es bedrückt Herrn Werner nur irgend etwas, das ihn hindert, sich ebenso heiter zu geben. So, das ist so ziemlich alles, was ich bisher über die beiden Herren sagen kann . . . oder nein, die Hauptsache habe ich noch vergessen: Sie sind Ihnen so treu ergebene Freunde, daß Sie sich wohl in jeder Lebenslage fest auf sie verlassen können.«

Garda wurde ein wenig rot, sagte aber ruhig und fest: »Das weiß ich, Rena, und ich muß gestehen, Sie haben eine sehr scharfe Beobachtungsgabe. Ich möchte Sie bitten, wenn Sie morgen meine Angehörigen kennenlernen, mir auch so offen Ihre Eindrücke mitzuteilen. Aber ganz ehrlich und ohne Rückhalt.«

»Das will ich gern tun, Garda, wenn Sie es wünschen.«

Sie nickten sich lächelnd zu, und dann sagte Garda impulsiv: »Wie schön ist es, daß ich Sie gefunden habe, Rena!«

Diese atmete tief auf. »Ich denke, daß ich dabei noch viel mehr gewonnen habe.«

»Das wird sich schwer feststellen lassen. Aber nun wollen wir noch diese Geschäftsbriefe erledigen und die Bestellungen für alles, was zur Hochzeitsfeier des Verwalters notwendig ist. Ich will dies Fest so glanzvoll wie möglich gestalten, denn es soll nicht nur der Hochzeit Neumanns gelten, sondern auch der beendeten guten Heuernte und . . . meiner Thronbesteigung in Rahneck, die ich auch noch nicht gefeiert habe. Solange mein Onkel noch hier war, hatte ich nicht eben viel zu sagen«, scherzte Garda.

Sie arbeiteten nun fleißig und erledigten alles Nötige, bis es Zeit zur Abendtafel war.

Sie speisten in guter Stimmung und saßen nach Tisch noch einige Stunden in der Bibliothek, wo sie angeregt zusammen plauderten. Garda schmiegte sich behaglich in einen Sessel und sah Renata lächelnd an.

»Wie herrlich behaglich habe ich es jetzt. Glauben Sie, daß nichts quälender ist, als wenn man mit Menschen zusammen leben muß, die einem eigentlich nahestehen müßten, und die einem doch so fremd sind . . . so wesensfremd, daß man immer friert, wenn man mit ihnen zusammen ist?«

Renata dachte an ihr Verhältnis zu Dagmar.

»O ja, das verstehe ich sehr gut. Ich stand mit meiner Stiefschwester auch in einem solchen Verhältnis. Wir hatten uns wirklich nichts zu sagen. Freilich war sie mir nicht blutsverwandt. Aber das war mir doch mein Stiefvater auch nicht, mit dem ich mich so gut verstanden habe. Seine eigene Tochter stand ihm viel ferner als ich. Es ist nicht immer die Blutsverwandtschaft, die am festesten verbindet.«

»Ganz bestimmt nicht. Ich muß Ihnen sagen, Rena, daß ich mich eigentlich mein ganzes Leben lang unsagbar einsam gefühlt habe. Trotzdem habe ich wohl den frühen Tod meiner Eltern nicht in seiner ganzen Schwere erfaßt, weil ich sie ja kaum gekannt habe, wenigstens nicht mit Bewußtsein, denn ich war noch kein Jahr alt, als sie starben. Ich muß wohl ein sehr heiter veranlagtes Kind gewesen sein, daß ich trotz der lieblosen Umgebung und trotzdem ich verwaist war, ganz froh und guter Dinge aufgewachsen bin. Wohl sehnte ich mich zuweilen nach etwas Unfaßbarem, Herrlichem, das mir versagt geblieben war, aber ich wehrte solche Stimmungen energisch von mir ab. Erst kurz vor meinem zwanzigsten Geburtstage erfuhr ich etwas, das mich namenlos erschreckte und mich fast verzweifeln ließ. Ich mußte auch das ganz allein tragen und hatte keinen Menschen, dem ich mich in meiner Not anvertrauen konnte. Und ... der eine, dem ich mich vielleicht bedingungslos in jeder andern Hinsicht hätte anvertrauen mögen, der durfte am wenigsten um meine Not wissen. Aber – jetzt habe ich Sie, Renata, und eines Tages werde ich alles Quälende von meiner Seele wälzen können ... Sie werden mir es tragen helfen, darauf baue ich ganz fest.«

Renata hatte tief bewegt zugehört. Jetzt faßte sie ihre Hand und strich leise darüber hin.

»Was es auch sei, das Sie bedrückt, Garda, Sie dürfen ganz fest darauf bauen, daß ich es Ihnen tragen helfe. Ich hoffe sogar, daß ich Sie darüber werde trösten können. Eine Schuld haben Sie nicht zu tragen, des bin ich gewiß ..., und alles andere ist zu überwinden.«

Garda richtete sich aus ihrer schmerzlichen Versunkenheit

auf. Sie strich das blonde, gelockte Haar aus der Stirn, und ihre grauen Augen leuchteten intensiv.

»Nun wollen wir von anderen Dingen reden, das ist kein Thema vor dem Schlafengehen.«

Und sie begann wieder von dem Fest zu sprechen, das sie ihren Leuten zu geben gedachte.

»Die Brüder Sassenheim müssen selbstverständlich auch dabeisein, und Sie und ich, wir müssen uns natürlich auch am Tanz beteiligen. Ich lasse, wie Sie bereits wissen, drüben auf der großen Parkwiese, die an die Wirtschaftsgebäude stößt, eine Tanzdiele aufbauen. Zu einer richtigen Hochzeit gehört doch auch ein Tanz. Und da das Fest am Sonntag gefeiert wird, gehen wir alle mit in die Kirche, wenn das junge Paar eingesegnet wird. Unser Pastor wird eine erbauliche Rede halten.«

So plauderten sie weiter, bis sie müde wurden und zur Ruhe gingen.

Als Renata in ihrem Zimmer allein war, stand sie lange am Fenster und schaute sinnend in die Frühsommernacht hinaus.

Sie dachte über das nach, was Garda ihr über ihr vergangenes Leben gesagt hatte. Was mochte es nur sein, was sie quälte und bedrückte? An ihrem zwanzigsten Geburtstage mußte sie es erst selber erfahren haben. Doch wohl von ihrem Vormund?

Nun, sie würde es eines Tages zu wissen bekommen, und Gott mochte helfen, daß sie Gardas Bürde leichter machen konnte.

Ob sie ihr nicht doch einmal davon sprechen sollte, daß ihr verstorbener Stiefvater der Freund von Gardas Eltern gewesen war, und daß er an jenem Tage, als dic Katastrophe mit ihren Eltern geschah, zugegen gewesen war? Hing ihr bedrückter Sinn nicht vielleicht mit dem Tode ihrer Eltern zusammen? Betrachtete sie es als Verhängnis, daß ihre Mutter unglücklicherweise ihren Vater erschossen hatte? Das war gewiß ein großes Unglück gewesen, aber da sie doch selber sagte, daß sie ihre Eltern kaum gekannt hatte, konnte das doch keinen so schweren Schatten auf ihr Leben werfen, daß ihr und

Werner Sassenheims Glück dadurch vernichtet werden konnte? Nein, das konnte es unmöglich sein.

Es war doch wohl besser, wenn sie nicht davon sprach, daß ihr Stiefvater Zeuge jenes Unglücks gewesen war. Vielleicht war das Garda nur peinlich. Jedenfalls war es jetzt noch nicht an der Zeit, darüber mit ihr zu sprechen.

Und nun dachte Renata an Klaus Sassenheim, und das Herz klopfte ihr recht rebellisch in der Brust. Es kam ihr in den Sinn, wie er sie heute einige Male angesehen hatte. Ja, es lag ein tiefes, warmes Interesse in seinen Augen, wenn er in die ihren blickte. Aber, das durfte sie nicht verleiten, ihre Herzensruhe zu verlieren. Wer war er und wer war sie? Eine weite, tiefe Kluft lag zwischen ihnen. Also vernünftig sein und einen klaren Kopf behalten. Nicht alle Blütenträume reifen. Stand nicht auch vor Gardas Paradies der Engel mit dem Schwert, der ihr den Eintritt verwehrte? Nicht nur arme Mädchen müssen auf ein Glück verzichten! Nicht vom Reichtum allein hing das Glück für den Menschen ab, wenn er das Unglück auch vielleicht erträglicher erscheinen ließ.

Sie durfte nicht klagen und verzagen, der liebe Gott hat es sichtlich gut mit ihr gemeint, als er sie in dieses Haus führte. Alles war seitdem hell und freundlich in ihrem Dasein. Einzig und allein die Unliebenswürdigkeit und Ungezogenheit Fräulein Lenis hatten einen leichten Schatten auf ihren Weg geworfen. Aber auch den hatte Gardas Güte verscheucht. Mochten die Gossegger morgen so ungezogen sein wie sie wollten, sie sollte das nicht treffen.

War nicht Klaus Sassenheim ritterlich in die Bresche gesprungen, als Leni herrisch Magddienste von ihr verlangt hatte?

An alles dachte sie, und von tiefer Dankbarkeit gegen ihr Geschick erfüllt, begab sie sich zur Ruhe.

Strahlend und licht war der nächste Tag.

Schneller als man es gedacht, war die zur Abfahrt nach Gossegg bestimmte Stunde da. Die beiden Brüder fuhren in ihrem großen eleganten Auto vor. Rahneck lag für sie auf dem Wege nach Gossegg, und es war ausgemacht worden, daß die Brüder die beiden Damen in ihrem Wagen abholen sollten.

Die Begrüßung war sehr lebhaft und heiter, und als der Chauffeur ankurbelte, sagte Klaus lachend:

»Also während der ganzen Fahrt dürfen wir ausgelassen und übermütig sein, Garda, weil wir hernach in Gossegg die ganze Zeit schändlich artig sein müssen, sonst zankt die Tante Rahneck.«

Garda lachte. »Aber Klaus, ich habe noch nie erlebt, daß Sie unartig waren. Sie werden das doch auch heute nicht sein?«

»Ganz bestimmt nicht, was Sie und Fräulein Holl unartig nennen werden, aber ich kann nicht garantieren, daß ich etwas tun werde, was Tante Rahneck unartig nennen würde.«

»Nun, wenn Sie mir nur versprechen, sich in Gossegg ganz brav zu verhalten, dann wollen wir gern gestatten, daß Sie sich vorher und auf der Rückfahrt austoben dürfen.«

»O fein! Hast du gehört, Werner? Nun bist du wohl wieder scheußlich neidisch, daß ich mir diese Erlaubnis erschmuggelt habe.«

»In diesem Falle nicht, da ich an dieser Erlaubnis selbstverständlich partizipiere, mein Sohn.«

»Was sagen Sie dazu, Garda? Dieser ehrwürdige Greis, der mich seinen Sohn nennt, nimmt sich, scheint mir, allerhand heraus. Bitte, ducken Sie ihn doch gehörig und sagen Sie ihm, daß er sich durchaus nicht ebenfalls herausnehmen darf, was Sie ausdrücklich nur mir erlaubt haben.«

Werner sah Garda an und durfte jetzt einen flehenden Blick anbringen.

»Schützen Sie mich doch vor solchen Überheblichkeiten meines Bruders, Garda. Ich darf keinesfalls hinter ihm zurückstehen!«

»Um einen schrecklichen Bruderzwist im Keime zu erstikken, muß ich Ihnen unbedingt die gleiche Erlaubnis geben, Werner.« Er faßte schnell ihre Hand und preßte seine Lippen darauf.

»Ich danke Ihnen von ganzem Herzen, daß Sie sich meiner so freundlich angenommen haben.«

»Hören Sie das, Fräulein Holl, mein Bruder ist so schwach, daß er sich von einer Frau beschützen läßt«, rief Klaus lachend.

Renata lachte mit.

»Mir scheint, Sie terrorisieren Ihren Herrn Bruder in unerhörter Weise, daß er es nötig hat, bei Fräulein von Rahneck Schutz zu suchen.«

Klaus duckte sich.

»Duck dich, Seele, es kommt ein Platzregen! Fräulein Holl, Sie scheinen auch eine streitbare Jungfrau zu sein! Blitz, wo bin ich hingeraten? Großer Bruder, hilf, hau mich raus, sonst muß ich auch bei Garda Schutz suchen.«

So ging es weiter. Und der Zweck all dieser Plänkeleien, Garda aufzuheitern, wurde glänzend erreicht. Sie mußte immer wieder hell auflachen, und Werner sah ihr glückstrahlend in das reizende Gesicht und glaubte einmal wieder, daß doch alles gut werden müsse, und daß der Himmel das Hindernis zwischen ihm und Garda wegräumen würde.

In fröhlichster Stimmung kamen sie in Gossegg an, aber als sie vor dem Portal dem Wagen entstiegen, zeigten alle vier auf Kommando ernste, formelle Gesichter.

Sie wurden im Salon des Hauses empfangen, der allerdings bedeutend weniger kostbar ausgestattet war als der in Rahneck. Immerhin war auch das Gutshaus sehr behaglich eingerichtet. Garda hatte wirklich alles mögliche getan, um ihren Verwandten ein hübsches, wohnliches Heim zu schaffen. Nur fehlte der Eindruck, daß Frauenhände mit Lust und Liebe Behagen verbreitet hatten. Um Frau Anna von Rahneck herum mußte alles korrekt, sauber, aber steif und formell sein. So sahen alle Zimmer aus.

Sie begrüßte ihre Gäste mit der überaus korrekten Haltung, die sie immer annahm. Es erschien einfach unmöglich, sich in ihrer Gesellschaft auch nur behaglich zu fühlen, viel weniger, sich einmal menschlich gehen zu lassen. Leni stand wie ein verjüngtes Duplikat der Mutter hinter dieser, und Herr von Rahneck zeigte sich nicht weniger förmlich.

Zuletzt kam Hans herbei, der zwar am wenigsten in diesem Hause zu tun hatte, aber niemals pünktlich sein konnte. Er bekam dafür von seiner Mutter einen strafenden Blick, und so stand man sich eine Weile steif und bedrückt gegenüber.

Hans schlug die Hacken zusammen und begrüßte Garda

mit Handschlag, während er vor Renata nur eine Verbeugung machte. Aber seine blaßblauen Augen riß er groß auf, als er in Renatas Gesicht sah, und Klaus merkte, wie es eroberungslustig in seinen Augen aufblitzte. Er schien die Sekretärin seiner Kusine als Freiwild anzusehen.

Im Geiste krempelte Klaus bereits die Hemdsärmel auf, um ihn erbarmungslos niederzuboxen, wenn er sich unterstehen sollte, Renata Holl zu nahe zu treten.

Der Tee wurde serviert, und Frau von Rahneck dirigierte den Diener würdevoll mit den Augen, die stolz und hochmütig um sich blickten. Klaus dachte mit einer spitzbübischen Freude darüber nach, was diese stolze Dame wohl dazu sagen würde, hätte sie gehört, daß er sie höchst respektlos »Tante Anna« genannt hatte, und bei diesem Gedanken verschluckte er sich fast an seinem Tee. Das trug ihm zwar einen gequält milde verzeihenden Blick der Hausfrau ein, aber er sah doch hilfeflehend, wie ein Schulbube, der etwas angerichtet hatte, zu Garda hinüber, so daß diese sich kaum das Lachen verbeißen konnte. Im ganzen ging diese Teestunde, nach Ansicht der Brüder Sassenheim, wie eine Begräbnisfeier vorüber. Renata wurde von sämtlichen Angehörigen Gardas einfach als nicht vorhanden angesehen, nachdem die Vorstellung vorüber war, nur Hans sah immer eroberungslustig, aber sehr verstohlen, zu ihr hinüber.

Leni versuchte, Klaus Sassenheim mit Beschlag zu belegen und zog ihn immer wieder ins Gespräch. Aber er antwortete nur wie ein artiges Kind, das gefragt wird, mit »ja« oder »nein« oder einer Verbeugung oder einem Kopfschütteln, je nachdem die Fragen ausfielen. Und er dehnte dabei den Hals, machte fromme Augen und balancierte seine Teetasse so geschickt, daß ihm nur noch ein Artigkeitskrägelchen um den Hals gefehlt hätte, um einen notorischen Tugendbold darstellen zu können.

Sein Bruder mußte sich auf die Lippen beißen, um nicht in lautes Lachen auszubrechen über seine kleinen Manöver. Garda aber konnte nicht verhindern, daß sie zuweilen hellauf lachen mußte, weswegen ihre Verwandten sie verständnislos fragend ansahen.

Renata beobachtete das alles mit ihren klugen Augen und machte sich in Gedanken Notizen, um Garda später ihre Eindrücke darlegen zu können.

Gerade weil man sie fast gar nicht ins Gespräch zog, konnte sie ungestört beobachten. Selbstverständlich merkte sie sehr wohl, wie Klaus das artige Kind mimte, und sie mußte mühsam nach Fassung ringen, wenn Garda ungehindert laut auflachte.

Nach dem Tee verwickelte Karl von Rahneck Werner Sassenheim in ein Gespräch über Landwirtschaft, während Hans und Leni Klaus entführten, um ihm »das Jungvieh« zu zeigen. Klaus dachte zwar bei sich, das könne er in Burgwerben auch haben, aber er merkte sehr wohl, daß Frau von Rahneck mit Garda und Renata allein bleiben wollte, und er ergab sich daher in sein Schicksal, wenn auch nicht eben gern. Denn er ahnte, daß Renata jetzt von der Hausfrau auf Herz und Nieren geprüft werden würde, und er wäre nur zu gern zu ihrem Schutze zurückgeblieben.

Kaum war die alte Dame mit Garda und Renata allein, als auch schon das hochnotpeinliche Gericht losging. Ohne weiter auf Renata zu achten, sprach sie gleichsam über ihren Kopf hinweg:

»Liebe Garda, ich muß gestehen, daß ich fassungslos bin. Deine Sekretärin ist zweifelsohne viel zu jung und zu unreif für den Posten, für den du sie engagiert hast.«

Garda richtete sich kampfbereit auf. Das mußte überstanden werden, sie hatte es vorher gewußt und Renata deshalb vorbereitet.

»Du irrst dich, Tante Anna, Fräulein Holl füllt ihren Posten in geradezu idealer Weise aus. Sie besitzt erstaunlich viele Kenntnisse und Fähigkeiten.«

»Nun, als Sekretärin vielleicht, aber du mußt doch bedenken, daß sie dir auch sozusagen die Anstandsdame ersetzen soll. Dazu ist sie doch mindestens zu jung und zu unerfahren.«

»Einer Anstandsdame bedarf ich nicht, Tante Anna, ich brauche nur eine Gesellschafterin, und diese muß gerade jung und heiter sein.«

Jetzt erhob sich Renata mit leicht gerötetem Gesicht.

»Darf ich mich vielleicht zurückziehen, Fräulein Garda, bis Frau von Rahneck ihre Ansichten über mich vollends von sich gegeben hat? Ich möchte nicht stören, und die gnädige Frau dürfte sich vielleicht in meiner Gegenwart gehemmt fühlen und vielleicht nicht imstande sein, Ihnen gegenüber alles auszusprechen, was sie gegen mich einzuwenden hat«, sagte sie ruhig.

Frau von Rahneck fuhr empor und suchte Renata mit einem Blick in die engen Grenzen zurückzuweisen, die sie ihr zuzubilligen für gut fand.

»Sie scheinen noch nicht mal zu wissen, daß Untergebene zu schweigen haben, bis sie gefragt worden sind, Fräulein – wie heißen Sie doch?« sagte sie sehr von oben herab.

»Holl ist mein Name, gnädige Frau. Das habe ich einen Augenblick vergessen darüber, daß ich die gnädige Frau vor einer Taktlosigkeit bewahren wollte. Ich glaube mich wenigstens nicht zu irren, wenn ich annehme, daß es auch in Ihrem Kreis nicht guter Ton ist, über einen Anwesenden zu sprechen. Also – darf ich mich entfernen?«

Frau von Rahneck sah ihre Nichte empört an.

»Deine Untergebenen nehmen sich allerdings viel heraus, Garda.«

Diese hatte ihre helle Freude daran, daß Renata sich nichts gefallen ließ; sie sah zustimmend zu ihr auf und wandte sich dann an ihre Tante:

»Liebe Tante, ich muß leider Fräulein Holl beipflichten, daß du dich ihr gegenüber im Tone etwas vergriffen hast. Fräulein Holl ist nicht meine Untergebene, sondern meine Sekretärin und außerdem meine Freundin. Ich liebe und schätze sie sehr und möchte dich bitten, sie in diesem Hause, in dem sie doch Gast ist, ganz so zu behandeln, wie es eben einem Gast zukommt.«

Das war Frau von Rahneck noch nicht passiert, daß sie in dieser Weise gemaßregelt wurde. Bis jetzt hatte nur immer sie das Recht für sich in Anspruch genommen, zu maßregeln, zu kritisieren und zu tadeln. Und jetzt nahm sich nicht nur ihre Nichte heraus, sie zu kritisieren, nein, auch noch diese

»untergeordnete Person«, die sich anscheinend bei Garda eingeschmeichelt hatte, erlaubte es sich, an ihrem Takt zu zweifeln, ihr Vorhaltungen zu machen.

»Aber Garda, ich bin einfach sprachlos; wie kannst du in solchem Tone mit mir reden. Hast du ganz vergessen, daß ich lange Jahre Mutterstelle an dir vertreten, daß ich dich erzogen habe?«

Es zuckte um Gardas Lippen. Sie dachte daran, wie unvollkommen die Tante Mutterstelle an ihr vertreten hatte. Aber sie beherrschte sich und erwiderte ruhig:

»Eben, weil du mich erzogen hast, glaube ich firm zu sein in allen Fragen des guten Tones, und du hast dich ja auch nur vergriffen, weil du nicht wußtest, in welchem Verhältnis Fräulein Holl zu mir steht. Sie ist eine Dame aus sehr guter Familie und meine Freundin. Damit bitte ich zu rechnen, und das muß gleich heute festgestellt werden, damit Fräulein Holl nicht noch einmal Gefahr läuft, so nichtachtend von dir behandelt zu werden.«

Frau von Rahneck schüttelte bekümmert den Kopf.

»Meine liebe Garda, du bist, seit wir Rahneck verlassen haben, unerhört selbständig geworden, und ich bedauere, daß du deine Freundschaften unter fremden Menschen suchst, da du ja deine Verwandten in nächster Nähe hast. Leni ist dir so freundschaftlich ergeben wie ich, von Onkel Karl und Hans abgesehen. Ich bin sehr betrübt.«

Renata war an das Fenster getreten, weil ihr diese Auseinandersetzung zwischen Tante und Nichte, zu der sie Anlaß gegeben hatte, peinlich war. Garda sah zu ihr hinüber und sagte ruhig und bestimmt:

»Kommen Sie, Rena, setzen Sie sich getrost wieder zu uns, wir wollen mit meiner Tante weiter besprechen, was besprochen sein muß. Dir, liebe Tante, muß ich noch sagen, daß Leni mir niemals eine Freundin gewesen ist und es niemals sein wird. Du und Onkel, ihr seid allezeit nur Respektspersonen für mich gewesen, und Hans – nun – darüber brauche ich wohl kein Wort zu verlieren. Bitte, verzeihe, wenn ich etwas entschieden gesprochen habe, es war nötig zur Klarstellung von Fräulein Holls Stellung. Und nun höre bitte ruhig zu, wie ich mir jetzt mein Leben auf Rahneck eingerichtet habe, und du wirst völlig zufrieden und einverstanden damit sein.«

Renata ließ sich wieder nieder, Frau von Rahneck aber schluckte nur mit Mühe die bittere Pille herunter, die sie bekommen hatte, und tat es nur, weil sie wußte, daß sie ja im Grunde nicht weniger abhängig waren von der jungen Herrin von Rahneck als »diese Sekretärin«. So ganz gab sie das freilich nicht einmal vor sich selber zu. War sie ganz heimlich bei sich doch immer noch der Meinung, daß ihr Mann eigentlich der rechte Erbe von Rahneck hätte sein müssen. Da dieser sich aber gründlich darüber informiert hatte, daß er keinerlei Rechte beanspruchen konnte, mußte man sich eben fügen – und durfte es mit Garda nicht ganz verderben. Und bei allem Hochmut im Grunde feige, wie die meisten hochmütigen Menschen sind, brachte sie es über sich, gute Miene zum bösen Spiele zu machen.

»Also, Fräulein Holl, da meine Nichte Sie als ihre Freundin respektiert sehen will, verzeihen Sie mir.«

Ruhig und ernst sah Renata in ihr säuerlich lächelndes Gesicht.

»Bitte, gnädige Frau, verzeihen auch Sie mir, wenn ich etwas streitbar gewesen bin, aber gerade weil mich Fräulein von Rahneck für wert hält, ihre Freundin zu sein, muß ich meine Würde wahren.«

So war äußerlich der Friede hergestellt, und Garda war froh darüber, daß durch diese kleine Plänkelei Renata ein für allemal auf die richtige Stufe ihren Verwandten gegenüber gestellt worden war. Denn daß alle andern in jeder Beziehung das Echo von Tante Anna sein würden, verstand sich in diesem Hause von selber.

Ruhig berichtete sie nun ihrer Tante, wie sie jetzt in Rahneck lebte, wie sie ihre Arbeitsstunden mit Renata eingerichtet habe, und wie notwendig ihr Renatas Hilfe sei.

Frau von Rahneck hörte ihr unaufmerksam zu, und als Garda zu Ende war, sagte sie nur:

»Mein Gott, das hättest du ja alles nicht nötig gehabt. Onkel hätte dich doch mindestens noch zehn Jahre vertreten können, und dann wäre Hans dazu imstande gewesen. Ich hätte nach wie vor in Rahneck den Haushalt führen können.«

Garda lachte.

»Und ich hätte auf der faulen Haut liegen sollen? Nein, Tante Anna, das wäre nichts für mich gewesen, dabei wäre ich ein ganz unglückliches Menschenkind geworden. Und ich möchte dir zu bedenken geben, daß Leni auf dem besten Wege ist, sich selbst zum Überdruß zu werden. Sie weiß nicht, wozu sie auf der Welt ist. Stelle sie doch an in Gossegg, gib ihr Arbeit.«

»Ich bitte dich, hier im Haushalt ist kaum für mich genügend zu tun.«

»So gib Leni wenigstens die Hälfte deiner Arbeit ab. Im übrigen könnte sie ihrem Vater helfen, ihm Korrespondenz und Buchführung abnehmen und dergleichen.«

»Dazu ist doch Hans schon da«

»Hans soll endlich einmal hinaus und seine Kräfte draußen regen lernen.«

»Aber er findet doch so leicht keine Stellung.«

»Wenn er nur ernstlich will, wird es ihm schon gelingen. Und wenn er vorläufig erst mal irgendwo als Volontär eintritt. Lernen kann er überall. Soll ich die Brüder Sassenheim bitten, ihm eine Volontärstellung zu verschaffen? Sie haben sehr viele Verbindungen. Viel Gutes können sie freilich von Hans nicht berichten, aber mir zu Gefallen werden sie ein gutes Wort für ihn einlegen. Es ist wirklich dringend nötig, daß er in eine ernste Schule kommt, hier zu Hause verkommt er vollends, wenn er weiter wie bisher herumbummelt.«

Mißmutig zuckte die Tante die Schultern.

»Du denkst dir das alles so leicht, Garda; aber wenn du mit den beiden Herren sprechen willst – vielleicht können sie etwas tun.«

Das klang aber mehr, als wollte sie sagen: Laß uns doch zufrieden. Wenn du uns Rahneck nicht geben willst, hat ja alles andere keinen Zweck. Und sie ahnte nicht einmal, wie ehrlich gut es Garda meinte, wie gern sie alle diese Menschen aus ihrer Dumpfheit und Stumpfheit aufgerüttelt hätte. Das Schlimmste war eben, daß sie sich nicht helfen lassen wollten. Sie wollten sich alle viel lieber auf Gardas weitere Hilfe verlassen, als selbst für sich einstehen.

Jetzt kam Herr von Rahneck mit Werner zurück, und nun begann eine allgemeine Unterhaltung. Wenige Minuten später traf auch Klaus mit den Geschwistern wieder ein. Er schickte einen um Erbarmen flehenden Blick zu Garda und Renata hinüber, spielte aber dann seine Rolle als artiger Bubi mit großer Virtuosität weiter.

Bald darauf brach man auf, und Garda brachte bei ihren Verwandten eine Einladung vor, sie möchten am nächsten Sonntag nach Rahneck kommen, zur Hochzeitsfeier des Verwalters Neumann mit der Tochter des Pfarrers.

Ihre Verwandten staunten, daß Garda dem Verwalter eine so großartige Hochzeitsfeier veranstalten wollte.

»Uns hält sie so knapp, und da wirft sie das Geld hinaus.« Diese Gefühle las man auf den Gesichtern der vier Rahnecks.

Hans aber machte sich niedlich bei Garda. Während er einen eroberungslustigen Blick auf Renata warf, sagte er:

»Man darf doch in den nächsten Tagen auch einmal zum Tee bei dir vorsprechen wie Leni, Garda?«

Sie sah ihn mit großen Augen an.

»Wenn du Zeit hast, Hans, gewiß.«

»Oh, an Zeit fehlt es mir nicht.«

Sie richtete sich auf. Da sie seine eroberungslustigen Blikke auf Renata nur zu wohl bemerkt hatte, ahnte sie, was ihn nach Rahneck zog. Und sie nahm sich vor, diesem jungen Müßiggänger energisch zu einer geregelten Tätigkeit zu verhelfen, damit er nicht ganz verbummelte.

»Gut, Hans, ich erwarte dich demnächst.«

Und dann verabschiedeten sich die Gäste und bestiegen das vorgefahrene Auto. Leni machte noch einige Versuche, Klaus einige schmachtende Blicke zuzuwerfen, mühte sich noch, aus ihm herauszubringen, wann er in Rahneck wieder Tennis spielen würde und sprach in einem vertraulichen Neckton mit ihm, als hätten sie allerlei kleine amüsante Heimlichkeiten. Die bestanden freilich nur darin, daß Klaus versucht hatte, ihr aufzubinden, er sei jetzt darauf aus, Kälber mit fünf Beinen und zwei Schwänzen zu züchten, und das erste, das ihm geraten würde, solle sie als Präsent von ihm erhalten. Leni sprach aber nur geheimnisvoll lächelnd davon, daß er nicht vergessen dürfe, ihr sein Präsent zu überbringen, worauf Klaus mit einer Verbeugung antwortete:

»Ich vergesse es bestimmt nicht, es wird auf fünf Beinen ankommen und mit zwei Schwänzen wedeln.«

Leni wollte sich darüber halb totlachen und blinzelte ihm vertraulich zu.

Als Klaus endlich neben seinem Bruder in die Wagenpolster zurücksank, stieß er einen abgrundtiefen Seufzer aus.

Alle mußten lachen.

»Was ist Ihnen denn, Klaus?« fragte Garda.

»Oh, ich bin wahrhaftig froh, daß ich wieder unartig sein darf.«

»Das kann ich mir denken, Herr Sassenheim, Sie waren ja aber auch so unerhört brav und artig, daß man Sie einfach als Musterbaby hätte herumreichen können«, sagte Renata lächelnd.

Er reckte gleich wieder den Hals in unerhörter Bravheit

»Gelt, ich war liiiieb!«

Werner sah ihn von der Seite an, als die Damen über ihn lachten.

»Du, nun sei nicht so unausstehlich drollig! Andere Leute sind auch noch da. Was für ein Präsent willst du denn Fräulein Leni auf fünf Beinen und mit zwei wedelnden Schwänzen nach Gossegg bringen?«

Nun lachte Klaus selbst. »Das gnädige Fräulein hat mich so wunderbar anregend unterhalten, daß ich auch etwas zur Unterhaltung beitragen wollte, und da habe ich ihr unter strengster Diskretion verraten, daß ich mich jetzt bemühe, Kälber mit fünf Beinen und zwei Schwänzen zu züchten. Und das erste wohlgelungene Exemplar dieser neuen Rasse habe ich versprochen, ihr zu widmen.«

Das sagte Klaus mit so unerschütterlichem Ernst, daß er wieder eine Lachsalve auslöste.

Der Heimweg verlief noch viel vergnügter und übermütiger als der Hinweg. Er erschien den vier jungen Menschen viel zu kurz. Und ehe sie am Portal von Schloß Rahneck hielten, sagte Garda:

»Meine lieben Freunde, ich habe eine große, ernste Bitte an Sie!«

»Sprechen Sie diese Bitte aus, Garda, sie ist erfüllt, ehe wir sie gehört haben, soweit es in Menschenmacht liegt«, sagte Werner rasch, um Klaus zuvorzukommen. Dieser war damit, beschäftigt, Renata anzuschauen und kam daher zu spät.

Garda erwiderte: »Wann können Sie zu einer Plauderstunde nach Rahneck kommen?«

»Jederzeit, nur nicht zwischen vier und sechs Uhr.«

»Warum da nicht, Klaus?«

»Weil Fräulein Leni von Rahneck sicher um diese Zeit am Wege sein wird oder Hans von Rahneck«, erwiderte dieser mit einem schnellen Blick auf Renata.

»Wie ist es denn mit morgen vormittag? Haben Sie da eine Stunde für mich frei?«

»Selbstverständlich! Wann befehlen Sie?«

»Oh, warten Sie . . . kommen Sie lieber morgen zu Tisch, da versäumen wir alle keine Arbeitszeit.«

»Famos, wir werden kommen.«

Dann verabschiedeten sich die Brüder, bestiegen ihren Wagen und fuhren davon.

Renata und Garda mußten nun schnell noch einige wichtige Arbeiten erledigen, die liegengeblieben waren, und gingen dann zu Tisch.

Erst nach der Mahlzeit, als sie wie fast jeden Abend in der Bibliothek saßen, kamen sie auf den Nachmittag zu sprechen, und Garda sagte erwartungsvoll:

»Nun bin ich gespannt, Rena, auf Ihre Charakteristik meiner Verwandten.«

Etwas unbehaglich sah Renata zu ihr hinüber.

»Muß ich wirklich ganz ehrlich und offen sein?«

»Ja, ich bitte dringend darum, Rena, ich weiß, daß Sie sehr scharfsichtig sind, und ich möchte gern wissen, ob ich meinen Verwandten im Herzen Unrecht tue.«

Renata sah eine Weile nachdenklich vor sich hin. Dann hob sie die Augen zu Garda empor:

»Also zuerst Ihr Herr Onkel! Er scheint energisch in der Verfolgung seiner Ziele zu sein. Diese Energie halte ich aber im Grund nur für Hartnäckigkeit, denn in bezug auf seine Kinder, wenigstens auf seinen Sohn, versagt seine Energie. Er versteckt hinter seiner äußeren Ruhe eine eigenartige Nervosität – fast, als sei sein Gewissen nicht ganz rein und als leide er unter Hemmungen, die ihn hindern, etwas ganz zu tun, im Guten oder im Bösen. Vielleicht, verzeihen Sie, wenn ich das unumwunden ausspreche, vielleicht könnte er eher etwas Böses tun als etwas Gutes.«

Garda hatte aufmerksam zugehört. Sie staunte Renata an. Und dann sagte sie leise:

»Sie scheinen wirklich eine gute Menschenkennerin zu sein, Renata. Ihre Ansicht ist mir sehr interessant. Und nun sagen Sie mir, was Sie von meiner Tante halten.«

Ein Lächeln flog über Renas Gesicht.

»Oh, die ist harmlos! Sie glaubt, die Form zu beherrschen, wird aber von ihr beherrscht und nur, wenn es ihr gerade beliebt. Ich will da nicht von der Art sprechen, die sie mir gegenüber zeigte, sondern auch gegen Sie und die beiden Herren Sassenheim. Ihren Kindern gegenüber hält sie auch viel mehr auf Form, als es wünschenswert erscheint, wenn sie auch ihren Kindern alles Gute gönnt. Doch sie sieht das Gute für ihre Kinder anscheinend mehr in Äußerlichkeiten, mehr in einem guten, bequemen und tatenlosen Leben als in innerer Befriedigung. Sie ist leicht empfindlich, wenn man ihre Oberhoheit nicht bedingungslos anerkennt, scheint aber Ihnen gegenüber ein gewisses Abhängigkeitsverhältnis zu haben, das sie zwingt, sich zu fügen, auch gegen ihren Willen. Sie besitzt dabei eine gute Dosis Pflichtgefühl für ihren Wirkungskreis, ist aber ziemlich kühlen Herzens, und deswegen kommt nicht viel Wärme in ihrer Nähe auf.«

Garda mußte ein wenig lachen.

»Auch diese Charakteristik ist, wie mir scheint, vollendet. Nun weiter . . . mein Vetter Hans?«

Renata reckte sich auf.

»Wichtigtuer, Müßiggänger, arrogant, untüchtig und – Frauen gegenüber verletzend, schon durch seine Blicke, wenigstens gegen Frauen, die er für Freiwild hält. Er ist himmelweit verschieden von den Herren Sassenheim, die ihn weit übertreffen an Großzügigkeit, Tüchtigkeit und vornehmer Gesinnung. Diese würden nie eine Frau so ansehen, wie es Herr von Rahneck tut, ganz gleich, welcher Sphäre sie angehört.«

Garda nickte. »Unsere Ansichten stimmen vollständig überein, ich kenne ja diese Menschen mein Leben lang; Sie aber nur seit einigen Stunden. Fabelhaft, welche Menschenkenntnis Sie besitzen. Nun noch Leni?«

Wieder lachte Renata ein wenig.

»Im Grunde ist sie der uninteressanteste Charakter von allen. Sie ist nur neidisch auf alles, was andere besitzen, gleichviel, ob es sich um reale oder ideelle Lebensgüter handelt. Sie langweilt sich schauderhaft, weil sie notorisch träge ist, und möchte um jeden Preis und so schnell wie möglich einen sehr reichen Mann haben, der ihr alle Luxuswünsche erfüllt, wobei es ihr ganz nebensächlich ist, wie er ist, wie er aussieht. Die Hauptsache ist, daß sie sich mit ihm in irgendeiner Weise brüsten kann. Und wenn sie alle diese Wünsche erfüllt sieht, dann . . . wird sie genauso unzufrieden sein wie jetzt. Alles in allem eine bedauernswerte Persönlichkeit. Sie wird bis zum Ende ihrer Tage Qualen leiden, weil sie nie in sich selbst Genüge finden kann. Es liegt ihr gar nichts daran, irgend jemanden zu beglücken, sondern sie will nur von allen Menschen beglückt sein. Und deshalb ist sie zu bedauern. Sie, Garda, werden glühend von ihr beneidet, sie mißgönnt allen Menschen jegliches Gute, das sie nicht hat. Über ihre Geistesgaben ist nicht viel zu sagen.«

Garda erhob sich und gab Renata impulsiv einen Kuß auf die Wange.

»Ach, Rena . . . muß man solche Verwandte haben und immer auf diese Verwandtschaft Rücksicht nehmen?«

»Ja, Garda, Sie müssen es, weil Sie sonst unzufrieden mit sich selber wären. Es heißt für Sie Rücksicht nehmen, obgleich Sie wissen, daß man es Ihnen niemals danken wird. Sie werden immer wieder versuchen, Ihren Verwandten zu helfen, weil Ihr gutes Herz Sie dazu drängt, und weil Sie sich einreden, daß Sie Verpflichtungen haben. Aber es wird Sie auch befriedigen, und deshalb sollten Sie sich nicht abhalten lassen, ihnen Gutes zu tun. Aber ich erachte es trotzdem als meine

Pflicht, Ihnen zu sagen, daß Ihre Verwandten Ihnen im Herzen . . . feindlich gegenüberstehen.«

Garda stutzte. »Auch das haben Sie herausgefunden?«

»Ja, ich habe es gespürt, ich weiß nicht, an was. Es lag unter der Oberfläche ihres Wesens, sprach vielleicht nicht einmal in Blicken – nur – es war da!«

Das rang sich Renata fast wider Willen ab.

Garda sah nachdenklich vor sich hin. Sie war etwas betroffen. Und doch – hatte sie nicht selbst zuweilen instinktiv gefühlt, daß man ihr feindlich gegenüberstand, trotzdem man ihr vortäuschen wollte, daß man sie liebte? Hätte der Onkel es fertiggebracht, ihr das furchtbare Gespenst der Vererbung zu zeigen, wenn er sie geliebt hätte? Hätte er ihr nicht wenigstens noch so lange ihre Ruhe und Unbefangenheit lassen können, bis es unbedingt nötig war, sie zu warnen? Freilich, hätte sie Werners Werbung angenommen, dann hätte sie das alles noch tiefer getroffen. Aber immerhin, sie hatte instinktiv gespürt, daß der Onkel ihr nicht aus Liebe die Binde von den Augen genommen hatte.

Plötzlich erschauerte sie und flüchtete wie angstvoll in Renatas Arme.

»Halten Sie mich fest, Rena, lassen Sie mich fühlen, daß es ein Herz auf der Welt gibt, das für mich schlägt, ich bin so schrecklich arm und bedauernswert.«

Einem Impulse folgend, schlang Renata ihre Arme fest um Gardas schlanke Gestalt, und dann streichelte sie ihr zärtlich liebkosend das Haar.

»Seien Sie nur nicht verzagt, Garda, es gibt noch andere Herzen, die warm für Sie schlagen, außer dem meinen. Wer Liebe sät, wie Sie, wird Liebe ernten. Und jetzt wollen wir nicht mehr von so trüben Dingen reden. Wir wollen daran denken, wie drollig Herr Klaus Sassenheim heute den braven Bubi gespielt hat.«

Da mußten sie beide lachen, und Renata sorgte dafür, daß diese Heiterkeit anhielt.

Am nächsten Mittag waren die Brüder Sassenheim zu Gast in Schloß Rahneck und sorgten gleich wieder für gute Stimmung. Nach Tisch nahmen sie in einem Nebenzimmer den Mokka, und da kam dann Garda mit ihrem Anliegen. Sie fragte die Brüder, ob sie ihr einen großen Dienst leisten wollten, was beide sehr entschieden bejahten.

»Also, ich wollte Sie bitten, Ihre Beziehungen auszunutzen, um meinem Vetter Hans irgendwo eine Stellung als Volontär zu verschaffen. Ich fürchte, daß er sonst ganz verbummelt und ewig ein unbrauchbarer Mensch bleibt. Sie sprachen mir einmal davon, daß einer Ihrer amerikanischen Freunde sich bei Frankfurt angekauft habe und dort ein großes Gut besitze. Wäre es Ihnen nicht möglich, Ihren Freund zu bestimmen, daß er Hans vorläufig als Volontär einstellt? Er müßte ihn aber energisch vornehmen, ihm nichts durchgehen lassen und ihn vor allen Dingen ordentlich zu wirklicher Arbeit anhalten. Ein kleines Taschengeld, das ihm auszuwerfen wäre, will ich gern auf mein Konto nehmen, aber er dürfte nichts davon wissen, daß ich es zahle. Ich möchte das Gefühl in ihm erwecken, daß er die Pflicht hat, endlich selbst etwas zu verdienen. Das hilft vielleicht, daß er sich darauf besinnen lernt, daß selbstverdientes Brot am besten schmeckt. Ich will und kann es Ihrem Freund nicht zumuten, für einen so unfertigen Landwirt ein Gehalt zu zahlen, aber vielleicht lernt er in einer gewissen Zwangslage, wirklich zu arbeiten und sich nützlich zu machen. Es soll mein letzter Versuch sein.«

Werner ergriff rasch ihre Hand und beugte sich darüber, sie scheu und leise mit seinen Lippen berührend.

»Das sieht Ihnen ähnlich, Garda, daß Sie sich immer wieder für Ihre Verwandten in die Bresche werfen. Ich sagte Ihnen schon gestern, Ihr Wunsch soll erfüllt werden. Unser Freund wird sofort auf unsere Bitte eingehen, und alles andere überlassen Sie uns. Ich tue das nicht für diesen Tunichtgut – weiter ist er nichts –, aber ich will Ihnen Ruhe verschaffen, auch Klaus will das tun. Die Sache ist schon so gut wie erledigt.«

Dankbar und innig sah sie zu ihm auf.

»Wie gut Sie sind, Werner!«

»Ah, und ich vielleicht nicht!?« rief Klaus, Werner beiseite drängend.

Unter Tränen lächelnd, streichelte Garda seinen Arm. »Guter Klaus! Wenn ich Sie beide nicht hätte, und Rena!«

Klaus sah sich nach Renata um, die bewegt auf Garda blickte.

»Nicht wahr, wir sind ein herrliches Dreigestirn, uns kann doch keiner bei Ihnen ausstechen?«

»Nein, Klaus, ganz gewiß nicht. Ich bin dem Himmel dafür dankbar, daß ich drei so gute Freunde habe.«

Ihre feuchten Augen sahen erst zu Rena hinüber und blieben dann selbstvergessen in Werners Augen hängen.

Die Brüder sorgten aber nun schnell wieder für frohe Stimmung, als sie sich gegen vier Uhr entfernten, war ausgemacht worden, daß Werner, sobald er Nachricht von seinem Freund hätte, Garda Bescheid geben solle. Zuvor aber wollten sie sich am Sonntag bei der Verwalterhochzeit wiedersehen. Sie verabredeten, in der Kirche schon am Vormittag zusammenzutreffen, denn sowohl Rahneck wie Burgwerben gehörten zu diesem Kirchspiel.

Als die Brüder verschwunden waren, sagte Garda aufatmend:

»Nun ist mir wieder ein Stein vom Herzen. Was habe ich für gute, hilfreiche Freunde.«

Renate nickte ihr zu. »Ja, Garda, davon gehen nicht hundert auf ein Lot.«

Sie machten sich dann beide wieder an die Arbeit.

10

DER SONNTAG WAR herbeigekommen und Garda und Renata legten gleich nach dem Frühstück Festkleider für den Kirchgang an. Sie trafen pünktlich in Gardas Auto vor der kleinen hübschen Dorfkirche ein, der alles zuströmte, was zu Burgwerben und Rahneck gehörte.

Als sie den für die Rahnecker bestimmten Kirchenstuhl betraten, sahen sie schon die Brüder Sassenheim ihnen gegenüber auf ihren Plätzen sitzen. Sie erhoben sich und grüßten hinüber. Gleich darauf erschienen auch die Gossegger, und als diese Platz genommen hatten, schritt das Brautpaar, Seite an Seite, von Verwandten und Freunden gefolgt, von der Tür her durch den Mittelgang zum Altar hin.

Die Orgel begann das Vorspiel, und die Gemeinde sang einen Choral.

Werner Sassenheim konnte die ganze Zeit seine Augen nicht von Gardas halb gesenktem Köpfchen lassen, und Klaus sah ebenso aufmerksam und gefesselt in Renata Holls feines, kluges Gesicht. Sie dankten wohl Gott, der so viel Liebes und Schönes geschaffen hatte.

Auch das ist Gottesdienst.

Die Trauung des stattlichen Verwalters und seiner hübschen, blonden Braut ging mit der gebührenden Feierlichkeit zu Ende. Nach der Trauung begann die Gratulation, bei der man der jungen Gutsherrin den Vortritt ließ. Sie reichte den beiden glücklichen Menschen die Hand und sagte ihnen gute, liebevolle Worte. Auch die Brüder Sassenheim gratulierten herzlich, und dann trat Werner an Gardas Seite und sagte leise und tief bewegt zu ihr:

»Wie beneidenswert sind die beiden Brautleute, Garda. Ich empfinde wieder einmal sehr bitter und quälend, daß uns dies Glück nicht auch beschert werden kann. Ist wirklich gar keine Hoffnung? Liebe, geliebte Garda, wie soll ich das nur ertragen?«

Sie sah in sein schmerzlich zuckendes Gesicht, und ihre Augen schimmerten feucht, während um ihren Mund ein gramvoller Zug lag.

»Lieber Werner, lieber, lieber Werner, das Schicksal will es nicht . . . wir müssen tapfer sein.«

»Tapfer sein? Ich möchte viel lieber glücklich sein als tapfer; es ist doch nicht auszudenken, daß wir einsam unsere Straße ziehen sollen, da wir uns doch beide schmerzlich danach sehnen, sie miteinander gehen zu dürfen.«

»Mein lieber Freund, machen Sie es mir nicht zu schwer, Haltung zu bewahren. Bitte, man achtet auf uns, und ich möchte nicht in Tränen ausbrechen.«

»Aber ich liebe Sie – ich liebe Sie«, stieß er heiser hervor, während seine Augen in die ihren brannten.

Sie umfaßte krampfhaft seine Hand, als müsse sie sich daran halten. Und dabei sah sie so jammervoll zu ihm auf, daß er meinte, das Herz solle ihm darüber brechen.

»Ich bin schon wieder ruhig, Garda, verzeihen Sie mir, wenn ich Sie quälte«, bat er leise.

Inzwischen hatten die Gossegger dem Brautpaar gratuliert, und Klaus hatte sich an Renata gewandt.

»Wie steht es um unser Schutzbündnis, Fräulein Holl. Haben Sie noch nichts in Erfahrung gebracht, was uns weiterführen könnte?« fragte er, denn er merkte, wie Werner und Garda sich um Haltung mühten.

Auch Renata hatte das wahrgenommen.

»Ich weiß nur, Herr Sassenheim, daß etwas Schweres, Drükkendes auf Garda lastet, was sie erst an ihrem zwanzigsten Geburtstag erfahren hat. Bis dahin war sie froh und harmlos, wenn sie sich auch unter der Obhut ihrer Verwandten nicht allzu glücklich gefühlt hat. Bis dahin hat es sicherlich nichts in ihrem Leben gegeben, was sie hätte hindern können, glücklich zu sein. Aber . . . ich habe vielleicht eine Ahnung, was auf ihr lasten könnte. Sie selbst hat mir den Fingerzeig nicht gegeben, ich erfuhr es von anderer Seite. Und ich möchte mit ihr darüber sprechen, aber ich weiß nicht, ob ich ihr damit nicht nur weh tun würde, ohne ihr dadurch nützen zu können. Ich möchte gern mit Ihnen darüber sprechen, wenn uns einmal ein ungestörtes Beisammensein beschieden ist. Vielleicht wird uns das heute bei der Hochzeitsfeier möglich sein.«

Lebhaft sah er zu ihr auf.

»Oh, ich werde schon für eine passende Gelegenheit sorgen. Überlassen Sie das mir. Und vielen Dank, daß Sie mir etwas anvertrauen wollen.«

Mit ernster Freundlichkeit sah sie ihn an.

»Wie sollte ich das nicht, ich weiß doch, daß Sie Fräulein Gardas ergebener Freund sind. Ihr Herr Bruder ist das auch, aber . . . gestatten Sie mir, das auszusprechen, ich halte ihn in dieser Beziehung für parteiisch und weiß nicht, ob er mir einen unbeeinflußten Rat geben würde. Denn um einen Rat ist mir zu tun.«

Er sah sie bewundernd an.

»Ich habe schon immer gewußt, daß Sie sehr klug sind und sehr taktvoll. Zu mir können Sie sich ruhig aussprechen, und ich weiß nun auch, daß Sie scharfsichtig ergründet haben, um was es geht. Ja, mein Bruder ist daran beteiligt, wenn es Gardas Glück gilt, und nun verstehen Sie wohl auch, wie sehr viel mir daran liegt, ein unbekanntes, unheilvolles Hindernis wegzuräumen.«

»Ja, ich verstehe es.«

»Also heute nachmittag! Wollen Sie bitte darauf achten, wenn ich vorgebe, für kurze Zeit nach Burgwerben hinüberfahren zu müssen? Ich fahre dann im Auto nur nach der kleinen Seitenpforte in der Parkmauer. Dort halte ich das Auto an, ich fahre ohne Chauffeur und erwarte Sie. Es wird sich auch für Sie eine Gelegenheit finden, für ein halbes Stündchen zu verschwinden. Wir können in diesem heute ganz gewiß menschenleeren Teil des Parkes promenieren, während Sie mir alles sagen, was Sie auf dem Herzen haben.«

»Ich werde bestimmt kommen«, erwiderte sie hastig und wandte sich Garda zu, die jetzt zu ihr herantrat.

Die Gossegger waren von Garda zur Mittagstafel eingeladen worden, und auch die Brüder Sassenheim forderte sie auf, mit ihnen zu speisen.

»Ich weiß, daß Sie meine Freunde sind, deshalb müssen Sie mir auch helfen, meine Verwandten zu unterhalten«, sagte sie mit einem matten Lächeln zu ihnen.

Werner verneigte sich nur stumm, weil er seine Fassung noch nicht wiedergefunden hatte. Klaus aber sagte, um Stimmung zu machen:

»Ich wüßte ja gar nicht, was mich abhalten könnte, mit Ihnen zu speisen, Garda; offen gestanden, ich habe nichts anderes als eine Einladung zum Mittagessen von Ihnen erwartet. In weiser Voraussicht habe ich zu Hause schon hinterlassen, daß wir nicht zu Tisch kämen, wenn wir nach der Kirche nicht extra anriefen. Der kluge Mann baut vor.«

»Sie sind wirklich ein kluger Mann, Freund Klaus. Und eigentlich erstreckte sich die Einladung zur Hochzeitsfeier überhaupt auf den ganzen Tag.«

Er lachte.

»Sie wissen doch, Garda, ich bin nicht schüchtern. Der ganze Tag ist für Sie vorgemerkt. Nur – nach Tisch muß ich wahrscheinlich mal einen Sprung nach Burgwerben machen, aber ich fahre im Auto und brauche nur eine halbe Stunde in meinem Tempo.«

»Was willst du denn in Burgwerben?« fragte Werner erstaunt.

»Eine Kleinigkeit. Ich habe vergessen, einen Brief abzuschikken, der muß heute noch fort.«

»Dann brauchst du doch nur zu telefonieren.«

Klaus sah rasch zu Renata hinüber und sagte lachend. »Oh, mein weiser Bruder, das ginge wohl . . . aber es geht nicht, weil ich den Brief dummerweise in meinen Schreibtisch eingeschlossen habe.«

Werner sah den Bruder etwas zweifelnd an, doch er mußte wohl gemerkt haben, daß Klaus seine Gründe hatte, nach Burgwerben zu fahren, und fragte nicht weiter.

Das Brautpaar begab sich indessen zum Pfarrhaus, und die Brauteltern und Anverwandten folgten in feierlichem Zuge. Nachmittags um vier Uhr sollte auf der Parkwiese die eigentliche Hochzeitsfeier mit allerlei Kurzweil und Vergnügungen beginnen, wie Dorfleute dergleichen lieben. Dabei sollte an langen, aufgestellten Tischen und Bänken Kuchen und Kaffee serviert werden nach dem Motto: »Es kann recht viel sein, wenn nur alles desto besser ist.« Und Garda wollte Ehre einlegen. Nach dem Kaffee sollte getanzt werden. Und am Abend gab es einen Festschmaus für alle und Freibier.

Das Brautpaar war gewillt, die ganze Feier durchzuhalten. Da gab es kein vorzeitiges Verschwinden, etwa zu einer Hochzeitsreise. Man wollte doch etwas von seiner Hochzeit haben. So war es Brauch, und an diesem hielt man fest.

Die Herrschaften aber, die sich nicht ausschließen konnten, mußten auch tapfer mit durchhalten, und so waren sie ganz froh, vorläufig noch unter sich sein zu können.

Bei der Mittagstafel ging es ganz vergnügt zu, dafür sorgten Klaus und Renata, die sich durch die Gegenwart der Gossegger heute nicht besonders beengt fühlten, da sie ja nicht bei ihnen zu Gast waren. In sein Schicksal ergeben, hatte sich Klaus von Garda bei Tisch den Platz neben Leni anweisen lassen. Er fragte zwar mit einem jammervollen Augenaufschlag:

»Womit habe ich das verdient, Garda?«

Sie aber antwortete lachend:

»Mit dem Kalb mit fünf Beinen und zwei Schwänzen.«

Da seufzte er steinerweichend.

»Ich werde doch lieber die Züchtung dieser Spezialitäten einstellen, man weiß sonst nicht, was daraus noch entstehen kann.«

Als er aber an der Tafel merkte, daß an seiner andern Seite Renata ihren Platz hatte, war er sehr einverstanden und vergnügt.

An Renatas anderer Seite saß Hans, womit dieser auch sehr zufrieden war. Er hoffte, Fühlung nehmen zu können mit der schönen und reizenden Sekretärin seiner Kusine. Klaus war damit weniger zufrieden und nahm im Geiste schon wieder Boxerstellung gegen ihn ein. Onkel Karl und Tante Anna führten das Präsidium an der Tafel. Neben Karl von Rahneck saß Leni und neben Tante Anna Werner, an dessen Seite Garda ihren Platz hatte, während Hans wiederum neben Garda die Runde schloß.

Klaus hatte sehr viel zu tun, denn damit die Unterhaltung nicht in ein gefährliches Fahrwasser geriet, mußte er vor Leni hunderterlei Schnurren springen lassen. Daran lag ihm sehr wenig, zumal er von Renatas Nachbarschaft möglichst viel profitieren wollte, und er zugleich achtgeben mußte, daß der liebe Hans sich jener gegenüber keine Ungehörigkeiten zuschulden kommen ließ.

Da sich Tante Anna mit großer Andacht den Tafelfreuden hingab und überhaupt nicht für eine rege Unterhaltung bei Tisch war, konnte sich Werner desto ungestörter mit Garda unterhalten, und es flog mancher verstohlen-zärtliche Blick, manches heimlich-vertrauliche Wort hinüber und herüber, während Wehmut und Wonne zugleich ihre Herzen erfüllte.

Karl von Rahneck sprach mit Inbrunst den sehr guten Weinen zu, die er immer in sorgfältiger Auswahl und noch vortrefflicherer Güte in dem Rahnecker Keller hatte lagern lassen, wovon er nun zu seinem Leidwesen nicht mehr viel profitieren konnte. Jetzt mußte er seine Weine selbst bezahlen, und das beeinträchtigte leider die Qualität. Genauso war es mit den Zigarren. Wehmütig sah er nach Tisch, wie die Kästen herumgereicht wurden, die er in weiser Voraussicht hauptsächlich für sich ausgesucht hatte. Jetzt konnte er sich nur noch als Gast bedienen. Ach ja ... wo waren die schönen Zeiten für ihn hin, als er mit seiner Familie aus Gardas Tasche aus dem vollen hatte leben können? Zwar hatte er auch jetzt keine Ursache, sich zu beklagen, aber er glaubte trotzdem ein Recht dazu zu haben.

Hans konnte es selbstverständlich nicht unterlassen, Renata mit allerlei wenig geschmackvollen Komplimenten zu füttern, und hielt sich für einen »verflucht schneidigen Kerl«, als er ihr ziemlich unverblümt zu verstehen gab, daß er nicht abgeneigt sein würde, ihr seine Huld zu schenken. Renata aber wehrte all diese Angriffe mit so ruhiger und überlegener Gelassenheit ab, daß er oft seinen Ohren nicht zu trauen wagte. Wie, dieses Fräulein Sekretärin verzichtete auf seine Galanterien? Sie setzte ihn einfach matt? Das war doch unerhört! Was wollte diese eingebildete Person eigentlich? Ah, reflektiert sie etwa auf diesen Klaus Sassenheim, mit dem sie immer wieder in der freundlichsten Weise plauderte, während sie ihn kühl ablaufen ließ? Bildete sich die dumme Pute vielleicht ein, daß der ernste Absichten auf sie habe? Das sollte sie sich nur vergehen lassen, den hatte doch Leni schon mit Beschlag belegt. Und überhaupt, mit dem nahm er es doch noch allemal auf. Freilich, Geld hatte der Amerikaner wie Heu, und sein Bruder auch. Die hatten es leicht. So ein armer Schlucker wie er konnte sehen, wo er blieb. Wenn er nur Garda hätte herumbekommen können, dann wäre er jetzt vielleicht schon Herr auf Rahneck. Verdammt, daß das nicht geklappt hatte, trotzdem sein alter Herr doch so sicher gewesen war. Was mußte nur zwischen ihm und Garda geschehen sein, daß er von seiner stolzen Höhe herabgestürzt war und mit den Seinen nach Gossegg in die Verbannung hatte gehen müssen? Nun, das stand bei Hans fest – sein alter Herr mußte eine Riesendummheit gemacht haben, und hatte es nun auszubaden. Eine Stellung sollte er annehmen? War ja zu blöd! Sich abrackern, um für andere Leute das Geld zu scheffeln, das konnte ihm fehlen. Das war nicht nach seinem Geschmack. Er hatte eben Herrenblut in seinen Adern, das Blut der Rahnecks, die doch eigentlich nach Rahneck gehörten.

So gab sich Hans, nachdem er bei Renata glatt abgeblitzt war, keinen sehr erfreulichen Gedanken hin und tat es schließlich seinem alten Herrn nach, indem er sich an den guten Weinen und Zigarren schadlos hielt.

Nach Tisch zogen sich Herr und Frau von Rahneck zu einer kurzen Siesta zurück, nachdem der Mokka eingenommen worden war. Garda hatte in ihrem kleinen Salon Platz genommen, und Werner gesellte sich zu ihr. Hans und Leni blieben auch dabei sitzen, wahrscheinlich, weil sie hier unerwünscht waren, denn Klaus hatte vorgegeben, daß er nach Burgwerben hinüber müsse, nachdem er sich durch einen Blick mit Renata verständigt hatte. So wußte Leni, daß sie ihn jetzt keinesfalls isolieren konnte, und blieb, wo sie am meisten lästig war, wie das manche Menschen an sich haben. Da Hans bei Renata abgeblitzt war, räkelte er sich gelangweilt in einem Sessel und warf ab und zu ein Wort in die Unterhaltung. Werner ertrug das nur, weil er in Gardas Gesellschaft sein konnte. Renata aber wartete noch ein Weilchen und beugte sich dann zu Garda.

»Ich möchte auf der Parkwiese noch einmal nachsehen, ob alles in Ordnung ist, Garda. Sie erlauben doch?«

»Gewiß, Rena, Sie tun mir einen Gefallen. Sie wissen ja über alles Bescheid.«

So konnte Renata sich entfernen. Sie hatte nur Angst, daß sich ihr Hans oder Leni würden anschließen wollen. Sie überlegte schon, wie sie deren Begleitung würde abwehren können, aber sie entkam unangefochten und eilte nun zuerst nach der Parkwiese. Dort wußte sie zwar alles in schönster Ordnung, aber sie wollte doch dort gewesen sein. Hier herrschte bereits voller Betrieb, die Leute waren dabei, die langen Kaffeetafeln zu decken und alle Lustbarkeiten vorzubereiten. Sie gab hier und da noch eine Anweisung und entfernte sich dann wieder. Schnell schritt sie durch den Park nach der Stelle, wo sie sich von Klaus erwartet wußte. Das Herz klopfte ihr ziemlich unruhig, nicht nur, weil ihr Klaus durchaus nicht gleichgültig war, sondern auch, weil sie noch etwas unsicher war, ob sie ihm sagen durfte, was sie ihm sagen wollte, und worüber sie von ihm beraten sein wollte. Endlich hatte sie die kleine Seitenpforte erreicht, öffnete sie und trat hinaus. Da sah sie das Auto stehen und neben ihm lehnte Klaus, zu seiner Beruhigung eine Zigarette rauchend. Denn er war mindestens ebenso erregt wie Renata in Erwartung dieses Alleinseins mit ihr.

Schnell warf er die Zigarette fort und kam ihr entgegen.

»Ich habe Sie etwas warten lassen, Herr Sassenheim«, sagte sie so ruhig sie konnte und erklärte ihm, weshalb sie sich verspätet habe.

»Ich habe Sie so bald noch gar nicht erwartet, Fräulein Holl. Aber ich bin froh, daß Sie sich losmachen konnten.«

Sie atmete auf und preßte die Handflächen zusammen. Reizend sah sie aus, in einer gewissen Hilflosigkeit, die er sonst nicht an ihr kannte, so daß er sich zusammenreißen mußte, um seine Haltung nicht zu verlieren.

Unsicher sah sie zu ihm auf.

»Ich darf selbstverständlich nicht unnütz Zeit verlieren und bin nicht gewiß, ob ich gut daran tue, wenn ich Ihnen sage, was ich zu sagen habe. Ich weiß nicht, ob ich darüber sprechen darf, und fühle doch, daß es vielleicht gut ist für Fräulein Garda, wenn ich mich Ihnen anvertraue.«

Er sah sie ruhig an.

»Sie dürfen ganz sicher sein, Fräulein Holl, daß nie ein Mensch etwas von dem erfahren wird, was Sie mir anvertrauen werden, wenn Sie es mir nicht erlauben. Und was ich auch vernehmen werde, ich gebe Ihnen mein Wort, daß ich es nur benutzen werde, wenn es geschehen kann zum Wohl und Glück zweier Menschen, die mir lieb sind. Auch verspreche ich Ihnen, Sie nach bestem Wissen und Gewissen zu beraten. Sind Sie nun beruhigt?«

Sie reichte ihm schnell die Hand. Seine Worte klangen so gütig, so beschwichtigend und ernst, daß sie vertrauensvoll zu ihm aufsah. Wie verschieden war dieser ernste Klaus von dem Spaßmacher, der sich mühte, Garda ein Lächeln zu entlocken, sie froh und heiter zu machen.

»Ich danke Ihnen, und nun will ich alle Bedenken über Bord werfen. Sie müssen mir aber auch offen eine Frage beantworten.«

»Gern!«

»Wissen Sie, wie Fräulein Gardas Eltern ums Leben kamen?«

Er stutzte und richtete sich überrascht auf. Forschend sah er sie an.

»Ich weiß nur, daß sie einem Unfall zum Opfer fielen, und daß darüber damals allerhand Gerüchte umgelaufen sind. Doch ich will sogleich bemerken, daß meiner Annahme nach auch Garda darüber nicht genau informiert ist.«

Sie nickte.

»Das erscheint mir sogar wahrscheinlich. Aber ich bin ganz genau informiert.«

»Sie? Haben Sie etwas von den Dienstboten gehört?«

»Nein, ich pflege mich mit den Dienstboten nicht über Derartiges zu unterhalten. Meine Information stammt von einem Augenzeugen jener Katastrophe. Garda das zu sagen, habe ich mich bisher nicht getraut, da ich nicht weiß, wieviel ihr darüber bekannt ist, weil ich sie um keinen Preis beunruhigen möchte, und weil ich . . . vielleicht in törichtem Stolz, mich Fräulein Garda gegenüber nicht auf diesen Augenzeugen stützen und berufen wollte. Dieser Augenzeuge war nämlich mein Stiefvater, der beste Freund von Fräulein Gardas Vater. Als ich mich um diese Stellung bewarb, wollte ich es nicht irgendwelchen Beziehungen zu danken haben, wenn ich den Posten bekam. Und als ich dann hier war, wußte ich wieder nicht, wie ich mich verhalten sollte, um Fräulein Garda nicht irgendwie weh zu tun.«

Klaus hatte große Augen gemacht. Nun nickte er ihr lächelnd zu.

»Ja, daraus wollten Sie keinen Vorteil ziehen; das sieht Ihnen ähnlich, Renata Holl!«

Sie errötete jäh und fuhr hastig fort. Alles erzählte sie ihm nun, was ihr Stiefvater ihr bezüglich jener Katastrophe anvertraut hatte, und Klaus hörte ihr atemlos zu. Als sie zu Ende war, strich sie sich das lose Haar aus der Stirn.

»Sie sehen daraus, daß mein Stiefvater außer jenem Gärtner der einzige Augenzeuge jenes Vorkommnisses war. Ich besitze auch die Fotografie von Gardas Eltern und deren Briefe an meinen Stiefvater. Beides würde Fräulein Garda gewiß als liebe Andenken betrachten, aber übergebe ich sie ihr, dann muß ich berichten, wie ich dazu kam. Und ich weiß nicht, was man ihr über den Tod ihrer Eltern erzählt hat. Ich weiß auch nicht, ob sie ahnt, daß ihre Mutter ihren Vater erschossen hat. Ist es ihr unbekannt, dann soll sie es auch nicht von mir erfahren. Hat es ihr aber, wie ich vermute, ihr Onkel damals vor ihrem zwanzigsten Geburtstag eröffnet, so hat er es, wie ich ihn zu kennen glaube, sicher nicht in sehr schonender Weise getan. Seit jener Zeit ist Fräulein Garda eine andere geworden. Wie nun, wenn ihr Onkel ihr vielleicht lieblos erklärt hat: Deine Mutter hat deinen Vater erschossen? Können Sie sich denken, wie das auf sie gewirkt haben mag? Sie ist überaus sensitiv, überaus gewissenhaft, ehrlich und ehrenhaft. Könnte es nicht sein, daß sie diese Katastrophe nicht ganz als einen unglücklichen Zufall ansieht, sondern daß sie ihrer Mutter eine Schuld beimißt? Und ist es so, wäre es nicht möglich, daß sie in ihrem Feingefühl sich selbst mit einer Schmach belastet fühlen sollte, weil man ihr die Sache so hingestellt hat, als trüge ihre Mutter eine Schuld am Tode ihres Vaters? Glauben Sie nicht, daß sie sich dann einbilden könnte, daß sie sich einem Manne, den sie liebt, versagen müßte? Ich weiß nicht, ich habe in bezug auf Herrn von Rahneck ein Gefühl, als könnte man ihm sehr wohl etwas Schlechtes zutrauen. Vielleicht wollte er seine Nichte nur in der Hand behalten, wenn er ihr das alles in ungünstigem Licht zeigte? Gott verzeihe mir die Sünde, wenn ich ihn falsch beurteile, aber ich kann von dem Gefühl nicht loskommen, daß er und vielleicht seine ganze Familie mit Haß und Feindseligkeit auf meine junge Herrin sehen. Es klingt vielleicht lächerlich, wenn ich Ihnen sage, daß ich unwillkürlich eine Gänsehaut bekomme, wenn sich mir Menschen nahen, vor denen ich gewarnt werden soll. Als ich zum erstenmal Herrn von Rahnecks Blick auf mir ruhen fühlte, schauerte ich förmlich zusammen wie im Frost, und ich habe diesem Gefühl auch nachgegeben und Fräulein Garda auf ihre Frage, wie ihre Verwandten mir gefielen, ehrlich erwidert, daß ich das Empfinden habe, als stünden sie ihr feindlich gegenüber. Mir war, als müsse ich sie warnen. So, Herr Sassenheim, nun wissen Sie alles und . . . nun sagen Sie mir, was ich tun soll!«

Er faßte ihre Hand und preßte seine Lippen darauf. Seine Augen ruhten mit einem warmen, fast zärtlichen Ausdruck auf ihrem Gesicht. Sie war vor Erregung blaß geworden, aber dabei sah sie so süß und hold aus, daß er in dieser Stunde ganz deutlich fühlte, daß er sie liebte und daß er sich danach sehnte, ihre Liebe zu erringen. Jetzt war aber nicht der Augenblick, an sich zu denken, deshalb schaltete er sein Gefühl für sie einstweilen aus und dachte nur an seines Bruders und Gardas Glück.

»Ich kann Ihnen nicht genug dafür danken, Fräulein Holl, daß Sie Vertrauen zu mir hatten, und mir das alles so freimütig berichtet haben. Ich verheimliche Ihnen nicht mehr, daß mein Bruder Garda liebt, und daß auch sie ihn liebt. Als er aber um sie warb, lehnte sie seinen Antrag ab mit dem Bemerken, daß das Schicksal ein unüberwindliches Hindernis zwischen ihnen aufgebaut habe. Welcher Art dieses sei, hat sie ihm nicht verraten wollen, verraten können. Sie sind beide sehr unglücklich, und ich habe meinen Bruder nur durch den Hinweis darauf zu trösten vermocht, daß so junge Mädchen oftmals etwas als ein Hindernis ansähen, was im Ernst gar keines sei. Wir haben hin und her geraten und sind ebenfalls zu dem Schluß gekommen, daß alles mit dem Tode ihrer Eltern zusammenhängen könne, eben weil man uns darüber unklare Andeutungen gemacht hat. Ist es so, wie Sie glauben, dann sieht Garda in der vermeintlichen Schuld ihrer Mutter vermutlich den Grund, ihre Hand einem Ehrenmanne verweigern zu müssen. Und . . . ich sehe dann noch weiter, denn wir stehen dem Herrn von Rahneck aus guten Gründen ebenfalls sehr skeptisch gegenüber. Hat er seine Hand im Spiel, dann hat er sicherlich bezweckt, daß Garda unverheiratet bleiben soll! Vielleicht gingen seine Gedanken noch darüber hinaus. Hans von Rahneck hat mir einmal die Andeutung gemacht, daß sein Vater seine Verbindung mit Garda wünsche, und der liebe Hans wollte sich bequemen, den Goldfisch zu fangen. Das ist ihm nicht gelungen. Also Herr von Rahneck hat zum mindesten darauf spekuliert, daß Garda ledig bleiben würde, und daß Rahneck somit einst seiner Familie wieder zufallen müsse. Vor allem aber hat er sicher ins Auge gefaßt, daß er, wenn

Garda nicht heiraten wird, bis an das Ende seiner Tage in Rahneck als Herr und Herrscher schalten und walten würde, wie er das bisher getan hatte. Statt dessen hat Garda eines Tages kurz entschlossen selber das Regiment hier angetreten und . . . ich glaube, das war sehr nötig. In aller Stille hat sie sich durch uns und Neumann die nötigen Kenntnisse beibringen lassen, und bald nach ihrer Mündigkeit, als sie sich sicher fühlte und wohl eine Handhabe gegen ihren Onkel entdeckt hatte, setzte sie sich mit ihm in aller Ruhe auseinander und verbannte ihn, großmütig genug, nach Gossegg. Fabelhaft hat sie das alles gemacht. Ich weiß, sie hätte alle Ursache gehabt, ihre Verwandten völlig fallen zu lassen. Das bringt sie aber ihrer Wesensart entsprechend nicht über das Herz.«

»Nein, das vermag sie nicht!« rief Renata erregt.

Er nickte ihr zu.

»Nun wissen Sie alles, was ich zur Sache zu sagen habe, und nun sehen wir sicher beide klarer. Sie müssen mir gestatten, meinem Bruder so viel von alledem mitzuteilen, wie ich es für nötig finde; ich bürge für sein Schweigen so gut wie für das meine.«

Sie nickte ernst.

»Das gestatte ich Ihnen. Aber wie ist nun Ihr Rat für mich? Was soll ich tun, um nichts zu verderben und Garda nicht vielleicht noch mehr zu beunruhigen?«

Er sah nachdenklich vor sich hin. Dann nahm er wieder ihre Hand und drückte sie warm.

»Das will ich Ihnen sagen, Renata Holl; schweigen Sie noch eine Weile. Ich glaube bestimmt, Garda wird Ihnen in nicht zu langer Zeit anvertrauen, was sie bedrückt, was, nach ihrer Meinung, sie von meinem Bruder trennt. Dann können wir handeln und werden dann genau wissen, welche Wege wir einzuschlagen haben, um alles zu einem guten Ende zu führen. Ist alles so, wie wir vermuten, dann wird sie schnell überzeugt sein, daß meines Bruders Liebe alles als nebensächlich ansieht, was sie so schwer genommen hat. Denn ich weiß, was auch zwischen ihnen stehen mag, er denkt nicht daran, Garda aufzugeben. Wir haben uns schon darüber ausgesprochen. Daß sie selber rein und schuldlos ist, wissen wir, also gibt es für meinen Bruder kein triftiges Hindernis. Wir wollen also noch eine Weile Geduld haben. Vertraut sie sich Ihnen an, und ist es etwas anderes, was zwischen ihr und meinem Bruder steht, dann werden Sie es uns sagen, Renata Holl, wenn Sie nicht von vornherein erkennen, daß es wirklich ein unüberwindliches Hindernis ist. Wir sind jetzt mehr als je Verbündete, und es gilt das Glück zweier uns lieber Menschen. Gelt, das versprechen Sie mir?«

Er reichte ihr die Hand, und sie legte schnell die ihre hinein.

»Ja, ich verspreche es Ihnen.«

Er drückte seine Lippen auf ihre Hand.

»Dank, innigen Dank. Sie sind ein wundervoller Mensch, so klar und gütig, so klug und verständnisvoll; ich stelle Sie sehr hoch in meinem Herzen, aber davon will ich heute nicht sprechen. Erst wollen wir beide unsere Aufgabe erfüllen. Und nun will ich Sie keine Minute länger aufhalten. Ihr Ruf ist mir heilig. Kehren Sie schnell in das Schloß zurück. Ich folge nach einer angemessenen Pause.«

Sie war glühendrot geworden, und das verriet ihm, daß sie ihm nicht mit kühlem Herzen gegenüberstand. Es machte ihn sehr glücklich, und er hätte sie am liebsten festgehalten und seine Sache bei ihr geführt. Aber er gelobte sich, daß er erst die seines Bruders zu Ende führen wollte. So ließ er sie gehen.

Renata lief die Parkwege entlang, bis sie aus seiner gefährlichen Nähe war, denn auch ihr Herz war rebellisch geworden. Er sah ihr mit sinnenden Augen nach, und jetzt war er ein ganz ernster Mann und kein artiger Bubi mit tausend Übermutsteufelchen im Auge.

Langsam schloß er, als sie verschwunden war, die kleine Nebenpforte. Schnell tat er zur Beruhigung noch einige Züge aus einer Zigarette, ehe er sich wieder in seinen Wagen setzte, und langsam nach dem Schloß zurückkehrte.

Niemand ahnte, daß Renata mit Klaus zusammengetroffen war. Sie war im Schloß von Garda lächelnd empfangen worden.

»Nun, Renata, ist alles in Ordnung?«

»Ja, Garda, es wird alles tadellos klappen«, erwiderte Renata, sich zur Lustigkeit zwingend.

Werner stand mit Herrn von Rahneck auf der Terrasse, sie rauchten eine Zigarre, und Leni saß bei ihrer Mutter und Hans, und die Geschwister fanden die ganze Hochzeitsfeier vorläufig mordslangweilig.

Da aber Klaus bald darauf wieder eintraf, wurde zunächst Leni wieder munter und belegte ihn mit Beschlag. Er widmete sich ihr fortan mit einer gewissen Resignation, und Renata fragte sich, als er Leni allerlei Unsinn vorschwatzte, ob das derselbe Mann sei, mit dem sie eben so ernste, schwerwiegende Dinge besprochen hatte. Aber sie verstand ihn und wußte, daß er den Gosseggern nur eine Komödie vorspielte, um sie sich fernzuhalten. Was konnte er sich auch sonst mit diesen Menschen zu sagen haben . . .

Werner erschien heute noch viel ernster und schwermütiger als sonst. Er litt mehr als je unter der Unklarheit der Verhältnisse, die ihn von Garda fernhielten. Diese merkte das nur zu gut, und zuweilen flog ein banges, flehendes Lächeln zu ihm hinüber, als bitte sie ihn um Verzeihung, daß er um sie leiden müsse.

Nun tönten aber von der Parkwiese herüber die Klänge der Kapelle, die Garda engagiert hatte, und die Herrschaften begaben sich hinüber. Voran schritten Karl und Anna von Rahneck in ihrer eiskalten Würde. Dann folgte Garda an Werners Arm, und ehe Klaus noch eine Wahl treffen konnte, hatte sich Leni bei ihm eingehängt.

»Wir gehören nun mal zusammen«, sagte sie kichernd.

Klaus sah auf sie herab und erwiderte einige belanglos übermütige Worte. Er wußte sehr wohl daß er auf der Hut sein müsse, sonst zog Leni das Netz über ihm zusammen und erklärte sich als mit ihm verlobt. Solche Situationen waren ihm nicht fremd, und er war gewappnet.

Hans verneigte sich vor Renata.

»Mein schönes Fräulein, es hilft Ihnen nichts, auch wenn Sie noch so schmachtende Blicke hinter dem Kavalier meiner Schwester herwerfen, er ist vergeben, und Sie müssen sich mit mir begnügen.«

»Das werde ich aber nur tun, Herr von Rahneck, wenn Sie

Ihre witzigen Bemerkungen etwas taktvoller wählen. Schmachtende Blicke zu werfen, bin ich zu stolz.«

Sie legte nur leicht ihre Fingerspitzen auf seinen Arm, und er sah sie mit flimmernden Augen an.

»Warum sind Sie denn nur so streitbar im Verkehr mit mir, mein schönes Fräulein, ich wäre nur allzugern bereit, von ihrer Liebenswürdigkeit zu profitieren, die Sie andern so freigebig zuwenden.«

»Vielleicht verdienen andere durch ihr korrektes Verhalten diese Liebenswürdigkeit.«

Er lachte hämisch. »Ah, und ich verdiene sie nicht.«

Sie sah stolz in sein verzogenes Gesicht.

»Ich glaube nicht. Und jedenfalls bitte ich um eine korrekte Unterhaltung, wenn Sie nicht zu schweigen belieben. Wie finden Sie das Wetter?« erwiderte sie.

Da wurde er ausfallend.

»Ach wissen Sie, mich mit Ihnen über das Wetter zu unterhalten, ist mir zu langweilig.«

»Wie es beliebt! So werden wir schweigen, das ist mir auch lieber«, erwiderte sie kühl, und so schritten sie stumm hinter den andern her. Hans sehr verärgert, und Renata sehr froh, daß sie ihn zur Ruhe gebracht hatte.

Auf der Parkwiese war schon alles versammelt, und als die Herrschaften erschienen, spielte die Kapelle einen Tusch. Garda ging an Werners Seite die Reihen entlang, bei dem Brautpaar und Pastors anfangend. Jedem gönnte sie einige freundliche Worte, bei allen blieb sie ein Weilchen stehen und nötigte die Schüchternen, tüchtig zuzulangen. Die Kaffeekannen kreisten unaufhörlich um die langen Tafeln, und die Berge von Kuchen verschwanden zauberhaft schnell, um immer wieder neu aufgehäuft zu werden.

Für die Herrschaften war eine kleine Tafel mitten zwischen den andern gedeckt, und sie ließen sich wie die andern mit Kaffee und Kuchen bewirten.

Die hübsche blonde Braut strahlte über das ganze Gesicht vor Stolz und Freude und wußte nicht, wo sie bleiben sollte vor Glückseligkeit. Der junge Gatte suchte seine Würde zu wahren, um seine Autorität vor den Leuten nicht zu untergraben, denn er wußte sehr wohl, wie nötig diese war. Dabei war er aber lustig und vergnügt und drückte seiner jungen Frau unter dem Tisch immer wieder die Hand und flüsterte ihr Zärtlichkeiten zu. Einmal sagte er:

»Guck nur, Liesel, wie die Fenster unserer Wohnung blinken. Und die feinen Gardinen, die uns das gnädige Fräulein gestiftet hat.«

Liesel nickte.

»Ach du, ihr verdanken wir doch all unser Glück. Wenn sie nur auch so glücklich sein könnte wie ich. Weißt du, was ich glaube?«

»Na, Liesel?«

»Daß sie mal die Frau von dem ältesten Burgwerber wird. Schau dir doch an, wie er sie immer ansieht. Du, der tut sie arg liebhaben, das kannst du mir glauben.«

»Na, das wär' schon ein Herr nach meinem Geschmack, Lieserl, dem gönn ich unser gnädiges Fräulein.«

Ein Tusch beendete die Kaffeetafel, und die Tanzmusik begann.

Zuerst mußte das Brautpaar den Ehrentanz tanzen.

Dann verneigte sich der Hochzeiter vor seiner Herrin, mit einer etwas ungeschickten, verschüchterten Galanterie. Garda nickte ihm freundlich zu:

»Schön, Herr Verwalter, wir haben schon manchmal gut Takt halten müssen, so werden wir es auch jetzt schaffen«, sagte sie schelmisch und tanzte mit ihm davon. Herr von Rahneck aber holte die Braut und machte auch mit ihr eine Ehrenrunde. Danach wurde der Tanz allgemein, und Werner stand schon auf dem Sprung. Er führte Garda zum Tanz, und sie fühlte, wie sein Arm bebte. Sie stieß einen tiefen Seufzer aus und schloß die Augen. So tanzten sie dahin, alles um sich her vergessend.

Klaus mußte selbstverständlich Leni zuerst zum Tanze führen. Aber dann verbeugte er sich auch vor Renata.

Sie sah etwas unschlüssig zu ihm auf.

»Nein, nein, einen Korb lasse ich mir nicht geben, Fräulein Holl, das dürfen Sie mir nicht antun«, sagte er und legte schon seinen Arm um sie.

Und auch dieses Paar wünschte, daß der Tanz kein Ende nehmen möge.

Dieser Wunsch wurde freilich nicht erfüllt, aber sie konnten hernach doch noch einmal zusammen tanzen. Eine Weile beteiligten sich die Herrschaften an Tanz und Kurzweil, dann zogen sie sich unauffällig zurück, um die Leute sich selbst zu überlassen. Da schäumte denn auch die Stimmung ganz anders über.

Erst als der Abendschmaus begann, kamen die Herrschaften noch einmal herüber und machten die Runde. Dann zogen sie sich ins Schloß zurück, wo sie speisten.

Gleich nach Tisch brachen die Gossegger auf, und auch die Brüder Sassenheim mußten sich verabschieden, so gern sie auch noch geblieben wären.

Garda und Renata sahen ihnen nach. Über dem Park lohte der Himmel in glühenden Lichtern, der letzte Gruß der scheidenden Sonne. Drüben auf der Parkwiese schien die Stimmung ihren Höhepunkt erreicht zu haben, die Musik klang herüber und zuweilen das Aufjauchzen einer Frauenstimme oder das kräftige Lachen eines Mannes. Froh und vergnügt waren diese Menschen, denen Garda dieses Fest gegeben hatte. Sie selbst aber stand mit schwerem Herzen vor ihrem Haus und lauschte dem Geräusch des fortfahrenden Autos nach, das die Brüder Sassenheim entführte. Ein tiefer Seufzer hob ihre Brust. Renata legte impulsiv den Arm um die leise zusammenschauernde Gestalt ihrer jungen Herrin.

»Und sie, die all das Herrliche vollendet,
Sie nimmt nicht teil am allgemeinen Glück.«

So sagte sie mit inniger Teilnahme und sah mitleidsvoll in Gardas blasses Gesicht.

Da warf diese sich aufschluchzend in ihre Arme.

»Ach Rena, alles, was ich besitze, gäbe ich freudig hin, könnte ich mir damit einen . . . einen Wunsch erfüllen«, sagte sie mit einem Ausdruck, der Renata erschütterte.

Diese umfaßte sie herzlich.

»Sehen Sie doch hoffnungsvoll empor zu den Sternen, Garda, sehen Sie, wie verheißungsvoll sie strahlen. Sicherlich künden sie auch Ihnen ein kommendes Glück und die Erfüllung dieses Wunsches, ohne daß Sie sich von Ihrem herrlichen Besitz trennen müßten.«

Garda schüttelte den Kopf. »Das wird niemals der Fall sein, es müßte denn ein Wunder geschehen.«

»So glauben Sie doch daran, daß Ihnen ein Wunder geschehen wird, das wird Sie aufrichten, zuversichtlicher machen.«

Garda löste sich aus Renatas Armen.

»Wenn der Glaube helfen wollte, wie inbrünstig wollte ich glauben. Aber nun kommen Sie herein, mich fröstelt es.«

Sie begaben sich in die Bibliothek, wie fast alle Abende. Durch die offenen Fenster hörten sie noch immer den Hochzeitsjubel. Auch Renata wurde das sonst so tapfere Herz ein wenig schwer. Würde für sie auch einmal der Tag kommen, an dem sie so glücklich sein durfte wie die kleine blonde Verwalterin? Sie mußte an Klaus Sassenheim denken. So ernst und gütig stand er vor ihrem geistigen Auge, wie sie ihn heute an der Parkmauer gesehen hatte. »Ich stelle Sie sehr hoch in meinem Herzen«, hatte er zu ihr gesagt. Ach, wie hatte sie dies Wort beglückt, wie hoch hatte es sie über sich selbst hinausgehoben. Schlossen diese Worte nicht eine Hoffnung in sich ein? Eine süße, beglückende Hoffnung? Ach, sie durfte nicht weiter darüber nachsinnen! Fort mit diesen verlockenden Gedanken. Sie wollte ihre ganze Kraft in den Dienst ihrer jungen Herrin stellen. Vielleicht gelang es ihr, dieser zu ihrem Glück zu verhelfen – vielleicht geschah wirklich das Wunder, das sie sich ersehnte.

Sie saßen beisammen, bis Garda müde wurde.

Da suchten sie ihre Zimmer auf.

Garda lag noch lange wach und kämpfte mit wunder Seele den Schmerz um ihr verlorenes Glück, um ihre qualvolle Liebe in sich nieder. War es nicht grausam, daß sie dem Manne, der sie liebte, und den sie liebte, nicht angehören konnte, nicht angehören durfte? Wie schmerzlich hatten seine Augen heute in die ihren geblickt. Das war ja das härteste, daß sie ihn auch unglücklich machen mußte. Und doch – welch ein süßer Trost, zu wissen, daß er sie liebte wie sie ihn.

11

EINIGE TAGE SPÄTER kam Werner vormittags nach Schloß Rahneck, um Garda zu melden, daß sein Freund ihm geschrieben habe. Er war einverstanden, Hans von Rahneck als Volontär einzustellen, und wollte seinem Administrator Weisung geben, daß er diesen jungen Mann energisch an die Longe nehmen solle. Er erbat weitere Direktiven und Nachricht, wann Hans von Rahneck eintreffen würde.

Garda dankte Werner herzlich für seine Vermittlung und telefonierte gleich nach Gossegg.

Als ihr Onkel sich meldete, sagte sie:

»Onkel Karl, es ist den Herren Sassenheim, die ich darum gebeten habe, gelungen, für Hans eine Stelle als Volontär auf einem Gut bei Frankfurt am Main ausfindig zu machen. Er kann sofort eintreten, wird freie Station haben und ein Taschengeld. Er wird auf diesem großen und musterhaft geleiteten Gut sicher sehr viel lernen können. Ein außerordentlich tüchtiger Administrator wird ihn in die Schule nehmen, weil der Besitzer sich immer nur vorübergehend dort aufhält. Bitte, besprecht euch. Eine so günstige Gelegenheit kommt nicht so bald wieder. Und dann sage mir Bescheid, wann Hans den Posten antreten wird. Herr Werner Sassenheim, der mir eben die Kunde brachte, befindet sich noch hier und wartet auf eure Entscheidung, damit er seinem Freund gleich Bescheid geben kann.«

Herr von Rahneck hatte während dieser Worte Gardas Zeit gehabt, sich zu fassen. Einesteils war er froh, für Hans ein Engagement gefunden zu haben, andernteils wußte er sehr wohl, daß dieser nicht sehr erbaut sein würde, nun ernstlich arbeiten zu müssen. Er erwiderte:

»Ich danke dir sehr für deine Bemühungen, Garda, und bitte dich, auch Herrn Sassenheim meinen Dank zu übermitteln. Ich lasse Hans sofort rufen, er ist drüben in den Ställen, und werde alles mit ihm besprechen, dann klingle ich wieder an.«

»Gut, Onkel Karl«, erwiderte Garda. Sie hängte ab und wandte sich Werner wieder zu.

»Ich bin sicher, daß Hans nicht sehr erbaut sein wird, Werner, aber es ist die höchste Zeit, daß er den Ernst des Lebens kennenlernt. Wenn er etwas Tüchtiges gelernt hat und sich wirklich bewährt, will ich ihn später, wenn sein Vater nicht mehr dazu imstande ist, gern zu dessen Nachfolger in Gossegg machen. Aber so wie er jetzt ist, wäre nicht daran zu denken.«

Werner faßte ihre Hand. Sie waren allein, da Renata sich unter einem Vorwand zurückgezogen hatte. Werner hatte ihr, als er kam und Garda nicht gleich zur Stelle war, leise gesagt:

»Mein Bruder hat mir alles berichtet, ich setze meine ganze Hoffnung auf Sie, Fräulein Holl.«

»Wir wollen auf den Himmel hoffen, Herr Sassenheim«, hatte sie erwidert, und bald darauf war Garda gekommen. Dann war sie hinausgegangen, um den beiden Liebenden ein kurzes Alleinsein zu gönnen.

Nun sagte Werner zu Garda:

»Immer müssen Sie für andere sorgen, Garda!«

Sie lächelte schwach.

»Das ist ja mein einziger Lebenszweck und Trost.«

Er legte seine Wange an ihre Hand.

»Sie sind viel zu jung zu solcher Resignation. Ihr Leben gehört doch zuerst Ihnen.«

»Ach, Werner, für mich selbst ist es wertlos geworden.«

»Und mir wollen Sie es nicht weihen?«

Sie sah ihn gequält an.

»Niemand würde ich es lieber weihen als Ihnen.«

»Kann es denn nicht sein?« fragte er, flehend in ihr Gesicht blickend.

Sie schüttelte den Kopf mit einer traurigen, mutlosen Gebärde.

»Sie wissen ja, daß es nicht sein kann.«

»Nein, ich weiß es eben nicht, weiß nur, daß Sie das glauben. Ich aber vermag es nicht, bevor ich weiß, was Sie von mir trennt und ob es ein wirklich ernstliches Hindernis ist, das zwischen uns steht.«

»Das ernsteste, das Sie sich denken können, Werner. Ach, daß ich Sie unglücklich machen muß, mein Freund.«

Mit einer zaghaften Gebärde strich sie sanft über seine Stirn. Er fing ihre Hand ein und drückte sie an seine Augen, die ihm brannten.

»Wollen Sie mir nicht wenigstens verraten, was es ist, das uns trennt?«

Sie trat von ihm fort, weil sie merkte, wie mühsam er um seine Ruhe kämpfen mußte.

»Vielleicht werde ich eines Tages die Kraft haben, zu Ihnen davon zu sprechen, jetzt kann ich es noch nicht. Es ... es ist zu entsetzlich!«

Die letzten Worte brachen wie ein Schrei aus ihrer Brust. Und er sah ein, daß er sie schonen mußte, er durfte sie jetzt nicht weiter beunruhigen. Er war daher froh, als Renata eintrat.

Sie merkte sehr wohl, daß die beiden Liebenden nach Fassung rangen, und versuchte es ihnen leicht zu machen, indem sie anscheinend heiter irgendein Thema aufgriff. Sie erfuhr alsbald, daß Werner ein Engagement für Hans vermittelt hatte, und sagte sehr ernst und ruhig:

»Da kann man Fräulein Garda gratulieren, wenn auch der junge Herr nach meinem Dafürhalten wenig darüber erbaut sein wird. Er hat mir wenigstens neulich klargemacht, daß in seinen Adern nur Herrenblut flösse und daß er sich nicht entschließen könnte, eine abhängige Stellung anzunehmen.«

Garda zog die Stirn zusammen.

»Mir scheint, er schwatzt sehr viel Unsinn. Wer herrschen will, muß erst dienen lernen.«

Sie plauderten noch eine Weile zusammen, und es gelang Renata, die beiden Liebenden wieder etwas aufzuheitern. Dann klingelte das Telefon, und Karl von Rahneck meldete sich. Er hatte seinen Sohn freilich nicht in den Ställen gefunden, sondern in seinem Zimmer auf dem Diwan liegend, Zigaretten rauchend und in einen französischen Schmöker vertieft. Darüber war er nun doch so zornig geworden, daß er die nötige Energie aufbrachte, ihn kurz und bündig vor die Alternative zu stellen, entweder, er nähme die Stelle an, oder ... Vater und Sohn seien geschiedene Leute. Hans maulte ziemlich lümmelhaft und wehrte sich so sehr er konnte, es lag ihm durchaus nichts an einer Stellung, in der er arbeiten mußte. Aber sein Vater sah wohl ein, daß er diese Gelegenheit nicht ungenutzt vorübergehen lassen durfte, und so blieb er energisch, und Hans mußte sich bequemen, zuzustimmen, daß er sich am nächsten Montag auf die Reise begeben würde.

Das meldete Karl von Rahneck seiner Nichte, freilich ohne ihr zu verraten, wie schwer es gehalten hatte, Hans zu bewegen, sich zu fügen. Er sagte im Gegenteil:

»Hans ist sehr glücklich, daß er nun zeigen kann, was in ihm steckt. Er will dir nachher selbst noch danken, er wartet schon darauf. Und auch Herrn Sassenheim möchte er seinen Dank abstatten.«

»Ich hoffe, daß Hans nun zeigen wird, daß er ein ganzer Mann ist, und du kannst ihm als Ansporn sagen, daß er, wenn er gezeigt hat, daß er etwas Tüchtiges leisten kann, später einmal deinen Posten in Gossegg bekommen kann, wenn du dich zur Ruhe setzen willst. Aber erst muß er mir beweisen, daß er Tüchtiges zu leisten vermag.«

»Du bist sehr gütig, Garda«, erwiderte Herr von Rahneck etwas gemessen, denn er vertrug es schlecht, an sein Alter erinnert zu werden. Hans stammelte gezwungenermaßen ebenfalls seinen Dank an Garda und auch an Werner und meldete seinen Antritt für nächsten Montag an.

So war die Angelegenheit unter den Hut gebracht. Garda hatte getan, was möglich war, um ihren Vetter auf einen guten Weg zu bringen.

Auf Dank rechnete sie nicht und wußte auch, daß man ihr nie für etwas, was sie tat oder getan hatte, wirklich von Herzen dankbar sein würde. Aber sie tat es nicht des Dankes wegen.

Als Werner Sassenheim aufbrach, begleiteten ihn die beiden Damen zu Pferde, weil sie auf die Felder wollten und den gleichen Weg hatten wie er. An der Wegscheide verabschiedete sich Werner, nachdem er Garda und Rena gebeten hatte, am nächsten Sonntag in Burgwerben zu Mittag zu speisen.

»Fräulein Holl muß doch endlich einmal Burgwerben kennenlernen, und unsere Haushälterin hat sich erboten, als

Repräsentantin und Gardedame zu fungieren. Klaus brütet schon über der Zusammenstellung eines unerhörten Menues, damit wir in Ehren bestehen können.«

So hatte er gesagt, und lächelnd hatten die beiden jungen Damen die Einladung angenommen. Sie bestellten Grüße an Klaus, und Werner versprach, sie auszurichten.

Dann trennten sie sich. Aber Werner hielt noch lange an der Wegscheide und sah den beiden schlanken Reiterinnen nach . . . oder vielmehr nur der einen.

Garda und Renata fanden den Verwalter auf den Feldern beim Ausprobieren einer neuen Maschine. Er grüßte ehrerbietig, und als Garda ihn fragte, wie es seiner jungen Frau gehe, strahlte er sie an.

»Ach, gnädiges Fräulein, sie singt und lacht den ganzen Tag und ist überglücklich. Unsere schöne Wohnung sieht wie ein Schmuckkästchen aus. Würden Sie uns nicht einmal die Ehre erweisen, sich bei uns umzusehen?«

Lächelnd nickte ihm Garda zu.

»Bald einmal, Herr Verwalter, so schnell wollen wir nicht stören. Nächste Woche besuchen wir die Frau Verwalter ganz bestimmt.«

»Das will ich der Liesel sagen, da wird sie sich freuen und sehr stolz darauf sein.«

Garda sprach nun über die Vorzüge der neuen Maschine, und Renata bewunderte, wie so oft, Gardas landwirtschaftliche Kenntnisse.

Als sie auf dem Heimweg waren, gab sie dieser Bewunderung Worte. Garda seufzte auf.

»Ach, Rena, zu etwas muß man doch nütze sein auf der Welt. Wer weiß, wie lange ich das noch sein kann.«

Fragend sah Renata zu ihr hinüber.

»Nun, bei Ihrer Jugend wird das noch recht lange möglich sein.«

Starr sah Garda vor sich hin. »Man kann auch in der Jugend arbeitsunfähig werden.«

»Jetzt hängen Sie wieder schwarzen Gedanken nach, Garda, das sollen Sie doch nicht tun.«

Garda raffte sich auf.

»Nein, Sie haben recht, keine Stunde mit Betrübnis vergeuden, die man noch mit Bewußtsein genießen kann. Also nächsten Sonntag erwartet uns schon wieder ein Vergnügen. Es wird Ihnen in Burgwerben gefallen, Rena, es ist ein hübscher Bau, eine richtige alte Burg. Die Mauern sind unten einen Meter stark, und da gibt es wundervoll tiefe Fensternischen, Burgzinnen und dergleichen mehr. Gerade so etwas hatten sich die Brüder Sassenheim nach ihrem Aufenthalt in dem nüchternen Amerika gewünscht. Sie wollten etwas Romantisches haben, was es drüben nicht gibt. Und so etwas würden sie sicherlich in Amerika nie gefunden haben. Finden Sie nicht, daß die Brüder eine seltsame Mischung sind?«

Renata lachte.

»Eine wundervolle Mischung sogar, halb smarte Amerikaner, die alles *business* nur so aus dem Handgelenk erledigen, und halb Ritter ohne Furcht und Tadel. Man kann schon seine Freude an ihnen haben.«

Garda lächelte verträumt.

»Nicht wahr, man muß ihnen gut sein?«

»Da wir unter uns sind, kann ich Ihnen wohl ohne Mädchenerröten beistimmen. Die Herren hören es ja nicht und werden also nicht eitel werden. Das wäre jammerschade.«

Garda sah einen Moment forschend in Renatas Gesicht.

»Welcher von beiden gefällt Ihnen denn am besten?«

Renata fühlte sehr wohl, weshalb Garda sie das fragte. So sagte sie ganz sachlich und gleichsam objektiv:

»Nun, der ältere ist für meinen Geschmack ein wenig zu ruhig, der junge Herr Klaus gefällt mir in seiner Munterkeit doch noch besser.«

Garda atmete befriedigt auf.

»Ja, Klaus kann sehr betriebsam und übermütig sein, aber er hat auch seine ernsten Tage, während Werner . . . nun, er war früher auch viel heiterer.«

»Ich glaube, er hat etwas Schmerz zu verwinden«, sagte Renata, ohne Garda anzusehen. »Mir scheint, er trägt an einer schweren Herzenswunde.«

»Oh, Sie sind wie immer sehr scharfsinnig, Rena. Also ich bin neugierig, wie es Ihnen in Burgwerben gefallen wird. Ich war früher, als es noch nicht den Brüdern gehörte, öfter drüben, aber da war es sehr verwildert, was freilich auch sehr romantisch wirkte. Seit es die Herren erworben haben, ist alles in Ordnung gebracht und neu eingerichtet worden, aber es ist fabelhaft, wie sich die beiden Brüder dem Stil angepaßt haben, wie verständnisvoll sie alles renoviert haben. Es macht einem Freude, durch die Räume zu gehen. Sie haben für dergleichen ein feines Verständnis, Rena, Sie werden entzückt sein. Burgwerben ist nicht ganz so geräumig wie Rahneck, aber es hat immerhin auch dreißig Zimmer und Säle.«

Rena lächelte. »Nun fehlt nur noch, daß uns die beiden Herren am Sonntag in mittelalterlicher Tracht empfangen.«

Garda lachte. »Wenn das Klaus gehört hätte, der hätte es sich sicher nicht nehmen lassen, uns am Sonntag im Gewande eines Raubritters zu empfangen. Zu solchen Scherzen ist er immer aufgelegt.«

Die Damen wurden am Sonntag zwar nicht von den Herren im Raubritterkostüm empfangen, sondern im tadellos eleganten Dreß, wie er der Gelegenheit angemessen war, und die Damen trugen elegante, moderne Sommerkleider, aber sonst mutete Renata alles sehr mittelalterlich an. Noch bevor man zu Tisch ging, führte Klaus Renata im ganzen Schloß umher und freute sich an ihrer Begeisterung. Bis auf die Söller der Türme kletterten sie hinauf, und mit großen Augen sah sich Rena dort oben um und freute sich an der wundervollen Aussicht. Ihre Wangen röteten sich lebhaft, als Klaus sehr befriedigt sagte:

»So, nun ist das alles erst vollkommen, jetzt steht das schöne Burgfräulein auf der Warte und sieht sehnsuchtsvoll dem Ritter entgegen.«

Sie bezwang ihre Verlegenheit und scherzte:

»Wenn Sie mit dem schönen Burgfräulein mich gemeint haben, so bitte ich Sie, sich mein modernes Sommerkleid zu betrachten und meine Frisur.«

»Oh, die ist wundervoll gelockt, und hier oben im Sonnenlicht schimmert sie mehr goldig als braun. Damit kann zur Not auch ein Burgfräulein bezaubern.«

Sie wich seinen Augen aus, in denen heiße Lichter flammten.

»Jedenfalls ist Burgwerben ein herrlicher Besitz, und Sie können sich sehr glücklich schätzen, ihn bewohnen zu dürfen«, lenkte sie ab.

Er sah sie noch immer mit heißen Blicken an.

»Möchten Sie hier wohnen, Renata Holl?«

Wieder schoß ihr das Blut verräterisch ins Gesicht, aber sie antwortete lachend:

»Oh, Renata Holl dünkt sich schon sehr glücklich, daß sie in Schloß Rahneck wohnen darf. Das erscheint ihr schon wie ein Märchen, und Märchen lassen sich durch nichts übertreffen.«

»Doch, durch noch schönere Märchen. Es ist seltsam, hier in Deutschland erlebe auch ich bisweilen Märchen. In letzter Zeit besonders . . . ich glaube, seit Sie in Rahneck sind.«

Sie wandte sich schnell ab, wie auf der Flucht vor sich selbst.

»Wir wollen wieder hinuntergehen, meine Herrin wartet vielleicht auf mich.«

Mit dem Hinweis auf ihre Herrin wollte sie ihm zum Bewußtsein bringen, daß sie ein armes, abhängiges Mädchen sei. Er verstand das wohl, aber dieser Hinweis hätte ihn kaum zur Vernunft gebracht. Es war etwas anderes, was ihn jetzt hinderte, deutlicher zu werden.

»Sie haben recht, wir haben erst eine andere Aufgabe zu erfüllen, ehe wir an Märchen denken können. Sind Sie schon einen Schritt weiter gekommen?«

Sie sah zu ihm auf und faßte sich sehr schnell.

Dann berichtete sie, was Garda neulich zu ihr gesagt hatte, nachdem sich die Gossegger und die Brüder nach der Hochzeitsfeier entfernt hatten.

»Sie glaubt also, daß nur ein Wunder sie glücklich machen könne?« fragte er.

Renata nickte.

»Ja, und für dieses Wunder würde sie freudig alles andere hingeben, was sie besitzt.«

»Nun, ich hoffe noch immer, daß sich dies Wunder erfüllen wird, ohne daß sie so große Opfer zu bringen braucht. Und nun kommen Sie, Fräulein Holl, jetzt wollen wir hinuntergehen.«

Sorgsam führte er sie die steilen Stufen hinab, die zum Söller führten, und er war jetzt wieder ganz ruhig und besonnen. Der leichte Rausch von vorhin war verflogen.

Erst Werners Glück, dann das meine, dachte er.

Werner und Garda hatten währenddessen auf der Terrasse unter einem Sonnendach gesessen und träumerisch ins Weite geblickt. Sie sprachen lange nicht, aber dies Schweigen war beredter als tausend Worte. Dann ergriff Werner zart und leise Gardas Hand, die auf der Lehne ihres Sessels ruhte.

»So friedlich sieht die Welt zu unsern Füßen aus, Garda, und wir können nicht zu diesem Frieden gelangen. Das ist doch unfaßbar. Da hat man nun zwei starke Arme, einen leidlich gescheiten Kopf und einen festen, kampfbereiten Willen – und alles umsonst. Wenn Sie nur ahnten, wie mich das quält, dieses Wollen und Nichtkönnen. Ich komme nicht darüber hinweg.«

Sie drückte seine Hand und sah ihn flehend an.

»Lieber Werner, bitte, quälen Sie sich nicht, es tut mir weh. Können Sie sich nicht damit bescheiden, daß wir gute Freunde sind, daß wir uns wenigstens sehen und sprechen können, so oft wir wollen?«

Er schüttelte heftig den Kopf.

»Nein, nein, ich kann nicht wunschlos resignieren, alle Fasern meines Seins verlangen nach Ihnen. Ein Mann vermag nicht so wunschlos zu sein wie eine Frau. Ich habe versucht, meine Wünsche zur Ruhe zu bringen, aber sie flammten nur um so heißer auf. Ich kann nicht auf Sie verzichten . . . und ich will es auf nicht – hören Sie, Garda, ich will nicht.«

Sie war sehr bleich geworden und sah ihn hilflos verzagt an. »Es gibt Dinge, gegen die man machtlos ist, Werner. Bitte, ach bitte, suchen Sie ruhig zu werden.«

»Ebensogut können Sie von mir verlangen, nicht mehr zu atmen. Das hört auch erst auf, wenn ich nicht mehr am Leben bin.«

Er sprang auf und ging von ihr fort, über die Terrasse hinweg. Am anderen Ende blieb er stehen und sah mit abgewandtem Gesicht in die Ferne. Seine Zähne bissen sich wie im Krampf aufeinander, und die Muskeln seines Gesichts zuckten. So kämpfte er eine Weile mit sich selbst, bis er wieder ruhig geworden war und zu Garda zurückkam. Da sah er, daß große Tränen über ihre Wangen rollten. Dieses stumme, halb erstickte Weinen erschütterte ihn. Er setzte sich wieder zu ihr und küßte ihre Hand.

»Ich bin ein schrecklicher Bär, Garda! Statt Ihnen zu helfen, quäle ich Sie. Verzeihen Sie mir, zuweilen überkommt mich der Jammer über die Unmöglichkeit für uns, glücklich zu werden, so stark, daß ich mich nicht beherrschen kann. Bitte, weinen Sie nicht mehr, Ihre Tränen bringen mich sonst vollends um den Verstand.«

Sie trocknete hastig die Tränen und sah ihn so lieb und traurig an, daß er wieder die Zähne zusammenbeißen mußte.

»Wäre ich nur nie in Ihr Leben getreten, Werner.«

Er beugte sich vor und sah ihr tief in die Augen.

»Dann hätte ich doch das Schönste nicht kennengelernt, was das Leben mir zu bieten hat. Nein, Garda – ich liebe sogar die Schmerzen, die ich um Sie leiden muß. Nur dies Unklare, das ist so zum Verzweifeln, weil man nicht dagegen ankommen kann.«

Sie atmete tief auf.

»Ich sehe schon ein, Werner, daß ich Ihnen alles sagen muß, aber bitte, gönnen Sie mir noch eine Weile Zeit; nur noch ein paar armselige Monate, bis ich die Kraft zu einer Beichte finde. Denn . . . ich weiß ja nicht, ob Sie mich danach noch ansehen wollen, ob Sie sich dann nicht ganz von mir wenden werden. Nur noch ein paar armselige Monate, in denen ich mir vortäuschen kann, daß doch noch ein Wunder geschehen möchte.«

Er sah sie mit brennendem Blick an.

»Ich glaube und hoffe, daß Sie sich nur mit haltlosen Hirngespinsten quälen, sich und auch mich, Garda. Aber ich will nicht mehr in Sie dringen – ich werde warten, bis ich alles weiß.«

Sie lächelte ihm zu, so wie die Sonne über die regenfeuchte Erde scheint, wenn ein Gewitter vorüber ist. Und sie versuchten dann, über oberflächliche Dinge zu plaudern, bis sie beide wieder ruhiger waren und Klaus und Renata zurückkamen.

Gleich darauf erschien die Haushälterin der beiden Brüder

und bat zu Tisch. Sie hatte sich in ein würdevolles schwarzes Seidenkleid gehüllt und sah sehr ehrwürdig und stattlich aus, wie es einer Ehrendame zukommt.

Sie nahm mit an der Tafel Platz und wußte sich sehr gut mit ihrem Amte abzufinden.

Die vier jungen Menschen zwangen ihre Gefühle nieder und vermochten einen heiteren Ton anzuschlagen. Klaus übertraf sich selbst und ruhte nicht eher, bis Garda wieder lachte. Renata half ihm dabei nach Kräften, denn sie sah, daß Garda geweint hatte, und wollte ihr helfen. Dabei war ihr freilich das Herz sehr schwer, denn Sie wußte nun, daß sie Klaus Sassenheim liebte, und hatte vorhin da oben auf dem Söller ganz deutlich gefühlt, daß er ihr gegenüber seine Ruhe verloren hatte. Und sie fragte sich nun bekümmert, was daraus werden sollte. Keinen Moment dachte sie daran, daß Klaus sie zu seiner Frau machen könnte. Arme Mädchen wurden nicht geheiratet in solchen Fällen, sie wurden höchstens begehrt. Und wenn sie Klaus auch für einen ehrenhaften Mann hielt, so wußte sie doch, daß in solchen Fällen auch die ehrenwertesten Männer sich ihre Wünsche zu erfüllen suchten, ohne an Standesamt und Altar zu denken. Zum mindesten sah sie schwere Kämpfe für sich in der Zukunft, denn was sie für Klaus fühlte, würde es ihr schwermachen, auf der Hut zu sein.

Auch dachte sie heute daran, was aus ihr werden würde, wenn, was Gott fügen mochte, Garda mit Werner Sassenheim glücklich werden konnte. Dann würde sie überflüssig sein auf Rahneck, man würde sie nicht mehr brauchen. Dann begann von neuem der Kampf ums Dasein, erschwert durch eine unglückliche Liebe.

So mußte auch sie sich zur Heiterkeit zwingen, und Klaus merkte das wohl und ahnte, womit sich Renata das Herz und den Kopf beschwerte. Aber er wußte auch, daß er sie aller Sorgen entheben konnte. Er sah sie ruhig und fest an.

»Nur noch ein wenig Geduld, mein geliebtes Mädchen, es wird ja hoffentlich für Werner und Garda sich alles zum Guten fügen, und dann können auch wir an unser Glück denken.«

So sagten seine Augen zu ihr, aber sie verstand es nicht. Sie sah nur, wie warm und gütig seine Augen in die ihren blickten, und da wurde ihr auf einmal leicht ums Herz, und sie wurde ruhig und konnte wieder ihres Amtes walten, Garda zu beruhigen und zu erheitern.

Nach Tisch machten die vier jungen Herrschaften einen Spaziergang, wobei die jungen Damen große Sträuße von Feldblumen pflückten, die sie dann im Wohnzimmer von Burgwerben in Vasen ordneten. Dann nahmen sie noch den Tee zusammen, wieder unter dem Schutz der Haushälterin. Danach verabschiedeten sich die Damen und fuhren nach Hause.

Die Brüder sahen dem Wagen nach, und Werner seufzte tief auf.

»Klaus, ich halte das nicht mehr aus! Hast du nichts von Fräulein Holl erfahren, was mich einen Schritt weiterbringen könnte?«

»Nein, Werner, ich habe von ihr gehört, daß Garda ein Wunder erfleht und alles, was sie hat, hingeben möchte für ein solches Wunder.«

Werner sah ihn an.

»Sie hat mir versprochen, ich sollte in einigen Monaten ihre Gründe hören. Ganz jammervoll hat sie mich darum gebeten, ihr noch einige Monate Zeit zu geben, weil sie fürchtet, ich würde mich dann von ihr wenden.«

Klaus sah ihn nachdenklich an.

»Das bestätigt mir immer wieder, daß man ihr gesagt hat, daß ihre Mutter ihren Vater erschossen hat. Und ich komme immer wieder auf den Verdacht, daß ihr Onkel ihr das alles in einer Weise beigebracht hat, als sei ihre Mutter nicht schuldlos an dieser Katastrophe. Denn hätte er es ihr nur als einen unglücklichen Zufall hingestellt, könnte Garda nicht so verzweifelt darüber sein. Ich weiß nicht, dieser Onkel Karl erscheint mir sehr wohl danach geartet, solch ein Märchen zu ersinnen, um Garda von einer Heirat überhaupt abzuhalten. Vielleicht sieht sie gar in ihrer unglücklichen Mutter eine bewußte Mörderin. Als Tochter einer solchen fühlt sie sich unwürdig, deine Frau zu werden. Nur so kann ich mir ihr ganzes Verhalten erklären. Sie steigerte sich in eine Exaltation hinein und bildet sich ein, du würdest dich schaudernd von ihr abwenden, falls sie dir alles sagt.«

Werner sah den Bruder sinnend an.

»Es könnte schon so sein, Klaus. Mein Gott, welch ein Segen wäre es dann, daß Renata Holl hier aufgetaucht ist, um Licht in diese Angelegenheit zu bringen. Wir würden ja sonst an dieses von Karl von Rahneck wahrscheinlich ersonnene Märchen glauben müssen, und bei Gardas Charakter wäre dann an eine glückliche Ehe zwischen uns nicht zu denken gewesen, wenn ich sie auch zu überzeugen versucht hätte, daß sie mir selbst als Tochter einer Mörderin lieb und wert sein würde.«

Ein stilles Lächeln huschte um Klaus' Mund.

»Ein Segen ist es auf jeden Fall, daß Renata Holl hierherkam, wie hätte ich sie sonst finden sollen?«

Werner sah ihn fragend an.

»Wie meinst du das, Klaus?«

Dieser hielt den Blick des Bruders aus, ohne mit einer Wimper zu zucken.

»Ich liebe Renata Holl, wie du Garda liebst, und sie wird meine Frau werden.«

»Liebt sie dich wieder?«

»Ja, ich weiß es, trotzdem noch kein Wort darüber gefallen ist. Vorläufig glaubt sie vielleicht noch, daß ich nur ein Spiel mit ihr treiben will; sie wehrt sich ihrer Haut. Aber das hilft ihr nichts.«

»Warum sprichst du dich nicht mit ihr aus?«

»Weil wir beide euch erst einmal glücklich vereinigen wollen, damit haben wir vorläufig reichlich genug zu tun. Und ein Glück schmeckt uns nicht, wenn ihr beiden unglücklich daneben steht.«

Werner legte seine Hand auf die Schulter des Bruders.

»Lieber Kerl! Das sieht dir ähnlich. Aber das ist doch Unsinn! Warum wollt auch ihr euch herumquälen?«

Klaus lachte ein wenig.

»Laß nur, solche Qual ist süß, das gehört zu einer richtigen Liebe. Sonst würde bei uns alles zu glatt gehen.«

Arm in Arm gingen die Brüder wieder ins Haus zurück.

12

GARDA UND RENATA fuhren sehr schweigsam nach Schloß Rahneck zurück. Renata sah wohl, daß Garda mit Tränen kämpfte, aber sie wußte auch, daß diese Tränen unaufhaltsam hervorbrechen würden, sobald sie an dem rührte, was Garda bewegte. Ihr war selbst schwer ums Herz, und sie beschloß, Garda ruhig gewähren zu lassen, bis sie sich selbst wieder gefaßt hatte, zum mindesten, bis sie wieder in Rahneck waren und Garda sich in die Einsamkeit ihrer Zimmer flüchten konnte.

So kamen sie beide sehr blaß und still wieder zu Hause an. Zu ihrem Entsetzen fanden sie Leni und Hans vor, die eben angekommen waren. Hans wollte sich von Garda verabschieden, weil er morgen abreiste, um seine neue Stellung anzutreten, und Leni hatte ihn begleitet in der Hoffnung, die Brüder Sassenheim in Rahneck zu finden. Sehr enttäuscht hörte sie nun, daß die beiden Damen in Burgwerben zu Tisch gewesen waren, und Leni konnte sich nicht enthalten, zu fragen, ob das denn schicklich sei, wenn junge Damen junge Herren ohne Ehrendame besuchten. Garda sah sie ruhig an.

»Das kommt auf die Damen an, Leni, manche sollten es lieber nicht tun. Wenn du aber den Fall deiner Mutter zur Begutachtung unterbreiten willst, dann berichte ihr bitte zur Beruhigung gleich mit, daß die Haushälterin der Herren als Gardedame fungiert und dieses Amt sehr würdig ausgefüllt hat.«

Leni zog ein Mäulchen, und Hans lachte hämisch.

»Du vergißt, Leni, daß die Herren Sassenheim amerikanisch eingestellt sind, denen ist es jedenfalls nichts Neues, Damenbesuche zu empfangen.«

Mit blitzenden Augen sah Garda ihn an. »Jedenfalls nicht, denn ihr Benehmen ist so tadellos, daß man merkt, sie wissen, was sie Damen schuldig sind. Vielleicht hättest du viel bei ihnen lernen können, Hans, denn soviel ich bemerkt habe, vergreifst du dich einer Dame gegenüber recht oft im Ton.«

»Ah, Fräulein Holl hat mich wohl verpetzt?« fragte er, Renata wütend ansehend.

Garda sah zu Renata hinüber.

»Nein, Fräulein Holl pflegt nicht zu petzen, aber du hast dich jetzt verraten, und ich weiß nun, daß du auch ihr gegenüber dich nicht tadellos verhalten hast. Es wird wirklich die höchste Zeit, daß du in eine strenge Schule kommst. Hoffentlich lernst du dort auch, wie man sich als anständiger Mann Damen gegenüber zu benehmen hat.«

Hans zuckte mit den Schultern. Er war ohnedies sehr schlechter Laune und keineswegs gesonnen, Ermahnungen in Kauf zu nehmen.

»Nun, ich weiß ja, daß ich es dir zu verdanken habe, daß ich in diese Stellung geschickt werde. Als wenn ich auf Rahneck und Gossegg nicht genug Arbeit hätte.«

»An Arbeit fehlt es hier allerdings nicht, aber du bist ihr sowohl hier wie in Gossegg sehr weit aus dem Wege gegangen. Das soll nun zu deinem Heile anders werden. Ich wünsche dir, daß du endlich Geschmack an ernster Arbeit gewinnst. Später wirst du uns das ja auf Gossegg beweisen können, wenn dein Vater sich einmal zur Ruhe setzt.«

Hans sah, wie ihm seine Schwester warnend zublinzelte, und es fiel ihm nun wieder ein, daß ihn sein Vater ermahnt hatte, Garda gegenüber sehr artig zu sein, damit sie ihm vielleicht sein Taschengeld etwas erhöhte. Er versuchte nun, alles auf einen Scherz hinauszuspielen und stotterte einige Artigkeiten hervor. Garda war feinfühlig genug, um den Grund zu erraten, aber sie hielt es für besser, ihn kurz zu halten.

Einige Tage verstrichen. Garda konnte trotz Renatas Bemühungen nicht wieder froh werden. Immer stand ihr Werners gequältes Gesicht vor Augen. Sie hätte ihm so gern Erleichterung verschafft, aber sie sagte sich immer wieder, offenbare sie ihm alles, würde ihm gewiß auch nichts leichter gemacht werden.

Wieder eines Abends saß Garda in der Bibliothek, während Renata in dem anstoßenden Musikzimmer weilte und auf Gardas Wunsch die »Mondscheinsonate« von Beethoven spielte. Das wirkte sonst immer beruhigend auf sie, nur heute nicht.

Mitten in Renatas Spiel hinein warf Garda die Arme über den Tisch, an dem sie saß, und barg aufschluchzend ihr Gesicht in den Händen.

So lag sie noch, eine Beute ihres Schmerzes, als nach einer Weile drüben das Spiel verstummte und Renata herüberkam. Sie sah die fassungslos schluchzende Garda erschrocken an und trat neben sie. Liebevoll richtete sie ihre junge Herrin auf.

»Garda, liebe teure Garda, bitte, beruhigen Sie sich doch! Was ist es nur, was Sie quält?« stieß sie voll Erbarmen hervor.

Garda warf sich mit einem Aufstöhnen an ihre Brust.

»Ach Rena – ich ertrage es ja nicht mehr, ich möchte sterben!« rief sie außer sich.

Renata zog sie neben sich auf eine der Ruhebänke und nahm sie in ihre Arme, wie eine Mutter ihr Kind.

»Wollen Sie mir nicht sagen, was Sie quält, Garda? Sie haben mir doch gesagt, ich sollte eines Tages alles erfahren. Sind Sie meiner noch nicht sicher? Fühlen Sie noch nicht, daß Sie mir rückhaltlos vertrauen können? Erleichtern Sie doch Ihr Herz, Sie machen sich sonst krank, und ich möchte Ihnen so gern helfen.«

»Niemand kann mir helfen«, stieß Garda heftig hervor.

»Vielleicht doch, Garda, vielleicht hat der Himmel mir die Kraft gegeben, Ihnen zu helfen, Sie wenigstens zu beruhigen. Ich fühle es, seit Sonntag sind Sie innerlich wie zerbrochen. Das darf so nicht weitergehen. Sie müssen sich die Last von der Seele wälzen.«

Garda trocknete ihre Tränen und raffte sich auf.

»Sag du zu mir, Rena, ich bitte dich, und laß mich dich du nennen. Denn was ich dir zu offenbaren habe, kann ich nur einem Menschen sagen, der mir ganz ergeben ist. Willst du mir tragen helfen, was mich so unglücklich macht? Willst du mir versprechen, mich nie zu verlassen, auch dann nicht, wenn ich dir etwas Schreckliches zu beichten habe, wenn mir etwas Furchtbares bevorsteht?«

Renata zog sie voll Erbarmen wieder an sich und streichelte ihr das Haar.

»Sei ganz ruhig, Garda, vertraue mir. Ich gehe nicht fort von dir, wenn du mich nicht fortschickst. Du hast mir eine freundliche Heimat gegeben und wenn ich diese behalten darf, so ist das ein großes Glück für mich. Und ich habe dich lieb. Was dich drückt, drückt auch mich. Laß mich teilnehmen an deinen Sorgen und Schmerzen, ich will sie dir tragen helfen. Und, wer weiß? vielleicht kann ich dir Linderung bringen. Will der Himmel Wunder tun, bedient er sich zuweilen der einfachsten Mittel.«

Garda umfaßte sie und legte ihre Wange an die Renas.

»Halt mich fest, Rena – lasse mich die Augen schließen, wenn ich dir alles sage, damit ich nicht sehen muß, wie du zusammenschauderst und erschrickst. Verlasse mich nicht.«

»Nein, nein, was ich auch hören werde, treu will ich zu dir stehen. Sei ganz ruhig, deine Burgwerbener Freunde und ich sind dir zur Seite in Not und Tod.«

Garda zitterte leise.

»Meine Burgwerbener Freunde? Ach Rena, weißt du nicht, daß mir Werner Sassenheim mehr, viel mehr ist als ein Freund?« fragte sie heiser vor Erregung.

»Ja, Garda, ich weiß es, und ich weiß auch, daß er dich liebt, daß er um dich leidet, daß er um deinetwillen so ernst und düster geworden ist.«

»Ich hab ihm sehr weh tun müssen, Rena! Und ich liebe ihn doch mit allen Fasern meines Seins. Aber, ich darf ihm nicht angehören, weil ein entsetzliches, furchtbares Verhängnis über mir schwebt. Nie darf ich einem Manne angehören, einsam muß ich bleiben, um nicht Entsetzliches über den Mann meiner Liebe zu bringen.«

Renata wurde bleich vor Erbarmen.

»Sprich dich aus, Garda, nur so kannst du dir Erleichterung verschaffen. Du wirst ja krank von allem Seelenleid.«

Garda seufzte tief und schwer.

»So höre mich an, Rena! Als Werner Sassenheim mit seinem Bruder nach Burgwerben kam, verlor ich gleich mein Herz an ihn, und die Welt schien mir herrlicher und schöner, seit er in mein Leben getreten war. Ich spürte auch bald, daß er mich wiederliebte, und meine Zukunft schien mir voll Sonne zu sein. In dieser Zeit fing plötzlich mein Vetter Hans an, um mich zu werben, in seiner wenig vornehmen und liebenswerten Art.

Ich wies ihn so entschieden zurück, wie es mir möglich war. Das alles geschah kurz vor meinem zwanzigsten Geburtstag.

Als Hans keinen Zweifel mehr haben konnte, daß ich nicht daran dachte, seine Frau zu werden, hat er es seinem Vater gesagt. Dieser ließ mich zu sich rufen und deutete mir an, es sei die einzige Möglichkeit für mich, zu heiraten, wenn ich seines Sohnes Gattin würde, weil dann ein düsteres Geheimnis in unserer Familie bleiben würde. Ich verstand ihn nicht, ich erklärte ihm nur, daß ich niemals seinen Sohn heiraten würde. Da sagte er mir, daß ich das Geheimnis meines Hauses kennenlernen müsse, damit ich in meiner Unkenntnis nicht etwas täte, was nicht wiedergutzumachen sei. Und dann, ach Rena, hast du je davon gehört, wie meine Eltern ums Leben kamen?«

Mit größter Anteilnahme hatte Renata zugehört. In ihren Augen lag eine seltsam nervöse Spannung.

»Ja, Garda, ich habe davon gehört«, entgegnete sie.

Garda blickte in Renas blasses Gesicht.

»Du hast wohl durch die Dienstboten davon gehört? Mir hat man es immer verschwiegen, ich wußte nur, daß sie an einem Tage verunglückt seien. Was sagte man dir?«

Renata streichelte ihr Haar. »Frage mich jetzt nicht, sprich weiter, später sollst du hören, was ich weiß.«

»Nun ja, es ist ja auch einerlei, die Wahrheit wirst du so wenig wissen wie sonst jemand, außer meinem Onkel. Es ist durch ihn alles tunlichst vertuscht worden. Jetzt aber sollst du alles hören. Also, denke dir, wie entsetzlich, meine Mutter erschoß meinen Vater in einem Anfall geistiger Umnachtung. Die Geisteskrankheit war erblich in ihrer Familie, auch ihre Mutter starb im Wahnsinn, als sie von dem Ende ihrer Tochter erfuhr. Meine Mutter hat sich dann selbst erschossen, als sich ihr Wahn einen Moment lichtete und sie sah, was sie angerichtet hatte. Nun weißt du, was mich quält, Rena, eines Tages kann auch bei mir diese furchtbare Krankheit ausbrechen, denn sie ist erblich, dieser Fluch ruht auf mir von meiner Mutter her, wie diese erblich belastet war von ihrer Mutter aus.«

Renata saß wie erstarrt, ihr Gesicht war totenbleich, und ihre Augen sahen ganz verstört auf Garda herab. Diese sah furchtsam und verzagt zu ihr empor und sagte leise, verzweifelt:

»Ach, Rena, nun wirst du nicht bei mir bleiben wollen.«

Das rüttelte Renata aus ihrer Erstarrung auf. Sie faßte Gardas Schultern, rüttelte sie wie außer sich und rief entsetzt: »Garda, Garda, es ist doch nicht möglich, daß dein Onkel dir das gesagt hat, du mußt ihn falsch verstanden haben.«

Garda schüttelte mutlos den Kopf.

»Doch, Rena, es ist so, wie ich dir sagte. Bis zu meinem zwanzigsten Jahre ließ er mich ahnungslos, um nicht meine ganze Jugend zu vergiften. Er hegte die Hoffnung, daß ich es nie zu erfahren brauche, und hätte ich Hans geheiratet, wäre nur dieser von seinem Vater eingeweiht worden. Aber da ich Hans' Hand ausschlug und doch Gefahr bestand, daß ich einen andern Mann eines Tages würde heiraten wollen, mußte er es mir sagen. Denn, ach Rena, ich würde ja diese unselige Krankheit auch auf meine Nachkommen vererben.«

Renata sprang außer sich auf.

»Hör auf! Schweig! Das ist ja entsetzlich! Kann es denn eine so bodenlose Schlechtigkeit geben? Kann ein Mensch einem andern aus schnöder Berechnung eine so unerhörte Qual auferlegen?«

So rief sie außer sich.

Garda sah sie verständnislos an. »Was meinst du nur, Rena?«

Diese faßte sich mühsam. Mit innigem Erbarmen trat sie zu Garda heran und nahm sie wieder in ihre Arme.

»Mein Liebstes, Bestes, was hat man dir getan! Wie soll ich dir nur die Wahrheit sagen, ohne dich zu erschrecken, ohne dich aus einer Aufregung in die andere zu stürzen?«

»Was hast du denn, Rena? Wie sprichst du nur? Was werde ich hören müssen?«

Renata fiel kraftlos neben ihr auf die Ruhebank und zog sie ganz dicht an sich heran.

»Mein Liebes, Armes! Wie sage ich es dir nur, ohne daß du vor Freude kraftlos wirst über das, was ich dir zu sagen habe. Garda, du mußt jetzt ganz tapfer sein, ganz stark, damit du mir nicht zusammenbrichst. Kannst du dich entsinnen, daß ich dir sagte, daß ich deinem Onkel zutraue, daß er eher etwas Schlechtes tun könne als etwas Gutes, erinnerst du dich?«

Garda nickte und sah so blaß aus wie Renata.

»Ja, ja, ich erinnere mich. Was hat das mit meinem Unglück zu tun?«

»Ich will es dir sagen . . . aber sei tapfer. Eine große Freude ist oft schwerer zu ertragen als ein großes Leid. Garda, wirf all dein Leid von dir, du kannst ohne Sorge mit Werner glücklich werden. Dein Onkel ist ein Schurke, er hat dir ein böses Märchen aufgebunden, um dich daran zu hindern, einen andern als seinen Sohn zu heiraten. Er wollte nicht, daß Rahneck ihm und seinen Kindern verlorengehe, er wollte hier Herr bleiben, wollte dich immer in der Hand behalten, dich mit diesem Märchen hilflos und wehrlos machen. Wirst du ruhig bleiben, meine arme Garda? Hör zu, glaub doch nicht daran, was dein Onkel dir erzählte von einer erblichen Belastung. Das war eine Lüge, eine frevelhafte, verbrecherische Lüge.«

Mit einem Ruck machte sich Garda aus ihren Armen los und fuhr empor. Kerzengerade, aber bleich bis in die Lippen stand sie vor ihr, und ihre sonst so hellen, grauen Augen waren fast schwarz.

»Was sprichst du? Rena, wie kannst du eine so fürchterliche Anklage gegen meinen Onkel erheben? Du tust es wohl nur, um mich zu schonen, um mir zu helfen? Aber das kann doch nicht sein.«

Renata zog sie wieder zu sich herab.

»Ich habe nur die Wahrheit gesagt, Garda. Dein Onkel hat ein Verbrechen an dir begangen. Deine Mutter war so gesund wie du und ich, sie war ein heiterer, sonniger und lebensfrischer Mensch, wie dein Vater auch. Freilich hat sie deinen Vater erschossen, aber nur aus Versehen, es war ein Unfall. Und ihre Mutter starb darüber am gebrochenen Herzen. Deine Mutter hat sich auch nicht selbst erschossen, sondern dein Vater hatte ein Gewehr in der Hand, als ihn der Schuß traf, und als er getroffen niederstürzte, ließ er das Gewehr fallen. Es entlud sich ebenfalls, und der Schuß traf deine Mutter. So starben sie beide in einer Stunde! Und das allein ist die Wahrheit!«

Garda blickte zu ihr empor und sah zum Erbarmen blaß und elend aus.

»Rena, ach Rena, wie willst du das wissen? Erfinde doch nicht ein wohltätiges Märchen, um mich vor Verzweiflung zu schützen. Das kann doch nicht sein!« sagte sie tief erschüttert.

Renata faßte ihre Hände.

»Jetzt weiß ich, warum mich der liebe Gott gerade hierhergeführt hat, warum er meinen Stiefvater bewog, mir das alles vor seinem Tode zu berichten. Gott ist gut, meine Garda, er hat es nicht zugelassen, daß dein Lebensglück vernichtet würde. Zu viel hast du schon gelitten, und das kann ich leider nicht mehr ungeschehen machen, aber deine Ruhe kann ich dir wiedergeben. Du bist gesund und stammst aus einer sehr gesunden Familie. Das kann dir der Arzt bezeugen, der deine Mutter gekannt hat und der auch ihre Eltern behandelte. Er sagte von ihnen in meiner Gegenwart: Sie waren so gesund, daß sie hätten steinalt werden können, aber durch das Ende ihrer Tochter hatten sie den Willen zum Leben verloren, sie starben, weil sie nicht mehr leben wollten. Fasse doch Mut, Garda, richte dich auf! Es ist Wahrheit, was ich sage, und verbrecherische Lüge war jedes Wort deines Onkels. Du mußt dich aufraffen und die Kraft finden, mir zu glauben.«

Garda lag kraftlos in Renatas Armen.

»Ich kann nicht glauben und möchte es doch so gern. Das alles wäre ja ein Wunder, Rena! Woher weißt du das alles?«

Rena küßte sie auf die Wange und streichelte wieder zärtlich ihr Haar.

»Ja, Garda, das Wunder, das du erflehtest, ist geschehen, und doch ist es kein Wunder, es ist alles so einfach und so klar, nur daß du nicht ahnen konntest, daß dein Onkel ein Verbrechen an dir beging. Sogleich soll dir alles klar werden, sollst du alles verstehen. Ich muß dir jetzt alles ausführlich berichten, damit du, wie ich, das Walten der Vorsehung preisen kannst.«

Renata berichtete, wie sie an ihres Stiefvaters Bett gesessen hatte, um seine Briefschaften mit ihm zu ordnen, und wie er ihr die Briefe und das Bild von Gardas Eltern gegeben hatte.

»Er erzählte mir dann die Geschichte vom Tode deiner Eltern. Mein Stiefvater war deren bester Freund, und er allein und ein Gärtner, der hier am Fenster der Bibliothek Rosen aufband, waren Zeugen der Katastrophe.«

Und sie berichtete weiter, daß die Herren geplant hatten, auf die Jagd zu gehen und von der Mutter Gardas lachend ausgesprochenem Verlangen, mitgenommen zu werden. Lebhaft schilderte sie die Situation, die sie sich, seit ihrer Anwesenheit auf Rahneck, so oft ausgemalt hatte, und wie dann in den Händen von Gardas Mutter der Browning sich entladen hatte. Sie sagte ihr auch die letzten Worte, die ihr Vater über der Leiche seiner jungen Frau gesprochen hatte. Alles erzählte sie ihr, und Garda lauschte atemlos, und langsam glomm ein leises Hoffen in ihren Augen auf. Sie mußte, konnte nun glauben, daß all ihr Leid nur auf einer verbrecherischen Lüge basierte. Das erschütterte sie selbstverständlich sehr. Ein Grauen stieg in ihr empor bei dem Gedanken daran, daß ihr ganzes Leben sich in der Gewalt eines Schurken befunden hatte. Sie verstand sich nun selbst und wurde sich klar darüber, daß ihr Instinkt sie immer vor diesem Mann gewarnt hatte. Aber nie wäre ihr der Gedanke gekommen, daß ein Verwandter von ihr, ein Rahneck, ein derartiger Verbrecher sein könnte.

Nur sehr langsam gelangte sie zu innerer Klarheit. Renata ging, nachdem sich Garda ein wenig beruhigt hatte, in ihr Zimmer hinauf und holte ihr die Briefe ihrer Eltern an Georg Persick. Auch das Foto brachte sie mit. Und als Garda in die jungen, lebensprühenden und glücklichen Gesichter ihrer Eltern sah, da war es, als fielen Zentnerlasten von ihrer Seele, und sie fand erlösende, befreiende Tränen und warf sich Renata in die Arme.

»Rena, du meine Befreierin, wie soll ich dir danken, daß du mir diese Kunde gebracht, daß du mich erlöst hast von einem grausamen Banne. Mein Gott, mir ist, als sei ich lange, lange Zeit blindlings an einem Abgrund gewandelt, in den ich jeden Moment hätte hineinstürzen können. Du hast mir nicht nur das Leben, du hast mir auch mein Glück gerettet. Rena, nun darf auch ich glücklich sein! Und Werner mit mir! Begreifst du, was du mir Gutes getan hast?«

Renata lächelte, selbst beglückt durch das Bewußtsein, Garda erlöst zu wissen.

»Ja, Garda, das begreife ich wohl! Aber kannst auch du verstehen, daß mir davor bangte, dir meine Freudenbotschaft zu bringen, da ich ahnen konnte, meine Mitteilungen würden dich bis in die tiefsten Tiefen deines Seins aufregen? Gottlob, daß du es so tapfer ertragen hast. Erkennst du nun, daß es Wunder gibt? Es war ein Wunder, daß ausgerechnet ich die Stellung bei dir antreten durfte, daß gerade ich hierherkam. Es war ein Wunder, daß mein Stiefvater mir vor seinem Tode zufällig von jener Katastrophe erzählte, der deine armen Eltern zum Opfer gefallen waren. Als ich damals das Inserat in der Zeitung las, durch das du eine Sekretärin suchtest, da wußte ich nicht gleich, ob ich mich melden sollte. Und als ich es dann doch tat, wußte ich wieder nicht, ob ich dir anvertrauen sollte, daß mein Stiefvater der Freund deiner Eltern gewesen war. Ich unterließ es, um mir dadurch nicht einen Vorteil zu verschaffen. Und als ich dann hierherkam, wagte ich auch noch nicht davon zu sprechen. Immer wieder unterließ ich es, weil ich dich nicht an jene Katastrophe erinnern wollte. Und dann hörte ich von Klaus Sassenheim, der doch so gern dir und seinem Bruder helfen will, daß die beiden Herren sich deine Traurigkeit nur damit erklären konnten, daß du erst zu deinem zwanzigsten Geburtstag von deinem Onkel gehört hattest, daß an jener Katastrophe etwas nicht ganz klar gewesen sei.«

Fragend sah Garda zu ihr auf.

»Du sprachst zu den Brüdern davon?«

»Nur zu Klaus Sassenheim. Er warb mich als Bundesgenossin, um das Geheimnis aufzuklären, das dein und seines Bruders Glück unmöglich machen sollte. Wir kamen dann auf den Gedanken, daß dein Onkel, um dich in seiner Hand zu behalten, dir gegenüber Andeutungen gemacht haben könnte, es sei kein bloßer unglücklicher Zufall gewesen, daß deine Mutter deinen Vater erschossen habe. Wir mußten annehmen, du weigertest dich, Werner Sassenheims Frau zu werden, weil du an eine Schuld deiner Mutter glaubtest. Ich wußte nicht, ob es mir gezieme, dich aus deinem Wahn zu reißen, und offen gestanden . . . ich wagte es nicht. Am Hochzeitstage des Verwalters bat ich Klaus, mir eine Unterredung zu gestatten. Ich mußte seinen Rat hinsichtlich meines ferneren Verhaltens haben. Aber auch er fürchtete, es könne dich allzusehr erregen, erführest du die volle Wahrheit, und so empfahl er mir, so lange mit meinen Eröffnungen zurückzuhalten, bis du selbst dich mir anvertrauen würdest. Ach, Garda, wenn du wüßtest, wie sehnsüchtig ich darauf wartete. Aber du wirst nun auch verstehen, warum es mich so furchtbar erschütterte, als ich vernahm, wie freventlich dein Onkel dich gequält hatte. Ich hätte vor Entsetzen aufschreien mögen. Du Arme, wie magst du gelitten haben! Gott mag dir helfen, daß du das alles in der Liebe zu Werner Sassenheim verwinden kannst. Ich vermag nicht auszudenken, daß deinem Onkel sein verbrecherischer Plan beinahe gelungen wäre.«

Garda schauerte zusammen.

»Oh, Rena, er wäre ihm unstreitbar gelungen, denn niemand als du konnte das Geheimnis aufklären. Mein Onkel hat wohl geglaubt, dein Stiefvater und jener Gärtner wären längst verschollen. Er hat eine Entdeckung nicht gefürchtet. Unweigerlich wäre ihm alles geglückt, und ich hätte mich mein Leben lang mit der Furcht vor der angeblich ererbten Krankheit herumgequält. Schon hatte ich den Entschluß gefaßt, Werner alles zu offenbaren, weil er immer wieder in mich drang, ihm zu sagen, was als Hindernis zwischen uns stehe. Gott Lob und Dank, daß mir das erspart geblieben ist. Wie unglücklich wäre auch er geworden! Ach Rena, wie danke ich dir nur? Du hast mich erlöst von namenloser Pein.«

»Behalte mich lieb, Garda, das ist mir Dank genug«, erwiderte Rena mit feuchtschimmernden Augen.

Sie umarmten und küßten sich und sahen sich unter Tränen lächelnd an. Dann richtete sich Garda plötzlich auf.

»Wie spät ist es denn, Rena?«

»Es ist gleich neun Uhr.«

Garda sah sie mit einem schüchtern glücklichen Lächeln an.

»Soll ich Werner noch eine Nacht in Unruhe verbringen lassen?«

Ein schelmisches Lächeln huschte über Renatas Gesicht.

»Eigentlich wäre das unerhört und grausam.«

»Aber . . . so spät kann ich ihn doch nicht mehr sprechen?«

Renata zuckte lächelnd die Schultern.

»Besondere Ereignisse entschuldigen besondere Maßnahmen.«

»Was würdest du tun an meiner Stelle?«

»Ich würde meiner Sekretärin sagen: Bitte telefonieren Sie doch nach Burgwerben und melden Sie den Herren Sassenheim, daß ich ihnen etwas sehr Wichtiges mitzuteilen hätte. Weiter hast du gar nichts nötig, das übrige überlasse ruhig den beiden Brüdern.«

Verlangend sah Garda sie an. »Darf ich das?«

Wieder lächelte Renata schelmisch.

»Ich werde einmal meiner Herrin vorgreifen und tun, was ich für das Richtige halte.«

Und Garda zunickend, verließ Renata die Bibliothek und ging zum Telefon.

13

WERNER UND KLAUS Sassenheim saßen im Wohnzimmer in Burgwerben und rauchten jeder eine Zigarette. Sie hatten schon seit einer ganzen Weile kein Wort mehr gesprochen, denn Werner war wieder einmal ein Opfer seiner Verzweiflung, und Klaus zerbrach sich, wie schon so oft, den Kopf, wie er seinem Bruder und Garda helfen könnte. In diese Stille hinein erklang die Glocke des Telefons. Sie zuckten beide zusammen und sahen sich fragend an. Um diese Zeit pflegte niemand mehr zu telefonieren. Was sollte das heißen?

Jetzt trat der Diener ein und meldete, Fräulein Holl von Rahneck wünsche Herrn Klaus Sassenheim zu sprechen.

Klaus sprang auf, wie von einer Feder emporgeschnellt, und lief hinüber an den Apparat.

»Hallo! Fräulein Holl?«

»Ja, Herr Sassenheim, ich bin es.«

»Mein Gott, es ist doch nichts Schlimmes geschehen?«

»Nein, Gott sei Dank nicht, im Gegenteil! Ach, Herr Sassenheim, Garda wollte die Nacht nicht vergehen lassen, ohne Ihrem Herrn Bruder eine gute, gute Nachricht zukommen zu lassen. Ich meine aber, mit ein paar Worten durch das Telefon ist so etwas nicht getan. Es ist nämlich Licht in die dunkle Angelegenheit gekommen, Garda hat mir gebeichtet, und gottlob, ich konnte ihr die Erlösung bringen. Sie ist nun völlig fassungslos und mir scheint, daß sie diese Nacht ohnedies keine Ruhe findet. Vielleicht kann Ihr Herr Bruder dazu helfen, sie wieder ganz ruhig zu machen. Bereiten Sie ihn aber vor, daß das Hindernis gefallen ist.«

Klaus jauchzte auf.

»Dank! Innigsten Dank für diese Kunde, Renata Holl. Wir kommen sofort! Gruß, Schluß!«

Und er legte den Hörer hin, und ein tiefer Atemzug hob seine Brust. Dann eilte er davon, um zu seinem Bruder zurückzukehren.

»Das Auto sofort vorfahren lassen!« rief er dem Diener zu.

Dann trat er wieder ins Wohnzimmer, wo Werner aufgerichtet in seinem Sessel saß wie auf dem Sprunge.

»Was gibt es, Klaus? Was wollte Fräulein Holl? Mein Gott, du siehst ja ganz blaß aus, was ist geschehen? Garda?«

Das brach wie ein Schrei aus seiner Brust.

»Ruhig, mein Junge, es ist alles in Ordnung. Wir müssen nur eben schnell nach Rahneck.«

Werners Gesicht wurde ganz fahl.

»Betrifft es Garda?«

»Herrgott, so sei doch vernünftig! Wie soll ich dich denn sonst schonend vorbereiten, daß wir eben mal ein bißchen Verlobung feiern müssen. Schnell, mach dich fertig. Renata Holl ist ein wundervoller Mensch, sie hat es sich in den Kopf gesetzt, daß du noch heute abend hinüberkommen müßtest, um Garda zu beruhigen. Diese ist fassungslos, weil Renata Holl das Hindernis zwischen euch beiden plötzlich fortgeräumt hat. Ha! Dieses Mädchen ist eine Perle, und wenn wirklich alles in Ordnung ist, lasse ich sie in Gold fassen. Aber nun mache doch um Gottes willen nicht schlapp, mein Junge. Los, das Auto fährt schon vor. Und im Hausrock kannst du doch nicht zur Verlobung fahren.«

Werner starrte den Bruder an, als träume er. Dann faßte er ihn an der Brust, schüttelte ihn wie im Krampf hin und her und stürmte, ohne ein Wort zu sagen, hinaus, um sich einen andern Rock anzuziehen.

Klaus folgte ihm etwas langsamer, aber er war doch noch schneller fertig mit dem Umkleiden, weil Werner geistesabwesend erst nach vielen Dingen faßte, die er nicht brauchen konnte. Aber in zehn Minuten saßen die Brüder doch zusammen im Auto und fuhren nach Rahneck hinüber.

Renata stand, als der Wagen vorfuhr, unter dem Portal, das durch eine Bogenlampe erhellt war.

Klaus sprang aus dem Wagen, ehe er hielt.

Rena eilte ihm entgegen und reichte ihm die Hand.

»Ich freue mich, daß Sie noch gekommen sind.«

»Was ist geschehen?« fragte Werner erregt und heiser.

Sie sah ihn lächelnd an.

»Das wird Ihnen Garda selbst berichten, Herr Sassenheim. Sie befindet sich in der Bibliothek. Ich werde inzwischen Ihrem Herrn Bruder ebenfalls alles erzählen, dann sind Sie beide zugleich orientiert, ohne daß Ihre Unterredung mit Garda gestört wird. Aber bitte, sehen Sie nicht so angstvoll aus, es ist ja alles, alles gut!«

Werner stürmte an ihr vorüber nach der Bibliothek.

Die Dienerschaft befand sich um diese Zeit unten in den Domestikenzimmern. Niemand hatte die Herrschaften ankommen hören. Werner fand aber den Weg selbst und öffnete die Tür zur Bibliothek. Da sah er neben dem großen Mitteltisch Garda stehen, bleich und erregt, aber mit wunderbar leuchtenden Augen. Sie konnten beide nicht sprechen, aber Garda taumelte auf Werner zu, und er fing sie in seinen Armen auf. Ohne ein Wort zu sprechen, fanden sich ihre Lippen zu einem Kuß, der kein Ende nehmen wollte. Und dieser Kuß, von Garda nicht nur geduldet, sondern erwidert mit der ganzen Innigkeit einer liebenden Frau, sagte Werner, daß er wirklich glücklich sein dürfe, daß das Hindernis wirklich gefallen sei, daß er sein Glück in den Armen hielt und nicht wieder herzugeben brauchte.

Als sie endlich Worte fanden und Werner alles vernahm, was geschehen war, da erblaßte er freilich vor Grimm und

Mitleid. Er ließ Garda nicht aus seinen Armen, als müsse er sie noch immer vor verbrecherischen Verfolgungen schützen. Er biß die Zähne aufeinander, als er hörte, was Karl von Rahneck Garda zugefügt hatte.

Alle Leiden und Ängste fielen in dieser Stunde von Garda ab, und auch Werner vergaß zunächst einmal, daß er einen Schurken strafen mußte. Das hatte bis morgen Zeit, jetzt hielt er seine Garda umfangen, sah strahlend in ihre Augen und strich immer wieder in rührender Zärtlichkeit über ihr Haar.

Inzwischen hatte Renata Klaus Sassenheim in eines der Zimmer geführt und hatte ihn gebeten, Platz zu nehmen. Als er ihr gegenüber saß, sagte sie mit verhaltener Stimme:

»Es war alles noch viel schlimmer, Herr Sassenheim, als wir gefürchtet hatten. Herr von Rahneck hat einen Schurkenstreich begangen, an den wir freilich nicht denken konnten. Ich habe diesem Mann von Anfang an nichts Gutes zugetraut und habe gemerkt, daß er Gardas Feind war, aber für so ein klägliches Geschöpf, wie er es ist, hätte ich ihn doch nicht gehalten. Ich will Ihnen jetzt alles berichten, was heute abend geschehen ist.«

Und sie erzählte von Gardas Nervenzusammenbruch, und wie sich endlich die Beichte ihres vermeintlichen Unglücks über ihre Lippen gedrängt hatte. Als Klaus vernahm, welche Schurkerei Karl von Rahneck an Garda verübt hatte, sprang er auf und stand da, als wolle er sich mit geballten Fäusten auf einen unsichtbaren Feind stürzen. Seine Zähne bissen sich aufeinander, und seine Augen waren ganz dunkel vor Grimm. Sie ließ ihn eine Weile gewähren, denn sie konnte ihm so gut nachfühlen, was ihn bewegte, wie sie es auch Werner nachfühlen konnte, was er bei Gardas Bericht empfinden würde. Klaus nahm sich aber dann zusammen und warf sich wieder in seinen Sessel. Sein Gesicht zuckte jedoch noch vor unterdrückter Erregung. Er nahm schnell Renatas Hand und preßte seine Lippen darauf.

»Verzeihen Sie mein Ungestüm, Renata Holl, ich mußte mir erst mal ein bißchen Luft machen, sonst wäre ich erstickt. Nun werde ich Sie nicht mehr unterbrechen. Bitte, fahren Sie fort.«

Und Renata berichtete nun weiter, ohne daß er noch einmal eine Zwischenfrage getan hätte. Als sie fertig war, hob eintiefer Atemzug seine Brust.

»Nun, dieser Herr von Rahneck dürfte morgen einen etwas ungemütlichen Tag haben«, stieß er mit grimmigem Humor heraus. »Aber jetzt will ich nur daran denken, daß da drüben in der Bibliothek zwei glückliche Menschen sitzen. Können Sie mir nachfühlen, Rena, wie glücklich auch mich das macht?«

Mit feuchtschimmernden Augen nickte sie ihm zu.

»O ja, Herr Sassenheim, ich weiß doch, wie sehr Sie einander lieben, Ihr Herr Bruder und Sie. Es hat mich auch sehr froh gemacht, daß diese beiden herrlichen Menschen unbesorgt glücklich sein können.«

Er faßte über den Tisch, der zwischen ihnen stand, nach ihrer Hand. Seine Augen senkten sich tief in die ihren.

»Ja, Rena, ich liebe meinen Bruder sehr. Aber sein Glück weiß ich nun geborgen, und nun erwacht der krasse Egoist in mir. Nun wollen wir von uns beiden sprechen. Erst sollte meines Bruders Glück unter Dach sein, ehe ich an mich denken wollte . . . und vor allem an Sie, Rena, Sie tapferer, kluger, wundervoller Mensch! Nein, zucken Sie nicht zurück, jetzt müssen Sie mir standhalten. Ihre Hand lasse ich nicht los, ich möchte sie für das ganze Leben behalten. Sehen Sie mich doch an, Sie schlagen doch sonst nicht die Augen nieder, wenn es gilt, einer Gefahr zu begegnen. Ich muß doch in Ihren Augen lesen können, ob ich Gefahr laufe, einen Korb zu bekommen.«

Dabei sprang er auf und zog sie an den Händen zu sich empor. Dann hob er ihren gesenkten Kopf und sah ihr in das vor Erregung blasse Gesicht. Das verriet ihm genug.

»Noch viel schöner als sonst bist du in dieser Verwirrung, mein Mädel, und das muß auch so sein. Ein Weib, das nicht mehr erröten kann, würde mich nicht bezaubern können. Willst du meine Frau werden, Rena?«

Sie hatte seinen Worten gelauscht mit dem tiefen Erbeben des Weibes, das vor der Erfüllung eines großen Glückes steht und es noch nicht zu fassen wagt. Jetzt sah sie zu ihm auf, verwirrt zwar noch, aber tapfer und strahlend.

»Klaus Sassenheim – wie soll ich ein so großes Glück fassen? Gibt es das für ein armes, heimatloses Mädchen? Ein Mann wie . . . du . . . du, und ich soll mich da noch besinnen? Klaus, das ist ja . . .«

Er zog sie an sich im Übermut des Glückes. Seine Stimme schmolz in Weichheit:

»Meine, meine Rena . . ., dich mußte mir der Himmel in den Weg führen, keine andere hätte ich so lieben können wie dich.«

Und ihre Lippen fanden sich in seliger Inbrunst. Sie hatten Zeit, ungestört die erste Stunde ihres gemeinsamen Glückes auszukosten, niemand störte sie, denn die Leute saßen ahnungslos, daß da oben zwei Brautpaare sich gefunden hatten, in den Dienerzimmern, und Garda und Werner hatten sich und die Welt ringsum vergessen.

Renata war die erste der vier Liebenden, die wieder zur Vernunft kam. Verwirrt sah sie um sich.

»Oh, Klaus, wir haben ja Garda und deinen Bruder ganz vergessen.«

Er lachte. »Nun, jetzt konnte doch wahrhaftig niemand von uns verlangen, wir hätten an andere Menschen denken sollen. Ich bin gewiß, die beiden haben auch nicht an uns gedacht. Aber laß mal sehen, wie spät ist es denn? Ah, fast elf Uhr! Du, Rena, da müssen wir uns doch wohl mal nach den beiden andern umsehen.«

Sie nickte ihm lächelnd zu.

»Ja, das müssen wir wohl tun. Es ist kein Wunder, wenn sie alles um sich her vergessen haben! Lange, lange mußten sie auf diese Stunde warten.«

Er faßte ihre Hand und zog sie mit sich fort nach der Bibliothek.

Leise öffneten sie die Tür und sahen Garda und Werner, Arm in Arm, auf der Ruhebank sitzen, Auge in Auge, Hand in Hand.

Klaus räusperte sich. Als das Brautpaar darauf erschrokken zusammenfuhr und sich nach ihm umdrehte, nickte ihnen Klaus lachend zu.

»Werner, es ist gleich elf Uhr! Und ich möchte meine Schwägerin noch begrüßen.«

Garda erhob sich und lief auf ihn zu.

»Klaus, lieber Klaus, auch dir bin ich unendlich vielen Dank schuldig geworden, dir und Rena. Ich bin so glücklich, Klaus, willst du mich als Schwester haben?«

Er zog sie in seine Arme und küßte sie herzlich und brüderlich.

»Und ob ich will, Garda! Ist nun alles gut? Alle Last herunter von der Seele?«

Sie faßte Werners Hand, der herbeigetreten war.

»Alles – alles gut, Klaus. Sieh doch Werner an, er ist glücklich, und so bin ich es auch. Dir und Rena haben wir alles zu danken. Rena, liebe Rena, komm doch herein, bleib nicht auf der Schwelle stehen. Du hast das Wunder vollbracht, das uns so glücklich macht.«

Sie wollte Rena in ihre Arme ziehen, aber Klaus wehrte ihr übermütig.

»Halt, wenn du die Absicht hast, Rena zu küssen, dann mußt du von jetzt an erst bei mir um Erlaubnis fragen.«

Und er zog Rena in seine Arme und küßte sie.

»Klaus! Rena! Ihr beiden?« staunte Garda froh, und Werner nahm den Bruder bei den Schultern und schüttelte ihn.

»Was soll das heißen, Klaus?«

Dieser lachte.

»Ihr habt euch ja gar nicht um uns gekümmert. Wir saßen da und hatten nichts zu tun. Da haben wir uns halt auch verlobt. Du weißt ja, Werner, ich wollte dir als dem Älteren den Vortritt lassen. Ich wußte dich besorgt und aufgehoben, und da überkam mich die Sehnsucht, es dir gleich zu tun. Nun siehst du hier das Resultat.«

Und wieder nahm er die errötende Renata in seine Arme. Werner umarmte sie beide zusammen.

»Werdet so glücklich, wie wir es sind, Garda und ich. Mehr kann ich euch nicht wünschen. Aber unseren Dank, liebe Rena, muß auch ich dir ausdrücken. Du bist wie ein Engel vom Himmel gekommen, um hier alles zu klären.«

Er küßte sie herzlich und drückte ihr dankbar die Hand.

Und nun fielen sich Garda und Renata in die Arme und küßten sich herzlich und innig.

»Niemals werde ich dir vergessen, daß du mir Erlösung brachtest von grausamer Pein, meine Rena. Ich bin glücklich, daß du nun ganz meine Schwester sein wirst. Wir zwei wollen zusammenhalten für und für, ich weiß, daß ich mich auf deine Treue verlassen kann.«

Die vier glücklichen Menschen hatten sich noch viel zu sagen, und sie schraken erst auf, als einer der Diener erschien, der die Fensterläden schließen wollte. Er hatte keine Ahnung, daß seine Herrin hier in Gesellschaft war. Als er zurückschrak und sich entfernen wollte, rief ihn Garda an.

»Bleiben Sie, Ernst, Sie sollen zuerst erfahren, daß ich mich soeben mit Herrn Werner Sassenheim verlobt habe. Und Fräulein Holl hat sich mit Herrn Klaus Sassenheim verlobt. Bitte, bringen Sie Sekt und lassen Sie alle im Schloß auf unser Wohl trinken. Es ist schon etwas spät, aber dazu werden wir wohl noch Zeit haben, ehe wir uns zur Ruhe begeben.«

So sagte Garda sanft und freundlich, denn sie wollte nicht, daß sich ihre Leute irgendwelche Gedanken machen sollten über den späten Besuch der beiden Herren.

Erst als die vier jungen glücklichen Menschen auf ihre Zukunft angestoßen hatten, kam Klaus nun auf die Schattenseite der ganzen Angelegenheit zu sprechen.

»Nun sage mir, Werner, was sagst du zu Gardas Onkel?«

Werners Stirn zog sich zusammen, seine Hände ballten sich.

»Du kannst dir denken, Klaus, wie Gardas Enthüllungen auf mich gewirkt haben. Was er ihr angetan hat, halte ich für schlimmer, als wenn er sie ums Leben gebracht hätte. Diese infernalische Grausamkeit müßte aufs härteste bestraft werden. Bedenke doch nur, wenn der Himmel Rena nicht als rettenden Engel hierhergeschickt hätte, dann wäre Garda ihr ganzes Leben lang aus dieser Qual nicht herausgekommen. Von Tag zu Tag, von Stunde zu Stunde hätte sie angstvoll gewartet, daß sie das vermeintliche Erbe ihrer Mutter hätte antreten müssen.«

Erschüttert riß er Garda in seine Arme und preßte sie an sich, als müsse er sie noch immer schützen vor dieser Gefahr.

Auch Klaus sah jetzt hart und finster aus.

»Was für eine Strafe sollen wir ersinnen für diesen Menschen?«

Garda löste sich aus Werners Armen.

»Überlaßt ihn der Strafe des Himmels. Gottlob hat mich

Renata errettet und mir Ruhe, Frieden und Glück gebracht«, sagt sie leise.

»Nein, so ein hartherziger Verbrecher darf nicht straffrei ausgehen!« rief Werner hart und laut.

Garda umfaßte seinen Arm.

»Werner, er ist ein Rahneck! Soll ich meinen Namen durch den Schmutz ziehen lassen? Wir können ihn doch nicht vor Gericht stellen.«

»Das darf ihn nicht straffrei machen, daß er deinen Namen trägt, Garda.«

Sie sah ihn unsicher an.

»Was sollen wir mit ihm tun?« fragte sie. »Ich bin ja viel zu glücklich, als daß ich an Rache und Strafe denken könnte.«

Klaus faßte ihre Hand.

»Du bist eine Frau und schnell bereit, zu verzeihen. Aber von Werner kannst du das nicht verlangen, Garda. Wir dürfen deinem Onkel nicht nur das in Anrechnung bringen, was er dir wirklich schon getan hat, sondern auch das, was er dir tun wollte. Bedenke doch, welch eine unerhörte Bosheit dazu gehört, einen Menschen zu einem solchen Schicksal zu verdammen, wie er es dir auferlegen wollte, nur aus kalter, schurkischer Berechnung. Nein, nein, er muß seine Strafe haben, daran darfst du Werner nicht hindern.«

Sie sah mit blassem Gesicht zu Werner auf. Der zog sie fest an sich.

»Davon wollen wir heute abend nicht mehr sprechen. Es soll unser Glück nicht trüben. Laß mich bedenken, was in diesem Fall zu tun sein wird. Ich werde mir überlegen, was geschehen soll, und morgen sprechen wir weiter darüber. Auf keinen Fall werde ich dulden, daß dieser Mensch in deiner Nähe bleibt, ich hätte keine ruhige Stunde mehr und sähe dich immer bedroht.«

»Aber vergiß nicht, Werner, daß du in ihm auch seine Familie triffst.«

»Mein liebes, großes und gutes Herz, sorge dich doch nicht um diese Menschen. Auch seine Familie hat sich dir immer feindlich gegenübergestellt, nie habe ich gemerkt, daß sie dir etwas zuliebe getan hätten. Und wenn sie auch, wie ich hoffe, an dieser Schurkerei nicht beteiligt waren, so haben sie es immerhin sehr wohl verdient, daß du sie jetzt einmal mit anderen Händen anfaßt als bisher. Aber nun, heute nichts mehr davon, meine Garda! Komm, laß uns noch einmal anstoßen auf unser Glück und auf das von Rena und Klaus!«

Die Gläser stießen aneinander, und die Brautleute saßen noch ein Viertelstündchen beisammen. Aber dann brachen die Herren auf, so schwer es ihnen auch wurde. Garda mußte jetzt unbedingt Ruhe haben, sie sah noch sehr blaß und abgespannt aus. Es war zuviel Aufregung für sie gewesen.

Nach einem innigen Abschied fuhren sie davon.

14

ALS DIE BRÜDER wieder in Burgwerben angekommen waren, vermochten sie noch nicht zur Ruhe zu gehen. Sie saßen in ihrem gemeinsamen Arbeitszimmer und besprachen, wie man Karl von Rahneck einen gehörigen Denkzettel geben könnte, ohne zu gleicher Zeit Garda zu treffen und zu bedrücken. Das erschien gar nicht so leicht. Den Gerichten konnte man ihn nicht ausliefern, weil das zu viel Staub aufgewirbelt hätte und Gardas Name darunter gelitten haben würde. Das richtigste und einfachste wäre gewesen, ihn samt seiner Familie existenzlos auf die Straße zu setzen. Aber Werner wußte, daß Garda das nicht zugeben würde. Ihr gütiges Herz würde mehr darunter leiden, als daß es ihr eine Genugtuung gewesen wäre.

Fort mußte Karl von Rahneck aber von Gossegg, er durfte um keinen Preis sich in der Nähe Gardas aufhalten, denn einem Menschen, der ein solches Verbrechen begangen hatte, war auch jedes andere zuzutrauen. So berieten die Brüder lange, bis sie zu einem Resultat kamen, und dies Resultat wollten sie morgen Garda vorlegen. Es war freilich eine viel zu milde Strafe für Karl von Rahneck, aber zu einer härteren würde Garda schwerlich zu bewegen sein.

Also fuhren die Brüder am nächsten Vormittag zunächst

nach Schloß Rahneck, aber erst, nachdem sie die Parkanlage nach den schönsten Rosen durchforscht hatten. Wie übermütige Jungen machten sie sich gegenseitig die schönsten Exemplare streitig. Einer gönnte dem anderen nicht, den stattlichsten Strauß zusammenzubringen. Heute war nicht nur Klaus voll sonniger Heiterkeit, sondern auch Werner hatte seinen ganzen Frohsinn wiedergefunden, wenn er auch zuweilen noch mit zusammengezogener Stirn an sein Richteramt dachte, das er in Gossegg würde ausüben müssen.

Sobald es irgend angängig war, fuhren sie nach Rahneck hinüber, wo die beiden Bräute sie in weißen Kleidern erwarteten. Diese waren sich einig geworden, daß sie an diesem Tage nur weiße Kleider tragen dürften. Und sie sahen beide so strahlend schön darin aus, daß man es den beiden Verlobten nicht verdenken konnte, wenn ihre Herzen ihnen stürmisch entgegenflogen.

Die Brüder blieben zu Tisch, und die Vernunft hatte an diesem Tage in Schloß Rahneck nicht viel zu sagen. Das Glück der Liebe mußte sich in vielen kleinen Torheiten Luft machen. Die beiden Brautpaare neckten einander übermütig, bis sie sich dann glückselig in den Armen hielten und Zärtlichkeiten tauschten.

Es waren wunderschöne Stunden.

Der Verwalter Neumann und sein Lieschen kamen, um zu gratulieren, sie hatten durch die Dienerschaft von der doppelten Verlobung gehört. Garda forderte sie freundlich auf, zu Tisch zu bleiben, es war ihr der Dienerschaft wegen sehr angenehm, daß das Verwalterpaar gewissermaßen eine Ehrengarde bildete.

Als das Ehepaar Neumann sich nach Tisch zurückgezogen hatte, saßen die beiden Brautpaare auf der Terrasse, und da endlich begann Werner von Karl von Rahneck zu sprechen. Garda hatte das solange wie möglich hinausgeschoben. Sie hätte am liebsten gar nichts unternommen, weil sie sich für ihren Onkel schämte. Aber sie wußte auch, daß Werner das nicht so hingehen lassen würde, und sie mußte ihm recht geben. So hörte sie ihm nun aufmerksam zu, als er berichtete, zu welchem Entschluß er und Klaus gekommen seien.

»Du begreifst, Garda, daß ich nicht ruhig sein kann, solange ich deinen Onkel in deiner Nähe weiß. Menschen mit so stark ausgeprägten Verbrecherinstinkten sind unberechenbar. Es wäre unmöglich, daß er sich einen neuen, dich bedrohenden, verbrecherischen Plan ausdenken könnte. Deshalb muß ich darauf dringen, daß er mit seiner Familie Gossegg verläßt und nie wieder in deine Nähe kommen darf.«

Garda sah ihn unruhig an.

»Aber, was soll mit ihnen geschehen, Werner? Alles, was ihn trifft, wird seine Familie auch treffen, und du darfst nicht vergessen, daß ich sie allesamt als meine Angehörigen betrachte.«

»Ich weiß wohl, daß ich deine Gefühle in dieser Beziehung zu schonen habe, Garda, sonst würde ich ganz anders vorgehen. Aber ich bitte dich, zu bedenken, daß du nie Liebe von ihnen erfahren hast. Sie haben es dir immer nur geneidet, daß du die Herrin von Rahneck warst. Sie haben auf deine Kosten zwanzig Jahre sehr gut gelebt, dein Onkel hat dich all die Jahre reichlich betrogen, hat immer nur seinen Vorteil gesucht, hat seinem faulen Schlingel von Sohn ein Riesengehalt ausgesetzt, für nichts und – hat dich schließlich grausam und gewissenlos dem seelischen Elend preisgegeben. Nun mußt du dich aufraffen und deine Güte bezwingen, mußt ihn bestrafen! Diese Strafe wird milde genug ausfallen, viel zu milde. Ich schlage dir vor, ihm durch mich mitteilen zu lassen, daß er binnen einer kurzen Frist Gossegg verlassen muß. Hans mag für sich sorgen. Leni kannst du ja, wenn du deiner Großmut die Zügel schießen lassen willst, eine Summe aussetzen für den Fall, daß sie heiratet, als Aussteuer. Meinetwegen kannst du ja auch noch eine Beihilfe leisten, daß sie sich irgendwo wohnlich einrichten können. Du wirst dich daran nicht hindern lassen, und ich will dich auch nicht hindern. Nur fort aus deiner Nähe müssen diese Menschen, sonst habe ich keine Ruhe und werde immer um dich zittern müssen.«

Garda sah vor sich nieder. Da faßte Renata ihre Hand.

»Werner hat recht, Garda, es ist wirklich eine sehr gelinde Strafe für deinen Onkel. Du mußt da schon dein weiches Herz fest in die Hand nehmen. Es gilt nicht nur deine Sicherheit, sondern auch die Ruhe Werners. Wir alle würden immer ein unsicheres Gefühl haben, wüßten wir deinen Onkel in deiner Nähe, wenn ich auch annehme, daß er trotz seines Mutes zum Verbrechen zu feige sein würde, dir noch einmal etwas anzutun, weil er erkennen muß, daß er durchschaut ist. Also raffe dich auf zu dem Entschluß, Werner vollkommen freie Hand zu geben, mit deinem Onkel abzurechnen. Er wird schon alles recht machen, und du brauchst dich damit nicht zu beschweren.«

Garda nickte ihr zu.

»Du hast, wie immer, recht, Rena! Ihr alle habt recht, und ich sehe auch ein, es geht nicht ohne ein Strafgericht ab. Nur erspare meiner Tante und Leni, daß sie erfahren müssen, was mein Onkel getan hat.«

Fast vorwurfsvoll sah Werner sie an.

»Damit sie dich für herzlos und was sonst noch alles halten? Und wo bleibt da die Strafe für deinen Onkel? Nein, Garda, hier ist deine Weichmütigkeit am falschen Platz. Laß ruhig seine Damen erfahren, daß er sich in grausamer Weise an dir versündigt hat. Ich werde mich mit Andeutungen begnügen, die aber deutlich genug sein werden, daß die Damen verstehen lernen, daß sie es nur seiner Schuld zu danken haben, wenn sie zugleich mit ihm in die Verbannung gehen müssen.«

»Werner hat recht, Garda! Hier heißt es für dich, die Zähne zusammenbeißen und unnütze Schwachheit zu unterdrücken«, sagte nun auch Klaus und drückte ermutigend Gardas Hand.

So war diese besiegt und gab Werner die Bahn frei. Er beschloß, sogleich nach Gossegg hinüberzufahren, und Klaus erbot sich, ihn zu begleiten, denn er wollte den Bruder nicht mit Karl von Rahneck allein lassen.

So verabschiedeten sich die beiden Herren von ihren Bräuten.

»Auf dem Rückweg kommen wir wieder über Rahneck und hoffen dann melden zu können, daß alles geregelt ist.«

So sagte Werner zum Abschied.

Als die beiden Damen allein waren, seufzte Garda tief auf. »Wie häßlich, Rena, daß mein schwer errungenes Glück nun doch noch durch diese Maßnahmen getrübt werden muß.«

Rena legte den Arm um ihre Schultern.

»Denke nur daran, was man dir angetan hat, Garda, dann mußt du dir doch sagen, daß Nachsicht und Milde hier nicht am Platze sind. Ich verstehe dich trotzdem; wir Frauen lassen uns immer wieder durch unsere Gefühle verleiten, vor einem strengen Urteil zurückzuschrecken und ... So milde dies Urteil auch ausfällt, Karl von Rahneck wird schwer genug daran tragen. Aber sonst wäre es keine Strafe für ihn. Hatte er Mitleid mit deiner Jugend, mit deinem Seelenfrieden? Verurteilte er dich nicht kaltblütig zu den schrecklichsten Qualen, zu einer ewigen Angst und Sorge? Das muß dich in diesem Falle hart machen.«

So sprach Renata weiter beruhigend auf Garda ein und machte ihr klar, daß es unrecht von ihr sei, sich nur eine Minute des schwer errungenen Glückes trüben zu lassen durch falsch angebrachtes Mitleid. Es gelang ihr schließlich auch, sie zu beruhigen.

Aber sie waren beide in Gedanken unablässig bei der Strafexpedition, die die Brüder vorhatten.

Leni ging gerade über den Gutshof in Gossegg, als das Auto der Brüder Sassenheim einfuhr. Erfreut begrüßte sie beide und warf Klaus schmachtende Blicke zu. Aber die glitten vollkommen wirkungslos ab.

»Ist Ihr Herr Vater zu Hause, mein gnädiges Fräulein?« fragte Werner.

Sie sah plötzlich, daß die Herren sehr ernste Gesichter machten.

»Oh, Sie kommen wohl in Geschäften, Sie sehen ja schrecklich offiziell aus!« rief Leni schmollend.

»Allerdings, wir haben etwas sehr Ernstes mit Ihrem Herrn Vater zu besprechen«, erwiderte Klaus.

Sie zuckte ärgerlich die Schultern.

»Papa ist in seinem Arbeitszimmer. Sie wissen wohl Bescheid?«

Und damit verabschiedete sie sich, sichtlich beleidigt.

Die Herren begaben sich nun direkt zu dem bezeichneten Raum, und da kein dienstbarer Geist zu sehen war, klopfte Werner energisch an.

Karl von Rahneck rief »Herein!« und sah erstaunt auf, als die Brüder eintraten.

Er erhob sich aber sofort und kam ihnen mit ausgestreckten Händen entgegen, aber die Brüder übersahen das mit unbeweglichen Gesichtern.

Erstaunt sah Karl von Rahneck auf.

»Was verschafft mir die Ehre Ihres Besuchs, meine Herren?« stieß er etwas betroffen hervor und deutete auf zwei Sessel. Jedoch die Brüder blieben stehen, und Werner sagte kühl und formell:

»Ich beehre mich, Ihnen mitzuteilen, daß ich mich mit Ihrem Fräulein Nichte, Fräulein Irmgard von Rahneck, verlobt habe.«

Karl von Rahneck zuckte wie unter einem Schlage zusammen und starrte Werner entgeistert an. Aber schnell faßte er sich wieder.

»Verzeihen Sie, das ... das ist doch unmöglich! Meine Nichte wird doch um Gottes willen nicht ihre Einwilligung zu dieser Verlobung gegeben haben?«

»Warum bezweifeln Sie das? Glauben Sie, daß ich sie dazu gezwungen habe?«

Karl von Rahneck wurde sehr unbehaglich zumute, aber er sah ein, daß er sich nicht unterkriegen lassen durfte, er mußte jetzt Fassung bewahren und sich an das halten, was er Garda vorgelogen hatte. Er zwang sich, ein mitleidiges Gesicht zu machen.

»Das unglückliche Kind! Hat Sie Ihnen verschwiegen, daß ... nun, mein Gott, daß sie nicht daran denken darf, Frau und Mutter zu werden?«

Werner richtete sich hoch auf.

»Ich warne Sie, nicht auch mir das unsinnige Märchen aufzutischen, mit dem sie meine Braut in unerhörter, verbrecherischer Weise gequält und geängstigt haben. Sie haben ein Verbrechen an ihr begangen, Herr von Rahneck, das wissen Sie sehr wohl, und ich bin nicht ein geängstigtes, hilfloses Mädchen, das Sie in Ihrer Gewalt zu haben hofften, das Sie mit dieser bewußt falschen Angabe hätten in den Tod oder, was noch schlimmer ist, tatsächlich in den Wahnsinn treiben können.«

Karl von Rahneck hatte sich bereits wieder ganz in der Gewalt. Seine Augen sahen kalt und stechend in die Werners.

»Ich kann mir schon denken, daß Sie die erbliche Belastung meiner Nichte, die, Gott sei es geklagt, nun einmal besteht, zu ignorieren gesonnen sind, denn immerhin ist sie eine sehr reiche Erbin . . .«

Mit einem Schritt stand Werner dicht vor ihm.

»Unterstehen Sie sich nicht, mir Ihre eignen, schmutzigen und niedrigen Beweggründe unterzuschieben! Ich denke nicht daran, mir Vermögensvorteile zu verschaffen, aber ich bin gekommen, Ihnen zu sagen, daß Sie ein gewissenloser Schurke sind und daß Sie Garda wissentlich belogen haben, denn Sie wußten ganz genau, daß ihre Mutter gesund war, wie ihre Großmutter auch, und daß nur ein unglücklicher Zufall das tragische Ende ihrer Eltern herbeiführte. Es gehört in der Tat eine verbrecherische Natur dazu, einer schutzlosen Waise, zu deren Hüter Sie bestellt waren, eine solch grausame Lüge aufzutischen und sie damit zu einem Leben voll Qual und Herzensnot zu verurteilen.«

Karl von Rahneck war blaß geworden, aber noch gab er seine Sache nicht verloren. Werner Sassenheim konnte ihm keinesfalls nachweisen, daß er gelogen hatte. Die beiden einzigen Zeugen jener Katastrophe waren tot oder verschollen. Die Eltern von Gardas Mutter waren auch tot. Wie sollte er da feststellen, daß jene Katastrophe nicht so vor sich gegangen war, wie er es Garda dargestellt hatte? Er glaubte, Werner Sassenheim, dem es wohl um den Besitz der reichen Erbin zu tun war, wolle Garda glauben machen, daß sie nicht erblich belastet sei, weil sie ihm sonst sicherlich nicht angehören würde. Er konnte also nur mutmaßen und nichts beweisen. Sich nur nicht verblüffen lassen, dachte er, richtete sich hoch auf und sagte kalt und ruhig:

»Sie werden für die mir zugefügte Beleidigung einstehen müssen. Was Sie sich da zusammengereimt haben, um Garda zu überzeugen, daß ihre Mutter gesund war und ebenso ihre Großeltern, können Sie wohl einem leichtgläubigen jungen Mädchen einreden, aber nicht beweisen. Sie . . .«

»Halt, kein Wort weiter! Beweisen müßten Sie, was Sie Ihrer armen Nichte eingeredet haben, um sie von einer Heirat zurückzuhalten und sie in ihrer Hand zu behalten. Sie hätten wahrscheinlich ihr Lebensglück zerstört und sie ihr Leben lang in furchtbarer Not und Angst gelassen, aber Gott hat es gutgemacht. Er hat einen Zeugen geschickt dafür, wie jene Katastrophe vor sich ging. Sie wissen vermutlich, daß ein Freund Ernst von Rahnecks, nebst einem Gärtner, Zeugen jener Katastrophe waren. Georg Persick, der Freund Ernst von Rahnecks, hat uns die Beweise geschickt, daß Maria von Rahneck, die mit ihrem Mann und dessen Freund auf die Jagd gehen wollte, mit ihrem Mann im Waffensaal Waffen für den Pirschgang aussuchen wollte. Sie nahm einen Browning, um ihn sich genauer anzusehen, während ihr Mann ein Gewehr untersuchte. Unglücklicherweise entlud sich der Browning durch eine unvorsichtige Bewegung Maria von Rahnecks, und der Schuß traf ihren Gatten in die Brust. Er ließ niederfallend das Gewehr los, und dies entlud sich, und das Geschoß traf Maria von Rahneck. So starben die beiden Gatten, jäh herausgerissen aus einem glückseligen und gesunden Leben. Die Mutter Frau von Rahnecks starb vor Entsetzen über das Unglück, und ihr Vater siechte dahin, weil er nicht mehr den Willen zum Leben hatte, ohne eigentlich krank zu sein. Das Zeugnis des Arztes der Familie, der Frau Maria von Rahneck entstammte, steht uns zur Verfügung, sie waren alle gesund, und eine Krankheit, wie Sie sie erfanden, lag bei keinem der Familienmitglieder vor. Im übrigen hat Georg Persick seine diesbezüglichen Aussagen klipp und klar zu Protokoll gegeben und ebenso der Gärtner. Sie wußten ganz genau, wie alles sich zugetragen hatte. Aber Sie erfanden absichtlich das Märchen von der erblichen Belastung meiner Braut, und dafür werde ich Sie zur Rechenschaft ziehen, wie auch für alles das, was Sie sich als Vormund meiner Braut zuschulden kommen ließen. Sie haben sich all die Jahre an ihr bereichert, und das hat sie Ihnen ja bereits selbst nachgewiesen.«

Rahnecks Gesicht wurde fahl und schlaff. Hätte er gewußt, daß Georg Persick tot war und nur das Zeugnis seiner Stieftochter alles aufgedeckt hatte, dann hätte er wohl nochmals versucht, zu leugnen. Aber das hatte ihm Werner wohlweislich vorläufig verschwiegen. Und so brach Karl von Rahneck nun unter der Anklage zusammen. Er fiel in einen Sessel und stieß heiser hervor:

»Ich habe mir dabei nichts Schlimmes gedacht!«

Was nun Werner auf ihn niederhageln ließ, war ohne jede Schonung. Er ersparte ihm nichts und ließ ihn in dem Glauben, daß er den Gerichten ausgeliefert werden würde. Feige begann Karl von Rahneck um Gnade zu winseln.

»Herr Sassenheim, bedenken Sie doch, was aus meiner Familie werden soll, wenn ich den Gerichten übergeben werde. Um meiner Familie willen, ersparen Sie mir das! Ich will zu Garda eilen, will ihre Verzeihung erflehen. Sie wird uns nicht vernichten wollen.«

Jetzt mischte sich Klaus ein:

»Weil Sie ganz genau wissen, daß Garda viel zu großmütig ist, Sie so zu bestrafen, wie Sie es verdienen. Aber hoffen Sie nicht darauf, sie hat alles in meines Bruders Hände gelegt, da er nun ihr natürlicher Beschützer ist. Er allein hat Ihnen die Strafe zu diktieren, die man für Sie bestimmt hat. Selbstverständlich haben Sie es nur Ihrer großherzigen Nichte zu verdanken, wenn diese Strafe eine sehr milde genannt werden kann. Mein Bruder wird Ihnen jetzt sagen, was man über Sie beschlossen hat.«

Karl von Rahneck wandte sein geängstigtes Gesicht Werner zu. Dessen Gesicht war finster und wie aus Stein gemeißelt. Mit kalter Ruhe sagte er nun:

»Sie werden Gossegg so schnell wie möglich verlassen, denn meine Braut wünscht Sie nicht wiederzusehen, und ihre Sicherheit gebietet es, daß Sie nicht länger in ihrer Nähe leben.«

Karl von Rahneck stöhnte auf.

»Mein Gott, wo soll ich hin? Ich gebe mein Ehrenwort, daß meine Nichte nichts mehr von mir zu fürchten hat.«

Verächtlich zuckte Werner mit den Schultern.

»Was Ihr Ehrenwort wert ist, können Sie wohl selbst beurteilen, denn wer einer Schlechtigkeit, wie die von Ihnen begangene, fähig war, dem traut man auch noch andere zu. Nein, nein – es ist fest beschlossen, daß Sie mit Ihrer Familie Gossegg verlassen, und ich selbst werde Ihrer Frau und Ihrer Tochter nachher mitteilen, daß diese Verbannung als Strafe über Sie verhängt wird, für ein schmachvolles Vergehen, damit die beiden Damen nicht etwa annehmen, daß sie Garda für herzlos zu halten haben.«

Karl von Rahneck wischte sich den Schweiß von der Stirn.

»Wenn Sie das meiner Frau und meiner Tochter enthüllen, dann . . . mein Gott, dann verliere ich alle Autorität.«

»Vielleicht ist das sehr nützlich für Ihre Damen, ich weiß es nicht zu beurteilen. Aber geschehen wird es jedenfalls. Seien Sie froh, daß ich den Damen nicht die ganze Größe Ihrer Schurkerei enthülle, ich werde mich vorsichtig ausdrücken. Also Sie verlassen Gossegg in spätestens vierzehn Tagen. Die Zinsen, die Sie aus dem Vermögen beziehen, um das Sie Garda betrogen haben, reichen aus, um Ihnen ein sorgloses Leben zu sichern, wenn Sie auch nicht mehr so aus dem vollen werden schöpfen können wie bisher. Ihr Sohn kann ja endlich für sich selbst eintreten. Ich bemerke hier gleich, daß das Taschengeld, das er jetzt als Volontär bezieht, von Garda stammt und von ihr noch weitere zwei Jahre an ihn ausgezahlt werden wird. Bis dahin wird er hoffentlich gelernt haben, für sich selbst zu sorgen. Wenn er sich anständig verhält, wird ihn mein Freund nach zwei Jahren als Unterverwalter anstellen. Doch er muß zeigen, daß er es verdient, sonst wird er entlassen. Für Ihr Fräulein Tochter bewilligt Garda eine Summe von zwanzigtausend Mark, die für sie festgelegt wird, als Aussteuergut. Die Zinsen davon darf sie jeweils als Garderobenzuschuß abheben, auch vor einer Verheiratung. Damit Sie für den Umzug und die Neueinrichtung einer Wohnung nichts von Ihrem allerdings unrechtmäßig erworbenen Vermögen abheben müssen, gestattet Ihnen Garda, an Einrichtungsgegenständen von Gossegg mitzunehmen, was Sie brauchen werden, und außerdem stiftet sie Ihnen dazu einmalig zehntausend Mark. Ihre Frau Gemahlin und Ihr Fräulein Tochter können sich von Garda verabschieden, wenn sie es wünschen. Sie dürfen aber Rahneck nie mehr betreten, ebensowenig Ihr Sohn Hans, der sich meiner Braut gegenüber nicht so benommen hat, wie es sich gehört. Bitte, teilen Sie ihm das mit. Und nun habe ich Ihnen weiter nichts zu sagen. Ich werde mich mit meinem Bruder zu Ihren Damen begeben und ihnen sagen, was zu sagen nötig ist. Zum Schluß will ich Ihnen mitteilen, daß mein Bruder Klaus sich mit Fräulein Renata Holl verlobt hat. Diese ist die Stieftochter von Georg Persick, des Freundes von Ernst von Rahneck, und nur der Umstand, daß diese junge Dame von Garda als Sekretärin engagiert wurde, hat das Ungeheuerliche aufgedeckt, das Sie Ihrer Nichte angetan haben.«

Es war ein unbeschreiblicher Blick, den Karl von Rahneck hinter den Brüdern herwarf, als diese sich nunmehr mit einer kurzen Verbeugung verabschiedeten.

Werner und Klaus ließen sich inzwischen bei den Damen melden. Sie fanden Mutter und Tochter im Wohnzimmer. Leni wollte gleich wieder mit kokettem Lächeln Klaus mit Beschlag belegen, aber sie blieb wie versteinert stehen, als Werner sagte:

»Wir sind gekommen, gnädige Frau, gnädiges Fräulein, um Ihnen mitzuteilen, daß wir uns gestern beide verlobt haben. Mein Bruder mit Fräulein Renata Holl, und ich habe die Ehre, meine Verlobung mit Fräulein Irmgard von Rahneck, Ihrer Nichte, anzuzeigen.«

Lenis Gesicht bekam einen häßlichen, hämischen Ausdruck, aber ihre Mutter verlor auch jetzt die Haltung nicht. Da sie nicht ahnte, welche Lüge ihr Gatte Garda aufgebunden hatte, war sie über Gardas Verlobung nicht allzusehr erstaunt, aber daß Klaus Sassenheim nun nicht mehr als Freier für Leni in Betracht kommen würde, enttäuschte sie immerhin sehr. Sie brachte jedoch mit guter Fassung ihre Glückwünsche vor. Werner fiel es nicht leicht, das Weitere zu sagen. Gegen Frauen ist für einen Mann immer schwer, Krieg zu führen. So sagte er nur:

»Sehr verehrte gnädige Frau, leider muß ich dieser freudigen Nachricht noch eine weniger freudige folgen lassen. Ich muß Ihnen mitteilen, daß meine Braut gezwungen ist, Sie zu bitten, mit Ihrer Familie Gossegg zu verlassen, und zwar so schnell wie möglich. Damit Sie das verstehen und begreifen können und Garda nicht für herzlos halten, bin ich genötigt, Ihnen mitzuteilen, daß sich Ihr Herr Gemahl derartig an seiner Nichte versündigt hat, daß sie ihn niemals wiedersehen will und kann. Sie müssen leider seine Verbannung mit ihm teilen. Das bedauert Garda sehr, und wenn sie auch ihren Onkel nicht mehr wiedersehen mag, sich auch nicht von ihm verabschieden wird, so würde sie sich doch freuen, Ihnen Lebewohl sagen zu dürfen. Sie bittet Sie deshalb, vor Ihrer Abreise noch einmal nach Rahneck zu kommen.«

Die beiden Damen starrten die Herren konsterniert an.

»Mein Gott – was ist da geschehen?« fragte Frau von Rahneck, wohl zum erstenmal in ihrem Leben fassungslos.

»Bitte, lassen Sie sich das von Ihrem Herrn Gemahl soweit erklären, wie er es für gut befindet. Ich kann und will Ihnen nur sagen, daß alle Schuld an diesem bedauerlichen Zerwürfnis nur bei ihm liegt. Und nun, verehrte gnädige Frau, gestatten Sie uns, daß wir uns zurückziehen und Ihnen alles Gute für die Zukunft wünschen. Bitte, sagen Sie Ihrem Herrn Gemahl noch, daß alles etwa noch Nötige zwischen uns schriftlich erledigt werden wird, denn auch ich möchte nicht noch einmal mit ihm zusammentreffen.«

Damit verabschiedeten sich die Brüder und ließen die bestürzten Damen allein, die gleich darauf beide fassungslos in das Arbeitszimmer Karl von Rahnecks hinüberstürzten und diesen mit Klagen und Fragen bestürmten. Er hatte einige wenig angenehme Stunden zu verleben, und es sei gleich gesagt, daß er an diesem Tage sehr viel von seiner bisherigen Autorität einbüßte und mehr Vorwürfe zu hören bekam als bisher jemals in seinem Leben.

Werner und Klaus fuhren nach Rahneck zurück und berichteten von ihrer Strafexpedition. Garda weinte ein wenig um die Tante und Leni, aber sie fand doch gut und richtig, was Werner getan hatte. Sie empfing einige Tage später ihre Tante und Leni, die zwar nur einer Pflicht genügten, aber doch von Garda Näheres über das Vergehen ihres Gatten und Vaters zu hören hofften. Garda sagte ihnen:

»Gestattet mir, darüber zu schweigen. Daß ich euch verbannen muß, mag euch jedoch beweisen, wie tief ich von Onkel Karl gekränkt und geschädigt worden bin. Es tut mir sehr leid, daß ich euch an dieser Strafe teilnehmen lassen muß, aber es geht leider nicht anders.«

Und so verabschiedeten sich die beiden Damen, um nichts klüger, aber überzeugt, daß ihr Gatte und Vater sehr schlecht abgeschnitten hatte. Auch sie waren nun, gleich Hans, davon überzeugt, daß er eine Riesendummheit begangen haben mußte.

Sie verließen wirklich schon nach vierzehn Tagen Gossegg und zogen nach Berlin, wo sie vorläufig eine Pension bezogen, bis sie eine passende Wohnung gefunden hatten. Hans von Rahneck erhielt die notwendige Erklärung über diesen Domizilwechsel teils von seinem Vater, teils von Leni, und er konnte sich ungefähr die Vorgänge zusammenreimen.

Gardas Glückshimmel verdunkelte fortan nichts mehr. Sie wurde sehr bald Werner Sassenheims Frau, und fast zu gleicher Zeit führte Klaus Renata Holl zum Altar. An diesen beiden Hochzeiten nahmen alle teil, die mit den vier glücklichen Menschen irgendwie in Berührung standen, selbst Renatas Stiefschwester Dagmar war mit ihrem Gatten gekommen und staunte nicht wenig darüber, eine wie glänzende Partie Renata gemacht hatte. Sie war darum auch sogleich gewillt, wieder nähere Beziehungen zu ihr anzuknüpfen, aber Renata hielt es für gut, die nötige Distanz zu wahren.

Werner siedelte nach der Hochzeit, der eine längere Hochzeitsreise folgte, damit Garda etwas von der Welt zu sehen bekam, nach Schloß Rahneck über. Klaus und Renata residierten auf Burgwerben. Der Verwalter Neumann mußte mit seiner Liesel nach Gossegg übersiedeln, damit er auch dort nach dem Rechten sehen konnte. Er brauchte sich nicht zu beklagen, daß er nun statt einer Herrin auch noch einen Herrn bekommen hatte, denn mit diesem arbeitete es sich ebensogut wie mit Garda.

Zwischen Burgwerben und Rahneck bestand eine sehr innige Verbindung. So oft es möglich war, kamen die beiden jungen Paare zusammen, und im Winter, wenn die Arbeit nicht allzu umfangreich war, gingen sie alle vier regelmäßig auf Reisen, um mit der Außenwelt in Kontakt zu bleiben.

Garda und Renata blieben treue Freundinnen, und alle vier verband ein wunderbar harmonisches Verhältnis.

Es herrschte ein ungetrübtes Glück auf Schloß Rahneck und Burgwerben, und das Verwalterpaar fühlte sich auf Gossegg nicht minder glücklich und dankte das ihrer Herrschaft durch treue Anhänglichkeit.

Hedwig Courths-Mahler

Ich lasse dich nicht

BASTEI LÜBBE

1

ALSO, EIN LETZTES Mal habe ich deine Spielschulden bezahlt, Sascha – ein letztes Mal. Vergiß das nicht! Und denke nicht, daß du mich noch einmal schwach finden wirst. Ich verpfände mein Ehrenwort, – hörst du, Sascha, mein Ehrenwort, daß ich das letzte Mal Spielschulden für dich bezahlt habe! Deinem unverantwortlichen Leichtsinn muß ein Riegel vorgeschoben werden. So geht das nicht weiter. Du treibst auf der schiefen Ebene. Ich habe keine Lust, das noch länger ruhig mit anzusehen. Auf diese Weise geht auch das größte Vermögen verloren. Deine Vorfahren haben auch gelebt und genossen – ich bin ebenfalls kein Knauser gewesen –, aber gespielt hat noch kein Kalnoky. Sonst wäre es dir wohl nicht beschieden, in so glänzenden Verhältnissen zu leben. Du sollst deine Jugend genießen, das steht dir offen; aber dem Spieltisch will ich dich in Zukunft fernhalten mit allen mir zu Gebote stehenden Mitteln. Deshalb binde ich mir selbst die Hände. Und außerdem werde ich Vorkehrungen treffen, daß dir nirgends mehr Kredit gegeben wird. Verlaß dich darauf, daß ich energisch vorgehe. Du sollst nicht in frevelhaftem Leichtsinn Hunderttausende vergeuden und den Besitz der Kalnokys ins Wanken bringen. Noch eine Stunde am Spieltisch – und du bist verloren. Noch einmal halte ich dich nicht, das schwöre ich dir!«

So sprach Fürst Iwan Kalnoky mit ernster, strenger Miene zu seinem Sohn Alexander, der in sichtlich bedrückter Stimmung zugehört hatte.

Nun hob er den Kopf und faßte nach der Hand des Vaters, dessen strenger Blick sofort weicher wurde.

»Du hast gewiß recht, mir zu zürnen, Papa. Ich weiß, daß

ich unverantwortlich leichtsinnig war, und verstehe selbst nicht, wie es gekommen ist, daß ich mich wieder zum Spiel verleiten ließ.«

»Obwohl du mir versprochen hattest, nie wieder zu spielen«, sagte Fürst Iwan vorwurfsvoll.

Alexander errötete.

»Ja – es ist sehr unrecht von mir gewesen. Aber man ist manchmal nicht Herr seiner selbst.«

»Schlimm für einen Mann, wenn er die Herrschaft über sich verliert, doppelt schlimm für einen, von dem das Wohl und Wehe vieler Menschen einst abhängen wird. Du wirst nach meinem Tode der Herr über die ausgedehnten Besitzungen der Kalnokys, viele Menschen sollen dir gehorchen. Wer aber anderen ein Herr sein will, muß sich erst selbst beherrschen können.«

Alexander strich sich über die heiße Stirn. Dann richtete er sich straff auf, und seine sonst so übermütig funkelnden Augen blickten sehr ernst.

»Du sollst keine Ursache mehr haben, mit mir unzufrieden zu sein, Papa; ich will vernünftig sein. Auch ohne dein Ehrenwort, das du deinem gütigen Herzen als Hemmschuh angelegt hast, würde ich dir fest versprochen haben, nie mehr zu spielen. Zu sehr habe ich mich geschämt, als ich zur Besinnung kam.«

Er drückte seinem Vater bittend die Hand. Der faßte sie mit festem Druck.

»Versprich nichts, aber vergiß nicht, daß du dich selbst ins sichere Verderben stürzt, wenn du dich nicht in der Gewalt hast! Du verfügst über ein so hohes Einkommen, daß es deiner unwürdig ist, auch nur einen Pfennig Schulden zu machen.«

»Das kommt auch, wie du weißt, sonst nie vor, Papa. Ich wüßte gar nicht, wie ich es anfangen sollte, Schulden zu machen, wenn – nun ja –, wenn das verdammte Spiel nicht gewesen wäre. Aber – es soll das letzte Mal gewesen sein, ich verspreche es dir.«

Fürst Iwan atmete tief und schwer. Einen Augenblick fragte er sich: Habe ich recht getan, mich selbst zu hindern, ihm je wieder zu helfen?

Aber da fiel sein Blick auf die vor ihm liegenden Quittungen. Achtzigtausend Rubel hatte er für seinen Sohn bezahlt.

Es war in kurzer Zeit das dritte Mal, daß er derartig hohe Summen opfern mußte. Wenn die Kalnokys auch zu den reichsten Adelsgeschlechtern zählten, ein Spieler kann auch das größte Vermögen verlieren. Und deshalb war es gut so, daß er sich mit Schwur und Ehrenwort band, um Alexander energisch zu zeigen, daß er keine Hilfe mehr zu erwarten habe.

Schnell schloß er die Quittungen in seinen Schreibtisch. Dann wandte er sich seinem Sohne wieder zu.

»Nun laß uns zu deiner Mutter und deiner Schwester gehen, die beiden haben auch sorgenvolle Stunden deinetwegen durchgemacht.«

Fürst Alexander atmete erleichtert auf, als er hinter dem Vater das Zimmer verließ. Diese letzte Stunde war nicht leicht gewesen. Und Alexander Kalnoky hatte bisher sehr wenige schwere Stunden kennengelernt.

Unwillkürlich reckte er seine schlanke Gestalt in der glänzenden Uniform der Leibgarde des Zaren. Er war ein schneidiger, glänzender Kavalier, mit allen Vorzügen des Leibes und der Seele ausgestattet. Er hätte so ganz der Stolz seiner Familie sein können, wenn nicht sein Leichtsinn, seine Spielleidenschaft die vorzüglichen Charaktereigenschaften verdunkelt hätten.

Vater und Sohn hatten einige Zimmer des Palais Kalnoky durchschritten und betraten nun ein saalartiges Gemach, das bei der Familie des Fürsten als gemeinsamer Aufenthaltsort sehr beliebt war. Es gab da lauschige Kaminplätze, bequeme Sessel aller Art in originellen Formen, Diwane mit baldachinartigen Dekorationen und mit kostbaren Fellen belegt. An einem der Eckfenster, die erkerartig ausgebaut waren, standen auf kleinen Tischen zierliche Körbchen mit feinen Handarbeiten, wie sie vornehme Damen in langweiligen Stunden anfertigen. Auch hier standen bequeme Sessel. Und in diese Sessel geschmiegt, saßen sich zwei Damen gegenüber. Die jüngere, Alexanders Schwester Tatjana, hielt lässig eine Stickerei in den schlanken, feinen Händen, während die ältere, Fürstin Maria Petrowna, ihre Mutter, unruhig und in nervöser Erwartung zur Tür blickte.

Ein besorgter Blick flog aus ihren großen, dunklen Augen den beiden Herren entgegen. Klug waren diese Augen und voll Herzensgüte, aber sie strahlten auch in edlem Stolz.

Diese Frau mit ihrer sehr schönen, stattlichen Gestalt und dem noch immer reizvollen, anmutigen Gesicht machte den Eindruck einer geistvollen, energischen Persönlichkeit, die trotz großer Güte zu herrschen verstand, wie es ihre Lebensstellung forderte.

In ihrem vollen, kleidsam frisierten Haar war noch kein graues Fädchen zu sehen, während ihr Gatte, der fünfzehn Jahre älter war als sie, graumeliertes Haar hatte.

Fürst Alexander eilte auf seine Mutter zu und führte ihre Hand an seine Lippen. Sie zog seinen Kopf zu sich herab und küßte ihn auf die Stirn.

»Vergib, daß ich dir Kummer machte, liebe Mama«, bat er leise.

Sie seufzte leicht auf.

»Soll ich härter sein als dein Vater, Sascha? Ich sehe, Papa zürnt dir nicht mehr.«

Während Alexander dann zu seiner Schwester trat, um sie zu begrüßen, reichte die Fürstin ihrem Gemahl die Hand.

»Ich danke dir, Iwan.«

Er küßte ihre Stirn.

»Bedarf es des Dankes, daß ich tat, wozu mein Herz mich drängte, Maria? Aber er weiß nun, daß in Zukunft dem Herzen des Vaters ein Riegel vorgeschoben ist.«

Die Fürstin blickte zu ihren Kindern hinüber.

Tatjana war in ihrer raschen, lebhaften Art aufgesprungen, als die Herren eintraten. Achtlos ließ sie die Stickerei zu Boden fallen. Und nun umarmte sie den Bruder herzlich in ihrer impulsiv warmherzigen Art. Sie hatte noch viel kindlich Unbeherrschtes an sich, trotz der strengen Erziehung in einem der klösterlichen Institute, in denen die vornehmen jungen Russinnen erzogen wurden. Ihre starke Eigenart und das lebhafte, übermütige Naturell hatten sich siegreich gegen allen geistigen und körperlichen Drill gewehrt. Eine beinahe wilde Grazie und Anmut lag in ihren raschen, elastischen Bewegungen.

Tatjana besaß ein schönes, feingeschnittenes Gesicht mit jenem mattweißen, prachtvollen Teint, der trotz seiner Farblosigkeit in Jugendfrische leuchtet. Die vollen, tiefroten Lippen und die prächtigen dunklen Augen belebten das reizende Gesicht.

Diese Augen und die seltsam feingezeichneten Brauen darüber sowie die langen, gebogenen Wimpern fanden sich, kühner und männlicher, in Alexanders Gesicht wieder. Und beiden Geschwistern war ein ganz bestrickendes Lächeln eigen, ein Lächeln, das diese beiden jungen, schönen Menschen unwiderstehlich machen mußte.

Es war kein Wunder, daß die Augen der Eltern in zärtlichem Stolz an diesen Kindern hingen.

»Gott sei Dank, Sascha, daß nun alles wieder gut ist! Wie hab' ich mich um dich gebangt! Aber nun fährst du auch mit mir aus, du hast es versprochen. Ich brenne darauf, die neuen Orloffs zu probieren. Mama mag sie nicht, sie sind ihr zu feurig. Du, ich bin schon fast umgekommen vor Ungeduld. Ich will hinaus und Menschen sehen. Lange genug hab' ich im Institut gesteckt«, sprudelte Tatjana hervor.

Alexander, der seine neun Jahre jüngere Schwester so zärtlich liebte wie seine Eltern, hielt ihr neckend die Hand vor den Mund.

»Halt, halt, du Unband, nicht so stürmisch. Also, Menschen willst du sehen? Nun bitte, ich lasse mich gern von dir anschauen.«

Sie schlug leicht nach seiner Hand.

»Ach, geh! Dich mag ich gar nicht ansehen, wenn du mich ärgerst«, schmollte sie. Aber sofort wieder lebhaft werdend, rief sie, hinauszeigend:

»Sieh doch, wie die Sonne auf dem Schnee glitzert! Das gibt eine famose Schlittenfahrt. Mama hat heute wieder tausendundeine Komiteesitzung.«

»Streich nur so viel davon, daß zwei übrig bleiben, Tatjana, und zu denen könntest du mich gern begleiten«, warf die Fürstin ein.

Tatjana hob in komischem Entsetzen die Hände.

Um Himmels willen, Mama! Sei nicht böse, aber ich finde sie so gräßlich langweilig, diese endlosen Beratungen, wie den Armen zu helfen ist. Ich finde, es wird da so schrecklich viel geredet und viel zuwenig getan.

»Also gut, ich dispensiere dich, du brauchst mich nicht zu begleiten, Tatjana. Wenn Sascha Zeit für dich hat, erlaube ich dir gern, mit ihm auszufahren. Ihr nehmt aber wohl Mademoiselle mit?«

Alexander machte ein drollig entsetztes Gesicht.

»Muß das sein, Mama?«

Tatjana schüttelte, ehe die Mutter antworten konnte, heftig den Kopf. »Ach nein, Mama, Mademoiselle hat ja schon wieder Zahnweh. Und sie friert immer entsetzlich, wenn sie hinaus muß.«

»Außerdem ist sie mindestens tausend Jahre alt und auch ohne geschwollene Wange kein herzerhebender Anblick. Tatjana steht unter meinem Schutz, Mama, da brauchen wir diesen frostklappernden Anstandswauwau nicht.«

Maria Petrowna mußte lachen. Ernster werdend, sagte sie dann mit leisem Vorwurf:

»Wie ihr euch durch Äußerlichkeiten beeinflussen laßt! Mademoiselle ist eine so kluge, tüchtige Person.«

Tatjana küßte die Mutter und sagte schelmisch:

»Aber das ist kein Grund, die Ärmste mit ihrem Zahnweh zu einer Schlittenfahrt zu verurteilen.«

»Nein, nein, so grausam wollen wir nicht sein, Kind. Aber es ist gut, daß Mademoiselle in ihre schöne, sonnige Heimat, nach der sie sich so sehr sehnt, zurückkehrt, für sie und für dich.«

Tatjana atmete auf.

»Ja, wahrhaftig, Mama! Und ich bin sehr froh, daß meine neue deutsche Gesellschafterin jung ist. Mit zweiundzwanzig Jahren wird sie nicht empfindlich gegen Kälte sein wie Mademoiselle.«

Die Fürstin lächelte.

»Ich habe mich sogar extra erkundigt, ob sie abgehärtet ist. Du kannst über diesen Punkt beruhigt sein.«

»Hoffentlich ist sie auch sonst nett«, seufzte Tatjana. »Weißt du, Mama, Mademoiselle ist viel mehr Gouvernante als Gesellschafterin; und ich will endlich einmal nicht mehr erzogen werden.«

»Es könnte nichts schaden, wenn es noch geschähe«, neckte Alexander.

Tatjana drohte ihm.

»Du könntest dann auch sehr gut noch eine Gouvernante gebrauchen.«

»Die Hauptsache ist, daß deine neue Gesellschafterin dich in der deutschen Sprache fördert, Kind. Da brauchst du die Lehrerin recht nötig«, sagte die Fürstin.

Tatjana wurde sehr rot.

»Ach weißt du, Mama, wir hatten im Institut eine gräßlich langweilige deutsche Lehrerin. Was ich da versäumt habe, werde ich schnell nachholen«, sagte sie und hob sehr verlegen ihre Handarbeit auf.

Seit einiger Zeit erwies der junge Fürst Wladimir Sogareff der jungen Dame sehr viele Aufmerksamkeiten. Und Fürst Wladimirs Vater sollte demnächst den Botschafterposten in Berlin erhalten. Sein Sohn sollte den Vater begleiten, und man nahm an, daß auch Fürst Wladimir, der gleichfalls Diplomat war, in Berlin eine Anstellung finden würde.

Fürst Wladimir berechtigte zu großen Hoffnungen. Man nannte ihn einen feinen, klugen Kopf, einen Mann, dem eine große Zukunft bevorstand.

Maria Petrowna war eine weitsichtige Frau. Sie sah zwischen Tatjana und Wladimir eine Neigung emporkeimen. Eine Verbindung zwischen den beiden würde ganz ihren Wünschen entsprechen. Und da nun Tatjanas französische Gesellschafterin nach Frankreich zurückkehren wollte, benutzte sie die Gelegenheit, an deren Stelle eine junge Deutsche zu engagieren, die Tatjanas etwas mangelhaftes Deutsch verbessern sollte. Tatjana wußte sehr wohl, welche Hintergedanken die Mutter dabei hegte, und ihr Erröten bewies, daß auch sie sich bereits mit dem Gedanken beschäftigt hatte.

Während sie die Arbeit in eines der Körbchen steckte, sagte sie leichthin:

»Hast du noch Näheres über dieses deutsche Fräulein Helbig in Erfahrung gebracht, Mama?«

»Sie ist mir empfohlen worden als jung, hübsch, taktvoll, gründlich gebildet, lebensfrisch und energisch«, antwortete die Fürstin.

Tatjana schlang lachend die Hände ineinander.

»Das ist sehr viel – oder sehr wenig.«

»Also mußt du abwarten, wie sie dir gefällt. Ich hoffe gut, denn davon allein hängen wohl deine Fortschritte in der deutschen Sprache ab«, sagte die Fürstin lächelnd. »Und wenn ihr noch vor dem Diner ausfahren wollt, dann eilt euch. Nachmittags mußt du einige Stunden ruhen, Tatjana, damit du am Abend zum Ball in der Deutschen Botschaft frisch bist.«

»Unbesorgt, Mama, ich bin gar nicht ruhebedürftig.«

»Trotzdem wirst du dich ausruhen, Kind. In deinem Alter merkt man freilich noch nichts von Abspannung. Aber es rächt sich im Alter, wenn man in der Jugend nicht mit den Kräften spart.«

Wenige Minuten später begleitete Fürst Alexander seine in einen kostbaren Pelzmantel gehüllte Schwester die breite Treppe im Palais Kalnoky hinab.

Der elegante Schlitten mit dem feurigen Gespann hielt bereits unter der überdachten Einfahrt. Auf dem Kutschbock saß, in einen riesigen Pelz gehüllt, der Kutscher. Neben dem Schlitten harrte ein Diener unbeweglich des Augenblicks, da die Herrschaften einstiegen.

Fürst Alexander hob seine Schwester selbst in den Schlitten und breitete aufmerksam die warme Pelzdecke über ihre Knie. Dann setzte er sich neben sie. Der Diener sprang zu dem Kutscher hinauf, und in demselben Augenblick zogen auch schon die feurigen Tiere an. Wie ein Pfeil glitt der Schlitten dahin.

Tatjanas Gesichtchen strahlte.

»Ah, das ist wieder einmal ein Tempo, wie es mir gefällt!« jubelte sie.

Alexanders Gesicht erschien ihr aber nicht so übermütig wie sonst. Sie rückte ganz dicht an ihn heran und fragte leise:

»War es schlimm, Sascha? Hat dir Papa sehr zugesetzt?«

Alexander warf den Kopf zurück.

»Ach, laß, Tatjana, ich bin froh, daß es hinter mir liegt. Ich mag nicht mehr daran denken.«

Sie machte ein Mäulchen.

»Mußt es schon arg getrieben haben. Die Eltern waren in diesen Tagen ganz ungenießbar. Puh! Schrecklich, wenn man in lauter betrübte Gesichter sieht.«

»Bist du mit mir ausgefahren, um dies Thema noch mal auszuspinnen?« erkundigte er sich unmutig.

Sie lachte. »Nein, du Brummbär. Du darfst schon ein wenig liebenswürdiger sein. Ich hab' genug um dich gebangt. Papa wollte erst gar nichts davon hören, daß er dir noch einmal helfen sollte. Aber Mama und ich haben für dich gebeten. So hat er es dies eine Mal noch getan. Aber es ist ganz sicher das letzte Mal gewesen, Sascha. Nun sei um Himmels willen vernünftig, und spiele nicht wieder! Ich verstehe gar nicht, daß ein Mensch Freude am Spiel haben kann.«

»Verbotene Früchte, Tatjana! Die haben immer einen besonderen Reiz für mich gehabt.«

»Aber nun nicht mehr«, bat sie ganz ernsthaft.

»Nein, nein, sorg dich nicht. Ich halte mich dem Spieltisch in Zukunft fern.«

»Du, Sascha, spielt Wladimir Sogareff auch zuweilen?« fragte sie, mit großer Mühe Unbefangenheit heuchelnd.

Alexander blickte sie übermütig von der Seite an.

»Wo denkst du hin, Tatjana! Wladimir ist ein ganz musterhafter junger Mann. Warum interessiert dich das so sehr?« fragte er neckend.

Sie sah angestrengt nach der andern Seite.

»Ach, ich fragte nur so. Aber sieh, da drüben fährt die Großfürstin Anna Paulowna. Welch ein stolzes Gesicht! Schau, sie hat uns bemerkt! Du, sie ist rot geworden, Sascha.«

Die Geschwister grüßten die vorüberfahrende Großfürstin ehrerbietig. Diese neigte mit einem Lächeln das stolze junge Haupt.

Während der Schlitten pfeilgeschwind den Newski-Prospekt entlangfuhr, begegneten die Geschwister noch vielen Bekannten und tauschten mehr oder minder freundliche Grüße mit ihnen.

Inzwischen hatte Fürst Iwan seiner Gemahlin gegenüber Platz genommen.

Maria Petrowna sah sehr ernst zu ihm auf.

»Meinst du nicht, Iwan, daß es das beste für Sascha wäre, wenn er sich verheiratete?«

»Gewiß, Maria, wenn er eine Frau bekäme, die klug und verständig wäre und Einfluß auf ihn gewänne.«

Maria Petrowna beugte sich mit lebhaft blitzenden Augen vor.

»Ich wüßte eine Frau.«

Der Fürst sah sie lächelnd und ein wenig ironisch an. »Schon in Bereitschaft, Maria? Daß ihr Frauen das Ehestiften nicht lassen könnt!«

Sie lachte errötend und sah dabei sehr jung und hübsch aus.

»Man muß doch zum Wohle seiner Kinder die Augen offenhalten, Iwan.«

»Also wer?« fragte er kurz.

»Die Großfürstin Anna Paulowna.«

Fürst Iwan richtete sich überrascht empor. »So stolze Pläne hast du?«

Maria Petrownas Augen glühten. »Es wäre nicht das erste Mal, daß ein Fürst Kalnoky sich mit einer Großfürstin vermählte.«

Fürst Iwan nickte. »Ganz recht: Peter Kalnoky heiratete 1837 die Nichte des Zaren Nikolaus I.«

»Nun also! Anna Paulowna ist die Tochter eines Vetters unseres jetzigen Zaren. Meinst du, daß Sascha zu hoch greifen würde, wenn er die Hände nach ihr ausstreckte?«

»Zu hoch? Es käme auf die Umstände an.«

Maria Petrowna faßte seine Hand.

»Iwan, Anna Paulowna liebt Sascha«, sagte sie halblaut.

Fürst Iwan stieß die Luft zwischen den Zähnen hervor und sah seine Gattin forschend an.

»Das weißt du?«

»Ja.«

»Woher?«

»Ich fühle es.«

»Ist dein Gefühl der einzige Beweis für deine Annahme?«

»Der sicherste, Iwan. Ich könnte dir noch tausend Dinge anführen, aber es hat keinen Zweck, sie aufzuzählen. Du weißt, ich schwatze nicht gedankenlos. Es muß dir genügen, daß ich für meine Behauptung einstehe.«

Der Fürst sah nachdenklich aus. »Also, daß du recht hast. Wie würde Sascha zu dieser Angelegenheit denn Stellung nehmen?«

»Er wehrt sich vorläufig entschieden dagegen«, sagte die Fürstin mit leisem Unmut.

»Wie? Du hast schon mit ihm darüber gesprochen?«

»Ja, schon einige Male. Aber er nahm die Sache nicht ernst. Wann nimmt der Unband einmal etwas ernst? Er erklärte mir lachend, die Großfürstin möge eine Perle ihres Geschlechts sein, aber er denke überhaupt noch lange nicht daran, zu heiraten. Seine Freiheit sei ihm viel zu lieb.«

»Nun, also –?«

»Also steht für mich vor allem fest, daß er keine Abneigung gegen Anna Paulowna empfindet. Das ist schon viel. Er gibt sogar zu, daß sie sehr hübsch, sehr geistvoll und klug sei. Und – ich wüßte unsern Sausewind so wohlgeborgen an der Seite einer Frau wie Anna Paulowna. Sie ist nicht nur hübsch und klug, sondern auch tatkräftig und energisch. Sie würde einen heilsamen Einfluß auf Sascha ausüben und ihn von seinen Torheiten abhalten.«

Um des Fürsten Mund zuckte es ein wenig spöttisch.

»Aber nur, wenn er sie liebt, meine kluge Maria, dann vielleicht. Niemals aber würde eine Frau Macht über ihn gewinnen, die er nicht liebt.«

Maria Petrowna seufzte tief auf. Dann aber richtete sie sich hoffnungsvoll empor und lächelte:

»Liebe erweckt Gegenliebe«, sagte sie voll Zuversicht.

Der Fürst lachte. »Ich würde mich nicht unbedingt darauf verlassen.«

»Du sollst mir nur sagen, ob du etwas gegen diese Verbindung einzuwenden hast.«

»Nein, nein, gewiß nicht. Meiner Zustimmung bist du sicher. Sieh, ob du Sascha gefügig machen kannst. Aber ich warne dich vor jedem Zwang und jedem Gewaltmittel. Sascha ist bei allem Leichtsinn und bei aller Liebenswürdigkeit seines Wesens ein Trotzkopf. Merkt er den Zwang, so lehnt er sich dagegen auf.«

Maria Petrowna lächelte klug. »Ich werde nichts tun, als ihn von der Liebe Anna Paulownas überzeugen. Das wird seine Eitelkeit nicht unberührt lassen.«

»Seine Eitelkeit? Ist Sascha eitel?«

Die Fürstin blickte mit einem überlegenen Lächeln zu ihrem Gatten hinüber. »Alle Männer sind eitel und am leichtesten bei dieser Schwäche zu fassen.«

»Und die Frauen?« fragte der Fürst ironisch. »Sind die nicht eitel?«

»O ja, aber anders als die Männer. Bei den Frauen sitzt die Eitelkeit unter der Haut, bei den Männern reicht sie bis an das Herz.«

Fürst Iwan lachte. »Das möchte ich erläutert haben.«

Tief aufatmend legte die Fürstin ihre Hände auf die Sessellehnen. Dabei sah sie ihren Gatten schelmisch an.

»Also, eine logische Begründung verlangst du, Iwan? Weißt du nicht, daß wir Frauen keine Logik haben? Wenigstens wird sie uns immer abgesprochen.«

»Zu Unrecht?« fragte er neckend.

»Ich wage solch eine wichtige Frage nicht zu entscheiden. Bei uns Frauen liegt die Logik im Gefühl. Das wirst du wieder unlogisch nennen. Aber logisch oder nicht: daß die Männer im Grunde eitler sind als die Frauen, das haben schon viele große Männer zugeben müssen.«

Er küßte ihr die Hand. »Oh, über euch Frauen, wie wißt ihr so klug eure Worte zu setzen! Wie ihr es auch anfangt, zuletzt habt ihr immer recht.«

Sie erhob sich und klingelte. Dem eintretenden Diener rief sie zu: »Meinen Wagen!«

Und zu ihrem Gatten sagte sie abschließend:

»Ich sehe Anna Paulowna heute im Komitee. Sie hat das Protektorat übernommen. Sicher werden wir über Sascha sprechen.«

»Verbrenne dir nur die Finger nicht, Maria!« warnte der Fürst.

Sie reichten sich die Hände, und in ihren Blicken lag ein herzliches Einvernehmen.

2

WENIGE TAGE SPÄTER fand im Palais des Zaren eine Festlichkeit statt, zu der die ersten Familien des Landes eingeladen waren.

Bei der Polonaise war Fürst Alexander Kalnoky der Partner der Großfürstin Anna Paulowna. Er sah heiter und strahlend aus, wie immer. Seine Augen lachten in Lebensfreude und Übermut. Anna Paulowna sah immer wieder von der Seite in sein sonniges Gesicht. Ihre sonst so kalten und stolzen Züge belebten sich, und der matte, elfenbeinfarbige Teint zeigte einen leichten rosigen Schimmer.

Sie unterhielt sich außerordentlich angeregt mit ihm, und viele Augen streiften mit leichtem Erstaunen ihr Gesicht. So lebhaft sah man die Großfürstin selten.

Mancher beneidete Alexander um die Auszeichnung, Anna Paulowna führen zu dürfen. Aber doch hätte man sie niemand lieber gegönnt als ihm, denn Alexander Kalnoky besaß keine Feinde. Seine glückliche Natur und sein gutes Herz machten ihn überall beliebt.

Diese festliche Polonaise, die bei derartigen Veranstaltungen gewissermaßen als Nationaltanz galt, zeigte zur Genüge allen Glanz und alle Pracht, die hier entfaltet wurden.

Die Großfürstinnen mit ihrem reichen Schmuck, die Hofdamen in ihrer kleidsamen und glänzenden Galatoilette und all die anderen schönen Frauen und Mädchen der russischen Gesellschaft boten dem Auge einen wahrhaft blendenden Anblick. Daneben behaupteten sich die Uniformen und der reiche Ordensschmuck der Herren.

Die großen Säle des Palais waren ein würdiger Rahmen für diese auserlesene Gesellschaft. Wundervolle, schwere Brokatvorhänge, Decken- und Wandgemälde, von reich vergoldetem Stuck umgeben, spiegelten sich in den Kristallspiegeln und paßten sich harmonisch den satten, warmen Farbtönen der Toiletten an.

In den Nischen der großen Rundbogenfenster stand eine Anzahl Herren, die bei dieser festlichen Promenade als Zuschauer teilnahmen. Sie konnten das glänzende Bild am besten genießen.

Zwei dieser Herren, ein russischer Offizier und ein Herr von der französischen Gesandtschaft, unterhielten sich leise über die Vorübergehenden. Der Russe nannte dem Franzosen die Persönlichkeiten, die ihn interessierten.

»Die Dame in Weiß mit der reichen Silberstickerei? Das ist die Großfürstin Anna Paulowna«, sagte er eben.

»Und der Herr an ihrer Seite?« fragte der Franzose interessiert.

»Das ist Fürst Alexander Kalnoky.«

»Und die schöne junge Dame in Hellblau, mit der Perlenschnur im schwarzen Haar?«

»Das ist die junge Fürstin Tatjana Kalnoky, seine Schwester.«

»Ah, das vermutete ich, dieses schöne Geschwisterpaar sieht sich sehr ähnlich. Und wer ist der Herr, der die Fürstin Tatjana führt?«

»Fürst Wladimir Sogareff, der Sohn unseres neuen Botschafters in Berlin.«

»So, so. Ein feiner, geistvoller Kopf.«

»Man sagt, er hat eine große Zukunft.«

»Er ist noch sehr jung.«

»Fast dreißig Jahre.«

»Anscheinend gefällt ihm seine Partnerin sehr.«

»Sie ist auch eine entzückende junge Dame, erst vor kurzem aus dem Institut entlassen und bei Hofe vorgestellt.

»Das gäbe ein schönes Paar.«

»Zweifellos.«

Ahnungslos, daß über sie gesprochen wurde, ging Tatjana Kalnoky neben Wladimir Sogareff her. Dieser schien ganz in den Anblick seiner reizenden Partnerin vertieft. Gerade als sie an den beiden Herren in der Fensternische vorübergingen, sagte er, seine hohe Gestalt zu ihr herabneigend:

»Ich habe vier Tage lang nicht das Vergnügen gehabt, Sie zu sehen, Fürstin Tatjana.«

Sie sah empor in sein scharfgeschnittenes Gesicht. Ihre

wundervollen, übermütig blitzenden Augen bekamen dabei einen Ausdruck berückender Weichheit. Sie seufzte leise auf: »Vier Tage sind wir uns nicht begegnet.«

»Ich war gestern im Palais Kalnoky, traf aber leider niemand an«, sagte er, sie nicht aus den Augen lassend.

»Ja, ich erfuhr davon, als ich nach Hause kam«, antwortete sie, wie er diese belanglosen Worte in einen warmen Ton hüllend, so daß sie Bedeutung gewannen.

»Tat es Ihnen ein klein wenig leid, daß wir uns verfehlten?« fragte er kühn und senkte seine Augen in die ihren, als wollte er ihr Innerstes erforschen.

Sie errötete erst ein wenig und lächelte dann schelmisch zu ihm auf.

»Nicht ein klein wenig, sehr leid hat es mir getan.«

»Wirklich? Darf ich das glauben?«

Sie wurde ernst. »Sie dürfen mir alles glauben, Fürst Wladimir. Ihnen gegenüber würde mir nicht die kleinste Unwahrheit möglich sein.«

Er hätte am liebsten ihre Hand an seine Lippen geführt, aber das gehörte sich jetzt nicht.

»Verzeihen Sie meinen Zweifel. Ich wollte nur von Ihnen hören, was mich sehr beglückt. Daß Sie einer Unwahrheit nicht fähig sind, davon bin ich überzeugt.«

Drollig zog sie die Stirn kraus.

»Ach«, seufzte sie voll Schelmerei, »glauben Sie, daß es Menschen gibt, die nie die Unwahrheit sprechen?«

Er lachte. »Ganz strenggenommen freilich nicht, solche Menschen gibt es nicht.«

»Und ich bin auch nur ein Mensch.«

»Sie sind ein Engel, Fürstin!«

Lachend wehrte sie mit leisem Erröten ab.

»O nein, Gott sei Dank habe ich gar nichts Engelhaftes an mir. Ich bin auch viel lieber ein Mensch, und wenn es sein kann, ein glücklicher Mensch.«

Leise drückte er ihre kleine Hand. »Wer das Glück für sie schaffen und festhalten darf, der ist beneidenswert.«

Lächelnd versanken ihre Blicke ineinander. Rings um sie her verschwand alles in einem rosigen Nebel, die Musik tönte wie aus weiter Ferne an ihre Ohren, und ihre Füße gingen wie auf Wolken.

Endlich riß Tatjana aufatmend ihren Blick aus dem seinen. Und tief errötend, sagte sie ablenkend:

»Wie schön die Großfürstin Anna Paulowna heute abend aussieht! Ihr Antlitz ist sonst so kalt und streng. Heute sieht sie so liebenswürdig aus.«

Er war ihrem Blick gefolgt und ließ nun seine Augen auf Anna Paulownas klugem, energischem Gesicht ruhen. Es war sehr hübsch geschnitten, und in den sonst so kalten Augen glühte jetzt ein verhaltenes Feuer. Der feine Mund lächelte zu Alexander Kalnoky empor, und dieses Lächeln verwischte den sonst etwas unweiblich harten und strengen Ausdruck.

Alexander betrachtete seine Partnerin mit Wohlgefallen. Sie schien ihm heute viel schöner als sonst. Aber ein wärmeres Gefühl erweckte sie trotzdem nicht in seiner Brust. Er mußte an die Heiratspläne seiner Mutter denken, und in seinen Augen zuckte es auf.

Nein, niemals würde ich eine Frau wie diese lieben können, niemals sie zur Gattin begehren. Ihre Klugheit imponiert mir, gewiß, aber ihr Geist ist blendend, nicht erwärmend. Sie kann sehr sarkastisch sein, sarkastische Frauen liebt man aber nicht. Man kann sie höchstens bewundern. Ihre Augen verraten, daß sie zuweilen leidenschaftlich empfinden kann. Aber es ist eine Leidenschaft, die herrisch fordert, die sich nicht unterordnen kann in weiblicher Zartheit. Wenn ich mich aber eines Tages verheiraten sollte – vorläufig denke ich noch nicht daran –, dann will ich der Herr sein und mich nicht beherrschen lassen.

So dachte er, während er liebenswürdig, heiter, aber im Innern ganz unberührt, neben ihr dahinschritt.

Sie fühlte, daß er ihrem heimlichen Werben, das diese stolze Seele sehr viel Oberwindung kostete, passiven Widerstand entgegensetzte. Ihr Gesicht rötete sich immer mehr. Es war so schwer für sie, ihm Schritt für Schritt entgegenzukommen. Aber sie liebte diesen Mann mit einer schmerzhaften Leidenschaft und wollte ihn besitzen um jeden Preis.

Des Beistandes seiner Mutter war sie sicher. Maria Petrowna hatte ihr das zu verstehen gegeben. Daß sein Herz frei war, wußte sie. Eine ernsthafte Rivalin besaß sie also nicht. Und Anna Paulowna war sich ihres Wertes bewußt.

Maria Petrowna hatte ihr angedeutet, daß Alexander gegen das Heiraten war, daß ihm aber die junge Großfürstin durchaus sympathisch sei. So glaubte Anna Paulowna, nur Alexanders Ehescheu besiegen zu müssen.

Eine Weile waren sie beide in Gedanken versunken dahingeschritten. Jetzt warf die Großfürstin einen forschenden Blick in Alexanders Gesicht. Warum stieg ihr das Blut zu Herzen, als sie seinem Blick begegnete?

»Sie sind plötzlich so schweigsam geworden, Fürst Alexander«, sagte sie leise.

»Kaiserliche Hoheit verzeihen, ich ließ mich ablenken durch meine Gedanken.«

»Hoffentlich waren diese Gedanken angenehmer Art«, entgegnete sie liebenswürdig.

Er lachte. »Mit unangenehmen Gedanken befasse ich mich nur selten, Kaiserliche Hoheit.«

»Sie sind gern heiter, Fürst Alexander, nicht wahr?«

»Allerdings, Kaiserliche Hoheit.«

»Beneidenswert, wer es immer sein kann. Ich liebe heitere Menschen – vielleicht, weil ich selbst eine so ernsthafte Natur bin.«

»Kaiserliche Hoheit nehmen gewiß das Leben zu schwer.«

»Ich wünsche Ihnen, daß es Ihnen niemals schwer wird.«

»Kaiserliche Hoheit beschämen mich durch soviel Güte, die mir unverdient zuteil wird.«

»Unverdient? Sie sind sehr bescheiden, Fürst Alexander«, scherzte sie.

Seine Augen blickten übermütig. »Nicht immer, Kaiserliche Hoheit, ich kann sehr unbescheiden sein.«

»Zum Beispiel?« forschte sie atemlos, denn sie glaubte in seinen Worten eine leise Annäherung zu spüren.

»Zum Beispiel in diesem Augenblick, wo ich so vermessen bin, mir einzubilden, daß Eure Kaiserliche Hoheit mir mit der Gewährung dieses Tanzes eine Gunst zuteil werden lassen wollten.«

Die Spannung in ihren Zügen erhöhte sich.

»Oh, das ist durchaus nicht vermessen. In bezug auf mich dürfen Sie noch unbescheidener sein«, stieß sie leidenschaftlich hervor.

Alexander erschrak. Das war deutlich. Er hatte das Gefühl, als wäre diese Frau imstande, ihn auch zu einer Werbung um ihre Hand zu veranlassen.

Merklich kühl sagte er in heimlicher Abwehr:

»Ich würde nie wagen, die Persönlichkeit Eurer Kaiserlichen Hoheit mit einem unbescheidenen Gedanken zu streifen.«

Ihr Gesicht zuckte wie im Schmerz. An seiner Kälte erhitzte sie sich mehr und mehr. »Nie wagen? Dies Wort sollte ein Soldat nicht denken, viel weniger aussprechen.«

»Es gibt Dinge, die auch ein Soldat nicht wagen darf, Kaiserliche Hoheit.«

»Ich habe Sie in dieser Beziehung für kühner gehalten«, sagte sie heiser vor Erregung.

»In welcher Beziehung, Kaiserliche Hoheit?« fragte er scheinbar unbefangen, obwohl ihm sehr unbehaglich war. Er wünschte sich weit weg von der Seite dieser herrischen Frau.

Sie bemerkte, daß er sie nicht verstehen wollte. Erblassend biß sie sich auf die Lippen. Dann zuckte sie ungeduldig mit den Schultern, und ihr Gesicht nahm seinen stolzen, strengen Ausdruck wieder an.

»Beenden wir dies Thema«, sagte sie kurz.

»Wie Kaiserliche Hoheit befehlen.«

Die Polonaise ging zu Alexanders Erleichterung zu Ende. Er geleitete die Großfürstin auf ihren Platz.

Wenn er aber gehofft hatte, daß sie ihn nun entlassen würde, täuschte er sich. Sie hielt ihn noch lange Zeit im Gespräch fest, ihr ganzes Benehmen zeigte ihm, daß seine Mutter recht hatte, wenn sie behauptete, Anna Paulowna liebe ihn und begehre ihn zum Gatten.

Aber gerade dieses herrisch und leidenschaftlich gezeigte Begehren schreckte ihn ab, und als er endlich von ihr entlassen wurde, atmete er wie erlöst auf.

In unliebsame Gedanken verloren, schritt er durch den Saal. Sein Gesicht sah nicht so heiter aus wie sonst. Er gehörte nicht zu den Männern, denen es Vergnügen macht, geliebt zu werden, auch wenn sie die Liebe nicht erwidern können. Seine Mutter täuschte sich vollkommen, wenn sie annahm, seine Eitelkeit sei dafür empfänglich.

Er wollte eben an Tatjana vorübergehen, die, in einen Sessel geschmiegt, zu dem neben ihr stehenden Wladimir Sogareff aufsah. Sie erblickte den Bruder und rief ihn an.

»Sascha, du siehst aus, als ob du dich auf diesem himmlischen Fest langweiltest.«

Alexanders Unmut verflog sofort. Ein Lächeln strahlte schon wieder aus seinen Augen.

»Das betrachtest du wohl als ein halbes Verbrechen, Tatjana?«

»Als ein ganzes, Sascha.«

Er lachte und wandte sich an Wladimir Sogareff, mit dem er befreundet war. »Sehen wir uns später noch im Club, Wladimir?«

»Nein, Sascha, ich habe jetzt angestrengt zu arbeiten.«

»Schon wieder? Du bist unheimlich fleißig.«

»Es macht mir Vergnügen.«

»Über Geschmack läßt sich nicht streiten.

Grüßend ging er weiter.

Nach dem nächsten Tanz, bei dem ihm eine heitere, liebenswürdige Tänzerin seine gute Laune wiedergegeben hatte, rief ihn seine Mutter an ihre Seite.

Sie suchte zu erforschen, was er mit der Großfürstin gesprochen hatte, und sang ihr Lob in den höchsten Tönen. Alexander wurde ungeduldig und suchte so schnell wie möglich diesem unerquicklichen Verhör zu entgehen. Schließlich erlöste ihn sein Vater, der Zeuge dieser Unterredung war, und ging mit ihm davon. Fürst Iwan merkte nur zu gut, daß Alexander nicht die mindeste Lust zu haben schien, die Heiratspläne seiner Mutter zu verwirklichen.

Während des ganzen Festes ließ Anna Paulowna Alexander nicht aus den Augen, und wenn er sich mit einer Tänzerin besonders gut zu unterhalten schien, dann wurde sie so unruhig und nervös, daß ihre Umgebung sehr wohl ihre Verstimmung merkte.

Endlich sprangen die Türen zu den anstoßenden Speisesälen auf. Dort waren große Tafeln mit wahrhaft königlicher

Pracht gedeckt. Kostbares Porzellan, goldene Bestecke und reicher Blumenschmuck vereinten sich mit dem wundervollen weißen Damast zu einem herrlichen Bild.

Die Gäste des Zaren begaben sich auf ein gegebenes Zeichen zu den Speisesälen, und bald herrschte dort ein buntes, reges Leben. Die Schar der kaiserlichen Lakaien, die hinter den Sesseln standen, vervollständigte das bunte Bild.

Tatjana war von Wladimir Sogareff zu Tisch geführt worden. Voll mütterlichen Stolzes ruhten die Augen Maria Petrownas auf ihrer schönen Tochter und dem jungen Fürsten. Diese beiden schienen es ihr nicht schwerzumachen, ihre Pläne zu verwirklichen. Aber Alexander hatte leider gar keine Neigung gezeigt, Anna Paulownas Entgegenkommen auszunützen.

Während sich die Familie des Fürsten Kalnoky auf diesem Hofball befand, fuhr unter der Einfahrtshalle vor dem Palais Kalnoky ein Wagen vor.

Diesem Wagen entstieg Fräulein Elisa Helbig, Tatjanas neue Gesellschafterin.

Elisa Helbig war Waise, die Tochter eines deutschen Ingenieurs, der an den Folgen eines Sturzes von einer Brücke früh gestorben war. Er hatte Weib und Kind in ziemlich bedrückten Verhältnissen zurückgelassen. Eine kleine Pension gestattete ihnen ein sehr bescheidenes Leben.

Elisas Mutter war eine Russin, die der Ingenieur Helbig kennengelernt hatte, als sie in Berlin studierte. Das Studium hatte sie aufgegeben, als sie sich verheiratete.

Die Mutter hatte Elisa verloren, als sie kaum achtzehn Jahre alt war. Sie stand nun ziemlich allein in der Welt. Ihre einzigen Verwandten waren eine Kusine ihres Vaters und deren Sohn, ein junger Arzt. Diese beiden Menschen hatten ihr in liebevoller Weise eine Heimat geboten, aber der junge Arzt liebte Elisa und begehrte sie zur Frau. Da sie diese Liebe nicht erwidern konnte und ihrem Vetter, Ernst Heinzius, den sie wie einen Bruder schätzte, die Seelenruhe nicht durch ihre Anwesenheit trüben wollte, stellte sie sich auf eigene Füße.

Sie hatte eine vorzügliche Erziehung genossen. Außer Französisch und Englisch beherrschte sie auch Russisch, die Sprache ihrer verstorbenen Mutter. Dieser Umstand verschaffte ihr die Stellung als Gesellschafterin bei einer in Berlin lebenden russischen Aristokratin. Vor kurzer Zeit hatte sich aber diese zum zweiten Male verheiratet und bedurfte Elisas Gesellschaft nicht mehr.

So wurde denn Elisa von ihrer früheren Herrin der Fürstin Kalnoky empfohlen und von ihr unter günstigen Bedingungen engagiert.

Maria Petrowna wußte zwar, daß Elisa ein gutaussehendes Mädchen sein sollte. Sie hatte jedoch keine Ahnung, daß die junge Deutsche eine so große Schönheit war.

Elisa besaß eine herrliche Gestalt von regelmäßiger Schlankheit. Wundervolle schwere Flechten in einem satten, warmen Goldton zierten das feine Köpfchen. Das Gesicht war von süßem Liebreiz beherrscht. Große, dunkelblaue Augen, die in der Erregung fast schwarz wurden, blickten beseelt und doch klar und lebensfrisch in die Welt und verrieten eine zielbewußte, gefestigte Persönlichkeit.

Es war ein kalter, strenger Winterabend, als Elisa in Petersburg eintraf. Ein Wagen hatte für sie am Bahnhof bereitgestanden. Und nun betrat sie mit der erwartungsvollen Unruhe, die ein solcher Wechsel im Leben mit sich bringt, das imposante Vestibül im Palais Kalnoky.

Ein Diener nahm sie in Empfang. Er schien auf ihr Kommen vorbereitet zu sein. Dennoch zuckte es in seinem unbewegten Lakaiengesicht einen Augenblick wie Überraschung auf. Soviel Schönheit und Liebreiz bei einer Gesellschafterin erschien ihm unerlaubt.

Er führte die junge Dame zunächst die breite Marmortreppe empor, die aus dem Vestibül in die oberen Etagen führte. Dann ging es durch scheinbar endlose Gänge und Säle in den Seitenflügel des Palais, wo der neuen Gesellschafterin zwei Zimmer angewiesen wurden.

Diese Zimmer waren geräumig und hoch. Elisa sah sich entzückt darin um. Für ihre Begriffe waren sie sehr vornehm und elegant eingerichtet. Auf dem langen Weg durch den Palast hatte sie freilich schon bemerkt, daß dieser mit wahrhaft fürstlichem Glanz ausgestattet war. Daß aber ihre Zimmer so schön und behaglich sein würden, hatte sie nicht erwartet.

Der Diener teilte ihr mit, daß die fürstlichen Herrschaften sich auf dem Hofball befänden und daß Ihre Durchlaucht die Fürstin Maria Petrowna ihm befohlen habe, die junge Dame auf ihre Zimmer zu führen und sich nach ihren Wünschen zu erkundigen.

Inzwischen waren Elisas Sachen heraufgebracht worden, und die junge Dame bat um einen Imbiß und ein Glas Tee.

Nach kurzer Zeit wurde ihr von einem anderen Diener eine wohlschmeckende Mahlzeit gebracht. Der kleine runde Tisch in ihrem Wohnzimmer wurde mit hübschem Geschirr gedeckt. Ein kleiner Teekessel mit Zubehör summte behaglich.

Schweigend und mit würdevoller Miene ordnete der Diener alles geschickt an. Dann verschwand er mit einer wortlosen Verbeugung.

Elisa hatte sich inzwischen vom Reisestaub befreit und setzte sich nun an den einladend hergerichteten Tisch. Entzückt sah sie sich im Zimmer um und sah dann mit lachendem Blick, was man ihr vorgesetzt hatte.

»Hunger werde ich hier anscheinend nicht leiden müssen«, dachte sie befriedigt und langte mit dem gesunden Appetit der Jugend zu.

Gottlob, die beschwerliche Reise lag hinter ihr, und dieser stolze Palast sollte nun ihre neue Heimat sein.

Elisa war ein selbständiges, mutiges Mädchen. Ganz auf sich allein angewiesen, wußte sie, daß sie in jeder Lebenslage für sich einstehen mußte.

Ihre frühere Herrin, die sehr gütig zu ihr gewesen war, hatte ihr versichert, daß sie in der fürstlichen Familie eine angenehme Stellung haben würde. Ohne langes Besinnen hatte sie eingewilligt, nach Rußland zu gehen, und nun saß sie hier zufrieden in dem schönen Zimmer und wünschte sich, daß sie es recht lange bewohnen dürfte. Als sie gegessen hatte, packte sie ihre Sachen aus und richtete sich wohnlich in ihrem kleinen Reich ein.

Der Diener räumte das Geschirr ab und fragte, ob das Fräulein noch weitere Wünsche habe. Sie verneinte freundlich, aber mit der ruhigen Zurückhaltung, die sie sich im Umgang mit der Dienerschaft angewöhnt hatte. Sie wußte sehr gut, daß sie weder zur Herrschaft noch zur Dienerschaft gehörte, und ihr Taktgefühl ließ sie stets den rechten Ton finden. Sie bat nur, daß man ihr am nächsten Morgen rechtzeitig melden möchte, wann die Fürstin sie zu sehen wünschte.

Nachdem sie mit Auspacken fertig war, begab sie sich, müde von der Reise, zu Bett. Sie lachte in sich hinein, als sie in dem mächtigen Himmelbett fast verschwand. Es war so breit, daß sie bequem kreuz oder quer hätte liegen können.

So viel Raum zum Schlafen hat in Berlin oft kaum eine ganze Familie, dachte sie. Aber sie fand das geräumige Bett recht angenehm.

Ehe sie einschlief, sagte sie aufatmend vor sich hin:

»Nun hilf, lieber Gott, daß ich hier meine Pflichten recht erfüllen kann!«

3

AM NÄCHSTEN MORGEN wurde Elisa zur Fürstin beschieden. Wieder ging es durch lange Gänge und große Säle, bis sie in dem großen Wohnraum vor der Fürstin stand.

Maria Petrowna sah zunächst sehr überrascht, fast betroffen auf das sich tief verbeugende junge Mädchen, auf dessen reichem Haar die Sonne Goldfunken auszustreuen schien. Elisas eigenartige Schönheit kam für sie unerwartet.

Aber sobald die dunkelblauen Mädchenaugen offen und bescheiden, ohne Scheu und ohne Aufdringlichkeit zu ihr aufsahen, fühlte sie sich sympathisch berührt. Die Reinheit, die von ihrer Stirn strahlte, und die ruhige Ungezwungenheit in der Haltung berührte die Fürstin sehr angenehm.

»Seien Sie mir willkommen, Fräulein Helbig. Leider konnte ich Sie gestern abend nicht mehr begrüßen. Ich hoffe, es hat Ihnen an nichts gefehlt, und Sie haben die erste Nacht in unserem Hause gut verbracht«, sagte sie, nachdem sie Elisa eine Weile prüfend betrachtet hatte, und reichte ihr die Hand.

Elisa führte diese feine, gepflegte Frauenhand an ihre Lippen. Auch sie empfand sofort, daß ihre neue Herrin sehr sympathisch war.

»Durchlaucht sind sehr gütig. Ich habe alles gehabt, was ich brauchte, und danke Durchlaucht sehr für die freundlichen Worte.«

Maria Petrowna setzte sich in einen Sessel und forderte Elisa auf, ebenfalls Platz zu nehmen.

»Sie sind zum ersten Mal in Rußland, Fräulein Helbig?«

»Nein, Durchlaucht. Als die Eltern meiner Mutter noch lebten, war ich mit meinen Eltern einmal in Moskau, aber damals war ich noch ein Kind.«

»Ah, richtig, Ihre Mutter war Russin, das wurde mir mitgeteilt. Das wird Ihnen den Aufenthalt hier erleichtern. So sind Sie nicht ganz fremd in unserem Lande. In Petersburg waren Sie aber noch nicht?«

»Nein, Durchlaucht.«

»Sie werden sich, hoffe ich, schnell hier einleben. Ehe ich Sie mit meiner Tochter bekannt mache, möchte ich Sie ein wenig in Ihren Pflichtenkreis einweihen. Ich habe Sie zur ausschließlichen Gesellschaft für meine Tochter engagiert, die vor nicht langer Zeit das Institut verlassen hat und jetzt achtzehn Jahre alt ist. Ich selbst bin durch gesellige Pflichten stark in Anspruch genommen und kann mich meiner Tochter nicht so widmen, wie ich möchte. Gleich will ich Ihnen gestehen, daß ich erst Bedenken hatte, eine so junge Dame wie Sie gewissermaßen zur Ehrendame meiner Tochter zu machen. Ihre Vorgängerin war bedeutend älter. Aber meine Tochter möchte so gern eine jugendliche Gefährtin. Und Ihr Taktgefühl wurde gerühmt. Ich hoffe, daß Sie trotz Ihrer Jugend Ihr Amt zu meiner Zufriedenheit ausfüllen.«

»Jedenfalls dürfen Durchlaucht versichert sein, daß ich mir die größte Mühe geben werde, es zu tun«, antwortete Elisa artig und bescheiden, aber ohne Unterwürfigkeit.

Die Fürstin blickte eine Weile schweigend in das schöne, junge Gesicht, und dabei dachte sie:

Ein bildschönes Geschöpf, zu schön eigentlich für eine Gesellschafterin. Aber Tatjana ist selbst schön genug, um nicht in den Schatten gestellt zu werden, und dies goldblonde Haar wird ein sehr wirksamer Kontrast sein für das schwarze Tatjanas. Und außerdem – die junge Deutsche gefällt mir, gefällt mir ausnehmend. Tatjana aber wird von ihr entzückt sein. Sie liebt schöne Menschen so sehr.

Die Fürstin stellte nun ein kleines Examen mit Elisa an, das sie sehr befriedigte. Elisa erfuhr dann, daß sie im Palais Kalnoky nichts weiter zu tun habe, als der jungen Fürstin daheim und bei den Ausfahrten Gesellschaft zu leisten und sie vor allen Dingen in der deutschen Sprache zu vervollkommnen, mit ihr deutsche Konversation zu treiben, sie eventuell zu ihren Liedern zu begleiten und mit ihr zu musizieren.

Daß Elisa trotzdem manche freie Stunde haben würde, hob die Fürstin gütig hervor. Auch teilte sie Elisa mit, daß sie, wenn keine Gäste anwesend seien, die Mahlzeiten mit der fürstlichen Familie einnehmen sollte und daß sie bei kleinen Empfängen gebeten würde, den Platz am Teetisch einzunehmen und kleine Handreichungen zu tun. Zum Schluß deutete sie noch an, daß ihre Tochter vielleicht später für längere Zeit nach Deutschland gehen würde und daß sie deshalb Wert darauf lege, daß diese gerade die deutsche Sprache vollkommen beherrsche.

Elisa erwies sich bei dieser Unterredung als klug und verständnisvoll. Die Fürstin war sehr zufrieden, daß sie diese Wahl getroffen hatte.

Als alle Punkte besprochen waren, ließ die Fürstin ihre Tochter herbeirufen. Tatjana trat gleich darauf mit erwartungsvollem Gesicht ein.

Beim Anblick Elisas spiegelte sich in ihrem schönen lebhaften Gesicht sofort eine deutliche Sympathie. Ihrem impulsiven Wesen war es unmöglich, ihre Gefühle ganz zu verbergen. Unter dem Blick der Mutter zwang sie sich indessen sofort wieder zu einer ruhigen Freundlichkeit. Eingedenk der Mahnung, daß eine Dame durch ihr Benehmen nie zuviel von dem verraten darf, was ihr Herz bewegt, beherrschte sie sich und begrüßte Elisa mit der nötigen Zurückhaltung.

Bald darauf aber zog sich die Fürstin zurück und ließ die beiden jungen Damen allein. Sobald sich die Tür hinter der

Mutter geschlossen hatte, sprang Tatjana auf und faßte Elisas Hand.

»Sie gefallen mir sehr gut! Ich freue mich, daß ich gerade Sie zur Gesellschafterin bekommen habe. Ihre Augen sehen aus, als könnten Sie sehr fröhlich sein. Ist es so?« fragte sie lebhaft.

Elisa hatte sich schnell erhoben und sah überrascht, aber auch sehr erfreut aus über diesen Ausbruch der jungen Dame. Ein sonniges Lächeln erhellte ihr Gesicht, und als sie Tatjanas übermütig funkelnde Augen erwartungsvoll auf sich gerichtet sah, sagte sie warm:

»Ja, ich kann fröhlich sein, Durchlaucht. Ich bin jung und gesund, und die Welt ist so schön!«

Tatjana atmete wie erlöst auf.

»Gottlob, Sie sprechen eine Sprache, wie ich sie verstehe. Sie finden es nicht unpassend, daß man sich aus vollem Herzen des Lebens freut. Im Institut durfte man das kaum denken und ja nicht aussprechen. Und Ihre Vorgängerin, die arme Mademoiselle, bekam Zahnweh oder Rheumatismus, sobald ihr ein bißchen Jugendluft um die Nase wehte. Nein, ich will sie nicht verspotten, die Ärmste, wir haben uns schrecklich miteinander herumgequält. Sie liebte überheizte Zimmer und ich die frische Luft. Sie war vor Heimweh ernst und traurig, und ich möchte immer lachen. Sagen Sie selbst, war das nicht eine gegenseitige Quälerei?«

Elisa mußte über diese mit drolligem Entsetzen vorgebrachte Klage lachen. Es war ein warmes, vollklingendes Lachen, wie es nur aus dem Herzen kommt. Tatjana stimmte mit ein.

»Oh, wie hübsch Sie lachen! Wir wollen recht vergnügt sein, ja? Wir sind viel allein. Mama hat wenig Zeit für mich, und sie ist sicher froh, wenn sie mich bei Ihnen gut aufgehoben weiß. Frieren Sie leicht?«

Tatjana hatte das alles lebhaft hervorgesprudelt, die letzte Frage kam aber so unvermittelt, daß Elisa überrascht aufblickte.

»Frieren? Nein, Eure Durchlaucht, ich friere nicht leicht. Da ich viel Wintersport getrieben habe, bin ich sehr abgehärtet.«

Tatjana klatschte in die Hände.

»Oh, das ist schön! Da können wir eislaufen und schlittenfahren. Mögen Sie gern schlittenfahren?«

Elisa lachte.

»Bisher habe ich dies Vergnügen nicht häufig genossen, aber ich kann Eurer Durchlaucht versichern, daß ich eine Schlittenfahrt durch Frost und Winterpracht als etwas märchenhaft Schönes betrachte.«

»Nun, dieses märchenhafte Vergnügen sollen Sie jetzt sehr oft genießen. Papa hat mir einen so reizenden Schlitten geschenkt, aber bisher konnte ich ihn wenig benützen. Ach, nun soll das anders werden! Ich freue mich sehr. Und nun kommen Sie mit hinüber in mein Zimmer. Wenn es Ihnen recht ist, stellen wir gleich eine Art Stundenplan fest.«

Sie verließen das große Wohnzimmer und durchschritten einige Zimmer, die Elisa noch nicht gesehen hatte und die wohl zu den intimeren Räumen der fürstlichen Familie gehörten. Dann betraten sie Tatjanas Gemächer, eine Reihe sehr duftig und elegant eingerichteter Zimmer, die bis auf das etwas ernster wirkende Arbeitszimmer alle sehr hell und in zarten Farben gehalten waren. Da war ein entzückender Salon im Stil Louis XVI., ein Boudoir im Empirestil, ein Ankleide- und ein Schlafzimmer mit weißen Möbeln und lichtblauen Stoffen, und dann das altrussische Arbeitszimmer mit dunkel gebeizten, sehr schweren Möbeln und steingrünen Portieren und Teppichen.

Als Tatjana Elisa dieses letzte Zimmer zeigte und bemerkte, daß sie nun hier gemeinsam arbeiten würden, sagte sie lachend:

»Wissen Sie, wie mein Bruder diesen Raum getauft hat? Die Schreckenskammer.«

Elisa lachte fröhlich auf. Tatjana warf sich in einen Sessel und rief übermütig:

»Oh, vor Ihrem Lachen sind gewiß die Schreckensgeister entflohen.«

Elisa blickte gerührt in das reizende Gesicht dieses Fürstenkindes. Wie lieb es war in seiner ehrlichen Offenheit! Das Herz wurde der jungen Deutschen warm, und eins wußte sie schon heute: Ihre jugendliche Herrin und Schülerin würde schnell genug einen Platz in ihrem Herzen einnehmen. Mit herzlichem Ausdruck sagte sie ernst: »Diese Ungeduld haben Durchlaucht mit allen jungen, gesunden Menschen gemein. Nur wenn man jemand sehr liebhat, erträgt man seine Leiden mit nimmermüder Geduld.«

Tatjana sprang auf. »Ach, es ist reizend, daß Sie mir nicht eine lange Strafpredigt halten. Aber was tun wir nun? Heute wird noch nicht gelernt. Ich führe Sie einmal durch das ganze Haus, damit Sie sich darin zurechtfinden.«

Und sie führte Elisa vergnügt durch den ganzen Palast. In dem großen Festsaal, dessen Parkettfußboden wie ein Spiegel glänzte, fragte sie ihre neue Lehrerin: »Tanzen Sie gern?«

»Gewiß, Durchlaucht, wie alle jungen Mädchen.«

Da umfaßte Tatjana sie ohne Umstände und wirbelte im flottesten Walzertempo mit ihr durch den Saal.

In diesem Augenblick betrat den Raum ein hochgewachsener schlanker Offizier und fing die junge Dame, die sich gerade von ihrer Partnerin gelöst hatte, lachend in seinen Armen auf.

»Was treibst du hier, Tatjana?« rief er, noch ein Stück mit ihr weitertanzend.

Sie hatte erschrocken aufgeschrien.

»Alle guten Geister – du bist es, Sascha! Ich dachte schon, einer unserer Ahnherren wäre aus dem Rahmen gestiegen und hätte mich zur Strafe festgenommen.«

Alexander lachte laut auf. Dabei fielen seine Augen auf die bescheiden im Hintergrund stehende Elisa.

Er stutzte bei ihrem unerwarteten Anblick, und seine Augen weiteten sich, um das holde Bild ganz aufzunehmen. Diese süße, blonde Schönheit, die so ganz verschieden war von der Schönheit der russischen Frauen, machte einen seltsamen Eindruck auf sein leicht entzündbares Herz. Elisa errötete, sehr gegen ihren Willen, unter dem übermütigen und doch heiß bewundernden Blick des jungen Offiziers, der in der glänzenden Uniform vor ihr stand und fragend zu Tatjana hinüberblickte.

Hätte Fürstin Maria Petrowna das Feuer in ihres Sohnes Blick aufflammen sehen bei Elisas unerwartetem Anblick, hätte sie wohl die nächste Gelegenheit benutzt, die schöne Gesellschafterin unschädlich zu machen.

Tatjana aber war zu jung und unbedacht, um ihre Schlüsse

zu ziehen. Sie amüsierte sich nur königlich über Alexanders überraschtes Gesicht.

»Nicht wahr, Sascha, Mademoiselle hat sich sehr zu ihrem Vorteil verändert!« rief sie lachend und stellte die beiden einander vor.

Einen Augenblick nur ruhte Elisas Blick in dem des jungen Fürsten, dann schlug sie erschrocken die Augen nieder. Alexander verneigte sich artig und sagte einige höfliche Worte. Elisas Befangenheit bemerkend, wandte er sich neckend an seine Schwester.

»Da habe ich wohl gar die erste deutsche Lektion gestört, Tatjana? Hast du denn den Schauplatz deiner Tätigkeit aus der Schreckenskammer in diesen lichteren Raum verlegt?«

Tatjana schüttelte den Kopf.

»Nein, mein wißbegieriger Herr Bruder. Heute ist kein Schultag. Wir sind noch nicht über den Stundenplan einig. Vorläufig habe ich Fräulein Elisa erst einmal im Hause herumgeführt.«

»Aha, und bei dieser Gelegenheit führtest du dann einen ziemlich temperamentvollen Tanz auf?«

»Jawohl, und da dich das Schicksal just zur rechten Zeit hierhergeführt hat – bitte, mein Herr, einen Walzer – aber schneidig!«

Alexander ging sofort darauf ein. Während er den Arm um seine Schwester legte, flog sein Blick wieder zu Elisa hinüber. Jetzt war dieser Blick nicht mehr so unbeherrscht wie in der ersten Überraschung. Aber er flog doch wie ein zündender Funke in Elisas fassungslos zitterndes Herz.

Das schöne Geschwisterpaar tanzte durch den Saal, und Elisas Blicke folgten bewundernd diesen beiden schönen Gestalten. Endlich hielt Alexander gerade vor Elisa, und wieder sah er entzückt in ihr lieblich errötendes Gesicht.

»So, Fräulein Helbig, hier liefere ich Ihnen Ihre Schülerin wieder ab. Hoffentlich halten Sie uns nicht für törichter, als wir es ohnehin schon sind.«

»Wer fröhlich ist, ist niemals töricht, Durchlaucht. Der fröhliche Mensch gewinnt dem Leben die beste Seite ab, und das ist immer klug«, sagte sie, so ruhig sie konnte.

Doch plötzlich war Elisa seltsam bang und schwer zumute, wie noch nie in ihrem Leben. Sie konnte sich diese Stimmung nicht erklären, aber seit sie in die Augen des jungen Fürsten geblickt hatte, schien sich eine Bergeslast auf ihr vorher so frohes Herz gelegt zu haben. Es klopfte unruhig, und sie hatte ein beklemmendes Gefühl, als sei in dieser Stunde ihr Leben in andere Bahnen gelenkt worden. Und auf ihrem Pfade sah sie plötzlich Dornen statt der roten Rosen, die zuvor darauf geblüht hatten. Es war eine Vision, und sie schaute mit bangem Blick darauf hin.

Und das alles war entstanden unter den Blicken des jungen Fürsten, die nicht von ihr weichen wollten und sie in eine seltsam süße Beklommenheit versetzten.

Sie zwang sich, den lähmenden Bann abzuschütteln. Mit Gewalt wehrte sie sich gegen den Einfluß, den Fürst Alexanders Augen auf sie ausgeübt hatten. Straff und stolz richtete sie sich empor, als müsse sie sich gegen eine unbekannte Gefahr verteidigen. Und ihr Blick wurde wieder klar und zielbewußt. Sie fand sich wieder und fühlte sich freier.

Aber dem Blick des jungen Fürsten wich sie aus, so gut es ging, und als er sich gleich darauf verabschiedete, um seinen Vater aufzusuchen, atmete sie auf.

Alexander aber wandte sich an der Saaltür noch einmal um und sah Elisa an, als fiele es ihm schwer zu gehen.

Tatjana hatte von diesem heimlichen Zwischenspiel nichts bemerkt. Sie legte ihren Arm in den Elisas und führte sie weiter durch das Haus.

Fürst Alexander suchte seinen Vater auf und überraschte diesen mit der Mitteilung, daß er sich in Zukunft etwas ernsthafter als bisher beschäftigen wolle. Vor allen Dingen wollte er seine stark vernachlässigten Sprachstudien wieder aufnehmen. Und da ja Tatjana jetzt mit ihrer neuen deutschen Gesellschafterin ernsthaft das Studium der deutschen Sprache betreiben wolle, würde er die Gelegenheit ergreifen und davon zu profitieren suchen, indem er sich an der deutschen Konversation beteiligte. Fürst Iwan sah in dieser Mitteilung einen Beweis, daß Alexander jetzt wirklich das Leben etwas ernsthafter anfassen wollte, und erklärte sich erfreut mit diesem Vorhaben einverstanden.

Als er jedoch später bei Tisch die neue Gesellschafterin seiner Tochter kennenlernte, machte er sich seine eigenen Gedanken über den plötzlich erwachten Lerneifer seines Sohnes. Er sagte jedoch nichts darüber. Zunächst beobachtete er die junge Deutsche einige Zeit sehr aufmerksam. Und das Ergebnis dieser Beobachtung beruhigte ihn vollständig. Dieses Fräulein würde keinesfalls für eine leichtsinnige Liebelei mit seinem Sohne zu haben sein. Und etwas anderes fürchtete er nicht. Mochte also Alexander immerhin diese »Sprachstudien« treiben. Sie würden ihn von anderen Torheiten abhalten.

Tatjana schloß sich ihrer deutschen Gesellschafterin von Tag zu Tag inniger an. Es war kein Verhältnis wie zwischen Herrin und Untergebener, sondern wie zwischen zwei Freundinnen, die sich in herzlicher Harmonie zusammengefunden hatten.

Maria Petrowna bemerkte bald, daß Tatjana in ihrem jugendlichen Überschwang die Grenzen zwischen sich und Elisa zu verwischen suchte. Aber sie fühlte auch heraus, daß Elisa sich mit seltenem Taktgefühl in dieser Situation zurechtfand. Nie ließ sie sich durch die Vertraulichkeit hinreißen, die ihr gesteckten Grenzen zu überschreiten. Und außerdem bemerkte die Fürstin befriedigt, daß Elisas ruhig ausgeglichenes Wesen einen heilsamen Einfluß ausübte auf das oft überschäumende Naturell ihrer Tochter.

Deshalb wendete sie nie ein Wort gegen Tatjanas Freundschaft für ihre Gesellschafterin ein.

Auch Fürst Iwan hatte nichts gegen diese Ausnahmestellung der jungen Deutschen in seinem Hause einzuwenden. Er sah, daß sie sich Alexander gegenüber sehr zurückhaltend und korrekt benahm und daß sein Sohn das Wohlgefallen an ihrer Schönheit in eine respektvolle Artigkeit kleidete.

Elisa gewann sich durch ihr Wesen sehr schnell überall Sympathie, und so gestaltete sich ihr Leben in dem neuen Wirkungskreis sehr angenehm. Sie hatte auch mit großer Energie die Befangenheit abgelegt, die sich ihrer in Fürst Alexanders Gegenwart bemächtigt hatte.

Freilich, innerlich kam sie nie aus einer quälenden Unruhe heraus, solange er in ihrer Nähe war und seine Augen auf ihr ruhen ließ. Sie fühlte seine Blicke, ohne daß sie ihnen zu begegnen brauchte, und ihr Herz kündete es ihr stets in schweren, harten Schlägen, wenn er ins Zimmer trat.

Da Alexander meist die Mahlzeiten mit seinen Angehörigen einnahm, sahen sie sich fast täglich bei Tisch. Alexander hütete sich aber, in Gegenwart seiner Eltern etwas von seinen Gefühlen zu verraten, und Elisa hatte sich so sehr in der Gewalt, daß ihr niemand anmerken konnte, daß Fürst Alexander irgendwelchen Einfluß auf sie ausübte.

Fleißig wurden, meist in Tatjanas Arbeitszimmer, deutsche Sprachstudien getrieben, und im Verkehr Tatjanas mit ihrer Gesellschafterin wurde auf Wunsch der Fürstin nur deutsch gesprochen. Tatjana war mit großem Eifer dabei, denn Elisa wußte den Unterricht interessant zu gestalten, und Wladimir Sogareff interessierte sich für Tatjanas Fortschritte und unterhielt sich oft in deutscher Sprache mit ihr. Elisa war gewohnt, das Leben mit offenen, klugen Augen zu betrachten, und die impulsive Tatjana zu durchschauen war nicht schwer. So merkte Elisa bald, welchem Umstand der Eifer ihrer jungen Herrin entsprang.

Oft sah sie auch den jungen Fürsten Sogareff zur Teestunde im Palais Kalnoky. Und wenn sie dann auf ihrem stillen Posten hinter dem Teetisch saß und die Tassen füllte, die ihr die Lakaien brachten, dann konnte sie manchen Blick zwischen Tatjana und Fürst Wladimir auffangen, der ihr zu denken gab. Sie hatte auch gehört, daß Fürst Wladimir etwa in Jahresfrist seinem Vater nach Deutschland folgen würde, und da gewann die Äußerung der Fürstin Maria Petrowna, daß Tatjana vielleicht später längere Zeit in Deutschland leben würde, eine besondere Bedeutung.

Zur großen Freude seiner Mutter fand sich auch Alexander jetzt oft zu den Teestunden in ihrem Salon ein. Überhaupt, er war viel häuslicher als sonst. Sie ahnte nicht, daß der Magnet, der ihn daheim fesselte, ein feiner, anmutiger Mädchenkopf war. Sie ahnte nicht, daß ihr Sohn schon im Wachen und im Traum dieses herrliche Haar vor sich sah. Mehr als seiner Ruhe gut war, beschäftigte sich Alexander Kalnoky mit der jungen Deutschen. Es zog ihn immer wieder mit Gewalt in ihre Nähe.

Er kannte sich selbst nicht mehr. Das Gefühl, das ihn zu Elisa zog, erschien ihm oft quälend und störend, und doch hätte er es nicht missen mögen. Es war wie ein Durst in ihm, der nie gelöscht wurde, denn Elisa hatte sich gut in der Gewalt und vermochte äußerlich ihre Ruhe vollkommen zu behaupten.

So wurde das Wesen des jungen Fürsten mehr und mehr von treibender Sehnsucht erfüllt. Er war es so gar nicht gewöhnt, sich einen Wunsch zu versagen, und das Versagte reizte ihn deshalb doppelt. Was er eigentlich wünschte, wußte er selbst nicht. Und darüber, wohin es führen sollte, wenn Elisa ihm wirklich eine Neigung entgegenbringen würde, dachte er nicht nach. Er war sich nur bewußt, sehr zärtliche und sehnsüchtige Gefühle für Elisa zu hegen, und es quälte ihn, daß sie diese nicht zu erwidern schien.

Sooft er freie Zeit hatte, nahm er in Tatjanas Arbeitszimmer an den deutschen Lektionen teil. Fürstin Maria Petrowna wußte nicht, wie oft er dort erschien. Beiläufig, um sie nicht zu beunruhigen, hatte ihr Gemahl ihr gesagt, daß Sascha ebenfalls seine Sprachstudien wieder aufgenommen hätte und daß er zuweilen an dem deutschen Unterricht teilnehmen würde. Das fand die ahnungslose Frau sehr vernünftig. Sie wußte nicht, daß sich Sascha nur der Lehrerin wegen zum Lernen entschlossen hatte und daß er viel mehr in dem Gesicht der schönen Deutschen las als in den Büchern und mehr dem Klang der warmen, klaren Mädchenstimme lauschte als den deutschen Worten.

Mehr denn je beschäftigte sich Maria Petrowna in dieser Zeit mit dem Gedanken, daß Alexander sich mit Anna Paulowna vermählen sollte. Die junge Großfürstin, die keine Mutter mehr besaß und ihrem Vater fremd und kalt gegenüberstand, schloß sich sehr an Maria Petrowna an, weil sie fühlte, daß diese ihre Liebe zu Fürst Alexander billigte und ihre Verbindung mit ihm wünschte.

Auch Tatjana suchte die Großfürstin näherzukommen, da sie wußte, daß die Geschwister sich zärtlich liebten und es ihren Herzenswunsch nur fördern konnte, wenn Tatjana für sie freundschaftlich empfand.

Aber zwischen diesen beiden verschiedenen jungen Damen gab es wenige gemeinsame Berührungspunkte, so daß sich kein herzliches Verhältnis anbahnen konnte. Tatjana fühlte sich bei näherer Bekanntschaft von der Großfürstin abgestoßen, und diese bezeichnete in ihrer maßlosen Selbstüberhebung im stillen Tatjana als ein »Gänschen«. So blieben die Beziehungen rein äußerlich.

Alexander empfand die Bemühungen seiner Mutter und der Großfürstin unangenehmer denn je. Was war ihm Anna Paulowna? Ihre Reize, wie die aller Frauen, verblaßten jetzt vor der holden Schönheit des deutschen Mädchens, dessen Bild sich täglich tiefer in sein sonst so unbeständiges Herz einprägte. Noch nie war seiner Seelenruhe eine Frau so gefährlich geworden wie die schlichte Elisa Helbig mit ihren klugen, seelenvollen Augen, mit der ungeahnten und bisher ungekannten Süßigkeit ihrer Reize.

Dieser verwöhnte Liebling der Frauen hatte plötzlich kein anderes Bestreben mehr, als einer kleinen deutschen Gesellschafterin zu gefallen.

Es half ihm nichts, daß er sich selbst verspottete. Er zwang sich tagelang, eine Begegnung mit ihr zu vermeiden, und hoffte auf diese Weise, dem Zauber, den sie unbewußt auf ihn ausübte, zu entgehen. Aber lange hielt er es nie aus. Plötzlich konnte er dann die Sehnsucht nach ihrem Anblick nicht mehr ertragen und stürmte voll Ungeduld in Tatjanas Arbeitszimmer, wo er gewiß war, Elisa zu finden.

Sah er dann das Rot verräterisch in ihre Wangen steigen und fing er einen ihrer scheuen Blicke auf, wurde ihm leicht und friedlich zu Sinne. Ein Glücksgefühl, wie es dieser verwöhnte Liebling des Schicksals noch nie empfunden hatte, füllte sein Herz.

So war es wieder eines Tages. Fünf Tage lang hatte sich Alexander selbst kasteit, hatte sich von ihr zurückgehalten und sich sogar auf Wunsch seiner Mutter mehr denn je mit Anna Paulowna beschäftigt. Er war den Mahlzeiten im Palais Kalnoky unter allerlei Vorwänden fern geblieben und war sogar mit sich zu Rate gegangen, ob es nicht klüger sei, sich um Anna Paulowna zu bewerben als wie ein blöder Tor hinter der blonden Deutschen herzuschmachten.

Aber all diesen Zwang hatte er plötzlich wieder abgeworfen, weil er es vor Sehnsucht nach Elisa nicht mehr aushalten konnte.

Unruhig, mit brennenden Blicken, trat er bei Tatjana ein. Die beiden jungen Damen saßen, wie er vermutet hatte, einander am Tisch gegenüber. Sie boten ein reizendes Bild. Der blonde und der schwarze Mädchenkopf, jeder von vollendeter Schönheit und Lieblichkeit, wandten sich nach ihm um.

Tatjana begrüßte ihn mit frohem Ausruf: »Ah, endlich wieder zur Stelle, du Faulpelz! Dein Lerneifer scheint nicht sehr groß zu sein, da du so lange aussetzen konntest. Wo hast du all die Zeit gesteckt?«

Alexander fühlte sich zunächst wie ein durstiger, müder Wanderer, der eine friedliche Oase erreicht hat. Nachdem er die Damen begrüßt hatte, nahm er neben Tatjana Platz und sagte: »Wenn du wüßtest, Schwesterchen, wie mich mein Lerneifer jeden Tag hierhergetrieben hat! Aber ich konnte nicht kommen, der Dienst nahm mich so sehr in Anspruch. Du hast inzwischen natürlich große Fortschritte gemacht, nicht wahr?«

»Oh, Fräulein Elisa ist sehr zufrieden mit mir.«

»Wirklich, ist es so, Fräulein Helbig?« fragte er Elisa, den Blick fest auf sie gerichtet. Nun mußte sie doch mit ihm sprechen und ihn ansehen.

Elisa hatte sich aber bereits wieder in der Gewalt. Scheinbar ruhig schlug sie die Augen zu ihm auf und sagte lächelnd: »Durchlaucht dürfen überzeugt sein, daß ich sehr zufrieden bin.«

»Siehst du wohl, Sascha! Übrigens kommst du gerade in eine sehr interessante Unterrichtsstunde. Wir konjugieren eben ›lieben‹. Bitte, Fräulein Elisa, wiederholen Sie noch einmal, damit mein Bruder auch davon profitiert«, sagte Tatjana lachend. Sie schien selbst sehr eifrig bei der Sache zu sein und hatte jedenfalls keine Ahnung, daß sie ein sehr verfängliches Thema aufnahm.

»Also bitte, Fräulein Helbig, ich bin sehr aufmerksam«, wandte sich Alexander an Elisa.

Diese senkte die Augen mit einer leichten Verbeugung auf das Buch herab und begann vorzulesen.

Alexander sah sie unverwandt an, und sein Herz blieb durchaus nicht ruhig, als Elisa sagte:

»Ich liebe – du liebst –«

Ehe sie fortfahren und erläutern konnte, trat ein Diener ein und bat Tatjana sofort zu ihrer Mutter. Irgendein Besuch wünschte sie zu sehen.

Tatjana erhob sich, nicht gerade sehr entzückt.

»Ich komme jedenfalls sogleich zurück, Sascha. Du wartest doch, nicht wahr?«

Alexander wußte nichts, was ihm lieber gewesen wäre als dies Alleinsein mit Elisa, das ihm Tatjana so harmlos und kurzerhand verschaffte.

»Natürlich warte ich, aber beeile dich«, sagte er heuchlerisch.

Und dann war er mit Elisa allein. Es geschah zum ersten Male. Elisa hätte sich am liebsten ebenfalls entfernt und machte unwillkürlich eine fluchtähnliche Bewegung. Ihr Gesicht erblaßte vor tiefer Erregung, und sie preßte die Lippen fest aufeinander.

Alles dies bemerkte Alexander sehr wohl, und das Blut schoß rebellisch zu seinem Herzen. Aber er blieb still und regungslos auf seinem Platz sitzen, weil er fürchtete, sie zu verscheuchen.

Ohne sich zu rühren, nur die Augen fest auf sie gerichtet, sagte er, gleichsam wiederholend: »Ich liebe – du liebst –«

Hier machte er eine Pause, und dann fuhr er fort, wiederum gleichsam als Sprachübung, und doch mit einem Ausdruck, der nicht mißzuverstehen war: »Ich liebe – dich – liebst du mich?«

Und dabei beugte er sich vor und sah ihr mit brennenden Augen ins Gesicht.

In Elisas Gesicht schoß das Blut wie eine Flamme. Wie gelähmt saß sie ihm gegenüber und schloß in jähem Schreck die Augen.

Da sprang er hastig auf und trat an ihre Seite.

»Elisa – Elisa!« flüsterte er leidenschaftlich, unfähig, sich zu beherrschen.

Sie erblaßte so jäh, wie sie zuvor errötet war. Auch sie erhob sich jetzt und richtete sich mit Anstrengung empor. Einen einzigen Schritt trat sie von ihm zurück. Dann hob sie die Augen zu ihm und sah ihn an mit einem Blick, in dem sich die ganze Qual ihres Herzens, alle Liebe und alles Leid aussprachen, zugleich aber auch der ganze Stolz einer reinen Mädchenseele.

Jetzt ließ sie ihren Blick nicht mehr scheu zur Seite gleiten. Groß und voll ließ sie ihn auf seinem heißen, erregten Gesicht ruhen. Und leise, mit fast klangloser Stimme, sagte sie in russischer Sprache:

»Fürst Alexander Kalnoky ist zu edel und von zu vornehmer Denkungsart, um eine schutzlose Waise zu beleidigen und sie aus ihrer Stellung zu vertreiben.«

Diese Worte, ihr Blick und die ganze Haltung des jungen Mädchens machten einen tiefen Eindruck auf den sonst so leichtsinnigen Aristokraten. Was hatte er sich gedacht, als er sein Gefühl hatte mit sich durchgehen lassen? Er wußte es selbst nicht, wußte nur, daß dieses Gefühl mächtiger war als all seine Vorsätze.

Nun jedoch sah er, was er damit angrichtet hatte, wie sehr sie erschrocken war. Es tat ihm leid, sich nicht besser beherrscht zu haben. Der edle Kern seines Wesens ließ es nicht zu, sie noch weiter zu beunruhigen.

Daß Elisa ihn liebte, vielleicht reiner und tiefer, als er sie bisher geliebt, empfand er in diesem Augenblick mit freudiger Gewißheit. Trotz ihrer stolzen Abwehr vermochte sie es nicht zu verbergen, ihre Augen verrieten es ihm. Aber er fühlte auch, daß dieses feine Mädchen um ihrer Liebe willen litt. Daß sie trotz dieser Liebe ihren Stolz bewahrte und ihn ruhig und bestimmt in seine Schranken zurückwies, erfüllte ihn mit Hochachtung. An seinen Edelmut, an seine vornehme Gesinnung appellierte sie, sie sollte es nicht umsonst getan haben.

Obwohl ihr Verhalten seine Gefühle für sie noch vertiefte, trat er mit einer Verbeugung von ihr zurück und sagte, sie bittend ansehend:

»Verzeihung, ich war nicht Herr über mich. Um keinen Preis der Welt möchte ich Sie betrüben oder gar beleidigen. Verzeihen Sie mir.«

Sie senkte mit einem leisen Seufzer das Haupt. Die Spannung ihres Wesens, die kampfbereite Haltung ließen nach. Wie ermattet glitt sie in ihren Sessel zurück und beugte den Kopf über die Bücher.

Mit einem schweren Atemzug trat er an das Fenster und sah zu ihr hinüber. Es lag jetzt etwas rührend Hilfloses in ihrer Haltung. Müde sah sie aus, wie nach einem schweren Kampf. Er preßte die Lippen fest aufeinander und wußte nicht, ob er gehen oder bleiben sollte.

Ehe er sich entschieden hatte, kam Tatjana zurück. Sofort trat ihr Alexander mit einer belanglosen Frage nach dem Besuch entgegen und hielt sie noch eine Weile auf, um Elisa Zeit zur Fassung zu geben.

Dann beklagte er sich, daß er aus der Lernstimmung gekommen wäre und nun keine Lust mehr habe, an der Lektion teilzunehmen. Tatjana schalt ein wenig mit ihm und forderte scherzend Elisa auf, dasselbe zu tun.

Alexander wandte sich noch einmal an Elisa: »Schelten Sie lieber nicht, Fräulein Helbig, sondern verzeihen Sie großmütig.«

Und er verabschiedete sich und ging.

Von diesem Tag an kam Fürst Alexander nur sehr selten zu den Unterrichtsstunden und hielt sich auch sonst soviel wie möglich von Elisa zurück. Aber unter diesem Zwang vertiefte sich seine Liebe und blieb nicht ohne Einfluß auf sein ganzes Wesen.

Elisa dankte es ihm im stillen, daß er ihr möglichst auswich. Andernfalls hätte sie ja ihre sonst so angenehme Stellung aufgeben müssen.

Und als sie nun merkte, daß Fürst Alexander sich ihr gegenüber einer großen Zurückhaltung befleißigte, wurde sie wieder ruhiger.

Alexander hatte wirklich die ehrliche Absicht, den Frieden der jungen Deutschen nicht zu stören. Auch er kämpfte redlich gegen diese aussichtslose Neigung.

Daß sich ein Mädchen wie Elisa nicht zu einer Liebelei mit ihm entschließen konnte, wußte er, und ein anderes Verhältnis zwischen dem Fürstensohn und der armen Gesellschafterin konnte es nicht geben. Davon war er durch die Erziehung, die er genossen hatte, überzeugt. Er führte alle Vernunftgründe gegen diese aussichtslose Liebe ins Treffen.

Aber die Liebe hat sich noch niemals Vernunftgründen gefügt und läßt sich nicht von solchen Erwägungen unterdrükken, zumal nicht, wenn sie so tief und stark im Herzen wurzelt wie bei diesen jungen Menschen.

Sie kämpften beide und rangen sich äußere Zurückhaltung ab. Aber um so heißer verlangten ihre Herzen nacheinander. Je ruhiger und stärker sie nach außen schienen, desto weniger waren sie es im Innern.

4

INZWISCHEN WAREN DER Winter und der Frühling vergangen und der Sommer ins Land gezogen.

Fürst Iwan ging stets im Sommer mit seiner Familie auf eins seiner Güter, meist auf sein Stammschloß Kalnoky, weil es in einer besonders schönen und waldreichen Gegend lag und von all seinen Schlössern das größte und schönste war.

Auch diesen Sommer siedelte die fürstliche Familie, von einigen Freunden und Bekannten begleitet, nach Schloß Kalnoky über.

Zu diesem Stammgut der Kalnokys gehörten mehrere Dörfer. Diese waren, wie auch die Wirtschaftsgebäude, durch den großen Forst vom Schlosse getrennt. Wenn man die zum Teil recht elenden Lehmkaten, den Schmutz, die Armut und das Elend des Volkes nicht sehen wollte, brauchte man es nur zu vermeiden, den Forst zu verlassen.

Dabei muß gesagt werden, daß Fürst Iwan viel mehr für seine Untergebenen tat als die meisten seiner Standesgenossen. Auf seinen Gütern fand man bei den fleißigeren und intelligenteren Bauern sogar einigen Wohlstand. Um gründlich mit Schmutz und Elend aufzuräumen, galt es einen schlimmen und starken Feind zu bekämpfen – den Wodka, der das Volk im Stumpfsinn und in der Trägheit festhielt und den ein Einzelner nicht bekämpfen konnte. Elisa, die zuweilen eines der Dörfer aufsuchte, um sich selbst Einblick in die Verhältnisse zu verschaffen, war von den Zuständen, die dort zum Teil herrschten, tief erschüttert. Soviel Elend hatte sie in Deutschland nirgends kennengelernt.

Fürst Alexander hatte seine Eltern nicht nach Kalnoky begleitet. Vorläufig konnte er dienstlich nicht abkommen, und später sollte er im Auftrag seines Vaters zu dem weiter im Norden liegenden Schloß Roschnow reisen, um dort mit dem Administrator wegen der Anschaffung neuer Maschinen zu verhandeln. Schloß Roschnow und der dazugehörige Grundbesitz waren vor zweihundert Jahren den Kalnokys zugefallen. Es war damals nur ein großes Bauerngut gewesen. Ein Vorfahre der Kalnokys hatte das hübsche, zierliche Schloß dort erbauen lassen und großen Landbesitz ringsum angekauft. So war es mit der Zeit ein stattlicher Besitz geworden, der dem Fürsten Kalnoky reiche Einkünfte brachte. Der Name Roschnow wurde dem der Fürsten, wie auch die Namen seiner anderen Güter, angegliedert. Sie hießen Fürsten von Kalnoky, Burtschikow, Jatrusk, Obrowitsch und Roschnow. Den letzten Namen wählten Iwan und sein Sohn meist als Inkognito bei großen Reisen, hauptsächlich im Ausland, wenn sie durch ihre Namen und Titel nicht auffallen wollten. Sie hatten für diesen Zweck einen Paß, der einfach auf den Namen »Iwan Roschnow« oder »Alexander Roschnow« lautete. Diesen Namen zu führen waren sie berechtigt, und da er in Rußland auch in Bürgerkreisen gebräuchlich war, konnten sie ihn ohne aufzufallen tragen.

Alexander hatte sich selbst zu dieser Reise erboten. Fürst Iwan merkte daraus, daß sein Interesse für die junge Deutsche wahrscheinlich bereits erloschen war.

Die Fürstin Maria Petrowna war wenig entzückt davon, daß Alexander nicht mit nach Kalnoky kam. Die Großfürstin Anna Paulowna hatte für einige Wochen ihren Besuch in Schloß Kalnoky zugesagt, und sie und die Fürstin erhofften viel für ihre Pläne und Wünsche von einem vertraulichen Beisammensein, wie es auf dem Lande üblich ist. Daraus konnte jedoch nichts werden, wenn Alexander nicht nach Kalnoky kam.

Die Fürstin setzte schließlich durch, daß Alexander erst für einige Zeit nach Kalnoky kam, ehe er nach Roschnow ging. Sie hielt sich für sehr klug, daß sie es so einzurichten gewußt hatte, daß Sascha mit der Großfürstin in Kalnoky zusammentreffen mußte, und hütete sich, ihm etwas davon vorher zu verraten.

Alexander hatte sich nur schweren Herzens dazu entschlossen, von Kalnoky fernzubleiben. Sein Herz zog ihn gewaltsam dahin, wo Elisa weilte. Aber er wollte der Versuchung aus dem Wege gehen, denn in Kalnoky würde ein häufigeres Zusammentreffen mit Elisa nicht immer zu umgehen sein.

Da ihn aber seine Mutter nicht eher in Ruhe ließ, bis er sein Wort gab, auf kurze Zeit wenigstens nach Kalnoky zu kommen, so sagte er scheinbar widerwillig, doch mit geheimer Freude zu. Er hatte getan, was er konnte, und an Zurückhaltung Unmenschliches geleistet. Mehr konnte man von ihm nicht verlangen.

Elisa war froh und traurig zugleich, als sie von Tatjana hörte, daß ihr Bruder nicht mit nach Kalnoky gehen würde.

So sehr sie ihm seine Zurückhaltung dankte, so sehnte sie sich doch nach seinem Anblick.

In Schloß Kalnoky begann ein ganz anderes Leben als in dem Palais in Petersburg. Das Haus wurde nie leer von Gästen. Große Festlichkeiten waren an der Tagesordnung, und es herrschte ein reges Leben und Treiben.

Da Tatjana täglich mit ihrem Vater und den Gästen ausritt und jetzt Elisas Dienste weniger in Anspruch nahm, blieb dieser viel freie Zeit. Sie erbat sich als eine Gunst von der Fürstin Maria Petrowna, daß sie sich anderweitig im Hause nützlich machen dürfe. Maria Petrowna, die natürlich stark in Anspruch genommen war, nahm dieses Anerbieten, das sie etwas entlastete, gerne an.

Elisa war der Fürstin immer sympathischer geworden. Sie schätzte das taktvolle, kluge Mädchen sehr und gab ihm häufig genug Beweise ihres Wohlwollens.

Einige Wochen nach der Übersiedlung kam auch Fürst Wladimir Sogareff nach Kalnoky, und mit ihm trafen seine Kusine und ihr Gatte, Graf Arganoff, ein.

Das junge gräfliche Ehepaar hielt sich freilich nur einige Tage auf, denn Graf Arganoff verwaltete sein Gut, das nicht weit von Kalnoky lag, selbst, weil er in sehr wenig glänzenden Verhältnissen lebte, und die Gräfin war nicht nur eine überaus zärtliche Gattin, sondern eine noch zärtlichere Mutter, und sie hatte ihr achtjähriges Söhnchen daheim lassen müssen.

Von allen Gästen, die Elisa in Kalnoky kennenlernte, gefiel

ihr dies Ehepaar am meisten. Sie waren aufrichtige und klare Menschen, die sich in ihren bescheidenen Verhältnissen so wohl fühlten, daß sie mit keinem König getauscht hätten.

Wladimir Sogareff war mit Graf und Gräfin Arganoff innig befreundet, und es wollte Elisa scheinen, als hätte er diesen beiden Menschen Tatjana als seine zukünftige Gattin zeigen wollen. Es schien ihm eine große Freude zu sein, daß sich Tatjana der Gräfin sehr innig anschloß und seine Wahl offenbar dem gräflichen Ehepaar sehr zusagte.

Wladimir Sogareff, der keine Geschwister besaß, war mit der Gräfin Arganoff zusammen wie Bruder und Schwester aufgewachsen, und auch mit Graf Arganoff war er schon seit seinen Kindertagen befreundet.

Als Graf und Gräfin Arganoff wieder abgereist waren, ergab es sich oft und ganz wie von selbst, daß Wladimir und Tatjana aufeinander angewiesen waren. Andere Gäste befanden sich zur Zeit nicht in Kalnoky. Die Großfürstin wurde bald erwartet, und man traf für ihren Besuch große Vorbereitungen.

Fürstin Maria Petrowna machte es Wladimir Sogareff leicht, sich Tatjana zu nähern. Und auch bei dieser delikaten Angelegenheit erwies sich Elisa der Fürstin und Tatjana als eine taktvolle Helferin.

In ihrem Schutze konnte man das junge Paar unbesorgt allein lassen. Elisa verstand es vorzüglich, anwesend zu sein und doch nichts zu sehen und zu hören, was nicht ihres Amtes war. Daß Tatjana längst Elisa zur Vertrauten ihrer Liebe gemacht hatte, ahnte die Fürstin freilich nicht.

In dem wundervollen alten Park, der zu Schloß Kalnoky gehörte und in den Wald überging, promenierte Tatjana jeden Morgen mit Wladimir Sogareff. Elisa folgte ihnen dann, scheinbar vollauf beschäftigt, große, geschmackvolle Sträuße aus Laub und Blumen zu pflücken oder reizende Kränze zu winden, die sie Tatjana dann auf das schwarze Haar drückte.

Das hatte sie eines Tages wieder getan. Wladimir Sogareff ließ seine Augen in heißer Bewunderung auf Tatjana ruhen.

»Wie wundervoll die farbigen Blumen in Ihrem schwarzen

Haar aussehen, wie schön Sie sind, Tatjana Iwanowna!« sagte er zärtlich, als sich Elisa wieder ein Stück entfernt hatte.

Tatjana sah zu ihm auf. Eine seltsame Unruhe und Ungeduld lag in dieser Zeit oft in ihrem Blick. Jetzt aber trat ein weicher Schimmer in ihre Augen.

»Schön?« fragte sie versonnen. »Bin ich schön?« Und mit leidenschaftlichem Ungestüm fuhr sie fort: »Ach, ich möchte es sein, so schön, daß ich alle Herzen besiegte!«

»Alle Herzen? Wäre das wirklich Ihr Wunsch?«

Sie schüttelte mit einem reizend verwirrten Lächeln den Kopf.

»Nein, das war dumm von mir, achten Sie gar nicht auf meine Worte, Fürst Wladimir. Ich bin wirklich noch oft wie ein törichtes Kind.«

»Ein Kind, ja, ein reizendes, liebes Kind, das man verwöhnen möchte.«

Tatjana seufzte tief auf, ihre Wangen glühten. In ihren Augen lag wieder die rastlose Ungeduld. Und plötzlich sah sie ihm mit einem seltsam forschenden Ausdruck fest in die Augen.

»Warum sagen Sie mir das, Fürst Wladimir?« fragte sie ernst.

Er blickte sie überrascht an. Es lag etwas Leidendes, Gequältes in ihrem Blick, worüber er erschrak. So hatte ihn Tatjana noch nie angesehen. Er hatte das entscheidende Wort noch nicht gesprochen, weil er glaubte, ihr Zeit lassen zu müssen, weil er annahm, sie sei noch zu jung, um zu verstehen, wie heiß und leidenschaftlich er für sie empfand. Jetzt aber sah er an dem Ausdruck ihrer Augen, daß er kein Kind mehr vor sich hatte, sondern ein heiß empfindendes junges Weib.

»Warum ich das sage?« wiederholte er betroffen.

»Ja, warum sagen Sie mir solche Worte. Sie quälen mich«, stieß sie hervor.

»Tatjana!« rief er außer sich. »Was ist Ihnen, was habe ich Ihnen getan?«

»Was Sie mir getan haben? Ach, es lohnt sich nicht, Ihnen das zu sagen, wenn Sie es nicht selbst empfinden«, sagte sie rasch und ungeduldig. »Seit Monaten suchen Sie meine Nähe, sagen mir schöne Worte, wie eben jetzt, und sehen mich an – nun – wie eben jetzt. Ich weiß, das, was ich Ihnen jetzt sage, ist vielleicht unweiblich. Aber ich bin kein sanftes, geduldiges Geschöpf. Es empört mich, daß wir Frauen warten, immer wieder warten müssen. Ich bin zu stolz diese Demütigung länger zu ertragen. Bitte, reisen Sie ab. Ich ertrage das nicht länger.«

Erblassend faßte Wladimir nach ihren Händen. Sie wollte sie ihm heftig entziehen, aber er hielt sie fest.

»Nein, ich lasse Sie nicht, süße, liebe, trotzige Tatjana! Ich glaube, ich war ein großer, großer Tor. Bitte, hören Sie mich an. Tatjana, ich fürchtete, Sie mit meiner Werbung zu erschrekken. Sie schienen mir noch so jung, so kindlich. Ich wollte Sie nicht zu einer Entscheidung drängen, bevor Sie nicht imstande wären, sich klar über Ihre Gefühle für mich zu werden.«

Tatjana stand zitternd und beschämt vor ihm. Ihre Augen füllten sich mit Tränen. Große Tropfen rollten über ihre Wangen.

Er zog sie fest an sich und küßte ihre bebenden Lippen.

»Wenn ich das geahnt hätte, Duschenka! Wieviel Qual hätte ich uns beiden ersparen können. Aber nun ist alles gut, ja? Nun bist du meine holde, süße Braut, und bald mein Weib.«

Sie schmiegte sich an ihn und sah mit den dunklen Augen zu ihm auf.

»Wladimir, war ich sehr unweiblich?« fragte sie zaghaft, jetzt wie ein holdes Kind.

Da lachte er leise und zärtlich, zog aber die Stirn in strenge Falten.

»Furchtbar unweiblich. Ganz kriegerisch, wie eine kühne Amazone hast du mir die Tür gewiesen. Wenn ich nun gegangen wäre?«

Sie zog die Brauen zusammen. »Ach, dann hättest du mich nicht geliebt, dann hätte ich gar nicht mehr an dich denken mögen.«

»Trotzkopf!« neckte er und küßte sie wieder und wieder auf den blühenden Mund.

Sie machte sich erschrocken los.

»Mein Gott, Wladimir – wo ist denn Fräulein Elisa?«

Er lachte.

»Diese Perle einer Gesellschafterin ist wert, daß man sie in Gold fassen läßt. Als sie überflüssig war, verschwand sie wie auf ein gegebenes Stichwort von der Szene. Ich glaube, sie steckt dort hinter dem Gebüsch. Siehe da – soeben taucht sie wieder auf, die Hände voll Blumen.«

Tatjanas Augen strahlten glücklich. »Ich wette, sie würde sofort verschwinden, wenn du mir einen Kuß geben würdest«, sagte sie lächelnd.

»Das wollen wir gleich ausprobieren«, rief er vergnügt und küßte sie ohne Umstände auf den Mund. Wirklich verschwand Elisa sofort wieder.

Tatjana sah lächelnd hinüber und blickte dann zu Wladimir auf.

»Sie weiß längst, warum ich so eifrig Deutsch lerne.«

»Du hast es ihr verraten?«

Sie nickte eifrig.

»Einen Menschen mußte ich haben, dem ich mich anvertrauen konnte, sonst wäre ich gestorben vor Ungeduld, das kannst du mir glauben. Es war so schrecklich, dies qualvolle Warten. Oh, ihr Männer müßtet nur einmal fühlen, wie uns armen Mädchen zumute ist!«

»Und ihr Mädchen müßtet nur einmal fühlen, was für ein Mut dazu gehört, das entscheidende Wort zu sprechen! Viel mehr gehört dazu, als wenn man in den Krieg ziehen muß.«

Und er küßte sie wieder.

Sie drängte ihn von sich. »So, jetzt ist es genug, jetzt rufe ich Elisa.«

»Mir ist es noch nicht genug«, erwiderte er.

Sie lachte erglühend.

»Im Vertrauen, mir auch nicht. Aber jetzt gehst du erst zu meinen Eltern. Ich glaube, sie werden sich freuen, wenn du ihnen sagst, was hier geschehen ist.«

»Noch einen einzigen Kuß, Duschenka!« bettelte er.

Sie bot ihm die Lippen.

»Nun geh«, bat sie dann.

Er ging schnell ins Schloß zurück. Tatjana aber lief zu Elisa.

»Elisa, liebe Elisa, ich bin Fürst Sogareffs Braut!«

Elisa sah mit einem warmen Blick in ihr heißes, gerötetes Gesicht.

»Von ganzem Herzen wünsche ich Durchlaucht Glück, so viel Glück, wie es Durchlaucht verdienen.«

Tatjana lachte.

»Ach, dann wird es eben nicht viel«, sagte sie kläglich.

»Also dann tausendfach so viel, wie Durchlaucht verdienen«, sagte Elisa lächelnd.

»Ja, damit komme ich vielleicht aus«, erwiderte die junge Fürstin und legte ihren Arm in den ihrer Gesellschafterin.

»Kommen Sie ins Haus, Elisa. Ich schenke Ihnen nachher das goldene Kettenarmband mit den Saphiren, das Sie immer so hübsch fanden. Zum Andenken an meine Verlobung und als Dank, daß Sie so eifrig Blumen pflückten. Den Kranz, den Sie mir gewunden und den ich in dieser Stunde trug, den will ich mir aufheben. Er hat mir Glück gebracht.«

Zur Feier der Verlobung seiner Schwester kam Alexander nach Kalnoky. Und am Tage vorher hatte man einen hohen Gast dort empfangen: die Großfürstin Anna Paulowna.

Alexander war auf das peinlichste überrascht, als er von der Anwesenheit der Großfürstin erfuhr. Nie war er weniger dazu aufgelegt gewesen, sich mit ihr zu beschäftigen, als jetzt, nachdem er nach wochenlanger Trennung Elisa wiedergesehen hatte.

Heiß und stürmisch war ihm das Blut zum Herzen gewallt, und er war vor Erregung blaß geworden, als er ihr zuerst begegnete.

Elisa wußte nicht, ob sie vor Wonne aufjubeln oder vor Herzeleid vergehen sollte, als er zur Tür hereinkam. Ganz allein waren sie, als sie sich begegneten. Elisa ordnete gerade den Blumenschmuck für die Tafel zum Verlobungsfest. Die Blumen entglitten ihrer Hand, und zitternd beugte sie sich nieder, um sie wieder aufzuheben. Er half ihr dabei und faßte dann, vom Gefühl überwältigt, nach ihren Händen, die er mit leisem Stöhnen an sein heißes Gesicht preßte.

Sie erzitterte und sah ihm mit so furchtbarer Angst und

Bangigkeit in die Augen, daß er schnell, ohne ein Wort zu sagen, aus dem Zimmer floh.

Als sie allein war, fiel sie kraftlos in einen Sessel und saß eine Weile da mit geschlossenen Augen.

Den ganzen Tag traf sie nicht mehr mit ihm zusammen. Sie speiste auf ihrem Zimmer, solange die Großfürstin und andere vornehme Gäste in Kalnoky weilten. Das war ihr sehr lieb. So konnte sie doch zur Ruhe mit sich selbst kommen.

Die Verlobungsfeier verlief glänzend. Tatjana war eine entzückende Braut. Sie trug ein wundervolles Kleid aus elfenbeinfarbigen, kostbaren Spitzen über weichem, gleichfarbigem Seidenkrepp. In ihrem Haar glänzten wieder die mattweißen Perlen von unschätzbarem Wert, die sie auf dem Hofball getragen hatte.

Alexander, der die Großfürstin bei der Tafel zur Nachbarin hatte, sah mit brennenden Augen zu dem strahlenden Brautpaar hinüber. Warum war Elisa nicht auch eine Dame aus fürstlichem Geblüt? Warum saß sie nicht statt der Großfürstin an seiner Seite? War sie weniger schön als diese, weniger gut und edel?

Ganz nervös machte ihn das Rascheln der schweren Seidenrobe, die Anna Paulowna trug und die bei jeder Bewegung ihres Körpers leise in den Nähten krachte.

Zum ersten Male erwog er, ob es nicht möglich sei, die Vorurteile zu besiegen, ob es nicht einen Weg für ihn gab, der ihn mit der Geliebten vereinigte. Er wußte, daß keiner seiner Standesgenossen etwas dagegen haben würde, wenn er Elisa zu seiner Geliebten machte. Aber alle würden über eine Heirat empört sein. Allen voran natürlich seine Eltern. Nie würden sie einwilligen, nie! Selbst Tatjana, die doch Elisa sehr liebgewonnen hatte, würde ihn nicht verstehen.

Alexander seufzte leise vor sich hin. Neben ihm saß die Frau, die man für ihn bestimmt hatte und der das herrische Begehren wieder aus den Augen funkelte. Zu ihr mußte er nicht herabsteigen, sie würde ihn noch eine Stufe höher ziehen, wenn er sich entschließen konnte, ihre Hand zu nehmen. Aber das würde er nicht tun, ganz gewiß nicht. Es war ein Gefühl in ihm, das fast an Haß grenzte gegen diese stolze, herrische Frau mit dem kalten Gesicht und den heißen Augen.

»Über welche unergründlichen Probleme sinnen Sie nach, Fürst Alexander?« fragte ihn die Großfürstin, nachdem er eine Weile in Gedanken versunken vor sich hin geblickt hatte.

Er schrak empor und blickte sie an.

»Probleme? Ich weiß nicht, ob das menschliche Glück ein Problem ist, Kaiserliche Hoheit.«

»Über das menschliche Glück haben Sie so angestrengt nachgedacht?«

»Über das Glück meiner Schwester vor allem, Kaiserliche Hoheit.«

Anna Paulowna seufzte leise und warf einen neidvollen Blick zu Tatjana hinüber.

»Ja, Ihr reizendes Schwesterchen scheint sehr glücklich zu sein.«

»Beneidenswert glücklich, Kaiserliche Hoheit. Sie durfte ihrem Herzen folgen.«

»Aber was hindert Sie daran, ein gleiches Glück zu suchen, wenn Sie es so beneidenswert finden?«

Er war mit seinen Gedanken nur halb bei der Unterhaltung, und zerstreut und unüberlegt antwortete er: »Der Standesunterschied, Kaiserliche Hoheit.«

Sie errötete jäh, und ihre Augen leuchteten auf.

»Der Standesunterschied, Fürst Alexander?« fragte sie atemlos.

Fürst Alexander wurde sich erst jetzt, als er ihren heißen erwartungsvollen Blick sah, bewußt, in welchem Irrtum sie sich befand. Und da fühlte er auch, auf welches gefährliche Gebiet ihn seine zerstreuten Worte geführt hatten.

So kühl und ruhig, wie es ihm möglich war, sagte er:

»Ich glaube wohl, Kaiserliche Hoheit. Es ist nicht gut, an geheiligten Traditionen zu rütteln.«

Sie richtete sich hastig auf, ihre Augen strahlten. Sie glaubte jetzt zu wissen, daß nur sein Stolz ihm verbot, um sie zu werben. Leise, mit bebender Stimme sagte sie: »Ich würde in solch einem Falle nur mein Herz sprechen lassen.«

»Kaiserliche Hoheit meinen das nicht im Ernst«, wehrte er ab.

»Doch, es ist mein Ernst, keine Minute würde ich mich bedenken, Fürst Alexander.«

»Frauen empfinden wohl anders als wir Männer«, sagte Alexander mit trockenen Lippen und starrte wieder auf die roten Rosen.

»Ja, der Frau ist die Liebe das Leben, dem Manne nur ein Teil davon. Aber Sie, Fürst Alexander, Sie dürfen gewiß so hoch greifen, wie Sie wollen.«

»Wie aber, Kaiserliche Hoheit, wenn man nicht nach oben, sondern nach unten greifen wollte?« fragte er, plötzlich ganz kühl werdend.

»Nach unten?« wiederholte sie erstaunt. Aber dann fuhr sie hastig und leidenschaftlich fort: »Ob nach oben oder nach unten, die wahre Liebe fragt nicht danach.« Sie glaubte, er wolle ihre Ansicht hören und beziehe die Frage auf sie selbst.

Er richtete sich auf.

»Kaiserliche Hoheit haben recht, sie sollte wenigstens nicht danach fragen. Haben Kaiserliche Hoheit schon den Park von Kalnoky gesehen?«

Damit brach er etwas gewaltsam das Thema ab. Die Großfürstin biß sich auf die Lippen, er war ihr wieder entschlüpft.

Alexander atmete auf, als die Tafel aufgehoben wurde. Die Gäste zerstreuten sich in den angrenzenden Räumen oder gingen hinaus in den Park, je nach Lust und Laune.

Tatjana trat zu ihrem Bruder, der verstimmt in einer Fensternische stand.

»Sascha, du bist so ernst und still. Drückt dich etwas?« fragte sie, ihn besorgt ansehend.

Er schüttelte den Kopf.

»Nein, nein, Schwesterchen, vielleicht hat mich dein Glück nachdenklich gestimmt.«

Sie sah sich vorsichtig um und fragte dann lächelnd:

»Wirst du mir nicht bald nacheifern, Sascha?«

»Wie meinst du das?«

»Ach geh, du bist doch sonst nicht so schwer von Begriff. Ich meine, ob du dich nicht auch bald verlobst?«

Er machte ein undurchdringliches Gesicht.

»Ich wüßte nicht, mit wem.«
Sie lachte schelmisch.

»Ach, meinst du, ich weiß nicht, daß etwas im Gange ist? Warum hat Mama die Großfürstin Anna Paulowna nach Kalnoky geladen? Ach du, sie liebt dich ganz schrecklich. Jawohl, du kannst es mir glauben, darauf verstehe ich mich. Es kostet dich nur ein Wort, und du bist mit ihr verlobt. Ihr Männer seid schrecklich umständlich und zaghaft in solchen Fällen.«

Alexanders Gesicht wurde starr und ausdruckslos.

»Mir eilt es nicht so sehr, dir nachzueifern, Tatjana.«

»Aber es wäre doch so reizend, wenn wir uns zu gleicher Zeit verheirateten.«

»Möchtest du so gern, daß die Großfürstin deine Schwägerin wird?« fragte er, lächelnd über ihren Eifer.

Sie stutzte und überlegte.

»Ach, weißt du, ich kann ja nicht recht warm mit ihr werden, aber darauf kommt es ja nicht an. Mama sagt, es würde dein Glück sein. Und die Hauptsache ist doch, daß du sie magst.«

Er küßte sie. »Ganz recht, Schwesterchen, das wäre wohl die Hauptsache. Und da sehe ich Wladimir sehnsüchtig nach seiner Braut Ausschau halten.«

Tatjana flatterte davon. Alexander sah ihr sinnend nach.

Da trat sein Vater mit besorgter Miene zu ihm heran.

»Sascha, du gefällst mir nicht. Ich bin in großer Unruhe. Du hast doch nicht wieder gespielt?«

»Nein, Papa, mein Ehrenwort, ich habe nicht wieder gespielt.«

»Gott sei Dank«, sagte Fürst Iwan erleichtert. »Ich war in großer Sorge. Vergiß niemals, mein Sohn, daß es der sichere Schritt zu deinem Verderben ist, wenn du wieder an den Spieltisch trittst. Du weißt, daß ich dir nie wieder helfen kann und darf.«

»Sei ruhig, Papa, ich denke immer daran. Ganz fest habe ich es mir eingeprägt.«

»Drückt dich etwas anderes, Sascha? Du warst so still bei der Tafel?«

Am liebsten hätte Alexander seinem Vater sein Herz ausgeschüttet. Aber das durfte nicht sein, schon Elisas wegen nicht.

»Ich habe nur arges Kopfweh, Papa, sonst nichts.«

Die beiden Herren traten hinaus auf die Terrasse. Da kam ihnen die Fürstin entgegen.

»Sascha, die Großfürstin Anna Paulowna wünscht den Park zu sehen. Du sollst sie führen. Ich hoffe, du benutzt diese Gelegenheit, mein Sohn. Bedenke, welche Vorteile diese Verbindung für dich brächte und wie du mich beglücken würdest, wenn du mir diesen Wunsch erfülltest!«

Alexander machte ein verstimmtes Gesicht.

»Mama, kann nicht jemand anders die Großfürstin führen? Ich bin nicht in Stimmung, ich habe Kopfweh.«

Maria Petrowna sah ihn forschend an.

»Nein, Sascha, sie hat ausdrücklich den Wunsch ausgesprochen, daß du sie begleiten sollst. Willst du denn nicht tun, um was ich dich so oft schon gebeten habe?«

»Aber liebe, teure Mama, ich habe dir so oft schon gesagt, ich liebe Anna Paulowna nicht. Ich finde ihr Benehmen unweiblich, beinahe aufdringlich.«

Die Fürstin sah sich erschrocken um, aber sie standen beide ganz allein. Auch Fürst Iwan war weitergegangen.

»Um Gottes willen, Sascha, wenn das ein Mensch hört! Bedenke doch, von wem du sprichst! Und so harte Ausdrücke sollte ein Kavalier nie von einer Dame gebrauchen. Ist es unweiblich, daß sie dich so unsagbar liebt, ist es aufdringlich, wenn sie deine Gesellschaft sucht?«

»Ich möchte wohl wissen, Mama, ob du es anders sprächest, wenn Anna Paulowna nicht eine Großfürstin wäre.«

»Aber das ist sie doch nun einmal. Ihr Leben ist so arm an Liebe, und an dich hat sie ihr ganzes Herz gehängt. Rührt dich das nicht, Sascha?«

»Nein, Mama. Glaube mir, ich würde todunglücklich an ihrer Seite. Möchtest du das, Mama?«

Sie sah ihn erschrocken an. So ernst hatte er noch nie zu ihr gesprochen, und in seinen Augen lag ein leidvoller Ausdruck.

»Sascha, mein Gott, was ist dir?« Ehe er antworten konnte, raschelten seidene Frauenkleider in ihrer Nähe. Alexander kannte dies Rauschen, es hatte ihn schon bei Tisch nervös gemacht.

Anna Paulowna war herangetreten. In ihrer ganzen stolzen Schlankheit stand sie vor ihnen, die herrisch blitzenden, heißen Augen fest auf Alexander gerichtet.

Dieser fühlte, daß er unhöflich wäre, wenn er sich ihr jetzt nicht zur Verfügung stellte.

»Darf ich mir die Ehre geben, Eure Kaiserliche Hoheit in den Park zu begleiten?« fragte er, ihr mit einer Verbeugung den Arm reichend.

Mit einem lächelnden Neigen des Kopfes legte sie ihre Hand in seinen Arm, und, Maria Petrowna fast zärtlich zunickend, schritt sie an seiner Seite über die Terrasse. Als sie die breite Steintreppe hinabgingen, nahm sie die rauschende Schleppe auf. Das Gewoge von Spitzen und Seidenrüschen bauschte sich um die schlanken Knöchel und ließ die schmalen Füße frei. Diese aristokratischen Füße traten sicher und selbstbewußt auf.

Alexanders hohe, schlanke Gestalt behauptete sich in ihrer eleganten Haltung auch neben dieser stolzen, hochgewachsenen Frau. Auf seinem Gesicht lag aber nicht das sonnige, warme Leuchten, der alte frohe Übermut wie sonst, sondern ein Ausdruck leerer Höflichkeit.

Viele Augenpaare sahen den beiden stolzen Erscheinungen nach, die, vom hellen Sonnenlicht umflossen, über den weiten Rasenplatz vor der Terrasse zum Park hinübergingen.

Auch Maria Petrowna stand noch auf demselben Platz und schaute ihnen nach. Aber es lag keine Befriedigung in ihrem Blick, sondern grübelnde Sorge.

Bisher hatte Sascha alle ihre mehr oder minder deutlichen Anspielungen in scherzhaftem Übermut zurückgewiesen. Das hatte sie nicht ernst genommen. Sie hatte trotzdem gehofft, ihr Ziel zu erreichen. Heute aber hatten seine Worte und sein ganzes Wesen diese Zuversicht erschüttert.

So hatte sie ihren Sohn noch nicht gesehen. Was war mit ihm? Sollte er gar das Bild einer andern Frau im Herzen tragen?

Auch Tatjana und Wladimir sahen dem stolzen Paar nach. Sie standen dicht nebeneinander in einer Fensternische und hatten sich vielerlei zu sagen.

»Sieh Wladimir, da geht Sascha mit Anna Paulowna! Gib

acht, das gibt bald ein neues Brautpaar«, sagte Tatjana lächelnd.

Wladimir sah wenig überrascht aus.

»Es ist ein offenes Geheimnis, daß Anna Paulowna deinen Bruder liebt, sie verbirgt es kaum noch. Aber ob dein Bruder diese Liebe erwidert, bezweifle ich.«

Sie blickte fragend zu ihm auf.

»Hat dir Sascha etwas anvertraut? Ihr seid doch sehr befreundet.«

»Nein, Duschenka, ich vermute es nur.«

Tatjana schüttelte lachend den Kopf.

»Ach, weißt du, Sascha ist imstande, sich in jede schöne Frau zu verlieben. Ihr Männer seid ja soviel weniger beständig als wir Frauen.«

Er küßte sie rasch und verstohlen.

»Oh, du kleine Weisheit, wer sagt dir das?«

Sie verloren sich in zärtliches Geplauder und vergaßen, daß außer ihnen noch andere Menschen auf der Welt waren.

Inzwischen war Fürst Alexander mit der Großfürstin immer tiefer in den Park hineingegangen. Sie verlangte weiter und weiter zu gehen und bewunderte die herrlichen alten Bäume. Dabei mühte sie sich vergebens, wieder mit ihm ein Gespräch anzuknüpfen, das ihren Wünschen entsprach. Alexander wich aber geschickt aus, sobald sie ein verfängliches Thema anschlug, und hielt an einer förmlichen Konversation fest. Zuerst waren ihnen noch Gäste begegnet, die sich gleichfalls im Park ergingen. Aber je tiefer sie eindrangen in die schattigen, dichtbelaubten Gänge, desto stiller wurde es.

Und als sie ganz allein waren, verlangte Anna Paulowna auf einer Bank auszuruhen. Alexander blieb in konventioneller Haltung vor ihr stehen.

Lächelnd rückte sie beiseite.

»Nehmen Sie doch Platz, Fürst Alexander! Sie sind sicher auch ermüdet.«

Wenig erfreut von dieser Aufforderung, nahm er in respektvoller Entfernung Platz.

Unmerklich etwas näher rückend, sagte sie erst einige Worte

über die Schönheit des Parkes. Und als er nur einige förmliche Worte darauf erwiderte, rückte sie noch etwas näher. Dann wandte sie ihm plötzlich ihr vor Erregung blasses Gesicht zu und sagte halblaut, ihn fest anblickend:

»Fürst Alexander, wissen Sie, welche Wünsche Ihre Frau Mutter in bezug auf uns beide hegt?«

Er erschrak. Ein so gewaltsames Vorgehen hatte er nicht erwartet. Es stieß ihn ab. Er war nicht der Mann, sich erobern zu lassen, er wollte selbst erobern. Eine Frucht, die ihm unbegehrt zufiel, hatte keinen Reiz für ihn.

Dennoch war er sich wohl bewußt, daß er sie nicht verletzen durfte. So unweiblich sie ihm auch erschien, immerhin war sie eine Frau und er ein Kavalier im besten Sinne des Wortes. Und außerdem war sie der Gast seiner Eltern und eine hochstehende Persönlichkeit.

Während er noch auf eine Antwort sann, ertönten plötzlich auf dem Kiesweg leichte Schritte, und eine schlanke, weißgekleidete Mädchengestalt kam daher. Sie trug ein schlichtes, weißes Kleidchen, das freilich gerade in seiner Schlichtheit die Schönheit der jungen Glieder voll zur Geltung brachte. Das goldflimmernde, reiche Haar war unbedeckt. Das feine, blasse Gesicht war zu Boden gesenkt. Es lag ein rührender Ausdruck von Schmerz und Trauer darauf.

Es war Elisa, die von der Fürstin ins Dorf geschickt worden war, um den Armen und Kranken anläßlich der Verlobung ihrer Tochter eine milde Gabe zu bringen. Sie befand sich nun auf dem Rückweg. In Gedanken versunken, hatte sie nicht bemerkt, daß auf der Bank zwei Menschen saßen.

Durch eine unwillkürliche Bewegung Alexanders schrak sie empor und stand einen Augenblick wie gelähmt, das Gesicht mit dunkler Glut übergossen, vor ihnen.

Auch Alexanders Gesicht hatte sich gerötet. Weltvergessen hing sein Blick einen Moment an der holden Gestalt.

Elisa schwankte einen Augenblick. Sie hatte die Großfürstin erkannt und wußte nicht, ob sie weitergehen oder zurückweichen sollte.

Anna Paulowna war sehr ärgerlich über das zu so ungelegener Zeit aufgetauchte junge Mädchen. Zugleich aber sah sie mit scharfem Blick Alexanders und Elisas Erröten und den seltsam weltentrückten Ausdruck in seinem Gesicht.

»Wer ist die junge Dame?« fragte sie ihn leise, aber in sehr scharfem Ton.

Er nahm sich zusammen und riß seinen Blick von Elisa los. Scheinbar gleichmütig antwortete er:

»Es ist Fräulein Helbig, die deutsche Gesellschafterin meiner Schwester.«

Ein unglaublich hochmütiger Ausdruck entstellte Anna Paulownas Gesicht. Instinktiv fühlte sie mit dem Spürsinn der liebenden Frau, daß dieses schöne Mädchen für ihre Liebe ein feindliches Element bedeutete. Der Wunsch, Elisa zu demütigen, erwachte plötzlich in ihr.

»Ah, eine Dienerin, die kommt mir gerade recht. Kommen Sie näher, Fräulein, mein Schuhband hat sich gelöst. Binden Sie es mir wieder zu!«

Diese Aufforderung wurde in einem herrischen, hochmütigen Ton hervorgebracht.

Elisa hatte sich schnell gefaßt und kam nun, obgleich sie der Ton der Großfürstin verletzte, näher.

Alexander war das Blut in den Kopf gestiegen. Er mußte um jeden Preis verhindern, daß Elisa demütig vor dieser Frau im Staub kniete. Ehe sie noch dazukam, sich herabzubeugen, war er schnell vor der Großfürstin niedergekniet.

»Diesen Dienst, Kaiserliche Hoheit, läßt sich kein Kavalier entgehen«, sagte er hastig.

Anna Paulowna war durch seine Bereitwilligkeit verblüfft und entwaffnet. Auch reizte sie es, diese intime Situation auszukosten, und so winkte sie Elisa hastig zu, sich zu entfernen. Diese folgte dem Wink mit großer Bereitwilligkeit und eilte, so schnell sie konnte, davon. Alexander hörte die leichten, sich entfernenden Schritte und atmete auf.

Um ruhig zu werden und Zeit zu gewinnen, machte er sich mit einer Gründlichkeit an Anna Paulownas eleganten Schuhen zu schaffen, als sei er ganz bei der Sache. Obwohl in Wirklichkeit keines der Schuhbänder gelöst war, band er sie mit ernsthafter Gewissenhaftigkeit auf, zog sie fester an und knüpfte sie wieder zu. Und dabei sagte er sich, daß er Anna Paulownas Verdacht unbedingt entkräften müsse.

Anna Paulowna sah mit glühenden Blicken auf den schönen dunklen Männerkopf herab. Es zuckte ihr in den Händen, leise liebkosend über das dichte Haar zu streicheln.

»Warum ließen Sie das Mädchen nicht diesen Dienst verrichten, Fürst Alexander?« fragte sie leise, mit verhaltener Zärtlichkeit im Ton.

Er bezwang sich und sah mit einem Lächeln zu ihr auf, das sie alles vergessen ließ. Absichtlich suchte er sie zu verwirren, um sie abzulenken. Elisas wegen spielte er ein wenig mit dem Feuer. Seiner Macht über diese herrische Frau war er sich bewußt.

»Wie konnten Kaiserliche Hoheit annehmen, daß ich diesen Dienst an jemand anders abtreten würde! Ist das Schuhband so fest genug?«

»Ja, ich glaube wohl. Ich danke Ihnen.«

Er erhob sich schnell. »Und jetzt darf ich Kaiserliche Hoheit weiterführen? Hier zwischen dem dichten Laubwerk ist es feucht und kühl. Kaiserliche Hoheit sind leicht gekleidet und werden sich erkälten.«

Anna Paulowna erhob sich schnell. Einen Katarrh fürchtete sie wie das Feuer, denn sie hatte stets eine rote Nase, wenn sie den Schnupfen bekam. Schließlich konnte man auch im Weitergehen plaudern.

Sie nahm seinen Arm und überlegte sich, wie sie ihm die Frage wieder vorlegen konnte, auf die er ihr endlich eine Antwort geben mußte. Alexander ahnte die Gefahr und begann mit so forcierter Lustigkeit und Lebhaftigkeit die Geschichte einer seltsamen Wette vorzutragen, die zwei Offiziere seines Regiments ausgetragen hatten. So kam sie gar nicht dazu, ihm die verfängliche Frage noch einmal zu stellen.

Dabei steuerte er sie so sicher und zielbewußt in den belebten Teil des Parkes zurück, daß sie bald nicht mehr allein waren.

Er hatte das so geschickt und mit so viel scheinbarer Liebenswürdigkeit gemacht, daß sie nicht festzustellen vermochte, ob es Zufall oder Absicht war. Jedenfalls kam sie sehr mißgestimmt und unzufrieden mit dem Ergebnis dieses Spazierganges ins Schloß zurück.

Alexander gab sich den Anschein, als bemerke er ihre Verstimmung gar nicht.

Es wurde kühl, und man suchte die Zimmer und Säle wieder auf. Der Tee wurde serviert. Hinter dem Teetisch stand Elisa in demselben schlichten, weißen Kleidchen wie vorhin. Sie war so vertieft in ihre Aufgabe, daß sie den Kopf gar nicht hob. Anna Paulowna beobachtete sie mit heimlichem Interesse, und ebenso behielt sie Alexander scharf im Auge. Aber er war auf der Hut, denn er wußte, daß eine eifersüchtige Frau zu allem fähig ist. Nicht mit einem Blick sah er zu Elisa hinüber.

So beruhigte sich Anna Paulowna bald. Der draußen im Park blitzartig aufgetauchte Verdacht erstarb aus Mangel an Nahrung. Zudem war Anna Paulowna zu stolz, um in einer bürgerlichen Gesellschafterin eine ernsthafte Rivalin zu sehen. Sollte Fürst Alexander wirklich eine kleine Liebelei mit dieser »Person« gehabt haben, so würde sie das durchaus nicht hindern, seine Hand anzunehmen. War sie erst seine Frau, dann würde sie schon ihre Rechte geltend machen. Aber vorläufig schien er gar nicht gewillt zu sein, eine Entscheidung herbeizuführen. An Gelegenheit dazu hatte sie es wahrlich nicht fehlen lassen. Fast grollte sie ihm mehr, als sie ihn liebte, weil er sie gar zu lange warten ließ.

Jedenfalls fand sie es sehr unklug von der Fürstin Maria Petrowna, daß diese eine so schöne junge Gesellschafterin in ihr Haus genommen hatte.

Später wurde getanzt. Fürst Iwan hatte eine Musikkapelle nach Kalnoky bestellt, die nun in dem großen Festsaal zum Tanze aufspielte.

Elisa blickte von der Galerie aus eine Weile dem Tanze zu. Keiner konnte sie sehen. Auch Alexander hatte keine Ahnung, daß sie ihm noch nahe war.

Elisa sah ihn einige Male mit der Großfürstin tanzen und bemerkte auch, daß er sich sehr angeregt mit ihr unterhielt. Sie ahnte nicht, daß er es nur tat, um die Großfürstin von einem Verdacht abzulenken, der sie betraf. Die demütigende

Zumutung Anna Paulownas im Park hatte sie nur für gedankenlosen Hochmut gehalten.

Aber daß ihr Anna Paulowna gründlich mißfiel, darüber war sich Elisa klar. Und als sie sah, wie ihre heißen, stolzen Augen immer wieder die Alexanders suchten, tat ihr das Herz weh.

5

DAS FEST WAR zu Ende, und die Gäste zogen sich auf ihre Zimmer zurück. Anna Paulowna hatte man mit ihrem Gefolge den linken Seitenflügel reserviert.

Fürst Wladimir und Alexander bewohnten nebeneinanderliegende Zimmer im ersten Stock. Am entgegengesetzten Ende im gleichen Stock befanden sich Tatjanas Zimmer.

Als diese zwischen Wladimir und Alexander die Treppe heraufkam, trat Elisa gerade aus den Zimmern der Fürstin Maria Petrowna, die ihr für den nächsten Morgen einen kleinen Auftrag erteilt hatte.

»Fräulein Elisa, bitte kommen Sie noch einen Augenblick zu mir«, sagte Tatjana zu ihr.

Elisa verneigte sich und ging zur Seite, um die Herrschaften vorbeizulassen. Dabei streifte sie flüchtig mit ihrer Hand die Alexanders. Als er sich dann mit Wladimir von Tatjana verabschiedet hatte und wieder an Elisa vorüberkam, hob er unbemerkt seine Hand empor und küßte sie an der Stelle, wo sie von Elisas Hand berührt worden war. Und dabei sah er Elisa mit einem aufleuchtenden Blick an.

Sie senkte den Blick und folgte Tatjana schnell in ihr Zimmer.

»Sind Sie sehr müde, liebe Elisa?« fragte Tatjana, als sich die Tür hinter ihr geschlossen hatte.

»Nein, Durchlaucht, ich bin gar nicht müde.«

»Ach, das ist schön. Ich bin auch noch gar nicht fähig zu schlafen und möchte noch ein wenig mit Ihnen plaudern. In diesen Tagen sind wir gar nicht dazu gekommen. Ach, Elisa, wenn Sie wüßten, wie wenig mir danach zumute ist, zu Bett zu gehen und zu schlafen!«

»Durchlaucht sind noch zu erregt von den Ereignissen des Tages«, sagte Elisa lächelnd.

Tatjana hatte sie neben sich auf den Diwan gezogen.

»Ja«, sagte sie aufatmend, »es ist, als ob ich tausend Leben hätte. Ich glaubte, Glück bringt Ruhe, aber nein, es macht unruhig!«

»Wohl nur, solange es etwas Ungewohntes ist.«

»Meinen Sie?«

»Ja, Durchlaucht. Ich glaube, jedes echte Glück birgt Frieden und Ruhe in sich.«

Tatjana lächelte zu ihr auf.

»Wie hübsch Sie alles zu sagen verstehen, Elisa! Sie sind überhaupt ein bewundernswertes Mädchen. Ich möchte so sein wie Sie, so ruhig, so ausgeglichen, so klug und sicher.«

Elisa blickte mit warmem Lächeln in das reizende Gesicht der jungen Braut.

»Fürst Sogareff würde wenig zufrieden sein, wenn Durchlaucht nur ein wenig anders wären, als Sie sind.«

Tatjana lachte glücklich.

»Ja, es ist unglaublich, daß er alles reizend und liebenswert an mir findet – auch meine Fehler.«

»Das eben ist das Wesen der wahren Liebe, Durchlaucht, daß man die Fehler eines geliebten Menschen nicht missen möchte.«

Die junge Fürstin nickte verträumt und lächelte.

»Denken Sie, zum Beispiel, Elisa – mein Verlobter hat eine tiefe Narbe über der Stirn. Ich finde nun gerade diese Narbe so hübsch an ihm, daß ich sie immerfort küssen möchte, ohne diese Narbe würde er mir nicht halb so gut gefallen. Ach – man ist närrisch, wenn man liebt! Haben Sie auch schon einmal einen Menschen so recht von Herzen lieb gehabt?«

Elisa wurde rot.

»Ich – ich glaube nicht, Durchlaucht.«

»Oh! Das heißt also ›ja‹. Ach, vielleicht ist es der junge Arzt, Ihr Vetter, von dem Sie mir einmal erzählten. Ja, ja, sicher ist es der, dem Ihr Herz gehört. Habe ich recht?«

Elisa schüttelte den Kopf und sah sie ruhig an.

»Nein, Durchlaucht, denn wenn ich ihn liebte, wäre ich längst seine Frau. Er hatte mich sehr lieb und warb um mich, aber ich hatte ihn nur gern wie einen Bruder. Und er verdient eine Frau, die ihm ein ganzes Herz schenkt.«

»Dann ist es ein anderer. Ich sehe es Ihnen an, Elisa. Aber nein – quälen will ich Sie nicht und mich nicht in Ihr Vertrauen drängen, obwohl ich Ihnen von Anfang an mein Vertrauen geschenkt habe.«

»Durchlaucht – ich bitte –«

Tatjana drückte ihre Hand.

»Ich wollte nicht unzart sein, liebe Elisa, Sie brauchen kein Wort zur Entschuldigung zu sagen. Manche Menschen können sich eben im Glück und Unglück nicht mitteilen – und zu denen gehören Sie. Andere müssen dagegen immer jemand haben, den sie an ihrem Glück und Unglück teilhaben lassen – und zu denen gehöre ich. Sehen Sie, Elisa – ich kann manchmal doch auch ganz verständig sein, nicht wahr? Und das habe ich zumeist von Ihnen gelernt. Wissen Sie, Elisa – wenn ich mich verheirate, müssen Sie mit mir nach Deutschland kommen. Ich habe Sie lieb gewonnen, und ich will Mama und meinen Verlobten bitten, daß sie es mir erlauben, Sie mit mir zu nehmen. Wladimir wird mich viel allein lassen müssen, seines Amtes wegen, und da sollen Sie bei mir bleiben, wenn Sie es gern tun wollen.«

Elisas Herz tat schwere Schläge. Jetzt erst dachte sie daran, daß mit Tatjanas Vermählung ihre Tätigkeit im Hause Kalnoky beendet sein würde. Dann würde sie Fürst Alexander nicht mehr sehen. Aber das war vielleicht gut so – für sie – und für ihn.

»Ich will gewiß sehr gern, Durchlaucht – sehr gern.«

Tatjana nickte vergnügt.

»Oh, das ist ein guter Gedanke von mir! Ich hab' mich immer ein wenig vor Berlin gebangt. Aber nun nicht mehr. Freilich, Mama wird Sie auch nicht gern hergeben, Sie sind ja eine so wertvolle Hilfe geworden. Erst heute sagte sie zur mir: ›Wenn ich jetzt Fräulein Elisa nicht hätte, ich wüßte nicht, wo aus und ein.‹ Ja, ja, Mama schätzt Sie sehr. Und es wird sehr still werden bei uns. Im Vertrauen, Elisa, Sie sagen es ja nicht weiter – mein Bruder wird sich auch bald verloben.«

Elisa hatte ein Gefühl, als würde ihr plötzlich das Herz mitten durchgerissen. Nur mit Anstrengung vermochte sie ihre ruhige Miene festzuhalten.

»Fürst Alexander?« fragte sie nur tonlos.

Tatjana nickte.

»Natürlich ist es noch ein Geheimnis, und mein Verlobter behauptet, Sascha habe gar keine rechte Lust dazu. Aber Mama wünscht diese Verbindung sehr. Mit der Großfürstin Anna Paulowna soll er sich verloben; sie ist jetzt deswegen hier. Oh – sie liebt Sascha sehr! Und es wird sicher in diesen Tagen zu einer Verlobung kommen. Diese glänzende Verbindung darf sich mein Bruder nicht entgehen lassen.«

Elisa saß wie zu Stein erstarrt. Also diese stolze Großfürstin würde Fürst Alexanders Gemahlin werden, ob er sie liebte oder nicht. Sie liebte ihn, das war genug. Sie war eine Kaiserliche Hoheit und durfte die Hand nach ihm ausstrecken. Ach, wenn sie doch weit, weit fortgehen könnte, um diese Verlobung nicht erleben zu müssen! Wie gut, daß Tatjana sie mit nach Deutschland zurücknahm, und wie furchtbar, daß das nicht schon heute geschehen konnte!

Sie fühlte, daß sie etwas sagen mußte, und brachte doch kein armes Wort hervor. Blaß und müde sah sie aus, und Tatjana erschrak, als sie ihr ins Gesicht sah.

»Ach, liebe, gute Elisa, da sitze ich und schwatze, und Sie können sich vor Müdigkeit kaum aufrechthalten! Ich vergaß, daß Sie heute so angestrengt beschäftigt waren, schon all die Tage jetzt. Und Sie sagen mir das auch nicht und lassen sich wie ein armes Opferlamm noch hier festhalten. Jetzt aber schnell zu Bett, ich bin nun auch müde geworden. Gute Nacht, liebe Elisa!«

Elisa stammelte einige verwirrte Worte. Tatjana schob sie aber lächelnd zur Tür hinaus.

»Schnell, schnell, Sie fallen mir sonst um vor Müdigkeit.«

Elisa ging hinaus und suchte ihr Zimmer auf, das in der zweiten Etage lag, fast genau über denen Tatjanas.

Hier sank sie wie leblos in einen am Fenster stehenden Sessel und starrte in die helle Mondnacht hinaus.

»Vater im Himmel, warum muß ich so leiden? Hilf mir doch, mache mich stark, daß ich tragen kann, was unabänderlich ist! Und lasse ihn nicht leiden, nur ihn nicht! Hilf ihm, daß er nicht unglücklich wird!« betete sie.

Lau und lind strich die Sommerluft zum Fenster herein und koste ihre Wangen.

Da weinte sie lange und bitterlich, und das Herz tat ihr weh, als müsse sie sterben.

In den nächsten Tagen bedurfte Tatjana kaum noch Elisas Dienste. Die junge Braut war stark von allen Seiten in Anspruch genommen, und Wladimir wich kaum von ihrer Seite. Dem Brautpaar blieb jetzt nur eine kurze Zeit des Beisammenseins, denn Wladimir mußte bald abreisen.

Von Alexander und Fürst Iwan begleitet, unternahm das Brautpaar ausgedehnte Spazierritte, an denen sich zuweilen auch die Großfürstin beteiligte. Sie ritt zwar nicht gern und saß schlecht zu Pferde, aber Alexander suchte ihr auf jede Weise auszuweichen und vor allen Dingen ein Alleinsein mit ihr zu vermeiden. So hoffte sie, daß sich ihr vielleicht bei diesen Spazierritten eine Gelegenheit bot, mit ihm allein zu sein.

Aber es wollte ihr nicht gelingen. Meist ritten Alexander und Fürst Iwan zu ihrer Seite, und das Brautpaar blieb nebeneinander. Fürst Iwan aber schien nicht zu bemerken, daß ihn Anna Paulowna oft recht überflüssig fand.

Mit seiner Mutter hatte Alexander noch nicht wieder ungestört sprechen können. Er befand sich in einer gequälten, nervösen Stimmung. Immer heißer und tiefer wurde seine Liebe zu Elisa, gerade, weil sich dieser Liebe so viele Hindernisse entgegenstellten. Manchmal war er so unzufrieden mit sich und der Welt, daß er sich vornahm, den Wunsch seiner Mutter zu erfüllen und um Anna Paulowna anzuhalten. Aber stand er dann vor der Großfürstin, war ihm die Kehle wie zugeschnürt. Er konnte das entscheidende Wort nicht hervorbringen.

Fürst Iwan hatte seinen Sohn in dieser ganzen Zeit beobachtet, und eines Tages ließ er ihn auf sein Zimmer rufen.

Als er bei ihm eintrat, legte der Vater seine Hand auf des Sohnes Schulter.

»Sascha, hast du kein Vertrauen zu mir? Ich sehe doch, daß dich etwas quält und drückt, daß du deinen sonnigen Frohsinn verloren hast und den Kopf hängen läßt. Willst du mir nicht endlich sagen, was dich so verändert hat? Bin ich nicht dein bester Freund?«

Alexander kämpfte mit sich. Sollte er sich dem Vater offenbaren? Aber er verwarf den Gedanken sofort wieder, denn er wußte nur zu gut, daß die erste Folge seines Bekenntnisses sein würde, daß man Elisa sofort entließ. Und alles meinte er eher ertragen zu können als eine Trennung für immer. Sehen mußte er sie wenigstens zuweilen, sonst ertrug er das Leben nicht mehr.

Was sollte er aber dem Vater antworten?

Eine Weile dachte er nach. Dann richtete er sich auf und sah den Vater an.

»Ich will es dir sagen, Papa. Was mich quält, das sind die Bemühungen von Mutter, mich mit Anna Paulowna zu verbinden. Das Wesen der Großfürstin ist mir unsympathisch, daß ich mich nicht dazu entschließen kann. Ich hätte euch gern diesen Wunsch erfüllt und sehe auch selbst ein, daß diese Verbindung so glänzend wäre wie keine zweite. Manchmal habe ich mich zwingen wollen, das entscheidende Wort zu sprechen, denn an Gelegenheit dazu hat es mir wahrlich nicht gefehlt, und die Großfürstin hat es mir leicht genug gemacht. Aber sie wird von Tag zu Tag unleidlicher. Ihr Wesen stößt mich geradezu ab. Sie ist nicht die Frau, der ich je ein wärmeres Gefühl entgegenbringen könnte. Sie will mich beherrschen, ich aber könnte mich ihr niemals beugen. Fügte ich mich euren Wünschen, so gäbe es einen ewigen Kampf zwischen ihr und mir, und vor solch einer Ehe graut mir unsagbar. Das würde ich nicht ertragen. Und so stehe ich mit meinen Gefühlen zwischen dem Wunsch, euch zufriedenzustellen, und der Abneigung, diesen Wunsch zu erfüllen.«

Fürst Iwan hatte aufmerksam zugehört, ohne seinen Sohn zu unterbrechen. Alexander hatte noch niemals so ernst und fest zu ihm gesprochen. Seine Haltung, sein Ernst gefielen ihm, und etwas in seinem Gesicht rührte den alten Herrn. Er war immer ein guter, zärtlicher Vater gewesen und berücksichtigte die Wünsche seiner Kinder gern. So fest und unentwegt Fürst Iwan auch sonst alle Lebensziele verfolgte, zwei Dinge gingen ihm über alles: das war vor allem die Ehre seines Namens und dann die Liebe zu seinen Kindern.

Er erkannte, daß Sascha sich redlich Mühe gegeben hatte, den Wunsch der Mutter zu erfüllen. Ihm selbst hatte ja an dieser Verbindung viel weniger gelegen als seiner Frau, denn er hatte längst vermutet, daß Anna Paulowna nicht die rechte Frau für Sascha war. Nach dessen Geständnis war er davon überzeugt, daß diese Ehe Sascha höchstens ins Unglück hineinhetzen würde, und daß Anna Paulowna sicher keinen heilsamen Einfluß auf ihn ausüben konnte. Er schien viel vernünftiger geworden zu sein und hatte ihm zur Klage keinen Anlaß mehr gegeben. Es wäre unklug gewesen, ihn gewaltsam zu einer Ehe zu drängen, die ihm so vollständig widerstrebte, und die ihn eher neuen Torheiten in die Arme treiben würde, als ihn davor zu bewahren.

Liebevoll legte der alte Herr seinen Arm um des Sohnes Schulter.

»Ich habe nicht gewußt, daß dir diese Verbindung so sehr widerstrebt. Offen gesagt, wenn sie auch sehr glänzend ist, so habe ich sie viel weniger gewünscht als deine Mutter. Aber wenn du so sehr von dem Gefühl der Abneigung gegen Anna Paulowna durchdrungen bist, dann, mein Sohn, sollst du dich gewiß nicht dazu zwingen. Ich will mit deiner Mutter reden. Sie hat die Angelegenheit so weit gebracht. Sie muß auch Mittel und Wege finden, der Großfürstin zu verstehen zu geben, daß aus dieser Verbindung nichts werden kann. Du selbst hast nichts getan, Hoffnungen in der Großfürstin zu erwecken?«

»Nein, Papa, gewiß nicht, im Gegenteil. Bis an die Grenze des Erlaubten bin ich gegangen, um ihr auszuweichen.«

»Gut, gut, also sei ruhig, ich regele das mit deiner Mutter.«

Alexander faßte aufatmend die Hand des Vaters. So war wenigstens dieser Druck von seiner Seele genommen!

»Ich danke dir, danke dir tausendmal, mein lieber Vater!«

Fürst Iwan nickte ihm gütig zu. »Du hättest nur eher zu mir Vertrauen haben sollen.«

»Ich wollte mich zwingen, Papa – euch zuliebe.«

»Das ist sehr lieb von dir. Aber darüber bist du so ernst und still geworden, daß ich dich kaum wiedererkenne.«

Alexander errötete.

»Das soll wieder anders werden, Papa.«

Fürst Iwan lächelte.

»Wenn ein wenig von dem Ernst an dir hängen bleibt, der jetzt so oft auf deinem Gesicht lag, so soll es mir nicht leid tun. Aber nun will ich gleich mit deiner Mutter sprechen.«

Alexander verabschiedete sich mit einem festen Händedruck von seinem Vater. Ein wenig leichter war ihm ums Herz. Diese Last war wenigstens von seinem Herzen genommen.

Fürst Iwan hatte seinem Sohne eine Weile sinnend nachgesehen.

Ob ihm die blonde Deutsche doch etwa im Kopf spukt? Ein Wunder wäre es nicht. Das Mädchen ist schön und anmutig genug. Aber sie ist auch tugendhaft und fest, und solch eine unerfüllte Neigung stählt den Charakter. Sascha kann das brauchen. Wir wollen vorsichtig sein, aber den Ereignissen nicht vorgreifen. Gefahr ist keinesfalls im Anzug.

So dachte der alte Herr.

Und dann suchte er sofort seine Gattin auf.

Er teilte ihr ruhig und ohne Umschweife seine Unterredung mit Alexander mit und bat sie, die Angelegenheit mit der Großfürstin so diskret wie möglich zu ordnen.

Maria Petrownas Zuversicht war ohnehin schon etwas erschüttert. Trotzdem war sie nicht ohne weiteres geneigt, ihren Lieblingswunsch aufzugeben.

»Es wäre eine glänzende Verbindung, Iwan, und Anna Paulownas Energie und Tatkraft wären für Alexander so gut«, sagte sie verstimmt.

»Wer weiß, Maria, allzu scharf macht schartig. Ich kann mich der Ansicht nicht verschließen, daß Sascha durch solch eine Ehe erst recht einem zügellosen Leben in die Arme getrieben würde. Und Anna Paulowna in allen Ehren, aber ihr herrisches Wesen behagt mir auch nicht. Und du mußt einsehen, liebe Maria, daß die Eitelkeit der Männer, auf die du so stark rechnetest, schwächer ist, als du behauptet hast.«

Maria Petrowna sah mit einem sinnenden Blick zu ihm auf.

»Weißt du, weshalb meine Theorie ins Wanken kam?«

»Nun?«

»Weil Sascha entschieden eine andere Frau im Sinn haben muß. Sonst wäre er Anna Paulowna gegenüber nicht so kalt geblieben. Schön genug ist sie.«

Fürst Iwan sah seine Gattin forschend an.

»Wenn das deine Ansicht ist, so ist das ein Grund mehr, ihn nicht zu dieser Verbindung zu treiben. Hast du etwas beobachtet?«

»Nein, er zeichnet keine Dame der Gesellschaft aus, und das bringt mich auf den Gedanken, daß er außerhalb unserer Kreise eine Liaison hat. Vielleicht mit einer Schauspielerin oder dergleichen.«

»Und wenn es so wäre, Maria, er ist noch jung. Solch eine Bindung hält oft von anderen Torheiten ab. Alles soll uns recht sein, was ihn vom Spieltisch fernhält. Laß ihn gewähren, er kommt dann schon selbst wieder zur Vernunft. Daß er nur eine standesgemäße Ehe eingehen kann, weiß er, und wenn seine Zeit gekommen ist, wird er sich danach richten. Aber gerade, wenn er jetzt irgendwo mit dem Herzen engagiert sein sollte, wäre es verkehrt, einen Zwang auf ihn auszuüben. Das könnte bei seinem Naturell gefährlich werden.«

Maria Petrowna konnte sich der Wahrheit dieser Worte nicht verschließen.

»Aber wenn ich dir auch zustimmen wollte, Iwan, was soll man Anna Paulowna sagen?« seufzte sie.

Fürst Iwan sah sinnend auf sie herab.

»Da kann ich dir leider nicht raten, Maria, das muß ich dir überlassen. Du kennst sie besser als ich, du weißt, wie weit ihre Hoffnungen auf Sascha gehen und was ihr beide über die Sache gesprochen habt. Man muß da natürlich äußerst delikat vorgehen. Das beste würde sein, wenn Sascha möglichst bald Kalnoky verließe. Er soll ja ohnedies bald nach Roschnow. Es findet sich wohl ein Vorwand, die Reise zu beschleunigen. Und dann könntest du vielleicht der Großfürstin zu verstehen geben, daß es Sascha widerstrebt, zu einer Frau emporzusteigen, selbst wenn er sie liebte. Das nimmt etwas den

Stachel. Man muß ihr zeigen, daß nicht ihre Person, sondern die Verhältnisse gegen sie entscheiden. Du bist ja klug, Maria, und wirst die rechten Worte schon finden.«

Maria Petrowna seufzte wieder tief auf.

»Das wird eine heikle Aufgabe für mich, und ich gebe da einen Lieblingswunsch auf. Aber meines Sohnes Unglück will ich natürlich nicht herbeiführen. Wenn ich nur wüßte, in wen er sich verliebt hat!«

Fürst Iwan küßte ihr zärtlich die Hand und lächelte. Wie kurzsichtig seine kluge Maria doch zuweilen war!

»Vielleicht ist es besser, wir wissen es nicht. So etwas muß man ignorieren, Maria. Man darf nicht mit Feuer und Schwert dazwischenfahren, solange es nicht unbedingt sein muß. Derartige Herzensaffären verlaufen von selbst, wenn man ihnen keine Bedeutung beimißt. Nur nichts dagegen tun – sonst regt sich in Sascha der Trotz.«

»So will ich sehen, was sich mit Anna Paulowna tun läßt, Iwan. Einige Tage Zeit muß ich haben.«

Alexander war inzwischen durch den Garten am Schloß entlang zur Schloßkapelle geschritten. Sie befand sich an der Südseite des Schlosses und war mit dem Gebäude durch einen überdachten Säulengang verbunden. Er lenkte seine Schritte ganz planlos hinüber. Er wollte nur jetzt keinem der anwesenden Gäste begegnen, vor allen Dingen nicht Anna Paulowna.

Aber als er sich eben der Kapellentür näherte, trat die Großfürstin, gefolgt von ihrer Hofdame, heraus. Alexander war durchaus nicht in der Stimmung, sich schon wieder von ihr festhalten zu lassen. Deshalb schritt er schnell mit einem ehrerbietigen Gruß an ihr vorüber und trat in die Kapelle, als habe er die Absicht gehabt, hier zu beten.

Anna Paulowna biß sich auf die Lippen, als er entschwand. In die Kapelle konnte sie ihm unmöglich folgen. Zögernd ging sie davon, aber auf ihrem Gesicht lag ein finsterer Ausdruck, und ihre Hofdame hatte in der nächsten Stunde nicht eben ein leichtes Amt.

Anna Paulowna war zu klug, um nicht zu fühlen, daß Alexander ihr geflissentlich auswich und jede ernsthafte Unterhaltung mit ihr mied. Manchmal glaubte sie ihn zu hassen, weil er sie nicht verstehen wollte. Es war viel mehr eigensinnige, herrische Leidenschaft als Liebe, was ihr Herz für ihn empfand. Gerade diesen einen Mann hatte sie sich zum Gemahl ausersehen und es selbst ihrem Vater gegenüber durchgesetzt, daß er sie gewähren ließ. Sollte sie ihre Neigung umsonst an ihn verschwendet haben? Verstand er überhaupt zu würdigen, was sie ihm bot? Zorn und beleidigte Eitelkeit begannen mit ihrer Neigung zu streiten.

Alexander war in die Kapelle getreten und ließ sich vor dem Altar nieder. Es war so still und friedlich in der kleinen Kirche.

Durch die Glasmalerei der Fenster fiel das Licht und spielte in reizvollen Farbtönen auf dem weißen Marmor des Altars. Kühl war es hier drinnen, kühl und friedlich, als sei dieser Ort abgeschieden von aller Weltlust und allem Weltleid.

Wie erlöst atmete der junge Fürst auf, daß er Anna Paulowna entgangen war. Ernste Gedanken erfüllten seine Seele. Elisas holdes Bild stand im Geiste vor ihm und hielt zärtliche Zwiesprache mit ihm. Das erschien ihm keine Entweihung dieses Ortes. Hatte doch Gott selbst ihm die Liebe zu diesem herrlichen Geschöpf ins Herz gelegt. Und mit keinem leichtfertigen Gedanken streifte seine Seele das geliebte Mädchen. Besser und ernster hatte ihn die Liebe zu ihr gemacht. Es war nichts Unreines in seinen Gefühlen zu ihr. Noch nie hatte ihn etwas so beeindruckt.

Nach der Unterredung mit seinem Vater war sein Herz etwas erleichtert. Wenn er Anna Paulowna nicht zu heiraten brauchte, hatte er wenigstens Zeit gewonnen. Vielleicht geschah ein Wunder, das Wunder, auf das alle Liebenden hoffen, wenn sich ihren Wünschen unüberwindliche Hindernisse entgegenstellen.

Und das fühlte er, die Liebe zu Elisa war der beste Teil seines Lebens. Mit einer Frau wie Elisa vereint, würde er ein guter Mensch bleiben. Ihre Reinheit, ihr edles, sanftes Wesen würden stets einen guten Einfluß auf ihn ausüben.

Aber wie sollte es ohne ein Wunder zu einer Verbindung mit ihr kommen? Es war einfach nicht daran zu denken. Nie würden seine Eltern eine Heirat billigen, nie! Und er konnte ihnen nicht einmal zürnen. Es war ihm ja selbst bis vor kurzem selbstverständlich erschienen, daß nur Menschen des gleichen Standes eine Ehe eingehen konnten. Durfte er von den Eltern verlangen, daß sie jahrhundertealte Traditionen beiseite schoben?

Die Luft in der Kapelle schien Alexander dumpf und kalt. Er schauerte zusammen wie im Frost. Schnell erhob er sich und verließ die Kapelle. Draußen schien die Sonne hell und warm.

Um sich zu erwärmen, schritt der junge Fürst rasch in den Park hinein. Er durchkreuzte ihn an einer abgelegenen Stelle, um niemand zu begegnen, und verlor sich dann in den an den Park angrenzenden Wald.

Hier war er vor der Großfürstin sicher. Planlos, in Gedanken versunken, schritt er vorwärts. Als er einen der bewaldeten Hügel erklommen hatte und zwischen den Bäumen hindurch die nächste Talsenke überblickte, sah er dicht vor sich auf einem gefällten Baum Elisa sitzen. Sie trug einen weißen Leinenrock und eine hübsche, schlichte Bluse dazu. Um die schlanke Taille wand sich ein schmaler Ledergürtel. Der Hut lag neben ihr auf dem Rasen.

Ihre Hände umschlangen das eine Knie, und der feine Kopf war gebeugt, als würde er von der Last der schweren Flechten niedergedrückt. Ihr Gesicht trug einen träumerisch sehnsüchtigen Ausdruck. Der junge Fürst blieb wie gebannt stehen und blickte auf sie herab. Nie war sie ihm schöner, holder erschienen als in dieser sehnsüchtigen Haltung. So viel Süße und Weichheit lag auf ihren reinen Zügen, daß er sich nicht satt schauen konnte an ihr.

Sie hatte ihn auf dem weichen Waldboden nicht kommen hören. Er stand und schaute und kämpfte mit sich, ob er gehen oder bleiben sollte. Sein Herz bat zu bleiben, und sein Verstand riet ihm, zu gehen und ihren Frieden nicht zu stören.

Aber das Herz siegte über den Verstand, er trat einige Schritte näher heran.

»Elisa!«

Nur wie ein Seufzer scholl dieser Name an ihr Ohr, aber sie hörte ihn doch.

Erschrocken zuckte sie zusammen und hob den Blick zu ihm empor. Dann sprang sie schnell auf, faßte ihren Hut und wollte wie in sinnloser Flucht davoneilen.

Er vertrat ihr erregt und vom Gefühl übermannt den Weg.

»Elisa – Elisa! fliehen Sie nicht vor mir, das ertrage ich nicht! Wie ich Sie liebe, Elisa, ach, lassen Sie es mich ein einziges Mal aussprechen! Es sprengt mir die Brust, Elisa. Muß es denn sein, daß wir uns meiden? Dürfen wir uns nicht angehören?« rief er außer sich.

Sie stand zitternd und hilflos vor ihm und sah zu ihm auf mit bangen Augen und schmerzlich zuckendem Gesicht.

Gewaltsam hielt er sich zurück. Alle seine Sinne, sein ganzes Herz drängten ihr entgegen. Aber er wollte nicht unterliegen, wollte sie nicht berühren, denn ihr ganzes Wesen war eine einzige Bitte um Schonung.

»Elisa, sagen Sie mir das eine, seien Sie barmherzig. Ich komme Ihnen nicht einen Schritt näher, Sie können ganz ruhig sein. Nur eins sagen Sie mir! Lieben Sie mich?«

Sie faltete in rührender Hilflosigkeit die Hände. Große Tränen rannen ihr über die Wangen, ohne daß ihr Gesicht sich in qualvollem Weinen verzogen hätte. Krampfhaft rang sie nach Fassung. Und endlich sagte sie leise:

»Ja, ich liebe Sie, Fürst Alexander, aber ich weiß, daß ich keine Wünsche haben darf. Ich habe mich auch damit abgefunden und nehme alles Leid gern auf mich. Auch habe ich die Kraft, allen Wünschen zu entsagen, wenn Sie mich ruhig meinen Weg gehen lassen. Aber ich darf solche Worte nicht hören, die Sie mir eben gesagt haben. Wollte ich meiner Liebe nachgeben, dann bliebe mir nur eins – der Tod. Und ich bin noch so jung und möchte leben – leben und glücklich sein.«

Er sah sie mit heißen Augen an.

»Glücklich sein? Elisa – kann man glücklich sein, wenn man entsagen muß?«

Sie drückte die Hände auf das Herz und sah ihn mit einem Blick an, der ihn bis ins Innerste erschütterte.

»Es ist schon ein großes Glück für mich, daß ich Sie zuweilen sehen kann, Ihre Stimme höre. Es ist ein Glück für mich, daß Ihr Schatten auf meinen Weg fällt, und ein großes Glück gibt mir das Bewußtsein, daß ich einen Mann liebe, der edel und großherzig ist. Stören Sie dieses Glück nicht, Fürst Alexander, ich bitte Sie darum aus tiefstem Herzen!«

»Du bist genügsam, Elisa«, stieß er heiser hervor.

Sie ließ kraftlos die Hände sinken.

»Weil ich muß«, sagte sie zitternd, mit tonloser Stimme.

Das ergriff ihn zutiefst. Er richtete sich straffer empor und strich sich über die Stirn. Dann sagte er ruhiger, beherrschter:

»Bei Gott, Elisa, Sie haben mehr Macht über mich als ich über Sie. Was hindert mich denn, Sie in meine Arme zu reißen? Warum ist es mir nicht gleich, was daraus entstehen würde? Fliegen möchte ich mit Ihnen in irgendeinen Weltwinkel, wo uns nicht menschliche Vorurteile am Glücklichsein hindern. Elisa, würden Sie mit mir gehen? Wenn wir ins Ausland gingen, irgendwohin, wenn Sie dort mein Weib würden? Meine Eltern müßten langsam vorbereitet werden, vielleicht aber müßten wir es immer vor ihnen geheimhalten, daß wir uns verbunden hätten. Aber wir könnten uns doch angehören, Elisa, ganz in aller Stille könnte uns ein Priester trauen. Und nur heimlich könnte ich zu dir kommen, bis alle Hindernisse beseitigt wären. Du, du Süße, Holde, willst du nicht mit mir gehen? Ich liebe dich so sehr, daß ich alles wagen würde, um dich zu besitzen.«

Elisa lehnte sich blaß und zitternd an einen Baum. Ihre Augen weiteten sich, als sähen sie in ein Wunderland. Aber dann flog ein Schauer über sie hin, und ihre Hände hoben sich mit matter Gebärde.

»Und Großfürstin Anna Paulowna, Fürst Alexander? Sie soll doch Ihre Gemahlin werden.«

Er wehrte heftig ab.

»Sprich nicht von ihr jetzt! Niemals werde ich ihr meine Hand reichen. Keine andere Frau als du soll die meine werden. Nur dich will ich besitzen, nur mit dir kann ich glücklich werden. Lange genug habe ich mich selbst bekämpft, jetzt will ich, kann ich nicht mehr.«

Elisa sank in sich zusammen und barg das Gesicht in den Händen. Ach, was hätte sie darum gegeben, wenn sie mit einem freudigen Ja sich in seine Arme hätte werfen können!

Aber das konnte, durfte nicht sein. Sie mußte stark sein, für ihn und für sich.

»Lassen Sie mich, Fürst Alexander, es kann ja nicht sein! Sie dürfen sich nicht auflehnen gegen die Gesetze Ihres Standes, gegen den Willen Ihrer Eltern. Und ich, ich kann mein Glück nicht suchen jenseits der Grenzen, die mir gesteckt sind. Seien Sie barmherzig, drängen Sie mich nicht zu einem Schritt, den ich später gewiß bereuen müßte! Ein gemeinsames Glück kann es für uns nicht geben. Eines Tages würden Sie es vielleicht bitter bereuen, der Versuchung nicht widerstanden zu haben, und ich müßte mir Vorwürfe machen, nachgegeben zu haben.«

Er fuhr sich hastig über die Stirn.

»Du kannst noch so ruhig sein? Ach, du liebst mich nicht, wie ich dich liebe!« stieß er rauh hervor.

Da hob sie den Kopf und sah ihn an. Blaß bis an die Lippen war sie, und in ihren Augen strahlte ein heißes Leuchten.

»Sag mir, ich soll sterben für dich, jetzt auf der Stelle, und ich tue es ohne Zagen, obwohl ich das Leben liebe«, sagte sie mit verhaltener Innigkeit.

Er beugte sich vor und sah sie mit brennenden Blicken an.

»Und doch willst du mir nicht angehören, Elisa?«

Sie krampfte die Hände zusammen.

»Ich darf nicht, darf nicht, wenn Ihre Eltern nicht einwilligen.«

»Das werden sie nie tun, wenn wir sie nicht dazu zwingen. Glaube mir, daß es mir auch nicht leicht wird, meine Eltern zu hintergehen. Aber ich liebe dich zu sehr, um mich von solchen Bedenken abhalten zu lassen. Sei nicht kleinlicher als ich, Elisa! Was wir wagen, das wagen wir für unsere Liebe, für unser Glück. Den Kampf mit der ganzen Welt nehme ich auf, um dich zu besitzen. Elisa, kannst du dir ausdenken, wie glücklich wir sein würden? Vertraue mir! Bist du erst mein Weib, dann kann uns niemand mehr trennen, auch meine Eltern nicht.«

Ihr Widerstand wurde schwächer, ihre Liebe bat für ihn und für sie. Wie eine heiße Woge rann es über sie hin. Sie erschauerte unter der Macht ihres Gefühls. Vergehend sah sie in seine Augen. Ihre Blicke hingen ineinander, und die Welt um sie her versank. Sie waren jung und hatten warme, liebebedürftige Herzen. Eine Weile standen sie, in atemloses Anschauen versunken.

Und dann hielt er sich nicht mehr. Aufschluchzend riß er sie in seine Arme, und ihre Lippen fanden einander in einem Kuß, der kein Ende nehmen wollte. Wie ein Verdurstender trank er den Quell des Lebens von ihren roten Lippen, und sie lag reglos in seinen Armen und ließ die Flut des Glückes über sich dahinbrausen.

Es war, als könne er sie nicht wieder loslassen. Fest preßte er sie an sich, und er wußte, daß er nie, niemals so unsagbar glücklich gewesen war wie in dieser Stunde.

Endlich, nach langer Zeit, ließ der Druck seiner Arme nach, aber ganz frei gab er sie noch nicht. Hochaufgerichtet stand er und schaute mit strahlenden Augen auf sie herab.

»Elisa, meine Elisa«, flüsterte er mit heißer Zärtlichkeit.

Sie erzitterte und sah ihn an, verträumt, willenlos, glücklich.

»Sascha!«

Es war, als ob sich alles Empfinden ihrer Seele in diesem Namen auflösen wollte.

Zitternd vor Erregung und voll heißer Zärtlichkeit strich er über ihr Haar.

»Liebe, Süße, wie bist du schön, wie golden leuchtet dein Haar! Küsse mich, meine Elisa, ein einziges Mal küsse mich freiwillig!« bat er leise.

Da legte sie ihre Lippen zart und innig auf die seinen. Die ganze Reinheit ihres Wesens und die ganze Wärme ihres Empfindens lagen in diesem Kuß.

Und dann richtete sie sich empor aus seinen Armen, strich das Haar aus ihrer Stirn und atmete tief auf. Dann bat sie leise:

»Nun gib mich frei.«

Er hielt sie von sich, soweit seine Arme reichten.

»Wann wirst du mein?« fragte er dringend.

Sie preßte die Hände zusammen und sah zu Boden.

»Gib mir Zeit zum Überlegen, das läßt sich nicht so in Eile sagen.«

Er faßte mit einem Ruck ihre Hände.

»Sieh mich an, Elisa! Willst du auf Ausflüchte sinnen, jetzt noch?«

Sie blickte mit von Tränen verschleiertem Blick in seine Augen.

»Ich gehöre dir für Zeit und Ewigkeit, mit meinem Kuß habe ich mich dir zu eigen gegeben. Aber bitte, laß mir Zeit, mich zu fassen, mit mir ins Klare zu kommen. Wie ein Sturm ist das über mich gekommen, und mein Herz hat eigenmächtig für dich entschieden, ohne den Verstand zu fragen. Aber einen Entschluß vermag ich heute nicht zu fassen. Du sollst auch selbst erst zur Ruhe kommen, sollst dich ernsthaft und eindringlich prüfen, ob du meinetwegen mit so vielem brechen willst und kannst, was dir bisher als echt erschien. Nicht leichtfertig dürfen wir einen solchen entscheidenden Schritt tun. Meiner bist du sicher. Wenn du nach dieser Prüfungszeit noch immer daran festhältst, wenn ich wirklich zu deinem Glück nötig bin, dann folge ich dir, wohin du mich führen willst. Aber auf dieser Prüfungszeit muß ich bestehen.«

»Und wie lange soll sie dauern, Elisa? Vergiß nicht, daß mir jede Minute eine Ewigkeit gilt, denn ich werde um mein Glück bangen, bis ich es fest in meinen Armen halte.«

»Ich will es nicht vergessen, Sascha, ach, ich kann es ja gar nicht vergessen, was meine Seele mit Glück erfüllt. Aber laß uns die Entscheidung hinausschieben bis nach der Hochzeit deiner Schwester – damit auf ihr Glück kein Schatten fällt.«

»So lange! Es können Monate darüber hingehen.«

»Was sind ein paar kurze Monate, da wir wissen, daß wir uns gehören? Du mußt zufrieden sein, Sascha, ich bitte dich darum. Und wenn du in dieser Zeit eingesehen hast, daß deine Liebe zu mir nicht stark genug ist, allem zu trotzen, so soll diese Stunde für dich ausgelöscht sein. Kein Band soll dich bis dahin an mich fesseln als deine Liebe.«

Er küßte ihre Hände und legte sie an seine heiße Stirn.

»Dies Band wird fest genug sein, mich in alle Ewigkeit an dich zu binden. Du weißt nicht, was du aus mir gemacht hast, süße Elisa. Ich schwöre dir «

Sie legte rasch ihre Hand auf seinen Mund.

»Keinen Schwur! Ganz frei sollst du sein, ganz frei!«

»Und du?«

»Ich bin gebunden an dich, auch ohne diese Stunde. Was aber auch kommen mag, das Andenken an sie wird mein ganzes Leben in Licht und Sonne tauchen. Einmal bin ich glücklich gewesen, wie es wohl nur wenigen Menschen beschieden sein kann. Und nun laß mich gehen. Ich muß ins Schloß zurück. Und bis nach der Hochzeit deiner Schwester muß zwischen uns alles bleiben, wie es bisher war. Das versprich mir.«

Erschrocken blickte er sie an.

»Elisa, das ist nicht dein Ernst! Die ganze Zeit soll ich mich dir fernhalten, soll wie ein Fremder neben dir hergehen, deine Lippen nicht küssen, deine Hände nicht halten dürfen, die jeden Sturm in meiner Seele zu beschwichtigen vermögen! Nein, Elisa, das kann ich dir nicht versprechen!«

Bittend hob sie die Hände.

»Sascha, es muß sein. Ich kann nicht hinter dem Rücken deiner Eltern und deiner Schwester Zärtlichkeiten mit dir tauschen. Es wird mir schon schwer genug, unter diesen Umständen im Hause deiner Eltern zu bleiben. Du kannst nicht wollen, daß ich mich vor mir selbst erniedrige durch falsches Spiel. Nur unter der Bedingung, daß du mir das versprichst, um was ich dich bitte, vermag ich zu bleiben. Sonst muß ich gehen.«

Er nahm sie in seine Arme und küßte ihre Augen.

»Liebe, Süße, welch eine Macht hast du über mich! Muß ich mich wirklich fügen?«

Sie schmiegte sich zitternd an ihn.

»Du mußt, wenn du mich liebst, wie ich geliebt sein möchte.«

Seine Küsse brannten auf ihren Lippen. Sie wollte sich befreien, aber er hielt sie fest.

»Laß mich, Elisa, schmälere mir diese eine Stunde der Glückseligkeit nicht! Sie muß mich für lange, lange Zeit entschädigen.«

Da hielt sie still, lag ruhig an seinem Herzen und ließ seine Zärtlichkeit zu. Und bis ins Innerste erschauernd, dachte sie: Nun mag kommen, was da will, ich bin doch einmal schrankenlos glücklich gewesen.

Noch manches hatten sie sich zu sagen. Sooft Elisa sich auch losmachen und gehen wollte, immer wieder hielt Alexander sie zurück und bettelte noch um eine kurze Frist. Er sagte ihr, daß er schon bald in aller Stille seine Vorbereitungen treffen wollte, damit ihre Verbindung ohne Verzug stattfinden könnte, sobald Elisa das Haus seiner Eltern verließe. Kurz nach Tatjanas Hochzeit sollte auch die ihre in aller Stille, am besten in Deutschland stattfinden. Wie er sich dann ihre Zukunft vorstellte, darüber war er sich noch nicht klar. Irgendein hübsches Häuschen in einer schönen Gegend schwebte ihm vor, wohin er sich flüchten wollte, bis er es vor aller Welt verkünden konnte. In glühenden Farben malte er ihr das gemeinsame Glück aus. Und sie lauschte wie im Traum, die großen, leuchtenden Augen fest auf sein geliebtes Antlitz geheftet. Was er sagte, das klang wie ein wundervolles Märchen, das wohl nie Wirklichkeit sein würde. So saßen sie nebeneinander und kosteten die Seligkeit dieser Stunde aus.

Aber dann sprang Elisa empor.

»Jetzt muß ich aber gehen. Es ist die höchste Zeit«, sagte sie, erschrocken auf ihre Uhr blickend.

Noch einmal hielt er sie fest, noch einen langen, innigen Kuß tauschten sie, und noch einmal versprach Alexander, sich Elisa in der Zeit bis zu Tatjanas Hochzeit fernzuhalten. Er wollte, um jeder Versuchung zu entgehen, sobald wie möglich von Kalnoky abreisen. Seine Eltern mußten ihm gestatten, eine längere Reise ins Ausland zu unternehmen. Auch in Petersburg wollte er dann alles vermeiden, um mit ihr zusammenzutreffen. Alles wollte er tun, was sie wünschte und was sie beruhigen konnte.

Nach einem letzten innigen Kuß riß sich Elisa los und eilte fort.

6

DREI TAGE SPÄTER schon reiste Fürst Alexander von Kalnoky ab. Es geschah nicht nur auf seinen eigenen Wunsch, sondern auch auf den seines Vaters.

Anna Paulowna war außer sich vor Zorn, als sie von Alexanders Abreise hörte. Als er sich von ihr verabschiedete, war sie bleich und vermochte kaum einige Worte hervorzubringen. Ihre Augen bohrten sich in sein Gesicht, als wollte sie ergründen, ob es wirklich so war, wie Maria Petrowna ihr so schonungsvoll wie möglich mitgeteilt hatte: daß Alexander sich überhaupt noch nicht zur Ehe entschließen könnte und vor allen Dingen davor zurückschreckte, sich von seiner Frau emporheben zu lassen. Anna Paulowna sagte sich, daß wahre Liebe solche Bedenken nicht hegen konnte. Sie war zu klug, um nicht einzusehen, daß Fürst Alexander sie nicht liebte. Das war ein demütigender Gedanke für die stolze Frau. Sie schwankte zwischen Haß und Liebe und vermochte kaum ihre Fassung zu bewahren.

Auch der Verdacht auf Elisa erwachte wieder in ihr. Stand vielleicht doch dieses Mädchen zwischen ihr und ihrem Glück? Sie schwankte, ob sie der Fürstin von ihrem Verdacht erzählen sollte. Aber ihr Stolz hielt sie davon ab. Mit einer solchen, »obskuren Person« zu rivalisieren, das ließ ihr Hochmut nicht zu.

In gefaßter Haltung teilte sie nach Alexanders Abreise der Fürstin mit, daß sie ebenfalls in wenigen Tagen Kalnoky verlassen müsse, da man sie bei Hofe erwarte.

Maria Petrowna und Fürst Iwan atmeten wie erlöst auf.

Alexander und Elisa hatten sich in diesen drei Tagen nur flüchtig gesehen, und nichts als ein strahlendes Aufleuchten in Alexanders Augen hatte von seiner Liebe Zeugnis gegeben.

So hoffnungsfroh wie er sah Elisa keineswegs in die Zukunft. Sie sah keine Rosen auf ihrem Pfade. Ein steiniger Weg lag vor ihr. Aber sie ging ihn tapferen Herzens und war glücklich in der Erinnerung an die selige Stunde im Wald. Wie reich war sie damit geworden!

Sie glaubte nicht, daß Alexander wirklich ausführen würde, was er im Überschwang seines Empfindens geplant hatte. Er sollte zur Ruhe kommen und einsehen, daß eine Verbindung zwischen ihnen unmöglich war.

An sich wollte sie nicht denken. Was lag an ihr, wenn er nur Ruhe und Frieden wiederfand? Um ihn bangte sie, wenn sie an die Kämpfe dachte, die ihnen bevorstehen mußten, wenn sie sich heimlich vermählten. Für ihn hoffte sie, daß er sie aufgeben und vergessen möge.

Wohl tat ihr das Herz unsagbar weh bei dieser Erwägung. Aber sie sah, daß es so kommen würde, kommen mußte.

Als Alexander abgereist war, wurde sie ruhiger. Solange seine glückstrahlenden Augen noch heimlich die ihren gesucht hatten, war sie nicht aus der Verwirrung herausgekommen. Das hatte sich nun geändert. Der glücklichen Tatjana war sie eine aufopfernde Freundin. Diese strahlende junge Braut brauchte eine Vertraute, der sie alle überströmende Seligkeit, die sie nicht zu fassen vermochte, anvertrauen konnte.

Von Tatjana erfuhr Elisa dann auch, daß sich Sascha geweigert hatte, sich mit Anna Paulowna zu verloben, und daß diese nun sehr verstimmt sei und in kurzer Zeit ebenfalls abreisen würde. Trotz aller Resignation erfüllte Elisa diese Nachricht mit glückseliger Freude. Wie sehr mußte Sascha sie lieben, daß er ihretwegen diese glänzende Verbindung ausschlug! Zugleich atmete sie auf bei dem Gedanken an die baldige Abreise der Großfürstin. Diese betrachtete sie immer mit einer Art zorniger Verachtung und ließ es nicht an Demütigungen fehlen, sobald sie nur irgendeine Gelegenheit dazu fand.

Ob die stolze Frau wohl ahnte, daß sie der Grund zu Saschas Weigerung war?

Sie erzitterte bei diesem Gedanken wie eine Verbrecherin, die sich vor Entdeckung fürchtet.

Erst als die Großfürstin wirklich abgereist war, verlor sie ihre heimliche Angst.

Es wurde nun immer stiller im Schloß Kalnoky. Nach der Abreise der Großfürstin kamen Graf und Gräfin Arganoff, diesmal mit ihrem kleinen Sohn Nikita, noch einmal auf einige Tage zu Besuch. Sie reisten später mit Wladimir Sogareff zusammen ab.

Tatjana schloß sich nach der Abreise ihres Verlobten noch inniger an Elisa an. Die deutschen Sprachstudien wurden nun wieder eifrig aufgenommen.

Maria Petrowna überließ ihre Tochter gern der Gesellschaft Elisas, die sie immer höher schätzen lernte. Kein Gedanke kam ihr, welche Gefahr mit diesem blonden, schönen Mädchen in ihr Haus eingezogen war.

Tatjana hatte den Eltern und ihrem Verlobten gegenüber den Wunsch ausgesprochen, daß Elisa sie nach ihrer Hochzeit nach Deutschland begleiten sollte. Gern hatte man ihr die Erfüllung dieses Wunsches zugesagt. Der Fürstin war es ein tröstlicher Gedanke, daß ihre Tochter im fremden Lande eine so treue Stütze haben würde. Freiwillig erhöhte sie schon jetzt Elisas Gehalt und machte ihr manches wertvolle Geschenk.

Diese Güte bedrückte Elisa nicht wenig, und nur der Gedanke, daß sie alles tun wollte, Sascha von dem geplanten Schritt zurückzuhalten, half ihr über dies bedrückende Gefühl hinweg.

Fürst Iwan aber war erst recht damit einverstanden, daß Elisa nach Deutschland zurückkehren sollte. Sascha würde sie dann bald vergessen, so hoffte er.

Bis Ende September blieb Fürst Kalnoky mit seiner Familie auf dem Stammschloß, dann kehrte man nach Petersburg zurück.

In dem Petersburger Palais war schon alles zum Empfang bereit.

Elisa war ziemlich ruhigen Herzens zurückgekehrt. Sie wußte von Tatjana, daß Sascha sich seit kurzer Zeit in Paris befand und erst nach einigen Wochen zurückkehren würde.

Als sie ihre hübschen Zimmer betrat, bemerkte sie auf dem Tisch ein Postpaket, ein sauber verpacktes Körbchen. Es war an sie adressiert, und als Absender stand eine Berliner Blumenhandlung auf der Adresse.

Der Diener, der Elisas Handgepäck gebracht hatte, teilte ihr auf ihre Frage mit, daß das Paket an diesem Morgen erst eingetroffen war.

Als Elisa allein war, öffnete sie ein wenig zaghaft das Paket. Die Handschrift auf der Adresse war ihr unbekannt. Anscheinend war sie von dem Blumenhändler geschrieben worden.

Als sie das Körbchen öffnete, quoll ihr eine Fülle herrlicher roter Rosen entgegen, köstlich frisch und duftend.

Ihr Herzschlag stockte. Wer sollte ihr aus Deutschland, aus Berlin rote Rosen schicken – und gerade heute, an dem Tag ihrer Rückkehr nach Petersburg?

Sorgsam, mit zärtlicher Andacht und heißer Freude nahm sie die Blumen aus dem Korbe. Es waren wundervolle Blüten, und sie füllten das ganze Zimmer mit ihrem süßen Duft.

Als das Körbchen leer war, blickte sie noch einmal hinein, ob nicht eine Spur zu finden war, die auf den Spender dieses duftenden Grußes schließen ließe. Da erblickte sie einen flachen Karton und darin, vor der Feuchtigkeit der Blumen sorgsam geschützt, ein schmales Kuvert.

Hastig öffnete sie es. Eine schlichte weiße Karte lag darin, darauf stand nichts als: »Ich denke an dich! S.«

Sie drückte das Kärtchen an ihre Lippen.

Also doch von Sascha! Wie mochte er gegrübelt haben, auf welche Weise er ihr diesen Blumengruß unverfänglich zukommen lassen konnte! Er hatte gewußt, daß seine Angehörigen heute nach Petersburg zurückkehrten und sie natürlich mit ihnen.

Sie drückte ihr heißes Gesicht in die kühlen Blumen.

»Du – du –!« flüsterte sie zärtlich.

Und dann ordnete sie die Rosen sorgsam in einer Vase. Das Kärtchen verschloß sie, nachdem sie es nochmal zärtlich geküßt hatte, in ihrem Schmuckkästchen. Dann erst legte sie Hut und Mantel ab, befreite sich vom Reisestaub und ordnete das Haar.

Es war Zeit, sich in den Salon der Fürstin zu begeben, wo der Tee eingenommen werden sollte.

Sie fand bereits Gäste vor. Fürst Wladimir Sogareff und seine Eltern waren gekommen, die fürstliche Familie zu begrüßen. Die Eltern Wladimirs verbanden damit zugleich ihren Abschiedsbesuch, da sie in den nächsten Tagen nach Berlin übersiedeln wollten. Wladimirs Vater hatte tatsächlich den Botschafterposten erhalten, und Wladimir sollte nun noch bis zu seiner Hochzeit in Petersburg bleiben und dann mit seiner jungen Frau nach Berlin kommen.

Still begab Elisa sich auf ihren Platz hinter dem Teetisch, bereitete den duftenden Trank zu und füllte die kostbaren Tassen, die ein Diener herumreichte.

Tatjana nickte Elisa glückstrahlend zu. Sie stand neben ihrem Verlobten am Kamin und hatte sich nach der langen Trennung viel mit ihm zu erzählen.

Elisa hörte, daß man auch von Alexander sprach. Er hatte geschrieben, daß er wohlbehalten in Paris eingetroffen sei und erst Anfang November zurückkehren werde, da er seinen Urlaub auszunützen gedenke.

Auch wurde erwähnt, daß Alexander unter dem schlichten Namen »Roschnow« im Pariser Hotel abgestiegen sei, damit er so weniger belästigt wurde. Er wurde nur von seinem Kammerdiener Peter begleitet.

Wie Elisa das Herz klopfte. Wenn die Herrschaften gewußt hätten, daß diese Mitteilungen auch für sie von Bedeutung waren, was dann wohl geschehen wäre?

Nach einer Weile kam Tatjana zu ihr herüber und sagte leise zu ihr:

»Elisa, Sie müssen nachher mit in meine Zimmer kommen! Mein Verlobter hat sie so reich mit Rosen schmücken lassen, daß sie wie ein Garten aussehen. Rosen in allen Farben, ach, Elisa, das ganze Leben ist wunderschön!«

Elisa sah das holde, verschämte Lächeln in Tatjanas strahlendem Gesicht. Und sie dachte an ihre Rosen auf ihrem Zimmer. Es war nur ein Strauß, aber es waren herrliche rote Rosen, die ganz allein ihr gehörten.

Es begann nun ein emsiges Treiben im Palais Kalnoky. Ende Februar sollte Tatjanas Hochzeit sein. Da gab es vorher noch eine Menge Vorbereitungen zu treffen.

Elisa erwies sich auch jetzt als eine sehr brauchbare, tatkräftige Stütze für die Fürstin und ihre Tochter.

Es gab so viele Besorgungen, Schreibereien, Festlichkeiten und Besuche zu erledigen. Tatjana wurde viel zu sehr von ihrem Verlobten in Anspruch genommen, um viel leisten zu können. Die Fürstin war ebenfalls, wie immer, stark beschäftigt durch allerlei Wohltätigkeitsveranstaltungen. Da mußte dann fast alle Besorgungen Elisa erledigen.

Und das war ihr gerade recht.

Sie brauchte Arbeit, viel Arbeit, um ihr seelisches Gleichgewicht zu behalten und sich abzulenken von der quälenden, brennenden Frage: »Was wird nun geschehen?«

Schon Ende Oktober setzte der Winter mit Frost und Schneefall heftig ein.

Alexander weilte noch immer in Paris. Ab und zu hörte Elisa durch Tatjana von ihm.

Es war in den ersten Tagen des November. Tatjana fuhr mit Elisa über den Newksi-Prospekt. Von der Peter-Pauls-Kathedrale kündeten die Glocken in dunklen, dumpfen Tönen die Mittagsstunde. Zu gleicher Zeit zogen die Plewna-Dragoner, die vom Gefechtsexerzieren kamen, den Newski-Prospekt entlang.

Zwölf Mann breit schob sich die Front, fast die ganze Straßenbreite einnehmend, vorwärts. Die Passanten und Wagen, darunter auch die Kalnokysche Equipage mit Tatjana und Elisa, mußten halten, um den Zug vorüberzulassen.

Der Kommandeur ritt an der Spitze, neben ihm der Podpolkownik – der Kapitän. Der Kommandeur erkannte die junge Fürstin Kalnoky. Ihr Gesicht erschien am Fenster der Equipage, als er vorüberritt. Er senkte grüßend den Pallasch, und Tatjana dankte lächelnd. Aller Augen wandten sich zu der Equipage. Viele der Passanten kannten die junge Fürstin. Sie war neben ihrem Bruder eine bekannte und beliebte Erscheinung für die Petersburger.

Als die letzte Eskadron vorüber war, fuhr der Wagen weiter, von Geschäft zu Geschäft, bis Tatjana, von Elisa begleitet, ihre Einkäufe besorgt hatte.

Als sie eben aus einem der ersten Modeateliers kamen, wo sich Tatjana einige Hüte ausgesucht hatte, hielt neben der Kalnokyschen Equipage eine andere. Und vor dem geöffneten Schlag stand Fürst Wladimir Sogareff.

Er hatte im Vorüberfahren den Kalnokyschen Wagen erkannt und hatte sofort halten lassen. Der Diener sagte ihm auf seine Frage, daß Tatjana mit ihrer Gesellschafterin in dem Atelier weile.

So wartete er, um seine Braut zu begrüßen. Obwohl er eilig war, wollte er sich diese Gelegenheit nicht entgehen lassen.

Über Tatjanas Gesicht flog ein heller Freudenschein, als er auf sie zukam. Elisa ging unauffällig zur Seite und machte sich mit den Paketen zu schaffen, die auf dem Rücksitz des Wagens aufgestapelt waren.

Wladimir faßte Tatjanas Hand.

»Duschenka – welch ein glücklicher Zufall, daß ich dich hier treffe!« flüsterte er zärtlich.

Tatjanas dunkle Augen strahlten zu ihm auf, und wohlig schmiegte sich ihre rechte Hand in die seine, während die linke einen großen Zobelmuff hielt.

»Was führt dich hier vorüber, Wladimir?« fragte sie.

»Geschäfte, Liebling, ich will zur deutschen Botschaft. Eigentlich habe ich keine Minute Zeit, aber ich mußte dir doch guten Tag sagen. Du hast Einkäufe gemacht?« fragte er, mit leuchtendem Blick ihre schlanke, zierliche Erscheinung umfassend, die in dem kostbaren Pelzmantel fast verschwand.

Sie nickte eifrig.

»Ja, drei Hüte habe ich bestellt, damit ich meinem Schatz gefalle.«

»Duschenka, mach nicht so liebe Augen, sonst geschieht etwas Unerhörtes.«

»Was denn?« fragte sie neckend.

»Ich küsse dich hier auf offener Straße, wenn du mich so ansiehst!«

»Tu es doch«, neckte sie übermütig.

»Das gäbe eine Katastrophe. Hast du mich lieb?«

»Oh, du törichter Wladimir!«

»Ich will es hören.«

»Ja, du Tyrann, ich habe dich lieb, ganz schrecklich und unvernünftig.«

»Bravo!«

»Und du?«

»Ich liebe dich noch tausendmal mehr.«

»Wer sollte das abwägen können?«

»Hm! Das ist schwierig. So schnell kann man da nicht entscheiden. Aber so wichtig das ist, ich muß doch zur Botschaft.

Übrigens sah ich eben Sascha an mir vorüberfahren. Er kam vom Bahnhof.«

Tatjana war erstaunt.

»Heute schon? Wir erwarten ihn doch erst morgen.«

»Jedenfalls sah ich ihn. Aber nun muß ich dich verlassen. Heute abend auf Wiedersehen, Duschenka!«

Er hatte sie bis an den Wagen geführt und half ihr beim Einsteigen.

»Auf Wiedersehen, mein Liebling!«

»Auf Wiedersehen, Wladimir!«

Er trat zurück.

Elisa wandte sich jetzt fragend an ihre junge Herrin.

»Wohin befehlen Durchlaucht?«

»Nach Hause, Elisa. Ich höre eben, daß mein Bruder angekommen ist, wir wollen es für heute genug sein lassen.«

Es war gut, daß Tatjana nur Augen für ihren Verlobten hatte und ihm, während der Wagen an ihm vorüberfuhr, ihr Gesicht zuwandte. Sie blickte auch noch so lange zurück, bis Wladimir Sogareff seinen eigenen Wagen bestiegen hatte und in der entgegengesetzten Richtung davonfuhr.

So sah sie nicht Elisas jähes Erröten, und diese konnte sich inzwischen fassen.

Elisa war sehr erschrocken, als sie von Saschas Heimkehr hörte. Sie hatte gewußt, daß man ihn am nächsten Tag erwartete. Nun war er schon heute gekommen, und sie mußte darauf gefaßt sein, ihm zu begegnen, seit Monaten das erste Mal wieder.

Mit zitternder Hand rückte sie an ihrem Hut und krampfte die Finger dann fest zusammen in dem hübschen Muff, den ihr Tatjana zum Geburtstag geschenkt hatte.

Wie gut, daß sie wenigstens auf seine Anwesenheit vorbereitet war! Und wie gut, daß sich ihre junge Herrin mit geschlossenen Augen und lächelndem Mund in die Wagenpolster zurücklehnte, um die Begegnung mit ihrem Verlobten noch einmal an sich vorüberziehen zu lassen.

So brauchte Elisa wenigstens nicht zu sprechen. Ihr war zumute, als könne sie kein Wort hervorbringen. Sie zitterte vor innerer Erregung, und heiß und unruhig stieg das Blut zu ihrem Herzen.

Es war ein Gemisch von Furcht und heißer Freude, was sie empfand. Wie würde er ihr begegnen? Liebte er sie noch immer so sehr, daß er nur in der Vereinigung mit ihr sein Glück zu finden hoffte? Oder hatten allmählich seine heißen Wünsche ruhigeren Erwägungen Platz gemacht?

Lange saßen die beiden jungen Mädchen schweigend im Wagen, jede mit ihren eigenen Gedanken beschäftigt. Endlich richtete sich Tatjana empor und sah Elisa wie aus einem Traum erwacht an.

»Liebe Elisa, verzeihen Sie, daß ich so ausdauernd geschwiegen habe. Haben Sie sich sehr gelangweilt?«

»Nein, Durchlaucht«, erwiderte Elisa hastig, der Wahrheit gemäß.

Tatjana faßte nach ihrer Hand und sah ihr forschend ins Gesicht.

»Elisa, wissen Sie, wie Sie mir jetzt zuweilen vorkommen?«

Diese blickte unsicher in Tatjanas Augen.

»Wollen Durchlaucht es mir sagen?«

»Als wenn Sie ein heimliches Leid mit sich herumtrügen. Ja, Elisa, Sie sind zuweilen so traurig und versonnen. Ich habe in all meiner Glückseligkeit nur nicht so genau darauf geachtet. Kann ich Ihnen vielleicht helfen? Wenn Sie mir sagen wollten, was Sie bedrückt!«

Elisa wurde rot. Aber sie faßte sich schnell und sah, dankbar für soviel Teilnahme, in Tatjanas Augen. Es zeugte von dem edlen Charakter der jungen Fürstin, daß sie im eigenen Glück an fremdes Leid dachte.

Sich aufraffend, zwang sie sich zu einem tapferen Lächeln.

»Ich will Durchlaucht sagen, was mich ein wenig trübe stimmt. Ich glaube, ich habe Heimweh nach Deutschland.«

Tatjana lachte froh.

»Ach, wenn es nichts Schlimmeres ist, dann wird Ihnen ja bald geholfen werden, da Sie doch mit mir nach Berlin gehen! Sie freuen sich gewiß, daß Sie mich begleiten sollen, nicht wahr?«

»Ja, Durchlaucht, ich freue mich sehr darauf«, sagte sie lächelnd. Aber das Herz lag ihr dabei schwer wie ein Stein in der Brust.

Im Palais angekommen, entließ Tatjana ihre Gesellschafterin sogleich.

»Ich will jetzt meinen Bruder begrüßen und ein wenig mit ihm plaudern. Sobald ich Sie brauche, lasse ich Sie rufen, Elisa«, sagte sie freundlich.

Elisa war froh, daß sie sich zurückziehen konnte. Mit zitternden Knien stieg sie die Treppe empor und ging den langen Korridor entlang, der zu dem Seitenflügel führte.

Als sie gerade an der großen, in einer Nische aufgestellten Marmorbüste Peters des Großen vorüberging, öffnete sich eine Tür dicht vor ihr, und heraus trat Fürst Alexander.

Einen Moment standen sie sich beide fassungslos gegenüber. Zum Glück war niemand in der Nähe. Alexanders Gesicht war ein wenig schmaler und blasser geworden. Er sah ernster und männlicher aus.

Bei Elisas Anblick flog ein Leuchten über seine Züge, und seine Brust hob sich in einem tiefen, schweren Atemzug.

»Endlich! Endlich – o du!« stieß er erregt hervor und sah sie an mit einem Ausdruck, der sie ergriff. Sie konnte nicht anders, als seinen Blick mit grenzenloser Innigkeit zurückgeben. Aber ihre Lippen preßten sich fest aufeinander, als müsse sie einen Ausruf unterdrücken.

Dann wollte sie schnell an ihm vorübergehen.

Er spähte den langen Gang entlang, und als er niemand sah, flüsterte er hastig:

»Nur ein Wort, Elisa, sonst ertrage ich diese Zurückhaltung nicht. Liebst du mich noch?«

»Bis in den Tod«, hauchte sie, und heiße Tränen stürzten aus ihren Augen.

»Dank, heißen Dank!« sagte er, wie erlöst von großer Qual.

Sie eilte davon und war froh, als sie ihr Zimmer erreicht hatte und sich einschließen konnte.

Alexander war langsam in die entgegengesetzte Richtung weitergegangen.

In den Monaten der Trennung hatte er wirklich ernsthaft versucht, mit seiner Liebe zu Elisa fertig zu werden. Aber er hatte damit nur erreicht, daß diese Liebe mehr und mehr sein ganzes Leben erfüllte, daß sie tiefer und stärker wurde. Nicht einen Augenblick hatte er in all der Zeit Elisa vergessen können, und seine Sehnsucht nach ihr wuchs ins Unendliche. Er wußte, daß er nur an Elisas Seite ein wahres Glück finden würde.

In diesen Monaten der Trennung war ihm aber auch zum Bewußtsein gekommen, daß er den Eltern eine Heirat mit Elisa nie gestehen konnte. Und deshalb mußte er die Enthüllung hinausschieben, solange es ging. Inzwischen konnte er sein Glück im stillen genießen. Elisa lag nichts an weltlichen Ehren. Er wollte ihr ein hübsches, trautes Heim schaffen und einige Zeit mit ihr in Deutschland leben. Es würde leicht sein, einen längeren Urlaub zu erhalten, und dann wollte er einige Monate ganz seinem Glücke leben. Später würde er dann, nicht allzuweit von Petersburg, an einem stillen Ort ein Häuschen finden, in dem er, abgeschieden von der Welt mit Elisa glückliche Stunden verleben konnte.

Seine Reise nach Paris war zum Teil nur ein Vorwand gewesen. Seinen Kammerdiener hatte er vorausgeschickt. Ganz allein hatte er einige Tage die Umgebung der deutschen Grenze durchstreift. In der Nähe von Königsberg hatte er in einem Fischerdörfchen ein hübsches kleines Häuschen gefunden, das sich ein Maler dort hatte bauen lassen. Dieser Maler war gestorben, und seine Erben wollten die hübsche Villa verkaufen. Bisher hatte sich wegen der Abgeschiedenheit des Ortes kein Käufer gefunden. Alexander erstand die Villa für fünfundzwanzigtausend Mark, samt der schönen Einrichtung. Das Häuschen enthielt nur vier Zimmer und eine kleine Küche. Der Garten war noch gut instand. Den Kauf schloß er rechtmäßig ab unter dem Namen Alexander Roschnow. Die dazu erforderlichen Papiere hatte er bei sich, denn er reiste unter diesem Namen. Er beauftragte einen Fischer und seine Frau, das Anwesen bis zum Frühjahr zu beaufsichtigen und in Ordnung zu halten. Alles weitere behielt er sich vor.

Mit einem langen Blick auf seinen neuerworbenen Besitz reiste er dann weiter nach Berlin, wo er für Elisa die Blumensendung in Auftrag gab.

In Paris angekommen, wurde er von seinem Kammerdiener empfangen. Dieser wunderte sich nicht wenig, daß sein Herr so still und zurückgezogen in der Seinestadt lebte. War er auch gewohnt, daß sein Herr zuweilen als Alexander Roschnow reiste, so hatte der junge Fürst doch stets ein flottes Leben geführt und war von einem Amüsement zum andern geeilt. Jetzt besuchte er nur die Oper, machte Ausflüge in die Umgebung von Paris und ging auch des Abends aus, aber er kehrte zeitig heim und hielt sich von den sonst beliebten Zerstreuungen fern.

Das sah fast aus, als ob sein Herr sparen wollte.

Peter ahnte nicht, daß er damit das Richtige getroffen hatte. Alexander sparte wie ein sorgsamer Hausvater. Er mußte in Zukunft von seinem Einkommen eine Frau erhalten, vielleicht später auch Kinder. Und wenn er von seinem Vater eine Erhöhung seines Wechsels fordern würde, hätte das Verdacht erregen können.

Freilich, größere Entbehrungen brauchte er sich nicht aufzuerlegen. Dazu wurde er von seinem Vater zu gut gestellt. Aber er würde keine unsinnigen Ausgaben mehr machen dürfen.

Das Sparen machte Alexander geradezu Vergnügen. Er war ganz stolz, daß er die Summe für das Häuschen in den letzten Monaten selbst erübrigt hatte.

Gleich nach Tatjanas Hochzeit sollte sich Elisa in diese kleine Villa begeben. Und dort wollte er mit ihr zusammentreffen und sich mit ihr verheiraten. Alles dazu Erforderliche wollte er inzwischen noch ordnen. Es mußte sich alles irgendwie einrichten lassen. Vorerst würden sie nur unter dem schlichten Namen Roschnow leben, bis er Elisa öffentlich anerkennen durfte.

Die Verheiratung Tatjanas konnte Elisa als Vorwand benutzen, ihre Entlassung zu verlangen.

So hatte er an alles gedacht, und er wünschte nur, daß er einmal ungestört mit Elisa hätte sprechen können, um ihr zu sagen, was er unternommen hatte. Aber sie wollte nicht, daß er sich ihr nähern sollte. Also mußte er warten.

Daß sie ihm unbedenklich folgen würde, dafür bürgte ihm ihre Liebe.

7

FÜRST IWAN UND seine Gemahlin empfingen den Sohn mit offenen Armen und frohen Gesichtern. Und Alexander begrüßte sie mit großer Innigkeit. Schmerzlich empfand er, daß er sie hintergehen mußte, aber es blieb ihm keine Wahl, wenn er nicht seinem Glück entsagen wollte. Um seine Gefühle zu verbergen, erzählte er lebhaft von seiner Reise und gab schon jetzt dem Wunsch Ausdruck, nach Tatjanas Hochzeit länger Urlaub zu machen, um eine größere Reise zu unternehmen.

Sein Vater stimmte freudig zu. Alexander schien ernster und vernünftiger denn je von seiner Reise zurückgekommen zu sein, ohne daß sein Wesen von der alten Frische eingebüßt hatte.

Fürst Iwan nahm als sicher an, daß Sascha nicht mehr an die junge Deutsche dachte. Außerdem blieb diese ja nur noch bis zu Tatjanas Hochzeit in seiner Nähe. Ganz ruhig war der alte Herr also in bezug auf Elisa.

Auch Maria Petrowna hatte nichts dagegen einzuwenden, daß Alexander längere Zeit reisen wollte. Man kam überein, daß Alexander sich im Februar für ein volles Jahr vom Dienst dispensieren lassen sollte. Alexander zog sogar in Betracht, später ganz seinen Abschied zu nehmen und sich mehr um die Verwaltung der fürstlichen Güter zu kümmern.

»Der Dienst ist doch nur eine Spielerei, Papa, und ich möchte mein Leben nun mit ernsteren Dingen füllen«, sagte er.

Fürst Iwan freute sich dieses Entschlusses. Zeigte er doch zur Genüge, daß Sascha nicht mehr ausschließlich dem Genuß leben wollte.

»Du bist ein echter Kalnoky, mein Sohn. All deine Vorfahren haben ihre Jugend genossen bis zum Überschäumen und sind dann ernste, tüchtige Männer geworden. Ich freue mich deines Entschlusses.«

Alexander hatte freilich hauptsächlich die Rücksicht auf Elisa dazu getrieben. Er sagte sich, daß ihn der Dienst zu sehr in seiner Bewegungsfreiheit hindern würde. Und außerdem berücksichtigte er, daß er sich unter dem Vorwand, die Güter zu inspizieren, leichter und öfter unbemerkt von zu Hause entfernen konnte, um dann mit Elisa zusammenzusein.

Nachdem man diese Angelegenheit gründlich besprochen hatte, wurden sich Vater und Sohn darüber einig, daß Alexander gleich nach Weihnachten sein Abschiedsgesuch einreichen sollte. Dann wollte er ein Jahr auf Reisen gehen und nach seiner Rückkehr sich ernsthaft der Verwaltung der Güter annehmen.

Das war Alexander sehr lieb. Ein freies Jahr hatte er so vor sich, dann mußte sich alles Weitere finden.

Maria Petrowna befriedigte dabei vor allem der Gedanke, daß Sascha der Großfürstin aus den Augen kam. Anna Paulowna weilte zur Zeit in Moskau und würde erst im Januar zu den großen Festlichkeiten nach Petersburg zurückkommen.

Der Gedanke an Anna Paulowna quälte die Fürstin noch immer. Daß diese ihre Wünsche in bezug auf Sascha noch nicht ganz aufgegeben hatte, ahnte sie. Ebenso wußte sie aber auch, daß ihr Sohn sich nie zu einer Verbindung mit Anna Paulowna entschließen konnte. Und deshalb schien ihr die Reise ihres Sohnes die beste Lösung.

Während Alexander mit den Eltern noch einige Einzelheiten besprach, trat Tatjana ein und begrüßte den Bruder mit lebhafter Herzlichkeit.

Am übernächsten Tag nahm Fürst Alexander vorläufig seinen Dienst wieder auf.

Auch jetzt suchte er wieder zuweilen Tatjanas Arbeitszimmer auf. Dort konnte er Elisa wenigstens sehen und sich mit ihr, wenn auch über gleichgültige Dinge, unterhalten.

Allein traf er nie mehr mit ihr zusammen. Sie wich ihm sichtlich aus, soviel sie konnte.

Es brannte ihm aber auf der Seele, ihr seine Zukunftspläne mitzuteilen. Da es ihm dazu an Gelegenheit fehlte, schrieb er ihr eines Tages einen ausführlichen Brief, in dem er, neben sachlichen Erörterungen, auch nicht mit der Versicherung seiner heißen, unwandelbaren Liebe sparte. Und er bat sie inständig, ihm mitzuteilen, ob sie mit allem einverstanden sei, damit er ihre Wünsche in Betracht ziehen könne.

Die Antwort auf seinen Brief sollte sie am nächsten Morgen, wenn sie zu Tatjana ging, in die schmale Öffnung legen, die sich hinter der Büste des Zaren Peter zwischen Wand und Sockel befand.

Dort wollte er auch sonst immer nachsehen, für den Fall, daß sie ihm einmal eine Nachricht zukommen lassen wollte.

Diesen langen, in einem ehrfurchtsvoll-zärtlichen Ton gehaltenen Brief nahm Sascha mit in das Arbeitszimmer seiner Schwester. Er traf früher dort ein als gewöhnlich und fand, wie er gehofft, Elisa noch allein.

Ohne ein Wort legte er den Brief auf ein Buch, das sie gerade in der Hand hielt. Sie erschrak und wollte ihn zurückweisen, aber er sah sie mit so zwingenden Blicken an, daß sie mit bebender Hand den Brief in ihren Kleidern barg. Darauf verließ er rasch wieder das Zimmer und suchte seine Schwester in ihrem Salon auf. Er sprach nur wenige Worte mit ihr, um eine Ausfahrt zu verabreden, und ging dann nicht wieder mit ihr in das Arbeitszimmer zurück, um Elisa nicht weiter zu beunruhigen.

Elisa war es sehr unangenehm, daß Sascha auf briefliche Weise mit ihr Verkehr suchte, und sie war fest entschlossen, das in Zukunft zu verhindern.

Als sie aber später in der Einsamkeit ihres Zimmers seinen Brief gelesen hatte, vermochte sie ihm nicht mehr zu zürnen. Ach, wie glücklich hätte sie seine innige Liebe machen können, wenn er ein Mann aus schlichtem Stande gewesen wäre. Aber trotz allem zitterte ihr Herz vor Glückseligkeit, als sie aus seinem Brief sah, wie zärtlich er sie liebte.

Sie entschloß sich auch, ihm sofort zu antworten, und schrieb nach kurzem Bedenken:

»Lieber Sascha! Nur das eine kann ich Dir auf Deinen lieben Brief antworten: übereile nichts! Was mich betrifft, ich habe keinen Wunsch als Dein Glück und Deinen Frieden. Was Du über mich später beschließest, wenn ich unbedingt zu Deinem Glück nötig bin, ist mir gleich. Ich werde mich in alles fügen, weil ich keinen anderen Willen habe als den Deinen. Aber ich beschwöre Dich, prüfe Dich ehrlich! Bedenke, was Du Deinen Eltern zufügen willst, bedenke, was Dir für

Unannehmlichkeiten erwachsen können, bedenke alles, nur auf mich nimm keinerlei Rücksicht. Und dieses Schreiben muß das erste und letzte sein. Nur, wenn etwas ganz Außergewöhnliches geschehen würde, dann darf es sein. Ich lege dann den Brief auf die von Dir bezeichnete Stelle.

Dank, heißen Dank für die Rosen. Und was auch kommen mag, Dank für Deine Liebe. Die meine gehört Dir in Ewigkeit. Elisa.«

Am nächsten Morgen schlüpfte Elisa zu der Zarenbüste, nachdem sie sich überzeugt hatte, daß niemand sie sehen konnte, und steckte den Brief in den schmalen Spalt zwischen Sockel und Wand.

Alexander fand ihn eine halbe Stunde später dort und barg ihn wie einen Schatz an seinem Herzen. Als er ihn in seinem Zimmer gelesen hatte, küßte er ihn. Wie rührte ihn Elisas Selbstlosigkeit! Und fester denn je war er entschlossen, sie zu seiner Frau zu machen.

Schnell vergingen die nächsten Wochen mit den Vorbereitungen zu Tatjanas Hochzeit.

Es war an einem frostklaren, sonnigen Dezembertag.

Alexander war wieder einmal zu seiner Schwester und Elisa ins Arbeitszimmer gekommen.

»Fleißig bei der Arbeit, Schwesterchen?« fragte er und ließ über Tatjana hinweg seine Augen zu Elisa hinüberschweifen.

»Wie du siehst, Sascha. Komm, setz dich zu uns.«

Er nahm Platz.

»Wie weit bist du nun eigentlich mit dem Studium der deutschen Sprache gekommen, Tatjana? In wenigen Wochen sollst du nun schon deine Kenntnisse praktisch verwerten. Wird es denn gutgehen?«

Tatjana lachte übermütig.

»Oh, mir ist nicht bange, es wird vorzüglich gehen. Seit ich weiß, daß Fräulein Elisa mit mir nach Berlin geht, habe ich gar keine Angst mehr.«

Alexander horchte betroffen auf, und in demselben Moment sah er, daß Elisa einen scheuen, langen Blick zu ihm herüberwarf. Er sah sie mit einer brennenden Frage im Blick an und fragte dann mit erzwungener Ruhe:

»Fräulein Helbig begleitet dich nach Berlin? Steht das schon fest?«

»Gewiß, Sascha, ganz fest! Nicht wahr, liebe Elisa? Sie wird schon am Tage nach meiner Hochzeit nach Berlin abreisen, um in meiner künftigen Behausung noch allerlei zu ordnen, ehe ich von der Hochzeitsreise zurückkomme. Du glaubst nicht, wie froh ich bin, daß sie mit mir geht. Und auch Mama ist das sehr lieb. Wladimir wird mich oft genug allein lassen müssen, und dann habe ich doch Elisa. Findest du nicht, daß dies ein guter Einfall war?«

Alexander strich sich über die Stirn. Seine Augen brannten noch immer auf Elisas gesenktem Antlitz.

»Allerdings, ein vorzüglicher Einfall«, sagte er mechanisch.

In diesem Moment wurde Tatjana durch ihre Kammerzofe abgerufen. Eine Modistin hatte allerlei Neuheiten gebracht und wollte Anproben machen.

»O weh, dann wird es heute nichts mehr mit der Arbeit! Sie können getrost die Bücher zusammenpacken, Elisa, und ein Stündchen ruhen, bis ich Sie rufen lasse. Und du, Sascha, wirst herzlos kaltgestellt. Die Modistin geht vor, das begreifst du wohl. Adieu.«

Lachend huschte Tatjana mit einer Kußhand hinaus.

Alexander und Elisa standen sich eine Weile stumm, wie in atemloser Erwartung, gegenüber. Elisa hielt die Augen auf die Bücher gesenkt, und Alexander schien mit seinem Blick ihr Innerstes durchdringen zu wollen.

»Elisa«, sagte er endlich, heiser vor Erregung, »was soll das heißen? Du willst mit Tatjana nach Berlin? Ist das ihr gegenüber ein Vorwand, oder sinnst du darauf, mir zu entfliehen?«

Sie war sehr bleich, hob aber nun den Kopf und sah ihn bittend an.

»Der Vorschlag wurde mir gemacht, und ich nahm ihn an. Es wäre doch wohl besser für dich, wenn du mich ziehen ließest. Du wirst mich vergessen – und brauchst deine Eltern nicht zu betrüben.«

Er faßte rauh und hastig ihre Hand.

»Also immer noch Ausflüchte! Elisa, ich lasse dich nicht, nie! Ich fiebere vor Sehnsucht nach dir, nach dem Tage, da ich dich mein eigen nennen kann. Und du kannst an eine Trennung denken? Laß dich endlich überzeugen, daß du mein alles bist, daß ich ohne dich kein Glück auf Erden finden kann! Was so fest mit dem Herzen verwächst, kann man nicht mehr losreißen. Glaubst du, ich würde alle diese Pläne geschmiedet, alle diese Vorbereitungen getroffen haben, wenn es für mich eine Möglichkeit gäbe, dich zu lassen? Fürchtest du dich vor der Zukunft an meiner Seite?«

Sie drückte die Hand aufs Herz und sah ihn an mit einem Blick, in dem alle Pein und alle Seligkeit ihrer Liebe lag. Zitternd lehnte sie sich an den Tisch.

»Ich, ach, ich, was liegt an mir! Nur du – du sollst glücklich sein.«

»Und du mit mir, Elisa! Laß alles Zagen, wir gehören zusammen.«

»Ich kann es nicht glauben, es wäre zuviel Glück für mich. Ich wage es nicht, danach zu fassen.«

Er zog sie leidenschaftlich in seine Arme.

»Aber ich wage es, Süßes, ich wage es und halte durch, der Welt zum Trotz. Du darfst dich mir nicht entziehen. Glaub doch an unser Glück, Elisa! Dort in dem kleinen Häuschen am Meeresstrand, dort wartet es auf uns. Ein volles Jahr werde ich dir ganz angehören, dir allein, und später, ach, das findet sich alles. Zage nicht mehr. Habe Mut und Vertrauen. Wir werden unsagbar glücklich sein.«

Es lag eine hinreißende Innigkeit und Zärtlichkeit in seiner Stimme. Elisa lauschte ihr voll Seligkeit.

Ohne zu bedenken, wo sie sich befand, ruhte sie eine Weile an seinem Herzen, und ihre Lippen fanden sich in einem Kuß, der für sie Ewigkeiten umfaßte.

Alexander hielt sie fest an seinem wildklopfenden Herzen. Sie hörten beide nicht, daß draußen Schritte nahten. Noch standen sie innig umschlungen, als die Tür geöffnet wurde.

Auf der Schwelle stand Fürst Iwan und neben ihm Maria Petrowna, die mit ihrer Tochter etwas zu besprechen hatten und nun statt dieser das zärtlich umschlungene Paar fanden.

Alexander und Elisa waren im tödlichen Schrecken auseinandergefahren und standen nun, bleich und mit zuckenden Gesichtern, vor den fassungslos dastehenden Eltern Saschas.

Fürst Iwan hatte noch so viel Geistesgegenwart gehabt, die Tür schnell hinter sich zuzuziehen.

Maria Petrowna sank entgeistert in einen Sessel und sah empört und verächtlich in Elisas Gesicht.

Fürst Iwan richtete sich mit einem Ruck aus seiner Erstarrung empor. Seine Augen blickten streng und kalt, und seine Züge bekamen einen erbarmungslosen Ausdruck. So gütig dieser Mann sonst war, in diesem Augenblick sah man ihm an, daß er hart sein konnte.

»Was ist das, Sascha? Eine Liebschaft hier im Hause, hinter unserem Rücken? Fräulein Helbig, ich bin empört, Sie in einer solchen Situation zu finden! Ich hielt Sie für eine Dame von guter Erziehung und bedauere, meine Ansicht korrigieren zu müssen.«

Elisa wurde noch bleicher und stützte sich auf die Tischplatte. Sie wollte sprechen, brachte jedoch vor Qual und Entsetzen kein Wort hervor.

Alexander faßte sich indessen schnell. Sich ebenfalls hoch aufrichtend, trat er einen Schritt auf seinen Vater zu und sagte, seiner Stimme Festigkeit gebend und den Vater bittend ansehend:

»Du brauchst deine Ansicht über Fräulein Helbig nicht zu ändern, Papa. Ich habe mich soeben mit ihr verlobt. Fräulein Helbig ist meine Braut.«

»Sascha!« rief die Fürstin entsetzt.

Fürst Iwan aber hob und senkte rasch die Hand, als ob er ein Band durchschneiden wollte.

»Du bist von Sinnen! Komm zu dir!« rief er drohend.

Alexander atmete tief und trat dicht neben Elisa, als wolle er sie schützen.

»Ich bin nicht von Sinnen, Papa, sondern ganz ruhig und vernünftig. Ich liebe Fräulein Helbig mehr als mein Leben. Nicht kopflos haben wir uns unserer Liebe ergeben, das glaube mir. Aber es ist mein fester Wille, Elisa zu meiner Gattin zu machen.«

Fürst Iwans Gesicht wurde noch härter.

»Diesem festen Willen steht der meine gegenüber, der wohl fester ist als der deine. Vergißt du, wer du bist, was du deinem Namen schuldig bist? Name und Stellung verpflichtet, das merke dir. Um einer Liebelei willen vergißt man nicht, was man sich und seinen Angehörigen schuldig ist. Fräulein Helbig, wenn Ihnen mein Sohn wirklich Hoffnung gemacht haben sollte, daß er Sie zu seiner Gattin machen wollte, so bedauere ich, Ihre Hoffnung zerstören zu müssen. Sie haben sich total verrechnet, mein Fräulein, wenn Sie geglaubt haben, auf diese Weise eine glänzende Partie zu machen. Ein Fürst Kalnoky heiratet keine bezahlte Gesellschafterin.«

Die letzten an Elisa gerichteten Worte waren voll Schärfe. Dieser Ton gab Elisa die Haltung wieder. Sie richtete sich hoch auf und sah den Fürsten fest und ruhig an.

»Durchlaucht verzeihen, verrechnet habe ich mich schon deshalb nicht, weil ich nicht gerechnet habe. Ich liebe Fürst Alexander, das ist meine ganze Schuld, wenn es eine ist. Meine Liebe hat mich schwach gemacht, seiner Werbung Gehör zu schenken, obwohl ich überzeugt war, daß eine Verbindung zwischen uns unmöglich ist.«

»Nun, dieser Überzeugung werden Sie sich hoffentlich auch jetzt nicht verschließen. Ich bitte, begeben Sie sich auf Ihr Zimmer, und warten Sie dort das Weitere ab. Vorerst habe ich mit meinem Sohn zu reden.«

Er öffnete mit einer energischen Bewegung die Tür und trat zurück, Elisa den Weg freigebend. Sie schritt zitternd, aber in ruhiger Haltung darauf zu.

Alexander vertrat ihr jedoch den Weg und faßte ihre Hand.

»Elisa, ich lasse nicht von dir! Sei ganz ruhig und warte das Kommende ab.«

Sie sah mit traurigem Blick zu ihm auf.

»Sascha, ich flehe dich an, füge dich dem Gebot deiner Eltern. Sie sind im Recht, es kann kein gemeinsames Glück für uns geben«, sagte sie leise, mit bebender Stimme.

Er führte ihre Hand mit festem Druck an die Lippen.

»Du hast mein Wort, ich betrachte dich als meine Braut.«

»Sascha!« rief Maria Petrowna wieder außer sich.

Elisa schüttelte nur stumm den Kopf und verließ schnell das Zimmer.

Fürst Iwan sah einen Augenblick hinter ihr her und schloß die Tür wieder.

»Sascha, was hast du uns angetan?« jammerte seine Mutter, fassungslos die Hände ringend.

Alexander sah seine Mutter an.

»Nichts Schlechtes, Mama, gewiß nichts Schlechtes. Ich liebe Elisa, und sie ist dieser Liebe wert, glaube es mir. Und hilf mir! Du bist eine Frau, bist milder im Denken und Handeln. Hilf mir, Papa zu bestimmen, die Einwilligung zu dieser Verbindung zu geben.«

»Niemals«, sagte Fürst Iwan streng und kalt, »niemals wirst du Sie erhalten. Ein Fürst ist kein Tagelöhner, der keine Rücksicht zu nehmen hat und die erste beste heiraten kann.«

»Papa, Elisa ist ein reines, edles Geschöpf und wert, eine Fürstin zu sein.«

»Verschone mich mit solchen romantischen Phrasen! Wenn sie wirklich rein und edel ist, so hättest du dir doppelt überlegen sollen, eine Liebschaft mit ihr anzuknüpfen.«

»Mutter!« bat Alexander weich.

Die Fürstin schüttelte den Kopf und hob abwehrend die Hände.

»Du mußt von Sinnen sein, Sascha, daß du nur daran denken kannst, daß wir in eine solche Verbindung willigen könnten. Oh, meine Ahnung! Also dehalb wolltest du dich durchaus nicht mit der Großfürstin Anna Paulowna vermählen. Sagte ich dir nicht, Iwan, daß Sascha eine andere im Herzen tragen müsse? Aber wie konnte ich wissen, daß du mit dieser Person, die wir so herzlich in unser Haus aufgenommen haben, eine Liebschaft anknüpfen könntest! Dachtest du nicht an deine Schwester? Wie schmachvoll, daß dieses Mädchen sich täglich, stündlich in der Gesellschaft meiner Tochter befunden hat!«

Alexander fuhr sich verzweifelt über die Stirn.

»Mama, Tatjana konnte sich in keiner besseren Gesellschaft befinden, glaube es mir.«

»Gestatte, daß ich mir darüber meine eigene Ansicht bilde.

Wer weiß, wie lange sie uns schon auf diese schamlose Weise hintergeht.«

»Mama!«

Fast drohend klang Saschas Stimme, aber die Fürstin war zu empört und fassungslos, um ihre Worte abzuwägen. Sie wollte von neuem beginnen, aber Fürst Iwan hob die Hand.

»Laß das, Maria, wir wollen nicht mehr darüber diskutieren, was bereits geschehen und nicht mehr zu ändern ist. Sascha wird zur Vernunft kommen. Er hat sich in dies zweifellos sehr schöne Mädchen verliebt, und es war eine Unklugheit von uns, diese hübsche Person in unsere nächste Umgebung zu bringen. Ich bin überzeugt, Sascha wird zur Einsicht kommen. Im Gefühlsüberschwang wollte er wohl das Mädchen vor einer Mißdeutung schützen und trat ritterlich für sie ein, indem er sie seine Braut nannte. Im Ernst, mein Sohn, wirst du uns wohl solch eine Schwiegertochter nicht zumuten wollen«, sagte er bedeutend milder und ruhiger.

Alexander antwortete nicht sogleich. Er sah ein, daß er auf diese Weise sein Ziel nicht erreichen konnte. Weit entfernt davon, Elisa aufzugeben, sagte er sich doch, daß es jetzt das klügste sei, scheinbar nachzugeben.

Es war schlimm, daß ihn die Eltern mit Elisa im Arm überrascht hatten. Aber im Grunde war deshalb nichts verloren. Seine Absicht, Elisa heimlich zu seiner Frau zu machen, konnte er immer noch ausführen. Nur mußte er jetzt doppelt vorsichtig sein.

Sicher würde Elisa jetzt von seinen Eltern entlassen werden. Die Hauptsache war also, sich unverzüglich mit Elisa zu verständigen. Wie er das möglich machen würde, wußte er im Augenblick noch nicht. Aber geschehen mußte es, bevor sie das Haus verließ.

Vor allem mußte er jetzt Ruhe haben zum Überlegen.

Er richtete sich auf.

»Papa, ich bitte dich, laß mich jetzt auf mein Zimmer gehen. Gib mir bis morgen Zeit. Ich bin jetzt außerstande, dir zu sagen, was ich tun und lassen werde. Nur das eine versprich mir, kränke Fräulein Helbig nicht mehr! Ich allein trage alle Schuld.«

Fürst Iwan atmete auf. Er sah an Saschas Worten, daß er

einzulenken wünschte, und hoffte, daß sich alles regeln lassen konnte. Inzwischen würde man auf das junge Mädchen einwirken und sie möglichst schnell entfernen.

»Also gut, wir sprechen morgen weiter darüber. Und kränken werde ich das Fräulein nicht, das verspreche ich dir«, sagte er rasch.

»Ich danke dir, Papa. Und ich bitte euch, verzeiht mir, daß ich euch Kummer machte! Aber Gott selbst hat mir diese Liebe ins Herz gelegt«, sagte Sascha und verließ hastig das Zimmer.

Fürst Iwan sah ihm nach. Dann wandte er sich an seine leise vor sich hinweinende Gattin.

»Tu mir den Gefallen, Maria, und nimm die Sache nicht tragischer, als sie ist. Sascha wird zur Vernunft kommen, und das Mädchen überlasse mir.«

Die Fürstin seufzte.

»Was willst du gegen sie unternehmen, Iwan?«

Fürst Iwan sah sinnend vor sich hin.

»Sie wird mit sich reden lassen, Maria. Jedenfalls muß sie so schnell wie möglich aus dem Hause. Ich werde das in unauffälliger Weise regeln. Beunruhige dich nicht weiter, ich bitte dich.«

Alexander saß in seinem Zimmer und überlegte, was zu tun sei. Keinen Augenblick dachte er daran, Elisa aufzugeben. Das schien ihm eine Unmöglichkeit. Ebenso hätte er sein Leben aufgeben können

Jetzt galt es nur, Elisa zu verständigen, daß er seinen Entschluß in keiner Weise geändert hatte, und sie zu bitten, an ihm festzuhalten, trotz dieses peinlichen Zwischenfalles.

Elisa würde außer sich sein und durch das Verhalten seiner Eltern sich gedemütigt fühlen. Aber ihre Liebe zu ihm würde das nicht erschüttern, davon war er überzeugt.

Kurz entschlossen setzte er sich an seinen Schreibtisch und schrieb ihr in herzlichen, innigen Worten, daß sie nicht verzagen solle und ihm vertrauen möge.

»Es bleibt alles beim alten, meine Elisa, nur daß Du jetzt einige Wochen früher in unser künftiges Heim flüchtest. Dort ist alles zu Deiner Aufnahme bereit, fühle Dich als Herrin über dies kleine Anwesen. Ich sende dir dorthin Nachricht, wann ich hier fortkommen kann. Scheinbar muß ich mich den Eltern jetzt fügen, wenn nicht alles verloren sein soll. Man wird Dich entfernen, vielleicht, nein sicher schon bald. Gehe auf alles ein und reise ab. Beiliegend sende ich Dir die genaue Adresse unserer künftigen Heimat. Melde dich beim Fischer Kruse – er hat den Schlüssel zu unserm Häuschen, und er und seine Frau werden Dir gern alle Dienste leisten. Ich sende ihnen sofort Nachricht, daß sie auf Dein Kommen vorbereitet sind. Gib mir, wenn möglich, noch eine Nachricht, und lege sie hinter die Büste des Zaren.

Und nun leb wohl, mein geliebtes Herz, ich folge Dir, so schnell ich kann. Behalt mich lieb und zürne mir nicht, daß ich Dich in eine so schlimme Lage brachte. Meine unwandelbare treue Liebe soll Dich für alles entschädigen. Ich küsse Deine lieben, lieben Augen. Bald sehen wir uns wieder. Nachricht erhältst Du regelmäßig von mir, bis ich selbst kommen kann.

In Liebe und Treue

Dein Sascha«

So schloß der Brief.

Alexander kuvertierte und siegelte ihn und klingelte seinem Kammerdiener. Jetzt konnte er keine Rücksicht mehr darauf nehmen, ob die Dienerschaft etwas von seinen Beziehungen zu Elisa merkte. Er mußte unbedingt den Brief in ihre Hände gelangen lassen.

Als sein Kammerdiener eintrat, sah er ihn scharf an.

»Peter, du bist mir treu ergeben, nicht wahr?«

Peter verneigte sich.

»Das wissen Durchlaucht.«

»Gut. Du sollst mir einen großen Dienst erweisen und mir darüber strengste Verschwiegenheit geloben.«

»Ich gelobe bei meinem Schutzpatron, dem heiligen Nikolaus, Durchlaucht dürfen mir vertrauen – durchs Feuer gehe ich für Durchlaucht!«

Alexander nickte.

»Also höre: Diesen Brief muß sofort Fräulein Helbig, die

Gesellschafterin der Fürstin Tatjana, erhalten. Es darf aber kein Mensch etwas davon wissen. Verstehst du mich?«

»Sehr wohl, Durchlaucht.«

»So gehe sofort zu ihr, suche sie in ihrem Zimmer auf, betritt es aber nur, wenn dich niemand sieht. Ich werde mich dir dankbar erweisen, wenn du treu und verschwiegen bist.«

Peter verließ, ohne eine Miene zu verziehen, das Zimmer. Draußen flog ein pfiffiger Ausdruck über sein Gesicht. Nicht zum ersten Male war er als Liebesbote angestellt bei seinem Herrn. Jetzt hatte er freilich zu seiner Verwunderung lange keine solchen Dienste erledigt. Und nun über einen so kurzen Weg. Nun, diese junge Deutsche war freilich bildschön. Und Peter machte sich gewandt und mit großem Geschick an die Ausführung seines Auftrags.

Elisa war in einem unbeschreiblichen Zustand auf ihr Zimmer geeilt. Wie erstarrt saß sie nun in einem Sessel, die Hände fest ineinander gekrampft und unfähig das Schreckliche, das geschehen war, zu fassen.

Was nun, was soll nun werden aus mir? dachte sie verzweifelt.

Voll Bitterkeit dachte sie an die verächtlichen, empörten Blicke der Fürstin.

Unfähig, etwas zu tun, saß Elisa so da, bis es leise an ihre Tür klopfte. Erschrocken richtete sie sich empor und bat um Eintritt. Peter erschien mit korrekter, undurchdringlicher Miene, legte den Brief Alexanders in ihre Hand und verschwand, ohne ein Wort zu sagen. Hastig öffnete sie das Kuvert und las Saschas Brief.

Ihre Erregung löste sich in heißen Tränen. War das Bewußtsein, so geliebt zu werden, nicht tausend Schmerzen wert? Sie drückte den Brief an ihr Herz und barg ihn in ihrem Kleide.

Etwas wie Ruhe kam über sie. Den Kopf in die Hand gestützt, überdachte sie alles, was geschehen war und nun geschehen sollte. Und unter dem Einfluß der Szene mit Saschas Eltern erwachte ein fester Entschluß in ihrer Seele. Das eine stand unumstößlich fest bei ihr: Eine Verbindung zwischen ihr und Sascha würde niemals ein Glück für sie beide werden, keinesfalls zum Glück für Sascha. Wenn sie nur an sich selbst zu denken gehabt hätte, nicht einen Moment hätte sie gezaudert, seinen Wunsch zu erfüllen und ihm anzugehören. Selbst wenn ihr nur ein kurzes Jahr des Glücks beschieden sein sollte, es wäre doch ein reicher Gewinn.

Aber seine Ruhe, sein Frieden galten ihr mehr. Er liebte seine Eltern zu sehr, um es auf die Dauer ertragen zu können, sie zu hintergehen. Und was für Qualen und Unannehmlichkeiten mußte eine heimliche Ehe für ihn bedeuten. Sie mußte entsagen, mußte aus seinem Leben gehen für immer, um ihn vor einem unheilvollen Entschluß zu bewahren.

Es würde ihn schmerzen, wenn er sie verlor, das wußte sie. Selig und glücklich hatte sie die Kraft und Tiefe seiner Liebe erfahren. Aber er war ein Mann und würde diesen Schmerz verwinden. Mit der Zeit würde eine milde Resignation diesen Schmerz verdrängen, und eines Tages würde er es ihr danken, daß sie stark geblieben war.

Aber wohin sollte sie nun gehen? Nach Deutschland zurück, gewiß. Aber dazu bedurfte es eines Passes. Den mußte sie sich zunächst verschaffen. Vielleicht würde ihr Fürst Iwan den Ausweis schnell beschaffen können. Um sie loszuwerden, würde er es gerne tun.

Dann konnte sie nach Deutschland zurückkehren. Vielleicht ging sie auf einige Zeit zu ihren Verwandten, die in einem kleinen pommerschen Städtchen wohnten. Ernst Heinzius, ihr Vetter, würde es wohl nun längst verwunden haben, daß sie seine Hand nicht angenommen hatte. Er und seine Mutter, Tante Johanna, würden sie gern für einige Zeit bei sich aufnehmen, bis sie eine andere Stellung gefunden hatte. Sie hatten ihr ja so oft geschrieben und gesagt, daß das kleine Doktorhäuschen ihr jederzeit eine Heimat sein würde.

Ja, dahin wollte sie sich wenden. Aber Sascha durfte nicht erfahren, wohin sie ihre Schritte lenkte. Sie wollte ihm noch einen letzten Brief schreiben und diesen hinter den Sockel der Zarenbüste legen. Dort würde er ihn finden – wenn sie schon das Haus verlassen hatte. Liebevoll und ernst wollte sie in diesem Brief mit ihm reden, ihm alles noch einmal zu bedenken geben und ihn bitten, ihr nicht zu zürnen, daß sie sich ihm entzog.

Soweit in ihren Gedanken gekommen, erhob sich Elisa. Ihr Gesicht war bleich, aber ein fester Entschluß leuchtete aus ihren Augen. Wenn auch das arme Herz noch schmerzlich zuckte und immer wieder sehnsüchtig nach Glück verlangte, das mußte durchgekämpft werden.

Sie setzte sich nieder, um zuerst den Brief an Sascha zu schreiben. Ihr ganzes Herz legte sie in diesen Brief. Wie ein letztes Vermächtnis an ihn sollten ihre Worte in seine Seele dringen. Wie nur die Liebe bitten kann, so bat sie ihn, sich zu bescheiden und das Unabänderliche zu tragen.

Es wurde ein langes Schreiben. Und heiße Tränen rannen darauf nieder. Aber als sie damit zu Ende war, wurde sie ruhiger. Sie wußte, daß sie recht getan hatte und daß ihr schweres Opfer nicht vergeblich gebracht werden würde.

Sie schloß den Brief, küßte ihn und legte ihn weg. Erst wenn sie das Haus verlassen würde, wollte sie ihn auf den bestimmten Platz niederlegen. Nicht eher durfte er ihn finden, bis sie fort war.

Äußerlich ruhig, begann sie dann ihre Sachen zu packen. Sie war noch nicht weit damit gekommen, als ein Diener sie in das Arbeitszimmer des Fürsten Iwan rief.

Elisa drückte die Hände auf das Herz, das laute, harte Schläge tat. Ein banger Seufzer entfloh ihren Lippen. Das wurde noch ein schwerer Gang für sie, aber er war nicht zu vermeiden.

Mit verschlossenem Gesicht ging sie hinaus und begab sich zum Fürsten.

Als sie bei ihm eintrat, erhob er sich von seinem Schreibtisch, der dicht vor dem einen Fenster stand, und sah sie eine Weile stumm an.

Etwas in Elisas Zügen, die stille Reinheit, der schmerzverzogene Mund und die großen Augen entwaffneten seinen Zorn. Fast tat es ihm leid, daß er hart mit ihr verfahren mußte. Aber die Sorge um seinen Sohn ließ ihn das Gefühl schnell beiseite schieben. Ruhig sagte er:

»Ich habe Sie gebeten, zu mir zu kommen, Fräulein Helbig, um die peinliche Angelegenheit mit Ihnen zu regeln, die sich zwischen uns ergeben hat. Mein Sohn hat sich leichtsinnigerweise verleiten lassen, Beziehungen zu Ihnen anzuknüpfen, die natürlich nicht von Bestand sein können. Ich will es Ihnen ersparen, Ihnen Vorwürfe zu machen, daß Sie auf diese Beziehungen eingegangen sind. Ich will auch nicht abwägen, ob Sie oder meinen Sohn die größere Schuld trifft. Ohne Zweifel ist nur, daß er im Ernst nicht an eine eheliche Verbindung mit Ihnen denken kann. Obwohl mein Sohn großjährig ist, untersteht er noch immer in gewissem Sinne meiner Vormundschaft. In meiner Eigenschaft als Chef unseres Hauses habe ich ein Wort in dieser Angelegenheit mitzusprechen. Und es ist ausgeschlossen, daß ich jemals eine solche Ehe gutheißen würde. Ich bin aber gewillt anzuerkennen, daß mein Sohn Ihnen durch sein Verhalten eine Entschädigung schuldet. Und ich bin gern bereit, diese Verpflichtung zu lösen und Ihnen eine angemessene Abfindungssumme zu zahlen, wenn Sie sich bereit erklären, sofort mein Haus zu verlassen und jede Beziehung zu meinem Sohne abzubrechen. Über die Höhe dieser Abfindungssumme können wir in Ruhe verhandeln. Sie brauchen –«

Bis hierher hatte Elisa ihn ruhig reden lassen. Jetzt aber hob sie mit einer so entschieden abwehrenden Gebärde die Hand, daß er betroffen verstummte. Sie hob den Kopf und sah dem Fürsten mit einem festen, stolzen Blick in die Augen. Dann sagte sie beherrscht, aber mit vor Erregung klingender Stimme:

»Genug, ich bitte Durchlaucht, nicht weiter in diesem Tone mit mir zu sprechen. Von einer Abfindungssumme kann keine Rede sein. Dieses Anerbieten weise ich zurück. Es beleidigt mich, und ich bin nicht willens, mich beleidigen zu lassen. Es gibt nichts, was mir Durchlaucht mit Geld abkaufen könnten. Auch erkläre ich zugleich, daß ich mich in keiner Weise schuldig fühle. Gegen das Schicksal sind wir alle machtlos, und mein Schicksal legte mir die Liebe zu Fürst Alexander ins Herz. Diese Liebe ist nicht weniger rein und tief, weil ich nur ein armes, schlichtes Mädchen bin, und ich verkaufe sie nicht für alle Schätze, die mir Durchlaucht zu bieten hätte. Das wollte ich Durchlaucht sagen.«

Fürst Iwan strich sich unbehaglich über das Kinn, ohne seinen Blick von ihr zu lassen.

»Soll das heißen, daß Sie ein Anrecht auf meinen Sohn geltend machen wollen?« fragte er scharf.

Ein wehmütiges trauriges Lächeln flog wie ein Schein über ihr blasses Gesicht.

»Durchlaucht können ganz unbesorgt sein – ich mache durchaus keine Ansprüche geltend, die mir nicht zustehen. Auch ohne diese Unterredung wäre ich überzeugt gewesen, daß meines Bleibens hier nicht länger ist. Ich war bereits dabei, meine Sachen zu packen, als Durchlaucht mich rufen ließen. So schnell wie möglich werde ich abreisen, nach Deutschland zurück. Und Fürst Alexander ist frei. Ich breche alle Beziehungen zu ihm ab, nur aus dem Grunde, weil ich ihn zu lieb habe, um ihn in Kämpfe zu verwickeln. Ich habe bereits einen Brief an Fürst Alexander geschrieben, in dem ich ihn bitte, seinen Eltern zu gehorchen und mich zu vergessen. Diesen Brief wird er erst erhalten, wenn ich das Haus verlassen habe. Ich bitte Eure Durchlaucht und Ihre Durchlaucht, die Fürstin Maria Petrowna, um Verzeihung, daß ich undankbar erscheinen mußte für alle Güte, die mir hier entgegengebracht wurde. Aber ich gebe Durchlaucht mein Wort, daß ich nichts Unehrenhaftes getan habe, so wenig wie Fürst Alexander. Wir haben beide schwer genug gekämpft. Daß unsere Liebe stärker war als wir selbst, werden wir nun beide mit schmerzvollem Entsagen büßen müssen.«

Fürst Iwan ließ noch immer seine Augen nicht von Elisa. Und als er nun fast beschämt durch ihre schlichte Größe vor ihr stand, verstand er plötzlich, warum Sascha dieses Mädchen zu seiner Gemahlin machen wollte. Er schämte sich, ihr Geld angeboten zu haben. Und er fühlte sich wider Willen von Elisas Verhalten sympathisch berührt.

»Was kann ich noch für Sie tun?«

»Ich möchte noch den Nachtzug benutzen. Leider habe ich keinen Paß. Eure Durchlaucht besitzen jedoch sicher soviel Einfluß, mir sofort einen zu verschaffen.«

Fürst Iwan trat an seinen Schreibtisch.

»Er ist bereits in meinen Händen, ich ließ ihn ausstellen, ehe ich Sie rufen ließ. Hier ist er.«

Er überreichte ihn Elisa. Diese nahm ihn dankend an. Dann sagte sie zögernd:

»Noch eins, ich möchte Durchlaucht bitten, dafür zu sorgen, daß Fürst Alexander nichts von meiner Abreise merkt. Auch möchte ich niemand als Eurer Durchlaucht anvertrauen, wohin ich mich begebe. Fürst Alexander darf es keinesfalls erfahren, wo ich mich aufhalte.«

Fürst Iwan sah sie mit ernsten Blicken an.

»Fräulein Helbig, ich muß Ihnen sagen, daß mir Ihr Verhalten die größte Hochachtung abzwingt. Es tut mir leid, daß Sie keine Fürstentochter sind. Und ich danke Ihnen, daß Sie es mir so leicht gemacht haben, diese Angelegenheit zu Ende zu führen. Eines möchte ich nun noch sagen. Ich werde für Sie bei der Deutschen Bank in Berlin zwanzigtausend Rubel hinterlegen. Sollten Sie in Not geraten, so brauchen Sie dieses Geld nur auf Ihren Namen mit Ihrer Legitimation dort abzuheben. Gestatten Sie mir das, zu meiner – und zu meines Sohnes Beruhigung. Wenn Sie nicht wollen und es nicht nötig haben, brauchen Sie es nicht abzuheben. Sie sollen jedoch wissen, daß es immer für Sie bereit liegt.«

Elisa fühlte sich so abgespannt von allen Aufregungen, daß sie sich kaum noch aufrecht halten konnte. Mit matter Stimme sagte sie nur:

»Ich kann Durchlaucht nicht daran hindern, obwohl ich dies Geld nie abheben werde. Gestatten Durchlaucht nun, daß ich mich zurückziehe? Ich habe noch zu packen und möchte pünktlich fertig sein. Einen Wagen zum Bahnhof kann ich doch bekommen?«

»Gewiß, Fräulein Helbig, ich werde für alles sorgen. Auch den Fahrschein werde ich Ihnen selbst besorgen. Wollen Sie mir bitte sagen, wohin Sie zu reisen wünschen?«

»Nach R . . ., Durchlaucht.«

»Es ist gut, ich werde Ihnen den Fahrschein durch meinen Kammerdiener zustellen lassen. Er kann Sie auch zum Bahnhof begleiten. Seiner Verschwiegenheit bin ich sicher.«

»Das nehme ich dankbar an. Ich bitte Durchlaucht, mich Ihrer Durchlaucht der Fürstin Maria Petrowna und Ihrer Durchlaucht der Fürstin Tatjana zu empfehlen, da ich mich nicht persönlich verabschieden kann.«

»Ich werde Ihre Empfehlung gern ausrichten. Ein Zeugnis, in dem ich als Entlassungsgrund die Vermählung meiner Tochter angeben werde, übersende ich Ihnen mit dem Fahrschein.«

Elisa verneigte sich stumm, zu reden vermochte sie nicht mehr. Lautlos verließ sie das Zimmer.

Fürst Iwan stand eine Weile wie gebannt da und sah vor sich hin.

Es ist kein Wunder, daß Sascha dieses Mädchen zur Frau begehrte. Schade, daß sie nur ein Mädchen aus dem Volke ist! Die Gefahr für Sascha war größer, als ich dachte, und ohne ihre Noblesse und ihren Takt hätte es noch unendliche Schwierigkeiten geben können. Noch gilt es, die Augen offenhalten. Dieses Mädchen gibt er nicht leicht auf. Also Vorsicht! Jedenfalls so lange, bis sie abgereist ist. Und nie darf er erfahren, wohin sie gegangen ist.

So dachte er. Und dann klingelte er seinem Kammerdiener, der schon zwanzig Jahre in seinen Diensten war, und gab ihm allerlei vertrauliche Aufträge.

8

ELISA HATTE, IN ihre Zimmer zurückgekehrt, eine ganze Weile auf dem Diwan gelegen, ehe sie imstande war, weiterzupacken. Dann aber holte sie die Minuten in fieberhafter Hast wieder ein und traf ihre Reisevorbereitungen.

Das Essen wurde ihr auf Befehl der Fürstin auf ihren Zimmern serviert. Sie nahm nur einige Bissen zu sich, um widerstandsfähig zu bleiben.

Fürst Iwan hatte eine lange Unterredung mit seiner Gemahlin. Maria Petrowna war, nachdem die Modistin Tatjana verlassen hatte, in das Ankleidezimmer ihrer Tochter gegangen und hatte dieser, noch zitternd vor Erregung und Empörung, erzählt, was geschehen war.

Tatjana hatte fassungslos zugehört. In ihrer Angst und

Sorge um den Sohn urteilte Maria Petrowna schärfer und härter über Elisa, als es sonst ihre Art war.

Tatjana vermochte es aber trotz allem nicht, Elisa ohne weiteres zu verdammen. Sie hatte Elisa zu genau kennengelernt, um ihr etwas Schlechtes zuzutrauen. Manches sprach in ihrem Herzen zu Elisas Gunsten.

Tatjana wurde nun klar, weshalb Elisa in der letzten Zeit oft so traurig gewesen war. Sie erinnerte sich an den Tag, als Sascha von Paris zurückgekehrt war. Von Heimweh hatte Elisa da gesprochen. Ach, es war wohl ein anderer Schmerz gewesen, den die Ärmste erlitten hatte. Aber so leid ihr Elisa tat, auch ihr erschien es unmöglich, daß Sascha eine bürgerliche Gesellschafterin heiraten könne.

Sie bedauerte Elisa und den Bruder, aber sie war keinen Augenblick darüber im Zweifel, daß sie entsagen mußten.

Furchtbar leid tat es ihr, nun auf Elisas Gesellschaft verzichten zu müssen. Gern hätte sie Elisa noch ein gutes Wort zum Abschied gesagt, als sie vernahm, daß sie das Haus verlassen mußte. Ihre Mutter gestattete ihr jedoch nicht, daß sie noch einmal mit ihr zusammentraf.

Gutherzig und impulsiv, wie Tatjana war, widerstrebte es ihr jedoch, Elisa ohne ein Trostwort ziehen zu lassen. Eine Weile überlegte sie. Dann nahm sie aus ihrer Schmuckkassette einen schlichten Ring, mit einer schönen Perle und einem Rubin geziert, und legte ihn in ein Kästchen. Auf eine Visitenkarte schrieb sie:

»Liebe Elisa! Es tut mir leid, Sie verlieren zu müssen. Ich wünsche Ihnen, daß Sie einst ein anderes, friedliches Glück finden mögen. Bitte, nehmen Sie den Ring als Andenken von mir und als einen Beweis, daß ich nur Gutes von Ihnen glaube. Leben Sie wohl, ich vergesse Sie nie.

Tatjana«

Sie sandte die Karte und den Ring durch ihre Kammerzofe an Elisa. Dieser traten heiße Tränen in die Augen, als sie Tatjanas Worte las. Sie steckte den Ring voll wehmütiger Freude an ihren Finger und sandte eine Karte zurück, auf der nichts stand als:

»Heißen Dank für das Vertrauen, das Durchlaucht mir beweisen. Alles Glück der Welt für Eure Durchlaucht!

Elisa«

Schon eine Stunde, bevor es Zeit zum Aufbruch war, hatte Elisa ihre Vorbereitungen beendet. Sie ließ sich noch etwas Tee bringen, weil sie vor innerer Erregung fror. Dann saß sie reglos, bis der Kammerdiener des Fürsten Iwan kam, ihr Fahrschein und Zeugnis brachte und ihr meldete, daß der Wagen an der Hinterpforte des Palais auf sie warte.

Sie verstand sofort, daß Fürst Iwan das so angeordnet hatte, um ihre Abreise zu verheimlichen.

Ruhig gab sie Weisung, daß ihre Koffer hinuntergebracht wurden, und bedeutete dem Kammerdiener, sie unten zu erwarten.

Dieser verschwand mit einer stummen Verbeugung hinter den Dienern, die die Koffer hinabtrugen.

Jetzt erst eilte Elisa zu der Zarenbüste und ließ ihren Brief an Sascha in das Versteck gleiten.

Dann ging sie hastig wieder in den Seitenflügel zurück und von da über eine sonst nur von der Dienerschaft benutzte Treppe hinab zur Hinterpforte.

Gleich darauf rollte der Wagen in Richtung Bahnhof.

Alexander hatte keine Ahnung, daß Elisa schon an demselben Tage das Palais Kalnoky verlassen würde. Er hatte am Nachmittag einige Stunden Dienst gehabt. Während seiner Abwesenheit hatte er seinen Kammerdiener beauftragt, darauf zu achten, ob Fräulein Helbig abreiste. Peter meldete ihm nach seiner Rückkehr, daß er Fräulein Helbig eben erst aus den Zimmern des Fürsten Iwan hatte kommen sehen.

Der junge Fürst warf sich auf den Diwan und rauchte eine Zigarette nach der andern. Dabei arbeiteten seine Gedanken unruhig.

Zum Abendessen ließ er sich entschuldigen. Er wollte erst

am nächsten Tage wieder mit seinen Eltern zusammentreffen, wenn er sich ganz klar war über das, was er tun und was er ihnen sagen wollte.

Auszugehen hatte er keine Lust. Er blieb den ganzen Abend daheim und ging zeitig ins Bett.

Am nächsten Morgen war sein erster Weg zu der Zarenbüste. Er hoffte, dort noch eine Nachricht von Elisa zu finden. Froh aufatmend nahm er den Brief an sich und ging in sein Zimmer zurück, um ihn sofort zu lesen.

Erschrocken und mit starren Augen blickte er aber darauf nieder. Alles, was er seit gestern ersonnen hatte, wurde durch diesen Brief umgeworfen.

Elisa fort! Fort für immer aus seinem Leben, ohne ihm zu sagen, wohin sie sich gewandt hatte! Sie sagte sich los von ihm, wollte ihm nicht angehören? Wer hatte sie zu diesem Entschluß gedrängt? Sie liebte ihn doch, liebte ihn voll grenzenloser Innigkeit. Jedes ihrer Worte, die Tränenspuren auf ihrem Brief verrieten ihm ihre unwandelbare Liebe. Und doch gab sie ihn auf, um seinen Frieden nicht zu stören. Wußte sie denn nicht, daß sie seinen Frieden, sein Glück mit sich nahm für immer? Er riß plötzlich wie von Sinnen an der Klingel. Peter erschien sofort mit erschrockenem Gesicht.

Alexander starrte ihn mit brennenden Augen an.

»Peter, forsche sofort nach, ob Fräulein Helbig bereits abgereist ist. Sieh selber in ihrem Zimmer nach, und wenn sie noch anwesend ist, melde es mir sofort. Sage ihr, ich muß sie noch sprechen um jeden Preis. Schnell!«

Peter verschwand mit seiner unbeweglichen Miene. Bald darauf stand er wieder vor seinem Herrn.

»Fräulein Helbig ist schon gestern abend abgereist.«

Alexander knirschte mit den Zähnen und ballte die Fäuste.

»Wohin?« stieß er hervor.

»Das weiß ich nicht, Durchlaucht.«

Peter verriet nicht, daß sich die Dienerschaft die Köpfe zerbrach über die schnelle Abreise der jungen Deutschen.

»Suche das so schnell wie möglich in Erfahrung zu bringen! Jedenfalls erkundige dich, wer sie zum Bahnhof gefahren hat, und um welche Zeit. Aber beeile dich.«

Wieder verschwand Peter.

Als er nach einer Weile zurückkam, konnte er melden, welcher Kutscher Elisa fortgebracht, wer ihre Koffer in den Wagen getragen hatte – und daß der Kammerdiener des Fürsten Iwan sie begleitet und ihr Gepäck selbst aufgegeben habe. Dieser wolle jedoch nicht verraten, wohin das Gepäck aufgegeben worden war und wohin die junge Dame gereist sei. Der Kutscher wisse nur, daß man zu dem Nachtzug nach Deutschland am Bahnhof gewesen sei.

Alexander lief wie ein gereizter Löwe hin und her.

»Rufe mir den Kammerdiener Seiner Durchlaucht«, befahl er hastig.

Dieser folgte dem Rufe sofort. Aber Alexander hätte eher einem Steinbild ein Wort entlocken können als diesem im Dienst des Fürsten Iwan ergrauten Diener. Weder Bitten noch Drohungen noch Bestechungen konnten ihn verleiten, zu verraten, was er nicht verraten sollte.

So mußte ihn Alexander gehen lassen, ohne etwas erreicht zu haben. Alles, was er nun wußte, war, daß Elisa gestern abend mit dem Nachtzug nach Deutschland gereist sei. Aber das genügte freilich nicht, sie aufzufinden.

»Peter«, sagte er zu seinem Kammerdiener, »du erhältst hundert Rubel, wenn du in Erfahrung bringen kannst, in welche deutsche Stadt Fräulein Helbig gereist ist.«

Peters Augen funkelten.

»Sehr wohl. Durchlaucht gestatten, daß ich auf dem Bahnhof nachforsche.

»Ja, ja, tu das, es ist ein guter Gedanke.«

Peter verschwand. Aber so klug er es auch anstellte, um auf dem Bahnhof etwas in Erfahrung zu bringen, es war vergeblich. Fürst Iwan hatte das alles erwogen und gut vorgesorgt.

Alexander hatte inzwischen nochmals Elisas Brief durchgelesen, und jedes Wort brannte sich ein in sein Herz.

»Du, du, warum hast du mir das getan!« stöhnte er auf und grub seinen Kopf in die Hände.

In diesem Augenblick trat sein Vater zu ihm ins Zimmer.

Alexander sprang auf und sah ihm mit düsteren Blicken entgegen.

»Papa«, stammelte er außer sich, »du hast Elisa veranlaßt, mir diesen Brief zu schreiben und sich für immer von mir zu trennen?«

Fürst Iwan sah, wie es in Alexander tobte. Er blieb ruhig.

»Nein, mein Sohn. Als ich sie dazu aufforderte, war dieser Brief schon geschrieben, und es war ihr eigener Wunsch, noch gestern abend abzureisen.«

Alexander fuhr sich wild durchs Haar.

»Papa, ich flehe dich an, sag mir, wohin sie gegangen ist!«

Der alte Herr sah ihn fest und ruhig an.

»Nein, das sage ich dir nicht. Und ich habe Sorge getragen, daß du es auch von anderer Seite nicht erfährst. Du brauchst dir keine Mühe zu geben nachzuforschen.«

Alexander warf sich in einen Stuhl.

»Du weißt nicht, was du mir antust, Vater! Du bist grausam.«

»Ich tue, was ich muß, Sascha. Und davon bringt mich keine Macht der Erde ab. Du weißt, so schwach ich aus Liebe zu meinen Kindern bin innerhalb der Grenze erfüllbarer Wünsche, darüber hinaus bin ich hart wie Stein. Sei vernünftig, Sascha, laß dich nicht von diesem Mädchen beschämen, das sich ohne Murren dem Unabänderlichen beugte.«

Alexander hob mit einem verzweifelten Blick den Kopf.

»Du weißt nicht, was sie mir ist, sonst könntest du mich nicht so entsetzlich leiden lassen.«

Fürst Iwan trat erschüttert neben ihn.

»Sascha, besinne dich! Niemand möchte dir lieber ein Leid ersparen als ich. Aber die Pflicht und die Ehre unseres Namens geht mir über alles. Deine Pflicht ist es, dich standesgemäß, nach den Traditionen unseres Hauses, zu vermählen. Davon kann ich dich nicht entbinden, auch nicht einer jugendlichen Liebelei wegen. Glaube mir, keinem Menschen bleiben solche Kämpfe erspart. Zeig, daß du ein Mann bist! Laß dich nicht beschämen durch dieses Mädchen, das mir durch ihr Verhalten die größte Hochachtung abgenötigt hat.«

Alexander starrte ihn bitter lächelnd an.

»Ach, wie leicht ist es, Vernunft zu predigen, wenn das Herz kalt und ruhig ist!«

»Kalt und ruhig? Das ist wohl kein Vater, der sein Kind leiden sieht. Ich bin es gewiß nicht. Aber auch ich habe im Leben Opfer bringen müssen. Und ich kann dasselbe von dir fordern.«

Langsam verließ Fürst Iwan nach diesen Worten das Zimmer.

Alexander saß reglos, den Kopf in die Hände vergraben, und sah nicht auf. Er war nur von dem einen Gedanken erfüllt: Wenn Elisa für ihn verloren war, hatte das ganze Leben keinen Wert mehr. Seine leidenschaftliche Natur bäumte sich auf gegen diesen Zwang. Es fiel ihm nicht ein, sich zu fügen und freiwillig Verzicht zu leisten. Er hoffte noch immer, Elisas Aufenthaltsort zu erfahren, und dann wollte er zu ihr eilen und sie davon überzeugen, daß sie ihm gehören müsse. Seinen Worten, seinen Bitten und seinen Küssen würde sie nicht widerstehen.

Ohne Besinnen setzte er sich an seinen Schreibtisch. Daß er als Offizier seinen Abschied nahm, hatte ja der Vater schon gebilligt. Es kam nicht darauf an, ob es einige Wochen früher geschah. Aller Fesseln mußte er ledig sein, wenn er Elisas Adresse erfuhr, damit er ihr gleich folgen und sie umstimmen konnte.

Mit dem Vater wollte er gar nicht mehr über die Angelegenheit reden. Mochte er denken, daß er sich in alles füge. Heimlich wollte er sein Ziel weiter verfolgen. Jetzt gab es keine Rücksicht mehr für ihn. Elisa zu erringen, das war sein Lebenszweck, davon ging er nicht ab, solange noch Leben in ihm war.

Dann kam Peter unverrichteter Dinge vom Bahnhof zurück.

Alexander ließ anspannen und fuhr selbst noch einmal zum Bahnhof. Aber auch er erreichte nichts weiter, als daß man ihm sagte, eine junge Dame, auf die seine Beschreibung passe, sei in einem Abteil zweiter Klasse mit dem Nachtzug abgereist.

Alexander betrieb nun sein Abschiedsgesuch. Sobald er frei war, wollte er nach Deutschland reisen und Elisas Aufenthalt auf irgendeine Weise zu ermitteln suchen.

Die Bewilligung seines Abschieds zögerte sich aber aus ihm unbekannten Gründen hinaus. Das kam daher, daß Fürst Iwan durch den Kommandeur davon erfahren und dafür Sorge getragen hatte, daß Sascha der Abschied nicht vor Ostern bewilligt wurde. Bis dahin, so hoffte der Fürst, würde sein Sohn Vernunft angenommen haben.

Der junge Fürst befand sich in einer nervösen Unruhe. Im Umgang mit seiner Familie war er düster und wortkarg. Soviel er konnte, zog er sich zurück, und um seinen Schmerz zu betäuben, nahm er wieder an allen Zerstreuungen teil.

Tatjana war in großer Betrübnis um den Bruder. Einmal, als die Geschwister allein waren, legte sie weinend ihre Arme um seinen Hals.

»Sascha, mein armer Sascha!«

Er sah sie mit brennenden Augen an.

»Tatjana, du weißt alles von Elisa und mir, nicht wahr?« fragte er heiser.

Sie nickte.

»Ja, Sascha, Mama hat mir erzählt. Wie traurig ist das alles! Wenn du wüßtest, wie leid es mir tut, daß ich Elisa verlieren mußte! Nicht einmal Abschied habe ich von ihr nehmen dürfen. Nur ein paar Worte haben wir uns heimlich geschrieben, und ich habe ihr ein kleines Andenken geschickt. Mama wollte es nicht, daß ich sie wiedersah. Sie war zuerst furchtbar böse auf Elisa. Aber seit Papa uns erzählt hat, wie vornehm und stolz sie sich ihm gegenüber zeigte, als sie zuletzt bei ihm war, denkt Mama besser von ihr. Und ich, ich habe mich so sehr gefreut, daß Elisa sich treu blieb und stolz jede Entschädigung, die ihr Papa bot, zurückwies.«

Alexander fuhr auf.

»Auch das noch, auch das noch!« rief er außer sich.

Erschrocken sah sie ihn an.

»Oh, wußtest du das nicht? Dann hätte ich es dir wohl nicht sagen dürfen.«

Er lachte bitter auf.

»Nur zu, sie ist ja nur eine bezahlte Gesellschafterin. Da braucht man keine Umstände zu machen!«

»Sascha, lieber Sascha!« rief Tatjana voll Mitleid und streichelte seinen Arm.

Er faßte plötzlich ihre Hände mit krampfhaftem Druck.

»Tatjana, du bist mir immer eine treue, gute Schwester gewesen. Ich leide furchtbar, daß Elisa so von mir gegangen ist. Wenn ich sie nur noch einmal sehen und sprechen könnte, ich glaube, ich trüge es leichter. Aber Papa hat mir alle Wege zu ihr abgeschnitten. Ich zürne niemand, aber ich ertrage es nicht, Elisa so zu lassen, ohne richtig Abschied von ihr genommen zu haben. Sei gut, Tatjana, sag mir, wohin Elisa gegangen ist. Du weißt es sicher. Ich würde dir so dankbar sein.«

Tatjana weinte erschüttert.

»Mein armer Sascha, wie ich mit dir leide! Aber ich kann es dir nicht sagen. Ich weiß nur, daß Elisa nach Deutschland zurückgekehrt ist.«

»Und sonst weißt du nichts, wirklich nichts?«

Tatjana überlegte. Dann sagte sie zögernd:

»Sie hat einmal von Verwandten gesprochen, die einzigen, die sie besitzt. Es sind eine Tante und ein Vetter von ihr. Der Vetter ist Arzt, und er hat Elisa gern gehabt und zur Frau begehrt. Aber sie liebte ihn nur wie einen Bruder, und sie konnte sich nicht entschließen, seine Frau zu werden. Deshalb stand sie seit Jahren nur noch in brieflichem Verkehr mit ihnen. Aber es wäre möglich, daß Elisa jetzt zu ihnen gegangen ist.«

Alexander fieberte vor Erwartung.

»Wo leben diese Verwandten, wie heißen sie?« drängte er erregt.

Sie sah ratlos zu ihm auf.

»Sascha, ich weiß es, aber du bist so erregt. Ich würde sicher eine große Torheit begehen, wollte ich es dir sagen. Werde erst ruhiger, später will ich es dir sagen, wenn du dich besonnen hast.«

Er zwang sich gewaltsam zur Ruhe.

»Ich bin ganz ruhig, Tatjana. Und sieh, jetzt könnte ich ja auch nicht gleich fort. Nur wissen möchte ich, wo sie ist. Ich würde mich dann sicher viel ruhiger in alles finden. Sei doch gut und quäle mich nicht!«

Tatjana seufzte tief auf und faßte seine Hände.

»Warte noch, nur einige Wochen warte noch, damit du ruhiger wirst.«

»Wochen noch? Nun gut, aber dann sagst du es mir?«

»Ja, obwohl es besser wäre, du drängtest mich nicht dazu.«

»Also wann? Setz den Tag fest, wann du es mir sagen willst.«

Noch einen Augenblick zögerte sie. Dann sagte sie schnell: »An meinem Hochzeitstag.«

Er seufzte auf.
»Das ist noch lange Zeit.«
»Keinen Tag früher«, erklärte sie, ihre Zusage schon bereuend.
»An deinem Hochzeitstag also, ich habe dein Wort.«
»Du hast es.«
Er küßte sie hastig und stürmte aus dem Zimmer.
»Hilf Gott, daß er zur Ruhe kommt!« flüsterte Tatjana besorgt.

9

IN DEN NÄCHSTEN Wochen versuchten Alexanders Angehörige, ihn zu zerstreuen und aufzuheitern. Auch Wladimir Sogareff, der von Tatjana alles erfahren hatte, bot seinen ganzen Einfluß auf, um ihn zur Vernunft zu bringen.

Alexander hörte sich mit bitterem Gefühl all diese gutgemeinten Reden an. Aber sie fanden keinen Eingang zu seinem Herzen. Die Sehnsucht nach Elisa brannte wie Feuer in ihm und ließ ihn Tag und Nacht nicht zur Ruhe kommen.

Wilder und toller denn je stürzte er sich in allerlei Vergnügungen. Die lockerste Gesellschaft suchte er auf, um die Nächte totzuschlagen, weil er daheim keinen Schlaf fand. Wie ein brennendes Fieber war es in ihm. Jede Zerstreuung, die sich ihm bot, ergriff er mit wahrer Begierde.

Und eines Nachts taumelte er auch in halb bewußtlosem Zustand wieder an den Spieltisch. Und als er merkte, daß ihn das Spiel am meisten ablenkte, ging er wieder Abend für Abend in den Spielklub. Er tat es im wilden Trotz gegen seinen Vater.

Wie zum Hohn gewann er, gewann immer wieder – bis er an einem Abend Pech hatte. Toll und sinnlos setzte er enorme Summen. Aber er verlor, verlor jeden Einsatz. Er verdoppelte, halb von Sinnen, jeden verlorenen Einsatz bis zur schwindelnden Höhe – und verlor.

Als er im Morgengrauen den Spieltisch verließ, hatte er all sein Geld verloren und noch hunderttausend Rubel dazu, die er in fünf Tagen bezahlen sollte.

Bleich und abgespannt stierte er vor sich hin, als er den Klub verließ. Er war von einem Gefühl schrecklicher Gleichgültigkeit gegen alles erfüllt.

Zu Hause angelangt, ließ er sich stumm Peters Dienste gefallen und fiel dann wie tot vor Müdigkeit auf sein Lager, wo er sofort in einen bleischweren Schlummer versank.

Das Erwachen war schlimm genug. Jetzt erst kam ihm die Erkenntnis, daß ihn dieser enorme Spielverlust vernichten konnte, wenn er ihn nicht zu decken vermochte.

Und wovon sollte er ihn decken? Er hatte in den letzten Wochen, um sich zu betäuben, sinnlos gewirtschaftet und besaß keine Kopeke mehr.

Vom Vater war keine Hilfe zu erwarten. Selbst wenn er hätte helfen wollen, sein Ehrenwort band ihm die Hände. Und aller Kredit war ihm abgeschnitten, das hatte er in den letzten Wochen gemerkt, wenn er gelegentlich eine kleine Anleihe machen wollte. Mit höflichem Achselzucken hatte man angedeutet: ohne Unterschrift des Vaters – nichts.

Und nun solch eine Summe! Wie sollte er die beschaffen in so kurzer Zeit? Und dabei sollte er heute abend noch mit der ganzen Familie nach Schloß Kalnoky reisen, wo Tatjana nach altem Familienbrauch in der Schloßkapelle mit Wladimir getraut werden sollte. Zwei Tage später sollte die Hochzeitsfeier stattfinden.

In dumpfer, lastender Stimmung starrte er vor sich hin.

Mit schmerzendem Kopf erwog er nochmals, ob er das Geld nirgends auftreiben konnte.

Und da fiel ihm sein künftiger Schwager ein. Wladimir – vielleicht half dieser ihm aus der schmerzlichen Klemme.

Sofort ließ er den Wagen vorfahren und suchte Wladimir Sogareff auf.

Als er sein Anliegen vorbrachte, machte Wladimir ein betretenes Gesicht.

»Lieber Sascha, so gern ich dir helfen möchte, aber erstens verfüge ich momentan natürlich nicht über solch eine Summe, und selbst wenn ich sie für dich auftreiben könnte, es ginge nicht. Ich habe deinem Vater mein Ehrenwort geben müssen, dir niemals Geld zu leihen oder zu verschaffen.«

Alexander rann es kalt über den Rücken. Wahrlich – sein Vater hatte gründlich vorgesorgt!

Er verbarg seine Betroffenheit unter belanglosen Redensarten.

»Also, dann nicht, Wladimir, laß nur, mach nicht solch ein betrübtes Gesicht. Ich helfe mir schon auf andere Weise. Aber den Mund halten, hörst du? Ich möchte nicht mit dieser dummen Sache Papa die Feier versalzen. Es bleibt unter uns, dein Wort darauf!«

»Wie du willst, Sascha. Aber kannst du dir auch wirklich helfen?«

»Wird schon gehen. Adieu, Wladimir, auf Wiedersehen.«

Und Sascha ging mit schweren Schritten die Treppe hinab.

Er begann eine qualvolle Rundfahrt, die völlig ergebnislos verlief. Überall wurde er mit seiner Bitte um Geld abgewiesen. Es war bekannt genug geworden, daß Fürst Iwan nicht für die Schulden seines Sohnes aufkam. Und auf den Tod des rüstigen alten Herrn zu warten, schien selbst dem größten Wucherer zu riskant.

Wie zerschlagen kam Alexander wieder zu Hause an.

Und am Abend mußte er mit nach Kalnoky abreisen, ohne etwas erreicht zu haben.

Er war in einer verzweifelten Stimmung. Zum ersten Male ging sein Leid um Elisas Verlust in einem anderen Gefühl unter.

Wieder begann er mit dem Gedanken an den Tod zu spielen. Aber es war seltsam, je mehr er einsah, daß ihm kein anderer Ausweg blieb, desto unerträglicher erschien ihm der Gedanke, mit einer Revolverkugel das Fazit seines Lebens zu ziehen. Dieses Leben erschien ihm wieder wertvoll. Und tief im Innern hoffte er doch noch immer, daß er Elisa eines Tages heiraten konnte.

Aber wenn nicht ein Wunder geschah, war er verloren.

Ein Wunder!

Im Schloß Kalnoky angekommen, trieb es ihn wie mit unsichtbarer Gewalt in die Schloßkapelle, um zu beten. Er kniete vor dem Heiligenbild nieder, das eine Wand des Altars schmückte. Es stellte den Schutzheiligen seiner Familie dar. Ein goldener Rahmen, mit Edelsteinen besetzt, umgab das Bild. Die Steine allein repräsentierten einen unschätzbaren Wert.

Alexander blickte empor in das bärtige Gesicht. Wieder lag ein Sonnenstrahl darüber und spielte mit den kostbaren, funkelnden Steinen. Alexanders Blick haftete plötzlich wie gebannt an den Steinen.

»Sie sind hunderttausend Rubel wert.«

In jähem Schrecken wandte er sich um. Hatte das jemand hinter ihm ausgesprochen, oder waren diese Worte seinen eigenen Lippen entschlüpft?

Ein Schauer rann ihm über den Rücken, und auf seiner Stirn standen kalte Schweißtropfen. Er wischte tief aufseufzend mit einem Tuche über das Gesicht und sah wieder mit scheuem Blick in das Gesicht des Heiligen.

Die Sonne schien noch darauf, und sie zauberte wieder das seltsame Lächeln in das bärtige Gesicht.

Wenn ich die Steine in Geld umsetzen könnte, das wäre die Rettung. Wenn ich die Steine aus dem Rahmen löste und sie dem Händler als Pfand brächte, dann bekäme ich das Geld. Ich brächte dir deine Steine später wieder zurück und schönere, edlere noch dazu.

Solche Gedanken kreuzten in Alexanders Hirn. Und der Heilige lächelte unentwegt dazu.

Ein Luftzug klirrte an den Fenstern. Alexander zuckte zusammen und stürzte wie gejagt aus der Kapelle.

Draußen knirschte der Schnee unter seinen Füßen. Er war hart gefroren, so daß die Schritte keine Spur hinterließen.

Schnell ging er ins Schloß zurück.

Dort herrschte ein unruhiges Leben und Treiben. Die Hochzeitsgäste waren zum Teil schon eingetroffen. Wie ein aufgescheuchter Schwarm stoben die Diener durcheinander.

Alexander wurde sofort von einigen Herren und Damen mit Beschlag belegt. Aber während er mit ihnen plauderte, dachte er immer wieder an das Heiligenbild. Und so sehr er sich mühte, diesen Gedanken loszuwerden, er setzte sich immer fester.

In der Nacht fand er keine Ruhe. Der Gedanke an die Edelsteine störte seinen Schlaf.

Und wie im Spiel begann er Für und Wider abzuwägen. Wie leicht ließen sich die Steine aus den goldenen Klammern lösen, es waren ja nur dünne, goldene Blättchen, die sich mit einer Zange leicht zurückbiegen ließen. Freilich, in der Nacht mußte es geschehen. Niemand durfte ihn bei diesem Vorhaben entdecken.

Je länger er darüber nachdachte, desto einleuchtender und harmloser erschien ihm das alles. Er redete sich ein, daß dieser Plan gar nicht so ungeheuerlich sei, und daß ihm keine andere Wahl blieb, wenn er aus seinen Nöten befreit werden wolle.

Er schwor sich auch, daß er nun gewiß nie mehr spielen würde. Beschönigend redete er sich ein, daß er diesmal nicht dafür verantwortlich gemacht werden könnte. In seiner verzweifelten Stimmung um Elisas Verlust hatte er kaum gewußt, was er tat.

Einen Augenblick erwog er auch, ob er sich nicht lieber seinem Vater anvertrauen sollte. Aber er verwarf den Gedanken sofort. Der Vater wollte und konnte ihm nicht helfen, und über eine gewisse Grenze hinaus konnte er hart sein wie ein Stein. Das hatte er erst kürzlich bewiesen, also besser, er half sich ohne ihn, dann mußte er nicht auch noch Vorwürfe und Klagen mit in Kauf nehmen.

Immer einfacher und leichter erschien es ihm, auf diese Weise seine Verbindlichkeiten zu lösen. Als er spät am Morgen einschlief, war er fest entschlossen, die Steine zu entwenden.

Tatjanas Hochzeit fand mit allem Glanz und aller Pracht, die einer Fürstin Kalnoky zukam, statt. Während der Trauung vermochte Alexander kaum seine Augen von dem Heiligenbild zu lassen. Die Steine blitzten zu ihm hinüber, als ob sie ihn hypnotisieren wollten.

Er sah und hörte nichts von der Trauungszeremonie. Die heilige Handlung ging spurlos an ihm vorüber.

Wie im Traum verließ er mit den anderen die Kapelle, wie im Traum aß er an der Hochzeitstafel.

Ehe Wladimir Sogareff mit seiner jungen Frau abreiste, nahm er seinen Schwager besorgt beiseite.

»Sascha, hast du einen Ausweg aus deiner Verlegenheit gefunden? Ich bin so sehr in Sorge um dich und doch machtlos, dir zu helfen.«

Alexander brachte es fertig zu lächeln.

»Sei unbesorgt, ich habe jemand gefunden, der mir das Geld leiht.«

Wladimir atmete auf. Er hatte sich vorgenommen, noch in letzter Stunde seinem Schwiegervater einen Wink zu geben, denn in Saschas jetzigem haltlosen Zustande mußte man ein Auge auf ihn haben.

Nun glaubte er es nicht mehr nötig zu haben, seinen Schwiegervater zu beunruhigen. Saschas Ruhe täuschte ihn vollständig.

Gleich darauf nahm Tatjana Abschied von ihrem Bruder. Und so ganz war er in dieser Stunde von seinen Nöten in Anspruch genommen, daß er fast vergessen hätte, Tatjana an ihr Versprechen zu erinnern.

Aber er sah seltsam starr in das Gesicht der Schwester. Sie standen ganz allein in einem kleinen Salon. Und da sagte Tatjana seufzend:

»Du siehst mich so mahnend an, Sascha. Ich weiß, daß ich noch ein Versprechen einzulösen habe.«

Alexander fuhr sich über die Stirn.

»Ja, ja, Tatjana, du wolltest mir den Namen von Elisas Vetter und die Stadt nennen, wo er wohnt.«

»Und du bestehst darauf?«

»Ja, Tatjana, du siehst, ich bin inzwischen ganz ruhig geworden.«

»Der Vetter heißt Dr. Heinzius und wohnt in . . . Aber nicht wahr, Sascha, du versprichst mir, keine Torheit zu begehen?«

»Sei nur ruhig, Tatjana, und denke nicht mehr daran. Laß dir dein Glück nicht trüben, ich tue, was ich muß – nicht mehr, nicht weniger.«

Seltsamerweise vermochte sich Alexander in diesem Augenblick kaum darüber zu freuen, daß er nun wußte, wo er Elisa suchen mußte. Zu schwer lastete die andere Sorge auf ihm. Nur ein Gedanke huschte blitzähnlich durch sein Hirn. Wenn ich jetzt dennoch sterben müßte, dann würde ich erst Elisa aufsuchen und ihr Lebewohl sagen.

Tatjana wollte noch etwas sagen, aber eben traten ihre Eltern ein, um sich von ihr zu verabschieden.

Und als sie dann mit ihrem Gatten dem Glück entgegenfuhr, vergaß sie vorläufig im Egoismus ihrer Liebe alles, was hinter ihr lag.

Die Hochzeitsgäste hatten Schloß Kalnoky noch am selben Abend verlassen. Zuletzt reiste Fürst Iwan mit seiner Gemahlin. Alexander hatte angeblich schon einen früheren Zug benutzt, um nach Petersburg zurückzukehren. In Wirklichkeit war er jedoch nicht abgereist, sondern nur bis zur nächsten Station, einem kleinen Städtchen. Dort hatte er einige Stunden in einem Hotelzimmer gesessen und war dann, als er annehmen konnte, daß in Kalnoky alles abgereist war, mit dem letzten Zug zur Station Kalnoky zurückgekehrt. Er trug Zivilkleider und hatte seinen Pelzkragen hochgeschlagen, damit ihn nicht so leicht jemand erkennen konnte.

Langsam legte er den Weg von der Station zum Schloß zu Fuß zurück. Dieser Weg führte durch den Wald und war von einem Fußgänger wohl in einer halben Stunde zurückzulegen, Alexander brauchte jedoch mehr als die doppelte Zeit. Er wollte gewiß sein, daß in Schloß Kalnoky alles zur Ruhe gegangen war.

Zu dem Parktor besaß er einen Schlüssel. Es drehte sich lautlos in den Angeln, und er schloß hinter sich ab. Dann schritt er durch den Park zur Kapelle.

Die Silhouette der zierlichen Kapelle hob sich schattenhaft gegen die weiße Schneelandschaft ab. Die Schneedecke schien das letzte schwache Licht, das vom Sternhimmel reflektierte, aufzusaugen. Es war beklemmend still ringsum.

Einmal heulte drüben im Dorf ein Köter auf. Unwillkürlich schrak Alexander zusammen.

Die Luft war scharf und kalt, und der Schnee knirschte leise unter den vorsichtigen Schritten des jungen Fürsten.

Dicht vor der Kapelle blieb er aufatmend stehen. Trotz der Kälte rann ihm der Schweiß über die Stirn. Sein Herz klopfte dumpf und schwer, und die Hände zitterten. Noch einmal schrak er vor seinem verbrecherischen Tun zurück, und schon drehte er sich um, als wolle er vor sich selbst entfliehen. Aber dann knirschten seine Zähne in düsterer Entschlossenheit. Es gab keinen anderen Ausweg für ihn, also vorwärts!

Mit angehaltenem Atem lauschte er noch eine Weile vor der Kapellenpforte. Da kam plötzlich in großen Sätzen ein Hund über die weiße Schneefläche gejagt. Es war einer von den Wächterhunden, die das Schloß zur Nachtzeit umkreisten. Er stieß ein leises Knurren aus, aber Alexander rief ihn leise an und kraulte seinen Kopf. Da rieb der Hund seine Schnauze an den Knien des ihm bekannten Mannes und duckte sich schweifwedelnd. Alexander scheuchte ihn fort.

Gleich darauf drehte sich der Schlüssel geräuschlos im geölten Schloß. Die Tür sprang auf, und Alexander trat ein. Zur Vorsicht schloß er die Tür hinter sich ab.

Tastend bewegte er sich zum Altar. Als er ihn erreicht hatte, lauschte er nochmals eine Weile atemlos, aber alles blieb still.

Nun begann ein hastiges Arbeiten. Ein Kästchen stellte er auf den Altar. Dann holte er einen von den schweren Sesseln und stieg hinauf, weil er sonst den Rahmen des Heiligenbildes nicht erreichen konnte. Das Licht seiner Taschenlaterne zuckte über das Heiligenbild, und die kleine, blanke Zange begann ihr Werk. Blatt um Blatt von den goldenen Ornamenten wurde zurückgebogen, und ein Stein nach dem andern fiel mit leisem Klirren in das Kästchen.

Die feinen, schlanken Männerhände zitterten und waren in dieser Arbeit ungeübt, aber sie war nicht schwer. Trotzdem rann Alexander der Schweiß in Strömen von der Stirn, und zuweilen hob ein Seufzer seine Brust. Kalte Schauer rannen ihm über den Rücken, und er vermied es, in das Gesicht des Heiligen zu blicken.

Endlich hatte er alle Steine gelöst und in dem Kästchen geborgen. Hastig bog er nun noch die Ornamente in ihre frühere Lage zurück, damit es nicht gleich bei einem flüchtigen

Blick auffiel, daß die Steine fehlten. Wenn er auch nicht glaubte, daß der Schloßverwalter oder die Diener bald in die Kapelle kommen würden, so lag ihm viel daran, daß das Fehlen der Steine nicht bemerkt wurde. So bald wie möglich wollte er sie zurückbringen. Sie würden sich so leicht wieder befestigen lassen, wie sie sich gelöst hatten.

Nun war er fertig und steckte das Kästchen zu sich. Den Sessel trug er an seinen Platz zurück, und dann trat er noch einmal vor das Heiligenbild. Sorgsam entfernte er jede Spur von seiner verbrecherischen Tätigkeit.

Schnell löschte Alexander nun die Laterne. Dann schlich er im Dunkeln an die Tür zurück. Dort lauschte er angestrengt hinaus. Aber alles schien still zu sein.

Leise drehte sich der Schlüssel im Schloß, leise trat er hinaus in die kalte Winternacht und schloß die Pforte wieder ab.

Draußen stand wie ein Wächter der Hund und kroch schweifwedelnd zu ihm heran. Alexander streichelte ihn mit zitternden Händen. Es war ihm ein Trost, daß jetzt ein lebendes Wesen um ihn war.

Aber dann scheuchte er den Hund doch wieder von sich und verschwand zwischen den Bäumen des Parkes. Ungefährdet erreichte er das Parktor, und zu Fuß schritt er zur kleinen Stadt zurück, wo er am Nachmittag im Hotel gesessen hatte. Er hatte gut zwei Stunden Wegs vor sich. Aber das war ihm gerade recht. So verging die Zeit, und er würde bequem den ersten Frühzug nach Petersburg erreichen.

Als er unterwegs war, begann es zu schneien. Er atmete auf. Jedenfalls wurden auf diese Weise die Fußspuren verwischt. Für den Fall, daß dennoch das Fehlen der Steine entdeckt wurde, war das günstig für ihn.

Als er den kleinen Bahnhof des Städtchens erreicht hatte, blieben ihm nur noch einige Minuten, bis der Zug heranbrauste. Eilig stieg er ein und warf sich erschöpft in die Kissen.

Zu seiner Erleichterung blieb er allein im Abteil des Eisenbahnwagens. Er saß reglos mit geschlossenen Augen und führte einen stummen Kampf mit seinem Gewissen.

Fünf Stunden lang fuhr er nordwärts nach Petersburg. Mit einem Mietwagen begab er sich nach Hause. Seine Eltern traf er noch nicht an. Die Diener wußten nicht, daß er in der Nacht nicht zu Hause gewesen war.

Nur Peter hatte seinen Herrn gestern abend vergeblich erwartet. Er empfing ihn aber, ohne eine Miene zu verziehen. War es doch jetzt nichts Seltenes, daß Fürst Alexander erst des Morgens nach Hause kam. Freilich – heute war es besonders spät. Aber besser als heute sah er meist sonst auch nicht aus. Peter fand nichts Auffallendes an seinem Herrn.

Alexander warf ihm Hut und Mantel zu.

»Peter, ein warmes Bad, und dann will ich eine Stunde schlafen. Um zwölf Uhr weckst du mich. Und es braucht niemand zu wissen, daß ich erst jetzt nach Hause gekommen bin.«

Peter verneigte sich stumm und verschwand. Solche Befehle war er gewöhnt, und er verstand zu schweigen, wie es einem erstklassigen Kammerdiener zukommt, der in fast alle Geheimnisse seines Herrn eingeweiht ist.

Schnell richtete er das Bad, und wenige Minuten später lag Fürst Alexander in seinem weichen Bett unter den seidenen Decken. Er schlief fest und traumlos, bis ihn Peter um zwölf Uhr weckte.

Dann erhob er sich und kleidete sich schnell an. Ohne seine Eltern zu begrüßen, verließ er zu Fuß das Palais. Unterwegs nahm er einen Mietwagen und fuhr in einen alten, winkligen Stadtteil.

Dort wohnte ein ihm bekannter Händler, mit dem er schon mancherlei Geschäfte gemacht hatte.

Der Mann empfing Fürst Alexander in einem niedrigen, muffig riechenden Zimmer. Als ihm die Steine vorgelegt wurden, funkelten seine kleinen, stechenden Augen.

Er prüfte und schätzte, wog und schob umständlich hin und her. Genau prüfte er jeden einzelnen Stein durch die Lupe und warf nebenbei immer wieder einen ebenso prüfenden, forschenden Blick in Alexanders blasses, nervöses Gesicht, der alle Kraft nötig hatte, um sich in Geduld zu fassen.

Endlich war auch der letzte Stein durch seine nicht sehr sauberen Finger geglitten und in das Kästchen zurückgelegt worden. Wie zärtlich schlossen sich die Hände des Mannes über dem Kästchen, und er sah Alexander blinzelnd an.

»Es sind gute Steine, es sind schöne Steine, und sie haben, wenn sie gut verkauft werden, einen Wert von hunderttausend Rubel. Aber es ist für mich dabei kein Geschäft zu machen.«

»Sie sollen ja auch die Steine nicht verkaufen. Ich bringe sie Ihnen nur als Pfand. Sobald ich in der Lage bin, erhalten Sie das Geld dafür zurück mit den Zinsen.«

»Hm, hm, immerhin eine riskante Sache. Und wenn ich nichts dabei verdienen kann, lohnt es nicht für mich.«

»Also, sagen Sie mir, was wollen Sie dabei verdienen? Ich muß das Geld sofort haben, hunderttausend Rubel in bar.«

»Hm, hm, Sie werden mir die Steine verpfänden, und ich werde Ihnen hunderttausend Rubel geben. Schön. Aber Sie werden mir einen Schein unterschreiben, daß Sie die Steine für hundertzwanzigtausend Rubel zurückkaufen, zuzüglich der fälligen Zinsen.«

Alexanders Gesicht zuckte.

»Sie sind teuer, Mann. Aber was hilft es, ich muß das Geld haben. Meinetwegen also, ich zahle Ihnen hundertzwanzigtausend Rubel und die Zinsen zurück, aber Sie verpflichten sich schriftlich, die Steine unter keiner Bedingung weiterzuverkaufen.«

»Soll ein Wort sein. Ich werde mich verpflichten, und ich bin ein ehrlicher Mann.«

Das Geschäft wurde nun abgeschlossen. Das ging sehr langsam. Der Händler ließ sich bedächtig Zeit und sah immer wieder forschend in Alexanders blasses, gequältes Gesicht.

Alexander unterschrieb mit zitternder Hand und nahm das langsam und umständlich gezählte Geld mit einem Gefühl des Ekels und der Scham an sich.

Mit einem tiefen Atemzug trat er endlich, wie von einer furchtbaren Qual erlöst, ins Freie.

Sich in den wartenden Mietwagen werfend, machte er sich sofort auf den Weg, seine Verpflichtungen zu lösen.

Als das geschehen war, begab er sich nach Hause.

Bis zu dem Augenblick, da er sein Zimmer betrat, hatte ihn die Aufregung aufrechterhalten. Jetzt aber sank er wie haltlos in sich zusammen. Ohne sich umzukleiden, warf er sich auf den Diwan und verfiel in einen lethargischen Zustand.

Schlaf fand er nicht. Allerlei unklare Schreckbilder umgaukelten seine Sinne. Drohend und unförmig stieg etwas Gewaltiges, Schwarzes vor ihm auf, wie ein dunkler Schatten. Und wenn sich dieser Schatten zerteilte, dann erschien wie durch ein blasses Gewölk das bärtige Gesicht des Heiligen. Aber es lächelte nicht, sondern sah starr und strafend auf ihn nieder.

Als Alexander erwachte, glaubte er erst, alles, was er erlebt hatte, sei nur ein wüster, drückender Traum gewesen. Er fühlte sich matt und elend, als sei er nach langem Krankenlager aufgestanden. Aber langsam kehrte die Erinnerung zurück, und das Grauen schüttelte ihn.

Ohne einen Bissen zu sich zu nehmen, begab er sich zu Bett. Peter sah ihn besorgt an.

»Durchlaucht befinden sich nicht wohl, soll ich nicht zum Arzt schicken?« fragte er, als er Alexander beim Auskleiden half.

»Nein, nein, Peter, ich bin nur müde. Morgen früh wecke mich zur Zeit, ich habe Dienst.«

»Sehr wohl, Durchlaucht. Ich wollte nur noch gehorsamst melden, daß Ihre Durchlaucht die Frau Fürstin herüberschickten, ob Durchlaucht nicht zu Tisch kämen.«

»Was hast du geantwortet?«

»Daß Eure Durchlaucht in der Nacht schlecht geschlafen und sich etwas niedergelegt hätten.«

»Es ist gut, Peter.«

Dann war Alexander wieder allein, und wieder fand er lange nicht den ersehnten Schlaf.

Die Last, die sein Gewissen bedrückte, wurde schwerer und schwerer.

Nur mühsam vermochte er am nächsten Tage seinen Dienst zu verrichten und seinen Eltern eine ruhige Miene zu zeigen.

In der darauffolgenden Woche ging er kaum noch aus, wenn er nicht dienstlich zu tun hatte. Das ausschweifende Leben, das er seit Elisas Abreise geführt hatte, schlug nun in das Gegenteil um. Eine an Geiz grenzende Sparsamkeit übte er jetzt, denn sein ganzes Sinnen und Denken war darauf gerichtet, so bald wie möglich das Geld zu beschaffen, um die Steine zurückkaufen zu können.

Er gelobte es sich wie eine Sühne, nicht eher wieder mit Elisa in Verbindung zu treten, als bis er diese Schuld getilgt hatte.

Der erste Weg, die nötige Summe zusammenzubringen, war seine außergewöhnliche Sparsamkeit. Freilich, wenn er von seinem Wechsel allein die Summe erübrigen wollte, so würde es sehr lange dauern, bis er sie zusammen hatte.

Er überlegte hin und her, wie er noch auf andere Weise Geld beschaffen könnte.

Und heimlich verkaufte er zwei seiner wertvollen Reitpferde und begnügte sich mit einem. Auch einen besonders kostbaren Brillantring und einige andere wertvolle Schmucksachen machte er zu Geld, alles so vorsichtig, daß seine Eltern nichts davon merkten. Auch an das Häuschen in dem kleinen Fischerdorf dachte er. Aber erstens vermochte er sich schwer von diesem Besitz zu trennen, der ihm der letzte Anhalt für ein Zusammensein mit Elisa schien, und dann war es auch nicht leicht, es zu verkaufen. So sparte er das für den schlimmsten Fall auf.

Fast jeden Abend verbrachte er jetzt gemeinsam mit seinen Eltern. Und sein ganzes Wesen ihnen gegenüber war so liebevoll wie eine große, heimliche Abbitte.

Frohen und leichten Herzens überhäuften die Eltern Sascha mit Liebesbeweisen. Seine Mutter konnte sich vor allen Dingen nicht genug tun, ihn zu verwöhnen. Ihr Groll auf Elisa war verflogen, seit ihr Gemahl ihr geschildert hatte, wie vornehm und stolz sich die junge Deutsche gezeigt hatte. Es war ihr lieb, ihre frühere Ansicht über Elisa bestätigt bekommen zu haben, und daß diese ihren Sohn so sehr liebte, versöhnte sie mit dem, was sie ihr angetan hatte.

Zart und liebevoll suchte sie Sascha das Leben wieder lieb zu machen. Ihre stolzen Pläne mit der Großfürstin hatte sie längst aufgegeben. Jetzt hoffte sie nur darauf, daß sich Saschas Herz recht bald einer anderen jungen Dame aus seinem Kreise zuwenden möge. Sie wußte, das sicherste Mittel gegen eine unglückliche Liebe war eine neue Neigung. Was in Saschas Herzen vorging, das blieb seinen Eltern verborgen.

So kam das Osterfest heran, und nun endlich erhielt Sascha mit Einwilligung seines Vaters seinen Abschied.

Fürst Iwan fragte eines Abends seinen Sohn, ob er nun die geplante große Reise anzutreten wünsche. Er glaubte, ohne Sorge einwilligen zu können.

Zu seinem Erstaunen verneinte Sascha diese Frage. Er erklärte, noch einige Monate damit warten zu wollen.

Einesteils freute sich Fürst Iwan, denn er war unsicher, daß Sascha nicht doch noch geplant hatte, Elisa zu suchen.

Allerdings hätte er ganz gern gesehen, wenn sich sein Sohn durch eine Reise zerstreut hätte. Er drang jedoch nicht in ihn und stellte es ihm frei, später abzureisen.

Einige Tage nach Ostern war es. Fürst Iwan hatte vom Fenster aus seinem Sohn nachgesehen, der sich soeben zu seinem Kommandeur begab, um sich zu verabschieden. Noch ein letztes Mal trug er die glänzende Uniform im Dienst.

Als Alexander seinen Augen entschwunden war, trat Fürst Iwan vom Fenster zurück und ließ sich an seinem Schreibtisch nieder, um einige Briefe zu schreiben.

Lange war er damit noch nicht beschäftigt, als ihm der Schloßverwalter von Kalnoky gemeldet wurde.

Erstaunt blickte er auf. Was mochte denn den alten Selnikow mit seinem lahmen Bein nach Petersburg führen?

Der Schloßverwalter Selnikow war Invalide und hatte sein Amt als eine Art Ruheposten erhalten.

Fürst Iwan ließ ihn eintreten. Selnikow humpelte herein und stand stramm vor seinem Herrn. In dem verwitterten, von grauem Haar und Bart umgebenen Gesicht drückte sich deutlich genug eine große Erregung aus.

»Holla! Selnikow, was gibt es? Sie sehen aus, als brächten Sie eine schlimme Botschaft!« rief ihm der Fürst zu.

Selnikow drehte die Pelzmütze in seinen zitternden Händen.

»Halten zu Gnaden, Durchlaucht, leider muß ich das bestätigen. Eine sehr schlimme Nachricht ist es, die ich bringe, und ich wage es kaum, Eurer Durchlaucht zu melden, was geschehen ist.«

Fürst Iwan erhob sich schnell von seinem Schreibtisch.

»Keine langen Vorreden, Selnikow, was ist geschehen?« fragte er unruhig.

»Halten zu Gnaden, Durchlaucht, ich melde untertänigst, daß ich gestern in Kalnoky einen Diebstahl entdeckt habe.«

»Einen Diebstahl? Was hat man gestohlen?«

»Es wird mir schwer, Durchlaucht das zu sagen.«

»Vorwärts, vorwärts, heraus mit der Sprache!« drängte der Fürst.

Selnikow schluckte einige Male krampfhaft. Dann stieß er hastig hervor:

»Die Edelsteine sind aus dem Rahmen des Heiligenbildes über dem Altar in der Schloßkapelle herausgebrochen und entwendet worden.«

Fürst Iwan schlug mit der Faust auf den Schreibtisch.

»Das ist eine schöne Bescherung, Selnikow! Erzählen Sie, möglichst kurz und klar.«

Selnikow berichtete nun, daß seit der Hochzeit der jungen Fürstin niemand in die Kapelle gekommen sei, bis zum gestrigen Tage. Gestern morgen sei er mit einigen Dienern in die Kapelle gegangen, um dort eine gründliche Reinigung vorzunehmen für den Fall, daß die Herrschaft schon im Frühjahr einige Zeit in Kalnoky zu verbringen gedächte.

Die kostbare Altardecke und die Geräte auf dem Altar habe er selbst reinigen wollen. Erst als er begonnen habe, mit dem Staubpinsel den Rahmen des Heiligenbildes abzustauben, habe er mit Entsetzen das Fehlen der Edelsteine bemerkt.

Fürst Iwans Gesicht zeigte Ärger und Verstimmung. Nicht allein, daß die Steine einen hohen Wert repräsentierten, beunruhigte ihn. Auch der Gedanke, in seiner Nähe, vielleicht unter seiner Dienerschaft, einen Dieb zu wissen, regte ihn auf.

Daß fremde Einbrecher nicht in Frage kommen konnten, ging daraus hervor, daß Selnikow behauptete, weder an Türen noch Fenstern sei die geringste Spur eines gewaltsamen Eindringens festzustellen.

Forschend sah der Fürst den alten Selnikow an. Dessen Augen hielten offen und klar den Blick seines Herrn aus.

Eine Weile sann der Fürst nach.

»Seit der Hochzeit meiner Tochter ist niemand in der Kapelle gewesen?«

»Meines Wissens nicht, Durchlaucht.«

Wieder überlegte der Fürst.

Zu Tatjanas Vermählung waren die Steine noch vorhanden gewesen, das wußte er. Also waren sie in der Zeit gestohlen worden, die zwischen Tatjanas Hochzeitstag und heute lag. Sie konnten ebensogut gleich nach der Hochzeit wie jetzt erst entwendet worden sein.

Außer seinen Gästen, von denen er keinem eine solche Tat zutrauen konnte, kam also nur die Dienerschaft in Betracht, und zwar sowohl die wenigen Leute, die in Kalnoky geblieben waren, wie auch die, die zu dem Fest aus dem Petersburger Palais mit nach Schloß Kalnoky beordert gewesen waren. Und das war eine stattliche Zahl.

Jedenfalls durfte keinen Moment gezögert werden, die Untersuchung in die Hand zu nehmen, wenn man überhaupt noch darauf rechnen wollte, den Dieb und die Steine ausfindig zu machen.

Er verhörte den alten Selnikow noch einmal gründlich. Dann gebot er ihm, sofort wieder nach Schloß Kalnoky zurückzukehren und hier keinem Menschen gegenüber ein Wort über den Diebstahl verlauten zu lassen. Die Kapelle solle niemand betreten, bis er selbst in Kalnoky eingetroffen sei. Selnikow solle auch vermeiden, sich der übrigen Dienerschaft hier im Palais zu zeigen, und sofort zum Bahnhof zurückkehren.

Selnikow entfernte sich etwas erleichtert, weil er seine unerfreuliche Botschaft losgeworden war. Er wunderte sich nicht wenig über die Ruhe des Fürsten, da er den hohen Wert der geraubten Steine kannte.

Fürst Iwan war aber durchaus nicht so ruhig, wie es den Anschein hatte. Als Selnikow sich entfernt hatte, befahl er, daß sogleich sein Wagen vorfahren solle.

Hastig ließ sich Fürst Iwan in seinen Pelz hüllen und fuhr zum Polizeiminister Paul Alexandrowitsch Jernutschow, mit dem er befreundet war.

Er wurde sofort vorgelassen und berichtete in kurzen, klaren Worten, was geschehen war, und daß er die Hilfe der Polizei in

Anspruch zu nehmen wünsche, um den Dieb zu ermitteln. Er hoffe, daß der Minister einige besonders tüchtige Beamte mit der Verfolgung dieser Angelegenheit beauftragen werde.

Der Minister sagte ihm weitgehende Hilfe zu und stellte ihm sofort einige Beamte vor, die sich dem Fürsten sogleich zur Verfügung stellten.

Es wurde alles weitere verabredet, und schon einige Stunden später fuhr Fürst Iwan mit zwei der findigsten Beamten nach Schloß Kalnoky.

Die Abreise des Fürsten wurde streng geheimgehalten. Selbst seiner Gemahlin sagte Fürst Iwan nur, daß er auf sein Gut Burtschikow reise, um dort geschäftlich mit dem Verwalter zu verhandeln.

Alexander war nicht daheim und auch noch nicht mit seinem Vater zusammengetroffen, als dieser abreiste. Nicht die leiseste Ahnung kam ihm, als er am Abend von seiner Mutter hörte, daß der Vater nach Burtschikow gereist sei.

Fürst Iwan war von dem Polizeiminister um strengste Geheimhaltung ersucht worden, damit der Dieb nicht gewarnt werden konnte.

Außerdem wollte der Fürst seine Gemahlin nicht erschrekken und erst versuchen, den Dieb und die Steine zu entdekken.

Obwohl Alexander nicht ahnte, daß das Fehlen der Edelsteine bereits entdeckt war, überschlich ihn ein seltsam drükkendes Gefühl, als er am Abend dieses Tages mit seiner Mutter allein bei Tisch saß.

Maria Petrowna war freudig erregt. Tatjana hatte von ihrer Ankunft in Berlin geschrieben und von der glänzenden Aufnahme, die ihr dort zuteil geworden war.

Das erzählte sie ihrem Sohne und teilte ihm auch mit, daß Tatjana zum Schluß geschrieben habe, Sascha möge sie recht bald in Berlin besuchen.

»Was meinst du zu dieser Einladung, Sascha?« fragte die Fürstin lächelnd.

Alexander sah unschlüssig auf seinen Teller. Er überlegte, ob nicht Tatjana imstande sein würde, ihm eine größere Summe vorzustrecken.

Trotz seiner Bemühungen hatte er nirgends Geld auftreiben können. Durch seine Sparsamkeit und den Verkauf seiner Pferde und Wertsachen hatte er ungefähr fünfzigtausend Rubel zusammengebracht. Die hatte er dem Verleiher bereits als Abschlagszahlung gebracht und versucht, schon jetzt die Steine zurückzuerhalten. Er hatte sich erboten, auf die übrigen siebzigtausend Rubel Wechsel auszustellen. Aber der Mann blieb unbeugsam und bestand auf seinem Schein. Er merkte sehr wohl, wieviel dem jungen Fürsten daran lag, wieder in den Besitz der Steine zu kommen und wußte, daß er um so schneller zu seinem Geld kam, je unerbittlicher er sich zeigte.

In Alexanders Innern stieg aber die Angst vor Entdeckung von Tag zu Tag, und er wollte nichts unversucht lassen, sich diese Last so schnell wie möglich vom Herzen zu schaffen.

So überlegte er jetzt, daß er doch wohl nach Berlin reisen könnte. Erstens konnte er versuchen, von Tatjana eine Summe zu leihen, zweitens würde ihm sein Vater für Berlin einen hohen Reisezuschuß gewähren, von dem er bei großer Sparsamkeit eine hübsche Summe erübrigen konnte. Und außerdem wollte er nun doch versuchen, das Häuschen in dem Fischerdorf loszuschlagen. Er mußte jetzt erst einmal alle Hebel in Bewegung setzen, um das Geld für die verpfändeten Steine zusammenzubringen und seine Ehre wieder reinzuwaschen.

Er hob den Kopf und sah seine Mutter an. Und er brachte es fertig zu lächeln.

»Wahrhaftig, Mama, es könnte mich reizen, Tatjana einen kurzen Besuch abzustatten. Wir wollen Papas Rückkehr abwarten und seine Ansicht darüber hören. Ich bin ja jetzt mein freier Herr und brauche nicht erst um Urlaub nachzusuchen. Vielleicht entschließe ich mich zu dieser Reise nach Berlin«, sagte er leichthin.

Fürst Iwan kam schon am nächsten Tage zurück. Niemand merkte ihm an, daß er etwas Unangenehmes erledigt hatte.

Die beiden Polizeibeamten hatten stillschweigend den Tatort in der Kapelle untersucht, hatten Verhöre angestellt und sich eine genaue Beschreibung der geraubten Steine vom Fürsten geben lassen.

Dann hatten sie Fürst Iwan nochmal dringend ersucht, gegenüber niemand, wer es auch sei, etwas verlauten zu lassen, daß der Verlust der Steine entdeckt sei. Ob sie bereits einen Anhaltspunkt gefunden hatten, verrieten sie nicht.

Auch seinen Familienmitgliedern gegenüber verheimlichte er die ganze Angelegenheit, um seine Gemahlin und seinen Sohn nicht unnötig aufzuregen.

Gleich in den ersten Tagen nach Fürst Iwans Rückkehr von Kalnoky wurde über Alexanders Reise gesprochen. Fürst Iwan war sofort einverstanden, daß sein Sohn diese Reise unternahm. Dann erkundigte sich Alexander so ganz nebenbei, wann die Eltern in diesem Jahr nach Kalnoky gehen würden, und erhielt die tröstliche Nachricht, daß sie vor Mitte Juni nicht reisen würden. So blieben ihm immerhin noch ungefähr sechs Wochen, die Steine zurückzubringen.

Am liebsten wäre er nun sofort nach Berlin gereist, aber in den nächsten Tagen hatte er noch einige gesellschaftliche Verpflichtungen. Er mußte sich noch von seinen Kameraden verabschieden und dergleichen mehr.

In den letzten Tagen des April wollte er jedoch nach Berlin abreisen, und er traf schon die nötigen Vorbereitungen.

Fürst Iwan wünschte, daß Sascha diesmal ganz offiziell als Fürst Kalnoky reisen sollte. Sascha war sich klar darüber, daß er dann mehr Glanz entfalten mußte und wenig sparen konnte.

Um jedoch einen hohen Zuschuß zu bekommen, ließ er seinen Vater in dem Glauben, daß er nicht inkognito reisen würde, ließ sich aber auf alle Fälle einen Paß auf seinen vollen Namen und zugleich einen auf den Namen Alexander Roschnow ausstellen.

Zur Begleitung wollte er nur seinen Kammerdiener Peter mitnehmen.

Bald waren alle Reisevorbereitungen getroffen, Paß und Papiere in Ordnung.

Am nächsten Tage wollte Alexander nach Berlin abreisen.

Nach dem Frühstück hatte ihn sein Vater mit in sein Zimmer genommen und ihm eine beträchtliche Summe für die Reise ausgehändigt.

Die Hälfte dieser Summe trug Sascha noch im Laufe des Vormittags zu dem Verleiher.

Dieser nahm die Summe in Empfang und stellte die Quittung aus. Dabei schielte er mit unruhiger Miene zur Tür, die in ein Nebenzimmer führte und nur angelehnt war. Es war, als ob er dem jungen Fürsten etwas sagen wollte, sich aber nicht getraute.

Alexander achtete wenig auf sein Benehmen. Er sprach nur noch die Hoffnung aus, nun bald den Rest der Summe zahlen zu können, und entfernte sich eilig.

Kaum hatte er das Haus verlassen, als die angelehnte Tür weiter geöffnet wurde und auf der Schwelle einer der beiden Polizeibeamten erschien, die Fürst Iwan nach Kalnoky begleitet hatten.

Der Verleiher sah ihn mit einem halb tückischen, halb unterwürfigen Ausdruck an.

»Sie werden sich überzeugt haben, daß ich ganz schuldlos bin, ich habe nicht die geringste Ahnung gehabt, daß die Steine dem jungen Fürsten nicht gehören!«

Der Beamte winkte kurz ab.

»Ich weiß, was ich wissen wollte. Und es liegt in Ihrem eigenen Interesse, den Mund zu halten.«

»Wenn ich nur zu meinem Gelde komme und keinen Schaden davon habe, geht mich alles andere nichts an«, sagte der Geldverleiher mit kriechender Höflichkeit.

»Ich glaube nicht, daß Ihnen der geringste Schaden erwächst, falls Sie nicht irgendwelche Winkelzüge machen. Alles weitere werden Sie hören. Guten Morgen.«

»Auf Wiedersehen, Euer Gnaden, auf Wiedersehen!« dienerte der Mann geschäftig.

Als er allein war, rieb er sich mit einem Achselzucken die mageren Hände.

»Man hätte ja dem jungen Fürsten einen kleinen Wink geben können, aber wer weiß, wie mir das hätte schaden können. Warum soll ich mir die Finger verbrennen?« dachte er.

10

AN DEMSELBEN ABEND, als Elisa Helbig das Palais Kalnoky verlassen hatte, saß Dr. Ernst Heinzius seiner Mutter in dem behaglichen Wohnzimmer des Doktorhäuschens gegenüber.

Der junge Arzt hatte nach dem Tode seines Vaters die Praxis übernommen.

Frau Heinzius, Ernsts Mutter, führte dem Sohn den Haushalt in derselben musterhaften Weise, wie sie es auch früher getan hatte. Sie zählte noch nicht ganz sechzig Jahre und war eine recht stattliche Frau. Wie sie früher eine tüchtige Arztfrau gewesen war, so war sie jetzt eine tüchtige Arztmutter, zu der die Patienten ebensoviel Zutrauen hatten wie zu dem Arzt selber.

Zuweilen, wenn ihr Sohn besonders in Anspruch genommen war, half auch sie kurieren. Und die Patienten wechselten gern mit ihr ein Wort, denn die Frau Doktor verstand den Patienten die Angst zu nehmen.

Dr. Ernst Heinzius war das ganze Glück, der ganze Stolz seiner Mutter. Nur in einem Punkte war sie nicht mit ihm zufrieden: Er wollte nicht heiraten. Und ein Arzt ohne Frau, das war eben kein richtiger Arzt.

Diese Ansicht vertrat sie ihrem Sohn gegenüber oft genug in ihrer resoluten Art. Ernst sah seine Mutter dann durch den Kneifer mit seinen forschenden Arztaugen so recht liebevoll an und faßte sie bei den runden Schultern.

»Mutterle, was soll ich denn mit einer Frau, ich hab' ja dich! So eine tüchtige Hausfrau und verständige Freundin finde ich auf der ganzen Welt nicht wieder«, sagte er dann lächelnd.

»Ach, geh!« rief sie dann halb böse, halb zärtlich, »damit willst du mich immer wieder beruhigen. Hier gehört eine junge Frau ins Haus – und damit basta.«

Auch an diesem friedlichen Winterabend hatte sie das Heiratsthema wieder aufgebracht, und als Ernst wieder energisch abwinkte, sah sie ihn forschend an, und ein wenig zaghaft sagte sie:

»Du kannst nur Elisa nicht vergessen, Ernst, ich weiß es wohl, sonst hättest du dich längst verheiratet.«

Da flog ein leiser Schatten über das energische Gesicht des jungen Arztes.

»Wenn du das weißt, Mutterle, warum quälst du mich dann immer wieder?«

»Ach«, seufzte die Mutter kläglich, »quälen will ich dich gewiß nicht. Aber es ist doch Unsinn, daß du sie nicht vergessen willst. Ich sorge mich schrecklich.«

»Aber Mutterle, rede dir nichts ein, wir zwei sind doch trotzdem immer recht vergnügt miteinander«, neckte er gutmütig.

Sie lachte zuerst. Aber dann fuhr sie ärgerlich fort:

»So ein dummes Mädel, die Elisa! Konnte sie nicht einfach ja sagen? Sie hatte dich doch ganz gern. Aber nein, es mußte unbedingt eine himmelstürmende Liebe sein. Da könnte sie nun so behaglich hier in unserm lieben alten Häuschen sitzen und glücklich sein, statt bei fremden Leuten ihr Brot zu essen. Und wenn es zehnmal Grafen und Fürsten sind, sie ist dort nicht ihr eigener Herr.«

Ernst Heinzius beugte sich über den Tisch und streichelte ihre Hände.

»Mutterle, Mutterle, du sollst Elisa nicht schelten. Recht hat sie getan. Sie ist viel zu stolz und zu ehrlich, als daß sie wegen einer guten Versorgung ja gesagt hätte zu einem Bündnis, zu dem sie ihr Herz nicht trieb. Sie liebte mich nicht genug, um meine Frau werden zu können.«

»Das eben kann ich nicht verstehen, Ernst. So ein hübscher, stattlicher Mensch, wie du es bist, wenn ihr der nicht mal gut genug ist?«

»Ich war ihr eben zu gut, Mutterle, als daß sie mich ohne die rechte Liebe genommen hätte. Sie liebte mich wie eine Schwester, und mein Pech ist, daß ich damit nicht zufrieden sein konnte. Da mußte ich unbedingt das ganze Mädel haben wollen, und damit habe ich sie in die Welt hinausgetrieben. Eine rechte Heldentat, nicht, Mutterle? Wenn du schimpfen willst, schimpf mit mir. Oder laß es lieber gut sein, ich habe mich nun auch so zufrieden gegeben. Und am gebrochenen Herzen bin ich nicht gestorben.«

»Und wenn ich nun einmal nicht mehr bin?«

»Ach Gott, du bist mit deinen neunundfünfzig Jahren gottlob noch so frisch und munter, daß wir es gut noch dreißig Jahre miteinander aufnehmen. Nachher kann ich mich ja, wenn es sein muß, nach einer Frau umsehen.«

»Wenn dich dann noch eine haben will!«

Sie sahen sich an und lachten.

»Wart nur, Mutterle, ehe ich ein Mummelgreis werde, besinne ich mich schon noch.«

Die alte Dame schüttelte den Kopf.

»Erzähl mir doch nichts! Ich weiß, solange Elisa nicht einen anderen heiratet, bleibst du auch ledig, weil du hoffst, daß sie sich doch noch eines Tages besinnen könnte.«

Er sah ernst in ihre Augen.

»Nein, Mutter, zwei Menschen wie Elisa und ich, die wissen, woran sie sind. Entweder man liebt sich – oder man liebt sich nicht. Halbheiten sind uns beiden fremd. Ohne Liebe nimmt mich Elisa so wenig, wie ich sie haben möchte. Sonst hätte sie mich nicht erst abgewiesen.«

Damit brach er das Thema ab und berichtete von seinen Kranken. Da war die Mutter nun gleich mit vollem Interesse dabei. Sie gehörte nicht zu den Frauen, die es ermüdet und langweilt, über den Beruf des Mannes zu sprechen. Immer war sie mit ganzer Seele dabei, und das Nebensächlichste war ihr noch wichtig genug.

Das Frühstück am nächsten Morgen wurde wie immer von Ernst in Eile eingenommen. Gleich danach hielt er die Sprechstunde ab, und später machte er seine Besuche.

Um die Mittagsstunde kam er dann heim.

Dörte, die seit einem Vierteljahrhundert im Hause angestellte Magd, nahm ihm Hut und Mantel ab.

»Donner noch mal, heute ist's bannig kalt, Dörte. Guten Tag, Mutter, du, einen Hunger hab' ich aus der Winterkälte mitgebracht, du wirst etwas erleben.«

Frau Heinzius küßte ihn lachend.

»Junge, dein Schnurrbart sticht wie Eisnadeln! Nun geh schon rein, ich will nur noch mal in der Küche nachsehen.«

Ernst trat in das trauliche Wohnzimmer, das zugleich auch als Speisezimmer diente. Es war behaglich eingerichtet, und der Tisch war bereits gedeckt. Schneeweißes Linnen, gutes altes Porzellan und eine Kristallvase mit frischem Tannengrün luden zum Verweilen ein.

Der junge Arzt ließ sich behaglich am Fenster in den Lehnstuhl seiner Mutter nieder und begrüßte Hans, den Kanarienvogel. Gleich darauf brachte Dörte auch schon die Suppenterrine herein.

Sie lachte den jungen Arzt vergnügt an.

»Gesegnete Mahlzeit, Herr Doktor! Einen Kalbsbraten gibt es heute, der zergeht wie Butter auf der Zunge.«

Ernst lachte. »Sie sind und bleiben nun mal die beste Köchin der Stadt.«

Inzwischen war Ernsts Mutter eingetreten. Mutter und Sohn setzten sich zu Tisch. Die alte Dame füllte die Suppenteller und gab Dörte die Terrine mit hinaus.

»So, Dörte, nun laß die Ofenröhre fest zu, bis ich klingle, damit die Kalbskeule nicht Zug bekommt und kalt wird. Hörst du?«

»Jawohl, Frau Doktor, jawohl, ich weiß schon«, versicherte Dörte und ging hinaus.

Gleich darauf tönte die Hausklingel.

»Lieber Gott, du wirst doch nicht jetzt zu einem Patienten gerufen werden, Ernst! Mir täte mein Kalbsbraten leid!« rief die alte Dame.

Sie horchten beide hinaus, und schon kam Dörte mit fliegenden Röcken herein und hielt in den spitzen Fingern ein Papier.

»O Gottegott, Frau Doktor, hier ist so'n Ding, 'ne Depesche!« rief sie entgeistert.

Ernst Heinzius nahm das Telegramm erstaunt entgegen.

»Wahrhaftig, eine Depesche an dich, Mutterle.«

»An mich?« fragte sie erschrocken und nahm das Telegramm zögernd entgegen. »Mein Gott, was kann passiert sein?«

Sie öffnete und las:

»Treffe heute abend bei euch ein und bitte um Aufnahme. Elisa«

Mutter und Sohn wurden ein wenig blaß und sahen sich an. Dörte sperrte Mund und Augen auf. Ihre Herrin sagte rasch:

»Es ist gut, Dörte – gib dem Boten ein Trinkgeld.«

Dörte ging nicht eben schnell hinaus. Sie hätte gern gewußt, was die Depesche bedeuten sollte. Aber es half alles Zögern nichts. Erst als sie draußen war, fragte Frau Heinzius ihren Sohn:

»Verstehst du das, Ernst?«

Dieser fuhr aus seinen Gedanken auf.

»Nein, Mutter.«

»Sonderbar, Elisas letzter Brief, den ich vor etwa acht Tagen aus Petersburg bekam, verriet gar nichts davon, daß sie die Absicht hatte, zu uns zu kommen. Sie teilte mir nur mit, daß sie Ende Februar nach Berlin gehen würde, um im Hause der jungen Fürstin zu bleiben.«

»Vielleicht hat sich das geändert, Mutter. Jedenfalls soll sie uns herzlich willkommen sein, nicht wahr?«

»Ja doch, wenn sie dir nur das Herz nicht wieder schwermacht«, sagte die alte Dame zögernd und sah ihn unruhig an.

Er lächelte.

»Keine Angst, Mutterle. Freue dich nur unbesorgt auf ihren Besuch. Ich tue es auch. Es soll uns recht sein, das liebe Mädel einmal wieder hier zu haben.«

»Ja, wahrhaftig, das soll es. Und wenn du ganz ruhig bist, freue ich mich auch sehr.«

»Ganz ruhig bin ich, mein Wort darauf, Mutter.«

Endlich war es Zeit, zum Bahnhof zu gehen. Ernst begleitete seine Mutter.

Als Elisa aus dem Zug stieg, da wurde sie so warm und herzlich empfangen, daß sie nur wortlos, in stummem Dank, Mutter und Sohn die Hände drücken konnte und mit feuchten Augen in ihre Gesichter sah.

Frau Heinzius hatte Elisa gleich allerlei Fragen stellen wollen. Aber ein Blick in das blasse, traurige Mädchengesicht hielt sie ab. Sie wechselte verstohlen einen Blick mit ihrem Sohn. Dieser winkte ihr zu, als wollte er sagen: Ja, ja, ich hab's auch schon gemerkt. Da ist etwas geschehen, man darf sie nicht mit Fragen quälen.

Diese beiden feinempfindenden Menschen fühlten instinktiv, daß Elisa mit einem Leid zu ihnen gekommen war und liebevolle Schonung brauchte.

Elisa empfand es wie eine große Wohltat, daß man sie nicht mit Fragen bestürmte. Eine Erklärung würde und mußte sich wohl geben, aber es war ihr lieb, nicht dazu gezwungen zu werden und den Zeitpunkt dafür selbst bestimmen zu können.

Eine Stunde später saßen die drei beim Abendessen an dem runden Tisch. Der Lampenschimmer flimmerte über Elisas goldenem Haar. Aber er zeigte auch ihre blassen, traurigen Züge und den schmerzlichen Zug um den feinen Mund. Ernst Heinzius mußte immer wieder zu ihr hinübersehen. Sie schien ihm schöner denn je.

Er fühlte, daß sein Herz sich noch immer nicht von ihr gelöst hatte. Aber keine Hoffnung, kein Verlangen knüpfte sich an dieses Gefühl. Mit seinen Wünschen war er Elisa gegenüber fertig. Aber mit dem Instinkt der Liebe fühlte er, ohne daß sie es ausgesprochen hatte, daß ein tiefgehendes Erlebnis die harmonische Ruhe ihres Wesens gestört und über die lebensfreudige Frische, die ihr eigen war, einen Schleier gebreitet hatte. Diese Augen redeten eine Sprache, die er kannte. Ungeweinte Tränen ruhten auf dem Grunde.

Er wußte, ohne daß sie es sagte, daß sie im Herzen litt, daß sie liebte. Wer mochte der Beneidenswerte sein, dem sie ihr Herz geschenkt hatte. Und warum ließ er sie von sich? Wußte er nicht, welchen Schatz er aus den Händen gab?

Die Mahlzeit war beendet. Dörte räumte umständlich und langsam den Tisch ab, um etwas von dem Gespräch aufzufangen.

Frau Heinzius zog Elisa neben sich auf das Sofa, und Ernst setzte sich in einen bequemen Lehnsessel.

Die alte Dame mühte sich, ein unverfängliches Gespräch zu führen. Ernst und Elisa machten ihr das gar nicht leicht. Sie sprachen nur wenig. Und endlich schwieg auch sie.

Eine Pause trat ein. Dörte war wieder hinausgegangen, nachdem sie ein Körbchen mit Äpfeln auf den Tisch gestellt hatte.

Elisa hatte mit sinnendem, verträumtem Blick dagesessen. Nun hob sie den Kopf und schaute Mutter und Sohn an.

»Tante Johanna, lieber Ernst«, sagte sie entschlossen, mit einem tiefen Atemzug, »ihr habt mich nicht gefragt, warum ich so plötzlich zu euch gekommen bin. Ich danke euch herzlich für euer Zartgefühl. Aber einmal muß es doch gesagt sein. Deshalb ist es besser, ich tuc es gleich. Ich bin jetzt stellungslos. Meine Stellung im Hause des Fürsten Kalnoky habe ich aufgeben müssen. Und ich wollte euch herzlich bitten, mich einige Zeit bei euch aufzunehmen, bis ich wieder eine andere Position gefunden habe. Lange hoffe ich euch nicht zur Last zu fallen.«

»Aber Kind«, fuhr Tante Johanna vorwurfsvoll auf, »du bist doch keine Fremde für uns und sollst dich bei uns zu Hause fühlen!«

Elisa faßte ihre Hand und führte sie schnell und impulsiv an ihre Lippen. Dann sah sie zu Ernst hinüber, als wollte sie sich vergewissern, ob auch er nichts dagegen hatte und ob ihn ihr Hiersein nicht schmerzlich berührte. Wohl waren Jahre vergangen, seit er um sie warb. Aber Ernst war nicht ein Mensch, der schnell vergaß.

Er schien ihre Gedanken zu erraten und lächelte ihr beruhigend zu.

»Du weißt, Elisa, daß du Mutter wie eine liebe Tochter bist, und mir, mir sollst du allezeit wie eine Schwester willkommen sein.«

Elisa reichte ihm die Hand.

»Hab Dank für dieses Wort, Ernst! Und nun will ich euch sagen, wie es kam, daß ich so schnell meine Stellung aufgeben mußte, wenn es mir auch sehr schwerfällt, darüber zu reden.«

»So schweige, Elisa. Wir brauchen keine Erklärung«, sagte Ernst warm.

Elisa schüttelte den Kopf.

»Nein, nein, als meinen einzigen Verwandten bin ich euch über mein Tun Rechenschaft schuldig«, sagte sie hastig.

Und dann erzählte sie in kurzen Worten die Geschichte ihrer Liebe und ihres Leides, und wie es gekommen war, daß sie Palais Kalnoky so bald hatte verlassen müssen.

Ernst Heinzius hielt dabei den Kopf in die Hand gestützt. Ein wenig blasser war er geworden, als er hörte, daß sich Elisas Herz einem anderen zugewandt hatte. Solange er ihr Herz frei wußte, hatte er trotz seiner gegenteiligen Versicherung noch eine leise Hoffnung gehabt, daß es sich ihm doch noch eines Tages zuwenden würde. Nun war diese Hoffnung zerstört. Aber seltsamerweise brachte ihm diese Gewißheit nach der ersten Erschütterung eine Ruhe, einen Frieden, der seinem Herzen die heimliche Spannung der letzten Jahre nahm.

Es war sonderbar, in dieser Stunde, da ihm Elisa sagte, daß sie einen anderen liebte, fiel etwas von ihm ab, das ihn seit mehreren Jahren verfolgt hatte. Und er fühlte jetzt wirklich ganz brüderlich und freundschaftlich für sie.

Als Elisa mit ihrem Bericht zu Ende war, faßte er herzlich nach ihrer Hand.

»Du sollst für immer bei uns bleiben, Elisa! Mutter kann so gut ein liebes Töchterchen gebrauchen und ich eine kluge, verständige Schwester. Und mit deinem wunden Herzen sollst du nicht wieder hinaus unter fremde Menschen.«

Tante Johanna hatte bei Elisas Bericht Tränen der Rührung vergossen. Nun umfaßte sie Elisa herzlich.

»Ernst spricht mir aus der Seele, Kind, bleibe bei uns – für immer!«

Elisas Augen waren feucht. Sie schüttelte den Kopf.

»Ihr seid ja so gut und meint es gut mit mir. Aber ich brauche jetzt nötiger als je Arbeit, viel Arbeit und einen Kreis, wo ich helfen und meine Kräfte einsetzen kann.«

»Das kannst du bei uns auch haben, Kind. Sieh, ich werde alt, und meine Kräfte werden bald nicht mehr ausreichen, um Ernst zu unterstützen, wie ich möchte. Wie oft braucht er tatkräftige Hilfe für seine Kranken. Du könntest sehr viel nützen und helfen.«

»Ja, Elisa, das könntest du«, bekräftigte Ernst warm. »Und um mich brauchst du dich nicht mehr zu sorgen. Laß uns auch darüber einmal sprechen, damit es zwischen uns klar wird. Keinerlei Wünsche, die du nicht erfüllen könntest, leben noch in meinem Herzen. Wir können wie treue Geschwister zusammen arbeiten, und Mutter könnte sich etwas mehr Ruhe gönnen.«

Elisa sah ihn sinnend an.

»Hab Dank, zuerst dafür, daß du mir eine Last von der Seele nimmst, und dann auch für das Anerbieten. Ich bin so froh, daß du über das hinweggekommen bist, was ich dir antun mußte. Und ich hoffe, daß du dir nun bald eine junge Frau Doktor ins Haus holst. Dann aber, mein lieber Ernst, bin ich hier überflüssig. Ich will auch hier ganz ruhig abwarten, bis ich meine Flügel wieder regen kann und bis ich weiß, wohin ich gehen kann.«

Jetzt kam Dörte herein und meldete, daß der Herr Doktor sofort zum Seifensieder Krüger kommen möge. Das Kind sei plötzlich krank geworden.

Ernst erhob sich sofort. Dörte brachte Hut und Mantel, und die Mutter legte ihm die warmen Handschuhe zurecht. Nach kurzem Abschied eilte er davon. Frau Johanna und Elisa blieben beisammen und tauschten allerlei Erlebnisse aus.

Nach einer Stunde kam Ernst wieder. Das Kind des Seifensieders hatte einen Kruppanfall gehabt und war nun schon wieder außer Gefahr.

Befriedigt, nach erfüllter Pflicht noch ein Stündchen mit Elisa und der Mutter plaudern zu können, setzte er sich in den Lehnstuhl. Dörte brachte ihm ein Glas Glühwein und für die Damen weihnachtlichen Honigkuchen.

Als Elisa an diesem Abend in dem freundlichen Gastzimmer des Doktorhauses zu Bett ging, tat sie es mit einem dankbaren Gefühl des Geborgenseins. Freilich, ihr Herz fand keine Ruhe, weder in dieser Nacht noch in mancher folgenden. In schmerzlicher Sehnsucht flog es nach Rußland und suchte Alexander Kalnoky. Und die Sorge, wie er ihr Fortgehen, die vollständige Trennung von ihr ertragen würde, ließ sie keinen Frieden finden.

Am Tage vor Alexanders Abreise nach Berlin saß Fürst Iwan in seinem Arbeitszimmer am Schreibtisch und sah einige Abrechnungen durch.

Er war noch nicht damit zu Ende, als ihm der Polizeiminister Jernutschow gemeldet wurde.

Erwartungsvoll stand er auf und ging seinem Gast entgegen. Ihm die Hand reichend, sagte er hastig:

»Du bemühst dich selbst zu mir, Paul Alexandrowitsch. So bringst du mir sicher eine wichtige Botschaft. Bitte, nimm Platz.«

Jernutschow ließ sich in einen Sessel nieder. Aber er antwortete nicht sogleich. Sein Gesicht sah ernst und blaß aus.

Eine leise Unruhe erschien in Fürst Iwans Zügen.

»Du antwortest nicht, lieber Freund, und dein Gesicht verrät mir, daß du mir keine guten Nachrichten bringst.«

Jernutschow sah den Fürsten nachdenklich an. Dann sagte er langsam:

»Die schlechtesten Nachrichten, die du dir denken kannst, Iwan.«

»Ah, die Steine sind verloren? Der Dieb nicht zu entdecken? Also, auch die Polizei ist nicht allmächtig«, sagte der Fürst verstimmt.

Jernutschow sah eine Weile schweigend auf seine Stiefel herab. Dann hob er aufatmend entschlossen den Kopf.

»Allmächtig, nein. Aber doch sehr findig, Iwan. In diesem Falle möchte ich sagen: leider. Die Steine haben sich gefunden.«

Fürst Iwan sprang auf.

»Und das nennst du eine schlechte Nachricht! Wo sind die Steine?«

»Sie sind für hundertzwanzigtausend Rubel beim Verleiher Selitzky verpfändet worden«, sagte Jernutschow mit gesenkter Stimme.

»Alle Wetter, so hat er sie zum vollen Wert beliehen. Aber nun weiter, mein Lieber, wer hat sie verpfändet? Habt ihr den Dieb?«

Wieder zögerte Jernutschow.

»Noch befindet er sich in Freiheit, aber wir wissen, wo er sich befindet.«

»So laß ihn doch festnehmen. Warum zögerst du?«

»Ich wollte ihn nicht verhaften lassen, habe es mit Absicht

hinausgeschoben, um einen Skandal zu vermeiden. Der Dieb befindet sich in deinem Hause.«

»Ah – doch einer meiner Diener! Ich dachte es mir. Ein Fremder konnte es nicht gewesen sein. Wer ist die Kanaille, der Lump, der sich die Reise nach Kalnoky zunutze machte, um diesen Raub auszuführen? Ich nehme gar keine Rücksicht, Diebesgesindel hat keine Anwartschaft auf schonende Behandlung. Er soll sofort verhaftet werden!« rief Fürst Iwan zornig.

Jetzt erhob sich auch Jernutschow und trat zu ihm. Seine Hand auf die Schulter des Freundes legend, sagte er mit schwerer Betonung:

»Iwan, ich sagte dir, daß ich eine schlimme Botschaft bringe. Ich wollte, meine Beamten wären diesmal mit Blindheit geschlagen gewesen. Aber sie arbeiteten gut und sicher, und meine Pflicht ist es, dir alles zu sagen.«

Fürst Iwan sah ihm betroffen in das ernste Gesicht.

»Was soll das heißen, Paul Alexandrowitsch, ich verstehe dich nicht.«

»Du wirst mich leider nur zu bald verstehen. Mach dich auf etwas Schreckliches gefaßt.«

Fürst Iwan starrte ihn erschrocken an. Ein unklares, beklemmendes Gefühl legte sich schwer auf sein Gemüt. Sich gewaltsam zur Ruhe zwingend, richtete er sich hoch auf.

»Sprich, ich höre«, sagte er, heiser vor unterdrückter Erregung.

Jernutschow faßte wie stützend nach seinem Arm. Dann sagte er leise, voll Mitleid den Freund betrachtend:

»Die Steine sind entwendet und verpfändet worden durch – deinen Sohn Alexander.«

Ein einziger röchelnder Laut rang sich aus der Brust des Fürsten. Wie vom Schlag getroffen, fiel er in seinen Sessel zurück und umklammerte die Lehnen mit krampfhaftem Druck. Das aschfahle Gesicht zu dem Freund emporhebend, stieß er in lallenden Lauten hervor:

»Nein, nein – nicht wahr! Das ist nicht wahr!«

Jernutschow sah erschüttert in das fahle, angstverzerrte Gesicht.

»Es ist Wahrheit, Iwan. Auch ich sträubte mich, es zu glauben. Aber es ist alles klar erwiesen. Dein Sohn hat Spielverluste gehabt und erst auf alle Weise versucht, sich das Geld zu leihen. Auf deine Anordnung hin waren alle Bemühungen vergeblich. Gleich nach der Hochzeit deiner Tochter brachte er dann die Steine zu Selitzky, um sie zu verpfänden gegen hunderttausend Rubel. Er mußte einen Schein auf hundertzwanzigtausend Rubel unterschreiben, machte aber zur Bedingung, daß er die Steine zurückkaufen könnte. Fünfzigtausend Rubel hatte er bereits zurückbezahlt, und heute – vor zwei Stunden etwa – brachte er wieder eine Abschlagszahlung. Einer meiner Beamten, der die Angelegenheit bis dahin verfolgte, war ungesehen Zeuge dieser letzten Unterredung deines Sohnes mit Selitzky. Und damit war die Kette der Beweise geschlossen. Genug, es ist kein Zweifel möglich, dein Sohn hat die Steine entwendet.«

Fürst Iwan lag wie vernichtet in seinem Sessel und starrte verzweifelt vor sich hin. Er bot einen erschütternden Anblick und glich einem Sterbenden.

Nun sah er plötzlich das veränderte Wesen seines Sohnes in einem anderen Lichte. Dahin war es also mit ihm gekommen, ein Dieb, ein Ehrloser! Nicht umsonst hatte ihn zuweilen die Furcht beschlichen, daß seine strengen Maßregeln vielleicht unklug waren. Statt Alexander vor Schlimmem zu bewahren, hatte er ihn direkt dem Verbrechen in die Arme getrieben.

Aber wie hätte er denken können, daß ein Kalnoky so tief sinken konnte, zum Dieb, zum Kirchenräuber!

Ein Krampf schüttelte den Körper des alten Herrn, wild kreisten die qualvollsten Gedanken hinter seiner Stirn. Zorn, Angst, Selbstvorwürfe, Verachtung und schmerzende Vaterliebe stritten in seinem Herzen. Nie in seinem Leben war er so fassungslos und verzweifelt gewesen.

Jernutschow lehnte voll tiefen Mitleids am Kamin.

»Iwan, fasse dich«, bat er leise.

Fürst Iwan fuhr wild aus seiner Erstarrung empor.

»Fassen? Fassen? Könntest du das, Paul Alexandrowitsch?

Mein Sohn – ein Dieb! Ein Kalnoky – ein Dieb – ist das zu fassen?« ächzte er.

Jernutschow trat zu ihm und legte die Hand auf seine Schulter.

»Ich fühle mit dir, und ich wollte, ich hätte dir das ersparen können.«

Ein zitterndes Stöhnen kam aus der Brust des Fürsten. Und dann blickte er mit erloschenen Augen zu dem Freunde empor.

»Paul Alexandrowitsch«, stieß er heiser und gequält hervor, »bist du gekommen, um ihn zu verhaften?«

»Nein, Iwan, aber du hast Anzeige erstattet, und meine Beamten wissen genausoviel wie ich. Auch Selitzky weiß, daß die Steine entwendet waren. Hinausschieben konnte ich die Verhaftung, und du müßtest nun die Anzeige zurücknehmen. Ich brachte dir diese Mitteilung jetzt privat als dein Freund. An dir ist es jetzt, zu bestimmen, in welcher Weise sich dein Sohn der weltlichen Gerechtigkeit entziehen kann.«

Die beiden Männer sahen sich fest ins Auge. Sie verstanden einander, wußten, welche Bedeutung Jernutschows Worte hatten.

Kalter Schweiß stand auf des Fürsten Stirn. Er nickte mechanisch mit starrem Gesicht.

»Ich verstehe dich, Paul Alexandrowitsch, ich verstehe dich.«

Jernutschow atmete tief auf.

»Dann habe ich dir jetzt nichts weiter zu sagen, Iwan. Ich werde alle weiteren Schritte hinauszögern – um drei Tage, wollen wir sagen. Genügt das?«

Wieder sahen sie sich bedeutungsvoll an. Ein Zittern lief über des Fürsten Gestalt. Aber dann biß er die Zähne fest aufeinander und richtete sich gewaltsam empor.

»Es genügt. Und ich danke dir, Paul Alexandrowitsch, daß du mir erspartest, daß man einen Kalnoky verhaftet. Ich bin auf ewig dein Schuldner geworden.«

Jernutschow faßte seine zitternde Hand.

»Das bedarf keines Dankes. Ich wollte, ich hätte dir diese Botschaft nicht zu bringen brauchen. Aber es mußte sein. Gott mag dir helfen, Iwan!«

Wie im Krampf umfaßte Fürst Iwan die Hand des Freundes.

Dann fiel die Tür hinter Jernutschow ins Schloß.

11

FÜRST IWAN WAR allein. Wie gelähmt saß er in seinem Sessel und starrte vor sich hin. Seine Gedanken verwirrten sich. Nur mit Anstrengung vermochte er sie zu ordnen. Und was er dachte, war furchtbar, grauenvoll.

Erst nach langer Zeit vermochte er sich tastend zu erheben. Langsam trat er an den Schreibtisch und öffnete mit unsicheren Händen ein Fach. Daraus holte er einen eleganten schwarzen Ebenholzkasten mit Silberbeschlägen hervor. Ein Druck auf die Feder öffnete ihn. Weich gebettet auf Samtpolster lagen darin zwei prachtvolle, ziselierte Pistolen.

Er legte schwer die Hand darauf. Die Berührung mit dem kalten Metall durchzuckte ihn wie ein Schlag. Aber zugleich straffte sich seine Gestalt. Ein strenger, unerbittlicher Ausdruck verhärtete sein Gesicht.

»Es muß sein«, sagte er laut, dann schlug er den Deckel des Kastens wieder zu und klingelte.

Als der Diener eintrat, befahl er ruhig:

»Fürst Alexander – ich erwarte ihn sofort.«

Der Diener verschwand.

Alexander folgte dem Ruf seines Vaters sofort. Er hatte in seinen Zimmern die letzten Reisevorbereitungen für den nächsten Tag getroffen. Er glaubte, der Vater wolle ihm Aufträge für Berlin geben. Ohne Unruhe trat er bei ihm ein.

Aber bei dem ersten Blick in seines Vaters Antlitz zuckte er zusammen wie unter einem Schlag. Ein Gefühl, als ob tausend Messer seine Brust durchdrängen und eine würgende Hand seine Kehle umfasse, kam über ihn.

Die Frage, was der Vater von ihm wünsche, blieb ihm im Hals stecken. Tastend griff er nach der Stuhllehne.

Fürst Iwan sah mit einem Blick in sein erblaßtes Gesicht. In diesem Blick lag alle Qual, die sein Herz erfüllte.

Ohne sich zu rühren, nur immer den furchtbaren Blick fest auf das Gesicht des Sohnes geheftet, sagte er mit heiserer, tonloser Stimme:

»Soeben hat mich der Polizeiminister Jernutschow verlassen. In der Schloßkapelle von Kalnoky hat eine frevelhafte Hand die Edelsteine aus dem Rahmen des Heiligenbildes entwendet. Jerutschow eröffnete mir, daß du der Dieb bist. Muß ich das glauben? Oder täuscht mich ein grausamer Spuk? Sprich, hast du wirklich die Steine gestohlen?«

Alexander wankte erbleichend und umklammerte wie im Krampf die Stuhllehne. Ein Entsetzen ohnegleichen prägte sich in seinem Gesicht aus, und das Schuldbewußtsein stand deutlich genug auf seiner Stirn geschrieben.

»Vater!« stöhnte er auf und brach kraftlos in dem Sessel zusammen, das Gesicht in den Händen bergend.

Wieder lief ein Zittern über die hohe Gestalt des Fürsten Iwan. Wenn noch ein Schein von Hoffnung in ihm gewesen war, daß alles nur ein Irrtum sein konnte, so zerstörte seines Sohnes Verhalten diesen Hoffnungsschimmer vollständig.

»Also wahr – wahr? Du Ehrloser!« stieß er ächzend hervor.

Alexander hob den Kopf. Sein Gesicht war verstört.

»Vater, Vater«, stammelte er wieder fassungslos.

Mit brennenden Augen sah der Fürst auf ihn herab. Mit übermenschlicher Kraft erstickte er seinen Jammer.

»Was hast du mir noch zu sagen?« fragte er kalt.

Alexander fuhr sich verzweifelt durchs Haar.

»Verzeih mir, Vater, verzeihe mir. Ich war wie von Sinnen, wußte nicht, was ich tat. Nur entleihen wollte ich die Steine. Rechte nicht so streng mit mir! Seit Elisa dieses Haus verlassen hat, war ich wie vom Fieber befallen. Du weißt nicht, was sie mir war. Ich hatte nur das eine Verlangen, den Schmerz in meiner Brust zu betäuben, ganz gleich auf welche Weise. Und da trieb es mich wieder zum Spieltisch, dort fand ich auf Augenblicke Vergessen. Und eines Nachts verlor ich alles – und hunderttausend Rubel auf Ehrenwort. Nirgends konnte ich Geld auftreiben. Dir wagte ich gar nicht mit der Bitte zu kommen, du hattest ja dein Ehrenwort gegeben, mir nie mehr zu helfen. Verzweifelt reiste ich nach Kalnoky zu Tatjanas Hochzeit, und als ich in der Kapelle um ein Wunder flehte, da blitzten mir die Steine entgegen. In der Nacht nach Tatjanas Hochzeit holte ich sie mir. Ich hoffte, sie bis zum Sommer wieder einlösen und zurückbringen zu können und glaubte, daß der Verlust nicht entdeckt würde. So ist's gekommen, Vater. Einen Teil der Summe habe ich schon wieder zurückbezahlt. Ich bin entsetzt, daß das Fehlen der Steine entdeckt wurde. Verzeihe mir, Vater, verzeihe mir! Ich habe bitter gelitten in dieser furchtbaren Zeit. Erst als es geschehen war, wußte ich ganz klar, was ich getan hatte. Sei nicht hart, ich flehe dich an, verzeih mir!«

Fürst Iwan hatte mit starrem, unbewegtem Gesicht zugehört. Er fühlte nur zu wohl, daß er selbst nicht ganz ohne Schuld war an dem Geschehenen. Er selbst hatte ja Alexander jeden anderen Ausweg abgeschnitten.

Aber das änderte nichts an der Tatsache, daß sein Sohn zum Dieb herabgesunken war, daß die Polizei ihn als Dieb kannte und brandmarken konnte. Ehrlos war er, und ein Kalnoky darf nicht leben ohne Ehre. Ehre verloren, alles verloren. Sein Urteil war gesprochen, ein Urteil, das ihn, den Vater, ebenso hart traf wie den Sohn.

Langsam, mit hartem, steinernem Gesichtsausdruck trat er an den Schreibtisch heran und schlug den schwarzen Pistolenkasten auf.

Tastend faßte er nach der einen Waffe und ging mit steifen, gewaltsam beherrschten Schritten auf den Sohn zu.

Langsam hob er die Hand und legte die Waffe hart vor seinen Sohn auf den Tisch.

»Ein Kalnoky kann ohne Ehre nicht leben«, sagte er dumpf, bleich wie ein Sterbender.

Der junge Fürst sah voll Grauen in das verfallene Gesicht des Vaters und erschauerte.

»Vater!«

Wie ein Schrei rang es sich aus seiner Brust. Die furchtbare Tragik dieses Augenblickes erschütterte ihn bis ins Innerste. Er faßte nichts als die ungeheuerliche Tatsache, daß sein Vater, der ihn so namenlos liebte, dessen Stolz und Freude er gewesen war, ihn selbst zum Tode verurteilte. Und er ermaß, welch furchtbarer Schmerz die Brust des Vaters zerreißen mußte. Zugleich aber richtete er sich empor an der Größe und der Kraft des Vaters.

»Vater, vergib, was ich dir getan!« bat er tonlos und ergriffen.

Fürst Iwan stützte sich auf den Tisch.

»Wenn du gesühnt hast – wie es sein muß – dann werde ich dir verziehen haben«, sagte er heiser, kaum verständlich.

Alexander richtete sich straff empor und erhob sich mit einem Ruck. Dann nahm er die Pistole auf und drückte sie an seine Lippen, ehe er sie zu sich steckte.

Ein Zucken lief über des unglücklichen Vaters Gesicht, aber er rührte sich nicht.

Des jungen Fürsten Gesicht war bleich, aber entschlossen.

»Dein Wille geschehe, Vater. Darf ich mich von meiner Mutter verabschieden?« sagte er leise.

Fürst Iwan schwankte und schloß die Augen. Riesengroß und drohend stand das Verhängnis vor ihm. Saschas Mutter! Wie würde sie das Furchtbare tragen?

»Sie weiß von nichts«, stieß er hervor.

Alexanders Herz lag schwer wie ein Stein in der Brust. Was er den Eltern zugefügt, ließ alles andere, auch das eigene Leben, klein und nichtig erscheinen. Heißes Mitleid mit dem Vater erfüllte sein Herz.

»Vater, um der Mutter willen, laß mich von ihr Abschied nehmen, als wenn ich auf Reisen ginge. Und ich will auch abreisen, nicht hier soll es geschehen. Draußen irgendwo in der Welt, kann ich – ein Unfall – ein Unglück –. Wenn du es vertuschen könntest, wenn euch der Skandal erspart bliebe! Paß und Papiere habe ich, um nach Deutschland zu kommen. Dort soll es sein. Es ist so für die Mutter leichter, auch für dich. Und wenn es geschehen ist, Vater, ich werde sorgen, daß du sofort Nachricht bekommst, dann grollst du mir nicht mehr?«

Fürst Iwan sah starr geradeaus.

»Einem Toten grollt man nicht. Es soll sein, Gott helfe dir.«

Alexander drückte hastig seine Lippen auf die Hand des Vaters.

»Lebe wohl!« tönte es leise wie ein Hauch an des Fürsten Ohr.

Noch ein Blick, dann ging Alexander hastig aus dem Zimmer.

Er suchte sein Zimmer auf, und es war ein Gefühl in ihm, als sei er gar nicht er selbst, als habe er das Schicksal eines anderen zu erfüllen und nicht das eigene.

Mechanisch blätterte er im Kursbuch. Eine Stunde blieb ihm Zeit bis zur Abfahrt des nächsten Zuges. Wie ein Automat dachte und handelte er.

»Schnell Nachtzeug in eine Tasche packen, Peter – ich reise schon jetzt nach Berlin. Du folgst, sobald du Nachricht erhältst, mit dem übrigen Gepäck. In einer halben Stunde den Wagen, bis dahin muß alles fertig sein«, sagte er, als hätte er es auswendig gelernt.

Peter verschwand mit einer Verbeugung.

Alexander strich sich über die Stirn. Dann ging er zu seiner Mutter. Er brachte es fertig, ganz ruhig, sogar heiter zu erscheinen.

»Ich komme, um mich von dir zu verabschieden, Mama. Ich will heute schon abreisen, warum soll ich bis morgen warten?«

Die Fürstin fand nichts Auffallendes an diesem raschen Entschluß. Sie trug ihm Grüße an Tatjana auf, und dann nahmen sie herzlich und zärtlich Abschied voneinander.

Immer wieder umarmte und küßte Sascha seine Mutter. Gerührt erwiderte sie seine Zärtlichkeiten.

Gottlob, ich habe meinen Sohn wieder, sein Herz gehört wieder ganz mir, dachte sie froh.

Und nicht die leiseste Ahnung kam ihr, daß sie ihn zum letzten Mal in ihren Armen hielt, daß sie ihn niemals wiedersehen sollte.

Als Sascha die Mutter verlassen hatte, fühlte er sich vor Erschöpfung ganz elend. Die Selbstbeherrschung bei diesem Abschied hatte ihn seine letzte Kraft gekostet.

In seinem Zimmer warf er sich einige Minuten kraftlos in einen Sessel und schloß die Augen.

Denken wollte er nicht, er fürchtete das Denken. Nur einige Minuten Ruhe brauchte er, bis der Wagen vorfuhr.

Und während er so saß in völliger körperlicher und geistiger Ermattung, stieg plötzlich ein holdes Bild lockend vor ihm auf.

Elisa!

Eine brennende Sehnsucht, sie noch einmal zu sehen, Abschied von ihr zu nehmen, stieg in ihm auf. Der Tod dünkte ihn leichter, wenn er ihr sein ganzes Elend anvertraut haben würde.

Was hielt ihn ab, sich diesen letzten Wunsch zu erfüllen? Niemand würde ihn daran hindern. Jeder zum Tode Verurteilte hat einen letzten Wunsch frei und darf Abschied nehmen von seinen Lieben.

Ja, zu Elisa wollte er reisen, sie noch einmal sehen, ihr noch einmal sagen, wie sehr er sie geliebt, noch einmal ihre sanften, linden Hände auf seiner Stirn fühlen, ehe die Kugel sein Herz durchbohrte.

Seine Hand preßte sich auf die Brusttasche. Er fühlte die Pistole, die seinem Leben ein Ende machen, die sein Vergehen sühnen sollte. Ja, erst Elisa noch einmal sehen, dann sterben.

Wie von neuer Kraft beseelt, sprang er auf und trat an seinen Schreibtisch. Mit fester Hand schrieb er auf ein Blatt Papier:

»Mein lieber, teurer Vater! Noch einen Abschied habe ich zu nehmen, ehe ich den Weg gehe, den Du mir gewiesen. Es ist mein letzter Wunsch, Elisa noch einmal zu sehen, denn ich liebe sie mit einer Liebe, die alles überdauert. Das wirst auch Du mir nicht versagen, jetzt, da es mit mir zu Ende geht.

Lebe wohl, mein geliebter Vater. Nie habe ich so tief empfunden, wie sehr ich Dich liebe. Tröste Mutter, und wenn sich mein Geschick erfüllt hat, so bring ihr meine letzten Grüße und meine heiße Bitte um Verzeihung. Grüße auch Tatjana innig.

Dein Sascha«

Diese Zeilen kuvertierte und versiegelte er. Dann schrieb er den Namen seines Vaters darauf.

Bevor er in den Wagen stieg, gab er Peter den Brief mit der Bitte um Erledigung. Einer der Diener schwang sich neben den Kutscher auf den Bock, und der Wagen fuhr davon.

Alexander wandte den Kopf und sah zurück, solange sein umflortes Auge noch etwas erblicken konnte. Mit einem zitternden Seufzer lehnte er sich dann zurück.

Fürst Iwan war, als Alexander sein Zimmer verlassen hatte, haltlos in einem Sessel zusammengesunken. Dort lag er reglos, wie erstarrt, und ließ willenlos den furchtbaren Schmerz über sich ergehen.

So lag er noch, als Peter bei ihm eintrat und ihm seines Sohnes Brief übergab. Er schrak empor und starrte den Kammerdiener an.

»Wo ist er, mein Sohn?« stieß er hervor.

»Seine Durchlaucht Fürst Alexander haben soeben das Haus verlassen, um sich zum Bahnhof zu begeben.«

Fürst Iwan winkte hastig ab.

Als Peter draußen war, riß er sich empor und taumelte an das Fenster. Er sah noch den Wagen verschwinden. Dunkel wurde es vor seinem Blick. Er streckte die Hände aus, als wolle er ihn zurückhalten.

»Sascha, mein Sohn!« ächzte er verzweifelt.

Dann schwankte er haltlos wie ein Rohr im Winde, und lautlos fiel der stolze, harte Mann, vom Gram überwältigt, bewußtlos zu Boden. Seines Sohnes Brief hielt er krampfhaft umklammert.

So fand ihn eine Weile später sein alter, treuer Kammerdiener.

Bestürzt, aber ohne Lärm zu schlagen, richtete ihn dieser empor und rieb ihm die Schläfen mit Kölnischem Wasser ein.

Fürst Iwan kam langsam zu sich. Sobald er sein Bewußtsein wiedererlangt hatte, gebot er seinem Kammerdiener, niemand von dieser »kleinen Schwäche« etwas zu verraten.

Als er sich etwas erholt hatte, setzte er sich an seinen Schreibtisch. Dort las er Alexanders Brief. Er starrte darauf nieder.

Vor wenigen Wochen schien es mir als die größte Schmach,

das größte Unglück, wenn mein Sohn sich mit diesem bürgerlichen Mädchen vermählt hätte. Heute würde ich Gott auf den Knien danken, wenn mich nichts Härteres getroffen hätte, dachte er voll tiefster Qual.

Zitternd schloß er den Brief fort, voll Verzweiflung der Stunde entgegensehend, wo er ihn als letzten Gruß der unglücklichen Mutter bringen mußte.

Dann schrieb er einige Zeilen an den Polizeiminister.

»Lieber Paul Alexandrowitsch! Darf ich Dich noch einmal um einen kurzen Besuch bitten? Ich fühle mich nicht wohl genug, Dich aufzusuchen, und erwarte Dich, sobald Du Deiner kostbaren Zeit eine halbe Stunde für mich abgewinnen kannst. Iwan«

Diese Zeilen schickte er sofort an Jernutschow, der ihm sagen ließ, er werde sogleich kommen.

Die beiden Freunde hatten eine lange und tiefernste Unterredung. Fürst Iwan berichtete mit gebrochener Stimme von dem, was zwischen ihm und seinem Sohn geschehen war, und bat Jernutschow um Hilfe und Rat, was geschehen konnte, um einen Skandal zu verhüten. Die Steine wollte er selbst zurückkaufen und wieder an der alten Stelle befestigen lassen.

Jernutschow versprach mit Handschlag und Ehrenwort, den Namen Kalnoky vor Schmach zu bewahren. Da sich Alexander durch den Tod der irdischen Gerechtigkeit entziehen würde, brauchte man ihn nicht zu verhaften. Es würde sich alles in der Stille regeln lassen.

Fürst Iwan setzte für die betreffenden Beamten eine ansehnliche Summe aus, damit sie schwiegen. Der Geldverleiher würde es im eigenen Interesse tun.

Jernutschow war tief ergriffen von der Tragik des Geschikkes, das seinen Freund des einzigen Sohnes beraubte. Aber er hatte keinen anderen Ausgang des Dramas erwartet und konnte seinen Freund verstehen.

Mit festem Händedruck schieden die Herren voneinander.

Bis Jernutschow gegangen war, hatte sich Fürst Iwan aufrechtgehalten. Nun fühlte er sich so elend, daß er zu Bett gehen mußte.

Noch in derselben Nacht erkrankte er ernstlich.

Maria Petrowna pflegte ihn mit großer Hingabe. Sie wollte den Sohn und die Tochter von des Vaters Erkrankung unterrichten. Ihr Gatte verbot es aber. Er behauptete, es sei nur eine schnell vorübergehende Unpäßlichkeit.

So fügte sich Maria Petrowna, ahnungslos, weshalb ihr Gatte dieses Verbot ausgesprochen hatte. Sie wußte ja nicht, welch furchtbaren Schlag das Schicksal ihr noch vorbehielt.

Elisa hielt sich noch immer in dem friedlichen Doktorhäuschen auf. Weder Tante Johanna noch Ernst hatten es zugelassen, daß sie sich schon jetzt wieder um eine Stellung bemühte.

Elisa war von Herzen dankbar für die liebevolle Aufnahme, die man ihr zuteil werden ließ. In ihrer schmerzlichen Stimmung empfand sie es als eine große Wohltat, daß sie im Hause dieser lieben, verständnisvollen Menschen ganz nach ihren eigenen Wünschen leben konnte.

Ernst Heinzius zeigte ein besonders feines Verständnis für ihren Seelenzustand und umgab sie mit zarter Fürsorge.

Oft nahm er sich ein Stündchen Zeit, und als der Frühling seine Vorboten ins Land schickte, unternahm er täglich einen Spaziergang mit ihr.

Meistens machten sie eine Promenade um den See, an dessen Ufer das Doktorhäuschen inmitten eines großen Gartens lag.

Dieser See übte auf Elisa wie auf alle sensitiven Menschen eine geheimnisvolle Anziehungskraft aus. Die Sage ging, daß er an manchen Stellen unergründlich tief sei. Wer in den See stürzte und ertrank, dessen Leiche kam nicht wieder zum Vorschein. Das lag aber wohl weniger an der großen Tiefe des Sees. Auch hatte es durchaus keine geheimnisvolle Ursache. Der Boden war nur dicht mit Schlinggewächsen, Schlamm und allerlei Wasserpflanzen bedeckt, und was da in die Tiefe sank, wurde festgehalten.

Die Stadtbewohner hatten trotzdem alle Ursache, mit diesem See zufrieden zu sein. Im Winter sausten die Schlittschuhläufer darüber hinweg, und sobald der Frühling ins Land gezogen kam, wurde der Ruder- und Segelsport fleißig betrieben.

Eine Bootsfahrt auf dem See, bis hinüber zu den waldigen Ufern, wo es sich herrlich unter alten Buchen und Eichen rasten ließ, gehörte zu den schönsten Unternehmungen, die das Städtchen zu bieten hatte.

An den Sonntagen zog alt und jung hinaus an den See, und selbst noch in der Dunkelheit schwammen die hübschen leichten Boote, mit Lampions geschmückt, über das Wasser, und frische Singstimmen schallten herüber.

In diesem Jahr war an den Ostertagen der Wassersport eröffnet worden.

Auch Elisa und Ernst Heinzius hatten sich um die Mittagszeit des ersten Ostertages bei herrlichem Sonnenschein auf den See hinausgewagt. Ernst Heinzius besaß selbst ein hübsches Boot, das an dem Bootssteg hinter dem Garten befestigt war.

Weil es immerhin auf dem Wasser noch kühl war, setzte sich auch Elisa mit an die Ruder. So war sie früher auch schon zuweilen mit Ernst zum Wald hinübergerudert.

Die frische, würzige Frühlingsluft färbte ihre jetzt immer etwas bleichen Wangen mit lebhafter Röte. Sie sah wohler und angeregter heute aus. Und als die beiden jungen Leute wieder landeten und das Boot befestigt hatten, sagte Ernst, sie lächelnd betrachtend:

»Wir werden jetzt bei gutem Wetter täglich eine Stunde rudern, Elisa. Das soll dir und mir guttun.«

Elisa nickte ihm lächelnd zu.

»Das wollen wir tun, Ernst. Und wenn es erst wärmer wird, nehmen wir Tante Johanna mit und rudern hinüber zum Wald. Sieh nur wie nahe die bewaldeten Ufer scheinen. Es ist so, als wäre man in einer Viertelstunde drüben. Ach, ist das ein wunderschöner Tag heute.«

»Ja, es ist wirklich schön«, wiederholte Ernst, mit einem frohen Atemzug ihr Gesicht betrachtend. »Ich freue mich mit dir. Sieh nur, drüben in dem Wirtshausgarten sitzen die Leute wahrhaftig schon im Freien, als gäbe es keinen Schnupfen und keinen Katarrh.«

»Sie wollen dafür sorgen, daß deine Praxis noch größer wird«, sagte sie lächelnd.

»Ach, daran fehlt es auch ohnedies nicht. Du mußt doch bemerkt, haben, daß meine Patienten mir kaum diese Erholungsstunde mit dir gönnen.«

»Ja, die Kranken wissen schon, daß dir ihr Wohl am Herzen liegt. Ein herrlicher Beruf, der Arztberuf. So als Trostspender und Helfer in aller Not – wie schön das ist!«

»In aller Not? Ach, Elisa, wenn du wüßtest, wie oft man machtlos ist. Und wie oft die Not der Seele über die des Körpers geht. Auch da möchte man helfen, denn oft geht beides Hand in Hand. Und da reicht leider meine Kraft nicht immer aus. Da könnte ich recht gut noch einen tatkräftigen Assistenten brauchen. Du solltest bei uns bleiben, Elisa, und mich unterstützen. Mutter wird alt und bedarf wirklich der Entlastung. Und wir drei könnten so friedlich zusammenleben. Wir verstehen einander so gut. Es ist so viel traulicher bei uns, seit du wieder bei uns bist. Willst du dich denn nicht überreden lassen, Elisa?«

Elisa sah mit einem lieben Lächeln zu ihm auf.

»Nein, Ernst, nicht für immer. Nur ein Weilchen bleibe ich noch, dann gehe ich wieder hinaus in die Welt. Du aber solltest dir einen anderen Assistenten ins Haus holen, Ernst. Ich kenne ein Paar blaue klare Mädchenaugen, die sehnsüchtig zum Doktorhause blicken.«

Ernst sah sie unbehaglich an.

»Mutter hat dich wohl angesteckt mit ihren Wünschen?«

»Sie hat mir nur gesagt, wie sehr sie sich freuen würde, wenn du dich entschließen könntest zu heiraten.«

»Und von der Besitzerin der ›klaren blauen Mädchenaugen‹ hat sie dir selbstverständlich auch vorgeschwärmt, nicht wahr?«

»Käthe Brand ist ein prachtvolles Geschöpf, Ernst. Ich habe sie kennengelernt, und es hat wirklich nicht not getan, daß mir deine Mutter etwas von ihr vorschwärmte.«

Er lachte ein wenig spöttisch.

»Ihr Frauen seid alle passionierte Ehestifterinnen. Was habt ihr nur davon, daß ihr mich damit plagt?«

»Mancher Mensch sträubt sich gegen das Glück aus lauter Bequemlichkeit«, sagte Elisa lächelnd und sah ihn forschend an.

Da blickte er ihr voll und groß in die Augen.

»Ich glaube nicht, daß ich je wieder ein Mädchen so lieben kann, wie ich dich geliebt habe.«

»Ernst!« rief sie erschrocken.

Er schüttelte den Kopf.

»Nein, nein, erschrick nur nicht, Elisa! Das ist ja vorbei, überwunden. Seit ich weiß, daß dein Herz einem anderen gehört, ist es ganz still in mir geworden. Aber für eine andere vermag ich nie dasselbe zu empfinden wie einst für dich. Unwillkürlich vergleiche ich die andern mit dir, und da bleibt eine leere Stelle, die nichts ausfüllen kann.«

Elisa seufzte und sah mit einem sehnsüchtigen Blick ins Weite. Aber gleich hatte sie sich wieder in der Gewalt. Sie lächelte unsicher:

»Sieh, so schlecht kenne ich dich, mir war, als sähest du Käthe Brand nicht ungern.«

»Tue ich auch nicht, Elisa. Sie ist ein Mädel, das man gern haben muß. Und in manchen Kleinigkeiten erinnert sie mich an dich. Aber so ein Mädel kann verlangen, daß man sie nicht um der paar zufälligen Ähnlichkeiten mit einer andern gern hat, nicht wahr? Es wäre wirklich am besten, du bliebest bei uns. Wie ich dich kenne, Elisa, so wirst du schwerlich einen andern heiraten, und der, den du liebst, der ist dir verloren. Wir zwei würden einander immer prächtig verstehen. Du solltest dich überreden lassen. Es ist mir ein peinlicher Gedanke, daß du wieder zu fremden Leuten gehen willst. Hier ist deine Heimat, Elisa.«

Sie reichte ihm schnell die Hand, ihre Augen waren feucht.

»Lieber, guter Ernst, ich dankte dir und Tante Johanna schlecht für alle Güte, nähme ich das an.«

»Das ist ja Unsinn, Elisa.«

Sie schüttelte den Kopf. Sie wußte, daß sie fortgehen mußte, wenn Ernst noch ein volles Glück finden sollte. Und sie nahm sich vor, nicht lange mehr zu zögern und sich in der Stille nach einer neuen Stellung umzusehen.

12

DAS WETTER BLIEB schön, und Elisa und Ernst ruderten fast jeden Tag auf den See hinaus.

Heimlich hatte Elisa auf eine Anzeige in einer Zeitschrift geschrieben. Bisher hatte sie aber keine Antwort erhalten.

Eines Tages, als sie mit Ernst vom Rudern heimkehrte, kam ihr Dörte im Garten entgegen.

»Fräulein Elisa, es ist ein Brief für Sie gekommen. Ein Bote aus dem Kaiserhof hat ihn gebracht.«

Elisa sah erstaunt auf.

»Ein Bote aus dem Kaiserhof, aus dem Hotel?«

»Ja, er wollte gleich auf Antwort warten, aber ich habe ihm gesagt, daß Sie nicht zu Hause sind, und er soll man in 'ner Stunde wiederkommen. Der Brief war eigentlich an Herrn Doktor adressiert, und weil Frau Doktor dachte, es verlangt jemand nach dem Arzt, öffnete sie das Kuvert, weil darauf stand: ›Sofort öffnen‹. Es lag aber ein anderer Brief darin, an Fräulein Elisa adressiert.«

Elisa schüttelte verwundert den Kopf.

»Das muß wohl ein Irrtum sein.« Und rasch gingen sie ins Haus.

»Der Brief liegt auf dem Kaffeetisch«, rief Dörte Elisa noch zu.

Diese nickte. »Es ist gut, Dörte, ich danke Ihnen«, sagte sie freundlich.

Drinnen im Wohnzimmer saß auch heute Frau Heinzius am Tisch. Und neben Elisas Tasse lag der Brief.

Sie griff ahnungslos danach.

Aber bei dem ersten Blick auf die Adresse zuckte sie erschrocken zusammen.

»Mein Gott!« rief sie erblassend, und ihre Hand zitterte.

Mutter und Sohn sahen sie bestürzt an.

»Was ist dir, Elisa?«

Diese war fassungslos in einen Sessel geglitten und sah mit bangen Augen auf den Brief herab. Dann hob sie das Gesicht und begegnete den besorgten Blicken von Mutter und Sohn.

»Dieser Brief –«, sagte sie leise und hastig, »dieser Brief – ich kenne die Handschrift nur zu gut – er ist von Fürst Alexander Kalnoky.«

»Von ihm?« fragte Ernst betroffen, und seine Mutter sah besorgt in Elisas blasses Gesicht.

»Ja – von ihm. Wie ist das möglich?« sagte das junge Mädchen ganz fassungslos.

»So lies doch, Elisa«, drängte Tante Johanna unruhig.

Elisa öffnete mit einem zitternden Seufzer den Brief.

Ihre Augen flogen über die wenigen Zeilen.

»Meine teure Elisa! Seit gestern abend bin ich hier in R . . . und bin im Hotel Kaiserhof abgestiegen als Alexander Kalnoky.

Erst jetzt habe ich mit Bestimmtheit in Erfahrung gebracht, daß Du Dich bei Deinen Verwandten aufhältst, deren Adresse mir Tatjana verraten hat. Ich bitte Dich inständig um eine Unterredung.

So unendlich viel habe ich Dir zu sagen, und ganz allein muß ich Dich sprechen, sonst wäre ich in das Haus Deiner Verwandten gekommen. Heute noch muß es geschehen, sobald wie möglich. Ein letztes Mal sollst Du mich anhören. Du wirst es mir nicht versagen – denke, es sei die letzte Bitte eines Sterbenden.

Sende mir eine Zeile, wo und wann ich Dich ungestört sprechen kann.

Dein Sascha«

Elisa ließ den Brief sinken und sah vor sich hin. Was in ihrem Herzen jetzt vorging, das war etwas Unfaßbares. Jubel, Angst und Schmerz, bangende Sorge und aufjauchzende Glückseligkeit, wie in einem Wirbel wurde sie in diese widerstreitenden Empfindungen hineingerissen. Aufschreckend sah sie dann in die unruhigen Gesichter von Mutter und Sohn.

»Er ist hier – im Kaiserhof«, sagte sie leise.

»Fürst Alexander?« fragte die alte Dame, während Ernst in stummer Sorge in Elisas Gesicht blickte.

»Ja – er«, antwortete sie und reichte dann schnell Tante Johanna den Brief hinüber.

Diese gab ihn, nachdem sie gelesen hatte, wortlos weiter an ihren Sohn.

Als auch er gelesen hatte, legte er seine Hand auf Elisas Arm.

»Ruhig, Elisa!«

Sie richtete sich mit einem verlorenen Lächeln auf. Es war ein Lächeln, das ihm in die Seele schnitt.

»Ruhig? Nein – nein – das kann ich nicht sein.«

»Was willst du tun?«

Ihre Augen strahlten in feuchtem Glanz.

»Seinen Wunsch erfüllen, und wenn mein Leben davon abhinge. Ich fühle, es ist etwas geschehen. ›Denke, es sei die letzte Bitte eines Sterbenden‹, schreibt er. Diese Bitte kann ich nicht unerfüllt lassen.«

Ernst nickte.

»Das habe ich erwartet.«

»Aber wo willst du mit ihm zusammentreffen, Kind?« fragte Tante Johanna unbehaglich. »Bedenke, daß wir in einer kleinen Stadt leben. Wenn man dich mit einem fremden Herrn sieht, wird es Gerede geben.«

Elisa sah sie gequält an.

»Ich muß ihn aber sprechen, Tante, liebe Tante – ich muß.«

»So laß ihn hierher zu uns ins Haus kommen.«

»Er will aber mit Elisa allein sprechen, Mutter«, gab Ernst zu bedenken.

»Das kann hier auch geschehen, ungestörter als sonst irgendwo – und ohne daß sich Elisa Redereien aussetzt.«

Elisa atmete auf.

»Würdest du es mir gestatten – ja – dann wäre es wohl das Beste.«

»Gewiß. Schreibe ihm, daß du ihn hier im Hause ebensogut ohne Zeugen sprechen kannst wie anderswo.«

»Ja, das will ich tun. Ich werde ihm mitteilen, daß ich euch in alles eingeweiht habe und daß ihr mir gestattet, ihn zu empfangen. Er wird zwingende Gründe für sein Verlangen haben, sonst würde er diesen Wunsch nicht aussprechen.«

Tante Johanna seufzte.

»Kind, er wird dich in neue Kämpfe stürzen, jetzt, da du kaum etwas ruhiger geworden bist«, sagte sie sorgenvoll.

»An mich kann ich nicht denken jetzt, liebe Tante. Der Ton seines Briefes beweist mir, daß etwas geschehen ist – daß er irgend etwas Verzweifeltes vorhat. Ich muß wissen, was das ist, und muß versuchen, ihn davon abzuhalten, wenn es Unheil für ihn bedeuten kann.«

»Und wenn das Unheil dich betrifft, mein liebes Kind?«

Elisa drückte die Handflächen zusammen.

»Was liegt an mir!« rief sie zitternd.

»Laß Elisa gewähren, Mutter. In solchen Fragen kann kein Dritter unser Tun bestimmen«, sagte Ernst entschieden.

Elisa drückte ihm dankbar die Hand. Frau Heinzius strich ihr beruhigend über das Haar.

»Ich sagte dir nur, was ich für meine Pflicht hielt. Da du trotzdem fest entschlossen bist, will ich dir nicht mehr dreinreden, sondern dir helfen, soviel ich kann. Jetzt geh und schreibe an den Fürsten. Der Bote wird gleich wiederkommen und die Antwort holen wollen.«

Elisa küßte sie und eilte hinaus.

In ihrem Zimmer schrieb sie an den jungen Fürsten:

»Lieber Sascha! In großer Unruhe erwarte ich, was Du mir zu sagen hast. Ich fühle, es ist etwas Schlimmes geschehen.

Meine Tante und mein Vetter wissen um meine Liebe zu Dir und um alles, was geschehen ist. Sie billigen, daß ich Deinen Wunsch um eine Unterredung erfülle, wünschen aber, um Gerede zu vermeiden, daß Du zu uns kommst.

Ich werde Dich allein empfangen. Wenn Du nicht willst, brauchst Du den Meinen nicht zu begegnen. Wir können hier am ungestörtesten miteinander reden. Ich erwarte Dich sofort. Elisa«

Mutter und Sohn hatten Elisa beunruhigt nachgesehen.

»Was hältst du von diesem Besuch, Ernst?«

Der junge Arzt richtete sich auf.

»Ich weiß nicht, Mutter. Jedenfalls handelt es sich um Ungewöhnliches. Wahrscheinlich ist der Fürst ohne Wissen seiner Eltern hier. Vielleicht will er sie wieder zu einer heimlichen Verbindung überreden.«

»Das ist auch meine Ansicht. Wie sollen wir uns aber dazu stellen, wenn es wirklich so ist?«

»Da müssen wir Elisa ganz allein die Entscheidung überlassen, Mutter.«

»Du würdest nichts dagegen einwenden?«

»Nein, auch nicht, wenn ich ein Recht dazu hätte, was durchaus nicht der Fall ist. Jeder lebt sein eigenes Leben, und wenn Elisa die Konsequenzen einer solchen heimlichen Ehe tragen will, so soll man sie nicht hindern, das, was sie für ihr Glück hält, zu tun.«

Jetzt meldete Dörte, daß der Bote wieder da sei.

Elisa kam die Treppe herab mit ihrem Brief an Sascha. Sie hatte ihn einfach an Herrn Alexander Kalnoky adressiert. Ernst nahm ihr das Kuvert ab und übergab es dem Boten.

Dann sagte er zu Elisa: »Denke daran, daß ich dein bester, getreuester Freund bin. Wenn du meiner bedarfst – ich bin immer bereit, dir zu raten und zu helfen.«

Sie drückte ihm fest die Hand und sah mit den schönen Augen dankbar zu ihm auf.

»Ich danke dir, Ernst. Und sorge dich nicht um mich. Ich gehe meinen Weg ohne Zagen. Nur soll er nicht mehr leiden, als es sein muß.«

Er lächelte gütig.

»Du brennst ja darauf, neue Opfer zu bringen – und wirst glücklich sein, wenn man dich nicht daran hindert. Gehe nur deinen Weg, liebes Mädchen.«

So schied er von ihr, um seine Krankenbesuche zu machen.

Elisa ging zur Tante ins Wohnzimmer. Die beiden Frauen sprachen wenig. Elisas Wangen glühten in Erwartung. Hinter den Gardinen verborgen, schaute sie verstohlen die Straße hinab.

Und noch war nicht viel Zeit vergangen, da sah sie einen großen, schlanken Herrn im schlichten Zivilanzug schnellen Schrittes auf das Haus zukommen. Sie erkannte ihn sofort, es war Sascha.

Sie wich vom Fenster zurück und blieb mitten im Zimmer stehen, die Hände auf das Herz gepreßt und blaß wie der Tod.

Tante Johanna saß auf dem Sofa und richtete sich aus ihrer bequemen Haltung auf.

»Kommt er, Kind?«

»Ja, Tante.«

»So geh und öffne ihm die Tür. Führe ihn ins Besuchszimmer. Ich bleibe hier. Solltest du meiner bedürfen, ruf mich nur. Und Gott mit dir.«

Elisa nickte nur. Draußen läutete die Glocke. Mit einem tiefen Seufzer eilte Elisa hinaus, so schnell sie ihre Füße trugen.

Hastig öffnete sie die Haustür.

Sascha trat schnell ein, und sie blickten sich in dem dämmernden Hausflur stumm und erregt in die Augen.

»Elisa – Elisa«, flüsterte er zitternd und vom Augenblick des Wiedersehens überwältigt.

Sie faßte seine Hand.

»Komm«, bat sie leise und führte ihn ins Zimmer.

Er warf achtlos Hut und Paletot auf einen Sessel und trat dicht vor sie hin.

Atemlos sahen sie einander an. Elisa bemerkte, wie bleich und abgespannt er aussah. Ganz hager erschien ihr sein schönes Gesicht, wie nach einer Krankheit. Das Herz krampfte sich ihr zusammen, und doch hätte sie aufjubeln mögen vor Wonne, daß sie dieses geliebte Gesicht wieder vor sich sah.

Nur langsam löste sich die Spannung in ihren Zügen. Die Augen leuchteten auf. Alles Fremde, Quälende wich aus ihren Blicken, und schließlich blieb nichts darin als die schrankenlose Seligkeit, einander wieder zu haben.

Stumm, mit einem tiefen Atemzug, breitete Sascha seine Arme aus, und Elisa warf sich an seine Brust. Fest, wie unlösbar hielten sie sich umschlungen. Alles versank, was quälend und trennend zwischen ihnen stand. Diese kurzen Augenblicke waren losgelöst von allen weltlichen Banden. Elisa richtete sich zuerst auf aus ihrer Versunkenheit und löste sich aus seinen Armen. Ihre Augen sahen ihn an, als kehrten sie aus traumhafter Ferne zurück. Und ihre Kraft schien sich in dieser kurzen Minute, die eine Ewigkeit für sie umschloß, erschöpft zu haben. In einen Sessel gleitend, sagte sie leise:

»Was hast du mir zu sagen, Sascha? Warum bist du gekommen?«

Er kniete rasch neben ihr nieder, und ihre Gestalt umschlingend, legte er wie ein müdes Kind seinen Kopf in ihren Schoß.

»Laß mich so ruhen, Liebling, nur eine Minute, dann sollst du alles hören.«

Sie streichelte stumm, mit bebenden Händen über sein Haar, das die feine Form seines edlen Kopfes erkennen ließ, und drückte ihre Lippen darauf. Er faßte ihre Hände und preßte sie an sein heißes Gesicht.

So lag er eine Weile und atmete tief auf, wieder und wieder, als wollte er alle Lasten von seinem Innern lösen.

Nach einer Weile hob er den Kopf und sah sie an.

»Liebling, hier zu deinen Füßen will ich liegen, laß mich knien vor dir, und hab Dank für diesen Augenblick des Glükkes, des Friedens! Verdamme mich nicht, wenn du alles gehört hast. Ich habe mich so schwer versündigt, und ich werde dafür büßen. Aber du sollst mich nicht verurteilen, du nicht. Du wirst Erbarmen mit mir haben, wenn auch die ganze Welt mich verdammt, wenn alles mich verstößt – auch der eigene Vater.«

Elisa erschrak. Das Herz krampfte sich ihr zusammen bei seinem Blick.

»Sascha, mein armer Sascha, was ist geschehen? Sprich, was tatest du? Nichts, ach nichts kannst du getan haben, was meine Liebe zu dir erschüttern könnte!«

Da beichtete er ihr alles, den Blick nicht von ihrem blassen Gesicht lassend.

Er schilderte ihr seine Verzweiflung über ihren Verlust, sein tolles Treiben, den Spielverlust, seine verzweifelte Tat und zuletzt die Szene mit seinem Vater nach der Entdeckung seines Verbrechens.

Und als er ihr erzählte, wie sein Vater die Pistole vor ihn hingelegt hatte und damit das Todesurteil aussprach, da umklammerte sie ihn mit einem wehen Ausruf, als müsse sie ihn schützen vor Not und Gefahr.

»Wie konnte er, Sascha! Wie kann ein Vater so grausam sein?« rief sie, außer sich vor Entsetzen.

Er lehnte seine Wange an ihren Arm und schloß die Augen.

»Das mußte er tun, meine Elisa. Starr sind seine Ehrbegriffe, und an ihnen darf nicht gedeutelt werden. Er hat namenlos darunter gelitten, das weiß ich. Aber so lieb er mich hatte, er durfte mich nicht begnadigen.«

»Oh – ein Vater – ein Vater – nein, nein – das verstehe ich nicht – das ist widersinnig, grausam!«

Er küßte mit einem Lächeln ihre Hände.

»Liebling, wie soll ich dir danken für diese Stunde? Sag, liebst du mich noch immer, trotz allem?«

Sie lehnte ihre Wange an die seine.

»Sascha, es gibt eine Liebe, die von nichts bezwungen und überwunden werden kann. Diese Liebe währt ewig. Was kümmert mich, daß du in einer dunklen Stunde schwach geworden bist, was kümmert mich, daß andere dich stolz und hart verdammten? Mein Herz umfaßt dich mit schrankenloser Innigkeit bis in alle Ewigkeit.«

Er küßte inbrünstig dankend ihre Hände.

»Und doch gingst du von mir, ohne Kampf«, sagte er seufzend.

»Ohne Kampf? O nein, bis jetzt war der Kampf noch nicht zu Ende in meinem Herzen. Aber ich stellte dein Glück, deinen Frieden höher als den meinen. Ach, hätte ich geahnt, wohin dich dein Schmerz um mich treiben würde, ich wäre nicht von dir gegangen. Aber nun sag mir, was soll nun geschehen, mein Sascha? Weiß dein Vater, daß du zu mir gegangen bist? Hat er sein grausames Urteil aufgehoben, hat er dich begnadigt?«

Er richtete sich auf. Der friedliche, selige Ausdruck wich von seinem Gesicht.

»Nein, Elisa, das konnte, durfte mein Vater nicht. Ein Kalnoky darf als Ehrloser nicht leben. Mein Vater weiß, daß ich zu dir geeilt bin, um Abschied von dir zu nehmen, für immer. Sterben muß ich, um zu sühnen.«

Sie umfaßte ihn, jäh erblassend.

»Nein, das darfst du nicht! Das ist keine Sühne. Mit einem neuen Verbrechen kannst du ein altes nicht auslöschen. Du darfst nicht sterben, das darfst du mir nicht antun! Ich bitte dich, ich flehe dich an, Sascha, tue es nicht! Das ist eine neue Sünde, die du nie sühnen kannst. Niemand kann so Unerhörtes von dir fordern. Sascha, sei barmherzig, sieh meine Angst und Not. Verlaß mich nicht, verlaß mich nicht!«

Zitternd und außer sich vor Schmerz und Angst schmiegte sie sich an ihn.

Er preßte sie fest an sich und küßte und streichelte ihr Haar.

»Sei ruhig, Liebling, sei ganz ruhig. Du bist sonst stets so stark und mutig. Siehst du nicht ein, daß es sein muß? Nie darf ich lebend zu meinem Vater zurückkehren. Er erwartet die Kunde von meinem Tode. Für ihn bin ich bereits gestorben.«

»Aber du lebst noch! Und du sollst leben. Ich lasse dich nicht, kann dich nicht lassen. Magst du tot sein vor deinem Vater, für mich sollst du leben. Oh, ich flehe dich an, versprich mir, daß du dich nicht töten willst!«

Er sah mit heißer Zärtlichkeit in ihr zuckendes, verstörtes Gesicht. Mit unaussprechlicher Seligkeit fühlte er, wie sehr sie ihn liebte. Jetzt, da aller Glanz von ihm genommen war, stellte sie sich an seine Seite. Den stolzen Fürstensohn hatte sie aufgegeben, zu dem heimatlosen, geächteten Ehrlosen bekannte sie sich ohne Zaudern.

Wie gern hätte er ihr den Schmerz erspart, wie gern an ihrer Seite weitergelebt! Alles hätte er freudig hinter sich gelassen, alles vergessen können, wenn er nur sie besitzen konnte, die ihn für alles reich entschädigt hätte. Aber es durfte nicht sein. Das Urteil des Vaters mußte vollzogen werden, und er würde es tun.

Keinen Augenblick dachte er daran, ihren Wunsch zu erfüllen. Die Ehrbegriffe seines Standes, seine Erziehung machten ihm das unmöglich. Als ein von der Polizei entdeckter Dieb konnte, durfte er nicht mehr leben.

Aber Elisa sollte nicht wissen, daß sein Entschluß unerschütterlich feststand. Diese letzte Stunde mit ihr wollte er sich nicht trüben. Mochte sie glauben, daß er ihr erhalten blieb.

Fest hielt er das zitternde Mädchen im Arm.

»Mein süßes, liebes Mädchen, wie glücklich macht mich deine Liebe! Wie dankbar bin ich dir dafür! Alles, was hinter mir liegt, soll vergessen sein. Ich halte dich an meinem Herzen und bin glücklich. Sei ruhig, mein Liebling, laß uns noch von unserer Liebe reden. Und morgen – ja, morgen sprechen wir dann von der Zukunft. Nur laß mich erst alles in Ruhe bedenken.«

Sie atmete auf und begann ihm die Zukunft auszumalen.

Still hörte er ihr zu, ohne sie aus seinen Armen zu lassen. Zum Schein ging er auf alles ein, was sie von der Zukunft erhoffte.

»Hast du aber auch bedacht, Elisa, daß wir sehr arm sein würden? Ich besitze nicht mehr, als ich bei mir trage.«

»Das tut nichts, Sascha«, antwortete sie. »Wir sind beide jung und gesund, wir werden arbeiten und glücklich sein.«

Damit hatte er sie auf ein Thema gebracht, das ihm angenehm war. Er gab sie eine Minute frei und holte ein Papier aus seiner Brusttasche.

»Ganz arm bin ich doch nicht, Liebling. Das kleine Haus, wo du mich erwarten solltest, das gehört noch mir. Niemand weiß um diesen Besitz als du. Nimm dies Papier an dich; es macht dich zur Besitzerin des Häuschens. Als Andenken wollte ich es dir hinterlassen. Es wäre mir ein so tröstlicher Gedanke gewesen, wenn du zuweilen das kleine Haus aufgesucht und dabei meiner gedacht hättest. Aber nun, ja nun kommen wir vielleicht beide noch dorthin. Nimm dies Papier, und bewahre es auf, ja? Im Hotel ist es mir doch ein wenig unsicher. Und hier, ich habe da noch allerlei, was man nicht bei mir finden sollte. Meine Papiere und kleine Andenken, die du meinen Eltern schicken solltest. Nun behalte sie bei dir, wir werden manches davon brauchen können. Liebling, wenn wir dieses Häuschen doch noch beziehen könnten! Ich sehe dich im Geiste am Fenster stehen – weit hinaus über den See blickst du nach mir aus. Ich bin draußen auf dem Wasser – in einem Boot. Und deine Augen rufen voll Sehnsucht. Liebling, wie ich mich heimsehnen werde nach dir! Welch ein holdes, liebes Bild! Daran will ich denken, davon träumen, wenn ich heute abend schlafen gehe.«

Sie atmete zitternd auf, ihre Augen strahlten hoffnungsvoll.

»Und morgen kommst du wieder zu mir, ja? Gleich morgen früh, versprich es mir!«

»Ja, Liebling, ich komme wieder. Hier, nimm dies alles einstweilen an dich.«

Sie nahm, was er ihr gab, und steckte es zu sich.

»Schickst du mich nun schon fort?« fragte er tief aufatmend.

»Nein, ein Weilchen bleibe noch, mein Sascha.«

In seliger Versunkenheit schauten sie einander an und hielten sich umschlungen, bis die Dämmerung leise ins Zimmer schlich.

Draußen ging eine Tür. Elisa schrak empor.

»Tante Johanna ist sicher in Sorge um mich.«

Sascha sprang auf.

»So muß ich nun gehen, Liebling?«

Sie faßte seinen Arm.

»Willst du nicht bleiben, darf ich dich nicht der Tante und dem Vetter vorstellen?«

Er wehrte hastig ab.

»Nein, nein, heute nicht – morgen. Meine Seele bleibt bei dir. Dein Bild, deine Worte sollen mich begleiten in den Traum hinüber. Ich bin müde und will zeitig schlafen gehen.«

Sie schmiegte sich an ihn.

»So gehe, mein Sascha, und morgen früh auf Wiedersehen.«

Er zog sie noch einmal fest an sich und küßte sie lange und innig.

»Leb wohl, meine Süße – mein holdes Mädchen. Und verwahre die Papiere gut. Das Häuschen ist nun dein Eigentum – ja –«

»Oh, ich will es gut verwahren, Sascha, es soll ja unsere Heimat werden. Dort wollen wir glücklich sein, allem zum Trotz.«

»Ja, ja, ich sehe dich am Fenster stehen. Die Sonne wirft goldene Funken auf dein Haar, deine Augen schauen nach mir aus. Das will ich nicht vergessen. Leb wohl, mein Liebling, leb wohl!«

»Auch du, mein Sascha. Und schlafe recht gut und friedlich.«

Er nahm Hut und Mantel und riß Elisa noch einmal an sich.

»Dank, ich will selig einschlafen im Gedanken an dich.«

Noch ein Kuß, als ob er damit alles Leben in einem Zuge trinken wollte, dann riß er sich los. In der Tür wandte er sich noch einmal um und umfing die Geliebte mit einem vollen, heißen Blick.

»Leb wohl, Elisa!«

Dann war er hinaus. Die Tür fiel hinter ihm ins Schloß. Sie eilte ans Fenster und sah ihm nach.

Aber er blickte sich nicht noch einmal um. Starr sah er geradeaus, und sein Gesicht war bleich.

Sie schauerte plötzlich zusammen.

»Sascha! Sascha!«

Sie rief unwillkürlich laut seinen Namen, und ein Gefühl dumpfer Angst stieg in ihr auf.

Ich hätte ihn nicht gehen, nicht allein gehen lassen sollen, dachte sie.

Aber dann suchte sie sich zu beruhigen.

Morgen kommt er wieder, und dann lasse ich ihn gewiß nicht mehr allein fortgehen. Heute wird er ruhig schlafen gehen, und morgen bleibe ich bei ihm, ja, das tue ich gewiß, dachte sie.

Und ein Gefühl heißer Freude und Dankbarkeit erfüllte ihr Herz, daß sie ihn hatte zurückziehen dürfen von der Schwelle des Todes. Wenn er tausendmal gesündigt hätte, für sie war er derselbe geblieben.

Zärtlich zog sie die Papiere hervor, die er ihr übergeben hatte, und legte ihre Wange darauf. Noch eine ganze Weile saß sie, in Gedanken verloren.

Sie dachte an die Zukunft. Arm waren sie nun beide. Das Häuschen in dem kleinen Fischerdorf bot ihnen wohl eine Zuflucht, ein Obdach. Aber zum Leben gehörte mehr. Und in dem Fischerdörfchen fanden sie keinen Verdienst, womit sie auch nur die einfachsten Bedürfnisse hätten bestreiten können. In einer großen Stadt fand sich wohl leichter etwas. Aber das kleine Häuschen lockte wie ein Hafen des Friedens. Wenn sie es nur für sich und ihn erhalten könnte!

Und plötzlich durchzuckte sie ein Gedanke. Wenn sie damals nicht so stolz gewesen wäre, als ihr Fürst Kalnoky eine

Entschädigung bot! Hätte sie damals geahnt, was kommen würde, dann hätte sie das Geld angenommen – Saschas wegen.

Aber hatte Fürst Iwan ihr nicht ausdrücklich versichert, daß er bei der Deutschen Bank zwanzigtausend Rubel für sie hinterlegen wollte und daß ihr dieses Geld gegen ihre Legitimation jederzeit ausbezahlt würde? Zwanzigtausend Rubel! Das war mehr als sechzigtausend Mark nach deutschem Gelde. Ein Vermögen also – ein Vermögen, dessen Zinsen bei sparsamer Einrichtung ein bescheidenes Leben in dem kleinen Fischerdorf wohl garantieren würden.

Sie sprang auf und lief im Zimmer auf und ab.

Mein Gott, dachte sie erregt, ich brauche ja nur nach Berlin zu fahren und das Geld abzuheben. Was liegt jetzt noch daran, wie Fürst Iwan und seine Gemahlin über mich denken! Das Geld des Vaters soll uns helfen; ohne Bedenken nehme ich es jetzt an.

Mit zitternden Händen raffte sie die Papiere zusammen, ahnungslos, daß Sascha ihr diese nur gegeben hatte, weil er nicht wiederkommen wollte.

Sie trug alles in ihr Zimmer hinauf und verschloß es.

Dann hörte sie Dörte nach Hause kommen und gleich darauf Ernst.

Sie holte tief Atem. Nun mußte sie hinuntergehen und mit Ernst und Tante Johanna sprechen.

Ernst war zu seiner Mutter ins Wohnzimmer gegangen. Suchend blickte er sich um.

»Wo ist Elisa, Mutter?«

Die alte Dame sah unbehaglich aus.

»Ich habe sie noch nicht wieder gesehen, seit der Fürst das Haus verlassen hat.«

»War er lange hier, Mutter?«

»Wohl über eine Stunde. Als er fort war, ist Elisa noch lange im Besuchszimmer gewesen, und dann ist sie in ihr Zimmer hinaufgegangen, ohne bei mir einzutreten. Mir ist gar nicht wohl bei alledem, Ernst.«

Ernst strich seiner Mutter den Unmut von der Stirn.

»Mutterle – nicht böse werden! Wer weiß, was Elisa erst noch zu verwinden hat. Du weißt, wir können ihr vertrauen in jeder Beziehung.«

»Ja doch, aber sie kann sich auch denken, daß man in Unruhe um sie ist.«

Ehe Ernst sprechen konnte, trat Elisa ein, blaß, aber still und gefaßt. Sie ging auf Mutter und Sohn zu und faßte mit einem schwachen Lächeln beider Hände.

»Ihr Lieben, verzeiht, daß ich jetzt erst zu euch komme! Mein Herz ist voll und schwer, ich mußte erst ruhiger werden. Ich kann euch auch jetzt noch nicht alles sagen. Nur soviel: Sascha ist vollständig mit seinen Eltern zerfallen und wird nicht mehr zu ihnen zurückkehren. Er hat etwas getan in seiner Verzweiflung um meinen Verlust – etwas sehr Schlimmes. Und – sein eigener Vater hat – hat ihn – in den Tod geschickt.

Er kam zu mir, um zu sterben. Aber ich lasse ihn nicht, nein, jetzt nicht mehr, jetzt gehört er mir – mir allein. Mehr kann ich euch heute nicht sagen, nicht jetzt. Ich muß erst wieder zur Ruhe kommen. Ihr seid so gütig und verständnisvoll, ihr Lieben, seid gut. Trotz allem bin ich glücklich.«

Die beiden Menschen sahen ergriffen in ihr Gesicht. Elisas Augen leuchteten in überirdischem Glanz.

»Wie sehr sie ihn liebt!« dachte Ernst Heinzius und seufzte verstohlen.

Er drückte ihr nur stumm die Hand, und Tante Johanna streichelte ihr die Wange und sagte nichts als:

»Kind – mir ist so bange um dich.«

Elisa küßte sie zärtlich.

»Sorge dich nicht um mich, aber hab Dank für deine Sorge.«

Und dann saßen sie wie sonst im Wohnzimmer um den runden Tisch beim Abendessen. Aber niemand langte so recht zu. Sie standen alle drei unter einem Banne.

Am meisten Elisa. Es war seltsam: Je länger Sascha von ihr fort war, desto unruhiger wurde sie. Immerfort dachte sie an ihn, an jedes seiner Worte. Und da schien es ihr, als hätte sein letztes Lebewohl eine ganz besondere Betonung gehabt.

Sie hörte es in ihren Ohren klingen und sah sein blasses Gesicht vor sich.

Ganz plötzlich kam ihr ein furchtbarer Gedanke.

Wenn er nicht wiederkäme? Wenn er schon heute, schon heute nacht das Fürchterliche tat, das sie verhindern wollte? Wenn er sie nur hatte beruhigen wollen, damit sie ihn auch gehen ließ – in den Tod?

Sie sprang plötzlich mit geisterhaft blassem Gesicht vom Tisch empor und streckte wankend die Hände aus.

Die beiden anderen erschraken und sahen sie besorgt an.

»Was ist dir, Elisa?« fragte die alte Dame, und Ernst blickte forschend in ihr verstörtes Gesicht.

Elisa strich sich geistesabwesend über die Stirn.

»Nein, nein, das tut er nicht. Das darf er nicht tun!«

»Komm zu dir, Elisa, was ängstigt dich?« fragte Ernst.

Sie umklammerte die Stuhllehne und sah ihn an mit einem irren Blick.

»Ernst, ich habe eine so entsetzliche Angst. Wenn er es dennoch tut, was sein Vater verlangt hat?«

Ernst erhob sich und faßte sie bei den Schultern.

»Du machst dich krank, Elisa. Sei doch ruhig.«

Sie schüttelte traurig den Kopf.

»Ruhig? Ach, das kann ich jetzt nur noch sein, wenn ich bei ihm bin.«

Und nachdem sie noch eine Weile vor sich hingestarrt hatte, faßte sie den Arm des jungen Arztes.

»Ernst, lieber Ernst, das ertrage ich nicht mehr. Die Angst schnürt mir die Kehle zu. Ich fühle es: Etwas Furchtbares geschieht, wenn ich nicht zu ihm gehe. Ich muß zu ihm – jetzt gleich, Ernst. Tu mir die Liebe an, geh mit mir zum Kaiserhof. Es ist ja nicht weit. Du läßt ihn aus seinem Zimmer rufen oder suchst ihn selbst da auf und sagst ihm, daß ich ihn noch sprechen muß. Ich warte auf der Straße, bis du mit ihm herauskommst. Lieber Ernst, hilf mir!«

Ernst Heinzius nickte ihr beruhigend zu und faßte ihre Hand.

»So komm, Elisa.«

Er rief hinaus:

»Dörte, bringen Sie für Fräulein Elisa und mich Hüte und Mäntel, wir wollen noch einen Abendspaziergang machen.«

»Sofort, Herr Doktor!« rief Dörte zurück.

Eilig und stumm schritten sie den Mittelweg hinab bis zum See, nachdem sie den Garten verlassen hatten. Sie wechselten kaum ein Wort unterwegs und erreichten den Kaiserhof in wenigen Minuten.

13

ALEXANDER KALNOKY WAR, als er Elisa verlassen hatte, zum Hotel zurückgekehrt. Eine Ruhe, eine Stille war in ihm, als sei das Leben schon entwichen. Nun hatte er mit allem abgeschlossen. Nichts hielt ihn mehr zurück, den Urteilsspruch des Vaters zu erfüllen.

Im Hotel angelangt, schrieb er zwei Briefe. Der erste war an Elisa gerichtet und lautete:

»Meine Elisa! Verzeih mir, daß ich Dir etwas versprach, was ich nicht halten kann. Du hättest mich nicht von Dir gelassen, hätte ich Dir das Versprechen nicht gegeben. Ich muß mein Schicksal erfüllen. Ich kann nicht noch einmal zu Dir kommen, mein süßes Lieb. Ein zweites Mal hätte ich wohl nicht die Kraft, Deinen heißen Bitten zu widerstehen.

Deine Küsse brennen noch auf meinen Lippen, ich fühle Deine liebe, linde Hand auf meiner Stirn – das will ich mit in die Ewigkeit hinübernehmen.

Meine Liebe zu Dir war mein herrlichster Besitz. Mit Dir vereint wäre das Leben zu schön geworden. Es sollte nicht sein.

Ich küsse Dich ein letztes Mal.

Dein Sascha«

Der zweite Brief, an seinen Vater gerichtet, war noch kürzer:

»Mein teurer Vater! Ich habe Abschied genommen von Elisa. Nun soll Dein Urteil vollstreckt werden. Vor mir liegt ein großer See im Mondenschein. Ich hörte heute einen Hoteldiener sagen: ›Der See gibt keinen Toten heraus‹. Das war ein Fingerzeig. Wenn ich diesen Brief vollendet habe, rudere ich auf den See hinaus. Dort vollende ich, was geschehen muß. In der Gruft von Kalnoky ist kein Platz für einen Ehrlosen. So laß mich in diesem See die letzte Ruhestatt finden.

Man wird Dir melden, daß ich bei der Bootsfahrt ertrunken bin. Daß ich zuvor mit einer Kugel mein Herz durchbohrte, wird niemand erfahren. Der See deckt das Geheimnis, hoffentlich auch das meiner Schmach. Noch einen letzten Gruß an Euch, noch eine heiße Bitte um Verzeihung.

Dein reuiger Sohn Sascha«

Alexander addressierte und versiegelte die beiden Briefe.

Dann schrieb er noch einen Zettel: »Alle meine Sachen sind zu senden an den Fürsten Iwan Kalnoky in Petersburg. Beiliegende Summe bitte an das Hotelpersonal zu verteilen nach Abzug des Betrags, den ich schulde. Alexander Kalnoky.«

Diesen Zettel steckte er in ein Kuvert und versah es mit dem Namen des Hotelbesitzers. Dann legte er es mitten auf den Tisch, daneben seine Geldbörse, in der außer dem Geld nur noch seine Visitenkarte enthalten war.

Dann verließ er sein Zimmer und schloß es ab. Den Schlüssel übergab er dem Portier. Er gab ihm Weisung, ein Ruderboot für ihn flottmachen zu lassen, da er noch eine Stunde auf den See hinausrudern wolle.

Der Portier rief den Bootsdiener herbei, der soeben sein Abendessen verzehrte. Er hatte nicht damit gerechnet, dabei gestört zu werden, denn am Abend pflegte zu dieser frühen Jahreszeit sonst niemand mit dem Boot hinauszufahren.

Alexander trat vor das Hotelportal. Gleich neben der Tür befand sich ein Briefkasten. Dahinein warf er die beiden Briefe an Elisa und seinen Vater.

Dann ging er durch das Vestibül zurück zum hinteren Ausgang. Langsam durchschritt er den leeren Restaurationsgarten, in dem nur wenige Laternen ein mattes Licht verbreiteten.

Am Bootssteg war der Diener beschäftigt, ein Boot auszurüsten und von der Kette zu lösen.

Alexander trat auf den schmalen Steg hinaus und stieg in das Boot.

»Wenn der gnädige Herr zurückkommen, bitte die Glocke zu ziehen. Ich habe im Hause zu tun und kann nicht hier draußen warten«, sagte der Diener.

»Es ist gut. Ich werde vielleicht etwas länger ausbleiben«, antwortete Alexander mechanisch.

»Es ist kühl draußen, gnädiger Herr, kein Boot ist mehr auf dem See.«

»Um so besser«, murmelte der junge Fürst und setzte hastig die Ruder ein.

Still und friedlich lag der See im Mondenschein. Zuweilen verhüllten dunkle Wolken für eine Weile den Mond.

Fürst Alexander ruderte weit hinaus. Als er etwa die Mitte des Sees erreicht hatte, zog er die Ruder ein und ließ das Boot auf dem mäßig bewegten Wasser treiben. Den Kopf in die Hand gestützt, saß er lange, in Gedanken versunken. Und sein Auge suchte das ferne Ufer ab, ob er das kleine Doktorhäuschen nicht fand.

Endlich hatte er es entdeckt. Ein einsames Licht leuchtete von dort zu ihm herüber. Ob es in Elisas Zimmer brannte. Er dachte ihrer in heißer Liebe und Zärtlichkeit.

Dann hörte er von der Stadtkirche her zehn Glockenschläge über das Wasser schallen. Die klare, stille Luft trug sie bis zu ihm herüber. Da richtete er sich langsam auf und erhob sich. Sein Blick grüßte noch einmal das einsame Licht im Doktorhäuschen.

Schnell zog er die Pistole aus seiner Brusttasche. Am Rand des Bootes trat er auf die Bank, so daß es sich tief auf der einen Seite ins Wasser senkte. Dann setzte er die Mündung der Waffe auf die Brust, in der Gegend des Herzens.

Ein letzter Druck, ein schwacher Knall, und ein zitternder Ruf unterbrach die Stille auf dem See.

Dann schlug ein schwerer Körper klatschend ins Wasser. Es spritzte hoch auf. Das leere Boot schlug um, als wollte es das Grauenvolle decken. Es trieb wie ein Sarg auf dem Wasser.

Elisa und Ernst hatten ihre Schritte, je näher sie dem Hotel kamen, mehr und mehr beschleunigt. Elisas Unruhe riß den jungen Arzt mit fort.

Er machte einen Versuch, Elisa zu beruhigen, aber sie hob abwehrend die Hand und sagte bittend:

»Sag mir nichts, Ernst, gar nichts. Ich weiß, ich fühle es, wenn wir nicht eilen, kommen wir zu spät.«

Als sie am hinteren Eingang des Hotels angekommen waren, blieb Elisa zitternd im Schatten der Bäume stehen.

»Nun geh hinein, ich bitte dich, und bringe ihn mit heraus. Geh nicht von seiner Seite, nicht einen Moment, bis er mit dir kommt.«

»Das will ich tun, Elisa. Aber sei ruhig, du machst dich krank. Sei ganz ruhig. Wenn er im Hause ist, bringe ich ihn zu dir«, sagte Ernst, ihre Hand drückend, und betrat das Hotel.

Er fragte den Portier nach Herrn Alexander Kalnoky.

»Der Herr wollte mich heute konsultieren. Ich war jedoch nicht zu Hause. Nun möchte ich sehen, ob er meiner noch bedarf. Ist er auf seinem Zimmer?«

Der Portier kannte den jungen Arzt.

»Nein, Herr Doktor, er ist auf den See hinausgerudert. Kaum zehn Minuten ist er fort, und eine Stunde wird er wohl mindestens ausbleiben.«

Ernst Heinzius lüftete den Hut.

»Ich danke Ihnen, so lange kann ich nicht warten.«

»Natürlich nicht, Herr Doktor, aber ich werde bestellen, daß Sie hier waren.«

»Ich bitte darum. Guten Abend.«

»Guten Abend, Herr Doktor.«

Ernst trat zu Elisa hinaus.

»Du kommst allein?« sagte sie, angstvoll seine Hand fassend.

Er teilte ihr mit, was er vom Portier gehört hatte. Sie stöhnte auf und wankte, so daß er sie stützen mußte.

»Auf den See hinaus, jetzt, so spät? Ernst, um Gottes willen, hilf mir! Wir müssen hinaus auf den See, ihn suchen. Ich fühle es, er ist hinaus, um zu sterben.«

»Elisa, welch ein Gedanke!« sagte er leise, aber er zweifelte kaum noch, daß sie recht hatte mit ihrer Vermutung.

»Ach, Ernst, mein Herz sagte es mir. Komm schnell, ich bitte dich! Wir wollen dein Boot nehmen und hinausrudern. Im Mondenschein finden wir wohl das seine. Es ist so still auf dem See. Ich muß hinaus. Wenn du nicht mitkommst, fahre ich allein.«

»Ich komme mit dir«, antwortete er ruhig.

Sie zog ihn in rasender Eile wieder auf den schmalen Fußpfad zurück zum Doktorhause. Als sie den Garten erreicht hatten, liefen sie zum Bootssteg, und in kurzer Zeit saßen sie hintereinander.

»Los«, kommandierte Ernst.

Er hatte sich ohne Widerrede in alles gefügt, um sie nicht noch mehr aufzuregen.

Elisa war wie im Fieber. Angstvoll flog ihr Blick wieder und wieder über das Wasser. Nirgends erblickte sie ein Boot. Die Welt war wie ausgestorben.

Klatschend senkten sich die Ruder in das Wasser, die abfallenden Tropfen fielen wie glänzende Perlen zurück. So ruderten sie vorwärts, ohne ein Wort zu sprechen.

Plötzlich richtete sich Elisa jäh empor und hielt einen Augenblick die Ruder still.

»Dort! Dort, Ernst! Dort löst sich ein Boot aus dem Schatten. Sieh zum Wald hinüber, in Richtung der großen Buchengruppe, siehst du es?«

»Ja.«

»Dort hinüber – schnell«, bat sie heiser. Mit aller Kraft legten sie sich in die Riemen.

Vor Anstrengung schwer und mühsam atmend, hielten sie auf das Boot zu. Es war schon wieder im Schatten verschwunden. Aber sie kannten nun die Richtung.

Zuweilen stieß Elisa einen Seufzer aus. »Lieber Gott, hilf uns.«

Und vorwärts schoß das Boot.

Um die Hälfte waren sie näher gekommen, als plötzlich ein scharfer, leiser Knall herübertönte.

Elisa stöhnte auf, als sei sie selbst ins Herz getroffen worden.

»Zu spät, zu spät«, wimmerte sie.

Aber jetzt hielt Ernst sie aufrecht.

»Vorwärts, Elisa, vielleicht retten wir ihn doch«, rief er und ruderte mit allen Kräften.

Das belebte ihre erschlafften Lebensgeister. Wie verzweifelt warf sie sich zurück und zog mit aller Kraft die Ruder durch das Wasser. Erst wollten sie ihren zitternden Händen entgleiten, aber mit übermenschlicher Anstrengung hielt sie die Ruder fest.

Und so erreichten sie nach wenigen Minuten das umgeschlagene Boot.

Elisa schrie auf und wollte sich ins Wasser stürzen.

Ernst riß sie zurück. Sein scharfer Blick hatte bereits neben dem umgestürzten Boot einen menschlichen Körper entdeckt, der anscheinend auf irgendeine Weise von diesem festgehalten wurde.

»Elisa! Elisa! Ruhe – komme zu dir! Sieh, da neben dem Boot – er ist nicht untergegangen. Jetzt sei vernünftig und tapfer. Vielleicht ist noch Hoffnung.«

Er glaubte es selbst nicht, aber er wußte, nur so konnte er Elisa jetzt vor der Verzweiflung bewahren. Eine Hoffnung mußte er ihr lassen, an die sie sich klammern konnte.

Sie starrte auf den schwimmenden Körper, jetzt streifte ihn das Mondlicht. Ein bleiches Gesicht erschien dicht unter dem Wasserspiegel.

»Sascha, Sascha!« rief Elisa jammernd und beugte sich weit vor, um seine Kleider zu fassen und ihn festzuhalten.

Ernst mußte sich schnell zur anderen Seite beugen, damit das Boot nicht umschlug.

»Vorsicht und Ruhe, Elisa. Rück zur Mitte, und laß mich heran. Keine Sorge, ich halte ihn fest. Übrigens muß er irgendwie mit seinen Kleidern am Boot hängen. Schnell, laß mich sehen«, sagte Ernst energisch. Auch seine Nerven vibrierten, aber er bezwang sich.

Elisa machte ihm Platz. Ernst neigte sich vorsichtig über den Bootsrand und tastete über den Körper des Unglücklichen hinweg. Und da fühlte er, daß dieser mit dem Jackengürtel in der Gabel hängengeblieben war, in die das Ruder eingelegt wurde. So war er fest mit dem Boot verbunden und konnte nicht untergehen.

Ernst hob den bleichen Kopf aus dem Wasser empor. Sein geübter Blick erkannte, daß der Tod noch nicht eingetreten war.

»Er lebt, Elisa. Nun sei tapfer und besonnen. Jetzt gilt es, ihn ins Boot zu ziehen.«

Der irre Ausdruck in Elisas Zügen verlor sich. Wie ein Wunder wirkten diese Worte: »Er lebt.« Das richtete sie auf und gab ihr Mut und Besonnenheit zurück.

»Was soll ich tun, Ernst?«

»Setz dich hinüber auf die andere Bank. Und nun fasse das umgeschlagene Boot und halte fest.«

Elisa hatte getan, was er ihr geheißen, und jetzt schwang sich Ernst mit einem kühnen Satz rittlings auf das umgeschlagene Boot.

»Deinen Gürtel, Elisa«, befahl er.

Sie löste den Ledergürtel mit fliegenden Händen.

Damit verband Ernst die beiden Boote an den Rudergabeln.

»Nun setz dich ganz still in die Mitte. Rühr dich nicht.«

Ohne Widerrede gehorchte sie.

Mit seinem Messer löste Ernst nun den Riegel, der Sascha an das umgestürzte Boot fesselte. Dann beugte er sich herab und faßte ihn unter den Armen. Langsam, keuchend unter der schweren Last, zog er ihn zu sich empor. Nun hielt er ihn vor sich auf den Armen wie ein Kind.

Einen Augenblick mußte Ernst ausruhen. Elisa rang zitternd die Hände.

»Kann ich nicht helfen, Ernst?«

»Getrost – jetzt kommst du an die Reihe. Gib acht. Rücke ganz hinüber und sorge für das Gleichgewicht. Ich schiebe ihn langsam hinüber zu dir. Hilf mir, soviel du kannst, aber vergiß nicht, das Gleichgewicht herzustellen, damit das Boot nicht umschlägt. Sonst sind wir alle drei verloren.«

Mit zusammengebissenen Zähnen folgte Elisa seiner Weisung. Saschas nasser Körper wurde langsam herübergeschoben. Elisa fing ihn aufschluchzend in ihren Armen auf und küßte sein blasses Gesicht.

»Laß das jetzt, es ist keine Zeit zu verlieren, wenn noch eine Rettung möglich sein soll. Rück zur Seite – jetzt komme ich wieder hinüber«, sagte Ernst bestimmt.

Und auch das gelang. Aufatmend fiel Ernst auf die Ruderbank zurück. Schnell löste er noch den Gürtel, der die Boote zusammenhielt, und warf ihn Elisa in den Schoß.

Dann beugte er sich über Alexanders Brust und lauschte auf den Herzschlag. Dabei bemerkte er die kleine Wunde, die jetzt wieder blutete.

Nach einer Weile richtete er sich hoch.

»Jetzt vorwärts. Er muß so schnell wie möglich verbunden werden.«

»Lebt er, Ernst?« fragte Elisa mit versagender Stimme.

»Ja, die Kugel scheint durch die Schwankung des Bootes die Richtung verfehlt zu haben. Sonst wäre es schon vorbei. Komm, nimm dein Taschentuch und presse es fest auf die Wunde. Ich rudere allein. Wir müssen eilen, sein Leben hängt an einem Haar.«

Elisa kniete neben Sascha nieder. Sie legte zärtlich seinen Kopf in ihren Schoß und preßte ihr Tuch auf die Wunde.

Ernst legte sich in die Riemen und hielt auf das Doktorhaus zu. Um das leere andere Boot kümmerten sie sich nicht mehr.

Wie ein Pfeil schoß das Boot über das Wasser dahin. Die Riemen knirschten und krachten, und Ernsts Atem ging tief und schwer. Seine Hände bluteten, er achtete nicht darauf. Er sah nur Elisas bleiches Gesicht, das sich ihm zuwandte. Und er wußte, daß er das Äußerste tun würde, um den Verletzten zu retten.

Als sie am Bootssteg landeten, sprang Ernst zuerst aus dem Boot und machte es fest.

»Hast du noch Kraft, ihn mit ins Haus zu tragen, Elisa?«

Sie erhob sich und reckte ihre Arme empor.

»Ich bin stark, es geht um sein Leben«, sagte sie mit verhaltener Erregung.

Und so hoben sie den Verwundeten vorsichtig aus dem Boot und trugen ihn ins Haus.

In Ernsts Zimmer legten sie ihn auf den mit Leder bezogenen Diwan.

So lautlos war das alles geschehen, daß Tante Johanna erst aus dem Wohnzimmer kam, als sie die Türen gehen hörte.

Nun kam sie besorgt und verwundert herüber.

»Mein Gott, Kinder, was ist geschehen?« rief sie, als sie die starre nasse Gestalt auf dem Diwan erblickte.

»Ein Unglück, Mutter, komm und hilf«, sagte Ernst ruhig, bereits mit seinen Instrumenten beschäftigt.

Die alte Dame zeigte, daß sie die Frau und Mutter eines Arztes war. Sie ging ihrem Sohn ohne ein unnützes Wort zur Hand, während er Alexander untersuchte, die Kugel entfernte, die Wunde verband und dem Bewußtlosen belebende Tropfen einflößte. Viel Wasser hatte dieser zum Glück nicht geschluckt.

Es war ein atemloses, geschäftiges Treiben. Auch Elisa wich nicht von der Stelle.

Die Mutter eilte dann in das anstoßende Schlafzimmer ihres Sohnes. Dort richtete sie auf Ernsts Wunsch das Lager für den Verwundeten, und als er verbunden war, trugen sie ihn hinüber. Die nassen Sachen hatten sie abgestreift und ihm ein Nachthemd von Ernst angelegt. Erst nachdem der Verwundete ruhig und bequem gebettet war, atmeten die drei auf.

Elisa ergriff Ernsts Hand mit einem unbeschreiblichen Ausdruck und drückte ihre Lippen darauf.

»Ernst!« sagte sie nur, aber eine Fülle von Dankbarkeit lag in diesem Wort.

Er strich ihr mit mattem, abgespanntem Lächeln über das Haar.

»Sei ruhig, er lebt, und wenn Gott will, ist er gerettet.«

Da brach sie in einem Sessel zusammen, der neben dem Bett des Verwundeten stand.

»Sascha, mein Sascha!« schluchzte sie auf, und die niedergekämpfte Erregung machte sich in Tränen Luft.

Dieser Ruf voll Qual und Liebe durchdrang die Nacht, die Alexander umfangen hielt. Er holte ihn zurück von der Pforte des Todes.

Einen Moment schlug er die Augen auf und sah wirr um sich. Dann schloß er sie wieder mit einem Seufzer.

Frau Heinzius hatte inzwischen zwei Gläser mit Wein gefüllt.

»Nun trinkt erst einmal, ihr beiden. Ihr seid ja halb tot vor Erschöpfung«, sagte sie liebevoll.

Gehorsam leerten sie die Gläser. Und dann faßte Elisa wieder ihres Vetters Hand.

»Ernst, wenn er gerettet wird, dir danke ich's, dir allein!«

Er lächelte und ließ sich auch in einem Stuhl nieder.

»Ich war nur dein Werkzeug, Elisa, du warst die treibende Kraft. Ohne dich war er verloren.«

Elisa hob den Kopf, es blitzte ein jäher Entschluß in ihren Augen auf. Sie nahm die Hände von Mutter und Sohn.

»Tante Johanna – lieber Ernst – ich bin euch schon so viel Dank schuldig – und nun möchte ich noch mehr von euch fordern. Wollt ihr mir noch weiterhelfen?«

»Kind, da brauchst du nicht erst zu fragen, nicht wahr, Ernst? Dieser liebe Blondkopf wickelt uns einfach um den Finger«, sagte die alte Dame munter, um die trübe Stimmung zu verscheuchen.

Elisa atmete tief auf.

»Ach, ich kann es jetzt noch gar nicht richtig in Worte fassen. Nur eins ist mir gewiß: Sascha kann nur dann wirklich gerettet werden, wenn sein Vater an seinen Tod glaubt. Nur dann kann ich ihn hindern, ein zweites Mal zu tun, was heute mißlang. Und deshalb darf niemand erfahren, daß er gerettet worden ist.

Dörte soll nicht erfahren, daß der Kranke, den wir im Hause haben, Fürst Alexander Kalnoky ist. Wir müssen für sie irgendein Märchen erfinden. Sagt ihr, es sei mein Verlobter, der mich besuchen wollte und unterwegs erkrankte. Irgendwie werden wir ihr seine Anwesenheit unverfänglich erklären.

Niemand hat gesehen, daß wir ihn aus dem See retteten und ins Haus schafften. Als Ernst im Hotel nach ihm fragte, war er bereits fort. Das läßt sich alles ganz harmlos erklären. Wir brauchen nichts weiter von dem fremden Gast im »Kaiserhof« zu wissen, als daß er Ernst als Arzt konsultieren wollte. Man wird das leere Boot auffinden und annehmen, daß er ertrunken ist. Irgendeine Erklärung wird Sascha vielleicht auch im Hotel hinterlassen haben, damit seinem Vater gemeldet werden kann, daß er nicht mehr am Leben ist. Wir können ja das alles noch ruhig überlegen, nur möchte ich euch jetzt bitten, laßt Dörte ruhig schlafen. Morgen früh werden wir ihr dann irgendeine Erklärung geben.

Ich bitte euch, so sehr ich kann, helft mir weiter!«

Mit fliegendem Atem, ganz aufgelöst in Angst und Not, hatte Elisa das alles gesagt und blickte nun die beiden Menschen flehend an. Die sahen sich eine Weile betreten in die Augen, als wollte eines beim anderen Rat holen.

Ernst sann eine Weile nach und erwog Für und Wider. Seine Mutter überließ ihm die Entscheidung und streichelte nur beruhigend Elisas Hand.

Endlich hob Ernst den Kopf und sagte entschlossen:

»Was du von mir verlangst, ist nicht leicht. Aber mein Amt ist es, Menschenleben zu retten, nicht zu vernichten. Zwei Leben legst du in meine Hand. Ich darf mich nicht bedenken, will ich vor mir selbst bestehen. Und dann habe ich dir gesagt, daß ich dein bester Freund bin, auf den du in allen Lebenslagen rechnen kannst, Elisa. Was ich mit Recht und Gewissen verantworten kann, das will ich tun, und Mutter geht mit mir durch dick und dünn, nicht wahr, Mutter?«

»Das weißt du, mein Sohn. Ich sehe zwar noch nicht, worauf alles hinaus soll. Aber ihr werdet das schon recht überlegen.«

»So ist recht, Mutterle. Hier hast du einen Kuß. Und nun wollen wir sehen, was wir in dieser Angelegenheit tun können. Die Verwundung des Fürsten ist schwer – aber ich hoffe, ihn am Leben zu erhalten. Die Kugel ist durch die Schwankung des Bootes an einer Rippe abgeglitten und hat das Herz nur gestreift, freilich zugleich auch die Lunge. Aber das heilt wohl aus bei der kräftigen Konstitution des Fürsten. Wir brauchen ja nur Pläne zu machen, bis er sich selbst mit Elisa besprechen kann. Aber, liebe Elisa, willst du wirklich seine Eltern in dem Glauben lassen, daß er tot ist?«

Elisas Augen glühten in düsterer Entschlossenheit.

»Sein Vater hat ihn selbst in den Tod geschickt, mag er tot für ihn sein. Nicht eine Minute soll das mein Gewissen belasten.«

»Nun, geht nur hinüber, damit hier Ruhe herrscht. Und was ihr beschließt, das erzählt ihr mir später«, sagte die alte Dame und schob sie zur Tür hinaus.

Ernst legte draußen stützend seinen Arm um Elisa. Jetzt, da die Erregung sich zu legen begann, fühlte sie, daß ihre Kräfte sie verließen.

Sanft ließ er sie drüben im Wohnzimmer in einen Sessel gleiten, strich ihr ermutigend über das Haar und hüllte sie fest in eine Decke.

»Kopf hoch, Elisa, es wird nun schon alles in die Reihe kommen«, sagte er ermutigend.

Sie preßte seine Hand in der ihren.

»Nie, nie vergesse ich dir, was du heute für mich getan hast, Ernst.«

Er wurde rot.

»Ach, mach doch kein Aufhebens«, sagte er und ließ sich in einen Sessel fallen. »Ich hab' mich mal richtig einsetzen können, das ist auch etwas wert. Man merkt dann doch, was man leisten kann. Nun wünsche ich mir nur, daß keiner meiner Patienten diese Nacht nach mir Verlangen hat. In diesem Sessel sitzt es sich famos.«

Elisa schloß einen Moment die Augen. Dann sagte sie leise:

»Willst du nicht schlafen?«

»Jetzt geht's noch nicht, laß uns nur über deine Angelegenheit sprechen.«

»Dann möchte ich dir wohl zunächst alles ausführlich erzählen, was Sascha zu diesem Schritt getrieben hat. Wenn du das alles weißt, kannst du mir noch besser raten und helfen.«

»Tu das Elisa.«

Sie erzählte ihm nun alles, und danach berieten sie ernsthaft, was zu tun war. Vieles mußte dabei bedacht und in Erwägung gezogen werden. Es dauerte lange, bis sie darüber im klaren waren.

Ernst wurde es durchaus nicht leicht, einzuwilligen, daß die Rettung des Fürsten verheimlicht wurde. Er verhehlte sich nicht, daß er kein gutes Gefühl dabei hatte.

Aber Elisa versicherte ihm nochmal auf seine Vorhaltung

mit ungewöhnlicher Leidenschaft, daß sie Sascha in den Tod folgen würde, wenn er nicht gerettet würde. Und daß der junge Fürst nur dem Leben erhalten bleiben konnte, wenn sein Vater an seinen Tod glaubte, sah Ernst ein. So entschloß er sich, schweren Herzens freilich, Elisas Wunsch zu erfüllen und zu schweigen. Tat er damit auch nach außen etwas Anfechtbares, so hatte er doch das Bewußtsein, nichts Unehrenhaftes zu tun und das Gute zu wollen.

Als Dörte am nächsten Morgen aus ihrer Kammer herunterkam, war sie nicht wenig erstaunt, ihre Herrin vollständig angekleidet in der Küche zu finden.

»O Gottegott, Frau Doktor – was machen Sie denn schon hier in der Küche?« rief sie fassungslos.

»Ich koche Kaffee, Dörte«, antwortete die alte Dame ruhig.

»Kaffee kochen? Hab' ich denn verschlafen? Oder muß der Herr Doktor früh fort?«

»Keines von beiden, Dörte. Aber wir haben alle eine unruhige Nacht hinter uns und verlangen nach starkem Kaffee.«

»Eine unruhige Nacht? Ist der Herr Doktor gerufen worden?«

»Nein, Dörte. Sieh mal, du hast nun wie ein Murmeltier geschlafen und nichts davon gehört, daß wir gestern abend, gleich nachdem du zu Bett gegangen warst, noch Besuch bekommen haben.«

Dörte riß die Augen weit auf.

»Besuch? O Gottegott – und da haben Sie mich nicht geweckt, Frau Doktor! Wenn ich das geahnt hätte, wäre ich nicht zu Bett gegangen.«

»Du mußt den ganzen Tag auf den Beinen sein, Dörte, und brauchst deine Ruhe. Deshalb haben wir dir gar nichts gesagt, sonst hättest du auch noch mit gewacht. Der Besuch kam ganz überraschend mit dem Abendzug – von Berlin.«

»Ach, von Berlin? Ist er denn noch da – der Besuch?« fragte Dörte, und die Neugier brannte ihr aus den Augen.

Frau Heinzius stellte die Kaffeekanne, die sie eben mit heißem Wasser angewärmt hatte, vor sich hin und trat zu Dörte heran.

»Dörte«, sagte sie geheimnisvoll, »wenn du mir versprichst zu schweigen, möchte ich dir wohl etwas anvertrauen.«

Dörte legte ihre dicke Hand auf die Brust.

»Frau Doktor, das wissen Sie, wenn ich nicht will, bringt kein Mensch ein Wort aus mir heraus.«

»Ja, Dörte, das weiß ich. Also, höre mal zu: Meine Nichte Elisa ist heimlich verlobt, und unser Besuch ist ihr Bräutigam.«

Dörte schlug in freudigem Schreck die Hände zusammen.

»Ei – das freut mich aber sehr, Frau Doktor! Ist es denn ein hübscher, netter junger Herr? Unserem Fräulein Elisa, dem gönne ich den besten Mann von der Welt. Wird denn bald Hochzeit sein?«

»Nun, nun, nur langsam, Dörte. Sie sind ja erst heimlich verlobt. Er ist nur gekommen, um uns, ihre Verwandten, kennenzulernen. Aber nun denke dir, Dörte, der junge Herr hat sich schon auf der Reise gar nicht wohl gefühlt. Kaum war er hier, da fühlte er sich so elend, daß er sich kaum aufrechthalten konnte. Mein Sohn untersuchte ihn, und was glaubst du? Er hat eine schlimme Lungenentzündung! Natürlich ließen wir ihn nicht fort. Mein Sohn wollte ihn gleich in Behandlung nehmen, und da haben wir ihn in meines Sohnes Schlafzimmer untergebracht. Da liegt er nun im hohen Fieber, und die arme Elisa ist vor Angst um ihn ganz elend.«

»O Gottegott«, seufzte Dörte, »das arme, arme Fräulein! Nein, so ein Pech! Na, aber zum Glück ist ja unser Herr Doktor da, der wird ihn schon wieder gesund machen. Da ist mir nun gar nicht bange.«

»Ja, ja – aber sieh mal, Dörte, kannst du dir nun denken, daß meine Nichte ihren Verlobten hierbehalten und gern selber pflegen will?«

»Du weißt aber auch, daß es Menschen gibt, die an allem etwas Schlimmes finden, und die darüber reden würden, daß wir Elisas Verlobten im Hause behalten und selber pflegen wollen.«

»Ja, gewiß, Frau Doktor, es gibt schlechte Menschen. Na, mich soll man keiner was hören lassen – dann will ich ihm Bescheid sagen.«

»Nein, Dörte, damit kannst du kein böses Gerede aus der Welt schaffen. Und deshalb mußt du mit uns zusammenhalten. Niemand weiß, daß wir Besuch haben, und niemand braucht etwas davon zu wissen. Dieses Geheimnis sollst du bewahren, Dörte. Kann ich mich auf dich verlassen?«

»Frau Doktor, lieber beiße ich mir die Zunge ab, als daß ich etwas davon verrate!«

Die alte Dame lächelte und brühte den Kaffee auf. Sie wußte, auf Dörtes Verschwiegenheit konnte sie nun bauen. So neugierig sie war, vertraute man ihr freiwillig etwas an, dann schwieg sie wirklich.

»Ich weiß, Dörte, dir kann man vertrauen. Nun deck den Kaffeetisch im Wohnzimmer. Und nachher machst du auch für den Herrn Doktor in dem kleinen Hinterzimmer ein Lager zurecht. Solange wir den Kranken im Hause haben, kann er dort schlafen. Ein bißchen eilen mußt du dich jetzt, Dörte. Meine Nichte und ich, wir müssen uns in die Pflege teilen. Da bleibt viel auf deinen Schultern, wir können nicht viel anderes tun.«

»Schon gut, Frau Doktor, schon gut, das schaffe ich! Und nun weiß ich Bescheid und werde alles recht machen. Ich wache auch gern mal 'ne Nacht. Das arme Fräulein Elisa, wie wird sie sich bangen! Ja, ich wache ganz gern mal eine Nacht.«

»Nein, nein, Dörte, du mußt sonst auf dem Posten sein. Aber für den guten Willen sei bedankt. Und wenn du alles recht machst, dann bekommst du zu Pfingsten ein neues Kleid, so schön du es nur haben willst.«

Dörte strahlte.

»O Gottegott, Frau Doktor, darum tue ich's ja nun nicht!«

»Weiß ich, Dörte, aber trotzdem sollst du es haben. Nun schnell, den Kaffeetisch!«

Dörte eilte ins Wohnzimmer.

14

IM HOTEL KAISERHOF wartete man vergeblich auf die Rückkehr des Gastes von seiner Bootsfahrt. Der Diener, der das Boot gelöst hatte, ging gegen elf Uhr hinaus auf den Steg und hielt Ausschau nach ihm. Inzwischen hatte sich jedoch das

Gewölk verdichtet, und der Mond war hinter den Wolken versteckt.

Der Diener ging in das Vestibül zurück und sprach dem Portier sein Befremden aus.

»Über zwei Stunden ist er schon draußen, und es ist windig und kühl geworden«, sagte er.

Der Portier sah zur Uhr.

»Hm! Er wollte nur eine Stunde rudern.«

»Er sagte aber zu mir, es könnte auch etwas länger dauern.«

»So, so, na dann können wir ja noch 'ne Weile warten. Sonderbares Vergnügen, so spät und bei der Kälte draußen herumzugondeln!«

Als es aber zwölf Uhr wurde und der fremde Gast noch nicht zurückgekehrt war, stattete der Diener dem Besitzer des Hotels Bericht ab. Dieser ging beunruhigt mit zum See hinab. Man pfiff, läutete und rief nach allen Richtungen über den See. Nichts regte sich draußen. Endlich trat der Mond wieder hell zwischen den Wolken hervor. Inzwischen hatten sich einige Herren, die noch im Hotel gesessen hatten, am Bootssteg eingefunden. Alle Angestellten kamen herbeigeeilt und scharten sich um ihren Chef.

Und alle diese Menschen sahen angestrengt hinaus auf den See, um den einsamen Bootsfahrer zu entdecken.

Der Hotelbesitzer hatte sich seinen Feldstecher holen lassen, und damit sah er dann zuerst draußen auf dem Wasser das umgestürzte Boot treiben.

Erschrocken teilte er es seiner Umgebung mit. Das Glas ging von Hand zu Hand.

»Da ist ein Unglück geschehen, man muß hinaus«, sagte einer der Herren.

Sogleich wurden einige Boote gelöst, und Angestellte und Gäste ruderten hinaus. Der Wirt schickte einen Boten zur Polizei.

Niemand dachte zunächst daran, in dem Zimmer Alexanders nachzusehen. Alles schwatzte aufgeregt durcheinander.

Der Mond hatte sich wieder verkrochen, aber zuweilen schimmerte er durch die Wolken. Nun sahen die Zurückgebliebenen, daß sich die besetzten Boote dem leeren Kahn näherten.

Als nach langer Zeit das leere Boot eingebracht worden war, kam auch die Polizei. Das Boot wurde genau untersucht, aber es ließ sich weiter nichts feststellen, als daß es leer war und die Ruder verschwunden waren. Vermutlich trieben sie noch auf dem Wasser.

Nun erst begaben sich die Polizeibeamten mit dem fassungslosen Wirt in Alexanders Zimmer. Und dort fanden sie das kurze Schreiben an den Wirt, die Börse mit dem Geld und die Visitenkarte des jungen Fürsten.

»Er hat nicht wiederkommen wollen, meine Herren. Das geht aus diesem Schreiben hervor«, stammelte der Wirt erregt.

Der Zettel ging von Hand zu Hand.

»Offenbar ein wohlvorbereiteter Selbstmord.«

Das stellten die Beamten fest und beschlagnahmten alles, was dem jungen Fürsten gehört hatte.

Vorläufig war nichts weiter zu tun. Den See jetzt bei Nacht abzusuchen war ein vergebliches Bemühen, zumal jedem Menschen in der Stadt bekannt war, daß der See kein Opfer herausgab.

Wohl wurde am nächsten Tage alles getan, um den Leichnam des jungen Fürsten zu bergen, aber natürlich fand man ihn nicht.

Berichte nach Petersburg waren sofort abgegangen, Depeschen kreuzten hin und her, und die ganze Stadt war in Aufruhr. In Scharen pilgerten die Bürger der Stadt hinaus an den geheimnisvollen See, der wieder einmal seinen Ruf bestätigt hatte.

Die Zeitungen brachten spaltenlange Berichte. Und Doktors Dörte kam mit fliegenden Röcken vom Wochenmarkt zurück und platzte mit der Kunde von dem geheimnisvollen Selbstmord eines fremden Fürsten in das Wohnzimmer herein. Aufgeregt erzählte sie, was man darüber sprach.

Am nächsten Morgen, beim Morgenkaffee, saß Ernst Heinzius Elisa gegenüber und entfaltete die Morgenzeitung. Man hatte sich im Doktorhause still und abwartend verhalten, aber Ernst war sehr gespannt, alles aus der Zeitung zu erfahren.

Und er las folgendes:

»Im Hotel Kaiserhof hielt sich einige Tage ein Herr Alexander Kalnoky auf. Unter diesem schlichten Namen verbarg sich der junge russische Fürst Alexander Kalnoky, der Sohn des unermeßlich reichen Fürsten Iwan Kalnoky.

Vorgestern abend hat der junge Fürst eine Ruderfahrt auf unserem See unternommen, von der er nicht heimkehrte. Man fand das leere Boot auf dem Wasser. Die Ruder wurden erst gestern, als man den See nach der Leiche absuchte, im Wasser treibend aufgefunden.

Aus einem an den Wirt des Hotels überlassenen Schreiben geht hervor, daß der junge Fürst Selbstmord verübt hat. Telegrafische Anfragen bei der Petersburger Polizei und bei Fürst Iwan Kalnoky bestätigen diese Annahme.

Was den jungen Fürsten in den Tod trieb, ist nicht ermittelt worden. Das elegante Reisegepäck ist auf Wunsch des Unglücklichen seinem Vater zugeschickt worden. Die Leiche konnte bisher nicht geborgen werden, trotz sorgfältigster Suche. Unser See hält ein neues Opfer fest.

Weitere Mitteilungen über diesen Selbstmord des jungen Fürsten werden wir in Kürze veröffentlichen.«

Schweigend reichte Ernst Elisa diesen Artikel hinüber.

Sie las ihn in atemloser Aufmerksamkeit durch, und als sie damit zu Ende war, atmete sie tief auf und faßte die Hand des jungen Arztes.

»Ernst, gottlob, man ahnt nichts von seiner Rettung! Ach, nun erst wage ich aufzuatmen. Fürst Alexander Kalnoky ist tot, er liegt auf dem Grunde des Sees. Und drüben in deinem Zimmer liegt der schlichte Alexander Roschnow, der nur noch für mich lebt. Sein Vater würde ihn mit seinen starren Ehrbegriffen ein zweites Mal in den Tod schicken. Zurück in sein altes Leben kann und darf er nicht. So halte ich ihn, mit tausend Banden will ich ihn an mich fesseln, für ihn leben, ihn das Leben wieder liebgewinnen lehren. Ich lasse nicht von ihm.«

Der junge Arzt strich sich über die Stirn.

»Hoffentlich reut es dich nie, was du für ihn tust, Elisa. Es läßt sich allerdings auch alles gut an. Die Dörte hat sich

Mutter auf ihre kluge Art gesichert. Wir brauchen nichts zu tun, als seine Rettung zu verschweigen und ihn gesundzupflegen.«

Sie sah ihn erblassend an.

»Fürchtest du noch für sein Leben?«

»Nein, Elisa, wenn er leben will, dann wird er leben. An dir ist es nun, wenn er erst soweit hergestellt ist, mit ihm zu reden, ihn zu überzeugen, daß Gott selbst sein Opfer zurückgewiesen und ihn zum Weiterleben bestimmt hat.«

Elisa hob die Hände.

»Oh, ich will ihm helfen, daß er den Mut zum Leben wiederfindet. Aber jetzt will ich hinübergehen und Tante Johanna ablösen. Du siehst noch einmal nach ihm, ehe du deine Krankenbesuche antrittst?«

»Gewiß, ich komme gleich nach.«

Elisa erhob sich und ging in Ernsts Zimmer hinüber.

Als sie über den Hausflur schritt, begegnete ihr Dörte.

»Man nicht bange sein, Fräulein Elisa! Unser Herr Doktor, der macht den Herrn Bräutigam schon wieder gesund, da können Sie ganz ruhig sein«, sagte sie zutraulich, das schöne, blasse Mädchen mit zärtlicher Teilnahme betrachtend.

Elisa klopfte ihr leise den Rücken.

»Gute Dörte!«

Tante Johanna saß am Bett und häkelte an einem wollenen Tuch. Elisa küßte sie innig.

»Liebe, Gute, nun geh zum Frühstück. Und dann legst du dich bis Mittag nieder.«

»Ja, ja, Kind, sorge dich nur nicht, daß ich nicht zu meinem Schlaf komme. Ich nehme mir schon mein Recht. So, nun setz dich her. Du bist ja nur ruhig und zufrieden, wenn du an seiner Seite bist.«

Die alte Dame ging hinaus. Erst trat sie noch einmal in die Küche, um mit Dörte über das Mittagessen zu beraten. Dann erst suchte sie das Wohnzimmer auf.

Zärtlich strich sie Ernst über die Stirn.

»Gut geschlafen, Ernst?«

»Ja, Mutterle, und das Frühstück hat auch geschmeckt. Du

siehst, ich bin völlig im Gleichgewicht. Nun komm, jetzt bediene ich dich. Und während du frühstückst, liest du den Artikel über den Selbstmord des jungen Fürsten.«

»Ach, Ernst, wohl ist mir bei alledem nicht. Wenn es nur gutgeht!«

»Sei ruhig, Mutterle. Schlimmstenfalls haben wir doch nur ein Menschenleben gerettet, ohne es an die große Glocke zu hängen.«

Sie lächelte.

»Leg das nach Belieben aus«, spottete sie gutmütig. »Ich weiß ja, wie schwer dir das alles fällt.«

Und dann las sie den Artikel.

»Ja«, sagte sie, als sie zu Ende war, »das verläuft alles so glatt, wie es sich Elisa wünscht. Nun kommt es nur noch darauf an, was er selbst dazu sagt, wenn er gesund ist.«

»Ja, darauf kommt es an«, meinte Ernst.

»Du hoffst bestimmt, ihn am Leben zu erhalten?«

»Wenn nicht Komplikationen hinzukommen, sicher.«

»Ich bezweifle nur, ob ihm und Elisa wirklich ein Dienst erwiesen worden ist, wenn er gesund wird«, sagte die alte Dame seufzend.

Ernst stützte den Kopf in die Hand und sah zur Mutter hinüber.

»Elisa wird auch in den bescheidensten Verhältnissen glücklich sein können.«

»Aber nicht, wenn sie sieht, daß er unter Entbehrungen leidet. Für sich wird sie wunschlos sein, aber nicht für ihn.«

»Sie sind jung, Mutter, und können sich mit ihren Sprachkenntnissen das verdienen, was sie brauchen. Sorg dich nicht mehr, als nötig ist, Mutterle. Eins wissen wir: Diese beiden Menschen lieben sich so fest und treu, daß ihre Liebe sie über alles hinwegführen wird. Aber jetzt muß ich mich auf den Weg machen. Ich will nochmal nach unserem Patienten sehen. Adieu, Mutterle.«

»Adieu, mein Junge.«

Sie küßten sich und nickten sich lächelnd zu.

Fürst Iwan Kalnoky hatte sich nicht lange im Bett festhalten lassen. Als Alexanders Brief, den er im Hotel Kaiserhof geschrieben hatte, eintraf, war er bereits wieder aufgestanden.

Er saß im Lehnstuhl am Kamin, denn er fröstelte leicht und fühlte sich durchaus nicht so wohl, wie er vortäuschen wollte.

Maria Petrowna saß ihm gegenüber und hatte ihm aus der Zeitung vorgelesen. Fürst Iwan hörte freilich kein Wort davon. Seine Gedanken irrten qualvoll in der Welt umher und suchten den Sohn. Und sein Herz zuckte wieder und wieder. Die Frage, ob sein Sohn schon tot war, brachte ihn dem Wahnsinn nahe. Und doch sagte er sich, daß er stark sein mußte – stark für die Frau, die ihm ahnungslos gegenübersaß.

Und nun hielt er seines Sohnes Brief in den Händen und las die letzte Botschaft. Blaß, mit geschlossenen Augen lehnte er, als er zu Ende war, den Kopf zurück. Seine Züge waren fahl und verfallen, und seine Hände zitterten.

Maria Petrowna sah von der Zeitung auf und erhob sich erschrocken.

»Iwan, was ist dir? Fühlst du dich wieder schlechter? Oder – dieser Brief – hast du schlechte Nachrichten erhalten?«

Der alte Herr schlug die Augen nieder, und dann sah er mit einem gramerfüllten Ausdruck zu seiner Gattin auf. Er wußte, nun war die Stunde gekommen, daß er reden mußte.

»Maria, komm, setz dich zu mir. Ich habe dir etwas zu sagen, etwas Schweres, Furchtbares. Setz dich, und gib mir deine Hand.«

Die Fürstin erblaßte und ließ sich erschrocken in einen Sessel sinken.

»Iwan – du hast schlechte Nachrichten von Sascha – von Tatjana – was ist geschehen?«

Er atmete schwer.

»Mein Leben gäbe ich hin, könnte ich es dir ersparen.«

»Martere mich nicht! Meine Kinder, was ist mit meinen Kindern?!« schrie die Fürstin auf und umklammerte seinen Arm.

Ein Stöhnen kam aus des Fürsten Brust.

»Maria, ein Unglück hat uns getroffen, so groß, so schwer, ich zittere, es dir zu sagen. Es betrifft unsern Sohn – unsern Sascha – du – du wirst ihn nicht wiedersehen«, stammelte er.

Sie setzte sich kerzengerade empor und starrte ihn an mit weit aufgerissenen Augen.

»Mein Sohn, was ist mit ihm?« ächzte sie.

»Er ist tot, Maria.«

Sie fiel wie leblos zurück und starrte ihn an wie von Sinnen.

»Nein!«

Sie schrie es hinaus in höchster Seelennot, als könnte sie mit diesem Nein gegen ein unbarmherziges Schicksal protestieren. Und dabei sprang sie empor.

Aber der Boden wankte unter ihren Füßen, die furchtbare Qual ließ ihren Herzschlag stocken. Ohne einen Laut sank sie zu Boden in tiefer Ohnmacht.

Es kam eine furchtbare Zeit. Man hatte Maria Petrowna in ihr Zimmer getragen und den Arzt gerufen. Das Leben war nicht entflohen, aber man fürchtete für den Verstand der armen Mutter.

Als Fürst Iwan durch die Polizei die Nachricht erhielt, daß sein Sohn ertrunken sei, und als dann Saschas Sachen ankamen, lag die Fürstin in Fieberdelirien.

Auf den angstvollen Ruf ihres Vaters kam Tatjana nach Petersburg. Nur ungern hatte sie ihr junger Gatte von sich gelassen, aber des Vaters Telegramm hatte so erschütternd geklungen.

Tatjana war selbst fassungslos erschüttert, als sie von dem Unglück hörte, das sie betroffen hatte. Wie sehr hatte sie ihren Bruder geliebt! Nur die Angst und Sorge um die schwer leidende Mutter vermochten sie aufrechtzuhalten.

Wochenlang schwebte die Fürstin zwischen Tod und Leben. Zu derselben Zeit, da ihr totgeglaubter Sohn im Doktorhäuschen langsam ins Leben zurückgerufen wurde, rang sie mit dem Tode.

Tatjanas nimmermüder Pflege gelang es, die Mutter endlich wieder gesundzumachen. Aber es war eine gebrochene, elende Frau, die vom Krankenlager aufstand. Maria Petrownas Haar war weiß geworden. Obwohl sie erst achtundvierzig Jahre zählte, sah sie in diesen Tagen wie eine Greisin aus.

Und auf ihrem schmalen, blassen Antlitz lag ein steinerner Ausdruck, der nur zuweilen einem herzzerreißenden Lächeln Platz machte, wenn sich Tatjana liebevoll um sie bemühte.

Der Fürst litt nicht weniger als seine Gemahlin. Nur mit Mühe vermochte er sich aufrechtzuhalten. Seine Lebenskraft war dahin. Der sonst so stattliche, aufrechte Mann ging gebückt wie ein Greis, und seine Augen blickten wie erloschen.

Tatjana teilte ihr Sorge zwischen den Eltern.

Ihr einziger Trost in dieser schlimmen Zeit waren die zärtlichen Briefe Wladimirs. Und sie berichtete ihm vertraulich und ausführlich, was auf ihrer jungen Seele lastete. Ihr hatte der Vater alles gesagt, was geschehen war.

Und als die Fürstin nicht mehr gar so schwach und hinfällig schien, brachte ihr Tatjana eines Tages die Sachen, die Sascha zuletzt bei sich gehabt hatte.

Zitternd starrte die Fürstin erst darauf nieder, und dann brach endlich ein wohltätiger Tränenstrom aus ihrer Brust.

Es waren die ersten Tränen, die sie nach der furchtbaren Botschaft von Saschas Tod vergoß.

Und Tatjana kniete ebenfalls weinend vor ihr nieder und umschlang sie mit den Armen.

Da trocknete Maria Petrowna ihre Tränen und sagte leise, über der Tochter Köpfchen streichelnd:

»Du sollst nicht auch noch leiden, rufe deinen Vater, mein Kind.«

Und Fürst Iwan kam.

Die beiden sahen sich an und erkannten erschüttert, was Gram und Leid aus ihnen gemacht hatten.

Sie reichten sich stumm die Hände.

Tatjana stand tief bewegt, und auch aus ihren Augen flossen Tränen. Ihre schöne, stolze Mutter, ihr herrlicher Vater, wie tiefgebeugt standen sie vor ihr!

Maria Petrowna versuchte nun, ihr schweres Geschick ruhig zu ertragen. In diesen Tagen erwachte auch der Wunsch in ihr, nach Deutschland zu reisen und an dem See, der ihres Sohnes Leiche nicht herausgab, wie an seinem Grabe zu beten.

Fürst Iwan und Tatjana versprachen ihr, diesen Wunsch zu erfüllen, sobald sie kräftiger geworden sein würde. Vater und Tochter waren froh, daß sie überhaupt wieder ein Interesse, einen Wunsch äußerte.

Die Petersburger Gesellschaft war natürlich sehr betroffen, als der Tod des jungen Fürsten Kalnoky bekannt wurde. Die offizielle Todesnachricht besagte, daß er bei einer Ruderfahrt ertrunken sei, und dank des Polizeiministers taktvollem Eingreifen blieb auch die Wahrheit unbekannt.

Auch Anna Paulowna erfuhr von Alexanders Tod. Was in der stolzen Frauenseele bei dieser Nachricht vorging, weiß niemand.

Sie zeigte sich in dieser Zeit stolzer, unnahbarer und herrischer denn je, und ihre nächste Umgebung hatte sehr unter ihrer nervösen Stimmung zu leiden.

Aber wenige Monate später nahm sie die Bewerbung eines englischen Prinzen an.

Fürst Iwan und seine Gemahlin zogen sich ganz von der Gesellschaft zurück. Es wurden keine Besuche angenommen noch erwidert. Der leidende Zustand der Fürstin gab den Vorwand dazu.

Auf den dringenden Wunsch ihrer Mutter kehrte Tatjana nach Berlin zu ihrem Gatten zurück, der sie voll Sehnsucht erwartete. Maria Petrowna wollte nicht, daß das Glück des jungen Paares gestört wurde.

Schweren Herzens entließ Fürst Iwan seine Tochter. War sie doch jetzt seine einzige Vertraute. Tatjana stand des Vaters Handlungsweise nicht mehr so verständnislos gegenüber wie im Anfang. Wladimir hatte ihr in sehr überzeugender Weise in seinen Briefen klargemacht, daß ihr Vater gar nicht anders hätte handeln können.

Fürst Iwan fürchtete, seine Gattin würde wieder in ihren trostlosen apathischen Zustand versinken nach Tatjanas Abreise. Aber Maria Petrowna hielt sich aufrecht. Sie wollte gesund werden, damit man ihr erlaubte, die letzte Ruhestätte ihres Sohnes zu besuchen.

Aber es sollten Monate vergehen, bis sie so weit gekräftigt war und ihre gesunde Natur die Folgen des furchtbaren Schreckens überstanden hatte.

Inzwischen war Alexander in dem kleinen Doktorhäuschen treulich und aufopfernd gepflegt worden.

Wochenlang schwebte er zwischen Tod und Leben. Aber dann kam doch ein Tag, da Ernst mit frohem Aufatmen versichern konnte, daß alle Gefahr beseitigt war.

Zum ersten Male lag Alexander ohne Fieber in einem tiefen wohltätigen Schlummer. Es war gelungen, seine Rettung und seine Anwesenheit im Doktorhause geheimzuhalten. Dörte sprach zu niemand von dem erkrankten Besuch und ahnte nicht im entferntesten, daß der Kranke niemand anders war als der junge, verschwundene Fürst.

Sie freute sich mit ihrer Herrschaft, daß die »böse Lungenentzündung«, geheilt war, und daß »Fräulein Elisas heimlicher Bräutigam« nun das Bett bald wieder verlassen konnte.

Elisa hatte in diesen bangen Wochen Zeit genug gehabt, für sich und Sascha Zukunftspläne zu entwerfen.

Alles hatte sie bedacht, es fehlte nichts als Saschas Zustimmung.

Sie hatte sogar schon mit einer Verlagsanstalt Verhandlungen wegen Übersetzungen angeknüpft, und man hatte ihr Aufträge in Aussicht gestellt.

Und nun saß sie in der Nacht schweigend und allein an Saschas Bett und behütete seinen ersten ruhigen Schlummer.

Still war es im ganzen Hause. Alles schlief, nur sie wachte und ließ ihren Blick liebevoll auf dem bleichen Gesicht des Kranken ruhen.

Ernst hatte ihr Weisung gegeben, ihn ruhig schlafen zu lassen, bis er selbst erwachte. Dann sollte sie ihm einige stärkende Tropfen einflößen und einen Löffel Fleischbrühe.

Sascha schlief anscheinend traumlos und ruhig. Müde von vielen Nachtwachen und aufreibenden Seelenkämpfen, saß Elisa in dem bequemen Lehnstuhl. Sie bot ein rührendes Bild opferwilliger Frauenliebe.

Ein leiser Seufzer entfloh plötzlich den Lippen des Schlafenden. Sofort schreckte sie empor und neigte sich über ihn.

Noch schlief er, aber die Lider zuckten wie die eines Erwachenden.

Leise erhob sie sich und löschte das Licht hinter dem grünen Schirm. Der Morgen graute, und die ersten Sonnenstrahlen huschten draußen über die Bäume. Die Vögel begannen ihr Morgenkonzert. Aus der Entfernung klang das Krähen eines Hahnes. Der Tag brach an.

Die Hände auf das klopfende Herz gepreßt, setzte sie sich wieder an das Bett und sah voll banger Erwartung in sein Gesicht. Ihre ganze Seele lag in ihren Augen, all ihre Liebe, ihre Angst und Sorge und ihre Hoffnung.

Eine Weile später schlug Sascha langsam die Lider auf und sah gerade in ihre Augen hinein.

Verständnislos war sein Blick, als sei er noch im Traum, als weilten seine Gedanken noch in weiter Ferne und kehrten erst langsam zurück.

Ein unruhiges Flackern trat in seine Augen. Ein Erinnern dämmerte in seinem Blick. Er wollte sich aufrichten, war aber viel zu matt dazu.

Seine schlanke, abgezehrte Hand tastete über die Bettdekke. Und endlich formten seine Lippen einen Namen, während ein Leuchten in seine Augen trat.

»Elisa!«

Sie erzitterte vor Glück, daß er sie erkannte, daß er ihr zum ersten Male wieder in die Augen blickte.

»Ja, mein Sascha, ich bin es, deine Elisa.«

Das Leuchten erlosch bald in seinen Zügen. Ein grübelnder Ausdruck erschien darinnen.

»Was ist mit mir? Elisa – unser Häuschen am Meeresstrand – du und ich – du und ich«, stammelte er, sich mühsam entsinnend.

Sie küßte seine Augen. Tränen fielen auf sein Gesicht. Er zuckte leicht zusammen, und sie wischte sie hastig fort. Tief seufzte er auf.

»Ich kann nicht denken, Elisa. Wo bin ich, warum weinst du, mein Liebling? Dein Haar glänzt – die Sonne!«

Er wandte den Blick zum Fenster und sah sie wieder an.

Sie flößte ihm die Tropfen ein. Gehorsam und willenlos wie ein Kind schluckte er den Trank. Auch einen Löffel Fleischbrühe nahm er, ließ aber den suchenden Blick nicht von ihrem Gesicht.

Und plötzlich zuckte es verstehend in seinen Augen auf. Die Pupillen weiteten sich im jähen Schreck. Sie sah, er fing an zu begreifen.

Da legte sie angstvoll ihre Lippen auf die seinen und küßte ihn. Und mit halberstickter Stimme bat sie:

»Nicht sprechen, mein Sascha, nicht denken! Ruhe, Ruhe, mein armer Liebster! Schlafe, schlaf noch ein wenig. Es ist alles gut – schlafe.«

Er war zu matt, um weiter zu denken, zu matt, um noch etwas zu sagen. Müde schloß er die Augen und schlief wieder ein.

Als sie seine ruhigen Atemzüge wieder vernahm, fiel sie haltlos in die Knie.

»Hilf mir, mein Gott und Vater, hilf mir, rette ihn für mich! Du kannst nicht wollen, daß er noch schwerer büßt für seine Schuld, du kannst nicht wollen, daß er zum zweiten Male tut, was du in deiner Güte verhindert hast. Rette ihn, vergib ihm seine Schuld, laß mich nicht verzweifeln an deiner Güte und Barmherzigkeit.«

So betete sie inbrünstig und blieb auf den Knien liegen, bis Tante Johanna ins Zimmer trat und sie liebevoll aufhob.

Der Kranke schlief ruhig und ununterbrochen bis zum Mittag.

Als er erwachte, sah er eine alte Dame mit freundlichem, frischem Gesicht an seinem Bette sitzen. Elisa war gerade zum Essen gegangen.

Alexander blickte die alte Dame fragend an und ließ seinen Blick suchend im Zimmer umherschweifen. Mit einem ermunternden Lächeln reichte ihm Tante Johanna die Medizin.

»Nicht sprechen! Versuchen Sie nur wieder einzuschlafen«, sagte sie ruhig.

Aber er schlief nicht wieder ein. Unruhig flog sein Blick umher. Sie ahnte wohl, was er suchte, aber sie hatte Elisa fest versprochen, nicht eine Sekunde von seinem Bett zu weichen. Und Elisa würde ohnehin gleich zurückkehren.

Sie rückte ihm sanft die Kissen zurecht und sagte, als ob sie eine Frage beantworten wolle:

»Elisa wird gleich wieder hiersein.«

Seine Augen öffneten sich weit. Ein mattes Rot huschte über sein Gesicht.

»Wo bin ich?« fragte er hastig.

»In treuer, sicherer Hut, bei Menschen, die es gut mit Ihnen meinen. Alles andere wird Ihnen Elisa sagen. Jetzt sollten Sie wirklich erst ein wenig schlafen, es wird Ihnen guttun«, antwortete sie gütig und strich sanft und beruhigend wie eine Mutter über seine Stirn.

Er schloß die Augen, aber sein zuckendes Gesicht verriet, daß er nicht schlief. Die Erinnerung an das, was geschehen war, kam ihm zurück.

Aber wie er in dieses Zimmer gelangt und was mit ihm geschehen war, seit das Wasser des Sees über ihm zusammengeschlagen war, konnte er nicht begreifen. Wie war es möglich, daß er noch am Leben war, nachdem er sich die Kugel ins Herz geschossen hatte und auch noch in den See gestürzt war? Er stand vor einem Wunder und konnte es nicht fassen.

Frau Heinzius beobachtete ihn besorgt. Da sie sah, daß er nicht schlief, wollte sie ihn nicht seinem unruhigen Grübeln überlassen.

»Wollen Sie nicht ein wenig essen?« fragte sie freundlich.

Es war sonderbar: Bei aller Unruhe erfüllte ihn doch der Gedanke an Nahrung mit wohligem Behagen. Er sah zu seiner Pflegerin empor und sagte leise:

»Ich habe Hunger.«

Ein frohes Lächeln erschien auf ihrem Gesicht. Sie flößte ihm befriedigt etwas von der stärkenden Fleischbrühe ein, die schon für ihn bereitstand.

Eine echt mütterliche Befriedigung erfüllte sie, als er mit sichtlichem Wohlbehagen diese erste kleine Mahlzeit einnahm.

»So, das war brav. Und nun müssen Sie wirklich noch ein wenig schlafen.«

Er schien von der ungewohnten Anstrengung der Nahrungsaufnahme völlig erschöpft zu sein und schloß die Augen. Wenige Minuten später war er wieder eingeschlafen.

Als Elisa nach einer Weile ins Krankenzimmer zurückkehrte und den leisen Bericht der Tante vernommen hatte, fiel sie dieser um den Hals. Daß Sascha die Nahrung nicht verweigert hatte, schien ihr ein gutes Zeichen.

Etwas leichter und freier war ihr nun zumute, und aufatmend nahm sie den Platz am Bette wieder ein.

Tante Johanna drang in sie, sie möge sich einige Stunden niederlegen, aber Elisa schüttelte den Kopf.

»Nein, liebste Tante, laß mich nur hier, ich könnte jetzt nicht schlafen. Wenn er wieder erwacht, muß er mich hier finden. Ich sitze ja bequem in dem Sessel und kann mich ausruhen.«

Tante Johanna sah ein, man mußte sie gewähren lassen. Sie öffnete das Fenster, damit Luft und Sonne ungehindert einströmen konnten. Wohlig schien sich des Patienten Brust zu heben und zu senken.

Diesmal dauerte Saschas Schlaf nicht so lange. Ungefähr eine Stunde hatte Elisa an seinem Lager gesessen und sich zurechtgelegt, was sie ihm sagen wollte, wenn er wieder erwachte.

Ganz klar und bewußt blickte er sie gleich an und faßte nach ihrer Hand.

»Liebling, bist du nun wieder da? Vorhin war jemand anderes bei mir. Ich wollte dich so vieles fragen.«

Sie legte zärtlich die Hand auf seinen Mund.

»Gar nichts sollst du mich fragen, du darfst noch nicht viel sprechen. Ich will dir alles sagen, was du wissen möchtest. Mein lieber Sascha, mein armer Liebster, wie glücklich bin ich, daß du wieder zu mir sprichst, daß ich dich wiederhabe!«

Sie schwieg einen Augenblick, von Erregung überwältigt, und küßte und streichelte seine Hände.

»Wolltest von mir gehen, wolltest deine Elisa grausam allein lassen!« flüsterte sie.

Er strich leise über ihr Haar. Ein qualvoller Zug lag um seinen Mund.

»Warum lebe ich, wie komme ich hierher?« stieß er hervor.

Sie faßte fest seine Hände und erzählte ihm alles.

Sascha hörte wortlos zu. Jetzt atmete er auf und sagte leise:

»So bin ich tot für Vater und Mutter, das ist gut. Ihre Qual wäre nur verlängert worden, leben darf ich ja nie mehr für sie.«

»Nicht für sie, aber für mich, mein Sascha, für mich mußt du leben. Du hast deines Vaters Gebot erfüllt, hast tausendfach gesühnt. Gott nahm dein Opfer nicht an. Er führte mich auf deine Spur, und ich holte mir aus dem See, was für niemand mehr Wert hatte. Die Behörde hat deinem Vater deinen Tod gemeldet: Fürst Alexander Kalnoky ist tot, für mich aber lebt Alexander Roschnow.

Deine Papiere, die du mir übergabst, habe ich für dich aufbewahrt. Willst du nicht mehr als Alexander Kalnoky in irgendeinem stillen Weltwinkel mit mir leben, so tue es als Alexander Roschnow. Unter diesem schlichten russischen Namen wird niemand den totgesagten Fürstensohn suchen. Du hast den strengen Ehrbegriffen deines Standes genügt.

Niemand, außer meiner Tante und meinem Vetter, weiß, daß du gerettet bist. Und diese beiden treuen Menschen haben mir Schweigen gelobt. Sie werden es nie, niemals brechen. Wir werden in das kleine Häuschen ziehen am Meeresstrand. Dort sollst du das Leben wieder liebgewinnen. Reich werden wir nicht sein, nein, Sascha, aber vor Not sind wir geschützt. Dein Vater hat für mich zwanzigtausend Rubel bei der Deutschen Bank hinterlegt. Ich hatte es damals stolz zurückgewiesen. Aber jetzt habe ich keinen Stolz mehr. Es ist für uns beide, mein Liebling. Du mußt gesund werden.

Einige Wochen werden wir in den Süden gehen an einen stillen Ort, damit du erst völlig genesen bist. Dort können wir in aller Stille den Bund fürs Leben schließen. Und sobald der warme Sommer ins Land zieht, gehen wir in unser Fischerdörfchen. Alles hab' ich bedacht und überlegt. Auch Arbeit werden wir haben. Gemeinsam werden wir Bücher übersetzen. Aufträge wurden mir schon versprochen.

Oh, es wird ein gesegnetes, glückliches Leben werden! Niemand wird unsere Ruhe stören. Ganz allein werden wir aufeinander angewiesen sein. Sobald du kräftig genug bist, reisen wir an einen kleinen, stillen Ort am Gardasee. Mein Vetter hat mir schon eine bescheidene Pension bei einem ihm bekannten Arzt empfohlen. Tante Johanna und Ernst begleiten uns. Mein Vetter und der dortige Arzt werden unsere Trauzeugen sein. Du siehst, es geht alles sehr gut. Bedenke, wie sehr du dich früher nach solch einem stillen, glücklichen Leben an meiner Seite gesehnt hast! Nicht wahr, du willigst ein?«

Sascha hatte wie im Traum zugehört. Lange sah er nun in Elisas flehende Augen. Ach, was hatte sie für eine süße Gewalt über ihn! Und wie sehr lockte das Leben, das holde Leben an ihrer Seite! Was er aus seinem früheren Leben vermissen mußte, war so nichtig gegen die Schätze, die sie ihm mit offenen Händen bot.

Nur das eine würde bitter sein, daß er tot sein mußte für die Eltern und für die Schwester. Aber das mußte sein, nur unter dieser Voraussetzung konnte er am Leben bleiben. Fürst Alexander Kalnoky war tot. Genug des Glückes blieb ihm ohnedies an Elisas Seite. Ob er es wagen durfte, danach zu greifen? Ob seine Schuld getilgt war damit, daß er das Leben von sich geworfen hatte?

Er seufzte tief auf.

»Elisa – darf ich denn tun, was du von mir verlangst? Werde ich dir nicht mehr eine Last als eine Stütze sein? Ein Verbannter, Geächteter, ein lebendig Toter soll dein Gatte sein, einer, der rechtlos ist im Leben? Mein Liebling, du hast ein besseres Los verdient. Werde dir klar darüber, was du dir aufbürdest! Der Fluch, der auf mir lastet, könnte auch dich treffen.«

Sie lächelte und preßte ihre Lippen auf die seinen.

Dann sagte sie fest und freudig:

»Ob Not und Tod, Fluch oder Segen – ich teile alles mit dir und werde unaussprechlich glücklich sein. Lachend will ich allem trotzen, was das Schicksal bringt, wenn ich nur mit dir verbunden bin. Ich kann nur gewinnen, denn ohne dich lebe ich nicht mehr. Mit dir werde ich das Glück zwingen.«

Sie sah ihn mit so viel Liebe und flehender Innigkeit an, daß er alle Bedenken fallenlassen mußte.

»Liebling, ich muß wohl tun, was du von mir forderst. Wie kann ich dir sonst für all deine Liebe danken?«

Sie küßte ihn freudig und innig, und ihr Kuß durchdrang ihn wie ein neuer Lebensstrom.

»Kein Wort jetzt weiter, sonst ist Ernst böse. Du mußt dich noch sehr schonen.«

Er lag still und sah zu ihr auf. In seine Augen trat ein feuchter Glanz. Wie stark und treu wurde er geliebt! Ein heimliches Wohlgefühl durchströmte seine Adern. Das Leben hielt ihn wieder mit tausend Banden.

15

VIERZEHN TAGE SPÄTER reisten Elisa und Sascha mit Ernst und seiner Mutter nach dem Süden. Ernst hatte seine Patienten dem anderen Arzt des Städtchens übergeben. Sie vertraten sich bei ähnlichen Anlässen gegenseitig.

Sie benutzten vorsichtshalber den Abendzug, damit niemand in dem blassen, vollbärtigen Mann den Gast aus dem Kaiserhof erkannte.

Dörte blieb im Besitz eines herrlichen neuen Kleides und als Hüterin des Hauses zurück. Ihre Frau Doktor hatte ihr gesagt, daß Elisas Verlobter sich im Süden vollends von den Folgen der Lungenentzündung erholen müsse und das junge Paar gleich dort in aller Stille getraut werden sollte, damit Elisa bei ihrem Gatten bleiben könne. Denn sie und ihr Sohn würden nur bei dem jungen Paare bleiben, bis es vermählt wäre.

Elisa war einige Tage vorher in Berlin gewesen und hatte die für sie deponierte Summe abgehoben. Es war ganz glatt und ohne Schwierigkeiten gegangen. Elisa hatte wie erlöst aufgeatmet. Mit diesem Geld hielt sie ihre und Saschas Zukunft in den Händen. Sie hatte heimlich Furcht gehabt, daß man ihr das Geld nicht auszahlen würde.

Nun fuhren sie der Zukunft entgegen.

Am Gardasee erholte sich Alexander schnell vollends.

Bei seiner Vermählung mit Elisa hatte er darauf bestanden, noch einmal von seinem vollen Namen und Titel Gebrauch zu machen. Führte er auch den Namen Roschnow mit Berechtigung, so wollte er doch verhindern, daß seine und Elisas Ehe irgendwie als nicht rechtsgültig angezweifelt werden konnte.

In die Kirchenbücher und Standesamtsregister des kleinen italienischen Örtchens würde ja niemand Einsicht erhalten.

So wurde Elisa in aller Stille Fürstin Kalnoky in der stimmungsvollen kleinen italienischen Kirche.

Ernst hatte sich die Zeitungen nachsenden lassen, und am Tage nach der Trauung des jungen Paares fand er darin einen Artikel, der ihn interessierte.

Darin wurde mitgeteilt, daß Fürst Iwan Kalnoky mit Gemahlin und Fürst Wladimir Sogareff mit Gemahlin für einen Tag im »Kaiserhof« abgestiegen waren, und daß die Fürstin Maria Petrowna in dem Wäldchen am See, unweit des Ufers, zum Andenken an ihren verunglückten Sohn eine Marmorgruppe aufstellen lassen würde. Der Entwurf dazu stammte von einem bedeutenden Künstler. Eine weibliche Gestalt, die Barmherzigkeit, sollte sich über einen knienden Jüngling neigen und ihn aufheben. Außerdem hatte Fürst Iwan den Armen des Städtchens eine bedeutende Summe gestiftet.

Es wurde in dem Artikel noch ausführlich geschildert, welch traurigen Eindruck die Verwandten des »jungen verstorbenen Fürsten« gemacht hatten.

Ernst übergab Elisa diesen Bericht, riet ihr jedoch, ihn Sascha nicht lesen zu lassen. Elisa verwahrte ihn für später, wenn Sascha erst ganz gesund und ruhiger wäre.

Schon am nächsten Tag reisten Ernst und seine Mutter wieder ab. Herzlich und innig war der Abschied. Sascha dankte ihnen noch einmal mit erstickter Stimme für alles, was sie für ihn getan hatten.

Ernst und Alexander hatten in diesen Wochen eine Freundschaft geschlossen, die ihre Herzen für immer verbinden sollte.

Weder Ernst noch seine Mutter verurteilten Alexander wegen seines Vergehens. Viel eher verurteilten sie den nach ihrer Ansicht hartherzigen Vater, der um eines Fehltritts willen seinen Sohn so grausam strafte. Ihrem schlichten, menschlichen Empfinden war ein solches Verhalten einfach unfaßbar.

Eine große Befriedigung gewährte es auch Frau Johanna,

daß ihre Nichte nicht die Gattin eines Namenlosen wurde. Sie rechnete es Alexander hoch an, daß er darauf bestanden hatte, Elisa vor Gesetz und Kirche seinen vollen Namen zu geben. Sie sah weiter in dieser Beziehung als Elisa. Und man konnte nicht wissen, was die Zukunft bringen würde.

Bis zum Juli blieben Sascha und Elisa am Gardasee. Dann reisten sie, da es nun auch im Norden warm genug war, in das kleine Fischerdorf. Alexander hatte an den Fischer Kruse geschrieben, wann er mit seiner jungen Frau eintreffen würde.

Als Alexander Roschnow und Frau bezogen sie ihr hübsches, schlichtes Heim. Die alten Fischersleute hatten alles blank und sauber hergerichtet. In dem Gärtchen blühten anspruchslose Sommerblumen in malerischem Durcheinander. Auch einige Rosenstöcke standen in voller Blüte, und in einer Ecke war allerlei Gemüse und Obst gepflanzt worden.

An den niedrigen Fenstern hingen saubere weiße Scheibengardinen. Blühende Geranien standen in Töpfen auf den Gesimsen. Die schlichten Möbel lösten ein Gefühl großer Behaglichkeit aus.

Elisa jubelte, als sie in dieses reizende Heim einzog. Sie war in den wenigen Wochen ruhigen Glücks zur vollen Schönheit erblüht, und Alexander konnte den Blick nicht von ihr lassen, als sie ihm dann in dem zierlichen Erker am Teetisch gegenübersaß.

Sie trug ein schlichtes weißes Kleid und Rosen im Gürtel, die er ihr selbst beim Eintritt in den Garten gepflückt hatte.

Alles, was quälend hinter ihm lag, warf er von sich. Er zog die herrliche Gestalt der geliebten Frau in seine Arme, und sie schauten beide hinaus auf das Meer, das weit und groß vor ihren Blicken lag. Trotz allem lag nun das Leben, das schöne, lachende Leben voll Glückseligkeit vor ihnen.

»Liebling – nun ist unser Märchen doch noch Wahrheit geworden«, sagte er leise.

Sie schmiegte sich an ihn und blickte zu ihm auf mit ihren strahlenden, seelenvollen Augen.

»Bist du glücklich, Sascha?«

Er küßte sie heiß und innig.

»Ja, ich bin es. Ich habe dich, du bist meine Welt.«

Es begann ein ganz neues Leben für die beiden Menschen. Sie lebten nur füreinander. Ihre Liebe war von einer Tiefe und Innigkeit, daß alles andere dagegen zurückblieb. Und diese Liebe erfüllte ihre Seelen mit leuchtendem Glück.

Elisa hatte die Tochter des Fischers Kruse als Dienstmädchen angenommen. Diese besorgte das kleine Hauswesen und sah in der Küche nach dem Rechten, so daß Elisa nicht nur im Haushalt arbeiten mußte.

Elisa hatte mit einem großen Verlag Verbindungen angeknüpft, und gemeinsam arbeitete sie täglich einige Stunden mit ihrem Gatten.

Alexander war diese Art von Betätigung fremd und neu, aber sie brachte ihm Befriedigung. Eifrig und fleißig war er dabei, und wenn Elisa seine Arbeit lobte, war er glücklich.

Es ließ sich alles gut an. Ernst hatte Elisa geraten, wie sie die zwanzigtausend Rubel am besten anlegen sollte. Einige tausend Mark davon waren freilich schon für den Aufenthalt in Italien, die Reise und andere Aufgaben draufgegangen. Aber zunächst brauchten sie nun auch nicht mehr mit größeren Auslagen zu rechnen.

Und dann sollte ja nun der Verdienst für die Übersetzungen dazukommen. Ängstlich beobachtete Elisa ihren Gatten, ob er auch nicht zu viel entbehren müsse. Aber Sascha fand dieses neue Leben reizvoll und schön. Und später, als es den Reiz der Neuheit verlor, hatte er sich daran gewöhnt.

Er war wieder vollständig geheilt, wenn er auch nicht mehr der starke, elastische Mensch von früher war. Seine Gesundheit blieb zart und schonungsbedürftig, und als der Sommer vergangen war und die heftigen Herbst- und Winterstürme einsetzten, da hatte er viel unter Erkältungen zu leiden. Seine Lunge war zwar ausgeheilt, aber sehr anfällig geblieben. Elisa umgab ihn jedoch mit so viel sorgender Liebe, daß er es leicht genug ertrug.

So fand sich Alexander mit seinem Leben ab und dankte seinem jungen Weibe mit jedem Atemzug für das Glück, das sie ihm bereitete. Nur an die Vergangenheit durfte er nicht denken – an Vater und Mutter, an Tatjana und die verlorene Heimat. Dann kam zuweilen eine bedrückende, schwermütige Stimmung über ihn, die auch Elisas Liebe nicht ganz zu bannen vermochte.

Zum Pfingstfest des nächsten Jahres, ein Jahr nach ihrer Verheiratung, wurde ihnen ein Töchterlein geboren. Sie nannten es Sonja, nach Elisas verstorbener Mutter.

Und nach der Geburt seines Kindes wurde Sascha frischer und froher. Das kleine, zarte Wesen ließ ihn immer mehr in die Zukunft blicken. Die Vergangenheit begann zu verblassen. Die Gegenwart und die Zukunft forderten ihr Recht. Und immer sonniger und glücklicher wurde die Stimmung in dem kleinen, friedlichen Heim.

Das junge Ehepaar hatte neue, lohnende Aufträge von dem Verlag bekommen. Darüber waren beide sehr glücklich, denn durch das Kind steigerten sich die Ausgaben, und man brauchte doch nun nicht auf allen Komfort und alle Behaglichkeit zu verzichten.

Dr. Heinzius und seine Mutter waren zur Taufe der kleinen Sonja zu Besuch gekommen, und es gefiel den beiden in dem bescheidenen Heim des jungen Paares so gut, daß sie nun jeden Sommer für einige Wochen kamen. Es wurde dann freilich ein wenig eng in dem kleinen Häuschen, aber das ertrugen diese vier Menschen mit Vergnügen.

Elisa und Sascha freuten sich immer sehr auf diese Besuche. Sie fanden dann immer viel Anregung für Geist und Herz, denn außer dem Pfarrer des Dörfchens und dem Arzt des Nachbarortes kamen sie kaum mit Menschen zusammen.

Elisa hatte sich dazu entschlossen, ein Klavier anzuschaffen. Und wenn sie ihm vorspielte und mit ihrer weichen, glokkenreinen Stimme deutsche und russische Volkslieder sang, dann war Alexander glücklich. Ein wenig menschenscheu war er geworden. Aber das war nur natürlich.

Als die kleine Sonja vier Jahre alt war, erfüllte Ernst Heinzius den sehnlichsten Wunsch seiner Mutter und verheiratete sich mit Käthe Brand, die treu auf ihn gewartet hatte.

Frau Johanna schrieb Elisa darüber einen glücklichen Brief.

»Nun ist mir ein großer Wunsch erfüllt. Käthe ist so recht

eine Schwiegertochter nach meinem Herzen. Neben ihr gab es nur eine, die ich gern an ihrem Platz gewußt hätte, nämlich Dich, meine liebe Elisa. Aber Du wolltest nun mal nicht. Nun ist es auch gut, sehr gut so.

Ich ziehe nun hinauf in den ersten Stock. Daß ich fortgehe aus dem Doktorhäuschen, will Ernst durchaus nicht, und Käthe erklärte resolut, wenn ich nicht bleiben wollte, könnte aus der ganzen Hochzeit nichts werden. So bleibe ich denn und will mir Mühe geben, sämtliche Schauermärchen von bösen Schwiegermüttern zu widerlegen.

Schade, daß Ihr nicht zur Hochzeit kommen könnt, aber ich muß Eure Gründe billigen. Es könnte ja doch sein, daß irgend jemand Deinen Mann noch wiedererkennt. In unserem Städtchen sind die interessanten Persönlichkeiten dünn gesät, darum prägt man sie seinem Gedächtnis ein.

Dörte will es freilich nicht in den Kopf, daß ›Fräulein Elsa mit ihrem Mann‹ nicht kommen will. Aber sonst ist sie noch so frisch und flink, daß sie hoffentlich noch lange Zeit auf ihrem Posten im Doktorhäuschen bleiben kann.«

So schrieb Tante Johanna.

Elisa war von Herzen froh, daß Ernst endlich geheiratet hatte. Nun war auch diese Sorge von ihr genommen, und ihr Leben schien nur noch aus frohen Stunden zu bestehen.

Fünfzehn Jahre eines tiefen Glückes an der Seite ihres Gatten waren Elisa beschieden. Sie ging völlig auf in ihrem Mann und ihrem Kind. Und Alexander hatte in diesen fünfzehn Jahren erst den wahren Wert des Lebens erkannt.

Die kleine Sonja hatte keine Geschwister mehr bekommen. Sie war nun schon ein langaufgeschossener, bildhübscher Backfisch, vor dessen frohem Lachen kein betrübtes Gesicht standhielt.

Elisa wurde von ihrem Mann und ihrem Kinde vergöttert, und die beiden Gatten hingen noch immer mit einer Zärtlichkeit aneinander, die durch nichts zu erschüttern war.

Sonja Roschnow wußte nichts von der Vergangenheit ihres Vaters. Für sie war er eben Alexander Roschnow.

Elisa und Sascha hatten alle diese Jahre gemeinsam gearbeitet und immer so viel verdient, daß sie, mit den Zinsen ihres kleinen Vermögens, ihren Lebensunterhalt zu bestreiten vermochten.

Es reichte auch so weit, daß Sonja in Königsberg in Pension gegeben werden konnte, damit sie dort die Schule besuchte. Eine vorzügliche Erziehung wurde dem Kinde zuteil. Und wenn es in den Ferien und an den Sonntagen nach Hause kam, waren es immer Festtage für die Eltern.

Im letzten Winter hatte sich aber Sascha eine schwere Erkältung zugezogen, und er bekam eine heftige Lungenentzündung.

Angstvoll wachte Elisa an seinem Bett, und Sonja wollte nicht nach Königsberg zurück, solange der Vater in Gefahr war. Bis Ostern sollte sie dort die Schule besuchen und dann einige Jahre zur Vollendung ihrer Erziehung in eine Genfer Pension kommen. Sonja hatte das große Sprachtalent ihrer Mutter geerbt und sprach schon jetzt ziemlich fließend Französisch, Englisch und Italienisch. Russisch sprach sie wie ihre deutsche Muttersprache. Von klein auf hatte sich Elisa mit ihrem Kind in allen Sprachen unterhalten.

Alexander schwebte wieder dicht am Rande des Grabes. Aber auch diesmal wurde er gerettet.

Der Arzt aber, der ihn behandelt hatte, und auch Ernst, den Elisa in ihrer Herzensangst herbeigerufen hatte, konnten der geängstigten Frau nicht verhehlen, daß die Lunge nicht ganz ausgeheilt war, und daß man den Kranken unbedingt sofort nach dem Süden bringen müsse, sobald er transportfähig wäre.

Elisa lag das Herz schwer in der Brust. Sie hing mit allen Fasern ihres Seins an dem geliebten Gatten, und die Angst, ihn verlieren zu müssen, erfüllte sie mit Verzweiflung. Ohne Rücksicht auf die Kosten reiste sie mit ihm, nach zärtlichem Abschied von der Tochter, nach Mentone.

Sonja blieb bis Ostern in Königsberg zurück und sollte dann nach Mentone nachkommen. Von dort aus hoffte sie Elisa nach Genf bringen zu können, wenn sich ihr Gatte wieder erholt hatte.

Noch hoffte sie, daß einige Monate im Süden Saschas Lunge wieder ausheilen würden.

Sie war aber nicht imstande, beruflich zu arbeiten. Ihre ganze Zeit widmete sie dem Gatten.

Da sie nun beide nichts verdienten, mußte der Unterhalt von dem Kapital bestritten werden. Und der Aufenthalt in dem Sanatorium war nicht billig.

Das kümmerte aber Elisa vorläufig gar nicht. Ihr ganzes Sinnen und Denken war nur von dem einen heißen Wunsch beseelt, daß Sascha gesund werden möge.

In Mentone sahen viele Augen voll Bewunderung auf die noch immer bezaubernd schöne Frau, die mit rührender Sorgfalt den schlanken, bleichen Mann umgab, in dessen dunkles Haar sich schon zahlreiche Silberfäden geschlichen hatten.

Sascha ertrug sein Leiden mit Geduld. Auch er war von dem Wunsche beseelt, wieder gesund zu werden, seiner Frau und seinem Kind zuliebe.

Die beiden Gatten, die sonst nie das kleinste Geheimnis voreinander hatten, suchten sich jetzt gegenseitig zu täuschen.

Sascha verhehlte seiner Frau, daß er sich matter fühlte von Tag zu Tag. Und Elisa zeigte sich hoffnungsfroh und lächelnd, obwohl ihr der Arzt nicht verhehlte, daß das Leiden ihres Gatten Fortschritte gemacht hatte, und daß nur bei einem jahrelangen Aufenthalt im Süden noch eine Heilung möglich sei.

Elisa war sofort fest entschlossen, mit Sascha so lange hier zu bleiben, bis er geheilt sei. An eine andere Möglichkeit wagte sie gar nicht zu denken.

Und so versuchte sie Sascha lächelnd zu überzeugen, daß sie beide sich doch die Ausspannung gönnen und hier in Mentone auf längere Zeit Aufenthalt nehmen könnten.

Als er von den Kosten sprach, lächelte sie nur. Alle Geldgeschäfte hatte Alexander ihr überlassen. Und so täuschte sie ihm lächelnd vor, daß sie nicht zu knausern brauchten und sehr wohl noch einige Jahre ohne Arbeit auskommen würden. Wie rapide das kleine Vermögen abnahm, ahnte der Kranke nicht.

Sonja wurde nun nicht nach Genf, sondern in Mentone in Pension gegeben, denn sie wollte sich jetzt nicht von den Eltern trennen, und Elisa brauchte zu nötig Sonjas frohes Wesen zur Aufheiterung für den Vater.

So sah Sonja ihre Eltern täglich.

Als Elisa mit ihrem Gatten nach Mentone ging, besaß sie noch fünfzigtausend Mark. Drei Jahre dauerte aber der nur erst auf Monate berechnete Aufenthalt. Und da Elisa in ihrer Herzensangst um den immer mehr hinsiechenden Gatten nicht zu arbeiten vermochte, schmolz diese Summe bedenklich zusammen.

Die Angst vor der Zukunft hätte Elisa sicher zu Boden gedrückt, wenn nicht eine andere, riesengroße Angst diese kleinere Sorge völlig übertönt haben würde.

Sie wußte jetzt, daß ihr Gatte nie mehr gesund werden konnte und daß seine Lebenstage gezählt waren. Mit heldenhaftem Mute verbarg die arme Frau vor Mann und Kind, welch schreckliche Gewißheit ihr der Arzt verschafft hatte.

Sie vermochte zu lächeln und frohe Zukunftspläne zu schmieden, während ihr vor Jammer und Entsetzen das Herz fast brach. Und in dieser Zeit brach bei der sonst so gesunden Frau ein schweres Herzleiden aus, das sie indessen kaum beachtete.

Um Sascha allein drehte sich alles Sinnen und Denken. Ihm die letzten Lebenstage so sonnig und leicht wie möglich zu gestalten, war jetzt ihr einziger Lebenszweck. Dafür scheute sie keine Kosten. Mochte der letzte Rest ihres Vermögens draufgehen – was lag daran? Wenn Sascha nicht mehr war, was war dann das Leben für sie?

Nicht einmal der Gedanke an Sonja vermochte sie aus ihrer Angst und Sorge um den geliebten Mann zu reißen.

Und es war seltsam: Je schlimmer Saschas Leiden wurde, desto hoffnungsvoller glaubte er an seine Heilung. Ihre pekuniären Sorgen hatte ihm Elisa völlig verschwiegen, und da er in Geldangelegenheiten unselbständig wie ein Kind war und nicht ahnte, welche Opfer seine Krankheit forderte, war er voll guten Mutes, scherzte mit Sonja und lächelte Elisa glücklich zu.

»Bald bin ich gesund, mein Liebling, dann kehren wir heim in unser Häuschen, und dann wird alles wieder gut. Wir arbeiten wieder fleißig. Unsere Sonja hilft dann auch schon mit, und der kleine Ausfall in unseren Zinsen wird schnell aufgeholt. Ach, wie freue ich mich auf daheim!«

So sagte er voll guten Mutes.

Und Elisa brachte es fertig, mit liebevoll täuschender Fröhlichkeit darauf einzugehen.

An einem sonnigen Märztage entschlief Sascha ruhig und friedlich in seinem Lehnstuhl. Bis zuletzt war er fest überzeugt gewesen von seiner baldigen Genesung, und bis zuletzt hatte Elisa lächelnd Zukunftspläne mit ihm besprochen.

Still und müde, ohne Kampf war er eingeschlafen, und Elisa hatte gelächelt, bis sie in sein brechendes Auge sah.

Sonjas entsetzten Aufschrei hörte sie nicht mehr. Die mutige Frau brach in dem Augenblick zusammen, als ihr heißgeliebter Gatte den letzten Atemzug getan hatte.

Als Alexander beerdigt worden war an einer sonnigen Stelle des freundlichen Kirchhofes, mußte man Elisa, die wieder ohnmächtig geworden war, in das Sanatorium zurückfahren.

In den nächsten Tagen stellten sich furchtbare Herzkrämpfe ein. Die kaum siebzehnjährige Sonja, die der Schmerz um den heißgeliebten Vater furchtbar niederdrückte, mußte nun auch noch um das Leben der Mutter zittern.

Aber die Sorge um ihr Kind rief noch einmal Elisas Lebensgeister wach. Sie war nur noch von dem Wunsch beseelt, ihre Sonja in die Heimat zu bringen, zu Ernst und Tante Johanna, die ihr sicher Schutz und Schirm sein würden, wenn sie selbst es nicht mehr sein konnte.

Elisa fühlte nur zu gut, daß ihre Tage gezählt seien. Zu tief hatte ihr ganzes Leben in dem des geliebten Mannes gewurzelt. So lange sie ihm Opfer bringen konnte, hatte sie ihre Kräfte verschwenderisch für ihn hingegeben. Nun war sie erschöpft und kraftlos.

Von ihrem Vermögen war so gut wie nichts mehr übriggeblieben. Mit vollen Händen hatte sie alles ausgegeben, um Saschas letzte Jahre so sonnig und schön wie möglich zu gestalten. Nun war nur noch wichtig, für Sonja einen Notgroschen für die Zukunft sicherzustellen. Da sie nichts weiter besaß, mußte sie sich entschließen, das Häuschen am Meeresstrand, in dem sie so unsagbar glücklich gewesen war, zu verkaufen.

So gab sie noch von Mentone aus einem Agenten Auftrag, das kleine Häuschen zu verkaufen.

In den letzten Jahren waren zuweilen Sommergäste in das Dörfchen gekommen. Vielleicht fand sich bald ein Käufer.

Jedenfalls wollte Elisa gar nicht erst in ihr kleines trautes Heim zurückkehren. Die Trennung würde ihr sonst doppelt schwerfallen.

Sonja war sehr betrübt, als die Mutter sie in ihre Sorgen und Kümmernisse einweihte und ihr sagte, daß das kleine Haus verkauft werden müsse. Aber sie war ein tapferes, mutiges Geschöpf, wie ihre Mutter einst gewesen war, und biß die Zähne zusammen, um der Mutter durch ihren Kummer nicht das Herz noch schwerer zu machen.

Sobald sich Elisa so weit erholt hatte, daß sie reisen konnte, verließ sie Mentone nach einem herzzerreißenden Abschied von dem Grabe ihres Gatten und kehrte mit ihrem Kinde nach Deutschland zurück.

Ernst und Tante Johanna waren tief erschüttert, als sie Elisa wiedersahen. Vor einigen Jahren war sie noch ein blühendes, schönes Weib gewesen. Jetzt glich sie nur noch einem Schatten von einst.

Ernst und seine hübsche, muntere Frau sowie Tante Johanna wollten durchaus, daß Elisa mit ihrer Tochter im Doktorhäuschen wohnen sollte. Aber da waren nun inzwischen drei lebhafte, lustige Kinder eingezogen, denen ohnehin das elterliche Haus zu eng wurde.

Also bestand Elisa darauf, für sich und Sonja in der nächsten Nachbarschaft zwei kleine Zimmer zu mieten.

Dort richteten sich die beiden ein, so gut es ging. Sonja war trotzdem oft und gern im Doktorhause. Hier blühte nach allem Herzeleid der jugendliche Frohsinn wieder auf.

Sie konnte mit den »drei Doktorrangen«, zwei Buben und einem Mädel, noch im jugendlichen Ungestüm durch den Garten tollen oder sie in dem Boot über den See rudern.

Keine Ahnung kam ihr dabei, welche Rolle dieser See im Leben ihrer Eltern gespielt hatte.

Die Marmorgruppe der Barmherzigkeit, die Fürstin Maria Petrowna drüben im Wäldchen dem Andenken ihres Sohnes geweiht hatte, übte eine große Anziehungskraft auf Sonja aus. Sie fand die Gruppe wunderschön und dichtete einen ganzen Roman um die Person des ertrunkenen jungen Fürsten, von dem man heute noch im Städtchen sprach.

Einmal ruderte Sonja auch die Mutter hinüber zu der Gruppe der Barmherzigkeit. Mit trüben, ernsten Augen sah Elisa auf das schöne, edle Bildwerk. Und ihr Blick richtete sich mit seltsam sinnendem Ausdruck auf ihr Töchterchen, das im jugendlichen Überschwang ihre romantischen Ideen über den fremden Fürstensohn ausplauderte.

»Mütterchen, du kannst dich darauf verlassen: Eine unglückliche Liebe hat ihn in den Tod getrieben. Was sollte wohl einen Fürstensohn sonst dazu bringen, sein junges Leben von sich zu werfen? Schrecklich reich müssen seine Eltern gewesen sein, daß sie diese kostbare Gruppe hier aufgestellt haben. Also, die Armut war's nicht. Was sonst, wenn nicht eine unglückliche Liebe?« sagte Sonja wichtig.

»Du meinst, außer diesen beiden Dingen gäbe es keinen Grund mehr, das Leben von sich zu werfen, mein Kind?« fragte Elisa wehmütig.

»Ach, Mütterchen, ich wüßte weiter keinen.«

»Mögest du auch nie einen andern kennenlernen, meine Sonja. Aber nun laß uns heimkehren, es wird kühl.«

Sonja hüllte die Mutter sorglich in ein Tuch und ruderte zum Doktorhause zurück.

Mitten auf dem See bekam Elisa jedoch wieder einen schlimmen Herzkrampf. Die Vergangenheit war vor ihr aufgestiegen und hatte sie erregt.

Zum Glück ging es schnell vorüber. Sonja hatte in ihrer Sorge um die Mutter die Ruder eingezogen und sich zärtlich um sie bemüht. Als der Krampf vorüber war, atmete Sonja auf.

»Mütterchen, du kannst nur dehalb nicht wieder gesund werden, weil du dich so sehr um unsere Zukunft sorgst«, sagte sie mit zärtlichem Vorwurf.

»Um deine Zukunft, meine Sonja, nur um deine. Wenn ich

auch heute die Nachricht bekommen habe, daß unser Haus für zwanzigtausend Mark verkauft worden ist, was bedeutet solch eine Summe! Von den Zinsen kann eine Person nicht leben, viel weniger zwei«, erwiderte Elisa, mit trübem Blick ihr Kind betrachtend.

Sonja schüttelte den Kopf.

»Mütterchen, sorg dich nicht. Hab nur eine kleine Weile Geduld. Einige Jahre reicht das Geld schon für uns, und dann bin ich soweit, daß ich etwas verdienen kann. Onkel Ernst sagt, mit meinen Sprachkenntnissen könnte ich überall Geld verdienen. Nur hier fehlt es an Gelegenheit.

Weißt du, was ich mir ausgedacht habe? Wenn du erst wieder gesund bist, dann gehen wir beide nach Berlin. Und da finde ich schon etwas, womit ich unseren Unterhalt verdiene. Werde du nur erst gesund, meine süße Mutter. Denk an Papa! Wenn er dich so sehen könnte! Ach, du weißt, wie unglücklich er sein konnte, wenn dir nur einmal ein Finger weh tat.

Sieh, ich sehne mich auch schrecklich nach meinem lieben, teuren Vater, und manchmal könnte ich vor Leid laut aufschreien, wenn ich an ihn denke. Aber mit allem Jammer können wir ihn nicht wieder lebendig machen, und das Leben ist so schön. Papa würde arg böse sein, wenn er dich so traurig und elend sähe.«

Elisa lächelte matt.

»Meine liebe, kleine Sonja«, sagte sie zärtlich und wehmütig.

In der Nacht konnte Elisa nicht schlafen, Sie erhob sich und holte ein Schriftstück hervor, an dem sie schon seit längerer Zeit schrieb.

In dieser Nacht vollendete sie es und versiegelte es zusammen mit anderen Papieren. Das Paket versah sie mit einer Aufschrift, und am nächsten Tage trug sie es zu Ernst und Tante Johanna, die es in Verwahrung nehmen sollten. Sie hatte eine lange ernste Unterredung mit diesen beiden treuen Menschen, die ihr ein feierliches Versprechen gaben.

Vier Wochen später verschied Elisa nach einem besonders schweren Anfall ihres Herzleidens, und die arme Sonja war eine Waise.

16

ZWANZIG JAHRE WAREN vergangen, seit Alexander Kalnoky zum letzten Mal seine Mutter beim Abschied zärtlich umfangen hatte.

Die Jahre waren nicht spurlos an Maria Petrowna vorübergegangen. Wohl hatte sich ihre Gesundheit wieder gekräftigt, wohl schritt sie noch jetzt, da sie achtundsechzig Jahre zählte, rüstig und aufrecht einher. Aber der Schmerz hatte seine Zeichen in das einst so schöne Antlitz gegraben, und das silberweiße Haar rahmte ein Greisinnengesicht voll Güte und Milde ein.

Aller Stolz war von dieser Frau gewichen. Seit dem schon vor zehn Jahren erfolgten Tode ihres Gatten lebte sie nur noch der Wohltätigkeit und Barmherzigkeit. Von allem geselligen Treiben hatte sie sich mit ihrem Gatten schon seit Saschas Verschwinden zurückgezogen.

Vor seinem Tode hatte Fürst Iwan seiner Gattin schonend die ganze Wahrheit über Saschas Tod enthüllt. Da war ihr Stolz vollends gebrochen. Ihr Mutterherz hatte den Verlust des geliebten Sohnes nicht verwunden. Ihr Herz hing heute noch mit Innigkeit an ihm.

Tatjanas Gatte war seit einigen Jahren auf den Botschafterposten in Paris berufen worden. Zwei Söhne waren aus ihrer Ehe hervorgegangen, und diese Söhne waren jetzt im Alter von achtzehn und sechzehn Jahren.

Tatjana und ihr Gatte waren von Berlin aus auf Jahre nach Petersburg zurückgekehrt, bis Wladimir nach Paris berufen wurde. Sie hatte der Mutter treu zur Seite gestanden, als diese durch die Eröffnung, wie Sascha gestorben war, aufs neue verzweifelte.

Inzwischen war ein neuer Zar auf den Thron gekommen, und wegen der ausbrechenden politischen Unruhen war es Tatjana angenehm, daß sie mit ihrem Gatten und ihren Söhnen in Paris verhältnismäßig ruhig leben konnte.

Sie hatte ihre Mutter überreden wollen, mit nach Paris zu gehen, aber Maria Petrowna fürchtete sich vor dem lauten geselligen Treiben, zu dem ihre Tochter dort verpflichtet war. Sie zog sich ganz nach Schloß Kalnoky zurück, und erst als wieder Ruhe im Lande herrschte, verlebte sie einige Wintermonate im Petersburger Palais und widmete sich ihren Wohltätigkeitsbestrebungen.

Aber wie jedes Jahr ging sie trotz ihres Alters für einige Wochen nach Paris, um ihre Lieben zu sehen, und jeden Sommer kam Fürst Sogareff mit Gemahlin und Söhnen für einige Zeit nach Schloß Kalnoky.

So sahen sich Mutter und Tochter doch zweimal im Jahre für längere Zeit.

An ihren beiden Enkeln hing Maria Petrowna mit großer Zärtlichkeit, aber ihren verlorenen Sohn vermochten ihr diese doch nicht zu ersetzen.

Sascha lebte noch heute in ihrer Erinnerung als der schöne, glänzende Offizier, der mit frohem Übermut dem Leben entgegengestürmt war. Sein Vergehen erschien ihr so gering, sein Tod so grausam. Wenn sie eine Ahnung gehabt hätte, in welch dürftigen Verhältnissen Sascha noch achtzehn Jahre lang gelebt hatte! Ach, sie beweinte ihn schmerzlicher, seit sie wußte, wie er gestorben war.

Wenn Maria Petrowna nach Paris reiste, machte sie stets einige Tage in Berlin Station, um die anstrengende Reise zu unterbrechen und sich ein wenig auszuruhen.

In Berlin pflegte sie dann allerhand Geschenke für Tatjana, Wladimir und ihre Enkel einzukaufen.

Meist war sie nur von ihrer Kammerfrau und einem Diener begleitet. Tatjana hatte schon alles versucht, die Mutter zu bewegen, sich eine Gesellschafterin zu engagieren. Aber Maria Petrowna war etwas menschenscheu geworden und konnte sich nicht entschließen, eine fremde Person um sich zu haben.

An einem wundervollen, klaren Spätherbsttag war die Fürstin auf der Durchreise nach Paris wieder in Berlin eingetroffen.

Sie war in dem von ihr bevorzugten Hotel abgestiegen, wo man bereits Zimmer für sie reserviert hatte.

Müde von der Reise, begab sie sich zeitig zur Ruhe. Am nächsten Morgen erhob sie sich, wie sie es gewöhnt war, um neun Uhr. Ihre Kammerfrau kleidete sie an, und danach servierte ihr der eigene Diener das Frühstück.

Später bestellte sie einen Wagen und befahl der Kammerfrau und dem Diener, sich bereitzuhalten, sie zu allerlei Einkäufen zu begleiten.

Als sie allein war, trat Maria Petrowna an das Fenster ihres Salons und sah auf das rege Straßentreiben hinab. Sie trug, wie immer seit dem Verlust ihres Sohnes, ein schwarzes Kostüm, das in seiner vornehmen Schlichtheit die Dame aus hohen Kreisen verriet. Noch immer war die Fürstin eine imponierende Erscheinung. Wer in ihr stilles Antlitz sah, empfand, daß dieser Frau das Leben keine Schmerzen schuldig geblieben war.

Nach einer Weile wurde ihr gemeldet, daß der Wagen vorgefahren sei. Von Diener und Kammerfrau begleitet, schritt die Fürstin gleich darauf, in einen kostbaren Mantel gehüllt, die Treppen ins Vestibül hinab.

Die Angestellten des Hotels begrüßten den vornehmen Gast mit einer tiefen Verbeugung. Der Diener öffnete den Wagenschlag, und die Fürstin stieg ein.

Auf dem Rücksitz nahm die Kammerfrau Platz, und der Diener schwang sich auf den Bock neben den Kutscher. Die Fürstin hatte ihm eine Notiz gegeben, wo sie vorzufahren wünschte.

Unter anderem hielt der Wagen vor einem der ersten Juweliergeschäfte Unter den Linden, in dessen Auslagen Geschmeide von märchenhafter Pracht ausgestellt war. Hier pflegte die Fürstin stets auf ihrer Durchreise Einkäufe zu machen.

Die Bedienung in diesem von Hofkreisen besuchten Geschäft war sehr unaufdringlich. Einige Herren und Damen von guter Erziehung verkauften, und da auch viele Ausländer zu den Kunden gehörten, mußten sie immer einige Sprachen beherrschen.

Als die Fürstin eintrat, erkannte der Besitzer die alte gute Kundin sofort. Er wußte, daß er eine reiche russische Fürstin vor sich hatte, und gab unbemerkt einer der Verkäuferinnen, einer noch sehr jungen Dame, einen Wink.

Als diese an ihm vorüberging, um die Fürstin nach ihrem Begehr zu fragen, flüsterte er ihr zu: »Russin, Durchlaucht.«

Unmerklich fast nickte die junge Dame zum Zeichen, daß sie verstanden hatte.

Es war eine schöne, schlanke Erscheinung mit prachtvollem Haar in einem satten Goldton und großen, dunklen Augen. Über diesen Augen wölbten sich eigenartig gezeichnete Brauen. Die Züge des Gesichts waren außerordentlich fein geschnitten, der Teint klar und frisch.

Ein schwarzes, schlichtes, doch elegant sitzendes Kleid umschloß die feinen, schlanken Formen der sich anmutig bewegenden Gestalt, und ihr Wesen wirkte so vornehm und ruhig, daß man eher eine Dame der höchsten Gesellschaftskreise vor sich zu haben glaubte als eine Angestellte des Geschäftes.

Der Juwelier pflegte seinen Angestellten ein hohes Gehalt zu zahlen, verlangte aber auch außer guter Bildung und Sprachkenntnissen ein tadellos gepflegtes Äußeres und elegante Kleidung, aus Rücksicht auf seine vornehme Kundschaft.

Die junge Dame war an die Fürstin herangetreten und fragte sogleich in russischer Sprache nach ihrem Begehr.

Maria Petrowna blickte überrascht in ihr schönes Gesicht.

Das geschah nicht nur deshalb, weil sie in einem tadellos geläufigen Russisch und mit dem ihr gebührenden Titel angeredet wurde, sondern auch, weil dieses Gesicht sofort den Eindruck in ihr erweckte, als sei es ihr nicht fremd. Und doch wußte sie bestimmt, daß sie diese junge Dame noch nie in ihrem Leben gesehen hatte.

Vor allen Dingen fesselten sie die großen dunklen Augen und die Brauen, die so seltsam und reizvoll mit dem Goldton des Haares kontrastierten.

Während sie ihren Wünschen Ausdruck gab und die junge Dame ihr allerlei vorlegte, sah sie immer wieder in deren Gesicht. Aber auch die schlanken, weißen und schön gepflegten Hände betrachtete sie mit Wohlgefallen.

Die Fürstin hatte sich niedergelassen, um in Ruhe ihre Auswahl zu treffen. Außer ihr war gerade kein Käufer in dem Geschäft, und der Besitzer und die anderen Verkäufer hatten sich diskret zurückgezogen.

Seltsam interessiert lauschte die Fürstin der klaren Mädchenstimme, die so leicht und graziös die russische Sprache beherrschte. Sie konnte sich schließlich, ganz gegen ihre Gewohnheit, nicht enthalten, ein Gespräch mit der jungen Dame anzuknüpfen.

»Sie sprechen Russisch so vorzüglich und rein, daß man annehmen möchte, es sei Ihre Muttersprache«, sagte sie, einem unerklärlichen Zwang nachgebend.

»Durchlaucht werden das natürlich finden, wenn ich mir zu bemerken erlaube, daß mein Vater geborener Russe war und auch meine Großmutter mütterlicherseits aus Rußland stammte«, antwortete die junge Dame artig.

»Ah – so sind Sie Russin?«

»Nicht unbedingt. Ich bin in Deutschland geboren und erzogen worden und habe noch nie russischen Boden betreten.«

Die Fürstin betrachtete sie wieder voller Interesse.

Welch ein reizendes, anmutiges Geschöpf – wie vornehm und sicher in ihrem Wesen, dachte sie, und laut fuhr sie fort:

»Und Ihre Eltern wohnen hier in Berlin?«

Es drängte sie, mehr über dies Mädchen zu erfahren.

»Nein, Durchlaucht, meine Eltern sind beide tot. Ich stehe allein in der Welt«, erklärte die junge Dame.

»Ach, wie traurig. So jung und schön und schutzlos. Nicht wahr, Sie sind noch sehr jung?«

Die junge Dame errötete leise. Es kam wohl vor, daß eine Käuferin sie in eine flüchtige Unterhaltung zog, aber in den Worten der alten Fürstin lag eine warme Teilnahme, die sie berührte.

»Ich bin neunzehn Jahre alt, Durchlaucht.«

»Neunzehn Jahre, fast noch ein Kind«, sagte die Fürstin leise.

Die junge Dame lächelte mit einem dankbaren Ausdruck.

Maria Petrowna zuckte unmerklich zusammen. Dieses Lächeln, wo hatte sie dieses Lächeln schon gesehen?

Voll unerklärlicher Erregung blickte sie in die großen, leuchtenden Mädchenaugen. Sie schienen ihr so merkwürdig bekannt und vertraut.

Nachdenklich war der Gesichtsausdruck der alten Dame. Selten hatte sie ein Mensch auf den ersten Blick so sympathisch berührt wie diese kleine Verkäuferin. Es schien ihr selbst unfaßbar.

Gedankenlos wählte sie ein Schmuckstück aus und verlangte dann noch anderes zu sehen.

Bereitwillig legte ihr die junge Dame vor. Eine Weile sprachen sie beide nicht. Dann sagte die Fürstin plötzlich aus tiefen Gedanken heraus:

»Ist Ihre Beschäftigung hier sehr angenehm, mein Fräulein?«

Die Verkäuferin lächelte. Und wieder war die Fürstin entzückt von diesem sonnigen Lächeln.

»Ich bin zufrieden, Durchlaucht. Wenn man arm ist und sich sein Brot verdienen muß, darf man nicht sehr wählerisch sein. Im Anfang erschien es mir manchmal nicht leicht, aber jetzt habe ich mich eingewöhnt.«

»Sie sind noch nicht sehr lange hier, nicht wahr? Vor einem Jahre hatte man hier noch keine Verkäuferin, die russisch sprechen konnte.«

»Durchlaucht haben recht. Ich bin seit zehn Monaten in dieser Stellung und wurde gerade wegen meiner Kenntnisse der russischen Sprache hier engagiert, obwohl ich für den Posten zu jung und unerfahren erschien. Ich hoffe jedoch, daß der Chef jetzt mit mir zufrieden ist.«

Maria Petrowna sah lebhaft auf.

»Sie scheinen mir zu schade für einen solchen Posten. Anscheinend haben Sie eine sehr gute Erziehung genossen. Fand sich keine passende Stellung für Sie? Verzeihen Sie meine Fragen. Aber Sie interessieren mich, vielleicht, weil Sie russischer Abstammung sind, vielleicht auch nur, weil mich Ihr Wesen und Ihr Äußeres sympathisch berühren. Jedenfalls haben Sie vom ersten Augenblick an meine Teilnahme erweckt. Ich meine, für Sie müßte es noch eine andere Lebensstellung geben als die einer Verkäuferin.«

Die junge Dame empfand auch ihrerseits ein großes Interesse für die vornehme, gütige Dame. Sie blickte diese offen und ehrlich an.

»Ich mußte nach dem Tode meiner Eltern für mich allein einstehen, Durchlaucht. Das Gnadenbrot bei Verwandten zu essen war ich zu stolz und zu selbständig, wenn es mir auch in der liebevollsten Weise angeboten wurde. Ein kleiner Notgroschen, der mir blieb, soll für das Alter unangetastet bleiben. Jetzt bin ich jung und gesund und kann arbeiten. Ich habe mich auch um andere Stellen bemüht. Aber zur Erzieherin fehlt mir das Examen und als Gesellschafterin wurde ich ohne Zeugnisse und Empfehlungen nicht engagiert. Und da fand ich eines Tages eine Annonce in der Zeitung, worin man eine gebildete junge Dame aus guter Familie mit guten Sprachkenntnissen suchte. Da ich außer deutsch und russisch auch französisch, englisch und italienisch spreche, meldete ich mich. Das hohe Gehalt lockte mich, und so kam ich hierher in diese Stellung.«

Die Fürstin hatte aufmerksam zugehört.

»Und Sind Sie nun so zufrieden mit Ihrer Stellung, daß Sie diese nicht mit einer andern vertauschen möchten?« fragte sie hastig.

»Mit einer besseren wohl, aber Durchlaucht dürfen mir glauben, daß es nicht leicht ist, so etwas zu finden.«

Maria Petrowna wählte wieder mechanisch eins der vorgelegten Schmuckstücke und legte es zu den bereits ausgesuchten.

Dann sagte sie plötzlich hastig und halblaut:

»Ich suche schon seit langer Zeit eine junge Dame, die mir Gesellschaft leistet, mir vorliest, Briefe schreibt und mich auf meinen Reisen begleitet. Meist lebe ich auf meinen Gütern – im Winter in Petersburg – und kann mich nur schwer an fremde Gesichter in meiner Umgebung gewöhnen. Aber Sie würden mir sogleich zusagen. Sie sind mir sympathisch, wie sonst nicht leicht ein fremder Mensch. Es mag wunderlich klingen und ist auch wunderlich: Vom ersten Augenblick habe ich eine Zuneigung zu Ihnen gefaßt. Hätten Sie Lust, Ihre Stellung hier aufzugeben und in mein Haus zu kommen?«

Die junge Dame war vor freudiger Überraschung sehr rot geworden.

»Durchlaucht sind so gütig, aber das kommt so überraschend, daß ich mich im Augenblick nicht entscheiden könnte.«

»Das sollen Sie auch nicht. Ich werde Ihnen Referenzen geben. Man geht nicht ohne weiteres mit ins Ausland, wenn man jung und schön ist. Ich will nur noch bemerken, daß ich Ihnen gern dasselbe Gehalt zahle, das Sie hier beziehen, und dazu völlig freie Station biete.«

Die junge Dame atmete tief auf. Das war allerdings ein äußerst verlockendes Angebot. Und so überraschend es kam, die aristokratische alte Dame mit dem edlen, gütigen Wesen flößte ihr großes Vertrauen ein.

Trotzdem war sie klug genug einzusehen, daß bei einem Engagement im Ausland Vorsicht geboten war. Aber hatte ihr die Fürstin nicht selbst Referenzen angeboten?

»Durchlaucht sehen mich fassungslos«, sagte sie leise. »Dies Angebot ist außerordentlich verlockend. Aber ich müßte es mir dennoch erst überlegen.«

»Selbstverständlich. Wir müßten auch alles in Ruhe besprechen. Wollen Sie mich in meinem Hotel besuchen?«

»Gern, wenn Durchlaucht gestatten. Aber ich könnte nur außerhalb der Geschäftsstunden kommen oder am Sonntag.«

»Gut, gut, morgen ist Sonntag, nicht wahr? Ja, kommen Sie morgen zu mir.«

»Welche Zeit befehlen Durchlaucht?«

»Paßt es Ihnen um zwölf Uhr?«

»Gewiß, Durchlaucht.«

»Schön, ich erwarte Sie um zwölf. Und hier, diesen Ring, den will ich auch noch kaufen.«

Sie schloß nun ihren Kauf ab, und die junge Dame legte mit unsicheren Händen die gekauften Schmuckstücke in passende Etuis. Sie war viel erregter, als sie zeigen wollte. Dieses günstige Angebot war eine Lebensfrage für sie. Dasselbe Gehalt wie bisher, dazu freie Station und ein sehr angenehmes Leben mit dieser vornehmen, gütigen Frau, das war ein großer Glücksfall.

Die Fürstin gab ihr ihre Karte und nannte das Hotel. Die Schmuckstücke sollten ihr zugeschickt werden. Ihre Augen ruhten noch einmal voll Interesse auf dem schönen Gesicht des jungen Mädchens, und mit einem leisen Gruß verließ sie den Laden.

Sogleich trat der Chef an die junge Dame heran.

»Haben Sie der Fürstin etwas verkauft, Fräulein Roschnow?« fragte er.

Sonja Roschnow erstattete ihm Bericht, und er schien sehr zufrieden damit zu sein.

Sonja verriet natürlich nichts von der privaten Unterhaltung mit der Fürstin. Aber sie mußte den ganzen Tag daran denken.

Ahnungslos, in welchem Verhältnis sie zu der Fürstin Kalnoky stand, fühlte sie doch ein starkes Interesse für sie. Und sie war sehr gespannt, wie sich diese Angelegenheit entwikkeln würde.

Als sie am Abend dieses Tages in ihrem kleinen, bescheidenen Zimmer saß, das sie in der Pension der verwitweten Frau Doktor Schlender bewohnte, überlegte sie immer von neuem das Für und Wider des Angebots.

Frau Doktor Schlender sah noch einmal zu ihr herein. Sie bemutterte die junge Dame ein wenig und plauderte gern ein Stündchen mit ihr. Heute war Sonja aber gar nicht dazu aufgelegt. Von dem, was sie beschäftigte, wollte sie noch nicht sprechen, und für etwas anderes hatte sie jetzt keinen Sinn.

Sie war froh, als die Pensionswirtin sie wieder allein ließ.

Am nächsten Morgen machte sie besonders sorgfältig Toilette. Sie kleidete sich in ein hübsches, schlichtes Tuchkleid von dunkelblauer Farbe, das besonders gut zu ihrem goldblonden Haar stand. Ein kleidsamer, einfacher Hut, gut sitzende Schuhe und Handschuhe, alles paßte harmonisch zueinander und verriet den guten Geschmack.

In ihrer Ungeduld war sie viel zu früh für ihren Besuch fertig. Da sie es aber in ihren engen vier Wänden nicht aushalten konnte, machte sie sich schon jetzt auf den Weg und ging noch ein Stück im Tiergarten spazieren, bis es Zeit war, sich im Hotel einzufinden.

Dort fragte sie nach der Fürstin. Der Diener stand schon, von seiner Herrin beauftragt, neben der Portierloge bereit, sie zu führen. Er trat mit einer Verbeugung auf sie zu und bat sie, ihm zu folgen.

Maria Petrowna war, seit sie Sonja kennengelernt hatte, in einer sonderbar erregten Stimmung. Immerfort mußte sie an das junge Mädchen denken, immer darüber nachgrübeln, an wen Sonja sie erinnerte.

Sie kam aber zu keinem Resultat. Jedenfalls stand es fest bei ihr, daß die junge Dame ihr eine sehr angenehme Gesellschafterin sein und daß sie alles aufbieten würde, sie zu bewegen, die Stellung bei ihr anzunehmen.

Als der Diener eintrat und meldete, daß die junge Dame angekommen sei, winkte sie ihm zu, sie hereinzuführen.

Gleich darauf trat Sonja ein und blieb grüßend an der Tür stehen. Maria Petrowna betrachtete sie wohlgefällig, und dann streckte sie ihr gütig die Hand entgegen. Sonja führte diese artig an die Lippen.

»Bitte, nehmen Sie Platz«, sagte die Fürstin, auf einen Sessel deutend.

Als Sonja sich bescheiden, aber ohne Zwang und Ziererei niedergelassen hatte, fuhr die Fürstin fort:

»Zuerst muß ich Sie bitten, mir Ihren Namen zu nennen, mein Fräulein, danach vergaß ich ganz zu fragen gestern.«

»Ich heiße Sonja Roschnow, Durchlaucht«

Die Fürstin stutzte.

»Roschnow? Habe ich recht verstanden – Roschnow?«

»Ja, Durchlaucht.«

»Wie seltsam, Fräulein Roschnow. Diesen Namen führen unter mehreren andern die Fürsten Kalnoky auch, nach einer uns gehörigen Besitzung. Freilich ist er in Rußland sehr häufig. Immerhin will ich es für eine gute Vorbedeutung halten, daß Sie diesen Namen führen.«

Sonja hatte ebenfalls überrascht aufgeblickt, aber weder ihr noch der Fürstin kam eine Ahnung, daß es eine besondere Bewandtnis mit diesem Namen haben könnte. Sie blieb daher ganz unbefangen.

Die Fürstin fragte weiter:

»Ihre Eltern lebten, wie Sie mir sagten, in Deutschland. Welchen Beruf hatte Ihr Vater?«

»Er übersetzte mit meiner Mutter zusammen Werke bekannter Autoren in verschiedene Sprachen.«

»Ah, also daher auch Ihre bedeutenden Sprachkenntnisse.«

»So ist es, Durchlaucht. Das meiste habe ich von meinen Eltern gelernt. Ich besuchte in Königsberg die Schule und war dann einige Jahre in Mentone in Pension, weil meine Eltern sich dort infolge der Krankheit meines Vaters lange aufhalten mußten.«

»Ihr Vater war lange krank?«

»Über drei Jahre, Durchlaucht. Nach einer schlimmen Lungenentzündung wurde er nie mehr gesund.«

»Und Ihre Mutter verloren Sie auch bald?«

»Ja, Durchlaucht, der Tod meines Vaters hat meiner Mutter das Herz gebrochen.«

Die Fürstin sah teilnahmevoll in das schöne junge Gesicht.

»Und besitzen Sie sonst noch Angehörige?«

»Nur einen verheirateten Onkel und eine Großtante, die aber nicht in Berlin wohnen.«

»Leben Sie hier ganz allein?«

»Ja, in der Pension von Frau Doktor Schlender, die sich meiner mütterlich angenommen hat.«

»Ich stelle da ein ganzes Examen mit Ihnen an, Fräulein Roschnow. Das tue ich jedoch nur, um der Form zu genügen. Ihre Persönlichkeit bürgt für Sie selbst. Ich möchte nun gern wissen, ob Sie sich mein Anerbieten überlegt haben, ob Sie es annehmen wollen.«

»Durchlaucht dürfen überzeugt sein, daß ich die mir so gütig gebotene Stellung gern annehmen werde, wenn sich nicht irgendwelche Schwierigkeiten ergeben.«

»Das wollen wir nicht hoffen. Ich bleibe noch einige Tage hier in Berlin, ehe ich meine Tochter in Paris besuche. Zwei Monate gedenke ich in Paris zu bleiben, ehe ich nach Petersburg zurückkehre. Ich muß sagen, daß ich Sie am liebsten gleich mit nach Paris nähme, um Sie meiner Tochter vorzustellen. Diese wünschte schon lange, daß ich eine lebensfrohe junge Dame engagiere, die mich ein wenig aufheitert. Sie können sich sofort bei der russischen Botschaft nach mir erkundigen, damit Sie gewiß sind, daß Sie in gute Hände kommen. Ihre Reisevorbereitungen könnten Sie doch wohl in drei Tagen treffen?«

Maria Petrowna hatte das alles mit ungewohntem Eifer hervorgebracht.

»Ich bitte Eure Durchlaucht zu bedenken, daß ich mich in ungekündigter Stellung befinde. Ich müßte erst ordnungsgemäß die Kündigungszeit abwarten.«

»Ach, das dauert zu lange. Ich möchte Sie gern gleich mit mir nehmen. Diese lange Kündigungszeit ließe sich vielleicht umgehen. Wenn es Ihnen recht ist, verhandle ich selbst mit Ihrem Chef darüber. Eventuell komme ich für den Schaden auf. Und da fällt mir noch etwas ein. Sie könnten Sorge haben, daß ich bald sterben könnte und Sie Ihre Stellung dann zu schnell verlieren. Um Sie für diesen Fall sicherzustellen, verpflichte ich mich gern, auf so lange Zeit, wie Sie wünschen, einen Vertrag zu machen, der Ihnen im Falle meines Ablebens Ihr Einkommen sichert, das Ihnen meine Erben dann auszuzahlen haben. Sie sollen sich nicht auf etwa ebensolange Zeit binden. In Ihrem Alter bringt das Leben oft schnellen Wechsel. Zu riskieren haben Sie also wirklich nichts. Freie Rückreise nach Deutschland garantiere ich Ihnen ebenfalls. Auch bin ich gern bereit, Ihre sonstigen Wünsche zu berücksichtigen.«

Sonja sah mit glühenden Wangen und leuchtenden Augen in das gütige Gesicht der alten Dame.

»Durchlaucht sehen mich ganz fassungslos vor soviel Güte. Wenn mein Chef einwilligt, mich zu entlassen, bin ich nur zu gern bereit, Durchlaucht gleich zu begleiten. Meine Vorbereitungen sind schnell getroffen«, sagte sie erregt.

»Das ist gut. Ich komme gleich morgen früh zu Ihrem Chef, und dann besuchen Sie mich noch einmal, damit wir alles festhalten.«

»Das will ich gern tun. Nur bitte ich Durchlaucht noch zu bedenken, ob ich auch für die mir zugedachte Stellung die erforderlichen Qualitäten besitze.«

»Oh – was ich von Ihnen sehe und höre, genügt mir. Daß

Sie ehrlich und vertrauenswürdig sind, beweist mir Ihre Anstellung in einem Geschäft, in dem ihnen täglich Vermögen durch die Finger laufen. Ihre Erscheinung ist mir sympathisch, Ihre Sprachkenntnisse sind mehr als genügend. Sind Sie etwas musikalisch?«

»Ich spiele Klavier vom Blatt, Durchlaucht, und singe ein wenig.«

»Gut, das genügt, alles andere ist Nebensache.«

Die beiden Damen besprachen nun noch allerlei Einzelheiten, und darauf wurde Sonja sehr freundlich von der Fürstin entlassen.

Am nächsten Morgen verhandelte die Fürstin wirklich mit Sonjas Chef. Dieser entließ die junge Dame zwar nicht gern. Da sie aber doch ihre Stellung gekündigt hätte und nur noch kurze Zeit geblieben wäre, so ergriff er, aus der Not eine Tugend machend, die Gelegenheit, sich einer guten Kundin gefällig zu erweisen.

Und so reiste Sonja Roschnow einige Tage später mit der Fürstin Kalnoky nach Paris.

17

DIE FÜRSTIN KALNOKY war in Begleitung ihrer neuen Gesellschaftsdame in Paris eingetroffen. Herzlich und innig begrüßt von ihren Angehörigen, hatte sie ihren Einzug in das Botschaftspalais gehalten. Nun saß sie mit ihrer Tochter allein im Salon.

Tatjana Sogareff war noch eine blendendschöne Erscheinung, obwohl sie fast das vierzigste Jahr erreicht hatte. Ihr lebhaftes Temperament und vernünftig betriebener Sport hatten ihre mädchenhafte Schlankheit bewahrt. Man sah ihr nicht an, daß sie die Mutter zweier stattlicher Söhne war.

Diese waren soeben mit ihrem Vater zu einem Spazierritt nach dem Bois de Boulogne aufgebrochen. Tatjana pflegte sonst ihren Gatten und ihre Söhne auf diesen Spazierritten zu begleiten. Heute aber war Tatjana bei der Mutter geblieben, um mit ihr zu plaudern.

Mutter und Tochter saßen, zärtlich aneinandergeschmiegt, auf einem Diwan und hielten sich an den Händen.

Tatjana trug ein entzückendes Kleid aus feinen, fließenden Stoffen. Ihre Toiletten wurden selbst von den Pariserinnen immer sehr bewundert. Sie verstand ihre Kleider mit bewunderungswürdiger Grazie zu tragen.

»Ich freue mich sehr, Mama, daß du dich endlich entschlossen hast, eine junge Dame zu deiner Gesellschaft zu engagieren. Es machte mich immer unruhig, dich nur von der Dienerschaft umgeben zu wissen«, sagte Tatjana in ihrer lebhaften Art.

Maria Petrowna lächelte.

»Ja, Kind, es ist mir nun selbst sehr angenehm. Ob ich mich freilich so schnell entschlossen hätte, wenn ich nicht gerade dieses junge Mädchen gefunden hätte, fragt sich sehr. Du glaubst gar nicht, wie außerordentlich angenehm mir ihr Wesen und ihre Erscheinung ist.«

Tatjana lächelte nun ebenfalls.

»Du hast immer eine große Vorliebe für schöne Menschen gehabt, Mama, genau wie ich.«

»Nein, nein, das ist es nicht«, erwiderte Maria Petrowna lebhaft. »Ich weiß nicht, woran es liegt, daß sie mir vom ersten Augenblick an ein so großes Interesse einflößte.«

»Vielleicht, weil sie Russin der Abstammung nach ist und zufällig Roschnow heißt.«

»Das erfuhr ich erst später, als das Interesse schon da war. Mir fiel irgend etwas an ihr auf, und zwar sehr angenehm. Irgendeine Ähnlichkeit, über die ich immerfort grüble, ließ mich stutzen. Hauptsächlich, wenn sie lächelt, erinnert sie mich an jemand – aber ich weiß nicht, an wen.«

»Das geht einem zuweilen so, Mama. Übrigens ist es merkwürdig, daß ich dieselbe Empfindung hatte, als ich die junge Dame vor mir sah. Jedenfalls ähnelt sie jemand, den wir beide kennen. Die Hauptsache ist jedoch, daß sie dir gefällt und sympathisch ist und daß sie es bleibt. Auf mich hat sie einen sehr guten Eindruck gemacht. Allerdings – für eine Gesellschafterin ist sie eine auffallende Schönheit.«

Maria Petrownas Gesicht wurde ernst, fast düster.

»Ich habe ja keinen Sohn mehr im Hause, dem sie gefährlich werden könnte.«

Tatjana umfaßte sie erschrocken.

»Mama, liebe Mama, nicht daran denken!« bat sie zärtlich.

Maria Petrowna seufzte.

»Ach Kind, wenn ich nicht mehr leben werde, dann erst werde ich aufhören, daran zu denken, was mir das Leben genommen hat. Das müßtest du verstehen, du, die Mutter zweier fast erwachsener Söhne.«

Tatjana nickte ernst.

»Nur zu gut kann ich dich verstehen, liebste Mama. Und ganz offen, wenn meine Söhne sechs bis acht Jahre älter wären, möchte ich ein so schönes Geschöpf wie dieses Fräulein Sonja nicht im Hause haben.«

»Daran tätest du recht«, seufzte die alte Dame. »Wie oft habe ich bereut, daß ich dir damals in der jungen Deutschen eine so schöne Gesellschafterin gab. Ich bin fest davon überzeugt, wenn sie nicht ins Haus gekommen wäre, lebte mein Sascha heute noch.«

Tatjana sah sinnend vor sich hin.

»Vielleicht, Mama, wer kann es wissen? Aber wie es auch sein mag, die arme Elisa konnte auch nicht dafür, daß sie Saschas Schicksal wurde. Er ist ja auch das ihre geworden. Sie hatte übrigens ebenso schönes goldenes Haar wie deine neue Gesellschafterin. Es war kaum ein Wunder, daß sich Sascha so in sie verliebte. Was mag aus ihr geworden sein?«

Maria Petrownas Gesicht nahm einen harten Ausdruck an.

»Wer weiß! An gebrochenem Herzen ist sie sicher nicht gestorben. Sie hat sich jedenfalls sehr schnell mit einem anderen getröstet.«

»Liebste Mama, du bist sonst so gut, aber über die arme Elisa hast du immer zu hart geurteilt. Ich habe sie besser gekannt als du. Sie war ein edles, gutes Geschöpf. Was kann sie dafür, daß sie Sascha liebte und von ihm geliebt wurde? Sei nicht ungerecht in deinem Schmerz.«

»Ungerecht, nein, Tatjana, das bin ich nicht. Wenn sie wirklich so gut und edel gewesen wäre, dann hätte sie nicht, kurz nach Saschas Tode, die Entschädigungssumme abgehoben. Nur um ihn zu betören, spielte sie die Uneigennützige. Sobald er tot war, raffte sie die Summe an sich.«

Tatjana blickte überrascht auf.

»Davon wußte ich nichts«, sagte sie unangenehm berührt.

»Papa hat es mir auch erst viel später gesagt«, erwiderte die Fürstin.

Tatjana schüttelte den Kopf.

»Das paßt mir nicht zu Elisas Bild, wirklich nicht. Ich begreife das nicht. Vielleicht war sie in großer Not. Wir wollen nicht mit ihr rechten, liebe Mama.«

Die alte Dame seufzte.

»Ich muß immer wieder denken, daß sie die unmittelbare Ursache ist, daß ich meinen Sohn so früh und auf so furchtbare Weise verlieren mußte. Aber lassen wir dies Thema, Tatjana. Wie sehr freue ich mich, euch alle wiederzusehen! Michael und Dimitri sind wahrhaftig wieder ein ganzes Stück gewachsen. Michael ist ja seines Vaters Ebenbild. Aber Dimitri zeigt deutlich den Einschlag des Kalnokyschen Blutes. Sie werden beide, ehe du dich versiehst, Männer sein.«

»Ja, Mama. Schnell entschwindet die Zeit. Und lange gehören sie mir nicht mehr allein. Aber das ist das Los der Mütter. Ob man Söhne oder Töchter hat, das Leben fordert sie uns wieder ab, sobald sie flügge geworden sind.«

Die Unterhaltung wandte sich nun allgemeinen Dingen zu. Tatjana berichtete von ihrem Pariser Leben und von der Gesellschaft.

»Kürzlich war auch die Großfürstin Anna Paulowna einige Zeit in Paris, Mama.«

»Ich las davon in den Zeitungen, Kind. Bist du mit ihr zusammengetroffen?«

»Ja, einige Male. Sie ist noch stolzer und herrischer als früher. Kinder besitzt sie nicht. Und sehr glücklich scheint sie mit ihrem Gemahl auch nicht zu sein.«

Maria Petrowna nickte.

»Das war vorauszusehen, sie nahm seine Bewerbung ohne Liebe an. Ihr Herz gehörte einst meinem Sohne, das weiß ich.«

Tatjana brach dies Gespräch ab, und um die Mutter abzulenken, fragte sie:

»Wie geht es mit deinem rheumatischen Knie, Mama? Hast du in letzter Zeit viel Beschwerden gehabt?«

»Nicht mehr, als zu ertragen war, Kind. Mit solchen Gebrechen des Alters muß man sich abfinden.«

Sie saßen noch beisammen, als Fürst Sogareff mit seinen Söhnen vom Spazierritt zurückkam. Bald darauf nahmen sie alle zusammen den Tee in Tatjanas Salon.

Während sie angeregt nach der langen Trennung plauderten, kamen sie auch auf die neue Gesellschaftsdame Maria Petrownas zu sprechen.

»Denke dir, Wladimir, die junge Dame heißt zufällig Roschnow.«

Wladimir Sogareff sah seine Gattin lächelnd an.

»Also noch eine neue Ähnlichkeit mit dir«, scherzte er.

»Ähnlichkeit mit mir?« fragte Tatjana verständnislos.

Wladimir lachte.

»Ist es dir noch nicht aufgefallen, liebe Mama, daß Fräulein Roschnow dieselben Augen wie Tatjana hat? Sogar dieselben ganz eigenartig gezeichneten Brauen wie Tatjana besitzt sie. Das auffallendste aber ist, daß sie genau dasselbe Lächeln hat wie meine Frau. Mir fiel das sofort auf, denn Tatjanas Lächeln, an dem Mund und Augen in gleicher Weise beteiligt sind, habe ich bisher in keinem anderen Frauenantlitz gefunden.«

Mutter und Tochter sahen einander an, als seien ihnen Schuppen von den Augen gefallen, und Tatjana lachte herzlich auf.

»Wie komisch, Mama! Da haben wir zwei uns nun den Kopf zerbrochen, was uns an der jungen Dame aufgefallen ist. Wladimir hat es sofort herausgefunden.«

Maria Petrowna nickte lebhaft.

»Recht hast du, Wladimir, jetzt wird es mir auch mit einem Male klar. Natürlich, an Tatjana hat sie mich gleich beim ersten Anblick erinnert. Deshalb kam mir ihr Gesicht so vertraut und bekannt vor.«

Tatjanas beide Söhne, Michael und Dimitri, sahen sich lachend an. Dann sagte Michael vergnügt:

»Dimitri und mir ist das auch gleich aufgefallen. Wir haben schon unterwegs mit Papa davon gesprochen.«

»Wie? So groß ist die Ähnlichkeit, daß sie euch allen auffällt?« rief Tatjana verwundert.

»Nun, da muß ich mir dies Fräulein Roschnow doch einmal genauer darauf ansehen. Ihr scheint das ja gründlich besorgt zu haben.«

»Oh, Großmamas Gesellschafterin ist ein bildschönes Mädchen, Mama«, behauptete der sechzehnjährige Dimitri mit drolliger Wichtigkeit.

Wladimir fuhr ihm lachend mit der Hand über den Kopf.

»Weißt du das so genau?«

Dimitri faßte schmeichelnd die Hand der Mutter.

»Unserer schönen Mama kann doch nur ein sehr schönes Mädchen ähnlich sehen.«

Tatjana wurde rot wie ein junges Mädchen.

»Kindskopf, willst du deine Mutter jetzt noch eitel machen?«

»Dimitri hat aber recht, Mama«, behauptete Michael.»Und du bist die schönste Frau von Paris.«

»Das genügt«, scherzte Tatjana lachend und blickte errötend in ihres Gatten Augen, die leise, aber um so wirkungsvoller dasselbe sagten wie ihre Söhne.

Maria Petrowna sah versonnen auf die beiden Jünglinge, die schon jetzt versprachen, stattliche, interessante Männer zu werden. Und verstohlen entfloh ein leiser Seufzer ihren Lippen. Wie oft hatte Sascha in diesem Alter ähnliche zärtliche Schmeicheleien für sie gehabt! Dann hatte ihn der Vater geneckt, und sie hatten über seinen jugendlichen Eifer gelacht. Ach, wo waren die glücklichen Zeiten geblieben?

Ihre Gedanken flohen zu jenem erbarmungslosen See, an dessen Ufern sie die marmorne Statue der Barmherzigkeit hatte aufstellen lassen. In seiner dunklen Tiefe suchte ihre arme, gequälte Seele noch immer den geliebten, verlorenen Sohn. Welch ein kaltes, nasses Grab barg seine sterblichen Reste!

Sie schauerte zusammen. Dieser Gedanke verlor nie, niemals seine Schrecken für sie.

Michael sprang auf und legte ihr ein Tuch um die Schultern.

»Ist dir kalt, liebe Großmama?«

»Ich danke dir, Michael, jetzt nicht mehr«, antwortete sie liebevoll.

Währenddessen stand Sonja Roschnow in ihrem hübschen, freundlichen Zimmer am Fenster und sah auf das Straßenbild hinab. Paris zeigte sich hier von der vornehmsten Seite.

Zahlreiche Automobile und Equipagen fuhren vorüber. Sie hatte auch Fürst Sogareff und seine Söhne fortreiten und wiederkehren sehen und hatte sich an dem hübschen Bild gefreut.

Es erschien ihr noch wie ein Traum, daß sie jetzt hier in Paris im russischen Botschaftspalais am Fenster stand.

Man schien ihre Anwesenheit ganz vergessen zu haben. Jedenfalls wurde sie nicht vermißt. Denn niemand verlangte nach ihr. Nur die Kammerfrau der Fürstin war einmal herübergekommen und hatte gefragt, ob sie beim Auspacken helfen solle.

Sonja hatte das aber bereits allein besorgt, denn sie war nicht gewöhnt, bedient zu werden.

Gespeist hatte sie auch ganz allein auf ihrem Zimmer. Sie hatte dann ein Buch genommen und zu lesen versucht. Aber dazu fühlte sie sich nicht aufgelegt. Endlich hatte sie sich an den kleinen Schreibtisch gesetzt und angefangen, ihren Lieben im Doktorhäuschen alle Neuigkeiten mitzuteilen.

Erst am Abend, als Fürst Sogareff und seine Gemahlin durch gesellige Pflichten abgerufen worden waren und Maria Petrowna sich in ihre Zimmer zurückgezogen hatte, wurde sie zu ihr gerufen.

Die Fürstin trug ein bequemes Hauskleid und saß nun behaglich in einem Sessel am Kamin. Über ihre Knie war eine leichte, kostbare Pelzdecke gebreitet, da sie ihres rheumatischen Leidens wegen der Wärme sehr bedurfte.

Sie nickte Sonja freundlich zu.

»Hoffentlich ist Ihnen die Zeit nicht zu lang geworden, Fräulein Sonja. Ich hatte heute gar keine Langeweile, um sie mir von Ihnen vertreiben zu lassen. Aber nun sind Fürst und Fürstin Sogareff zu einer Gesellschaft gefahren, und ich hätte gern, daß Sie mir bei meinem einsamen Abendessen Gesellschaft leisten und mir noch ein Stündchen vorlesen. Am Tage werde ich hier in Paris kaum viel bedürfen, aber die Abende werden wir meist allein zu Hause sein, da meine Tochter stark in Anspruch genommen ist und ich mich gar nicht mehr am geselligen Treiben beteilige. Hoffentlich langweilen Sie sich nicht zu sehr.«

Sonja fühlte sich gar nicht mehr so einsam und verlassen wie vorher, als sie das gütige Gesicht der alten Dame wieder vor sich sah.

»Durchlaucht brauchen sich meinetwegen keinerlei Sorgen zu machen. Ich danke sehr für die gütige Frage. Ich langweile mich nie. Es gibt überall etwas zu sehen, zu tun und zu lernen.«

Die Fürstin nickte.

»Wenn man jung ist, hat man noch für alles Neue Interesse. Sie werden Zeit und Gelegenheit haben, sich Paris anzusehen«, sagte sie freundlich und betrachtete mit lächelndem Wohlgefallen Sonjas Gesicht.

Wahrhaftig, dachte sie. Wladimir hat recht. Sie sieht meiner Tochter sehr ähnlich. Wenn sie statt des blonden Haares schwarzes besäße, könnte man die beiden recht leicht für Mutter und Tochter halten. Wie sonderbar die Natur oft spielt! Wohl gleichen sich nie zwei Geschöpfe ganz genau, aber zuweilen entstehen doch in Einzelheiten erstaunliche Ähnlichkeiten.

Sie hatte Sonja einen Platz angewiesen und plauderte nun mit ihr über Tagesfragen und Literatur. Dabei konnte sie sich überzeugen, wie umfassend Sonjas Wissen war. Sie hatte auch ein treffendes, klares Urteil und brachte es in unbefangener, taktvoller Bescheidenheit zur Geltung.

Nach dem Essen las Sonja der alten Dame aus einem neu erschienenen Werke eines großen russischen Dichters vor, und dabei verging die Zeit für Maria Petrowna sehr angenehm. Mit Behagen lauschte sie der weichen, klangvollen Mädchenstimme und freute sich, daß sie diesen Genuß nun, sooft sie wollte, an ihren einsamen Abenden daheim haben konnte. Sonja wurde ihr immer angenehmer und sympathischer, je länger sie in ihrer Nähe war.

Es begann ein ganz neues, interessantes Leben für Sonja.

Morgens fuhr sie oft mit der Fürstin aus, zum Bois de Boulogne oder durch die belebten Hauptstraßen der Stadt, an der Seine entlang oder weiter hinaus in die schöne Umgebung von Paris.

Dann konnte sie über ihre Zeit verfügen bis nach der Teestunde im Botschafterpalais. Nur selten wurde sie auch während dieser Stunden in Anspruch genommen. Nach der Teestunde bis zum Schlafengehen mußte sie meist der Fürstin wieder Gesellschaft leisten.

Nicht nur Maria Petrowna, sondern auch Tatjana kam Sonja sehr freundlich entgegen. Fürst Sogareff und seine Söhne erwiesen ihr, wenn sie gelegentlich mit ihr zusammentrafen, artige Höflichkeiten, wie sie wirklich vornehme Menschen nie außer acht lassen. Und Sonja fühlte sich äußerst wohl und zufrieden in ihrer angenehmen Stellung.

In ihrer freien Zeit machte sie gern Spaziergänge, da sie an Bewegung in frischer Luft gewöhnt war. Sie orientierte sich sehr leicht, wie die meisten Frauen, die auf sich allein angewiesen sind, und sie ging hier in Paris genauso ruhig und gelassen durch die Stadt, wie sie es in Berlin getan hatte. Daß man sie bemerkte und ihr nachsah, war sie gewohnt. Das ignorierte sie völlig, und sie ließ sich nicht beirren.

Auch Oper und Theater besuchte sie einige Male in Gesellschaft der Fürstin. Das war immer ein großer Genuß für sie. Überhaupt, Sonja war zumute, als sei ein neuer Glücksstern in ihrem Leben aufgegangen.

An ihre Verwandten schrieb sie fleißig und ausführlich. Es war ihr ein Bedürfnis, sie teilnehmen zu lassen an all ihren großen und kleinen Erlebnissen. Die Doktorrangen verlangten stürmisch Pariser Ansichtskarten, um die sie von ihren Schulkameraden glühend beneidet wurden. Zum Dank ließen sie dann zuweilen eine ihrer drolligen Episteln los, über die Sonja herzlich lachen mußte. Darin wurden die unmöglichsten Wünsche ausgesprochen. Sonja sollte den Eiffelturm genau ausmessen, sollte die Kirchen zählen, die Denkmäler beschreiben und berichten, ob die Pariser auch Buttersemmeln und Milchkaffee zum ersten Frühstück nahmen wie sie selbst. Sonja beantwortete alles so prompt wie möglich. Diese Briefe nahmen einen Teil ihrer freien Zeit in Anspruch.

Eines Tages, als Sonja eben einen ihrer Spaziergänge antreten wollte und die breite Treppe herab zum Vestibül schritt, begegnete ihr ein großer, schlanker Mann von vornehmem Aussehen, dessen dunkle Augen bei ihrem Anblick mit einem so intensiven Ausdruck der Bewunderung aufleuchteten, daß ihr das Blut ins Gesicht stieg. Es war in diesem Blick durchaus nichts, was sie verletzen konnte, auch waren ihr bewundernde Blicke aus Männeraugen nicht fremd. Aber so ruhig sie sonst dergleichen übersah, in diesem Falle erwachte eine seltsame Unruhe in ihrem Herzen.

Sie fühlte mehr, als sie es sah, daß er stehenblieb und ihr nachblickte. Das machte sie noch befangener.

Schnell eilte sie bis zum Portal und verließ das Palais.

Während sie weiterging, ertappte sie sich, daß sie sich das Gesicht des jungen Mannes ins Gedächtnis zurückrief. Es war nicht schön gewesen im landläufigen Sinne. Die Züge waren unregelmäßig und scharf markiert. Das Kinn und der bartlose Mund verrieten Energie und Willenskraft, und die hohe Stirn und die klugen Augen gaben dem Gesicht etwas Bedeutendes. Jedenfalls war es kein uninteressanter, unbedeutender Mensch, der ihr da begegnet war, obwohl er kaum dreißig Jahre zählen konnte.

Sonja stutzte plötzlich über sich selbst. Mit einer energischen Gebärde warf sie den Kopf zurück, als wollte sie sich selbst einen Verweis erteilen.

»Was geht dich dieser fremde junge Mann an, der doch sicher der Familie des Fürsten Sogareff einen Besuch machte und also zu ihrem Gesellschaftskreis gehört? Wie kommst du dazu, dich mit seinem Aussehen zu beschäftigen? Das sind Torheiten, liebe Sonja, die du gern unterlassen darfst.«

Sie lachte über sich selbst, nachdem sie sich energisch zur Ordnung gerufen hatte, und wandte ihre Aufmerksamkeit der interessanten Umgebung zu. Die Straßenverkäufer, die lärmend ihre Waren feilboten und die unglaublichsten Anstrengungen machten, die Aufmerksamkeit des Publikums auf sich zu ziehen, amüsierten sie. Und bei einem von ihnen erstand sie für die Doktorrangen ein originelles Spielzeug, das sich so drollig bewegte, daß es sicher mit Jubel in Empfang genommen würde.

Auch sonst machte sie noch einige Einkäufe, die sie als Weihnachtsgeschenke zu verwenden gedachte.

Die Begegnung mit dem jungen Mann vergaß sie dabei vollständig. Aber einige Tage später, als sie mit ihrer Herrin durch den Bois de Boulogne fuhr, begegneten dem Wagen einige Herren zu Pferde – unter ihnen auch der junge Mann aus dem Vestibül. Und er grüßte die Fürstin sehr ehrerbietig, aber zugleich mit einem Lächeln, das auf einen vertraulichen Verkehr schließen ließ. Die Fürstin erwiderte den Gruß mit großer Freundlichkeit.

Daß bei dieser Gelegenheit der Blick des jungen Mannes wieder bewundernd und wie in einer stummen Frage auf ihrem Gesicht ruhte, bemerkte Sonja sehr wohl, und wider Willen errötete sie auch diesmal.

Fast hätte sie gefragt: Wer war der junge Herr?

Zum Glück konnte sie diese Frage noch zurückhalten.

Aber ihre Gedanken beschäftigten sich von neuem mit dem jungen Mann, und diesmal unterließ sie es sogar, sich zur Ordnung zu rufen.

Am Nachmittag dieses Tages war Maria Petrowna zur Teestunde allein zu Hause. Fürst und Fürstin Sogareff waren zu einem Wohltätigkeitsbasar gefahren, und die beiden jungen Fürsten unternahmen mit ihrem Lehrer einen Ausflug in die Umgebung von Paris.

So war Sonja zu ihrer Herrin in den Salon gerufen worden, um ihr beim Tee Gesellschaft zu leisten.

Sie stand an dem zierlichen englischen Teewagen, den ein Diener hereingerollt hatte, und bereitete das duftende Getränk.

Maria Petrowna sah ihr lächelnd zu. Es war ein ästhetischer Genuß, den graziösen Bewegungen des jungen Mädchens zu folgen.

Eben hatte Sonja ihrer Herrin eine gefüllte Tasse überreicht, als ein Diener eintrat und einen Besuch meldete.

»Graf Nikita Arganoff.«

Maria Petrowna pflegte alle Besuche abweisen zu lassen, wenn ihre Angehörigen nicht zu Hause waren. Um so mehr wunderte sich Sonja, als sie heute sagte:

»Ich lasse bitten.«

Sonja wollte sich sofort schweigend entfernen. Aber Maria Petrowna hob die Hand.

»Bleiben Sie nur, Fräulein Sonja, Graf Arganoff gehört zur Familie. Sicher nimmt er eine Tasse Tee, und Sie sind so freundlich, sie zu bereiten. Es ist behaglicher, wenn kein Diener zugegen ist.«

Sonja nahm ihren Platz hinter dem Teewagen wieder ein.

In diesem Augenblick öffnete sich die Tür, und herein trat – Sonjas interessante Begegnung aus dem Vestibül.

Graf Arganoffs Augen flogen zu ihr hinüber, und als die Fürstin, nachdem sie ihn herzlich begrüßt hatte, vorstellend sagte: »Fräulein Roschnow, meine Gesellschafterin«, flog es einen Moment wie ungläubiges Erstaunen über sein Gesicht. Für eine Gesellschafterin hatte er diese vornehm aussehende junge Dame, deren Schönheit und liebliche Anmut ihn beim ersten Blick entzückt hatte, nicht gehalten.

Es folgte nun eine Stunde, die Maria Petrowna sehr interessant, Graf Arganoff entzückend und Sonja sehr beunruhigend fand.

Sooft es unbemerkt geschehen konnte, blickte Nikita Arganoff in das schöne Gesicht Sonjas. Und seine Augen waren sehr sprechend und ausdrucksvoll.

Sonja hatte Mühe, ihre Unbefangenheit diesen Augen gegenüber zu behalten. Dabei lag in den Blicken des jungen Grafen durchaus nichts Ungehöriges oder Aufdringliches. Im Gegenteil, man sah ihm an, daß er nicht gewohnt war, leichtsinnig Beziehungen anzuknüpfen. Sein Blick war ehrlich und offen und verriet nur das Entzücken an ihrer Schönheit.

Dabei plauderte er frisch und angeregt mit der Fürstin, dankte Sonja artig, wenn sie ihm die Tasse füllte, und lachte einige Male herzerfrischend, als er ein komisches Erlebnis berichtete.

Aus dem Gespräch entnahm Sonja, daß Graf Arganoff sich

nur vorübergehend in Paris aufhielt, daß er in Rußland ein nicht sehr großes Gut besaß, dessen Bewirtschaftung ihm große Sorgen machte, da es ihm am Nötigsten fehlte, und daß er sich diese Pariser Reise nur hatte leisten können, weil ihn sein gütiger Onkel, Fürst Sogareff, dazu eingeladen hatte und dafür die Kosten trug.

Er sprach über seine mißlichen Verhältnisse mit der geraden Schlichtheit eines Mannes, der sich bewußt ist, sie nicht verschuldet zu haben, sondern im Gegenteil alle Kräfte dafür einsetzt, sie zu verbessern.

Das gefiel Sonja. So eine frische, frohe Kampfnatur, die sich nicht klagend einem ungünstigen Schicksal beugte, imponierte ihr. Sein Wesen schien dem ihren verwandt. Er war ihr dadurch gleichsam nähergerückt, zumal sie hörte, daß auch seine Eltern gestorben waren. Sie wehrte sich gar nicht mehr gegen das Interesse, das er ihr einflößte.

Aus der ganzen Art und Weise, wie ihre Herrin sich Graf Arganoff gegenüber gab, merkte Sonja, daß sie ihn sehr schätzte und viel von ihm hielt.

Daß sie aus dieser Unterhaltung einige Aufschlüsse über Petersburg und die Umgebung bekam, in der sie in Zukunft leben würde, war Sonja sehr angenehm. Jedenfalls erfuhr sie daraus auch, daß die Fürsten Kalnoky zu den größten Grundbesitzern Rußlands gehörten.

Sie war sehr ungeduldig, Rußland kennenzulernen, die Heimat ihres Vaters, nach der er so oft Sehnsucht gehabt hatte. Diese Sehnsucht hatte er ihr, ohne es zu wollen, ins Herz gepflanzt.

Als Graf Arganoff sich dann entfernte, erfuhr Sonja noch, daß er am nächsten Tag nach Rußland zurückkehren würde und daß dieser Besuch eine Abschiedsvisite gewesen war.

Zugleich aber sprach Maria Petrowna die Hoffnung aus, den Grafen auch in Zukunft recht oft in Petersburg bei sich zu sehen.

»Sie wissen, lieber Nikita, daß Sie mir immer willkommen sind, wenn ich auch sonst nur selten Gäste bei mir sehe«, sagte sie herzlich.

Der junge Mann führte ihre Hand ehrerbietig an die Lippen und verabschiedete sich mit einer Verbeugung von Sonja. Dabei trafen die beiden Augenpaare einen Moment aufeinander, und Nikita Arganoffs Augen flammten dabei auf, als wollten sie diesem schönen Mädchen ein Zeichen geben.

Als er gegangen war, sagte Maria Petrowna lächelnd:

»Nun sind wir um unser Lesestündchen gekommen, Fräulein Sonja. Aber es tut mir nicht leid. Graf Arganoff besitzt eine sehr fesselnde Unterhaltungsgabe, und ich freue mich immer, wenn er ein Stündchen mit mir plaudert.«

Sonja erwiderte nichts darauf. Es wurde auch kaum eine Antwort von ihr erwartet. Sie fragte nur nach einer Weile, während der Diener Geschirr und Teewagen hinausbrachte:

»Befehlen Durchlaucht, daß ich jetzt noch vorlesen soll?«

Maria Petrowna sah nach der Uhr.

»Es wird sich nicht lohnen anzufangen. Meine Tochter wird bald zurückkehren, und da sie heute abend nicht ausgeht, sondern mir Gesellschaft leisten wird, sind Sie dann für heute beurlaubt, Fräulein Sonja. Wenn Sie sich heute abend die Oper anhören wollen, lasse ich Ihnen ein Billett besorgen. Mein Wagen steht zu Ihrer Verfügung, damit Sie am Abend nicht zu Fuß gehen müssen.«

Sonja errötete vor freudiger Erregung.

»Durchlaucht sind überaus gütig zu mir. Ich nehme das Angebot mit großem Dank an.«

Maria Petrowna nickte ihr freundlich zu.

»Sie sollen doch etwas von Paris haben. In Petersburg wird Ihr Amt ohnedies anstrengender sein. Dort bin ich fast ausschließlich auf Ihre Gesellschaft angewiesen, und Ihre freie Zeit wird knapper bemessen sein als hier.«

Als Sonja zwei Stunden später im Opernhaus saß, erblickte sie von ihrem Platz aus in einer der Logen Nikita Arganoff. Er war in Begleitung eines jungen Herrn und einer älteren Dame. Sonja fühlte, wie ihr das Blut ins Gesicht schoß. Und sie mußte immer wieder in das charaktervolle, kluge Gesicht des jungen Grafen sehen.

Er bemerkte sie nicht. Sein Blick glitt achtlos über die Reihen hinweg, wo ihr Platz war. Im Grunde war sie froh darüber, und doch hätte sie gern gewußt, ob seine Augen bei ihrem Anblick wieder so aufgeleuchtet wären wie am Nachmittag.

Nach Schluß der Oper, als sie zu dem wartenden Wagen eilte, sah sie ihn in Gesellschaft der Dame und des Herrn dicht vor sich in einen Wagen steigen. Und gerade in dem Augenblick, als sie vorüberging, wandte er sich um und erblickte sie. Überrascht neigte er sich vor und sah sie noch in dem Wagen der Fürstin verschwinden.

Sie warf sich in die Kissen zurück und schloß die Augen wie vor einer unbekannten Gefahr. Und sie dachte von nun an viel mehr an Nikita Arganoff, als für ihre Seelenruhe gut war.

Schneller, als Sonja anfangs angenommen, waren die zwei Monate vergangen, die sie mit ihrer Herrin in Paris weilte.

Maria Petrowna rüstete zur Heimkehr, und obwohl ihre Angehörigen um ein längeres Verweilen baten, blieb sie auf dem festgesetzten Termin bestehen.

Das gesellige Leben nahm Tatjana und ihren Gatten mehr und mehr in Anspruch, und im Botschaftspalais selbst waren große Festlichkeiten geplant. Das war nichts für die an ein sehr ruhiges Leben gewöhnte alte Dame.

So reiste sie nach zärtlichem Abschied von ihren Angehörigen ab. In Berlin wurde wieder für einige Tage Station gemacht.

Sonja war zumute, als sei sie schon jahrelang von Berlin fort, so erreignisreich erschien ihr die Pariser Zeit in der Vergangenheit gewesen zu sein.

Sie war nun voll heimlicher Erwartung auf Petersburg und die neuen Verhältnisse, die ihrer dort warteten. Und als sie dann einige Tage später über die russische Grenze fuhren, traten ihr heiße Tränen in die Augen.

»Was ist Ihnen, Fräulein Sonja?« fragte die Fürstin.

»Durchlaucht verzeihen, ich mußte nur an meinen Vater denken. Er hat sich oft so sehr nach seiner Heimat gesehnt, und mir ist es nun vergönnt, hierherzukommen«, antwortete Sonja mit zitternder Stimme.

Da ließ sie die Fürstin gewähren und lehnte sich, als ob sie schlafen wollte, zurück.

Sonja dachte an den Vater. Einmal hatte sie ihn gefragt:

»Warum hast du dein Vaterland verlassen?«

Da hatte er ihr mit einem traurigen Blick über das Haar gestrichen.

»Es mußte sein, meine kleine Sonja.«

»Und warum gehen wir nicht nach Rußland zurück, wenn du solche Sehnsucht danach hast?« hatte sie weiter gefragt.

Da war ein gequälter Ausdruck in sein Gesicht gekommen, und Mütterchen war zu ihm getreten und hatte des Vaters Haupt an ihr Herz gebettet und leise zu ihr gesagt:

»Kinder müssen nicht alles wissen, meine kleine Sonja.«

Und dann hatte sie den Vater sanft auf die traurigen Augen geküßt. Der hatte gleich wieder gelächelt, hatte der Mutter die Hände geküßt und gesagt:

»Sei ruhig, Elisa, an deinem Herzen ist meine Heimat. Es tut nicht mehr weh.«

Damals war Sonja kaum vierzehn Jahre alt gewesen. Aber diese Worte hatten sie seltsam durchschauert. Und später, als sie manches vom Leben kennenlernte, dachte sie noch oft an jene Stunde zurück. Daß sich Vater und Mutter über alles geliebt hatten, wußte sie. Und sie dachte sich aus, daß die Vergangenheit des Vaters ein Geheimnis bergen könnte. Vielleicht war er einer jener politischen Flüchtlinge gewesen, von denen sie zuweilen gelesen hatte. Vielleicht durfte er darum nicht in die geliebte Heimat zurück. Nie hatte sie ihn wieder danach gefragt. Schon als Kind hatte sie ein feines Taktgefühl besessen, das sie hinderte, an eine Wunde zu rühren.

Mit großen, verträumten Augen sah sie nun durch das Abteilfenster auf die vorüberfliegende Landschaft. Ganze Strekken waren schon in winterliches Weiß gehüllt.

Was würde wohl mein lieber Vater dazu sagen, daß ich nun in Rußland eine neue Heimat finden soll? dachte sie.

Und sie warf einen dankbaren Blick hinüber zu ihrer Herrin, die inzwischen wirklich eingeschlafen war.

So hatte Sonja Zeit, ihren Gedanken nachzuhängen. Aus der Vergangenheit wanderten sie in die Zukunft, forschend und unruhig. Kein klares Bild vermochte sie sich davon zu machen. Viel Neues und Fremdes würde auf sie einstürmen, neue Sitten und Gebräuche, neue Menschen würde sie kennenlernen.

Nur eines von diesen Gesichtern, die ihre Zukunft beleben würden, war ihr bekannt. Ein charaktervolles Männergesicht mit einer edlen Stirn und warm aufleuchtenden Augen:

Nikita Arganoff!

Sie schrak zusammen und sah sich scheu um. Hatten ihre Lippen diesen Namen geformt, war er ihnen entflohen?

Gottlob, Durchlaucht schlief noch immer, niemand hatte diesen Namen hören können. Aber sie schüttelte nun energisch alle Träumerei von sich. Ihre Augen blickten wieder klar und zielbewußt. Was konnte ihr Graf Arganoff sein? Trotz seiner Armut stand er weit, weit über ihr, er durfte für sie als Mann gar nicht existieren. Er war ein Verwandter ihrer Herrin, für sie eine Respektsperson, nichts weiter. Durch den Gedanken an ihn wollte sie sich ihren Lebensweg nicht beirren lassen.

Im Palais Kalnoky war alles zum Empfang der Herrin bereit.

Sonja sah mit großen Augen auf das mächtige, vornehme Gebäude. Aber ruhig und ahnungslos schritt sie über die Schwelle, über die ihr Vater als Sohn des Hauses so oft lachend und siegesfroh – und zuletzt verfemt, verstoßen, verurteilt und elend geschritten war.

Wie einst ihre Mutter, so staunte auch sie über die Pracht und den Reichtum dieses Hauses.

Andere Zimmer, als die, die ihre Mutter bewohnt hatte, wurden ihr angewiesen. Maria Petrowna wollte sie mehr in ihrer Nähe haben und hatte im Hauptflügel zwei Zimmer für Sonja bestimmt. Diese waren noch schöner und komfortabler eingerichtet, als die, welche Elisa Helbig einst bewohnt hatte.

Das junge Mädchen lachte in sich hinein, als sie sich darin umschaute.

Wenn Großtante oder Onkel Ernst mein neues Reich bewundern könnten, die würden Augen machen! Und die drei Doktorrangen würden wohl gar fünf Minuten lang die Sprache verlieren, dachte sie.

Und im Übermut schritt sie stolz und gravitätisch auf den

von der Decke bis zum Fußboden reichenden Ankleidespiegel in ihrem Schlafzimmer zu und machte vor sich selbst eine tiefe Verbeugung.

»Ich heiße Sie hiermit feierlichst und herzlichst willkommen, durchlauchtigste Gesellschafterin Ihrer Durchlaucht, der Fürstin Kalnoky. Jawohl, man ist etwas, man stellt etwas vor, wenn einem die Luft eines so feudalen fürstlichen Palais um die Nase weht. Wenn ich Anlage zur Überheblichkeit hätte, würde ich Sie, mein sehr verehrtes, törichtes Fräulein, mit dem Titel ›Hofdame Ihrer Durchlaucht‹ beehren. Aber gottlob, noch fühlen wir uns recht wohl in der Haut der schlichten kleinen Sonja Roschnow«, sagte sie lächelnd vor sich hin.

Und dann wurde sie wieder ernst und versonnen.

»Liebes Väterchen, liebes Mütterchen, seid ihr bei eurem Kinde? Ach, was hättet ihr gesagt, wenn ihr gewußt hättet, daß eure Sonja in einem russischen Fürstenhause Anker werfen kann.«

Ja, was hätte Sascha Kalnoky wohl dazu gesagt, wenn er sein geliebtes Kind durch diese Räume hätte wandeln sehen?

Und Elisa? Wie ihr Herz wohl in banger Furcht geklopft hätte bei dem Gedanken, in wessen Hause sich ihr Kind befand.

»Wunderbar sind die Wege des Herrn«, hatte Johanna Heinzius gesagt.

Und sie und ihr Sohn waren heute in Gedanken mehr als je bei Sonja, die ihnen den Tag genannt hatte, an dem sie in Petersburg eintreffen würde. Mit ihren stillen, innigen Wünschen begleiteten sie das Kind Sascha Kalnokys in das Haus der fürstlichen Großmutter.

Täglich war nun Sonja viele Stunden lang bei der Fürstin. Von Tag zu Tag gewann Maria Petrowna das junge Mädchen lieber. Sie sträubte sich auch gar nicht gegen dies warme Gefühl, das ihr Herz beseelte. Sonja schien ihr gewissermaßen geadelt durch die Ähnlichkeit mit ihrer Tochter. Sie fühlte sich sehr behaglich in Sonjas Gesellschaft.

Das junge Mädchen konnte, als es alle Scheu und Befangenheit verloren hatte, heiter und anmutig plaudern. Sonja spielte sehr gut und verständnisvoll Klavier, sang ganz allerliebst mit natürlicher Begabung einfache Lieder, ihr Vorlesen war ein Genuß, und durch ihre Schönheit und Grazie bot sie immer eine Augenweide.

Die Fürstin begriff jetzt kaum noch, daß sie es zuvor so allein in den weiten, großen Räumen hatte aushalten können. Mit toten Augen hatten diese Räume sie früher angesehen, als erinnerten sie an das verlorene Glück. Jetzt schienen sie wieder ein wenig von Sonne und Leben erfüllt zu sein.

Sonjas warmherziger Humor wagte sich immer unbefangener hervor, als sie merkte, wie wohl sie ihrer Herrin damit tat. Und die einsame, alte Frau sonnte sich in Sonjas Frohsinn.

Obwohl sich die Fürstin nach wie vor von aller Geselligkeit zurückzog, kam doch zuweilen dieser und jener alte Freund, um eine Weile mit ihr zu plaudern. Und allen fiel die Schönheit und Anmut Sonja Roschnows auf.

Unter den ersten Besuchern befand sich auch Nikita Arganoff. Herzklopfend stand ihm Sonja gegenüber, und seine Augen suchten die ihren, als habe er voll Sehnsucht darauf gewartet, wieder hineinschauen zu dürfen.

Sooft er von seinem Gut nach Petersburg kam, sprach er auch im Palais Kalnoky vor. Fast seine ganze freie Zeit widmete er dann Maria Petrowna.

Und diese freute sich ahnungslos seiner Anhänglichkeit. Sie hatte ihn sehr gern, und da sie mit Sonja vertraut war, sprach sie oft mit ihr über Nikitas Verhältnisse. Sie erzählte ihr auch, daß der junge Mann auf eine reiche Heirat angewiesen sei, indessen gar keine Lust verspüre, sich nach einer für ihn passenden Frau umzusehen. Er sei ein großer Idealist und tatsächlich etwas demokratisch veranlagt. Er stelle den Adel des Herzens höher als den der Geburt und habe auf seinem Gute trotz seiner mißlichen Verhältnisse für seine Untergebenen mehr getan, als für ihn selbst gut sei. Aber trotzdem oder gerade deshalb sei er ein Mensch, dem überall die höchste Achtung entgegengebracht werde, und sie selbst sei seine wärmste Anhängerin und Freundin.

Sonja hörte dies alles mit brennendem Interesse an. Und

es war ein heißes Gefühl in ihr, worüber sie sich selbst nicht Rechenschaft ablegen mochte.

Sie redete sich gar nicht erst ein, daß es nur ein schlichtes menschliches Interesse sei, das sie an dem jungen Grafen nahm. Sie war sich bewußt, daß es doch noch etwas anderes sei. Aber warum sollte sie dieses Gefühl beleuchten und zerpflücken? Es war gekommen gegen ihren Willen, und es würde bleiben, wenn sie sich auch dagegen wehrte. Wozu also erst dagegen ankämpfen? Er würde nie etwas davon erfahren, und sie selbst fühlte sich durchaus nicht unglücklich dabei.

So freute sie sich unbekümmert auf sein Kommen und war glücklich, wenn sie während seiner Anwesenheit im Zimmer bleiben und seine klugen Reden anhören durfte. Noch glücklicher war sie, wenn seine Augen die ihren mit einem warmen Aufleuchten suchten. Und dann dachte sie befriedigt daran, daß er den Adel des Herzens höher schätzte als den der Geburt, daß er sie also nicht gering achtete, weil sie nur ein schlichtes Fräulein Roschnow war.

18

SO VIEL FREIE Zeit wie in Paris hatte Sonja jetzt nicht mehr. Die Fürstin mochte sie am liebsten gar nicht von ihrer Seite lassen. Nur wenn sie nach Tisch, zwischen drei und fünf Uhr, ihre Mittagsruhe hielt, konnte Sonja frei über ihre Zeit verfügen.

Dann unternahm sie gern ihren täglichen Spaziergang und freute sich, daß sie wenigstens einmal am Tage flott ausschreiten konnte. Petersburg erschien ihr noch viel interessanter als Paris.

Sehr gern suchte sie die in der Nähe des Kalnokyschen Palais liegenden Anlagen auf, die sehr ausgedehnt waren und auf deren gepflegten Wegen man auch jetzt zur Winterszeit gut spazierengehen konnte. Um die Zeit, da sich Sonja dort aufhielt, waren sie fast menschenleer.

Daß sich auch bei diesen Ausgängen viele Männeraugen bewundernd und auch begehrlich auf sie richteten, beachtete sie nicht. Sie war es zu sehr gewöhnt.

Aber dann fiel ihr doch auf, daß ein sehr elegant und stutzerhaft gekleideter hagerer Herr von vielleicht vierzig Jahren wieder und wieder ihren Weg kreuzte und ihre Aufmerksamkeit zu erregen suchte. Er verfolgte sie einige Male bis dicht an das Palais. Und endlich sprach er sie in der fast menschenleeren Anlage auch an.

Ohne ihn eines Blickes oder einer Antwort zu würdigen, ging sie schnell weiter und hoffte, nun den lästigen Verfolger los zu sein. Aber am nächsten Tage stand er wieder wartend an ihrem Wege. Sein ganzes Wesen, sein verlebtes, von Leidenschaften durchwühltes Gesicht war so widerwärtig, daß sie nun lieber auf den Spaziergang verzichtete, als diesen Begegnungen noch länger ausgesetzt zu sein.

Sie schlug am nächsten Tage einen ganz entgegengesetzten Weg ein und hatte die Genugtuung, ihren Verfolger nicht zu erblicken. Aber schon am folgenden hatte er ausgekundschaftet, daß sie einen anderen Weg gewählt hatte, und tauchte auch hier auf. Als sie an ihm vorüberging, hielt er ihr mit flehender Gebärde ein Briefchen entgegen. Sie wandte sich brüsk ab, ohne den Brief zu berühren. Achtlos ließ sie ihn stehen.

Nun versuchte sie ihm mit List zu entgehen und verließ das Palais durch die Hintertür. Das glückte einige Tage. Doch als sie dann wieder einmal durch die schmale Hinterpforte ins Freie trat, sah sie ihren hartnäckigen Verehrer unweit dieser Tür warten.

Entschlossen, dieser Verfolgung ein Ende zu machen, kehrte sie sofort wieder um und ging in den nächsten Tagen nicht aus.

Maria Petrowna bemerkte, daß Sonja ihre täglichen Spaziergänge eingestellt hatte, und fragte sie nach dem Grunde.

Offen teilte ihr nun Sonja ihr Erlebnis mit.

Darauf bestimmte Maria Petrowna, daß Sonja von jetzt an auf ihren Ausgängen von einem Diener begleitet würde.

Der jungen Dame waren diese Spaziergänge in Begleitung des würdevoll einherschreitenden Lakaien freilich nur noch ein halber Genuß. Manchmal mußte sie in sich hineinlachen, wenn sie so spazierenging. Aber es war doch immerhin noch besser, als wenn sie ganz auf ihre Erholungsgänge hätte verzichten müssen.

Und wirklich tauchte der Verfolger sofort wieder auf, als sie auf die Straße trat. Aber er hielt sich des Dieners wegen in respektvoller Entfernung.

Als Sonja jedoch am nächsten Tage, von dem Diener begleitet, ihren Weg wieder antreten wollte, reichte ihr dieser einen Brief und sagte, ein Herr habe ihm diesen für das Fräulein gegeben.

Sonja wies den Brief empört zurück. Daß der Lakai für diesen Dienst eine hohe Belohnung von ihrem hartnäckigen Verfolger erhalten hatte, verschwieg er natürlich.

Entrüstet vertraute sich Sonja der Fürstin an. Diese ließ den Diener rufen und fragte ihn, wer ihm den Brief gegeben habe.

Die Beschreibung paßte genau auf Sonjas Verfolger. Er hatte den Lakaien auf der Straße angesprochen, ihn gefragt, wer das Fräulein sei, das er begleitet hatte, und ihn gebeten, ihr diesen Brief zu überreichen.

Die Fürstin befahl dem Lakaien, er möge bei nächster Gelegenheit den Brief an den Absender zurückgeben und ihm zugleich mitteilen, daß die Fürstin die Polizei zu Hilfe rufen würde, falls dieser Herr die Belästigung ihrer Gesellschaftsdame nicht aufgebe.

Als sie dann mit Sonja allein war, sagte sie beruhigend:

»Nun grämen Sie sich nicht mehr, Fräulein Sonja. Der Hinweis auf die Polizei wird dem Flegel eine weitere Verfolgung verleiden. Ja, man ist wirklich nicht ungestraft so schön wie Sie.«

Am nächsten Tage schon meldete der Lakai, daß er den Brief zurückgegeben und den Auftrag der Fürstin ausgerichtet habe. Der Herr sei sehr aufgeregt gewesen, habe grimmig vor sich hingeflucht und habe gemurmelt: »Allen Teufeln zum Trotz, ich muß sie haben!«

Lange Zeit wagte sich nun Sonja auch in Begleitung des Dieners nicht hinaus. Erst nach einigen Wochen unternahm sie wieder einen Spaziergang. Diesmal ließ sich der aufdringliche Mensch nicht wieder sehen.

Sonja atmete auf. Auch die nächsten Tage sah sie nichts von ihm, und da sie nun sicher war, daß er die Verfolgung aufgegeben hatte, ging sie wieder wie früher allein aus. Es widerstrebte ihrem Selbständigkeitsdrang, den Diener immer hinter sich zu wissen.

Gesprächsweise erwähnte Maria Petrowna bei Nikita Arganoffs nächstem Besuch Sonjas Erlebnis.

In Nikitas Augen glühte der Zorn.

»Diesen Kerl müßte man anzeigen«, stieß er hervor.

Die Fürstin sah ihn erschrocken an.

»Um Gottes willen, Sie sehen ja so böse aus, daß man sich vor Ihnen fürchten könnte.«

Er bezwang sich.

»Soll man nicht zornig werden, wenn man von solchen Unverschämtheiten hört?« sagte er ruhiger.

Die Fürstin nickte.

»Recht haben Sie, Nikita. Solche Menschen verdienen eine recht derbe Lektion. Aber wer soll sich mit einer so verächtlichen Kreatur befassen?«

»Fräulein Roschnow sollte niemals ohne Begleitung ausgehen«, sagte er hastig und warf einen unruhigen Blick zu Sonja hinüber, der dies Gespräch durchaus nicht angenehm war.

Als sie ihm gleich darauf eine Tasse Tee reichte, bemerkte sie, daß seine Hände vor verhaltener Erregung zitterten. Galt diese Erregung ihr?

Wie zur Antwort erhob er den Kopf und sah sie mit einem so heißbesorgten Blick an, daß sie nun ebenfalls alle Ruhe verlor. Sie hätte jubeln und weinen mögen in einem Atem. Und einen Augenblick trafen sich die beiden jungen Augenpaare in unbeherrschter Erregung.

Aber Nikita Arganoff war nicht der Mann, der sich von seinen Gefühlen hinreißen ließ.

Anscheinend ruhig plauderte er gleich darauf mit der Fürstin über einen Brief, den er von Fürst Wladimir erhalten hatte. Maria Petrowna kam es gar nicht in den Sinn, daß der verständige, zielbewußte Nikita sich in eine aussichtslose

Neigung zu ihrer schönen Gesellschafterin verstricken könnte. Nie verriet er sich mit einem Blick oder Wort. Und auch Sonja hatte sich in der Gewalt.

Als Graf Arganoff gegangen war mit dem Versprechen, am nächsten Tage mit seiner Durchlauchtigsten Frau Großtante zu dinieren, sagte Maria Petrowna zu Sonja:

»Sehen Sie wohl, Fräulein Sonja, auch Graf Arganoff sagte, daß Sie nie ohne Begleitung ausgehen sollten. Wollen Sie nicht doch lieber den Diener wieder mitgehen lassen?«

Sonja lächelte schelmisch.

»Ach, ich muß sagen, daß es mir nur ein halber Genuß ist, Durchlaucht. Ich bin so schnellfüßig und laufe lange. Geht der Diener hinter mir, so muß ich meine Schritte den seinen anpassen. Und er schreitet so gravitätisch aus, daß es eine Sünde wäre, ihn aus seiner Ruhe zu bringen. Ich bin ja auch gewöhnt, mein eigener Schutz zu sein, und der Unverschämte von neulich ist durch Eurer Durchlaucht Drohung mit der Polizei gründlich verscheucht worden. So hartnäckige und unverschämte Menschen gibt es gottlob nicht viele. Ich bin sonst noch niemals belästigt worden.«

»Nun, ich will hoffen, daß es auch nicht wieder geschieht. Jedenfalls ist der Diener immer zu Ihrer Verfügung. Sie brauchen ihm nur Anweisung zu geben, wenn er Sie wieder begleiten soll. Vergessen Sie nicht, daß Petersburg nicht Berlin ist und nicht Paris. Man ist hier zuweilen etwas wilder und ungezügelter.«

»Ich danke Durchlaucht sehr und werde gewiß von der mir gegebenen Erlaubnis Gebrauch machen, wenn ich die Notwendigkeit einsehe.«

Zwei Tage später ging Sonja ihren gewöhnlichen Weg durch die Anlagen. Sie hatte erst an ihre Angehörigen geschrieben und den Brief gleich selbst mit zur Post genommen. So war es schon vier Uhr, als sie das Haus verließ. Und da es schneite und der Himmel bewölkt war, begann es schon zu dunkeln.

Fröhlich und vergnügt schritt sie durch den lautlos fallenden Schnee. Die blitzenden Sterne blieben in ihrem Haar und ihren Kleidern hängen, und der Fuß versank wie in einem weichen Teppich in der frischen Schneeschicht.

Mit Wohlbehagen sog sie die kalte, reine Winterluft ein. Ihre Wangen röteten sich, und ihre Augen strahlten.

Überall blitzten schon die Lichter der Laternen auf, und in ihrem Schein funkelten die Schneeflocken wie zahllose Diamanten.

Eben bog sie in einen schmalen Seitenweg der Anlagen ein, als plötzlich wie aus dem Boden gewachsen ein Mann vor ihr auftauchte.

Obwohl er bis an die Ohren in einen Pelzmantel gehüllt war, erkannte Sonja sofort jenen Unverschämten wieder, der sie schon so oft belästigt hatte.

Hastig bog sie zur Seite und wollte an ihm vorüber, aber in demselben Augenblick fühlte sie ihre Arme wie in eisernen Klammern von ihm festgehalten. Mit einer Kraft, die sie diesem hageren Menschen nicht zugetraut hätte, zog er sie hinter ein Gebüsch.

Vor Schreck und Entsetzen über diesen plötzlichen, unerwarteten Angriff brachte Sonja keinen Laut hervor. Sie rang nur mit aller Kraft, um sich zu befreien.

Ganz dicht war sein von Leidenschaft verzerrtes Gesicht dem ihren gekommen. Sein heißer Atem streifte ihre Wangen, als er erregt hervorstieß:

»Sträuben Sie sich nicht, mein schönes Fräulein! Ich lasse Sie nicht los, bevor Sie mich endlich angehört und bevor mich diese spröden, stolzen Lippen geküßt haben. Warum haben Sie mich so leiden lassen? Fühlen Sie nicht, wie ich Sie liebe bis zur Raserei! Warum sind Sie so sündhaft schön? Ich –«

Ehe er weiterreden konnte, hatte Sonja ihr Entsetzen abgestreift. Mit aller Kraft suchte sie sich von ihm loszumachen und sagte laut und scharf:

»Lassen Sie mich sofort los, oder ich rufe um Hilfe.«

»Oh, das tut nichts. Die Anlagen sind menschenleer. Ich habe mich vorgesehen. Jeden Tag warte ich hier auf Sie. Ich hätte schon eher diese Unterredung erzwungen, aber ich wollte gewiß sein, nicht gestört werden. Hören Sie mich an – ich –«

»Ich mag Sie nicht hören, geben Sie mich frei! Hilfe! Zu Hilfe!« schrie Sonja in höchster Not.

Da knackte auch schon das Gebüsch unter gewaltigen Sätzen. Eine kräftige Faust packte den Unverschämten beim Kragen und schüttelte ihn wie einen Hund. Als die Pelzmütze zu Boden flog, klatschten gleichzeitig ein paar so energische Ohrfeigen in sein vor Wut verzerrtes Gesicht, daß ihm Hören und Sehen verging. Dann wurde er von der Faust mit einem energischen Ruck zu Boden geschleudert.

Der Besitzer dieser kräftigen Faust aber war Nikita Arganoff. Er wandte Sonja sein vor Zorn und Empörung flammendes Gesicht zu und fragte, mühsam seine Erregung niederzwingend:

»Sind Sie verletzt, Fräulein Roschnow, ist Ihnen etwas geschehen?«

Sonja war durch das überraschte Erscheinen dieses Retters nicht weniger erschrocken als zuvor über das des Angreifers, der sich nun, so schnell er konnte, aus dem Staube machte.

Sie stand zitternd und fassungslos vor dem Grafen und schüttelte auf seine Frage nur stumm den Kopf.

»Sind Sie imstande, nach Hause zu gehen? Ich werde Sie begleiten, damit Sie nicht wieder belästigt werden. Oder soll ich Sie zu einem Wagen führen?«

»Ich – oh – ich kann – gehen«, stammelte sie, obgleich ihr die Knie zitterten.

»Erholen Sie sich erst noch ein Weilchen. Sie sind ja noch halb bewußtlos vor Schrecken«, sagte er weich.

Sie zitterte. Ganz still und menschenleer war es um sie her. Sie schwiegen beide eine Weile und rührten sich nicht. Nach einer Weile, während er unverwandt in ihr blasses, verstörtes Gesicht gesehen hatte, stieß er plötzlich erregt hervor:

»Warum gingen Sie allein aus? Das dürfen Sie niemals wieder tun!«

Sie vermochte noch immer nicht zu antworten, aber im Schein der Laterne sah er plötzlich helle Tränen über ihr Antlitz rollen.

Mit warmem Griff faßte er ihre Hand.

»Fräulein Roschnow – ich bitte sehr – beruhigen Sie sich – ich kann es nicht sehen, daß Sie weinen! Sie sind ja nun in Sicherheit. Ich gehe nicht von Ihrer Seite, bis Sie zu Hause sind.«

Sie schluchzte krampfhaft auf und trocknete dann hastig ihre Tränen.

»Ich danke Ihnen – danke Ihnen sehr, Herr Graf. Wären Sie nicht zufällig hier vorübergekommen, der Mensch war von Sinnen«, sagte sie dann leise.

Sie ahnte nicht, daß dieser »Zufall« gar kein Zufall war, sondern daß Graf Arganoff schon heimlich ihren Schritten gefolgt war, seit er von der Fürstin gehört hatte, daß Sonja belästigt worden war. Die Sorge um sie hatte ihn dazu veranlaßt.

Auch heute war er ihr gefolgt, und nur weil er eine größere Entfernung zwischen sich und sie legte, um nicht von ihr gesehen zu werden, konnte er nicht sofort zu Hilfe kommen. Er hatte von weitem gesehen, daß ein Mann sie gewaltsam zur Seite zog und war im schnellen Lauf quer durch die Anlagen gerannt. Der weiche Schnee ließ seine nahenden Schritte verklingen, und gerade als der Hilferuf ertönte, hatte er das Gebüsch erreicht.

Nun war er sehr froh, ihr zu Hilfe gekommen zu sein. Wer konnte wissen, was der Unverschämte mit ihr im Schilde geführt hatte.

»War es derselbe Flegel, der Sie schon neulich belästigt hat?« fragte er.

»Ja«, sagte Sonja, noch immer mit ihren Tränen kämpfend.

»Ich freue mich, daß ich gerade zur rechten Zeit des Weges kam, um Sie zu schützen. Aber ich bitte Sie, wenn Sie glauben, mir danken zu müssen, versprechen Sie mir ganz fest, daß Sie nie mehr allein ausgehen wollen.«

»Ich gebe Ihnen das Versprechen, Herr Graf. Nach diesem Zwischenfall wäre ich ohnehin nicht mehr allein ausgegangen. Ich habe nie geglaubt, daß ein Mann so ehrlos sein kann, ein wehrloses Mädchen tätlich anzugreifen. Bisher habe ich mich immer selbst schützen können. Jedenfalls danke ich Ihnen nochmals von ganzem Herzen für die Hilfe, wenn ich auch sehr bedauern muß, Sie durch meine Unvorsichtigkeit in diese häßliche Szene verwickelt zu haben.«

Er schwieg, und sie schritten nebeneinander her. Was hätte er ihr auch sagen können? Würde er davon sprechen, was in seinem Herzen vorging, so hätte das wie eine neue Kränkung auf sie wirken müssen. Er liebte sie, liebte sie von dem Augenblick an, da er sie in Paris zuerst gesehen hatte.

Aber dieser Liebe durfte er nicht Ausdruck geben, denn er konnte nicht zugleich wie ein ehrlicher Mann zu ihr sagen: »Sei mein Weib, ich biete dir Herz und Hand.« Nicht die Tatsache, daß sie ein bürgerliches Mädchen war, hielt ihn davon ab. Daran hätte er sich bei seiner Einstellung wenig gekümmert. Ihm galt der Mensch nicht mehr und nicht weniger durch den Zufall der Geburt. Aber er war arm und konnte kaum sich selbst ernähren, viel weniger eine Familie. Sonst hätte er wohl längst sein Herz sprechen lassen.

Er mußte sich beherrschen und schritt mit sehr ernstem Gesicht neben ihr her. Aber seinen Augen konnte er nicht so streng gebieten wie seinem Mund, und als Sonja, als sie an einer Wegkreuzung stehenblieben, um einen Wagen passieren zu lassen, zu ihm aufsah, versanken die beiden Augenpaare eine Weile in ein atemloses, unbeherrschtes Anschauen.

Beide wußten von diesem Augenblick an, daß sie einander liebten. Durch Schnee und Winterkälte, durch entsagungsvolles Verzichten und vernünftiges Erwägen drang es wie Frühlingszauber. Eine heiße Glückseligkeit, das Bewußtsein, zu lieben und geliebt zu werden, durchdrang ihre Herzen.

Schweigend gingen sie weiter. Kein Wort kam über ihre Lippen. Aber ihre Herzen hielten Zwiesprache miteinander. Beredter als tausend Worte sagten sie einander in diesem Schweigen, daß sie sich liebten und verstanden.

Daß ihre Liebe hoffnungslos war, wußten sie beide. Aber das fühlten sie in dieser Stunde nicht wie einen Schmerz. Sie sahen sich an, und ihre Augen riefen sich zu: »Ich liebe dich!« Das erschien ihnen so schön und köstlich, daß sie nicht an das »Morgen« zu denken vermochten.

Als sie beide im Palais Kalnoky ankamen, war die Fürstin noch nicht sichtbar.

Ehe Sonja in ihr Zimmer ging, um abzulegen, sagte sie noch einmal leise:

»Dank – vielen Dank, Herr Graf.«

Er lächelte ihr zu und atmete tief auf.

»Ich bin sehr, sehr glücklich, Fräulein Roschnow, daß ich Ihnen einen kleinen Dienst leisten durfte. Nie habe ich etwas lieber getan. Und bitte, seien Sie in Zukunft vorsichtiger, ich werde immer in Sorge um Sie sein. Bitte, vergessen Sie das nicht.«

Sie wurde glühendrot, aber ihre Augen senkten sich nicht vor den seinen.

»Ich will es nie, niemals vergessen!« Und dann wandte sie sich schnell um und ging davon.

Der Graf gab einem Diener seine Sachen und ließ sich der Fürstin melden.

Sie ließ ihn bitten, einige Minuten auf sie zu warten.

Sonja rief ihr Amt sogleich an den Teetisch. Sie hatte sich etwas verspätet und beeilte sich nun. Zugleich mit der Fürstin trat sie in den Salon, wo Graf Arganoff wartete.

Bestürzt und empört vernahm Maria Petrowna, was geschehen war. Sie wollte sofort von dem Vorfall der Polizei Meldung machen und pries ebenfalls den Zufall, der den Grafen gerade in dem Augenblick der Not auf Sonjas Weg geführt hatte. Sonja bat sie jedoch, der Polizei keine Meldung zu machen, da sie ohnedies nicht mehr allein ausgehen wolle. Und als der Graf bemerkte, daß Fräulein Roschnow dann nur peinliche Verhöre zu bestehen haben würde, ließ sie davon ab.

»Ich glaube ohnedies, daß dem erbärmlichen Wicht die Lust zu solchen Attacken vergangen sein wird, ich bin nicht eben sanft mit ihm umgegangen«, sagte Nikita mit blitzenden Augen.

Eine Stunde leistete er Maria Petrowna Gesellschaft, und als er ihr sagte, daß er am nächsten Tage Petersburg wieder verlassen müsse, bedauerte sie es lebhaft.

»Wie schade, lieber Nikita, daß Sie immer nur auf kurze Zeit hier anwesend sind! Ich freue mich immer so sehr, Sie zu sehen.«

»Und ich würde gern jeden Tag zu Ihnen kommen, Durchlauchtigste Tante, wenn ich nur könnte«, erwiderte er, und sein Blick flog über das weiße Haupt hinweg zu Sonja hinüber.

So war nun Sonjas Herzensschicksal wie das ihrer Mutter in diesem Hause entschieden worden. Aber Nikita Arganoff war ein anderer Charakter als Sascha Kalnoky. Sascha hatte zu den Menschen gehört, deren Liebe sich keinem Gesetz, keiner Vernunft beugt und die mit ihren Gefühlen ohne Besonnenheit sich in Tod und Verderben stürzen, wenn ihnen Hindernisse entgegenstehen.

Anders Graf Arganoff. Er besaß die sittliche Kraft, sich zum Verzicht zu zwingen. Und das Zeichen seiner größten Hochachtung für Sonja war, daß er ihr eine gleiche Kraft zutraute. Er gehörte zu den Menschen, die mit einem wunden Herzen aufrecht durchs Leben gehen können und die den Mut zur Entsagung haben, wenn ihnen das Schicksal nicht den heißen Wunsch des Herzens erfüllt.

Daß Sonja wußte, daß nur Äußerlichkeiten ihn von ihr trennten, hatte er in ihren Augen gelesen. Und er freute sich ihrer Tapferkeit.

Daß sie einander verstanden, bewies ihm auch ihr Abschiedsblick, als er sich entfernte. Wie er ihre schönen klaren Augen liebte, diese dunklen, abgrundtiefen Augen, in denen zuweilen warme Goldfunken aufleuchteten.

In Gedanken versunken, schritt er zu seinem bescheidenen Hotel, in dem er in Petersburg Wohnung zu nehmen pflegte. Und er nahm sich vor, in Zukunft nicht mehr so oft dem Zug seines Herzens zu folgen. Er wollte sich möglichst von Sonja fernhalten, um sich und ihr Kämpfe zu ersparen.

Am nächsten Morgen reiste er ab.

Sonja blieb zurück mit dem Bewußtsein, daß sie das höchste Glück und das tiefste Leid ihres Lebens erfahren habe. Aber mutig, wie es Nikita Arganoff von ihr erwartete, bezwang sie sich. Es galt, dem Leben andere Werte abzugewinnen, die ihr nicht so unerreichbar waren wie die Vereinigung mit dem Manne, den sie liebte. Zunächst ging sie wenig aus, auch die Begleitung des Dieners schien ihr kaum hinreichend als Schutz gegen einen Menschen, der nicht einmal vor der Hilflosigkeit einer Frau Achtung hatte.

Die Fürstin tröstete sie lächelnd.

»Warten Sie nur noch wenige Wochen, liebes Kind, dann

gehen wir nach Schloß Kalnoky. Sobald der Frühling sich regt, siedeln wir über. Dort haben Sie im Park und im Wald soviel Bewegungsfreiheit, wie Sie nur wünschen können. Und dort kommt Ihnen gewiß niemand zu nahe.«

Sonja hatte aus diesen gütigen Worten vor allem herausgehört, daß die Fürstin »liebes Kind« zu ihr sagte. Dies geschah zum ersten Male, und es erfüllte sie mit heimlichem Stolz, als wäre ihr eine große Auszeichnung zuteil geworden.

Wirklich kam Maria Petrowna der jungen Dame immer vertraulicher entgegen. Es geschah zum ersten Male, daß sie zwischen sich und einer Untergebenen die Grenzen in dieser Weise verwischte. Fast zärtlich waren zuweilen die Gefühle, die sie für Sonja hegte. Das kam nicht nur dadurch, daß Sonja beständig um sie war und ihr mit einer geradezu rührenden Ergebenheit diente. Auch nicht dadurch allein, daß Sonja ihrer Tochter ähnlich sah. Es war noch etwas anderes, Rätselhaftes, Unfaßbares, was diese beiden Frauenherzen zueinander zog.

Oft mußte sich Maria Petrowna Zwang antun, daß sie nicht liebkosend über das goldflimmernde Haar strich oder Sonja sonst etwas Liebes tat.

Gleich nach Ostern siedelte die Fürstin nach Schloß Kalnoky über.

Sonja freute sich wie ein Kind, als sie das erste Mal ungehindert den herrlichen Park durchstreifen konnte. Und jeden Tag verschaffte sie sich dieses köstliche Vergnügen.

Die Fürstin verließ im Anfang, solang es noch kühl war, ihre Zimmer wenig. Eine kleine Morgenpromenade durch den sonnigsten Teil des Parkes, das war alles, was sie sich ihres Knieleidens wegen gestatten durfte.

Erst als es wärmer und sonniger wurde, hielt sie sich mehr im Freien auf. Im Winter hatte sie oft tagelang den Lehnstuhl nicht verlassen können.

Von großem Interesse war für Sonja das herrliche alte Schloß mit seiner wunderbaren Einrichtung. Großes Vergnügen machte es ihr, die Ahnengalerie zu besuchen. Hier waren noch viel mehr Bilder zu sehen als in dem großen Festsaal im Petersburger Palais. Drollige Zwiegespräche hielt sie mit den würdigen Vorfahren der Kalnokys, wenn sie allein durch die Galerie schritt. Sie hatte bald ihre besonderen Lieblinge unter dieser stummen Gesellschaft. Da war das Bild einer sehr jung verstorbenen Fürstin Natascha Kalnoky, deren zarte Lieblichkeit ihr rührend erschien, und dann das Bildnis eines etwa vierzehnjährigen Knaben. Dieses hing als letztes in der Reihe, neben dem stolz und klug aussehenden Fürsten Iwan, dem Gatten ihrer Herrin. Unter diesem Knabenbildnis stand auf einem Täfelchen »Alexander Kalnoky« und der Geburtstag und der Todestag.

Sonja hatte sich ausgerechnet, daß dieser letzte Fürst Kalnoky im Alter von neunundzwanzig Jahren gestorben sein mußte.

Etwas in diesem lachenden, sonnigen Knabengesicht fesselte sie wie eine unklare Erinnerung, und dann stellte sie eines Tages fest, daß es dem Gesicht der Fürstin Tatjana Sogareff glich.

Auch diese war für die Ahnengalerie porträtiert worden, so, wie sie am Tage ihrer Verlobung mit Wladimir Sogareff ausgesehen hatte, mit dem weißen Kleid und den Perlen im schwarzen Haar.

Immer wieder mußte Sonja diese beiden Geschwister vergleichen. Am meisten gefiel ihr aber doch der Knabe.

Und ihr Herz verriet ihr nicht, daß sie vor einem Jugendbildnis ihres Vaters stand.

Gern hätte sie ein späteres Bild von dem jung verstorbenen Fürsten gesehen, und einmal fragte sie die Kammerfrau der Fürstin, ob ein solches vorhanden sei.

Diese sagte ihr, daß wohl eine Menge Photographien von ihm existierten, doch diese habe die Fürstin alle in ihrem Schreibtisch eingeschlossen, seit damals die Trauerkunde aus Deutschland gekommen sei.

»Welche Trauerkunde?« fragte Sonja.

»Nun, von dem Tode des Fürsten Alexander. Auf einer Reise nach Deutschland ist er in einem See ertrunken, und seine Leiche hat man nie gefunden.«

Sonja hätte fast laut aufgeschrien. Sie dachte an den See in ihrer Heimat und an die Gruppe der Barmherzigkeit, die an seinem bewaldeten Ufer aufgestellt war.

Ganz blaß wurde sie vor Erregung. Kein Zweifel, sie war durch einen Zufall zu der Mutter jenes Fürstensohnes gekommen, der seinen Tod in dem ihr so gut bekannten See gefunden hatte. Sie starrte fassungslos in das Gesicht der Kammerfrau.

»Ertrunken? Und seine Leiche hat man nie gefunden?« wiederholte sie mechanisch.

»Ja, so ist es, Fräulein Roschnow. Aber bitte, erwähnen Sie Ihrer Durchlaucht gegenüber nie ein Wort davon. Der Name des Fürsten darf hier im Hause nicht genannt werden, am wenigsten vor Ihrer Durchlaucht.«

Sonja stand noch lang vor dem Knabenbildnis, nachdem die Kammerfrau sie verlassen hatte.

Sie zweifelte keinen Augenblick, daß es Alexander Kalnoky gewesen war, der sich in jenem See selbst ertränkt hatte. Hier schien niemand eine Ahnung davon zu haben, daß er freiwillig aus dem Leben geschieden war. Ob es die eigene Mutter wußte? Man hatte es doch sicher den Eltern gemeldet, und diese hatten es geheimgehalten.

Und deshalb trug wohl ihre Herrin noch immer schwarze Kleider, deshalb wohl sah sie oft gramerfüllt und düster vor sich hin. Und wieder wie damals, als Sonja mit ihrer Mutter vor der Marmorgruppe der Barmherzigkeit gestanden hatte, fragte sie sich, weshalb wohl dieser junge Fürst sein Leben von sich geworfen hatte.

Zugleich beschloß sie aber auch, keinem Menschen, am wenigsten der Fürstin, zu verraten, daß sie von dem Selbstmord des jungen Fürsten etwas wußte.

»Der letzte Kalnoky«, hatte die Kammerfrau den jungen Fürsten genannt. Und dann hatte sie ihr gesagt, daß die Söhne des Fürsten Sogareff vom Zaren ermächtigt worden waren, ihrem Namen den Namen Kalnoky zuzufügen, damit dieser nicht aussterbe.

Nikita Arganoff hatte Sonja seit dem Winter noch nicht wiedergesehen. Aber als dann im Juni Fürst Sogareff mit seiner

Familie für einige Wochen in Schloß Kalnoky eintraf, da kam auch Graf Arganoff einige Male zu Besuch.

Während der Anwesenheit der Familie Sogareff wurde es sehr lebhaft im Schloß. Die jungen Söhne des fürstlichen Paares füllten das stille Haus mit jugendlichem Frohsinn und hellem Lachen. Mit ihrem von der Mutter geerbten Übermut stellten sie alles auf den Kopf, und selbst Maria Petrownas stilles Gesicht zeigte einen Widerschein der Freude.

Es stellten sich auch, obwohl man mit der Mutter ganz zurückgezogen leben wollte, ab und zu Gäste ein. Von allen diesen war für Sonja nur einer von Bedeutung: Nikita Arganoff. Seine ernsten Augen sahen sie an, als wollten sie fragen: Wie trägst du dein Geschick?

Sie blickte ihn stolz und klar an, und ihre Blicke sagten ihm: Sei ruhig um mich, ich habe das Leben trotz allem lieb.

Nie sprachen sie ein Wort allein, und selten tauschten sie belanglose Reden in Gegenwart der andern.

Tatjana war sehr froh, daß Sonja ihrer Mutter eine so angenehme und liebe Gesellschafterin geworden war. Und sie dankte es ihr mit großer Freundlichkeit und gelegentlichen Aufmerksamkeiten. Sonja fühlte, daß sie geschätzt und geliebt wurde, und war von dem Wunsch beseelt, sich des Vertrauens, das man in sie setzte, würdig zu zeigen.

Auch während der Anwesenheit ihrer Kinder und Enkel führte Maria Petrowna das durch ihre angegriffene Gesundheit gebotene stille Leben, und Sonja teilte es mit ihr.

Tatjana war in ihrer Lebhaftigkeit gar nicht imstande, stundenlang ruhig bei der Mutter zu sitzen. Sie war an Bewegung gewöhnt und fühlte sich nur wohl im Strome eines stark pulsierenden Lebens.

Sie ritt auch hier mit ihrem Gemahl und ihren Söhnen täglich aus, spielte mit ihnen Tennis und fuhr in die Nachbarschaft zu Freunden.

War Graf Arganoff zugegen, begleitete er das fürstliche Ehepaar immer. Sie schienen sehr große Stücke auf ihn zu halten, trotz seiner Armut. Und Sonja freute sich, wenn man ihn so auszeichnete, als habe man ihr selbst eine Ehre erwiesen.

Als dann die fürstliche Familie wieder abreiste, verabschiedete sich auch Graf Arganoff für längere Zeit von Maria Petrowna und mit einem stillen Blick von Sonja. Er schützte angestrengte Tätigkeit vor, die ihm keine freie Zeit ließ. Aber Sonja wußte, ohne daß er es hier sagte, daß er nicht so oft kommen wollte, um ihre Ruhe nicht zu gefährden.

Für Sonja war dieser Sommer auf dem herrlichen Landsitz sehr angenehm. Noch nie war es ihr vergönnt gewesen, die Natur so unbeschränkt zu genießen wie hier. Begeisterte Briefe schrieb sie an ihre Angehörigen, denen sie nach wie vor alles aus ihrem Leben berichtete. Nur von zwei Dingen sprach sie nicht in diesen Briefen – von Nikita Arganoff und von ihrer Entdeckung, daß der Sohn der Fürstin offenbar identisch war mit dem ertrunkenen Fürstensohn.

Sehr gern saß Sonja in der malerischen Schloßkapelle, durch deren bunte Fenster das Licht so farbig und dämmernd hereinfiel.

Das Heiligenbild über dem Altar war wieder völlig in seinen alten Zustand versetzt worden. Die Steine saßen alle wieder an demselben Platz, und nicht das kleinste Zeichen verriet, daß sie einst entfernt worden waren.

Und über dem Gesicht des Heiligen lag noch immer das alte Lächeln.

Wenn Maria Petrowna ihre junge Gesellschafterin fragte, ob ihr das Leben im Schloß Kalnoky nicht zu einsam sei, strahlten Sonjas dunkle Augen auf, und sie versicherte begeistert, noch nie einen so herrlichen Sommer verlebt zu haben wie diesen.

Aber schon ging dieser Sommer zu Ende. In den letzten Tagen des September setzte der Herbst plötzlich sehr unangenehm ein, und Maria Petrownas Knieleiden machte sich gleich unangenehm bemerkbar. Sie ließ heizen und saß in ihrem pelzgefütterten Hausgewand, mit Pelzdecken zugedeckt, am Kamin. Die aufzuckenden Flammen warfen rötliche Lichter auf den schwarzen Samt ihres Gewandes und ihr weißes Haar.

Auf der Fürstin Wunsch hatte sich Sonja an den Flügel gesetzt und musiziert. Sie spielte und sang auch einige von ihren hübschen, anspruchslosen Liedern.

Als sie geendet hatte, sagte Maria Petrowna freundlich:

»Sie haben ein sehr feines musikalisches Empfinden, Fräulein Sonja. Das ist wohl der deutsche Einschlag in Ihrem Blut. Von wem haben Sie diese musikalische Begabung geerbt, von Vater oder Mutter?«

»Von meiner Mutter, Durchlaucht. Mein Vater war nur wenig musikalisch. Soll ich noch weiterspielen?«

»Nein, Kind, setzen Sie sich zu mir, wir wollen ein wenig plaudern. Der Herbst liegt mir schon sehr in den Gliedern, ich glaube, wir müssen bald nach Petersburg zurück. Dann wird es freilich für Sie wieder zu Ende sein mit dem ungebundenen Umherstreifen im Freien.«

Sonja hatte ihr gegenüber Platz genommen. Ihre Augen lächelten.

»Im Winter hält man es schon leichter im Zimmer aus, Durchlaucht.«

Maria Petrowna sah sie forschend an.

»Seien Sie einmal ganz ehrlich, Kind: Ist es Ihnen nicht zuweilen recht langweilig, immer nur auf die Gesellschaft einer alten Frau angewiesen zu sein?«

Sonja schüttelte den Kopf.

»Wenn Durchlaucht nur wüßten, wie interessant mir mein Leben jetzt erscheint! Das ist doch alles neu für mich. Schon wenn ich hier oder im Palais Kalnoky durch die Räume gehe, das ist wie in einem wundervollen Museum. Allein die Ahnengalerie! So lebendig sind all die stolzen Männer und Frauen. Ich kann mir zu jedem dieser Bilder eine herrliche Geschichte ausdenken.«

Maria Petrowna sah lächelnd in ihr erregtes Gesicht.

»Ei, ich möchte wohl wissen, wie in Ihrem Köpfchen die Chronik des Hauses Kalnoky ausfiele.«

Sonja lachte.

»Oh, vielleicht würde sie der Wirklichkeit nicht entsprechen. Ich glaube, ich würde zuviel Romantik hineinmischen.«

Eine Weile schwiegen sie beide. Die Fürstin sah sinnend in das flackernde Freuer des Kamins. Sie dachte an das letzte Kapitel der Kalnokyschen Familienchronik, ein Kapitel, das ungeschrieben bleiben würde, weil es den alten, fleckenlosen Namen mit Schmach bedecken mußte.

Sie seufzte tief auf und hob das Haupt. Ihre Augen blieben eine Weile auf Sonjas Haar ruhen. Welch einen eigenartigen Zauber doch dieses goldene Haar haben konnte! Wie die Kaminglut Goldfunken darauf streute! Und solches goldenes Haar hatte einst ihren Sascha so entzückt, daß er sein ganzes Herz daran hängte.

Sie hatte es nie so recht begreifen können. Aber in dieser Stunde offenbarte sich ihr plötzlich selbst dieser Zauber. Wie hold und lieb sah dieses schlichte Mädchen aus! Es saß so anmutig vor ihr, trotz seiner bescheidenen Haltung, in lieblicher Grazie. Der hohe Lehnstuhl bildete einen wirksamen Rahmen für das schöne Geschöpf. Und die großen, dunklen Augen blickten so eigenwillig vor sich hin. Tatjanas Augen waren das wohl in Form und Schnitt. Aber jetzt lag noch ein anderer Ausdruck darinnen, etwas Heißes, Verlangendes, Lebensdurstiges und zugleich zärtlich Aufleuchtendes –

Und plötzlich erschauerte die Fürstin und preßte ihre Hand im krampfhaften Druck auf ihr Herz.

Saschas Augen – das sind Saschas Augen, nicht Tatjanas! dachte sie erschüttert.

Ja, so hatte Sascha geblickt in den Tagen, da ihm die goldhaarige Elisa Herz und Sinne in Bann geschlagen. So hatten seine Augen geleuchtet, wenn er, nachdem Elisa das Haus verlassen, in Träumerei versunken vor ihr saß, während seine Gedanken und seine Seele wohl bei der fernen Geliebten weilten.

Und das war es, die Erinnerung an Sascha, die sie von Anfang an an dieses fremde Mädchen gefesselt hatte. Ihres Saschas Augen grüßten sie aus diesem schönen Mädchengesicht. Eine seltsame Natur hatte dieselben Augen noch einmal geschaffen. Auch Sascha hatte die eigenartigen Brauen und das Lächeln seiner Schwester gehabt, wie sich die Geschwister ja überhaupt sehr geglichen hatten. Aber in Tatjanas Augen fehlte etwas, und gerade das fand sie in Sonjas Augen wieder, diesen ureigenen, lebensdurstigen Ausdruck, der auch Sascha eigen gewesen war.

Eine Flut von Erinnerungen strömte über das arme Mutterherz. So lange, lange Jahre hatte sie sich keine lebendige Vorstellung mehr von ihrem Sohne machen können. Immer verschwamm ihr sein Bild in unklaren Zügen, so daß sie es nicht festzuhalten vermochte. Jetzt aber stand es wie hergezaubert vor ihrer Seele, durch die Augen dieses fremden Mädchens. Nun stand ihr Sohn wieder vor ihr in seiner ganzen lebensfrischen Persönlichkeit. Wie zum Leben erwacht, lächelte er ihr zu, genau wie Sonja Roschnow.

Knisternd fiel im Kamin ein Holzscheit zusammen. Da schreckte die Fürstin auf und sah wirr um sich.

»Was ist das?« sagte sie hastig und laut.

»Ich glaube, Durchlaucht waren ein wenig eingeschlummert. Ich verhielt mich ruhig, um nicht zu stören«, antwortete Sonja und breitete besorgt die Pelzdecke höher über die Gestalt der Fürstin.

»Ja, ja, so wird es sein, ja, ich habe geträumt«, erwiderte die Fürstin seufzend. »Bitte, schalten Sie das Licht ein, Fräulein Sonja, es ist dunkel geworden.«

Sonja erhob sich und tat, wie ihr geheißen wurde. Und als sie dann im hellen Lichte auf die Fürstin zukam, schüttelte diese über sich selbst den Kopf.

Ich habe wirklich recht töricht geträumt, dachte sie.

19

SCHON ACHT TAGE später kehrte die Fürstin nach Petersburg zurück. Das Wetter war nicht besser geworden, und sie fühlte sich nicht gut.

Gleich in den ersten Tagen erschien Nikita Arganoff, um sich nach dem Befinden der Fürstin zu erkundigen. In Wahrheit verlangte er wohl noch sehnlicher danach, sich auch von Sonjas Wohlbefinden zu überzeugen.

Der Landaufenthalt hatte ihr sehr gut getan. Sie sah frischer und blühender aus denn je. Nikita vermochte seine Blikke kaum von ihr loszureißen. Und wie auf der Flucht vor sich selbst, verließ er nach kurzem Aufenthalt Palais Kalnoky wieder.

Sonja hatte mit einem bangen Gefühl bemerkt, daß er schmaler und blasser geworden war. Die charakteristischen Züge um Mund und Kinn hatten sich vertieft, und die Augen sprachen von Kämpfen und Schmerzen.

Aber aufrecht und ruhig nach außen war auch jetzt sein Wesen. Dieser Mann unterlag nicht im Kampfe mit sich selbst!

Am nächsten Tage kam er noch einmal wieder, ehe er Petersburg verließ. Und da sagte die Fürstin lächelnd zu ihm:

»Ich dachte, Sie würden mich endlich mit einer Verlobung überraschen, Nikita.«

Sein Blick flog zu Sonja hinüber und traf ihre erschreckten Augen. Da lächelte er. Und dies Lächeln sagte ihr: Du weißt, daß ich dir im Herzen treu bin, wenn ich dich auch nicht besitzen kann.

Der Fürstin entgegnete er ruhig:

»Ich wüßte nicht, mit wem ich mich verloben sollte, Durchlauchtigste Tante.«

»Sie werden den Anschluß verpassen, Nikita. Wenn ein Mann dreißig Jahre alt ist, hat er gewissermaßen die Pflicht, eine Familie zu gründen«, meinte die Fürstin mahnend.

Er seufzte ein wenig und lächelte.

»Ich bin ein eigensinniger Mensch, Durchlauchtigste Tante, und ehe ich meine Hand ohne mein Herz verschenke, bleibe ich ledig. Für mich allein reicht der Kohl, den ich baue, gerade noch aus, für eine Familie leider nicht.«

Diese Worte waren auch für Sonja bestimmt, und sie verstand ihn wohl.

»Sollen denn die Arganoffs aussterben, Nikita?« fragte die Fürstin.

Er zuckte die Achseln.

»Der Besitz der Arganoffs ist am Aussterben, warum soll ihren Namen nicht dasselbe Schicksal treffen, Durchlauchtigste Tante? Ich denke darüber etwas anders als die meisten Standesgenossen. Ein Geschlecht, das seine eigene Kraft verzehrt hat, ist für den Verfall reif. Warum ihn künstlich aufhalten?«

»Ach, Ihrer Person haftet aber nicht das geringste eines Verfalls an. Und ich wette, manches reiche und auch gute und schöne Mädchen würde sich gern mit Ihnen fürs Leben verbinden. Mein Schwiegersohn sähe es so gern, wenn Sie sich wieder freie Bahn schaffen könnten.«

»Oh, Onkel Wladimir wird es am besten verstehen, wenn ich mich nicht verkaufe – nur um die Arganoffs am Aussterben zu hindern.«

»Verkaufen, welch ein häßliches Wort! Sie können doch auch ein reiches Mädchen lieben, Nikita.«

»Nein«, sagte er laut und fest.

Maria Petrowna lachte.

»Aus lauter Eigensinn nicht, Sie Eisenkopf!«

Da lachte auch er.

»Sie verkennen mich, Durchlauchtigste Tante, ich bin nicht eigensinnig.«

»Nun, suchen Sie sich einen anderen Namen dafür. Schade, daß gerade dieser Eigensinn so liebenswert an Ihnen ist.«

»Dann will ich mich gern zu dieser Eigenschaft bekennen«, sagte er lächelnd und küßte ihre Hand.

Als er dann fort war, wieder für längere Zeit, mußte sich Sonja mit aller Kraft gegen eine aufsteigende Traurigkeit wehren. Sie wollte stark und mutig sein und sich seiner Liebe würdig zeigen.

Aber sie fühlte, daß er litt. Und das quälte sie noch mehr als das eigene Leid. Immer wieder rief sie sich seine Worte ins Gedächtnis zurück. Sie fühlte, daß sie auch für sie bestimmt gewesen waren.

Die ersten Wochen in Petersburg vergingen schnell, da es manches zu besorgen gab. Die Fürstin hatte sich wieder erholt. Es war jetzt trockenes, klares Wetter, und Sonja fuhr viel mit ihr aus.

Inzwischen kam ihr zwanzigster Geburtstag heran. Sie ahnte nicht, daß dieser Tag eine besondere Bedeutung für sie haben würde. Aber sie freute sich darauf, denn sie wußte, daß dann eine ausführliche Briefsendung aus dem Doktorhäuschen an sie eintreffen würde. Zu ihrem letzten Geburtstag hatte ihr jeder einen Brief geschickt, sogar die drei Doktorrangen. Und das würde dies Jahr ebenso sein.

Fast ein Jahr war sie nun schon bei der Fürstin Kalnoky in Stellung. Maria Petrowna hatte ihr in diesen Tagen einen sehr schönen Pelzmantel geschenkt. Sie beschenkte Sonja oft, aber diese Gabe erschien dem jungen Mädchen so kostbar, daß es ganz fassungslos war.

»Durchlaucht beschämen mich durch soviel Güte«, stammelte sie erregt und strich unruhig und doch mit einem wohligen Gefühl über den weichen Pelz.

Maria Petrowna lächelte gütig.

»Kind, Sie sind so wenig auf unsere russischen Winter eingerichtet. Ich habe immer das Gefühl, daß Sie frieren müssen, wenn Sie neben mir im Wagen sitzen. Und wenn ich weiß, daß jemand friert, dann wird mir schon bei dem Gedanken daran ganz kalt. Es ist also der reine Egoismus, daß ich Ihnen den Mantel schenke.«

Sonja küßte ihr die Hand.

»Meine gütige Herrin!« sagte sie mit zärtlicher Ergebenheit.

Da neigte sich Maria Petrowna zu ihr und küßte sie auf die Stirn. Sie konnte nicht anders, zu lieb und vertraut sahen die dunklen Augen zu ihr auf.

Sonja stand dann in ihrem Zimmer und probierte den Pelzmantel an. Ach, war das ein herrliches Gefühl, wie sich der Pelz so weich um ihre Glieder schmiegte! Sie ging vor dem Spiegel auf und ab und lachte sich an.

»Ja, ja, du stolze Sonja, so ein Pelzmantel hat dir gerade noch gefehlt, um dich eitel zu machen! Pompös schaust du darin aus. Man könnte dich beinahe selbst für eine Fürstin halten.«

Das war so eine drollige Gewohnheit von ihr, sich selbst mit ihrem Spiegelbild zu unterhalten und sich dabei ein wenig zu verspotten.

Sorgsam breitete sie dann den Mantel aus und strich zärtlich darüber hin.

An meinem Geburtstag will ich ihn das erste Mal tragen, dann ist mir doppelt festlich zumute, dachte sie.

Etwas früher als sonst erhob sich Sonja am Morgen ihres Geburtstages. Sie liebte diese Morgenstunden sehr, da sie ihr allein gehörten. Die Fürstin zeigte sich nie vor zehn Uhr.

Als sie sich angekleidet hatte, klingelte sie nach ihrem Frühstück, das sie stets auf ihrem Zimmer einnahm. Sie hoffte, schon auf der Frühstücksplatte, wie sonst immer, die Briefe aus dem Doktorhause zu finden, aber diese Hoffnung wurde nicht erfüllt.

Ein wenig enttäuscht nahm sie ihr Frühstück ein. Onkel Ernst war doch sonst so pünktlich. Und gerade heute, wo sie sich so besonders darauf gefreut hatte, blieb die Sendung aus!

Sie fühlte sich mit einem Male recht traurig und vereinsamt. Aber dann schalt sie sich selbst aus wegen ihrer Ungeduld.

»Es wird mit der nächsten Post kommen, du törichte Sonja. Mußt du darum den Kopf hängenlassen? Gleich bist du wieder vernünftig!«

Sie setzte sich mit einer Stickerei, die ein Weihnachtsgeschenk für Tante Käthe werden sollte, ans Fenster und arbeitete eifrig daran, bis es Zeit war, zur Fürstin hinüberzugehen.

Gerade als sie ihre Arbeit zusammenlegte, kam eine eingeschriebene Sendung für sie, ein schwerer, dicker Brief.

Nun lachte sie in sich hinein, als sie das gewichtige Briefpaket auf der Hand wog.

Da hat mir wohl jeder von ihnen einen ganzen Roman geschrieben, dachte sie und bedauerte sehr, jetzt keine Zeit mehr zu haben, um die umfangreichen Episteln durchzulesen. Sie schloß das Paket in ihren Schreibtisch, um es später zu öffnen, und ging zur Fürstin.

Diese hatte eine sehr schlechte Nacht gehabt. Ihr Rheuma hatte sie gequält, und sie saß nun mit steifem Knie, in Pelze gehüllt, am Kamin.

Sonja hörte es schon vor ihrem Eintritt von der Kammerfrau und näherte sich nun mit besorgtem Gesicht ihrer Herrin.

»Durchlaucht haben wieder Schmerzen?« fragte sie teilnahmsvoll.

Maria Petrowna nickte.

»Ja, Fräulein Sonja, ich kann mich wieder einmal kaum rühren. Doch reden wir nicht davon, es ist nicht zu ändern, und man gewöhnt sich auch daran.«

»Soll nicht zum Arzt geschickt werden, Durchlaucht?«

»Nein, nein, helfen kann er mir doch nicht. Das braucht eben seine Zeit.«

»Aber er könnte doch die Schmerzen lindern.«

»Das eben kann er nicht, Kind. Wärme ist alles, was mir hilft.«

»Darf ich Durchlaucht noch eine Pelzdecke überbreiten?«

»Das kann nicht schaden«, antwortet die alte Dame.

Sonja breitete noch eine von den leichten, warmen Pelzdekken über den Schoß ihrer Herrin.

Dann holte sie die auf einer silbernen Platte liegenden Briefe herbei, die ein Diener soeben gebracht hatte. Es war ihr Amt, diese Briefe zu öffnen und sie der Fürstin vorzulesen. Dabei machte sie sich gleich Notizen, falls sie im Namen der Fürstin etwas darauf zu erwidern hatte. Es waren meist Bittgesuche, Briefe von Lieferanten und ähnliche Schreiben. Nur die Briefe ihrer Angehörigen pflegte die Fürstin selbst zu lesen und zu beantworten.

Auch heute war ein Brief ihrer Tochter dabei. Während Maria Petrowna ihn studierte, sah Sonja betrübt zum Fenster hinaus. Draußen war das herrlichste klare Winterwetter. Es hatte sich schon zeitig Frost eingestellt. Und heute hatte Sonja ihren neuen Pelzmantel zum ersten Mal tragen wollen. Nun wurde es nichts mit der täglichen Ausfahrt.

Einzig die Aussicht auf ihr umfangreiches Briefpaket tröstete sie. Wenn Durchlaucht nach Tisch ruhte, wollte sie die Briefe lesen. So recht behaglich wollte sie sich dann in ihrem Zimmer einspinnen. Aber auch dieser Wunsch sollte Sonja heute nicht in Erfüllung gehen. Die Fürstin hatte so heftige Schmerzen, daß sie auf eine Mittagsruhe verzichten mußte und Sonja bat, ihr Gesellschaft zu leisten.

So blieb sie den ganzen Tag um die Fürstin, las ihr vor, musizierte, plauderte mit ihr und pflegte sie.

Sie kam auf die Idee, daß heiße Umschläge die Schmerzen im Knie lindern müßten, und bat um Erlaubnis, es probieren zu dürfen. Maria Petrowna willigte ein, und wirklich taten ihr diese Umschläge so gut, daß die Schmerzen nachließen.

Maria Petrowna atmete wie erlöst auf.

»Das war ein sehr guter Gedanke von Ihnen, Kind. Dieses einfache und so wirksame Rezept will ich mir merken. Und nun bin ich so müde, daß ich mich wohl gleich zur Ruhe begeben werde. Jetzt werde ich schlafen können, da die Schmerzen nachgelassen haben«, sagte sie.

Zusammen mit der Kammerfrau führte Sonja ihre Herrin in das Schlafzimmer. Und dann war sie entlassen und für heute beurlaubt.

Froh, daß die Fürstin nicht mehr so arge Schmerzen zu leiden hatte und daß sie nun endlich die Briefe lesen konnte, suchte sie ihr Zimmer auf.

Sie ließ sich ihr Abendessen bringen, da sie nicht wie sonst mit der Fürstin gespeist hatte, und setzte sich so recht frohen Mutes an den Tisch.

Schnell aß sie etwas und ließ das Geschirr wieder abräumen. Dann erst öffnete sie mit einem erwartungsvollen Lächeln das große Paket.

Sie lachte fröhlich, als ihr zuerst drei geheimnisvoll versiegelte Briefe in die Hände fielen. Die waren von den drei Doktorrangen. Himmel, eine ganze Stange Siegellack hatten sie wohl verbraucht, damit ihre Episteln recht gewichtig ausschauten.

Dann kam ein Brief mit Großtantes wunderlichen, lieben Schnörkeln, einer mit Onkel Ernsts steiler, schwer leserlicher Doktorschrift und einer mit Tante Käthes klaren, festen Zügen.

Außerdem befand sich noch ein flaches, kleines, mit Siegeln versehenes Päckchen in dem Kuvert. Sonja legte es vorläufig beiseite. Da hatten ihr die Doktorrangen sicher irgendeine Überraschung eingepackt.

Zuerst las sie, immer wieder in sich hineinlachend, die drolligen Ergüsse der Kinder. Sie sah dabei die drei Flachsköpfe vor sich, wie sie am Tisch saßen und diese Briefe fabrizierten. Bei ihrer bekannten Abneigung gegen alle Beschäftigungen, die mit Stillsitzen verbunden waren, rechnete es ihnen Sonja hoch an, daß sie so eifrig alle vier Seiten vollgeschrieben hatten.

Und diese drei natürlichen, durchaus nicht fehlerfreien

Briefe versetzten Sonja direkt in das liebe, kleine Doktorhaus. Sie sah alles vor sich, all diese lieben Menschen und ihre Umgebung.

In froher Stimmung griff sie dann nach Tante Käthes Brief.

Diese faßte ihre herzlichen Wünsche für Sonja in warme, schlichte Worte. Auch dieses Briefchen charakterisierte die schlichte, warmherzige Persönlichkeit der Schreiberin.

Nun öffnete Sonja des Onkels Brief. Dieser lautete:

»Meine liebe Sonja!

Dieser Dein zwanzigster Geburtstag soll Dir eine große Überraschung bringen. Meine liebe Mutter hat Dir alles darauf Bezügliche ausführlich mitgeteilt. Ich habe dem nichts weiter hinzuzufügen, mein liebes Kind, als die Versicherung, daß wir genau nach Wunsch und Willen Deiner lieben, unvergeßlichen Mutter handeln.

Was Du heute erfahren wirst, wird einen tiefen Eindruck auf Dich machen. Vielleicht wird Dein Leben dadurch in ganz andere Bahnen gelenkt. Du mußt ganz allein darüber entscheiden, was Du mit diesen Enthüllungen beginnen willst.

Nur eins will ich Dir mit meinen herzinnigen Wünschen zu Deinem Geburtstag sagen: Was auch kommen mag, im Doktorhause wird immer Deine Heimat sein, wo Du jederzeit mit offenen Armen aufgenommen wirst, wenn Du eine Zuflucht brauchst. Das vergiß nie.

In Liebe Dein Onkel Ernst«

Sonja sah eine Weile sinnend auf diesen Brief herab, als sie ihn zu Ende gelesen hatte. Des Onkels Worte klangen so feierlich, so bedeutungsvoll. Was sollte sie denn erfahren?

Sie richtete sich entschlossen auf und öffnete den Brief der Großtante. Der sollte ihr ja Aufschluß bringen.

Die alte Dame schrieb ihr:

»Mein liebes Kind, meine Sonja!

Heute habe ich mit der Übersendung meiner herzlichen Glückwünsche an Dich zugleich eine Pflicht zu erfüllen, die ich übernommen habe, und zwar von Deiner lieben Mutter.

Kurz vor ihrem Tode übergab sie mir und Onkel Ernst das diesen Briefen beiliegende versiegelte Päckchen mit der Bitte, es Dir an Deinem zwanzigsten Geburtstag zu übergeben, oder, falls Du Dich früher verlobtest, an Deinem Verlobungstage.

Was dieses Päckchen enthält, das weiß außer Onkel Ernst und mir kein Mensch sonst. Wir haben Deiner Mutter einst geschworen, dies Geheimnis zu hüten. Und das haben wir getreulich getan und werden es auch ferner tun. Nun wird auch Dir dies Geheimnis offenbar werden, und wenn Du alles weißt, wirst du gleich uns erkennen, wie wunderbar Gottes Wege sind.

Ob Dir diese Eröffnung Glück bringen wird? Wir wünschen es Dir von Herzen, mein liebes Kind. Du mußt selbst entscheiden, in welcher Weise Du von der Eröffnung Gebrauch machen und ob Du die Rechte Deiner Geburt verfechten willst.

Wie es auch sei, meine herzliebe Sonja, komm zu uns, wenn Dein Platz ferner nicht mehr im Hause der Fürstin Kalnoky sein kann. Wir nehmen Dich mit offenen Armen auf.

Mit tausend Küssen Deine Großtante Johanna«

Sonjas hatte sich eine große Erregung bemächtigt.

Was war das? Welch ein Geheimnis stieg da empor, gleichsam aus dem Grabe der geliebten Mutter?

Mit zitternden Fingern löste sie die Siegel von dem Päckchen. Es enthielt wieder ein Kuvert, mit Schriftstücken gefüllt, und darauf stand:

»Meiner inniggeliebten Tochter Sonja von ihrer treuen Mutter.«

Sonjas Augen füllten sich mit Tränen. Sie küßte diese Worte inbrünstig und öffnete das Kuvert. Es enthielt einen Brief und eine Anzahl Schriftstücke und Aufzeichnungen.

Sonja las zuerst den Brief.

»Mein heißgeliebtes Kind!

Lange habe ich mit mir gerungen, ob ich Dir Mitteilung machen soll über das, was vergangen ist, vor allen Dingen über die Vergangenheit Deines Vaters. Aber er hat einst den

Wunsch ausgesprochen, daß sein Kind nach seinem Tode alles wissen soll, was ihn betrifft. Ich hätte Dir gern seine Schuld verschwiegen, die er so schwer gebüßt hat. Aber ich halte es für meine Pflicht, Dir Deinen wahren Namen, Deine wahre Abstammung nicht vorzuenthalten.

Beiliegend findest du eine Aufzeichnung von mir. Darin habe ich dir getreulich geschildert, was Deine Eltern erlebt und erlitten haben, wie glücklich und unglücklich sie gewesen sind, seit sie sich zum ersten Male gesehen haben. Nicht das Kleinste habe ich weggelassen, damit Du Dir ein Urteil bilden kannst.

Mit heißem Bemühen habe ich Dir von klein auf einzuprägen versucht, daß alles verstehen auch alles verzeihen heißt. Ich lehrte Dich ein mildes Urteil über menschliche Sünde und Fehler, alles in dem heißen Wunsche, daß Du dereinst auch über Deines Vaters Schuld ein mildes Urteil fällst. Dehalb habe ich Dir auch alles genau geschildert, damit Du verstehen kannst, daß nur ein einziger schwacher, unbeherrschter Augenblick über das Schicksal Deines armen Vaters, meines bis über den Tod hinaus heißgeliebten Gatten, entschied. Ich weiß, auch Du wirst ihm nicht weniger Liebe über das Grab hinaus schenken, weil er einst gestrauchelt ist auf seinem Lebensweg. Du wirst ihn nicht grausam verurteilen, wie es sein eigener Vater tat. Er hat schwer um seine Schuld gelitten.

Daß ich ihm trotzdem ein schönes, stilles Glück bereiten durfte, wirst Du selbst aus den Tagen in unserem lieben kleinen Haus am Meeresstrand wissen. Wir haben einander innig geliebt, so daß wir in Not und Tod nicht voneinander lassen konnten. Und nun er mir genommen ist, fühle ich, daß meine Lebenskraft gebrochen ist. Mein Herz ist krank, es brach, als er starb. Und ich muß Dich, mein armes Kind, nun bald verlassen.

Wenn Du nun alles gelesen hast, was ich Dir schrieb, wirst Du auch wissen, auf welchen Namen Du ein Anrecht hast. Und ich lege Dir alle Papiere bei, die Dir dies Anrecht beweisen. Ob Du Gebrauch davon machen willst, sei Dir überlassen. Vielleicht fügt es sich, daß Dein Lebensglück davon abhängen wird, daß Du diese Papiere besitzest.

Tu damit, was Du willst. Ich will Dir nur noch sagen, daß es Deines Vaters Wunsch war, daß seine Eltern, vor allem seine Mutter, nach seinem wirklichen Tode erfahren sollen, wo, wie und wie lange er noch gelebt hat. Solange er lebte, durften sie es nicht erfahren, jetzt dürfen sie es.

Ich habe mich nicht dazu entschließen können, es ihnen mitzuteilen. Sie hätten ja glauben können, ich wolle aus dieser Mitteilung ein Recht für mich ableiten.

Aber Du, meine Sonja, Du bist ja Deines Vaters Tochter und seine Rechtsnachfolgerin. Du kannst, wenn Du willst, Deine Ansprüche geltend machen. Du kannst aber auch stolz auf alles verzichten. Nur sorge, daß deines Vaters Eltern erfahren, daß er mit einem Leben voll Arbeit und Entsagung gebüßt und daß er seine Eltern geliebt und sich schmerzlich nach ihnen gesehnt hat bis zum Tode.

Vielleicht kannst Du einst selbst mit ihnen sprechen. Und wenn sie es wünschen, erzähle ihnen alles, was Du selbst weißt.

Und nun leb wohl, mein liebes teures Kind. Nur der Gedanke an Dich macht mir das Sterben schwer. Aber Du bist eine starke, gefestigte Persönlichkeit und wirst Deinen Lebensweg getrost gehen.

In Onkel Ernst und seiner lieben Mutter hast Du treue Freunde. Ich weiß, was diese beiden edlen Menschen wert sind. Und was sie für Deine Eltern getan haben, wirst Du aus meinen Aufzeichnungen ersehen.

Alles Glück der Welt erflehe ich für Dich, mein süßes, liebes Kind. Bewahre Deinem lieben Vater ein gutes Andenken und vergiß nicht Deine treue Mutter«

Wie gelähmt saß Sonja in ihrem Sessel. Mit einem heimlichen Grauen sah sie auf die Schriftstücke, die vor ihr lagen.

Eine Weile zögerte sie noch, den letzten Schleier zu heben von diesem Geheimnis. Bang und fragend blickte sie nochmals auf den Brief der Mutter herab.

Einen anderen Namen sollten ihr diese Dokumente geben? So hieß sie also nicht Sonja Roschnow?

Aber wie war das möglich. Hatte sie nicht diesen Namen immer getragen, hieß ihr Vater nicht Alexander Roschnow, ihre Mutter Elisa Roschnow?

Langsam streckte sie die Hand aus nach einem der Dokumente. Es war der Trauschein ihrer Eltern.

Sie blickte darauf nieder, und dann sprang sie plötzlich mit einem unterdrückten Schrei empor in jähem Schrecken. Das Papier in ihrer Hand zitterte. Sie starrte darauf nieder. War sie von Sinnen, oder hatte sie wirklich diesen Namen gelesen?

Aber nein, ganz klar und deutlich stand neben dem Mädchennamen ihrer Mutter: »Alexander, Fürst von Kalnoky, Burtschikow, Jatrusk, Obrowitsch und Roschnow.«

Sie las es wieder und wieder, Wort für Wort, Buchstabe für Buchstabe, und es blieb dieser Name.

Sie warf das Schriftstück auf den Tisch, als verbrenne sie sich die Finger daran. Ihr Herz klopfte, als habe sie selbst ein schweres Verbrechen begangen, und so war ihr auch zumute.

Zitternd umklammerte sie die Lehne eines Sessels, und dann fiel sie wie gelähmt in diesen zurück. Wie in Angst und Furcht starrte sie auf das Dokument. Klar leuchtete der Name ihres Vaters zu ihr herüber. Sie schauderte zusammen und barg den Kopf in den Händen.

Fürst Alexander Kalnoky, ihr Vater, jener Fürst Alexander, dessen Knabenbildnis sie in Schloß Kalnoky immer so seltsam angezogen hatte? Das sollte ihr Vater sein? Aber der war doch schon vor ihrer Geburt gestorben, sie hatte es doch selbst gelesen auf dem Täfelchen unter dem Bilde. Auf der Reise nach Deutschland war er ertrunken, so hatte ihr die Kammerfrau gesagt. Und sie selbst wußte doch, daß er im See ertrunken war oder vielmehr, daß er selbst den Tod darin gesucht hatte. Und seine Mutter hatte jenes Marmorbild der Barmherzigkeit dort aufstellen lassen. –

Nein, nein, das konnte unmöglich ihr Vater sein, denn sonst, sonst war ja die Fürstin Maria Petrowna ihre Großmutter und die Fürstin Sogareff ihre Tante! Nein, Wahnsinn war das alles oder ein Irrtum, es konnte, konnte ja nicht sein!

Sich aufraffend, sah sie hastig die Papiere durch. Und immer dasselbe: immer Fürst Alexander Kalnoky, genannt Alexander Roschnow.

Herrgott im Himmel, konnte das denn möglich sein?

Und sie saß im Palais Kalnoky als Gesellschafterin der Fürstin, die ihr oft gesagt hatte, daß sie eine unerklärliche Zuneigung zu ihr gefaßt habe. Und sie selbst, liebte sie nicht ihre gütige Herrin mehr, viel mehr, als es ihr begreiflich erschien?

Sie stöhnte leise auf.

»Klarheit, wer gibt mir Klarheit?«

Und da fiel ihr Blick auf die Aufzeichnungen ihrer Mutter. Sie richtete sich hastig empor. Da mußte sie ja Klarheit finden. Die Mutter würde ihr alles erklärt haben in diesem Schreiben.

Mit fieberhaft brennenden Wangen und fliegendem Atem entfaltete sie das umfangreiche Schriftstück. Und ihre Augen glitten über die Zeilen hin und wurden groß und brennend.

Zuweilen mußte sie ihre Lektüre unterbrechen, weil sich die Buchstaben vor ihren Augen verwischten. Dann preßte sie die Hände an die Brust und seufzte tief auf.

Seite um Seite dieser Aufzeichnungen überflog sie. Und mehr und mehr schwand ihr Zweifel daran, daß ihr Vater wirklich Alexander Kalnoky gewesen war. So klar und bestimmt schilderte die Mutter alles, so genau beschrieb sie die Person und die Umgebung, in der sie ja jetzt selbst lebte. Immer höher stieg die Glut in ihrem Antlitz, und dann wich sie plötzlich einer fahlen Blässe.

Das war, als sie von ihres Vaters Schuld las und von dem grausamen Urteil, das sein Vater über ihn gefällt.

Hastig las sie weiter, von ihres Vaters Zusammentreffen mit der Mutter im Doktorhäuschen, von seiner qualvollen Beichte, von der Mutter verzweifelndem Ringen, ihn vom Selbstmord zurückzuhalten.

Und dann kam der Bericht über die Rettung des Vaters aus dem See, von dem angstvollen Betrug und der falschen Todesnachricht. Ganz genau und ausführlich schilderte die Mutter alles, auch wie sie ein zweites Mal mit dem Vater um sein Leben gerungen hatte, bis er endlich einwilligte, für sie zu leben. Ach, Sonja verstand die arme Mutter so gut. Hätte sie nicht gleich ihr um Nikita Arganoffs Leben gerungen, und wenn er zehnmal so schuldig gewesen wäre wie ihr armer, lieber Vater?

Heiße Tränen lösten endlich den Bann von ihrer Seele. Froh fühlte sie sich mit der Mutter, als sie las, wie die Eltern an den Gardasee gingen und dort vor den Altar getreten waren.

Auch das Leben in dem kleinen Häuschen am Meeresstrande, der neue Kampf mit des Vaters Schwermut und brennender Sehnsucht nach Eltern und Schwester, nach dem Vaterlande, alles das berichtete die Mutter ausführlich.

Das alles war Sonja aus eigener Anschauung bekannt, aber sie sah nun alles in einem ganz neuen Lichte.

Und dann kam der Schluß. Des Vaters schwere Krankheit, die Jahre in Mentone, wo all das Geld aufgebraucht wurde, das sich die Mutter von der Deutschen Bank geholt hatte, die vermeintliche Abfindungssumme. Wie die Mutter dem Vater Heiterkeit und Zuversicht vorgetäuscht hatte, wie sie ihm jede Sorge ferngehalten und ihn über den Verbrauch des Geldes getäuscht hatte, damit er nicht unruhig werden sollte. Und zuletzt sein friedliches, fast heiteres Hinüberschlummern, ohne Qual und Leid und danach das kraftlose Zusammenbrechen der Mutter.

Ach, soviel Liebe und soviel Leid und dennoch so ein reiches Glück sprachen aus diesen Zeilen.

Als Sonja zu Ende war, weinte sie haltlos und schmerzlich. Sie warf sich über den Tisch und schluchzte, als ob sie alles Leid und Weh der Eltern mit diesen Tränen fortspülen müsse.

Ganz ermattet lehnte sie sich nach langer Zeit in ihren Sessel zurück. Draußen wurde von den Glocken der Kathedrale Mitternacht gekündet. Lange nachhallend verklang der letzte Schlag.

Sonja schauerte fröstelnd zusammen und trocknete die Tränenspuren von ihrem Antlitz.

Keine Freude erfüllte ihr Herz bei dem Gedanken, daß sich die schlichte Sonja Roschnow in eine Fürstin Sonja Kalnoky verwandelt hatte, daß die stolze, alte Dame, die Herrin dieses Hauses, ihre Großmutter war.

Was hatte sie zu hoffen, von all diesen stolzen, erbarmungslosen Menschen, die den eigenen Sohn in den Tod geschickt hatten? Sie hatte wohl kaum eine Daseinsberechtigung in ihren Augen. Ihr Vater war von ihnen zum Tode verurteilt worden, um der Ehre des Namens willen. Sie würden sich auch von ihr wenden in kaltem Stolz, von der Tochter des Verfemten, Geächteten.

»Vater, mein armer, lieber Vater!« flüsterte sie innig vor sich hin. Ach, wohl hatte er gefehlt, wohl war das, was er getan hatte, eine schwere Schuld. Aber sie, sein Kind, würde ihn niemals deshalb verdammen, niemals. Und nach ihrer Meinung hätten das auch seine Eltern nicht tun dürfen.

Nein, niemals würde sie die Rechte ihrer Geburt gegen diese Menschen verfechten! So, wie sie sich von dem armen Vater abgewandt hatten, so wollte sie, des Verfemten Tochter, ihnen stolz den Rücken kehren. Nichts, gar nichts hatte sie mit ihnen gemein, mit ihnen, die der lieben, schönen Mutter die Tür gewiesen und für ihre Liebe mit Geld bezahlen wollten – und die den Vater in den Tod geschickt hatten!

Nein, ihres Bleibens war hier nicht, nicht einen Tag länger. Die Wände dieses Zimmers schienen drohend zusammenzurücken, als wenn sie sie erdrücken wollten, sie, die widerrechtlich hier weilte.

Die stolze Frau da drüben hätte ja wohl glauben können, sie habe sich hier eingeschlichen, um den Platz zu erkämpfen, der ihr eigentlich zukam.

O nein, so weit erniedrigte sich die Tochter Elisa Helbigs nicht, hier um Aufnahme und Anerkennung ihrer Rechte zu bitten!

Ein lebendig Toter war ihr Vater gewesen für seine Angehörigen. Achtzehn Jahre lang hatte er in der Verbannung gelebt, ein Darbender, dem nur die selbstlose, opferfreudige Liebe ihrer herrlichen Mutter das Leben mit Licht und Sonne füllte, damit er nicht verzweifeln mußte. Ein Leben der Arbeit, des Entsagens hatte er geführt. War das nicht eine bessere, edlere Sühne, als wenn er in den Tod gegangen wäre?

Mit bitterem Lächeln schaute sie sich in ihrem schönen, behaglichen Zimmer um. So wohnten in Schloß Kalnoky die Angestellten. Wie schlicht und einfach war dagegen die Umgebung gewesen, in der ihr Vater, der verbannte Fürstensohn, gelebt hatte! Nein, sie wollte hier nicht bleiben, nicht eine Stunde länger, als nötig war. Sofort wollte sie ihre Sachen packen und morgen früh das Haus verlassen.

Nach Deutschland würde sie zurückkehren. Das liebe Doktorhäuschen stand ihr offen, treue, erprobte Menschen harrten dort ihrer mit offenen Armen. Ach, sie ahnten wohl, daß Sonja Roschnow nimmermehr Sonja Kalnoky sein würde.

Der Mutter und des Vaters Wunsch wollte sie erfüllen: Die Fürstin sollte es erfahren. Sie sollte wissen, daß die Liebe ihrer herrlichen Mutter gesiegt hatte über Not und Tod, sie sollte erfahren, wie ihr Sohn gelitten und gebüßt hatte und wie ihn dann die Liebe seiner Frau emporgetragen hatte zu reinen, lichten Höhen. Und ihr Anrecht auf den stolzen Namen, auf den Fürstentitel wollte sie zurückgeben wie etwas Wertloses, Nichtiges. Nie würde sie ihre Ansprüche geltend machen. Dann würde die stolze Fürstin wohl dem Himmel danken, daß sie sich aus eigenem Willen entfernt hatte. Zugleich würde sie aber wohl auch ein wenig beschämt sein, daß die Tochter des Verbannten noch stolzer war als sie selbst.

Sie erhob sich mit glühenden Wangen und stolz blitzenden Augen.

Als könne es gar nicht schnell genug geschehen, so begann sie ihre Sachen zu packen.

Leise glitt sie durch ihre Zimmer, um niemand im Schlafe zu stören. Eilig packte sie ihre Habseligkeiten in ihre Koffer. Den neuen Pelzmantel ließ sie zurück und auch die anderen Geschenke der Fürstin. Gar keinen Dank wollte sie ihr schuldig sein.

Erst als sie fertig war mit Einpacken, fiel sie müde und abgespannt auf den Diwan, um eine Weile zu ruhen. Aber sie fand nicht Ruhe, die Erregung klang in ihr nach.

Sie erhob sich wieder und setzte sich an ihren Schreibtisch. Dort packte sie alle Schriftstücke zusammen, die sie heute erhalten hatte, mit Ausnahme der Briefe von Tante Käthe und den drei Kindern. Sie versiegelte das Paket und versah es mit der Adresse der Fürstin. Dann schrieb sie noch einen Brief:

»Durchlaucht verzeihen, daß ich plötzlich und ohne Erlaubnis meine Stellung aufgebe und nach Deutschland zurückkehre. Die Beweggründe zu diesem Verhalten werden Durchlaucht unschwer aus den diesem Briefe beifolgenden versiegelten Schriftstücken ersehen.

Durchlaucht werden verstehen, daß meines Bleibens nicht länger sein kann, und werden mit meiner Abreise einverstanden sein.

Ich bemerke noch, daß ich die beifolgenden Schriftstücke erst gestern morgen, an meinem zwanzigsten Geburtstage, zugeschickt bekam und erst gestern abend, nachdem Durchlaucht meiner Dienste nicht mehr bedurften, davon Kenntnis nahm. Durchlaucht werden es begreiflich finden, wenn ich danach nicht noch einmal vor Durchlaucht erscheinen möchte. Es widerstrebt mir, nur eine Stunde länger als nötig in einem Hause zu bleiben, in dem man mir das Recht zu verweilen wahrscheinlich streitig machen würde.

Ich erkläre Eurer Durchlaucht freiwillig, daß ich durchaus nicht die Absicht habe, beifolgende Dokumente in irgendeiner Weise zu benutzen. Ich bleibe Sonja Roschnow und verzichte auf jedes Anrecht an Namen, Titel und Vermögen meines Vaters.

Wollen Durchlaucht die Güte haben, mir die Briefe und Aufzeichnungen wieder zuzusenden und nur die Dokumente zurückzubehalten. Ich bitte auch sehr darum, Auftrag zu geben, daß meine Sachen mir nachgeschickt werden. Meine Adresse lege ich bei.

Um jedes Aufsehen zu vermeiden, werde ich es unterlassen, der Dienerschaft meine Abreise mitzuteilen. Durchlaucht mögen meinem Verschwinden selbst die gewünschte Deutung geben.

Die Geschenke, die ich unter falschen Voraussetzungen von Eurer Durchlaucht erhielt, lasse ich zurück. Durchlaucht werden verstehen, daß die Tochter Alexander Roschnows der Frau keinen Dank schuldig sein möchte, die in seinen Tod eingewilligt hat. Ich liebe und verehre meinen Vater heute noch so innig wie zuvor, sein liebes Bild ist nicht getrübt dadurch, daß er menschlich fehlte. Er war es trotzdem wert, geliebt zu werden. Meine herrliche Mutter, der das Herz brach bei seinem Tode, hat es bewiesen, und das will ich durch mein Verhalten auch tun. Ich wende mich von den Menschen, die ihn um kalter Ehrbegriffe willen in den Tod schickten. Ich habe nichts mit ihnen gemein.

Sonja Roschnow«

Befriedigt legte Sonja die Feder nieder, als sie diesen Brief adressiert hatte. Sie versiegelte auch ihn sorgfältig und legte ihn zu dem Dokumentenpaket.

Eine Weile sah sie sinnend vor sich hin. Sie sah das Bild der Großmutter vor sich, das oft so schmerzvolle, traurige Gesicht. Ein weiches, zärtliches Gefühl wollte in ihr aufwallen, aber sie erstickte es in sich und erhob sich mit einem seltsam starren, bewegungslosen Gesicht.

Gewappnet mit Stolz und Bitterkeit, traf sie ihre Reisevorbereitungen. Sie wollte gleich am nächsten Tag den ersten Zug benutzen. Ihr Reisepaß war in Ordnung, die Jahresfrist dafür noch nicht abgelaufen.

In einen Lehnstuhl geschmiegt erwartete sie die Stunde, wo sie sich entfernen konnte.

In Gedanken durchlebte sie noch einmal das Schicksal ihrer Eltern. Trotz allem waren sie glücklich gewesen, glücklicher als ihre Sonja, die ihr Herz in Rußland zurücklassen mußte – bei Nikita Arganoff. Sie schauerte zusammen. Kalt und leer lag das Leben nun vor ihr. Nie würde sie den Geliebten wiedersehen.

Ob er traurig sein würde, wenn er hörte, daß sie fort war?

Sie drückte die Hände ans Herz.

Ja, er würde ihr Fortgehen schmerzlich empfinden, denn er liebte sie, wie sie ihn liebte, das wußte sie. Aber vielleicht vergaß er sie mit der Zeit.

Sie biß die Zähne zusammen. Nicht an ihn denken jetzt, nicht an ihn denken!

Endlich hörte sie das erwachende Leben im Palais Kalnoky.

Ihre Koffer standen gepackt im Schlafzimmer. Neben ihr auf einem Sessel stand eine kleine Handtasche, die das Nötigste barg und die sie mit sich nehmen wollte. Sie erhob sich nach einer Weile fröstelnd und klingelte dann nach ihrem Frühstück. Sie wollte etwas Warmes zu sich nehmen, ehe sie in den kalten Wintermorgen hinausschritt.

Sie zwang sich, etwas zu genießen. Danach ging sie leise hinüber in das Vorzimmer zu den Gemächern der Fürstin. Sie hatte den Brief und das Dokumentenpaket in der Hand.

Wie sie erwartet hatte, befand sich die Kammerfrau im Vorzimmer der Fürstin.

Sie übergab ihr Brief und Paket mit der Weisung, beides der Fürstin zu übergeben, wenn diese erwachte, und schärfte ihr ein, es ja nicht zu vergessen, da es von höchster Wichtigkeit sei.

Die Kammerfrau wollte erstaunt allerlei Fragen an Sonja richten, aber diese legte, mit einem Blick auf die Zimmer der Fürstin, den Finger auf den Mund.

»Durchlaucht darf nicht im Schlafe gestört werden«, sagte sie und huschte hinaus.

Wenige Minuten später schlüpfte Sonja unbemerkt mit ihrer Handtasche aus dem Hause. Unterwegs nahm sie einen Wagen und fuhr zum Bahnhof.

Ein Teil ihres ersparten Geldes ging für die Fahrkarte drauf. Es kümmerte sie jetzt nicht. Ihre Seele war erfüllt von anderen Sorgen.

20

MARIA PETROWNA HATTE die Nacht schmerzfrei und in gutem Schlummer verbracht. Sie fühlte sich dementsprechend wohler, wenn sie auch das Knie noch nicht bewegen konnte.

Etwas später als sonst klingelte sie ihrer Kammerfrau.

Diese erschien sofort und brachte ihrer Herrin den Brief und das Paketchen an das Bett.

Erstaunt blickte die Fürstin auf, und während die Kammerfrau die Vorhänge zurückzog, fragte sie:

»Ist denn das so eilig, konnte mir das Fräulein Sonja nicht nachher selbst bringen?«

Die Kammerfrau sagte, daß Fräulein Sonja behauptet habe, die Sache sei sehr wichtig.

Maria Petrowna öffnete das Kuvert.

»Geben Sie mir noch ein Kissen in den Rücken, und dann ziehen Sie sich wieder zurück, bis ich Sie rufe.«

Als die Fürstin allein war, entfaltete sie kopfschüttelnd den Brief Sonjas.

Was mag sie denn so Wichtiges zu berichten haben? dachte sie lächelnd, durchaus nicht auf irgendeine erschütternde Nachricht gefaßt.

Mehr erstaunt als erschrocken las sie die ersten Zeilen, aber dann nahm ihr Gesicht einen Ausdruck der Unruhe, des Befremdens an, und zuletzt stieg ihr das Blut in einer seltsamen Beklemmung zu Kopfe.

Als sie den Brief zu Ende gelesen, nahm sie sich gar nicht Zeit, ihn zusammenzufalten. Hastig, mit bebenden Händen riß sie das Paket auf und nahm die Papiere heraus. Das erste, was ihr in die Hand fiel, war der Trauschein ihres Sohnes und Elisa Helbigs. Sie richtete sich mit einem unterdrückten Ausruf ganz gerade empor und starrte erblassend darauf nieder.

Noch erfaßte sie nicht, was das bedeuten sollte, nur seltsam bang und schwer wurde ihr ums Herz.

Da sie das Datum des Trauscheins im ersten Schreck nicht beachtete, nahm sie an, Sascha habe sich schon früher heimlich mit Elisa vermählt.

Wie Sonja zögerte sie eine Weile, die anderen Papiere durchzulesen. Ihr Herz klopfte in fieberhaftem Tempo, und ihre Hände zitterten, daß sie kaum etwas fassen konnten. Aber dann raffte sie sich auf. Klarheit verlangte sie, Klarheit, wie Sonja Roschnow zu diesem Dokument gekommen war.

Eines der Papiere nach dem andern faltete sie auseinander, und jedes half ihr, ein Stück von dem Schleier zu lüften, der über diesen geheimnisvollen Dingen lag. Ganz verständlich wurde ihr aber erst alles, als sie Elisas Aufzeichnungen las.

Schauer der Erregung flogen über ihren Körper, ihre Zähne schlugen wie im Frost aufeinander, und als sie erst anfing, alles zu begreifen, da fiel sie mit einem Stöhnen halb ohnmächtig in die Kissen zurück. Aber ihre Augen blickten starr und weit, als sähen sie alles an sich vorüberziehen, was Elisa da getreulich berichtete.

Und dann schlug die arme Mutter die Hände vors Gesicht und rang mit furchtbaren Schmerzen.

»Mein Sascha – mein Sohn – mein geliebter Sohn – achtzehn Jahre – achtzehn Jahre lebtest du noch, während ich dich als tot betrauerte! Ach – hattest du gar kein Vertrauen zu deiner Mutter, wußtest du nicht, daß sie in Not und Tod zu dir gehalten hätte wie deine Elisa? Ach – gesegnet, tausendfach gesegnet soll sie sein für alle Liebe, die sie dir erwiesen hat – mein Sohn – mein Sohn, du mein geliebtes, unglückliches Kind!«

Erschüttert bis in die Tiefe ihrer Seele, rang sie mit all diesen Gefühlen, die auf sie einstürmten. Alles, was sie in diesen schrecklichen Jahren gelitten hatte, stand wieder auf, und zugleich litt sie all die Schmerzen mit, die ihr Sohn gelitten hatte.

Wie ganz anders sah sie alles vor sich! Während sie ihren Sohn tot geglaubt, während sie mit ihrem Gatten gehadert hatte, war diese blonde Deutsche wie ein Engel des Lichts für ihren Sohn gewesen, hatte ihn mit ihrer schrankenlosen Liebe wieder ins Leben zurückgetragen.

Eigennutz und Berechnung hatte sie dieser Frau vorgeworfen, während diese für ihren Sohn arbeitete, ihn unterstützte und ermutigte. Für ihren Sohn hatte Elisa das Geld abgehoben, für ihren kranken Sohn hatte sie es dann lächelnd bis zum letzten Pfennig ausgegeben, und lächelnd hatte sie ihm das Sterben leicht gemacht, um dann gebrochen über seiner Leiche zusammenzustürzen. Diese Frau war wert gewesen, Fürstin Kalnoky zu sein!

Und Sonja!

Die Fürstin drückte die Hände auf das zuckende Herz und streckte sie dann sehnsuchtsvoll aus.

Sonja, ihres Sohnes Tochter! Ja, ach tausendmal hatte sie

es gefühlt, daß dieses holde, schöne Geschöpf an ihr Herz gehörte! Hatte es sie nicht zu ihr gezogen, immer wieder, auf seltsam unerklärliche Weise? War ihr nicht vom ersten Moment an dies liebe, stolze Gesicht vertraut erschienen?

Stolz, ja stolz wie eine echte Kalnoky war dieses liebe, trotzige Kind. Sie warf ihr achtlos einen fürstlichen Namen, ein fürstliches Vermögen vor die Füße, wollte nichts mit ihr gemein haben, weil sie glaubte, daß sie, ihre Großmutter, den geliebten Vater ruhig hatte in den Tod gehen lassen. Weil sie glaubte, die Großmutter habe in das Todesurteil gewilligt, das ihr Gemahl in strenger Wahrung der Ehrbegriffe über den geliebten Sohn verhängt hatte.

»Liebe kleine Sonja, stolze Sonja, süßes, liebes Kind, wie konntest du nur ein Mutterherz so verkennen?«

Maria Petrowna weinte haltlos und schmerzlich. Zerbrochen unter der Last der auf sie einstürmenden Erregung, lag sie wie gelähmt, und nur die Tränen rannen über ihr zuckendes Antlitz.

Ihr armes Herz wurde von den widerstreitendsten Empfindungen hin- und hergeworfen. Aber endlich rangen sich aus diesem Chaos doch tröstliche Gedanken. Sie hatte nun das Grab ihres Sohnes, das sie schmücken konnte, er lag in geweihter Erde und nicht als Selbstmörder auf dem Grunde jenes Sees. Und dann, dann hatte sie sein Kind, sein liebes, schönes, stolzes Kind!

Und Maria Petrowna richtete sich plötzlich mit neu erwachender Energie auf. Vielleicht, ach vielleicht war Sonja noch gar nicht fort, vielleicht konnte sie noch zurückgehalten werden!

Die Klingel schrillte heftig durchs Haus. Eilig kam die Kammerfrau herein.

»Fräulein Sonja, sehen Sie nach, ob Fräulein Sonja noch auf ihrem Zimmer ist! Sie soll sofort zu mir kommen, sofort, ich muß sie sprechen!« rief ihr die Fürstin erregt entgegen.

Und ohne auf die Rückkehr der Kammerfrau zu warten, begann sich die Fürstin hastig selbst anzukleiden. Erst aber raffte sie die Papiere wie einen köstlichen Schatz zusammen und barg sie in einer Schatulle.

Die Kammerfrau kam mit betroffenem Gesicht zurück und meldete, daß Fräulein Sonja nicht auf ihren Zimmern sei, daß aber anscheinend all ihre Sachen eingepackt seien.

Die Fürstin strich sich zitternd das Haar aus der Stirn.

Also fort, wirklich fort im trotzigen Ungestüm, und allein, ganz allein! Die weite Reise wollte sie allein zurücklegen, sicher in einem furchtbar erregten Zustand.

»Schnell, schnell – ankleiden!« befahl die Fürstin

Die Kammerfrau wunderte sich nicht wenig über das erregte Wesen ihrer Herrin.

»Durchlaucht werden wieder Schmerzen bekommen«, wagte sie zu bemerken.

Die Schmerzen waren schon wieder da. Maria Petrowna biß die Zähne zusammen. Gleichviel – sie mußte zum Bahnhof, mußte versuchen, ob Sonja nicht noch zurückzuhalten sei. Sie durfte in dieser Stimmung nicht allein in die Welt hinaus.

Trotz vieler Schmerzen beendete die Fürstin ihre Toilette und ließ sich dann in das Wohnzimmer führen. Sie vermochte sich kaum so weit zu schleppen.

Ächzend in den Sessel vor dem Kamin fallend, ließ sie sich ein Kursbuch bringen.

Gegen acht Uhr ging ein Zug, und dann einer um zwölf Uhr. Jetzt war es halb zwölf Uhr. Wenn Sonja den ersten Zug nicht erreicht hatte, dann mußte sie mit dem um zwölf Uhr fahren, dann war es noch möglich, sie zu erreichen, ehe sie abreiste.

»Meinen Wagen, schnell!«

»Durchlaucht wollen doch nicht –«

»Vorwärts, meinen Wagen!« winkte die Fürstin hastig und ungeduldig. Sie erhob sich mit Mühe, es ging sehr schlecht. Mit einem Schmerzenslaut sank sie wieder in den Sessel zurück.

In diesem Augenblick wurde ihr Nikita Arganoff gemeldet.

Sie atmete erlöst auf. Das war Hilfe in der Not!

Als er eintrat, streckte sie ihm flehend die Hände entgegen.

»Sie sendet mir der Himmel, Nikita!«

»Was ist geschehen, Durchlauchtigste Tante?« fragte Arganoff betroffen.

»Fragen Sie jetzt nicht, später, Nikita. Unten steht mein Wagen, bitte, fahren Sie sofort zum Bahnhof. Um zwölf Uhr geht ein Zug nach Berlin. Vielleicht finden Sie dort Fräulein Roschnow. Eilen Sie, sie darf nicht abreisen! Bringen Sie mir das Kind wieder, sagen Sie ihr, ich flehe sie an, zu mir zurückzukommen. Verhindern Sie um jeden Preis ihre Abreise, wenn sie nicht schon erfolgt ist.«

Nikita starrte die Fürstin erblassend an.

»Was ist mit Sonja?« stieß er fassungslos hervor, nicht achtend, daß er sich verriet.

Sie bemerkte es in der Erregung gar nicht.

»Später, alles später, eilen Sie, sonst ist es zu spät!« rief sie beschwörend.

Nikita verstand und begriff nur eins: Sonja wollte fort, es mußte ihr etwas geschehen sein.

Mit blassem Gesicht stürmte er zur Tür hinaus und warf sich unten in den eben vorfahrenden Wagen.

Auf dem Bahnhof suchte er den zur Abfahrt bereitstehenden Zug ab. Von Sonja war keine Spur zu finden. Sie hatte den Frühzug noch erreicht und war schon weit von Petersburg entfernt.

Nikita mußte den Zug abfahren sehen und wußte nur, daß sich Sonja nicht darin befunden hatte.

Er trat an einen Beamten heran, beschrieb ihm Sonja und fragte, ihm ein Geldstück in die Hand drückend, ob er eine Dame von diesem Aussehen heute auf dem Bahnhof bemerkt hätte.

Als Nikita das goldene Haar beschrieb, nickte der Beamte hastig, und er behauptete bestimmt und der Wahrheit gemäß, daß diese junge Dame mit dem Frühzug in einem Abteil zweiter Klasse abgereist sei.

Das Herz voll Unruhe, jagte Arganoff zum Palais zurück.

Dort wartete Maria Petrowna voll Sorge auf ihn. Als er ihr meldete, was er in Erfahrung gebracht hatte, weinte sie.

Das brachte Arganoff vollends um den Rest seiner Ruhe.

»Was ist mit Sonja? Ich muß es wissen, was ihr geschehen ist! Bitte, sagen Sie es mir, Durchlauchtigste Tante! Ich muß es wissen!« rief er außer sich.

Da hob die Fürstin mit einem betroffenen, forschenden Blick das Gesicht zu ihm empor.

»Nikita, was ist Ihnen, was erregt Sie so sehr? Sie sind außer sich vor Unruhe und Angst. Was bedeutet Ihnen Sonja?«

Er zuckte zusammen. Erst jetzt wurde ihm bewußt, daß er sich verraten hatte. Aber mit einem stolzen, offenen Blick hob er den Kopf.

»Was sie mir ist? Ach, eigentlich dürfte sie mir nichts sein. Aber das Herz fragt nicht danach. Sie ist mir alles. Ja, Durchlauchtigste Tante, da ich mich in meiner Angst um sie verraten habe, will ich nichts leugnen. Ich brauche mich dieses Gefühls nicht zu schämen, denn es ist lauter und rein wie Sonja selbst. Kein Wort der Liebe ist über meine Lippen gekommen, obwohl ich weiß, daß sie mich liebt. Wir wußten beide, ohne daß es ausgesprochen wurde, daß wir entsagen mußten. Ich hätte auch jetzt nichts gesagt, aber die Angst und Erregung riß mich hin. Und wenn Sonja Roschnow auch niemals die Meine werden kann, weil ich zu arm bin, eine arme Frau zu heiraten, so berechtigt mich meine Liebe doch, ihr beizustehen, wenn sie meiner Hilfe bedarf. Und nun foltern Sie mich nicht länger. Sagen Sie mir, was geschehen ist!«

Über Maria Petrownas Gesicht flog bei seinen Worten ein freudiger Schein. Sie faßte seine Hände.

»Nikita, ist es wahr, Sie lieben Sonja und werden wiedergeliebt?«

»Ja, ich glaube, ich kann mich für ihr Herz verbürgen, wie für das meine.«

»Oh, dann kommt sie zu mir zurück, dann halte ich sie mit ihrem Herzen hier fest! Kommen Sie, Nikita, setzen Sie sich zu mir, und beruhigen Sie sich erst. Kein Unglück ist Sonja widerfahren. Mich beunruhigt nur, daß sie allein die weite Reise unternommen hat. Aber sie ist nun einmal fort, und wir müssen sie Gottes Schutz anvertrauen.«

»Ach, damit kann und will ich mich nicht beruhigen. Warum reiste sie so plötzlich ab? Es muß doch etwas geschehen sein«, erwiderte Arganoff unruhig.

»Ja, Nikita, es ist etwas geschehen, aber nichts, was Ihnen Grund zu Sorge und Angst gibt. Bitte, hören Sie mich ruhig an. Ihre Erklärung, daß Sie Sonja lieben und von ihr geliebt werden, erfüllt mich mit heißer Freude. Ja, sehen Sie mich nur nicht so zweifelnd an. Seit langen Jahren ist mir keine so reine und große Freude zuteil geworden wie diese. Und haben Sie mir schon bisher nahe-, sehr nahegestanden, so sind Sie mir dadurch noch viel nähergekommen.

Und ich will nicht zögern, Ihnen alles zu erklären, wenn ich Sie auch damit in ein Stück dunkle und leidvolle Geschichte unseres Hauses einweihen muß. Auch ich habe die volle Erklärung erst diesen Morgen erhalten. Sie haben gehört, daß mein Sohn Alexander in Deutschland einen frühen Tod fand, nicht wahr?«

Arganoff sah sie erstaunt an und nahm ihr gegenüber Platz.

»Ja, das habe ich von Onkel Wladimir gehört. Fürst Alexander ertrank in einem See in Deutschland, und seine Leiche ist nie geborgen worden. Aber was hat das mit Sonja zu tun?«

Maria Petrowna stützte sich auf die Lehne ihres Sessels und sah ihn mit einem seltsam erregten Blick an.

»Das sollen Sie hören, Nikita. Sonja ist – die Tochter meines Sohnes – seine rechtmäßige, legitime Tochter.«

Arganoff sprang erschrocken empor.

»Nein, das ist doch nicht möglich! Fürst Alexander starb unvermählt«, rief er zweifelnd.

»So dachten wir alle, Nikita. Aber seit heute morgen weiß ich, daß wir uns in einem Irrtum befanden, o mein Gott, in welch einem Irrtum! Und nun können Sie sich auch wohl meine Erregung vorstellen. Sonja, die ich unbewußt schon immer liebte, die mir ein Zufall in den Weg führte, ist meine Enkelin. Sie weiß es seit gestern abend und ist, ohne mich danach wiedergesehen zu haben, entflohen.

Aber ich gebe Ihnen lieber die aufklärenden Schriftstücke zur Einsicht. Bitte, reichen Sie mir die Schatulle herüber, die dort auf dem Tischchen steht. Und nun setzen Sie sich, und lesen Sie zuerst einmal Sonjas Brief und dann die Aufzeichnungen ihrer Mutter, dann wird Ihnen alles klar sein. Aber zuvor geben Sie mir Ihr Ehrenwort, über das, was Sie erfahren werden, zu schweigen.«

Arganoff vermochte kaum seine Erregung zu zügeln.

»Sie haben mein Ehrenwort, Durchlauchtigste Tante«, sagte er heiser. Und dann faßte er nach den Schriftstücken, die ihm Maria Petrowna reichte.

»Lesen Sie, Nikita. Und ich will inzwischen nachsinnen, wie wir unsern lieben Flüchtling wieder einfangen«, sagte die Fürstin.

Nikita Arganoff las den tragischen Roman Alexander Kalnokys. In tiefer Bewegung flogen seine Augen über die feinen, klaren Schriftzüge der Frau, die Sonjas Mutter gewesen war.

Welch ein reiches, edles Frauenherz, welche Opferfreudigkeit, welche Liebe und Treue atmeten diese Worte!

Maria Petrowna unterbrach ihn nicht. Sie hatte den Kopf in die Hand gestützt, und ihre Augen blickten sinnend. Noch zitterte die Erregung in ihr nach, in die sie Sonjas Flucht gestürzt hatte. Aber sie vermochte jetzt wieder klar zu denken.

Ihr Blick ruhte auf Graf Arganoffs Zügen. Sie sah die zukkende Erregung darin, das Staunen, das Grauen und das reinste menschliche Mitleid. Und sie wünschte inbrünstig, daß er sich nicht irren möge über die Gefühle in Sonjas Herzen. Wenn Sonja ihn liebte, wie er sie liebte, ach, dann konnte alles, alles gut werden.

Sonja würde zurückgerufen und von ihrer Familie anerkannt werden. Sie würde schon zurückkommen, wenn sie erfuhr, daß ihre arme Großmutter durchaus nicht die harte Frau war, für die sie von ihr gehalten wurde, und wenn man ihr mitteilte, wie sehnsuchtsvoll die Großmutter darauf wartete, die Enkelin in ihre Arme, an ihr Herz zu nehmen. Ach, alles mußte gut werden!

Was wohl Tatjana zu alledem sagen, wie sie staunen würde?

Heute noch wollte sie ihr schreiben und ihr alles berichten. Nur erst mit Nikita noch sprechen über Sonjas Rückkehr.

Graf Arganoff war mit seiner Lektüre am Ende. Stumm und ergriffen sahen seine Augen in die Maria Petrownas. Und er beugte sich über ihre Hand und küßte sie, als sie mit zitternder Stimme sagte:

»Sonja weiß nicht, daß ich erst von meines Sohnes Vergehen erfuhr, als er bereits als tot gemeldet wurde. Ich haderte lange mit meinem Gatten, daß er so grausam gewesen war.«

»Fürst Iwan konnte nicht anders handeln, Durchlauchtigste Tante«, sagte er ernst.

Sie nickte versonnen.

»So sagen Sie, so sagte auch Wladimir. Selbst Tatjana war davon überzeugt. Aber mein Mutterherz hat nie an diese Notwendigkeit glauben wollen.«

»Es ist das Vorrecht der Frau, dem Gefühl, dem Herzen mehr Rechnung tragen zu dürfen als der Mann. Wenn ich Ihnen nur sagen könnte, Durchlauchtigste Tante, wie diese Aufzeichnungen auf mich gewirkt haben! Die Gemahlin des Fürsten Alexander muß ein sehr edles, tapferes und hochherziges Geschöpf gewesen sein.«

»Ja, Nikita, dieser Überzeugung bin ich jetzt auch. Und ich wünschte, wir wären damals weniger stolz auf unseren Namen gewesen und hätten in Saschas Verbindung mit diesem Mädchen gewilligt. Dann wären uns viel Schmach und Herzeleid erspart geblieben, und mein unglücklicher Sohn wäre wohl heute noch am Leben. Daran darf ich aber jetzt nicht mehr denken. Geschehenes läßt sich nicht ungeschehen machen.

Jetzt gelten alle meine Gedanken, meine Hoffnungen und Wünsche Sonja. Raten Sie, helfen Sie mir, Nikita! Ihr Herz wird Ihnen den rechten Weg zeigen. Und ich bin auf Ihre Hilfe angewiesen. Wladimir ist zur Zeit auf Reisen und schwer erreichbar, und er und Tatjana müssen erst vorbereitet werden auf das, was geschehen ist.

Sie sagen mir, daß Sie Sonja lieben und sich von ihr geliebt glauben. Und da Sie nun alles wissen, frage ich Sie, ob Ihre Liebe stark genug ist, darüber hinwegzusehen, daß Sonjas Vater einst schwer gefehlt hat. Seine Schuld ist verborgen geblieben vor fremden Augen. Aber Sie selbst wissen nun darum. Gilt Ihnen Sonja deshalb weniger?«

Nikita atmete tief auf, und seine Augen leuchteten. Eine Hoffnung regte sich in seinem Herzen, die ihn mit heißer Freude und Erwartung erfüllte.

»Wenn ein Mann wie ich einmal liebt, so ist es fürs ganze Leben. Sonja ist und bleibt meinem Herzen teuer. Und wenn Sie, Durchlauchtigste Tante, in meinem Herzen mit Ihren Worten eine Hoffnung wecken wollen, daß Sonja einst mein eigen werden könnte, so kann ich nichts weiter empfinden als heiße, innige Freude und Dankbarkeit.«

»So würden Sie also Sonja zu Ihrer Gemahlin machen, wenn ich Ihnen die finanzielle Möglichkeit dazu schaffen würde?«

Arganoffs Augen leuchteten. Jäh rötete sich sein Gesicht.

»Fragen Sie einen Durstenden, ob er trinken, einen Blinden, ob er sehen möchte! Ach, Sie wissen nicht, wie ich Sonja liebe!

Nichts, nichts hielt mich von ihr zurück als meine Armut. Und wenn ich sie erringen kann, dann schweigt mein Stolz. Dann ist es keine Demütigung, wenn Sie mir die Mittel gewähren, Sonja ein sorgloses Leben zu schaffen. Erst seit ich Sonja kenne und liebe, ist mir meine Armut so recht drückend erschienen, weil sie mir die Möglichkeit nahm, dieses Mädchen zu erringen.«

Maria Petrowna faßte aufatmend seine Hand.

»Gottlob, nun sehe ich die Zukunft Sonjas licht und rosig vor mir. An der Seite eines Mannes wie Sie, Nikita, muß eine Frau glücklich werden. Aber wie bekomme ich Sonja wieder? Ach, Sie ahnen nicht, Nikita, was mir dieses stolze Kind ist! Wenn mich mein Leiden nicht gerade jetzt an das Zimmer fesselte, würde ich mit dem nächsten Zug hinter ihr herfahren.«

Nikita blickte lebhaft und bittend auf.

»Lassen Sie mich zu ihr eilen, Durchlauchtigste Tante!« stieß er hervor.

Sie lächelte.

»Damit kommen Sie meinen Wünschen entgegen, Nikita. Wenn Sonja Sie liebt, werde ich ihr keinen besseren Fürsprecher senden können. Ist es Ihnen möglich, sogleich abzureisen? Ich muß gestehen, daß ich keine ruhige Stunde haben werde, bis ich das Kind wiederhabe.«

»Gewiß, ich kann mich schnell freimachen, und an mir soll es nicht liegen, wenn Sie nicht sehr bald Ihre Ruhe wiedererlangen.«

»Gut, gut! Meine Kammerfrau kann Sie begleiten, sie muß in diesem Falle einmal das Amt einer Ehrendame übernehmen. Wann können Sie reisen?«

»Morgen schon, Durchlauchtigste Tante. Ich fahre heute noch nach Hause, um einige Vorbereitungen zu treffen. Morgen früh mit dem ersten Zug reise ich. Ach, wie danke ich Ihnen für dies Zeichen Ihres Vertrauens! Sie sollen sich nicht in mir getäuscht haben.«

»Davon bin ich überzeugt, Nikita. Ich wünschte nur, Sie wären erst bei dem Kinde. In welcher Stimmung muß sie aus meinem Hause geflohen sein! Ach, und für welch ein Ungeheuer mag sie mich halten! Sie müssen ihr sagen, Nikita, wie sehr sie sich in mir getäuscht hat, wie sehr ich mich sehne, sie an mein Herz zu nehmen.«

Sie besprachen noch einiges Notwendige, und Maria Petrowna stellte Nikita einen Scheck aus, damit er mit Geld versehen war. Er sollte auch Sonja eine Summe zur Verfügung stellen für den Fall, daß sie Ausgaben haben würde.

Als Nikita sich verabschiedet hatte, fühlte Maria Petrowna erst ihre Schmerzen wieder. Sie ließ sich von ihrer Kammerfrau gleich wieder heiße Umschläge machen und spürte auch bald Linderung.

Dann sagte sie ihrer Kammerfrau, daß sie sich für den nächsten Morgen zur Abreise nach Deutschland bereithalten sollte.

Die Kammerfrau staunte nicht wenig über diesen überraschenden Auftrag. Tausend Fragen standen in ihren Augen, aber sie war eine zu diskrete Dienerin, um etwas davon laut werden zu lassen. Und die Fürstin gab ihr vorläufig auch keine nähere Erklärung.

Als sich Nikita Arganoff am nächsten Morgen im Palais Kalnoky einfand, war Maria Petrowna schon wach. Sie begrüßte ihn sehr herzlich und sagte dann lächelnd:

»Ich habe doch selbst noch einen Brief für Sonja geschrieben, den Sie ihr übergehen sollen, Nikita. Sie könnten über dem Wiedersehen mit ihr vergessen, ein eifriger Fürsprecher zu sein. Da will ich meine Sache selbst führen. Und nun gehen Sie mit Gott, Nikita. Bringen Sie für mich die Enkelin zurück – und für sich die Braut.«

Er küßte ihr nur stumm die Hand.

Der Brief der Fürstin an ihre Enkelin war adressiert: »An die Fürstin Sonja Kalnoky.« Und der Inhalt lautete:

»Mein teures, geliebtes Kind!

Warum verließest Du Deine Großmutter so rasch und stolz? Wüßtest Du, wie sie sich sehnt, die Tochter ihres heißgeliebten, so schmerzlich betrauerten Sohnes in Liebe zu umfassen! Konntest Du wirklich glauben, seine Mutter habe in seinen Tod gewilligt? Dann weißt Du nicht, was ein Mutterherz empfindet.

Ach, mein Liebling, meine Sonja, kehre schnell zu mir zurück, damit ich Dir sagen kann, wie sehr Du mir Unrecht getan. Komm heim an mein Herz, in mein Haus, das Deine wahre Heimat ist. Komm schnell, ich bin alt und habe keine Zeit zu warten. Komm, meine Sonja, zu Deiner

Großmutter«

21

MARIA PETROWNA HATTE sofort an ihre Tochter geschrieben und ihr Sonjas Brief und die Aufzeichnungen ihrer Mutter geschickt.

Sie hatte ihr mitgeteilt, daß Sonja ihr alle Papiere und Dokumente ausgeliefert hatte und daß diese Papiere unstreitig bewiesen, daß Sonja wirklich Alexanders Tochter sei.

Sie teilte ihr auch mit, daß Nikita Arganoff Sonja liebe und sie zur Gattin begehre und daß er auf dem Wege sei, sie zurückzuholen.

Zum Schluß fügte sie hinzu:

»Durch Sonjas Auftauchen geht natürlich Deinen Söhnen ein Teil ihres Erbes verloren, aber das können sie wohl verschmerzen. Ich weiß, Ihr seid großherzig genug, Euch trotzdem mit mir zu freuen, daß Sascha uns eine Tochter hinterlassen hat.

Wir werden uns friedlich über alles einigen. Ich denke, es bleibt dabei, daß Michael Schloß Kalnoky, Dimitri das Petersburger Palais bekommt. Dafür werde ich Sonja aus meinem Vermögen so viel Kapital zur Verfügung stellen, daß ihr künftiger Gatte sein Stammschloß neu ausbauen und ausstatten kann. Außerdem soll Sonja das Gut Roschnow erhalten. Die übrigen Besitzungen werden unter Deinen Söhnen und Sonja geteilt, ebenso alles Barvermögen.

Ich denke, daß wir uns so ohne Streit einigen werden. Jedenfalls bitte ich umgehend um Eure Antwort, ob ihr gewillt seid, Sonja anzuerkennen. Vor der Öffentlichkeit werden wir nur bekanntgeben, daß Sascha sich vor seinem Tode noch heimlich mit Elisa Helbig vermählt hat und daß wir seine Tochter anerkennen.

Ich hoffe, mit meinen Vorschlägen Euch und auch Sonja gerecht geworden zu sein.«

Auf diesen Brief traf umgehend ein Telegramm Tatjanas ein:

»Liebe, teure Mama! Wie glücklich bin ich mit Dir. Sonja uns allen herzlich willkommen. Mit allen Vorschlägen einverstanden, Brief folgt sofort. Tatjana«

Sonja war inzwischen wohlbehalten im Doktorhäuschen eingetroffen und liebevoll aufgenommen worden.

Onkel Ernst und seine Mutter hatten fast vorausgesehen, daß Sonja so handeln würde, wie sie es getan hatte. Sie tadelten ihr Verhalten so wenig, wie sie es lobten, weil sie es eben selbstverständlich fanden.

Aber sie waren nicht so fest wie Sonja davon überzeugt, daß damit die Angelegenheit endgültig erledigt war. Im Gegenteil erwarteten sie es als selbstverständlich, daß die Fürstin in irgendeiner Weise dazu Stellung nehmen mußte.

Sie sagten aber Sonja vorläufig nichts von dieser Ansicht. Das junge Mädchen war noch so erregt und aus dem seelischen Gleichgewicht durch das, was sie an ihrem zwanzigsten Geburtstage erfahren hatte. So wollte man sie vor jeder neuen Erregung behüten.

Onkel Ernst sagte nur in seiner ruhigen Weise:

»Hüte dich nur vor einem allzu raschen Urteil, meine liebe Sonja! Du weißt doch gar nicht, ob deine Großmutter wirklich so herzlos gewesen ist, wie du annimmst. Wir wissen nur, daß dein Großvater seiner Ehre ein fast übermenschliches Opfer brachte. Und hast du nicht bisher die Fürstin als eine gütige Frau kennengelernt? Vergiß auch nicht, daß selbst dein Vater immer davon überzeugt war, seine Eltern hätten nicht anders handeln können. Du, mein liebes Kind, hast so viel Nachsicht und Verständnis für den Fehler deines Vaters gezeigt, werde nun auch seinen Eltern gerecht. Denk an den Wahlspruch deiner lieben Mutter, den sie dir eingeprägt hat: Alles verstehen heißt alles verzeihen.«

Diese Worte blieben nicht ohne Eindruck auf Sonja. Sie faßte des Onkels Hand.

»Ach, du, du bist so gut, so ausgeglichen und ruhig! Ich bin das nicht. In mir stürmt alles noch so wild und unruhig, was ich erfahren habe. Wenn du wüßtest, wie es in mir aussah in der Nacht, die meinem Geburtstage folgte! Und auch jetzt kann ich meine Blicke nicht wenden von der Tragik des Schicksals meines Vaters. Bedenke doch nur, wie er gelitten haben mag! Du kennst nicht den Glanz, den Reichtum, der dort herrscht, wo er nach Geburt und Recht hingehörte. Und das alles hat er lassen müssen, hat ein Leben führen müssen, für das sich wahrscheinlich die Lakaien im Palais Kalnoky bedanken würden. Ach, mein armer Vater, meine herrliche Mutter! Ich werde viel Zeit brauchen, um über das alles ruhig denken zu lernen. Hab nur Geduld mit mir, Onkel Ernst.«

Er strich ihr väterlich über das Haar.

»Du wirst dich wiederfinden, Kind, und dann wirst du milder urteilen, auch über das, was du nicht verstehst.«

Am nächsten Tage kam Sonja von einem Spaziergang nach Hause. Sie war am Seeufer entlanggegangen und hatte sinnend auf die Wasserfläche gesehen.

Er hat doch ein Opfer herausgegeben, der See. Mitleidiger war er als die Menschen, dachte sie. Und ihre Augen flogen hinüber zum anderen Ufer, wo durch die kahl gewordenen Bäume das weiße Marmorbild der Barmherzigkeit schimmerte.

In Gedanken versunken war sie heimgekehrt.

Die Großtante öffnete ihr selbst die Tür. Sie sah erregt aus, und die Augenlider waren gerötet, als hätte sie Tränen vergossen.

»Was ist dir, Großtantchen? Du hast wohl gar geweint?« fragte sie, zärtlich die alte Dame umfassend.

Diese schüttelte verlegen den Kopf. »Ich habe Meerrettich gerieben in der Küche. Du weißt doch, Onkel Ernst nimmt ihn gern zum Fleisch. War's schön draußen, Kind? Du hast dir rote Wangen geholt und klare Augen. Das ist gut. Nun komm, nimm den Hut ab und streich dir das Haar glatt. Und die Jacke zieh aus, so, hübsch siehst du aus. Warte, die Krawatte an deiner Hemdbluse hat sich ein bißchen verschoben.«

Sorglich zupfte die alte Dame an Sonja herum. Diese lächelte.

»Aber Großtantchen, bin ich noch immer nicht schön genug? Spar dir die Mühe, wenn die Rangen aus der Schule kommen, bleibt vor ihren wilden Zärtlichkeitsausbrüchen doch nichts mehr heil und gerade.«

Großtantchen blickte verstohlen nach der Tür.

»Vor einer Stunde kommen sie nicht heim, die Rangen, und vorher wollen sich noch andere Augen an dir freuen. Nun geh nur hinein ins Wohnzimmer, ich komme gleich nach.«

»Ist Tante Käthe drinnen?«

»Nein, die ist drüben bei Onkel Ernst, die beiden haben etwas miteinander zu besprechen. Nun geh nur, ich hab' noch ein Weilchen in der Küche zu tun.«

»Kann ich dir nicht helfen?«

»Bewahre«, wehrte die alte Dame und schob sie energisch zur Tür des Wohnzimmers.

Sonja trat ein, und die alte Dame schloß rasch hinter ihr die Tür und lehnte sich einen Augenblick dagegen, als wolle sie Sonja gefangenhalten. Dann ging sie leise in Ernsts Zimmer hinüber, der soeben dabei war, seiner Frau das einzige Geheimnis, das er vor ihr hatte, zu enthüllen.

Sonja stand wie gelähmt auf der Schwelle des Wohnzimmers. Sie war beim Eintreten jäh zusammengezuckt. Vor ihr, mitten im Zimmer, hell vom Sonnenlicht beleuchtet, stand Nikita Arganoff. Und seine Augen grüßten sie mit unverhüllter Liebe. Sie lehnte sich erbleichend an die Tür.

»Graf Arganoff – Sie hier?« stammelte sie fassungslos.

Er streckte sehnsuchtsvoll die Arme nach ihr aus, von seinem heißen Gefühl überwältigt.

»Sonja, meine Sonja!«

Sie erzitterte und starrte ihn an wie im Traum.

Er trat auf sie zu.

»Liebst du mich nicht, Sonja? Willst du nicht mit mir kommen, als meine Braut, mein Weib?«

Da schluchzte sie auf, und wortlos streckte sie ihm die Hände entgegen.

Er riß sie in seine Arme, aber gleich bezwang er sich wieder und küßte sie still und andächtig auf den zuckenden Mund.

»Mein! Meine Sonja, nun ist ja alles wieder gut. Ich halte dich, nun laß ich dich nie mehr von mir, du böses, liebes Kind! Wie konntest du so von mir gehen – ohne Abschied? Dachtest du gar nicht an das, was ich bei deiner Flucht empfinden mußte?« schalt er zärtlich.

Sie sah zu ihm auf, und rote Rosen blühten auf ihren Wangen. Die Goldfunken strahlten auf in ihren Augen.

»Wie denn nur, warum kommst du zu mir? Ach, das kann ja nicht sein. Wenn du alles wüßtest! Nein, laß mich, es kann ja nicht sein.«

Sie wollte sich losmachen, aber er hielt sie fest, und sie spürte den lauten, raschen Schlag seines Herzens.

Er küßte sie wieder, heißer, inniger als zuvor.

»Es kann sein, und es muß sein, jetzt gebe ich dich nicht wieder frei. Du bist mein, mein auf ewig. Und ich weiß alles, meine Sonja. Deine Großmutter schickt mich zu dir.«

Sie zuckte zusammen und blickte erschrocken zu ihm auf.

»Sie – die Fürstin Kalnoky?«

»Nein, nicht die Fürstin Kalnoky, sondern deine arme Großmutter, meine Sonja, der du so bitter Unrecht getan. Ja, ich muß dich schelten. Wie sehr hast du sie verkannt!«

Sonja atmete erregt, aber sie ließ sich halten von seinen Armen und fühlte sich trotz aller Unruhe so wohl, daß dieser Platz der schönste und geborgenste war auf Gottes weiter Welt.

»Ich verstehe das nicht, sie schickte dich zu mir?« fragte sie hastig.

»Ja. Ich verriet in der Angst und Sorge um dein Verschwinden meine Liebe zu dir. Und dann war ich so vermessen, zu behaupten, daß auch du mich liebst. Hab' ich gelogen, Süße?«

Ihre Augen strahlten feucht und innig zu ihm auf.

»Nein, du hast es ja gewußt, wie ich wußte, daß du mich liebst.«

»Und doch entflohest du mir ohne Abschied?«

Sie schauerte zusammen und wurde blaß.

»Es mußte sein. Wir konnten uns nicht angehören, der Abschied hätte uns nur weh getan. Wie hätte ich von dir Abschied nehmen können! Ach, und nun wird es doppelt schwer sein, ohne dich zu leben.«

»Ohne mich? Das sollst du nie, nie mehr. Begreifst du denn nicht, daß ich dich nicht so halten würde, wenn ich es nicht für immer täte? Mach dir nur klar, daß ich dich nie mehr von mir lasse. Du mußt mit mir kommen, nach Petersburg zurück, zu deiner Großmutter, die sich innig danach sehnt, dich in ihre Arme zu nehmen. Wüßtest du, wie sie sich um dich bangt, wie sie dich liebt! Du wirst mit mir kommen zu ihr, denn das, was du ihr zum Vorwurf machst, beruht auf einem Irrtum von dir. Aber das wird sie dir alles selbst sagen, meine Sonja. Hier ist ein Brief von ihr an dich.«

Er nahm, ohne sie ganz freizugeben, das Schreiben Maria Petrownas aus seiner Tasche.

Sonja nahm es mit bebenden Händen und sah darauf nieder.

»An die Fürstin Sonja Kalnoky«, las sie mit brennenden Augen.

Und da warf sie, plötzlich aufschluchzend, die Arme um seinen Hals.

»Nikita!«

Er streichelte zärtlich ihr Haar.

»Sonja, kleine Fürstin Sonja, darf denn der arme Graf Arganoff dich fürs Leben halten? Weißt du, was deine Großmutter zu mir sagte beim Abschied?«

Sie hob fragend die Augen zu ihm empor.

»Gehen Sie mit Gott, Nikita, bringen Sie für mich die Enkelin zurück – und für sich die Braut.«

Überwältigt von dem aufsteigenden Glücksgefühl, barg sie ihr Gesicht an seiner Brust. Er flüsterte ihr zärtliche, beruhigende Worte ins Ohr, sie innig an sich drückend.

Nach einer Weile löste sie sich aufatmend aus seinen Armen.

»Laß mich lesen«, bat sie leise.

Er führte sie zu einem Sessel, und sie las den Brief der Großmutter. Große Tränen perlten über ihre Wangen und lösten die Spannung.

Er küßte ihr die Tränen fort.

»Nicht weinen, meine Sonja, nun ist ja alles, alles wieder gut. Nicht wahr, nun wirst du mit mir kommen?«

Sie legte ihren Kopf an seinen Arm und sah mit leuchtenden Augen zu ihm auf.

»Wie kann ich anders, als dir folgen! Und wenn meine Großmutter wirklich in Liebe und Sehnsucht meiner harrt, meinst du, ich könnte sie vergeblich warten lassen? Ich habe sie doch lieb, obwohl ich glaubte, sie würde nichts von mir wissen wollen. Ach, sag mir, ob sie sehr leidet? War sie unruhig, als du sie verließest? Hatte sie wieder ihre schlimmen Schmerzen im Knie?«

»Die Schmerzen im Knie waren wohl kaum so arg wie die im Herzen, du lieber, ungestümer Trotzkopf. Als ich zufällig zu ihr kam, kurz nachdem sie alles gelesen hatte, fand ich sie in einem erbarmungswürdigen Zustand. Aber dann wurde sie ruhiger, als ich versprach, dich heimzuholen.«

Er setzte sich auf die Lehne des Sessels und erzählte ihr ausführlich alles. Auch daß im Hotel die Kammerfrau der Fürstin auf sie wartete, um sie zu begleiten.

Da schrak Sonja empor.

»Um Gottes willen, dann hat ja die arme Großmutter keinen Menschen um sich, der sie so recht pflegen kann! Ach, Nikita, wir müssen uns eilen!«

Er lachte froh.

»Sieh, nun siegt deine Liebe über alle Bedenken.«

Sie erhob sich, und er hielt sie wieder fest umschlungen und küßte wieder und wieder ihre Lippen.

Und nach jedem Kuß sahen sie einander glückstrahlend an.

Aber endlich wehrte sich Sonja lächelnd gegen weitere Zärtlichkeiten, und der goldene Frohsinn blickte aus ihren Augen, als sie schelmisch fragte:

»Wie ist mir denn, wie kommt eigentlich Graf Arganoff in das Wohnzimmer des Doktorhäuschens? Wer hat dich ermächtigt, hier einzudringen und ein ahnungsloses Mädchen mit einem Heiratsantrag zu bestürmen?«

Er lachte, und weil sie gar so entzückend aussah mit dem Schelmengesicht, mußte er sie erst noch einmal küssen, ehe er erwiderte:

»Dein Onkel Ernst und die prächtige Großtante Johanna haben mich mit List und Tücke hier untergebracht. Ich habe ihnen gebeichtet, was für räuberische Absichten mich beseelten, und sie haben dich mir rückhaltlos ausgeliefert – zur Strafe, weil du ihnen meine Existenz völlig unterschlagen hattest. Großtante Johanna hielt diese Unterschlagung für einen Beweis, daß du mich liebst. Sie ist sehr klug, deine Großtante.«

Sonja nickte.

»Klug und gut, das sind sie hier alle im Doktorhäuschen. Und nun wollen wir sie rufen und ihnen das neue Brautpaar vorstellen. Du, gleich werden auch die Doktorrangen nach Hause kommen. Da kannst du dich auf einen Sturm gefaßt machen.«

»Warte noch, nur ein Weilchen noch, du hast noch etwas vergessen«, sagte er.

»Was denn?«

»Du hast mir noch keinen einzigen Kuß gegeben.«

Sie sah ihn entrüstet an.

»Aber Nikita! Was tust du denn seit einer ganzen Weile immerfort?« fragte sie erglühend.

Er blitzte sie an.

»Ja ich. Aber du? Hast du mir schon freiwillig einen Kuß gegeben? Nein, wie ein Raubritter mußte ich sie mir stehlen.«

Da zog sie seinen Kopf zu sich herab und sah ihm tief in die Augen, so daß sein Blick aufstrahlte in Seligkeit.

»Lieber, lieber Nikita!« sagte sie leise und innig. Und dann drückte sie ihre Lippen zart und scheu und doch voll unendlicher Innigkeit auf die seinen.

Er atmete tief auf.

»Süßes, jetzt ist es wirklich schade, daß wir die andern rufen müssen«, sagte er leise.

Sie lächelte.

»Nikita, ach wie ist das Leben so voll Sonne – seit dieser Stunde!«

Am Abend dieses denkwürdigen Tages saßen die drei Doktorrangen mit drei Riesenbonbonnieren auf ihren Betten, und während sie die Süßigkeiten nochmals eingehend studierten, versicherten sie einander immer wieder, daß der neue Vetter Nikita eine »famose Rübe« sei und Sonja ein »furchtbar netter Kerl«.

Sonja blieb nur diese Nacht noch im Doktorhäuschen. Am nächsten Morgen wollte sie mit ihrem Verlobten und der Kammerfrau nach Petersburg abreisen.

Nikita hatte der Fürstin depeschiert, wann er mit Sonja eintreffen würde.

Die drei Doktorrangen versprachen Sonja mit dem »großen Ehrenwort«, daß sie sie ganz bestimmt in dem großen Schloß in Rußland besuchen wollten.

»Ach, Vater und Mutter müssen mitkommen, und Großtantchen auch. Alle müßt ihr mich besuchen – in den Sommerferien. Da sollt ihr mal ordentlich im Schloßpark herumtollen«, sagte Sonja, die drei Flachsköpfe küssend.

Von Segenswünschen begleitet, reiste Sonja mit Nikita und der Kammerfrau ab.

Nikita brachte der Fürstin Maria Petrowna seine Braut. Lange und innig hielten sich Großmutter und Enkelin in den Armen. Sie hatten sich soviel zu sagen, und ihre Tränen spülten alles Leid der Vergangenheit fort.

Im darauffolgenden Monat ging die Fürstin mit Sonja und Nikita nach Paris. Diesmal machten sie nicht in Berlin Station, sondern bei der lieben Doktorfamilie.

Maria Petrowna drängte es, Dr. Heinzius und seiner Mutter für all das zu danken, was sie für ihren Sohn getan hatten.

Auch die Fürstin wiederholte Sonjas Einladung, daß die ganze Doktorfamilie sie im Sommer in Schloß Kalnoky besuchen sollte. Und die Einladung wurde zum Jubel der Kinder angenommen.

In Paris wurde Sonja von Tatjana und ihren Angehörigen herzlich und innig begrüßt. Hauptsächlich Tatjana konnte sich in Zärtlichkeiten für die Tochter ihres geliebten, schmerzlich beweinten Bruders nicht genug tun.

Sonja verlebte berauschend schöne Wochen in Paris. Tatjana und ihr Gemahl führten sie in die Gesellschaft ein. Nikita Arganoff wurde sehr beneidet um seine entzückende Braut, und er fühlte sich auch beneidenswert.

Von Paris aus fuhr Maria Petrowna mit Sonja und Nikita nach Mentone, um dort das Grab ihres Sohnes zu besuchen. In ihre Seele zog ein stiller Frieden, als sie an Saschas letzter Ruhestätte stand. Herrlich wurde das Grab geschmückt, und eine Kopie der Marmorgruppe vom See wurde später dort aufgestellt.

Daß auch Elisas Grab reich geschmückt wurde, dafür hatte die Fürstin bei ihrem Besuch im Doktorhäuschen Sorge getragen.

Maria Petrowna hatte erst die beiden Särge nach Schloß Kalnoky überführen lassen wollen. Wladimir gab ihr jedoch zu bedenken, daß dann viel unnützes Gerede entstehen und die Vergangenheit ans Licht gezogen werden könnte. Da beschied sie sich.

Sonja hätte ihre Eltern gern im Tode vereint gesehen, und deshalb schlug Nikita vor, daß man Elisas sterbliche Überreste nach Mentone an die Seite ihres Gatten bringen sollte. Das geschah dann später auch.

Nach der Rückkehr nach Rußland wurde das Leben für Sonja wieder stiller, aber dafür noch schöner.

Nikita kam, sooft er konnte, nach Petersburg. Sein altes Stammschloß wurde bereits ausgebaut und neu eingerichtet. Bis zum September des nächsten Jahres sollte alles fertig sein, und dann sollte die Hochzeit des jungen Paares stattfinden.

Nikita hätte seine Sonja gern schon früher heimgeführt,

aber Maria Petrowna sagte bittend zu ihm: »Laß mir Sonja noch die kurze Zeit, mein Sohn. Dir wird sie dann ja ein ganzes Leben lang angehören. Gönne mir diese Frist.«

Da konnte Nikita nichts anderes tun, als sich fügen.

Er und Maria Petrowna wetteiferten in Liebesbeweisen für Sonja.

Überraschend schnell und leicht hatte sich diese in ihre neue gesellschaftliche Stellung gefunden. Vorläufig wurde sie nur vertrauten Freunden des Hauses als Enkelin Maria Petrownas vorgestellt. In die Petersburger Gesellschaft sollte sie erst nach ihrer Vermählung eingeführt werden.

Gleich nach Ostern siedelten Großmutter und Enkelin nach Schloß Kalnoky über. Dorthin konnte Nikita schneller und leichter gelangen als nach Petersburg. Und er war nun ein häufiger Gast in Schloß Kalnoky.

Im Juli kam dann wirklich Dr. Ernst Heinzius mit seiner ganzen Familie nach Schloß Kalnoky. Selbst die Großtante Johanna hatte es sich nicht nehmen lassen, die weite Reise mitzumachen.

Sonja durfte ihren Lieben diese Wochen zu einem einzigen großen Freudenfest gestalten, sie mit Geschenken überschütten und all ihrer Dankbarkeit und Liebe beredten Ausdruck geben.

Maria Petrowna verstand es, ihren Gästen jede Scheu zu nehmen. Stundenlang konnte sie mit Großtante Johanna zusammensitzen und sich von dieser wieder und wieder alle Einzelheiten berichten lassen aus jenen Tagen, da Alexander krank im Doktorhäuschen lag. Sonja und Nikita tollten dann mit den Doktorrangen im Park herum und fuhren sie im Ponywagen spazieren, was ihnen große Freude machte. Onkel Ernst und seine Käthe genossen die seltene Erholung gleichfalls mit voller Hingabe.

Es waren für alle schöne Wochen, und als »Doktors« wieder abreisten, mußten sie versprechen, im nächsten Sommer nach Schloß Arganoff zu kommen.

Im September hielt dann Sonja Hochzeit. Fürst Sogareff mit seiner Familie war von Paris gekommen.

Sonjas junge Vettern Michael und Dimitri machten ihr in scherzhafter Art fleißig den Hof. Sie fanden ihre schöne Kusine entzückend und machten kein Hehl daraus.

In der Schloßkapelle von Kalnoky wurde Sonja ihrem jungen Gatten angetraut. Der Heilige sah aus seinem Bilde auf das junge Paar herab – und lächelte.

Er hatte dennoch ein Wunder vollbracht.

Sonja fand ein reiches, volles Glück in ihrer Ehe.

Maria Petrowna konnte sich noch acht Jahre dieses Glükkes freuen, ehe sie starb.

Großtante Johanna war zwei Jahre früher den letzten Weg gegangen, herzlich betrauert von allen, die sie kannten, am meisten aber von ihrem Sohn Ernst, der an der Mutter seine beste, treueste Freundin verlor.

Fern im Süden, auf dem Mentoner Kirchhof, schlummerten Seite an Seite unter der marmornen Statue der Barmherzigkeit Fürst Alexander Kalnoky und seine Gemahlin, die Fürstin Elisa Kalnoky.

Mit goldenen Lettern stand der Titel auf dem steinernen Sockel des Denkmals. Und so trug Elisa im Tode den Namen, auf den sie im Leben verzichtet hatte. Maria Petrowna hatte es so gewünscht.

Hedwig Courths-Mahler

Diana

BASTEI LÜBBE

1

ÜBER DEN GUTSHOF ritt im gemächlichen Trab Frau Brigitte von Steinach auf ihrem breitgebauten Hengst. »Trumpf«. Sie schob dabei die verschossene, ehemals grüne Reitmütze aus der Stirn, so daß der Ansatz ihres starken grauen Haares, das schlicht nach hinten gekämmt war, sichtbar wurde.

»Trumpf« kannte seinen Weg ganz genau. An der Tür seines Stalles machte er halt, vermutlich nur, weil sie verschlossen war, sonst hätte er wohl seine Reiterin gleich bis zur Futterkrippe getragen.

Frau Brigitte zog nun eine kleine silberne Pfeife zwischen den Knöpfen ihres knapp anliegenden Reitkleides hervor und pfiff schrill.

Als nicht gleich jemand herbeikam, stieg dunkle Röte in ihr ohnehin nicht sehr blasses Gesicht, das derbe, fast männliche Züge hatte.

Noch einmal pfiff sie mit ungeduldigem Nachdruck, und als nun endlich die Stalltür aufsprang und ein Reitknecht heraustrat, rief sie ihm wütend zu: »Faule Bande! Sitzt ihr wieder auf den Ohren oder schlaft ihr am hellen Tag?« Dabei schwang sie drohend die Reitpeitsche.

Der Knecht erwiderte kein Wort. Er duckte sich nur, daß ihn die Peitsche nicht traf, und half dann seiner Herrin aus dem Sattel.

»Der Kerl lacht, als hätte ich ihm sonst was für Elogen an den dicken Kopf geschmissen«, stöhnte Brigitte von Steinach. Und als sie endlich glücklich auf der Erde stand, fuhr sie fort:

»Ich wollte, ich hätte es so gut wie du, mein Sohn. Es muß

ein Vergnügen sein, seine Tage so strohdumm und faul zu verbringen.«

Trumpf schüttelte sich, als sei er froh, seiner Last ledig zu sein, und Frau Brigitte streichelte ihm gutmütig den Hals.

»Gelt, mein Alter, du bist auch froh, zur Ruhe zu kommen?«

Und zu dem Reitknecht gewendet, sagte sie halb lachend, halb ärgerlich:

»Nun dalli, mein Sohn, sperr deine schönen blauen Augen nicht auf, als hättest du noch nie 'nen Gaul gesehen. Führe Trumpf in den Stall und reibe ihn gut ab, sonst soll dir ein Donnerwetter in den Magen fahren, daß dir acht Tage kein Bissen mehr schmeckt.«

Und mit einem drohenden Schwenken der Reitpeitsche verlieh sie ihren Worten Nachdruck.

Der Reitknecht sprang beiseite und beeilte sich, dem Befehl seiner Herrin nachzukommen. Anscheinend bekümmerte ihn der barsche Ton, durch den doch eine gute Portion Gutmütigkeit klang, wenig.

Brigitte von Steinach raffte nun ihr wenig elegantes, aber sehr praktisches Reitkleid energisch auf, so daß die festen Lederstiefel an ihren nicht sehr zierlichen Füßen zum Vorschein kamen, und schritt, schwerfällig und steif von dem langen Ritt über die Felder, auf die Hintertür des stattlichen Herrenhauses zu.

Hof und Wirtschaftsgebäude begrenzten dessen Hinterseite, während die Vorderfront durch einen großen Rasenplatz von dem schönen alten Park getrennt wurde.

Als sie in den großen, hallenartigen Flur trat, scholl ihr aus den unteren Räumen ein Geräusch entgegen, gemischt aus menschlichen Stimmen, Tellergeklapper und Gerassel von Wirtschaftsgegenständen.

Sie beugte sich über das Treppengeländer.

»Heda! Wie wär's, wenn ihr ein bißchen weniger Lärm fabrizieren würdet?« rief sie mit lauter Stimme hinunter. Sofort wurde es still.

»Ist Sophie da unten?« fragte Frau von Steinach nun in gemäßigterem Ton weiter.

Man hörte einen flinken Schritt. »Ja, gnädige Frau, ich bin hier.«

»Na, dann komm herauf, aber ein bißchen plötzlich!« rief die alte Dame zurück und stieg langsam die breite Steintreppe im Hintergrund der Halle zum ersten Stock empor.

Hinter ihr her hastete nun ein junges, dralles Mädchen mit weißblondem Haar, blauen Augen und roten Wangen die Stufen hinauf. Man sah ihm an, daß die Kost in Dorneck gut war. Das dunkelblaue Leinenkleid mit weißer Schürze und weißem Häubchen, das es trug, machte einen sehr sauberen Eindruck. Sophie war in Dorneck geboren, und Frau Brigitte hatte das anstellige Mädchen als Zofe für sich und ihre Pflegetochter Diana angelernt.

Oben in ihrem Ankleidezimmer ließ sich Frau von Steinach das graue Reitkleid und die Reitstiefel ausziehen und ein bequemes, jedoch nicht minder praktisches Hauskleid überwerfen. Als sie dann bequeme Schuhe an den Füßen hatte und Sophie ihr die festgesteckten, noch bewunderungswert starken und langen Haarflechten löste, atmete sie wie erlöst auf.

»So, Sophie, nun ist mir wieder menschlicher zumute«, sagte sie, als sie fertig war. »Nun gib mir noch ein frisches Taschentuch und gieß einen Schuß Kölnisches Wasser darüber, damit ich den Geruch von Ackerbau und Viehzucht aus der Nase kriege. Hm! Das belebt den gesunkenen Mut. Gut, nun kannst du hier alles wegräumen; heute reite ich nicht mehr aus.«

Sophie knickste und machte sich eifrig an die befohlene Arbeit. Trotz Frau von Steinachs barschem Ton wußten die Leute in Dorneck genau, daß es ihre Herrin gut mit ihnen meinte und ihnen immer zu ihrem Recht verhalf.

Brigitte von Steinach ging nun wieder hinab, durchquerte die Halle und betrat den rechts abführenden langen Korridor. Dort öffnete sie eine der Türen, die in ein helles Zimmer führte, in welches Luft und Sonnenschein durch drei große, weiße Glastüren, die alle offen standen, ungehinderten Einzug halten konnten. Diese Glastüren führten auf die breite Veranda hinaus, auf der hübsche, weißlackierte Holzmöbel, mit bunten Kissen belegt, standen. Der Fußboden der Veranda wurde aus quadratischen schwarzen und weißen Fliesen gebildet, und in der Mitte lag ein breiter Kokosläufer darüber.

Als Brigitte auf die Veranda hinaustrat, sah sie Diana von Dorneck in der östlichen Ecke neben ihrem Gatten sitzen. Hermann von Steinach saß, bequem in Kissen und Decken verpackt, in seinem Rollstuhl. Er war seit drei Jahren gelähmt und an diesen Stuhl gefesselt. Ein unglücklicher Sturz vom Pferd hatte ihm die Lähmung beider Beine eingetragen. So oft es das Wetter gestattete, brachte man ihn hinaus auf die sonnige, windgeschützte Veranda.

Diana von Dorneck hatte ihm vorgelesen. Sie saß in einem Sessel und hielt das Buch in den sehr schlanken, zarten Händen. Diana zählte siebzehn Jahre, aber sie machte noch durchaus den Eindruck eines Kindes. Die eckigen, fast hageren Glieder steckten in einem weißen einfachen Kleid, das glatt an ihr herabfiel und unter der noch unentwickelten Brust mit einer schwarzen Samtschleife zusammengehalten wurde. Diana war nicht ausgesprochen schön, trotzdem ihr Gesicht feine Züge hatte, denen vielleicht nur die anmutige Weichheit und Rundung fehlte, um schön zu wirken. Dickes, scheinbar sehr unbändiges kastanienbraunes Haar fiel ihr in zwei starken Zöpfen über die Schultern und flimmerte mit metallischem Schimmer im Sonnenschein.

Zwei große, braune Kinderaugen, in denen die Sonne widerzuspiegeln schien, hoben sich und sahen Frau Brigitte entgegen. Sofort legte Diana das Buch beiseite und erhob sich mit einem Lächeln, das einen warmen Glanz auf das etwas zu herb gezeichnete Gesichtchen zauberte.

»Da ist Tante Brigitte!« rief sie Herrn von Steinach zu, der sich nun ebenfalls lächelnd seiner stattlichen Gattin zuwandte.

Die eigentliche Herrin von Dorneck war Diana von Dorneck. Ihr gehörte das schöne, alte Herrenhaus und der dazugehörige, sehr ausgedehnte Grundbesitz. Diana aber war seit sieben Jahren Waise. Sie hatte beide Eltern rasch hintereinander bei einer grausamen Epidemie verloren. Zuerst starb ihre Mutter, und am Tag ihres Begräbnisses wurde ihr Vater aufs

Krankenlager geworfen, von dem er nicht mehr aufstehen sollte.

Botho von Dorneck hatte sein Ende kommen sehen, denn es gab damals ein großes Sterben ringsum. Nur sehr schwer hatte er Abschied genommen vom irdischen Dasein, denn er war noch jung und hatte bis dahin im Sonnenschein des Glücks gelebt.

Da er noch keine letztwilligen Verfügungen getroffen hatte, machte er an dem Tag, als er sich niederlegen mußte, sein Testament; denn er wußte, daß seine kleine Tochter hilflos allen Zufälligkeiten preisgegeben sein würde, wenn er nicht schnell noch für ihre Zukunft Vorsorge traf. Der große, reiche Besitz konnte nicht durch ein Kind verwaltet werden. Botho besaß außer einem Vetter keine Verwandten. Dieser Vetter aber war ein Mensch, dessen Charakter und Lebensführung ihm nur Verachtung einflößen konnte, außerdem hatte er eine Dame von zweifelhaftem Ruf geheiratet. Diesem Vetter hätte er um keinen Preis sein Kind und seinen Besitz anvertraut.

Aber Botho von Dorneck hatte einen Freund, dessen Treue, Ehrlichkeit und Güte er oft erprobt hatte. Dieser Freund war Hermann von Steinach.

Gerade kurz vor dieser Zeit hatte dieser Hermann von Steinach sein in nächster Nähe von Dorneck gelegenes Gut Buchenau verkaufen müssen, um seine Gläubiger bezahlen zu können. Es war ihm keine andere Wahl geblieben. Hermann von Steinach hatte dies Gut, das durch eine Heirat an seine Vorfahren gekommen war, schon schuldenbelastet von seinem Vater übernommen und es trotz ehrlichen Ringens nicht halten können. Er war mit wenigen tausend Mark, die ihm geblieben waren, in die nächste Stadt gezogen, wo sein einziger Sohn das Gymnasium besuchte, und wollte versuchen, eine passende Stellung zu finden, um für sich und seine Familie den Unterhalt zu verdienen.

In seiner Not und in der Sorge um sein Kind gedachte Botho von Dorneck nun seines Freundes und ließ ihn eiligst nach Dorneck kommen. Vertrauensvoll legte er alles, was er im Leben zurücklassen mußte, in Steinachs Hände. Er setzte ihn zum Vormund seiner einzigen Tochter ein und zum Verwalter seines Vermögens. Ehe er starb, konnte er noch mit ihm ausmachen, daß Steinach mit seiner Frau in Dorneck leben sollte, damit seiner Tochter Diana die Heimat erhalten bliebe. Frau von Steinach war Botho von Dorneck als eine durchaus rechtliche und tüchtige Frau bekannt, wenn er auch wußte, daß sie derb und geradezu sein konnte. Er war fest überzeugt, daß er seine Tochter keinen treueren, ehrlicheren Händen übergeben konnte.

Hermann von Steinach dankte dem Freund für das erwiesene Vertrauen mit bewegtem Herzen und versprach, sich dessen würdig zu zeigen. Herr von Dorneck setzte ihm ein festes Gehalt aus und bestimmte genau seine Rechte. Vor allem schärfte er dem Freund noch ein, jenem wenig vertrauenswürdigen Vetter nicht die Türen von Dorneck zu öffnen und Diana von ihm zurückzuhalten. Der Vertrag zwischen den beiden Freunden wurde rechtskräftig abgeschlossen und notariell beglaubigt, wie auch Botho von Dornecks Testament.

Wenige Tage darauf war er gestorben. Dianas Wohl und Wehe wie auch ihr ganzer Besitz und ihr Vermögen lagen nun in Hermann und Brigitte von Steinachs Händen, bis zu Dianas Großjährigkeit.

Und es waren wirklich treue und ehrliche Hände, denen Botho von Dorneck seine Güter anvertraut hatte. Hermann von Steinach wurde Diana ein zweiter, liebevoller Vater, ein treuer uneigennütziger Freund. Er dankte es seinem verstorbenen Freund von Herzen, daß er ihm einen neuen Wirkungskreis und eine lohnende Lebensstellung geschaffen hatte.

Gleich nach dem Tod des Freundes zog er mit seiner Frau nach Dorneck und nahm die Zügel in die Hand. Seinen Sohn Lothar ließ er in der Stadt zurück, da dieser kurz vor seinem Abitur stand. Lothar wollte Ingenieur werden und sollte später die Hochschule in Charlottenburg besuchen. Die Mittel, dem Sohn dies Studium zu ermöglichen, verdiente Hermann von Steinach nun als Vermögensverwalter auf Dorneck.

Diana war zehn Jahre alt, als ihre Eltern starben. Ihr verwaistes, liebebedürftiges Herz erschloß sich schnell ihrem Pflegevater, der den richtigen Herzenston fand für das zarte, feinfühlige Kind, dem der Tod die heißgeliebten Eltern so grausam entrissen hatte. Brigitte von Steinachs rauhe, derbe Art schreckte Diana zuerst nicht wenig. Ihr konnte sie sich so leicht nicht anschließen wie »Onkel Hermann«. »Tante Brigitte« fand auch nicht den rechten Ton, die kleine Waise an sich zu fesseln. Sie kam zwar ihren Pflichten mit großer Gewissenhaftigkeit nach, sorgte aufs beste für Dianas leibliches Wohl und ließ es an nichts fehlen, was Diana fördern konnte. Aber im Herzen dieser Frau war alle Liebe nur für zwei Menschen verschwenderisch aufgespeichert – für ihren Mann und ihren Sohn. Da blieb für andere nichts übrig.

Diana fühlte das mit dem feinen Instinkt der Kinderseele, und ihr Herz erschloß sich Tante Brigitte gegenüber nie mit derselben Innigkeit wie dem Onkel. Als nun vor drei Jahren Hermann von Steinach, infolge dieses unseligen Sturzes vom Pferd, an den Beinen gelähmt blieb und an den Rollstuhl gefesselt wurde, gestaltete sich sein Verhältnis zu Diana noch inniger als zuvor. Sie wich kaum von seiner Seite und tat alles, was sie ihm zuliebe tun konnte, um ihm sein schweres Los zu erleichtern.

Es zeigte sich nun aber auch im hellsten Licht, was für eine starke, tüchtige Persönlichkeit Brigitte von Steinach war. Energisch und entschlossen nahm sie die Zügel von Dorneck, die ihres Mannes Händen zu entgleiten drohten, in die ihren. Mit der Hingabe ihrer ganzen Persönlichkeit stellte sie sich an die Spitze des Gutes und seiner Verwaltung. Ohne Rast und Ruhe nahm sie wie selbstverständlich auch die schwersten Arbeiten auf sich. Ihrer Kraftnatur erschien nichts unmöglich.

Von seinem Rollstuhl aus leitete und dirigierte Hermann von Steinach alles, aber die ausführende Kraft, seine rechte Hand, war Brigitte.

Rührend wirkte, wie sie es verstand, ihn stets in dem Glauben zu lassen, daß sie ohne seine Anleitung ganz hilflos wäre. Er sollte nie auf den Gedanken kommen, daß er ein nutzloses Leben führe. Immer betonte sie, daß sie nur unter seiner Leitung etwas leisten könne, und nie tat sie etwas Wichtiges, ohne sich mit ihm darüber zu beraten, obwohl sie sich bald so gut eingearbeitet hatte, daß sie auch allein ihre Entscheidungen hätte treffen können.

So wurde Brigitte von Steinach eine hervorragende Verwalterin von Dianas Besitz.

Aber nicht aus Liebe zu Diana verstand sie sich zu dieser beispiellosen Selbstverleugnung, zu dieser oft harten Arbeit. Es war allein die Liebe zu ihrem Mann und zu ihrem Sohn, die sie dazu trieb. Denn wenn ihr Mann hätte sein Amt niederlegen müssen, dann hätten sie ihr gutes Einkommen verloren, hätten wohl gar Dorneck verlassen müssen. Und was hätte dann werden sollen? Wovon sollten sie dann leben, wovon sollte Lothar studieren? Diese Betrachtungen hatten sie veranlaßt, ohne langes Besinnen für ihre Familie in die Bresche zu springen. Und jedermann mußte die mutige, tatkräftige Frau bewundern.

Wie ein Mann ritt sie schon am frühesten Morgen hinaus auf die Wiesen und Felder, trotzdem ihr diese Ritte auf Trumpfs Rücken sehr beschwerlich waren. Sie bewältigte alle Aufgaben, und den Arbeitern verstand sie zu imponieren. Hier kam ihr die derbe, laute Art ihres Wesens zustatten.

In Ställen und Scheunen wußte sie Bescheid, und ihren scharfen Augen entging nicht die kleinste Unregelmäßigkeit, der geringste Fehler. Mit dem Förster durchstreifte sie das große, zu Dorneck gehörige Waldgelände und wußte ganz genau, wo ausgerodet und wo aufgeforstet werden mußte. Einen Wilddieb, den sie erwischte, hatte sie eigenhändig mit der Reitpeitsche durchgeprügelt und ihm das sehr mangelhafte Gewehr abgenommen. Angezeigt hatte sie ihn nicht, aber er mußte vier Wochen lang gegen Tagelohn bei der Kartoffelernte helfen. Der Wilddieb war ein arbeitsscheuer, verbummelter Mann, der sich durch Wilddieberei leichten Verdienst schaffen wollte. Er ging seitdem Frau von Steinach im weiten Bogen aus dem Weg; in dem Wald wurde er nicht mehr gesehen.

Natürlich stand Frau Brigitte auch noch dem Hauswesen vor, wenn ihr auch dabei eine tüchtige Mamsell zur Seite war. Jedenfalls war sie jetzt die Seele von Dorneck. Sie wußte alles, verstand alles, und ihren Augen entging nichts. Ihr Gatte brauchte nur die Bücher zu führen und ihr Direktiven zu geben, sich gelegentlich einmal im Rollstuhl den Leuten zu zeigen, dann ging alles andere wie von selbst. Je älter nun Diana wurde, desto mehr ging ihr das Verständnis auf für Tante Brigittes Persönlichkeit. Hauptsächlich war es freilich Onkel Hermann, der Diana das Verständnis für den Charakter seiner Frau erschloß. Mit gütigen Worten wies er Diana darauf hin, daß das rauhe laute Wesen nur die Hülle war für einen Kern, der sehr wertvoll und liebenswert war.

Diana hörte solche Worte aufmerksam an und versagte Tante Brigitte ihre Hochachtung nicht. Sie verlor die Scheu vor ihren derben Worten und sah dabei nach ihren gutmütig blickenden Augen. Immer besser lernte sie die alte Dame verstehen und schätzen. Aber so innig wie an Onkel Hermann konnte sie sich nicht an Tante Brigitte anschließen, vielleicht, weil sie auch ihr nicht so ans Herz gewachsen war wie dem alten Herrn.

Die drei Personen lebten friedlich und einträchtig miteinander, jedenfalls wuchs Diana nicht mit dem Gefühl auf, allein und verlassen in der Welt zu stehen.

Im Anfang nach Botho von Dornecks Tod hatte sich dessen Vetter und seine Frau in Dorneck einzudrängen versucht, aber Herr von Steinach hatte ihnen, kraft seiner Vollmacht, klargemacht, daß sein Freund weder ihre Anwesenheit in Dorneck, noch überhaupt einen Verkehr seiner Tochter mit ihnen gewünscht hatte. Und er hatte sie Diana so energisch ferngehalten, wie es deren Vater von ihm verlangt hatte.

Aber als Hermann von Steinach vom Pferd gestürzt war, hatte jener Vetter schleunigst versucht, ihn aus Dorneck zu verdrängen. Mit den unlautersten Mitteln war er vorgegangen, aber er hatte an Frau Brigitte seine Meisterin gefunden. Und seitdem hatte er nicht wieder versucht, an Diana heranzukommen, um sie gegen Steinachs und für sich zu beinflussen.

Hätten Hermann und Brigitte Steinach nicht schützend vor Diana und ihrem Besitz gestanden, dann hätte jener Vetter wohl längst zu ihrem Unheil festen Fuß in Dorneck gefaßt, und Dianas Besitz wäre nicht, wie unter Steinachs Fürsorge, vermehrt, sondern erheblich vermindert worden.

Diana genügte es übrigens, daß ihr Vater diesen Verkehr

nicht gewünscht hatte, um sich von ihm fernzuhalten. Onkel Hermann hatte ihr den von ihrem Vater eigenhändig niedergeschriebenen Wunsch gezeigt, und damit war diese Sache für sie erledigt.

Diana fühlte sich sehr glücklich unter der Obhut ihrer Pflegeeltern, seit sie den Schmerz über den Verlust ihrer Eltern verwunden hatte. Nur wenn Lothar von Steinach in Dorneck weilte, dann hatte sie trübe Stunden.

Das geschah allerdings sehr selten, da Lothar mit großem Eifer und fieberhaftem Fleiß studierte und sich stets nur einige Tage Ferien gönnte. Er sagte sich, daß die sorglosen Tage seiner Eltern ein Ende nehmen könnten, wenn die junge Herrin von Dorneck eines Tages heiraten würde.

Mit den geschärften Augen eines Menschen, der schon von Kind auf mit widrigen Verhältnissen hatte kämpfen müssen, blickte er in die Zukunft und sagte sich täglich, daß er ein Ziel erreicht haben müsse, wenn Diana durch eine eventuelle Verheiratung einen neuen Herrn über Dorneck setzte. Dann wollte und mußte er so weit sein, daß er für seine Eltern sorgen konnte. Wie und wann er dies Ziel erreichen konnte, darüber dachte er oft genug nach. Vor allem galt es erst, sein Studium zu beenden und deshalb arbeitete er unermüdlich.

Kam er aber einmal für kurze Zeit nach Dorneck, widmete er jede Minute seinen Eltern; für Diana hatte er weder Zeit noch Interesse. Er beachtete das lang aufgeschossene Mädchen mit dem blassen, hageren Gesicht fast gar nicht. Nur bei Tisch wunderte er sich zuweilen über ihre seltsamen großen Augen, die ihn so scheu und trotzig anblickten.

Diana hätte Lothar vielleicht sehr gern leiden mögen, wenn er nicht ein so ungeduldiges Gesicht gemacht hätte, sobald sie einmal in seiner Gegenwart mit seinen Eltern sprach. Sie glaubte, er gönne ihr deren Liebe nicht. Und da sie sehr wohl wußte, daß er ein größeres Anrecht auf diese Liebe hatte als sie, zog sie sich deshalb scheu und trotzig zugleich auf ihre Zimmer zurück, bis er wieder fort war. Nur bei den Mahlzeiten trafen sie zusammen.

Inzwischen war Diana siebzehn Jahre alt geworden, und Lothar stand dicht vor der Beendigung seines Studiums.

Er plante, sofort nach bestandenem Examen nach Afrika zu gehen, wo ihm beim Bau einer Eisenbahn durch eine deutsche Firma eine günstige Stellung angeboten worden war.

Für Diana wurde er dadurch sehr interessant, aber seine Eltern waren wenig entzückt von dem Plan ihres Sohnes. Sie hätten ihn lieber in der Nähe behalten.

Für Lothar gab es jedoch nur ein Streben – rasch vorwärts und Geld verdienen. Und darin ließ er sich nicht beirren.

So standen die Verhältnisse an diesem Sommertag, da Tante Brigitte zu ihrem Mann und Diana auf die Veranda trat. Die junge Dame ging ihr mit freundlichem Lächeln entgegen.

»Du bist gewiß sehr müde, Tante Brigitte, es ist noch so warm heute. Komm, setze dich nieder und ruhe dich aus.«

Schnell schob sie einen Sessel neben den Rollstuhl des Onkels. Frau Brigitte sank ohne viel Umstände hinein.

»Gott sei Dank – in diesem Sessel sitzt es sich bequemer als auf dem Pferderücken. Trumpf hat mich durcheinandergeschüttelt wie einen alten Kartoffelsack. Und einen Mordshunger hab' ich mit heimgebracht.«

Hermann von Steinach hatte die große feste Hand seiner Frau zwischen die seinen genommen.

»Meine arme Brigitte, du hast dich wieder tüchtig plagen müssen«, sagte er zärtlich.

Sofort trat ein frohes Leuchten in Frau Brigittes graue Augen. Ihr Gesicht wurde von einem weichen, liebevollen Ausdruck verschönt, den man dieser Frau gar nicht zugetraut hätte.

»Geplagt? Ach, warum nicht gar, mein Alter! Ich habe nur da und dort nachgesehen, ob alles recht getan wird, wie du es befohlen hast. Das ist doch keine Arbeit. Nur ein wenig lahm bin ich vom Reiten geworden, das wird gleich wieder besser sein. Gottlob hat draußen alles geklappt und wir werden bald fertig sein. Aber einen Durst habe ich – Diana, klingle doch bitte einmal, ich möchte ein Glas Selterswasser haben.«

Diana klingelte, und als Friedrich, der Diener, kam, bestellte sie das Gewünschte.

»Aber nicht etwa so ein Finkennäpfchen voll, Friedrich, sondern ein ordentliches Glas!« rief Frau von Steinach.

Als der Diener dann mit einer Karaffe und einem Glas erschien, leerte sie zwei volle Gläser.

»Ah, das tut gut, das spült den ganzen Straßenstaub hinunter. Wie ist es mit dem Essen, Friedrich? Wird die Suppe noch nicht aufgetragen?«

»Sofort, gnädige Frau.«

»Na schön, mein Sohn, dann ein bißchen dalli.«

»Befehlen gnädiger Herr, daß ich den Stuhl hinüberfahre ins Speisezimmer?« fragte der Diener.

Frau Brigitte sprang auf und schob ihn zur Seite.

»Laß nur, mein Sohn, das tue ich selbst«, sagte sie schnell. Sie duzte alle ihre Leute, und wenn sie gemütlich war, nannte sie die männlichen Dienstboten »mein Sohn« und die weiblichen »meine Tochter«, das hatte sie sich so angewöhnt.

»Aber du sollst doch nicht, Brigitte, der Stuhl ist so schwer und du bist müde«, wehrte Hermann ab.

Sie streckte lachend die Arme aus.

»Sollst sehen, wie leicht es mir wird!«

Er sah zu ihr auf mit einem leuchtenden Blick. Sein edel geschnittenes, seit seiner Lähmung etwas blasses Gesicht mit den charakteristischen, festgefügten Zügen verklärte sich förmlich, als er in ihre zärtlichen Augen sah. Und doch war Brigitte weder schön noch anmutig.

Einst hatte niemand begreifen können, warum der elegante Hermann von Steinach, der damals noch ein stattlicher, schneidiger Offizier war, die wenig begehrte, durchaus nicht reiche und keinesfalls schöne oder graziöse Brigitte von Dahlhorst geheiratet hatte. Er selbst aber hatte es gewußt. Er hatte in den grauen Augen seiner Brigitte gelesen, wie schrankenlos ihm ihr Herz ergeben war. Und nie hatte er es bereut, daß er sie zu seiner Frau gemacht hatte. Ganz und voll hatte er aber erst ihren Wert erkannt, als ihn ein widriges Schicksal zum hilflosen Krüppel gemacht hatte. Früher hatte sie Seite an Seite mit ihm gekämpft – jetzt kämpfte sie für ihn. Sie ersetzte ihm kraft ihrer Liebe alles, was er verloren hatte. Mutter und Schwester, Freundin und Kamerad, Gattin und Gehilfin war sie ihm in einer Person.

Er faßte schnell nach ihrer Hand und küßte sie. Da flog ein

helles Rot über Brigittes Gesicht und ihre Augen erstrahlten selig. Mit keiner Königin hätte sie jetzt getauscht.

Sanft und sorglich schob sie den Rollstuhl vor sich her in das Speisezimmer.

Diana war neben Onkel Hermann hergegangen und half nun mit zärtlicher Geschäftigkeit, ihn so mit Kissen zu stützen, daß er gleich im Krankenstuhl an die Tafel geschoben werden konnte.

Er strich kosend über das golden schimmernde Haar des jungen Mädchens, das sich einen Moment zärtlich an ihn schmiegte.

Frau Brigitte sah diese gegenseitige Liebkosung der beiden und ein leises Zucken um ihren Mund verriet, daß sie ihr unangenehm war. Sie gönnte keinem Menschen, außer ihrem Sohn, daß er teilhabe am Herzen ihres Gatten. Es war wie eine leise, heimliche Eifersucht in ihr auf Diana und sie mußte sich immer sehr in acht nehmen, damit das kein Mensch merkte.

Sie schalt sich selbst deshalb, aber ändern konnte sie es nicht. Während der Mahlzeit wurde lebhaft geplaudert. Frau Brigitte berichtete Geschäftliches, da jetzt in der Ernte fast nur die Mahlzeiten blieben, um alles zu besprechen. Zudem gab es selten etwas anderes zwischen den Eheleuten zu besprechen, Brigittes praktischer Sinn war nicht auf schöngeistige Unterhaltung gerichtet. Sie hatte fast nie Zeit gehabt, sich mit Literatur und Kunst zu beschäftigen, und niemals wäre sie darauf verfallen, daß ihrem Gatten solch eine anregende Unterhaltung stets gefehlt hatte.

Sie wäre außer sich gewesen, hätte sie geahnt, daß er in dieser einen Beziehung viel vermißte, und daß er in den letzten Jahren innige Befriedigung darin gefunden hatte, mit Diana über alle schöngeistigen Fragen zu diskutieren.

Ein stilles Winkelchen in seiner Seele war seinen Idealen vorbehalten, und dies Winkelchen war so recht Dianas Besitz geworden. Da war sie zu Hause. Und wenn sie oft lange Stunden mit Onkel Hermann allein war, dann suchten sie beide ein Wunderland auf, das Frau Brigittes Fuß nie betrat, das ihren Augen verschlossen blieb. Früher hatte Hermann von

Steinach mit seinem Sohn zuweilen dies Wunderland betreten, und wenn dann die Mutter mit einer praktischen Frage dazwischentrat, lächelten sie und bedauerten die Mutter, daß sie sich nicht mit ihnen über den Alltag erheben konnte.

Jetzt war Diana seine Gefährtin auf solchen Geistesflügen ins Wunderland.

In diesem Wunderland gab es schöngeistige Ideale, da sprach man begeistert von großen Taten berühmter Männer und Frauen, da vertiefte man sich in die Werke, die große Geister ersonnen hatten. Und Dianas Augen hingen dann leuchtend vor Begeisterung an dem Mund ihres geistigen Führers, der ihr die edelsten Lebenswerte erschloß.

Hermann von Steinach war Diana auf diese Weise nicht nur ein treuer Vater, sondern auch ein verständnisvoller Lehrer und Freund geworden. Sie liebte ihn dafür aber auch mit schrankenloser Innigkeit wie die zärtlichste Tochter ihren Vater.

Diana war überhaupt ein Geschöpf mit einem reichen Innenleben. Ihre vornehme Gesinnung zeigte sich bei jeder Gelegenheit. Bescheiden ordnete sie sich Tante Brigitte unter. Sie fand es ganz selbstverständlich, daß diese als die eigentliche Herrin von Dorneck respektiert wurde. Auch wenn sie einmal an die Zukunft dachte, was selten geschah, sah sie sich selbst immer gewissermaßen von ihren Pflegeeltern, die sie Onkel und Tante nannte, abhängig.

Während Friedrich den Braten herumreichte, fragte Diana:

»Bleibst du am Nachmittag daheim, Tante Brigitte, oder mußt du wieder hinaus?«

Die alte Dame schüttelte den Kopf.

»Nein, heute bleibe ich zu Haus. Draußen ist alles in bester Ordnung. Wir sind bald fertig mit der Rübenernte, und nächste Woche kriegen wir auch die letzten Kartoffeln herein, wenn das Wetter so anhält. Solch Septemberwetter haben wir lange nicht gehabt, das Grummet haben wir auch ohne einen Tropfen Regen hereinbekommen. Aber warum fragst du, ob ich daheim bleibe?«

»Weil ich einmal nach Buchenau hinüberreiten möchte. Ich

habe Dora Sanders lange nicht besucht. Und wenn du bei Onkel bleibst, paßt das ganz gut. Ihr habt doch immer nur von Geschäften zu reden, das interessiert mich nicht die Spur.«

»Es sollte dich aber interessieren, handelt es sich doch um deinen Besitz.«

Diana lachte. »Ach, darum brauche ich mich nicht zu kümmern, ihr beide versteht das viel besser als ich. Mach kein strenges Gesicht, Tante Brigitte, so eine tüchtige Gutsfrau wie du werde ich im Leben nicht. Also sag, darf ich nach Buchenau?«

»Natürlich, Diana! Es wird dir guttun, im Freien zu sein. Du gefällst mir schon den ganzen Morgen nicht, schaust so müde und matt aus den Augen«, sagte Herr von Steinach.

»Fühlst du dich nicht wohl, Diana? Ich habe schon bemerkt, daß du nur im Essen herumstocherst«, forschte nun auch Frau Brigitte.

»Ich habe ein wenig Kopfweh, Tante, das will ich mir ausreiten. Gleich nach Tisch breche ich auf. Ich darf doch bis zum Abend in Buchenau bleiben?«

»Vor Dunkelwerden bist du aber wieder zu Hause!«

»Der Reitknecht begleitet mich doch.«

»Gleichviel, im Dunkeln reitest du mir nicht durch den Wald. Wie leicht stürzt du dann mit dem Pferd. Wenn du länger bleiben willst, lasse ich dich im Wagen heimholen.«

»Nein, nein, ich komme schon vor dem Dunkelwerden heim.«

Als sich Diana dann nach Tisch von ihren Pflegeeltern verabschiedete, sagte Frau Brigitte:

»Bestelle Frau Sanders einen Gruß von mir und nächstens käme ich auch mal auf ein Plauderstündchen nach Buchenau.«

»Danke, Tantchen, das will ich bestellen. Frau Sanders wird dann lachend sagen: ›Es wird Zeit, daß Frau von Steinach wieder einmal in Buchenau nach dem Rechten sieht.‹«

Die alte Dame hob die Hand. »Ach, das muß man sagen, es geht da drüben alles wie am Schnürchen. Sanders haben eine Menge Geld in Buchenau investiert, aber nun ist es auch ein mustergültiges Gut. Ich bin wirklich sehr froh, daß unser liebes altes Buchenau in so gute Hände gekommen ist. Herr

Sanders ist ein patenter Landwirt geworden, wenn er auch früher Tapeten fabriziert hat. Da sieht man, mit Lust und Liebe kann man alles.«

Diana gab ihnen die Hand. »Adieu, Tante Brigitte, adieu, Onkel Hermann.«

Der alte Herr strich ihr über die Wangen.

»Adieu, Diana. Amüsiere dich gut.«

»Danke, das will ich besorgen. Dora läßt schon keine Langeweile aufkommen. Und gemütlich ist es in Buchenau immer. Da geht noch etwas von eurem Geist um! Aus allen Winkeln schauen mich dort deine Augen an und mir ist immer, als müßte ich von Tante Brigittes Kommandostimme ein herzhaftes Donnerwetter hören.«

Damit ging Diana lachend fort, um sich für den Ritt umzukleiden. Über Hermanns Gesicht war ein leiser Schatten geglitten. Seine Frau faßte nach seiner Hand.

»Tut es dir noch immer weh, wenn man von Buchenau spricht?« fragte sie leise.

Er schüttelte, schon wieder lächelnd, den Kopf.

»Nicht doch, Brigitte. Bin ich in Dorneck nicht viel besser aufgehoben? Hatten wir in Buchenau nicht ewig Sorgen, daß wir nicht mehr aus und ein wußten? Na ja – einmal hat es mir weh getan, daß ich es hergeben mußte – aber das ist verwunden, wie manches andere auch. Ich freue mich, daß es in guten Händen ist. Es fehlte ja nur an Geld, um es hochzubringen. Weißt du, Brigitte, ich glaube, dir tut es noch mehr weh als mir, daß uns Buchenau verlorenging, oder vielmehr, daß unser Sohn nicht Herr von Buchenau werden kann.«

»Tut dir das nicht auch leid, Hermann?« forschte sie.

Er sah sie mit seinen guten ernsten Augen liebevoll an.

»Ganz ehrlich, Brigitte – nein. Es tut mir nicht leid. Unter den Verhältnissen, unter denen ich das Gut übernahm, hätte ich es meinem Sohn nicht hinterlassen mögen. Und ich hätte es ihm nur unter schlechteren vererben können. Bedenke, wie wir haben kämpfen müssen. Sollte Lothar auch noch seine besten Kräfte an eine aussichtslose Sache verschwenden? Sollte er darben und ringen, wie ich es tat, und doch fühlen, daß es immer rückwärts geht, statt vorwärts? Schließlich hätte er es dann doch aufgeben müssen, wie ich es getan habe. Wünschst du ihm so einen aussichtslosen Kampf, der doch nie zum Sieg führen kann? Nein, nein, Brigitte! Ich hätte Buchenau schon lange aufgeben sollen, es wäre besser gewesen. Aber man denkt ja, man kann so eine Scholle nicht lassen. Lothar kann nun seine Kräfte besser entfalten und wird es weiter bringen im Leben ohne Buchenau. Laß uns nicht mehr einem Besitz nachtrauern, der uns doch im Grunde nie gehört hat, sondern den Gläubigern.«

Sie atmete tief auf. »Du hast recht, Hermann – wie immer! Und hoffentlich lacht unserm Lothar ein anderes Glück draußen in der Welt, das wir ihm in der Heimat nicht bieten konnten.«

Hermann streichelte ihre Hand.

»Um ihn ist mir nicht bange. Er wird sein Schicksal meistern. Lothar ist schon jetzt ein ganzer Mann, trotz seiner Jugend. Nicht wahr, Brigitte – stolz können wir sein auf unseren Jungen?«

Sie nickte, und ein stolzes, zärtliches Leuchten stand in ihren Augen. Wer Brigitte von Steinach so gesehen, hätte nicht daran gezweifelt, daß ein Mann sie von ganzer Seele lieben konnte.

2

DIANA VON DORNECK war durch den Wald nach Buchenau geritten, gefolgt von ihrem Reitknecht. Wider Erwarten hatte sich ihr Kopfweh auf diesem Ritt verstärkt und sie fühlte sich gar nicht wohl.

Das idyllisch mitten im Wald gelegene Herrenhaus von Buchenau gehörte jetzt Karl Sanders, einem ehemaligen Fabrikbesitzer, der sich seit Jahren von seinen Geschäften zurückgezogen hatte, um seine Tage als Gutsherr zu beschließen.

Er hatte immer eine große Vorliebe für das Landleben gehabt, und seine Gattin teilte diese Liebe. Karl Sanders hatte Buchenau damals von Hermann von Steinach gekauft.

Das Ehepaar Sanders besaß eine einzige Tochter, die ihnen erst nach dreizehnjähriger Ehe geschenkt worden war. Karl Sanders zählte jetzt bereits sechzig und seine Frau fünfzig Jahre. Sie waren aber im Herzen beide jung geblieben, ihrem Töchterchen zuliebe, das in Buchenau zu einem reizenden, lebensfrischen Mädel herangeblüht war.

Dora Sanders war in einem Alter mit Diana, und die beiden Mädchen hatten schon als Kinder miteinander gespielt. Dora war oft in Dorneck und Diana oft in Buchenau. Herr und Frau von Steinach hatten mit Doras Eltern gute Freundschaft gehalten und verkehrten nachbarlich ungezwungen miteinander.

Diana war dann auch mit Dora und deren Kusine Susanna Wallner zwei Jahre in einem Genfer Pensionat gewesen, von wo sie Ostern heimgekehrt waren.

Während Dora Sanders sich schon frühzeitig entwickelt hatte und immer ein sehr hübsches Mädchen mit blondem Haar und veilchenblauen Augen war, erschien Diana neben ihr noch viel unentwickelter und unfertiger in der äußeren Erscheinung. Dora war sehr lebhaft und lustig und bildete auch darin einen großen Gegensatz zu Diana, die meist still und ernst war. Aber gerade deshalb ergänzten sie sich sehr glücklich; jedenfalls waren sie innig befreundet.

Im Sommer kam auch meist Susanna Wallner, Frau Sanders Nichte, nach Buchenau, und dann pflegte das Trio sehr vergnügt zu sein.

Als Diana heute in Buchenau eintraf und an der breiten Steintreppe vor dem Portal hielt, kam Dora Sanders mit einem kühnen Satz über die Terrassenbrüstung gesprungen.

»Hallo, Diana! Läßt du dich endlich wieder einmal sehen? Seit einer Ewigkeit warst du nicht in Buchenau«, rief sie lebhaft und vorwurfsvoll zugleich.

»Genau seit sechs Tagen nicht, Dora, du mißt die Ewigkeit aber sehr kurz«, erwiderte Diana, vom Pferd springend und dem Reitknecht die Zügel zuwerfend.

»Mir hat es jedenfalls zu lange gedauert, ich war in der Zeit schon zweimal in Dorneck«, erwiderte Dora, ihren Arm um den der Freundin legend.

»Aber du weißt doch, Dora, daß ich Onkel nicht gern allein lasse, und Tante Brigitte kommt kaum mehr aus dem Sattel – jetzt zur Erntezeit.«

»Ja doch, und deshalb kommen auf einen Besuch von dir immer zwei von mir. Aber nun freue ich mich, daß du wieder mal hier bist. Kommst gerade recht, um Tee mit uns zu trinken. Meine Eltern kommen gleich heraus; komm, wir nehmen inzwischen Platz am Teetisch.«

Sie zog Diana mit sich fort. Diese folgte ihr mit seltsam schweren Gliedern und fiel müde in einen Sessel.

Doras schon recht entwickelte Gestalt sah sehr vorteilhaft aus in dem weißen Leinenkleid mit rotem Gürtel und roter Krawatte. Ihr lachendes Gesicht blühte vor Gesundheit und Frische. Ihre Bewegungen waren rasch und von einer kraftvollen Grazie, gegen die Dianas matte, etwas eckige und unsichere Art unvorteilhaft abstach. An Diana war eben noch alles unentwickelt, unfertig, während Dora schon eine reizende kleine Dame war.

Gleich darauf traten Doras Eltern aus dem Haus und begrüßten Diana herzlich und liebenswürdig.

Während man dann plaudernd beim Tee saß, schauerte Diana einige Male frostig zusammen. Frau Sanders beobachtete sie prüfend und endlich sagte sie, sich zu ihr hinüberbeugend:

»Kindchen – mir scheint, Sie sehen ein wenig fiebrig aus. Ich sah Sie schon einige Male zusammenschauern. Das will mir nicht gefallen.«

Diana rang sich ein mattes Lächeln ab.

»Ja, mir ist auch nicht sehr gut, Mama Sanders«, – so nannte sie die alte Dame seit ihrer Kindheit – »ich hatte schon den ganzen Tag dummes Kopfweh und dachte, es würde besser, wenn ich ausreite. Aber es ist im Gegenteil schlimmer geworden. Und ich friere ganz jämmerlich.«

Dora sah sie erschrocken an.

»Du wirst doch nicht krank werden, Diana? Mach keine Dummheiten, du, das bitte ich mir aus!«

Diana biß die Zähne zusammen. »Es ist wohl nur ein vorübergehendes Unwohlsein«, entgegnete sie matt.

Frau Sanders erhob sich, trat an Dianas Seite und faßte nach ihrer Hand, um den Puls zu fühlen. Sie merkte sofort, daß er im rasenden Tempo ging. Sie strich Diana mütterlich übers Haar.

»Liebes Kind, ich will Ihnen etwas sagen – Sie sind krank und haben hohes Fieber. Keinesfalls leide ich, daß Sie zurückreiten. Ich werde Sie sofort in den Wagen packen und nach Dorneck begleiten. Der Reitknecht kann Ihr Pferd zurückbringen. Sie müssen sofort zu Bett gebracht werden. Lieber Karl, du telefonierst bitte sofort nach der Stadt, daß der Arzt gleich nach Dorneck kommt.«

Dianas Sträuben half nichts. Frau Sanders ließ sofort anspannen und kleidete sich schnell an. Sorglich hüllte sie dann Diana im Wagen in warme Decken und setzte sich zu ihr.

Dora wollte unbedingt mitfahren, aber Frau Sanders litt es nicht.

»Diana darf nicht sprechen und du bist ganz überflüssig, Dora«, sagte sie und schob sie energisch zurück.

Die alte Dame hatte von einigen Scharlachfällen im Dorf gehört und fürchtete, daß Diana an Scharlach erkrankt sei. Da wollte sie ihre Dora, die diese Krankheit noch nicht durchgemacht hatte, einer möglichen Ansteckung nicht aussetzen.

»Diana, werde mir nur nicht ernstlich krank!« rief Dora noch ängstlich in den Wagen hinein.

Die Kranke schüttelte matt lächelnd den Kopf. Der Wagen fuhr davon. Unterwegs schlugen ihr die Zähne vor Frost aufeinander, und ihr Gesicht begann zu glühen, während die Hände sich eiskalt anfühlten.

Frau Sanders redete ihr beruhigend zu, obwohl sie im Innern ernstlich besorgt war. Diana sagte ihr, daß sie schon seit einigen Tagen an Kopfweh gelitten und sich sehr matt gefühlt habe. Sie habe aber daheim nichts gesagt, um Onkel und Tante nicht zu beunruhigen.

Als der Wagen in Dorneck hielt, kam Frau Brigitte erstaunt herbei. Sie sah Frau Sanders aussteigen. Ehe sie aber etwas sagen konnte, hatte diese bereits das Wort ergriffen:

»Meine liebe Frau von Steinach, bitte erschrecken Sie nicht. Diana fühlt sich nicht wohl, deshalb bringe ich sie Ihnen im Wagen zurück. Sie muß wohl gleich zu Bett gebracht werden. Den Arzt habe ich schon rufen lassen.«

Frau Brigitte hob Diana besorgt aus dem Wagen und zog sie zu sich heran.

»Wahrhaftig, Diana, mir scheint, du hast Fieber, du glühst im Gesicht und hast eiskalte Hände. Wie ist denn das so schnell gekommen?«

Diana schüttelte den Kopf, ihr war ganz jämmerlich zumute.

»Ich weiß nicht, Tante Brigitte. Mein Kopf, o mein Kopf!«

Frau von Steinach brachte nun Diana gleich zu Bett, nachdem sie sich bei Frau Sanders herzlich bedankt und diese sich sofort wieder verabschiedet hatte, um nicht zu stören. Sorglicher und aufmerksamer hätte die zärtlichste Mutter nicht mit Diana umgehen können als Tante Brigitte. Jetzt, da Diana krank war, hatte sie ihre Pflicht als Pflegemutter zu erfüllen, und nie hatte sich Brigitte von Steinach einer Pflicht entzogen. Sie war überhaupt am Krankenbett eine ganz andere als im Verkehr mit gesunden Menschen. Da legte sie ihr lautes, derbes Wesen ab wie ein unpassendes Kleid und versuchte sich aufzuopfern wie jede echte Krankenpflegerin.

Als der Arzt bald darauf herbeikam, fand er Diana in ihrem breiten, bequemen Himmelbett, sorglich gebettet und bereits mit einer fieberstillenden Packung versehen. Als er Diana, die er schon als kleines Kind behandelt hatte, untersuchte, machte er wie bei einem Kind einige beruhigende Scherze, zankte ein bißchen über leichtsinniges junges Volk, das sich nicht vor Erkältungen in acht nähme, und deckte die Decke wieder über den zarten Körper.

»Nun müssen wir ein paar Tage im Bett bleiben, kleines Fräulein, da hilft alles nichts«, sagte er jovial.

Tante Brigitte fühlte instinktiv, daß er sich sorgloser stellte als er war und begleitete ihn ins Nebenzimmer.

»Was ist es, Herr Doktor?« fragte sie dort ohne Umschweife.

»Ich fürchte, es ist Scharlach, verehrte, gnädige Frau. Es

sind einzelne Fälle in meiner Praxis aufgetreten, und es ist nicht unmöglich, daß das gnädige Fräulein infiziert wurde. Eine abschließende Diagnose kann ich heute noch nicht stellen.«

Er gab Frau Brigitte genaue Verhaltensmaßregeln und versprach, am nächsten Morgen wiederzukommen.

Eine schwere Zeit begann nun für Dorneck, denn Diana wurde schwer krank und bedurfte der aufmerksamsten Pflege.

Ohne Zweifel war sie an Scharlach erkrankt, aber leider kam der Ausschlag nicht richtig zum Durchbruch und das Fieber war unberechenbar und entwickelte sich nicht, wie es sollte. Der Arzt war in schwerer Sorge. Wenn sich ein tüchtiger Ausschlag eingestellt hätte, wäre es ihm viel lieber gewesen. Die Krankheit schlug nach innen und wurde somit viel bedrohlicher.

Oft hatte Diana so hohes Fieber, daß sie bewußtlos war, und dann fiel es wieder beängstigend, um einige Tage später wieder zu steigen. Bei Dianas zarter Konstitution war das doppelt bedenklich.

Brigitte von Steinach wich kaum von Dianas Bett. Wohl hatte sie es geschehen lassen, daß der Arzt eine Diakonissin nach Dorneck beorderte, denn manchmal mußte sie doch im Haus und Hof nach dem Rechten sehen und sich auch um ihren gelähmten Mann kümmern, der sehr niedergeschlagen war durch Dianas Krankheit. Aber jede Minute, die sie sich abringen konnte, verbrachte sie bei der Kranken, und sie schien keine Ermüdung zu kennen, keinen Schlaf zu brauchen.

Der Arzt hatte ihr nicht verschwiegen, daß Diana in Lebensgefahr schwebe. Und in diesen schreckensvollen Tagen durchlitt die sonst so resolute und energische Frau wahre Höllenqualen. Sie zitterte und bangte um Dianas Leben, denn sie wußte, wenn diese starb, dann waren ihre und ihres Gatten Tage in Dorneck gezählt, dann stand sie mit dem geliebten, hilflosen Mann dem völligen Nichts gegenüber.

Der Vetter von Dianas Vater wartete ja nur auf eine Gelegenheit, sie von Dorneck entfernen zu können. Er würde sie beide erbarmungslos wegjagen, wenn er als Dianas Erbe hier einzog. Was sollte dann aus ihnen werden?

Lothar war gottlob mit seinem Studium fertig, in den nächsten Tagen erwarteten sie ihn in Dorneck. Ehe er nach Übersee ging, wollte er einige Tage in Dorneck bleiben, um von den Eltern Abschied zu nehmen. Er hatte sich für fünf Jahre verpflichtet. Von ihm konnten die Eltern jetzt noch keine Hilfe erwarten.

Reichtümer hatten sie in Dorneck nicht gesammelt. Nicht einen Pfennig mehr als ihm zukam hatte Hermann von Steinach für sich behalten. Als getreuer Verwalter hatte er Dianas Vermögen vermehrt, ohne sich jemals an etwas zu bereichern, was ihm nicht gehörte. Und von dem, was er zu beanspruchen hatte, war ein großer Teil für Lothars Studium draufgegangen. Nur einige tausend Mark hatten sie gespart, aber damit kamen sie nicht weit. Ihr gelähmter Mann, das wußte Brigitte, würde keine andere Stellung annehmen können, und sie selbst – ach – was half es ihr, daß man von allen Seiten ihre Tüchtigkeit pries! Sie war eine Frau, und als solche von vornherein benachteiligt im Lebenskampf. Hilflos würde sie sein mit dem hilflosen Mann . . .

Nicht um sich selbst sorgte sie sich, nur um ihren Mann. Schauer der Angst rannen ihr über den Leib, wenn sie sich ausmalte, daß ihr armer Mann von Dorneck fort mußte. Mit allen Kräften rang sie um Dianas Leben. Und bei diesem Ringen wuchs ihr unversehens das kranke Kind mehr und mehr ans Herz. Sie fühlte, daß es auch ein unersetzlicher Verlust für ihr Herz sein würde, wenn sie Diana verlöre.

Jetzt plagte sie kein eifersüchtiges Gefühl mehr, wenn sie in ihres Mannes trauriges, besorgtes Gesicht sah, als er ängstlich nach Dianas Ergehen fragte. Blaß und still saß sie dann ein Weilchen neben ihm, Hand in Hand mit ihm, und sie tauschten ihre Sorgen und Kümmernisse aus, als sei es ihr eigenes Kind, das da oben krank lag.

Zum Glück war auf den Feldern jetzt Frau Brigittes Anwesenheit nicht mehr nötig, da die Ernte beendet war. Sie hätte auch jetzt, mit der großen Unruhe im Herzen, das Haus nicht verlassen mögen.

Still und sanft war die sonst so laute, rasche Frau geworden; und ihre großen, sonst so kräftig zugreifenden Hände faßten zart und lind zu, wenn sie sich um das kranke Pflegetöchterchen mühte.

Und Diana fühlte instinktiv, daß sich ihr jetzt die Tür zu Tante Brigittes innerstem Wesen erschlossen hatte. Oft blickte sie, wenn sie bei Besinnung war, mit leisem Staunen in das stille Gesicht Tante Brigittes, in deren bange Augen. Wo waren ihre frischen Farben, ihr lautes, derbes Wesen geblieben? Und warum blickten ihre sonst so klaren Augen so bang und trübe?

Diana hätte am liebsten Tante Brigitte immer an ihrem Bett festgehalten. In ihrer Gegenwart fühlte sie sich geborgen, als könne ihr nichts geschehen. Aber sie wußte auch, daß unten Onkel Hermann einsam und verlassen in seinem Rollstuhl saß und daß auf Tante Brigittes Schultern noch tausend Pflichten lasteten.

So hielt sie ihre Bitte, daß die Tante bei ihr bleiben möge, zurück. Sie war gewöhnt, mehr an andere zu denken als an sich, und vor allen Dingen quälte sie der Gedanke an den armen, gelähmten Onkel Hermann, den sie so innig liebte und nach dessen Anblick sie sich so sehr sehnte.

Da sie aber wußte, daß er nicht die Treppe hinauf konnte mit seinem Rollstuhl, so sprach sie nie die Bitte aus, daß er zu ihr kommen möge.

Vor der Diakonissin hatte Diana eine unbestimmte, unklare Furcht. Warum, wußte sie nicht. Die Schwester war sanft und gewissenhaft und ließ es an nichts fehlen, aber wenn Tante Brigitte da war, war es doch etwas anderes. Das unbekümmerte, ruhige und unbewegte Gesicht der Schwester bedrückte Diana.

Sobald sie mit ihr allein war, schloß sie die Augen und stellte sich schlafend, wenn sie nicht in hohem Fieber delirierte.

Eines Tages, Diana lag auch wieder wie schlafend da, trat Sophie leise herein und brachte für die Pflegerin einen Imbiß. Sophie hatte als Kind schon Scharlach gehabt und fürchtete die Ansteckung nicht.

Mitleidig blickte sie nach ihrer jungen Herrin hinüber.

»Schläft das gnädige Fräulein, Schwester Martha?« hörte Diana sie flüstern.

»Ja, Sophie, sie schläft«, antwortete die Schwester.

»Und ist es wahr, was Friedrich vom Doktor gehört hat, daß sie sterben muß?« hörte Diana Sophie weiter fragen.

»Das steht in Gottes Hand, Sophie«, erwiderte die Schwester.

»O Gott, o Gott, wie schrecklich – so jung und schon sterben müssen, das arme, arme gnädige Fräulein«, schluchzte Sophie, während sie hinausging, leise vor sich hin.

Diana lag wie gelähmt, sie vermochte sich nicht zu rühren. Es war, als läge sie in einem schweren, beklemmenden Traum.

Ich muß sterben, dachte sie dabei immerfort.

Und diese Worte bohrten sich in ihr Hirn, immer fester und fester und ließen sie nicht mehr los. Sie wurde unruhig und warf sich hin und her, und als Schwester Martha an ihr Bett trat, öffnete sie die Augen und schrie laut auf vor Entsetzen. Die schwarze Gestalt mit dem unbewegten Gesicht schien ins Riesenhafte zu wachsen vor ihren Augen und sie zu erdrücken.

»Onkel Hermann! Tante Brigitte!« rief sie wie in höchster Not.

Als habe sie Dianas Sehnsucht herbeigezaubert, öffnete sich in diesem Augenblick die Tür zum Krankenzimmer und Tante Brigitte trat ein.

Sie eilte an das Bett. »Was ist dir, mein liebes Kind?« forschte sie besorgt.

Diana streckte die Hände zitternd nach ihr aus.

»Bleib bei mir – auch Onkel Hermann soll kommen«, jammerte sie, in Furcht aufgelöst.

Tante Brigitte streichelte ihr beruhigend die Hände. »Mein liebes Kind, du weißt doch, Onkel Hermann kann nicht heraufkommen zu dir, so gern er möchte. Aber sobald du wohler bist, schaffen wir dich hinunter in sein Zimmer, und dann wird dir Onkel Hermann den ganzen Tag Gesellschaft leisten. Er hat solche Sehnsucht nach seinem lieben kleinen Sonnenschein und jammert über seine Gebrechlichkeit, die ihn hindert, zu dir zu kommen.«

Diana hielt ihre Hand krampfhaft fest. »So schicke doch die schwarze Frau fort«, flüsterte sie furchtsam, »es ist der Todesengel; und ich fürchte mich.«

Frau von Steinach winkte hastig Schwester Martha zu, daß diese sich entfernte. Dianas Augen glänzten im Fieber.

Als die Schwester hinausgegangen war, wurde Diana ruhiger, aber sie hielt Tante Brigittes Hand fest. So dämmerte sie eine lange Zeit vor sich hin, aber ihre Gedanken waren wach und klar. Sie dachte an ihre toten Eltern, und der Gedanke an den Tod schien ihr nicht mehr so schreckhaft, nun sie sich sagte, daß sie jenseits der dunklen Pforte die Eltern wiederfinden würde.

Nach einer langen Zeit schlug sie plötzlich die Augen voll und groß zu Frau von Steinach auf.

»Tante Brigitte – ich muß sterben, nicht wahr?« fragte sie ganz ruhig.

Die alte Dame erschrak bis ins tiefste Herz und barg ihr Gesicht in Dianas Kissen.

»Kind, Kind! Du darfst nicht sterben!« stieß sie bekümmert hervor.

Diana wandte den Blick nicht von ihr, als sie sich aufrichtete und zitternd über die kleinen, blassen Hände der Kranken strich.

»Es würde dir leid tun, Tante Brigitte, nicht wahr?«

Tränen fielen heiß und schwer aus Frau von Steinachs Augen.

»Wie kannst du das fragen, mein liebes Kind? Ich weiß ja erst jetzt, wie lieb ich dich habe, jetzt, da ich um dich bangen muß. Aber denk nicht ans Sterben – du darfst nicht daran denken –, du mußt bei uns bleiben! Was soll aus uns werden – aus Onkel Hermann –, wenn du uns verlassen solltest?«

Diana hatte unruhige Augen. »Was aus euch werden soll? Tante Brigitte – müßt ihr gar am Ende fort von Dorneck, wenn – wenn ich sterben müßte?«

Frau von Steinach seufzte bang. »Ja, mein Kind – dann wären wir heimatlos.«

Dianas Augen weiteten sich vor Schreck. Ihre Hände tasteten unruhig umher. »O nein – nein! Onkel Hermann heimatlos – fort von Dorneck – mit seinen armen, lahmen Beinen! Nein – nein – das darf nicht sein – hilf mir, daß es nicht sein kann«, flehte sie außer sich.

Frau von Steinach streichelte sie zärtlich beruhigend. »Sei ruhig, mein Kind, denke nicht daran, es regt dich auf und schadet dir. Sei ruhig.«

Diana seufzte stöhnend. »Ruhig? Wie kann ich ruhig sein, wenn ich denken muß, daß man Onkel Hermann und dich von Dorneck vertreibt, wenn ich sterbe. – Papas Vetter wird dann Dorneck erben? Das darf nicht sein! Mein Vater wollte es nicht, ich will es auch nicht. Ich will, daß ihr Dorneck erben sollt, ihr und Lothar. Kann ich nicht ein Testament machen, Tante Brigitte?«

Frau von Steinach schüttelte traurig den Kopf. »Das würde Herr von Dorneck, deines Vaters Vetter, sofort anfechten – und man würde uns für Erbschleicher halten. Solch ein Testament wäre auch wohl ungültig. Jetzt sollst du aber ruhen, meine Diana.«

»Ach nein, ach nein! Tante Brigitte, ich werde keine ruhige Minute mehr haben, ich werde immerfort daran denken, daß mein armer Onkel Hermann aus Dorneck getrieben wird. Hilf mir doch, meine Ruhe wiederfinden, gute, liebe Tante! Du bist so klug. Gibt es denn kein Mittel, euch Dorneck zu erhalten?«

Die alte Dame krampfte die Hände zusammen. Mehr als einmal hatte sie in den letzten unruhigen Tagen sich selbst diese Frage vorgelegt. Und nur eine Antwort, einen Ausweg hatte sie gefunden. In ihrem tiefsten Herzenswinkel hatte sie zuweilen einen Wunsch gehegt, dessen Erfüllung zugleich die Lösung dieser Frage barg.

Sollte sie Diana diesen Ausweg aufzeigen?

Fast wider ihren Willen drängten sich die Worte über ihre Lippen:

»Wir sind ja nicht verwandt mit dir, Diana. Der Vetter deines Vaters würde Dorneck erben, wenn du unvermählt sterben würdest. Aber daran wollen wir gar nicht denken.«

»Unvermählt?« sagte Diana leise vor sich hin. Und dann richtete sie sich plötzlich auf. Mit großen Augen sah sie in Brigittes Gesicht und fragte hastig:

»Wenn ich verheiratet wäre – dann erbte mein Mann Dorneck?«

»Ja, Kind.«

Diana faßte ihre Hand, ihre Augen fieberten. »Dann brauchte ich mich ja nur mit Lothar zu verheiraten, um euch Dorneck zu erhalten?«

Frau Brigitte erschrak. Hatte Diana ihre Gedanken erraten? Aber zugleich erwachte wieder der heiße Wunsch nach Rettung. Und heiser vor Erregung antwortete sie:

»Ja, Diana, dann könnte uns niemand mehr von Dorneck jagen. Wir müßten nicht noch einmal heimatlos in die Welt hinaus wie damals aus Buchenau. Und diesmal wäre es tausendfach schlimmer.«

Diana hatte die Augen geschlossen und lag wie leblos. Dann sagte sie leise, wie von jenseits der Bewußtseinsschwelle:

»Dann wäre ich euer Kind wie Lothar, dann hätte ich ein Recht auf eure Liebe, und Lothar wäre wie mein rechter Bruder. Laß mich das bedenken.«

Sie schien in ihrer Herzensunschuld und Reinheit gar nicht zu begreifen, was solch eine Verbindung zu bedeuten hatte. Es erschien ihr auch nicht sehr wichtig. Nur das erschien ihr wichtig, daß Onkel Hermann in Dorneck bleiben konnte. Das Gespräch hatte sie aber sehr angestrengt. Sie schloß matt die Augen und warf sich wieder unruhig umher. Nach einer Weile blickte sie fiebernd und verständnislos umher und bewegte unbewußt die Lippen.

Frau von Steinach seufzte tief. Jetzt machte sie sich Vorwürfe, daß sie sich hatte hinreißen lassen, der Kranken von ihren Sorgen und Ängsten zu sprechen und ihr diesen Ausweg zu zeigen. Angstvoll erneuerte sie die Kompressen auf Dianas Stirn und flößte ihr etwas Limonade ein.

Wieder kam eine schlimme, unruhige Nacht, in der man um das junge, bedrohte Leben bangte.

Am nächsten Vormittag kam ein Telegramm von Lothar. Er teilte seinen Eltern mit, daß er das Examen glänzend bestanden habe und noch am selben Tag in Dorneck eintreffen würde. Er habe auch bereits seinen Auslandsvertrag unterzeichnet.

Seiner Eltern Freude über diese Nachricht wurde sehr beeinträchtigt durch die Sorge um Diana. Zu tief waren sie davon niedergedrückt, denn jede Stunde konnte das zarte Leben verlöschen und sie heimatlos machen.

Frau von Steinach war nur auf ein halbes Stündchen zu ihrem Mann geeilt. Nun schlich sie sich an das Krankenbett zurück.

In den Morgenstunden war die Kranke ruhiger geworden. Der Arzt hatte abermals mit den Schultern gezuckt. Anscheinend steckte in dem zarten Körper doch eine zähe Kraft, sonst wäre wohl längst alles zu Ende gewesen. Das Krankheitsbild war ein so unklares, daß er keine sichere Diagnose stellen konnte. Als Frau von Steinach ans Krankenbett trat, sah Diana ganz klar und ruhig zu ihr hoch.

»Ich möchte mit dir allein sein, Tante Brigitte«, sagte sie leise.

Die Schwester verschwand auf einen Wink der alten Dame, die sich neben das Bett setzte.

»So, mein liebes Kind, nun sind wir allein. Wie fühlst du dich heute?«

»Wie alle Tage, Tante Brigitte – so müde bin ich und kann doch nicht schlafen. Ich muß auch zu viel denken jetzt. Seit gestern geht es mir im Kopf herum, was wir besprochen haben.«

»Kind, denke doch nicht mehr daran – ich bitte dich, vergiß alles, nur nicht, daß du gesund werden mußt.«

Diana bewegte verneinend den Kopf.

»Nein – ich werde nicht mehr gesund – ich muß sterben, das fühle ich – und es mag auch sein. Aber erst muß ich Onkel Hermann in Sicherheit haben. Und all mein Hab und Gut soll Lothar gehören. Du mußt mir helfen, daß es schnell geschieht.«

»Diana – mein liebes, liebes Kind – ach, mein Gott, in welche Versuchung führst du mich?« stöhnte die alte Dame.

Ein schattenhaftes Lächeln huschte über das blasse kindliche Gesicht. »Tante Brigitte – wir beide denken doch nur an Onkel Hermann. Wir lieben ihn so sehr, daß wir alles tun werden, ihm zu helfen, nicht wahr?«

Frau Brigitte preßte die Hände ans Herz. »Ja, mein Kind, ja.«

»Dann hilf mir schnell! Lothar soll ganz schnell nach Dorneck kommen, ich will ihn sehen und sprechen.«

Frau von Steinach atmete tief und schwer.

»Lothar hat vorhin ein Telegramm gesandt. Er hat sein Examen bestanden und wird schon heute nachmittag hier sein.«

Diana sah starr zur Decke empor. »Siehst du, Tante Brigitte, der liebe Gott will es haben, darum schickt er ihn gerade jetzt.«

»Was denn, Kind, was denn?« fragte die alte Dame verwirrt.

Diana sah sie ruhig, fast heiter an. »Daß ich Lothars Frau werde, damit Dorneck ihm gehört – ihm und euch! Und ich will es auch – dann kann euch niemand hier fortschicken.«

Frau von Steinach barg ergriffen das Gesicht in den Händen und weinte.

Diana lächelte. »Nicht weinen, gute, liebe Tante, nun wird noch alles gut, sorg dich nicht mehr um Onkel Hermann. Ich will nicht sterben, ehe alles geschehen ist – und ich werde auch nicht. Und wenn es dann sein muß – ich habe keine Angst davor. Du bleibst bei mir, nicht wahr, laß mich nur nicht mit der schwarzen Frau allein, wenn ich sterben muß.«

»Kind, mein Herzenskind – du zerreißt mir das Herz!«

»Nein, Tantchen – sei doch ruhig. Nicht wahr, du hilfst mir, daß es schnell geht mit Lothar, damit ich meine Ruhe bald finde. Und nun bin ich so müde – so müde.«

Sie schloß die Augen und sprach nicht mehr, wenn sie auch nicht schlief.

Frau von Steinach saß bleich und mit starren Augen an ihrem Lager. Und alles um sie her versank vor der Möglichkeit, die Dianas Worte hatten erstehen lassen. Sie sah einen Ausweg vor sich aus aller Not und Pein, sah für ihren Sohn, für ihren Gatten eine sorglose, gesicherte Zukunft. Da war sie nicht die Natur, die vor Schwierigkeiten zurückschreckte.

Und doppelt wollte sie nun um Dianas Leben ringen, doppelt wollte sie dieses gutherzige Geschöpf hegen und pflegen.

Aber was würde ihr Mann, was Lothar zu diesem Plan sagen?

Sie atmete tief auf. »Ich will das alles erst einmal mit Onkel Hermann besprechen, Kind«, sagte sie leise.

Diana schlug die Augen auf. »Ja – tue das, Tante, und sag ihm, daß er in alles willigen muß, wenn ich ruhig werden soll.«

Frau von Steinach rief die Pflegerin herbei und suchte ihren Gatten auf. Schonend und vorsichtig berichtete sie ihm, was gestern und heute zwischen ihr und Diana besprochen worden war.

Aber Hermann von Steinach wollte nichts von diesem Plan wissen. Er wurde so heftig seiner Frau gegenüber, wie diese ihn noch nie gesehen hatte.

»Ich begreife dich nicht, Brigitte. Du hast da in deiner Angst und Sorge um mich ein großes Unrecht begangen. Ich werde niemals einwilligen«, sagte er zum Schluß.

Seine Frau blieb ganz ruhig. Sie redete ihm gut zu, freilich ohne jedes Resultat.

Nun wartete sie sehnlichst auf Lothar. Die Hauptfrage war ja, wie dieser sich zu der Angelegenheit stellen würde.

3

LOTHAR VON STEINACH traf am Nachmittag in Dorneck ein. Er hatte durch seine Eltern schon von Dianas Krankheit gehört, und auch ihm hatte diese Nachricht sorgenvolle Stunden bereitet. Er wußte ganz genau, wieviel für seine Eltern davon abhing, daß die junge Herrin von Dorneck am Leben blieb.

Lothar von Steinach war ein großer, schlanker Mann von sechsundzwanzig Jahren. Seine Glieder waren sehnig, wie von Stahl, und sein Schritt federnd und elastisch. Er hatte die charakteristischen, rassigen Züge seines Vaters und auch dessen stahlblaue, kluge Augen. Der ausdrucksvolle Mund war von keinem Bart bedeckt. Dieses markante geistvolle Gesicht brauchte keinen Bart, um männlich zu erscheinen.

In Lothar von Steinachs Züge hatte, trotz seiner Jugend, das Leben schon harte Linien gezeichnet. Um seinen Mund lag ein Zug, der von mancherlei Kämpfen und Entbehrungen sprach, und das von der Mutter geerbte, energisch vorspringende Kinn zeugte davon, daß er sich so leicht nicht unterkriegen ließ.

Seine Augen blickten zielbewußt und klar, und die wuchtig vorspringende Stirn schien geschaffen, großzügige Gedanken zu bergen. Er erschien viel älter als er war, und alles in allem war seine Erscheinung eine unbedingt interessante und sympathische.

Die Begrüßung zwischen Sohn und Eltern war sehr innig. Er erkundigte sich sofort nach Dianas Befinden. Die Mutter sagte ihm ohne Umschweife, daß der Arzt das Schlimmste befürchte und daß sie um Dianas Leben bangten.

Lothar erschrak, und mit ernsten Gesichtern saßen sie sich gegenüber. Sobald dann Frau von Steinach kurze Zeit mit ihrem Sohn allein war, zögerte sie nicht mehr, ihm zu berichten, was sie mit Diana besprochen hatte, und daß diese bereit sei, um Onkel Hermann vor dem Schlimmsten zu schützen, Lothar durch eine Verbindung mit ihm zu ihrem Erben zu machen.

»Du weißt nun, mein Sohn, wie du deinem Vater Dorneck als Heimat erhalten kannst. Von mir rede ich nicht, für mich würde ich das nicht fordern, das glaubst du wohl. Aber dein Vater ist es wert, daß du ihm ein Opfer bringst«, sagte sie zum Schluß.

Allein Lothar schreckte vor diesem Plan zurück; wie sein Vater wehrte er sich dagegen.

»Auch ich will meine Person aus dem Spiel lassen, liebe Mutter. Es gäbe kein Opfer, das ich nicht willig brächte, um Vater vor dem Ärgsten zu bewahren, aber an Diana wäre das beinahe ein Verbrechen. Sie ist krank und weiß nicht, was sie tun will. Wir dürfen das nicht ausnützen, wenn wir nicht die Achtung vor uns selbst verlieren wollen.«

So sagte er ruhig und bestimmt.

Frau von Steinach machte eine ungeduldige Bewegung.

»Was soll dann mit deinem Vater werden, wenn Diana stirbt und du fern von uns bist? Bedenke das wohl! Nicht einen Augenblick zögere ich, Dianas großherziges Anerbieten anzunehmen. Sie liebt deinen Vater als sei es ihr eigener, und nur seinetwegen will sie den ungewöhnlichen Schritt tun. Dein

Vater wehrt natürlich auch diese Möglichkeit von sich ab, er will für sich solch ein Opfer nicht annehmen. Aber du und ich – wir würden es nicht für uns tun. Keinerlei Eigennutz ist dabei. Wie sollten wir dann die Achtung vor uns selbst verlieren, wenn wir aus edlen Motiven heraus tun, was wir müssen«, sagte sie eifrig.

Lothar schüttelte den Kopf.

»Das sind Haarspaltereien, Mutter; ich kann nicht! Mein ganzes Gefühl sträubt sich dagegen, das hochherzige Anerbieten dieses Kindes anzunehmen. Sie ist ja noch ein Kind und weiß nicht, was sie tun will.«

Vorläufig sah seine Mutter ein, daß ihre Reden nutzlos sein würden. Sie seufzte.

»Geh jetzt wieder hinüber zum Vater, ich muß zu Diana hinauf. Und gehe mit dir zu Rate, ob du es über dich bringen kannst, durch deine Weigerung uns diesen Ausweg aus Not und Sorge abzuschneiden.«

Damit ließ Frau Brigitte ihren Sohn allein.

Langsam, mit müden Schritten, ging sie die Treppe hinauf. Dann blieb sie plötzlich lauschend stehen. Aus dem Untergeschoß klang eine Unterhaltung zu ihr herauf. Sophie und Friedrich sprachen miteinander. Und sie hörte ganz deutlich, wie Friedrich sagte:

»Sie können es mir glauben, Sophie, der Arzt hat es vorgestern früh zu Schwester Martha gesagt sie wird langsam verlöschen, wenn nicht ein Wunder geschieht und der Ausschlag noch zum Durchbruch kommt. – Und damit war natürlich unser gnädiges Fräulein gemeint. Die Köchin sagte auch, sie hat den Totenwurm schon gehört.«

Einen Moment stieg es heiß in Frau Brigitte hoch. Dann beugte sie sich über das Geländer und wollte ein Donnerwetter über die »Schwatzbasen« loslassen. Aber dann fiel ihr ein, daß ein rauher Laut zu der Kranken hinaufdringen könnte, und sie bezwang sich und ging weiter.

Was half es auch, wenn sie zankte! Die Leute nahmen alle innigen Anteil an Dianas Ergehen. Und daß der Arzt ziemlich hoffnungslos war, hatte er ihr ja auch nicht verschwiegen.

Als sie ins Krankenzimmer trat, sah ihr Diana unruhig entgegen.

»Ist Lothar angekommen, Tante Brigitte?«

»Ja, mein liebes Kind. Schwester Martha – bitte lassen Sie uns allein, ruhen Sie inzwischen ein wenig.«

Die Schwester entfernte sich mit einem Neigen des Kopfes.

Frau von Steinach setzte sich neben die Kranke.

Diana sah sie fragend an, und da Tante Brigitte nichts sagte, sondern nur leise seufzte, fragte sie hastig:

»Hast du mit Lothar gesprochen, du weißt – über das, was wir beraten haben?«

Frau von Steinach nickte. »Ja, Diana – mit ihm und auch mit Onkel Hermann.«

»Nun – und –?«

»Sie wollen beide nicht dareinwilligen.«

»Nicht dareinwilligen?«

»Nein. Sie wollen dies große Opfer nicht von dir annehmen. Sie sagen, es sei ein Unrecht von mir, daß ich das zulassen will.«

Diana faßte ihre Hand. »Laß dich's nicht kümmern, liebe, gute Tante. Ich danke dir von Herzen. So kann ich doch Onkel Hermann für seine Liebe und Güte danken. Sie sollen mich nicht so lange quälen mit ihrem Wenn und Aber.«

»Sei nur ruhig, mein liebes Kind.«

»Nein – dabei kann ich nicht ruhig sein. Liebste Tante – geh, rufe mir sofort Lothar herauf – er hat doch schon Scharlach gehabt, nicht wahr?«

»Ja, Diana.«

»Also gut – er soll sofort zu mir kommen. Und dann laß mich ein Weilchen mit ihm allein.«

Frau von Steinach erhob sich und klingelte. Als Sophie kam, sagte sie ihr, daß sie ihren Sohn rufen möchte.

Lothar folgte diesem Ruf sofort. Seine Mutter erwartete ihn an der Tür und sagte ihm, was Diana wünschte. Sie führte ihn an das Krankenbett; dann ließ sie die beiden jungen Menschen allein und ging in ein Nebenzimmer.

Als Lothar in Dianas schmales, blasses Gesicht sah, erschrak er sehr. Sie schien ihm sehr verändert. Das junge

Mädchen hatte ihm nie viel Interesse eingeflößt, und er hatte nie Zeit gehabt, sich mit ihr zu beschäftigen.

Jetzt betrachtete er sie zum erstenmal sehr aufmerksam, und nun fielen ihm die wunderschönen, großen Augen auf, die mit einem seltsamen Blick zu ihm aufsahen.

Befangen begrüßten sie sich.

»Du wolltest mich sprechen, Diana? Wird es dich nicht zu sehr anstrengen?« fragte er, von Mitleid erfüllt, mit weicher Stimme.

Sie schüttelte den Kopf. »Setz dich nahe zu mir, Lothar, ich kann nicht so laut sprechen.«

Er setzte sich dicht an ihr Bett und sah sie beklommen an. Ihr Gesicht bekam einen hilflos flehenden Ausdruck, der ihn rührte.

»Nun sprich, Diana – aber überanstrenge dich nicht.«

Sie zögerte eine Weile. Dann sagte sie leise: »Ich muß mich kurz fassen, Lothar. Deine Mutter hat dir gesagt, daß wir ein Mittel gefunden haben, Onkel Hermann Dorneck zu erhalten, wenn ich sterben sollte.«

»Du wirst nicht sterben, Diana«, sagte er unbehaglich.

Es zuckte ungeduldig in ihrem Gesicht.

»Doch, ich werde ganz sicher sterben«, sagte sie fast eigensinnig. »Laß bitte kein unnützes Wort zwischen uns fallen.«

Er richtete sich auf. »Also gut, Diana. Ja, meine Mutter hat mir alles gesagt, und ich habe ihr erklärt, daß es mir unmöglich ist, dein großherziges Opfer anzunehmen. Auch mein Vater wird es nicht tun.«

Ihre Stirn rötete sich, und ihre Augen blickten ernst zu ihm auf. »Es ist kein Opfer, was ich bringe. Ich will nur eine Schuld der Dankbarkeit abtragen. Darf ich das tun, dann wird mir leichter werden ums Herz. Einem Sterbenden soll man keinen Wunsch versagen, Lothar. Ich kann nicht ruhig sterben, ehe ich nicht für Onkel Hermann gesorgt habe. Du darfst nicht an dich denken, sondern nur an deinen Vater. Bedenke doch seine hilflose Lage! Willst du, sein Sohn, weniger für ihn tun als ich? Du wärst ein schlechter Sohn, wolltest du den Vater nicht vor Elend schützen. Laß mich nicht so lange reden – tu mir den Willen! Es ist ja nur eine Formsache. Wir wollen unsere Hände nur ineinanderlegen, damit du mein rechtmäßiger Erbe wirst.«

Er strich sich über die Stirn, und in seinem Gesicht zuckte es seltsam.

»Diana, du weißt nicht, was du von mir forderst. Das kann ich nicht annehmen.«

Sie machte eine matte, abwehrende Bewegung. »Du brauchst ja nichts für dich anzunehmen, wenn du zu stolz bist. Du kannst ruhig nach Afrika gehen, sobald die Angelegenheit geordnet ist. Deine Eltern bleiben dann bis an ihr Lebensende in Dorneck. Und willst du es später nicht für dich behalten, dann tue damit, was du willst; stifte es den Armen oder überlege dir sonst eine Verwendung. Für dich kannst du ja verzichten, aber nicht für deinen armen Vater.«

Er stützte seufzend den Kopf in die Hand und sah sie ernst an.

»Wie klug du deine Worte wählst, Diana – und wie großherzig du bist. Wahrlich, es könnte mir kleinlich erscheinen, daß ich mich sträube. Aber du vergißt eins – du hast nicht bedacht, was geschehen würde, wenn du, wie ich hoffe und sehnlichst wünsche, gesund wirst! Dann wärest du an mich gebunden und würdest wohl eines Tages bereuen, dich geopfert zu haben. Du würdest dich sehnen, frei zu sein von der Fessel, die du dir selbst übergeworfen hast. Das muß ich für dich bedenken. Du bist noch jung und weißt nicht, was du tun willst.«

Sie atmete schwer. »Laß nur – ich weiß es. Mich hält nur die Angst um Onkel Hermann noch am Leben – und mein fester Wille, nicht zu sterben, ehe ich ihn versorgt weiß. Denk doch nicht an mich, nur an ihn, deinen Vater.«

»Trotzdem mußt du bedenken, daß du auch wieder gesund werden kannst.«

Sie wehrte nervös ab. »Mein Gott, dann lassen wir uns wieder scheiden, wenn du nach Jahren aus Übersee zurückkehrst, das ist doch ganz einfach«, sagte sie in kindlicher Ungeduld.

Er mußte lächeln über den naiven Ton. »Kind – Kind – du bist wirklich noch ein Kind und übersiehst nicht alles mit klaren Augen.«

Sie schloß die Augen und seufzte.

Er sah erschüttert und bis ins Innerste bewegt auf sie herab. Nach einer Weile sagte er leise:

»Diana – ich kann dich nur schrankenlos bewundern. Und ich möchte mich nicht kleinlicher zeigen, als du selbst es bist. Aber wenn ich auch einwilligen wollte, mein Vater würde es nicht tun. Und er ist dein Vormund.«

»So muß ich selbst mit ihm sprechen. Bitte, sorge dafür, daß dein Vater heraufgebracht wird. Ich will und muß mir seine Einwilligung erringen.« Dabei blieb sie mit dem Eigensinn der Kranken.

Man brachte den alten Herrn noch an demselben Tag an Dianas Bett.

Zuerst verweigerte er rundweg seine Einwilligung. Jedoch Diana ließ nicht nach mit Bitten und schalt ihn hart und unbeugsam. Als alles umsonst war, warf sich Diana weinend in die Kissen zurück und rief jammernd:

»So wirst du mich um alle Ruhe bringen, Onkel Hermann! Wie kann ich gesund werden mit dieser Angst um dich im Herzen. Wie grausam kannst du sein, wie stolz und hochmütig. Ach, wenn du mich wahrhaft liebhättest, würdest du mich nicht so quälen!«

Und sie weinte und war voll Unruhe und Jammer, daß man froh war, als der Arzt kam.

Dieser verlangte ganz ernstlich, man solle der Patientin auf jeden Fall Ruhe verschaffen.

Hermann von Steinach sah sich von allen Seiten bedrängt und überstimmt. Selbst sein Sohn redete ihm zu, seine Einwilligung zu geben. Und in der Sorge um Dianas Leben gab er schließlich, wenn auch widerstrebend, nach.

Es wurden nun eiligst alle Vorbereitungen getroffen.

Auch der Notar wurde herbeigerufen, der das Testament der künftigen jungen Frau von Steinach aufsetzen und den Ehekontrakt niederschreiben sollte.

Diana wollte ganz sichergehen, daß niemand Lothar sein Erbe streitig machen konnte.

Onkel Hermann blieb nun gleich in der ersten Etage, damit er soviel als möglich bei seiner kleinen Diana sein konnte.

Als alle Schwierigkeiten beseitigt waren, atmete Diana wie erlöst auf. Aber sie fühlte sich nun auch am Ende ihrer Kraft und dämmerte den ganzen Tag vor sich hin.

Meist lag sie reglos, mit geschlossenen Augen, und fragte nur zuweilen ungeduldig, ob es noch immer nicht soweit sei, daß die Trauung vollzogen werden könnte.

Es war an einem trüben, regnerischen Herbsttag. Der Wind rüttelte an den Mauern von Dorneck und trieb den Regen klatschend ans Fenster.

Von Buchenau hatten Dora Sanders und ihre Eltern, die täglich nach Dorneck einen Boten geschickt hatten, um sich nach Dianas Befinden zu erkundigen, ein Arrangement der herrlichsten Blumen und herzliche Glückwünsche für das junge Paar herübergesandt. Frau Brigitte war auf eine Stunde in Buchenau gewesen und hatte Doras Eltern erklärt, wie es gekommen war, daß zwischen Diana und Lothar ein Ehebündnis geschlossen werden sollte.

Es war ihr ein Bedürfnis, sich vor diesen befreundeten Menschen zu rechtfertigen. Und man versagte ihr die herzlichste Teilnahme nicht, wußten Sanders doch, daß Herr von Steinach und seine Frau ehrenhafte, rechtschaffene Menschen waren.

Nun war die Stunde der Trauung gekommen.

Man hatte ein weißgedecktes Tischchen an Dianas Bett gerückt. Ein Myrtenstrauß, von Dora gesandt, stand darauf, als einziges Zeichen, daß hier eine Trauung stattfand.

Tante Brigitte hatte, Tränen der Rührung bekämpfend, das junge Mädchen liebevoll aufgerichtet und mit Kissen unterstützt. Ein feines, gesticktes Nachthemd umhüllte die zarten, kraftlosen Glieder, und die schweren kastanienbraunen Flechten lagen über der Schulter.

Keinerlei Äußerlichkeiten verrieten, daß dies blasse Geschöpf eine Braut sei. Diana hatte allen Schmuck abgewehrt und auch das Myrtensträußchen auf dem Tisch nur geduldet, weil es von Dora geschickt worden war.

Nun lag sie blaß und schmal mit überirdisch glänzenden Augen da und sah den Personen entgegen, die der heiligen Handlung beiwohnen mußten.

Onkel Hermanns Stuhl rollte herein, neben ihm schritt Lothar von Steinach. Er trug einen schwarzen Anzug und sah kaum weniger bleich aus als seine junge Braut.

Das Paar unterzeichnete die Urkunden. Nun wurde erst die gesetzliche, dann die kirchliche Trauung vollzogen. Der alte Dorfpastor sprach nur wenige schlichte Worte und legte die schmale Kinderhand in die warme, kraftvolle Rechte Lothars.

Hermann von Steinach biß die Zähne aufeinander und sah mit starren Augen auf das ungleiche Paar. Das zarte, kraftlose Kind und die stolze, aufrechte Männergestalt in blühender Jugendkraft – welch ein Kontrast! Dem alten Herrn war noch im letzten Augenblick zumute, als müsse er die beiden auseinanderreißen, als dürfe er diese Zeremonie nicht dulden.

»Bis der Tod euch scheide«, sagte der alte Pastor.

Da fühlte Lothar, wie die schmale Hand in der seinen zuckte und wie ein Schauer über den zarten Körper flog. Diana erschauerte bei dem Gedanken, daß der Tod dieses Band nur zu bald zerreißen würde.

Ihre Augen blickten in Angst und Not in Lothars Gesicht. Der schloß warm und fest seine Hand um die ihre, als wollte er sie schützen und trösten.

Sie atmete tief auf, und die wundersamen großen Kinderaugen leuchteten in seltsamem Glanz. Ein zartes Rot stieg in die blassen Wangen, und die Angst wich aus ihrem Herzen. Es war, als ginge ein warmer, stärkender Strom aus der lebensfrischen Männerhand in die ihre über.

Nun war es geschehen. Der Pastor trat zurück, und nun legte der Notar, der mit dem Arzt als Trauzeuge fungiert hatte, Diana das bereits vorgefertigte Testament zur Unterschrift vor. Mühsam, aber mit fester Hand unterzeichnete es Diana und sank dann mit einem befreiten Aufatmen in die Kissen zurück.

»Nun ist alles gut«, sagte sie, lächelnd und liebevoll in Onkel Hermanns erregt zuckendes Gesicht sehend.

Lothar ergriff noch einmal Dianas Hand und preßte seine Lippen darauf.

»Möge es dich nie gereuen, Diana!« sagte er, heiser vor Erregung.

Sie lächelte zu ihm auf.

»Niemals! Sei unbesorgt. Ich danke dir, daß du meinen Wunsch erfüllt hast.«

»Ach, Diana – hier gibt es nur einen Menschen, dem wir alle zu danken haben – das bist du.«

Der Arzt bat nun alle, aus dem Zimmer zu gehen, und verlangte unbedingte Ruhe für seine Patientin. Nur Frau Brigitte durfte bleiben. Die alte Dame hatte die Tränen nicht zurückhalten können, als die Entscheidung fiel. Nun war ihres Gatten Geschick für immer in sichere, friedliche Bahnen gelenkt. Und das hatte sie Diana zu danken.

Ein heißes, inniges Gefühl für das junge Geschöpf erfüllte ihr ganzes Wesen. Als der Arzt sich entfernt hatte, sank die große, starke Frau an Dianas Bett in die Knie, drückte ihre Lippen auf ihre Hand und sagte leise, halb erstickt vor Erregung:

»Gott lohne es dir, mein geliebtes Kind.«

Und sie sah Diana an mit dem weichen, innigen Blick, den sie sonst nur für Gatten und Sohn hatte.

Diana sah in die leuchtenden grauen Augen, die sie so innig anstrahlten. Sie legte ihren Arm mit matter Bewegung um den Hals der alten Dame und sagte lächelnd:

»Mutter – nun bist du meine Mutter – bis ich zu meiner echten Mutter gehen werde.«

»Bleibe bei uns, mein Kind, mein teures, geliebtes Kind, bleibe bei uns«, flüsterte Frau Brigitte.

Diana schloß lächelnd die Augen. Und dann lag sie lange reglos, wie in halber Ohnmacht.

Als aber einige Stunden später der Arzt noch einmal nach ihr sah – er hatte mit den andern Herren im Speisesaal diniert und noch allerlei zu besprechen gehabt –, da sah er, daß sich abermals Fieber eingestellt hatte, und zwar war die Temperatur so rapid gestiegen, daß er nur wieder den Kopf schütteln mußte.

»Ich werde doch lieber bis zum Abend bleiben«, sagte er zu Frau von Steinach.

Das Fieber stieg höher und höher. Diana war bewußtlos und warf sich unruhig hin und her. Der Arzt telefonierte nach

Hause und meldete, daß er auch die Nacht über in Dorneck bleiben würde.

Es wurde eine furchtbare Nacht. Draußen tobte ein Sturm. Er riß Zweige und morsche Bäume nieder und riß wild an den Fensterläden, als suche er Einlaß in das Haus, in dem ein junges Leben mit dem Tod kämpfte.

Diana schrie zuweilen auf und stieß leise wimmernde Töne aus, die Frau Brigitte ins Herz schnitten. Weder sie noch Lothar und sein Vater gingen in dieser Nacht zu Bett. Lothar stand in einem der Nebenzimmer am Fenster und starrte hinaus in die stürmische Nacht. Sein Vater saß im Rollstuhl hinter ihm. Sie waren allein.

Lothar konnte sich nicht losreißen von dem Gedanken an das junge Geschöpf, das er rückhaltlos bewundern mußte und das nun, eine Beute rasenden Fiebers, da drüben lag auf seinem Schmerzenslager. Er fühlte sich bedrückt und unfrei. Nun war er Dianas Gatte, nach Recht und Gesetz, und es war ihm, als habe er nun teil an ihr, als gehöre sie jetzt unlösbar zu ihm.

Was war das für ein seltsames, wunderbares Geschöpf? Den sicheren Tod vor Augen, zwang sie sich ein so unerhörtes Opfer auf, um einen Menschen, den sie liebte, vor Not und Sorge zu bewahren. Welch reiche Liebeskraft lag in diesem kindlichen Wesen! Welch edles Herz wollte diese tückische Krankheit zerstören!

Wie sie lächelnd ihren ganzen, reichen Besitz verschenkt hatte! Und wie klug sie ihre Sache geführt und seine und des Vaters Bedenken zerstreut hatte! Wahrlich – diese kleine Diana, die er bisher kaum beachtet hatte, war eine Heldin, ein großherziges, edles Geschöpf.

Und dann mußte er wieder daran denken, wie sie zusammengeschauert war und ihn angstvoll angeblickt hatte, als der Pastor sagte: ». . . bis daß der Tod euch scheide.«

»Lothar!« rief in diesem Augenblick sein Vater.

Er wandte sich um. Vater und Sohn sahen sich eine Weile stumm an. Dann reichte Hermann von Steinach seinem Sohn die Hand.

»Du hast es für mich getan, mein Sohn. Ich weiß, daß dich

sonst keine Macht der Erde hätte zu diesem Schritt bewegen können. Du brauchst dich nicht niederdrücken zu lassen. Aber ich – wie ein Erbschleicher komme ich mir vor! Es wäre einfacher gewesen, ich hätte euch allen die Sorge um mich mit einem Pistolenschuß aus dem Weg geräumt.«

Die letzten Worte klangen sehr bitter.

»Vater – wie kannst du so sprechen! Das ist nicht dein Ernst . . .«

»Was liegt an mir hilflosem Krüppel?« beharrte der alte Herr düster.

Lothar faßte seine Hand und drückte sie stumm an seine Lippen. Lange sahen sie sich an. Und dann vermochte Lothar zu lächeln.

»Unser Gewissen ist frei, mein lieber Vater. Es galt, Diana zu beruhigen. Und es ist noch immer in unsere Hand gegeben, uns nicht an ihrem Besitz zu bereichern. Laß uns erst die Entscheidung abwarten. Und denk' auch ein wenig an die Mutter. Sie hat es verdient, daß ihr die Sorge um die Zukunft abgenommen wurde. Ich kann nun wenigstens in Ruhe abreisen und meinen Posten antreten. Was später wird, das soll das Schicksal entscheiden.«

Der alte Herr drückte seine Hand.

»Wir verstehen uns, mein Sohn – Dorneck kann uns nur anvertrautes Gut sein.«

»Ja, Vater.«

Der atmete auf.

»Dann will ich ruhig sein. Aber noch eins: Was soll werden, wenn Diana, wie ich innig wünsche, wieder gesund wird?«

Lothar strich sich über das dunkle Haar, das, im Nacken kurz geschnitten, über die Stirn leicht auseinanderfallend, einen seitlichen Scheitel bildete.

»Diana sagte mir, daß wir in diesem Falle, wenn ich aus Afrika zurückkehre, das Band wieder lösen können. Darüber soll sie dann später selbst entscheiden. Sie wird frei sein, sobald sie es will – ich aber halte mich für gebunden.«

»Wäre es nicht besser, Lothar, du verzögertest deine Abreise, bis sich die Verhältnisse hier völlig geklärt haben?«

»Daran habe ich auch schon gedacht, Vater. Aber mein Vertrag bindet mich. Ich müßte eine Konventionalstrafe zahlen, wenn ich nicht pünktlich eintreffe. Und soviel Geld besitze ich nicht. Von Dianas Vermögen betrachte ich nicht einen Pfennig als mir gehörig. Zudem drängt es mich, meine Arbeit zu beginnen. Und schließlich bin ich hier, mag die Entscheidung fallen wie sie will, überflüssig. Wird Diana, wie ich innig wünsche, gesund, so wird sie meine Gegenwart nur bedrücken. Sie soll nicht an die Fessel erinnert werden, die sie sich freiwillig auflegte. Sie soll dann Zeit haben, mit sich ins klare zu kommen. Es bleibt dabei – ich reise zur bestimmten Zeit.«

Als der Morgen zu tagen begann, kam Frau Brigitte auf eine Viertelstunde herüber. Friedrich servierte starken Kaffee, der die gesunkenen Lebensgeister wieder auffrischen sollte.

Frau von Steinach hatte auch den Arzt herübergebeten, der eben, als sie das Krankenzimmer verlassen hatte, dort eingetreten war.

Bald nach ihr kam er nun auch herüber, und er schien erregt.

»Meine Herrschaften – es ist seltsam mit unserer Patientin. Soeben habe ich bemerkt, daß sich nun doch überraschenderweise noch ein starker Ausschlag eingestellt hat.«

Alle drei sahen ihn erwartungsvoll an.

»Ist das ein gutes Zeichen, Herr Doktor?« fragte Brigitte von Steinach hastig.

»Fieber und Ausschlag sind bei dieser Krankheit die stärksten Heilfaktoren, sie befördern den Krankheitsstoff aus dem Körper. Ob aber unsere stark geschwächte Patientin diesen erneuten Ansturm aushalten wird – das müssen wir abwarten. Ihre Konstitution ist allerdings bei aller Zartheit sehr zäh. Man muß oft staunen, was derartige Naturen aushalten. Und so wollen wir es auf alle Fälle als ein gutes Zeichen betrachten, daß der Körper sich selbst helfen will. Schwere Tage stehen Ihnen aber jedenfalls noch bevor, und ich muß Sie bitten, verehrte gnädige Frau, haushälterisch mit Ihren Kräften umzugehen.«

4

Der Arzt hatte recht. Es kamen sehr schwere Tage. Noch ehe die Entscheidung über Leben und Sterben fiel, mußte Lothar abreisen.

Dianas Zustand schien sich abermals bedenklich verschlimmert zu haben. Aber jetzt kam wenigstens die heimtückisch schleichende Krankheit zum offenen Ausbruch, und man konnte ihr mit allen Mitteln zu Leibe gehen.

Lothar konnte nicht von Diana Abschied nehmen. Als er ein letztes Mal an ihr Lager trat, lag sie im Fieberdelirium und erkannte ihn nicht. Er küßte nur stumm ihre heiße, zukkende Hand und wandte sich dann trüben Blickes zum Gehen. Daß da seine junge Frau vor ihm lag, daran vermochte er gar nicht zu denken. Er sah nur das hilflose, kranke Kind in ihr, dem er gern etwas von seiner eigenen Lebenskraft abgegeben hätte, um es zu retten.

Sein Abschied von den Eltern war kurz und schmerzlich. Die Mutter konnte sich nur auf Minuten vom Krankenbett fortstehlen. Sie pflegte Diana mit bewundernswerter Hingabe.

Aufschluchzend schloß sie den geliebten Sohn in die Arme und küßte ihn mit schmerzlicher Innigkeit. Vier lange Jahre sollte sie ihn nicht wiedersehen, und eine Welt lag in dieser Zeit trennend zwischen ihnen. Vater und Sohn sahen sich stumm in die Augen und drückten sich die Hände. Wer konnte wissen, ob es nicht ein Abschied für ewig war?

In der Sorge um Diana verblaßte bei Lothars Eltern der Trennungsschmerz um den Sohn. Brigitte von Steinach rang mit Dianas Krankheit, Tag und Nacht, als gelte es, ihr das eigene geliebte Kind zu entreißen. Nur auf kurze Stunden gönnte sie sich die notwendigste Ruhe, und dann saß Onkel Hermann in seinem Rollstuhl neben Dianas Bett, damit sie nie allein war mit der Krankenschwester, die zwar sehr gewissenhaft war, aber deren schwarzes Kleid Diana ängstigte.

Vor Abgang seines Schiffes hatte Lothar noch ein Telegramm geschickt mit einem letzten Lebewohl und Genesungswünschen für Diana.

Diese lag tagelang im wilden Fieber, und ihr ganzer Körper schien eine einzige rote Fläche zu sein, so stark war der Scharlachausschlag.

Sie redete zusammenhangloses Zeug durcheinander, lachte und jammerte und schrie dann zuweilen in jäher Angst laut auf.

Onkel Hermann und Tante Brigitte rief sie zu Hilfe gegen unbekannte Gefahren, und dann kam Lothars Name einige Male dazwischen. »Bis daß der Tod euch scheide«, sagte sie einmal ganz feierlich, und danach rief sie angstvoll: »Lothar, gib mir deine Hand, sie ist so warm und stark – hilf mir doch!«

Und dann jammerte sie wieder auf: »Onkel Hermann – oh, deine armen Beine – deine armen Beine . . .«

So schlug sie sich im Fieberdelirium mit ihrer Herzensnot herum. Auch die Angst vor dem Tod folterte sie.

»Laß mich nicht sterben, Tante Brigitte, du bist stark, laß mich nicht sterben«, wimmerte sie und krampfte ihre Hände in die Decke.

Ach, Tante Brigitte und Onkel Hermann litten schwere Qualen bei dieser Not des armen Kindes. Immer inniger wuchs ihnen dabei Diana ans Herz.

Dann kam wieder eine Nacht, wo niemand zu Bett gehen mochte. Diesmal war in der Natur Frieden. Der Mond stand in voller klarer Scheibe über dem Park, und kein Lüftchen schien sich zu regen.

Wieder war der Arzt diese Nacht in Dorneck geblieben, weil er wußte, daß die Entscheidung bevorstand. In den letzten Nachtstunden wich auch er nicht von Dianas Bett und beobachtete die Patientin aufmerksam.

Gegen drei Uhr schrie Diana plötzlich laut auf und legte sich dann, leise wimmernd, auf die Seite. Hermann und Brigitte Steinach zuckten zusammen und faßten sich krampfhaft bei den Händen.

Der Arzt hatte sich erhoben und beugte sich lauschend über die Kranke. Lange verharrte er so, und das Ehepaar hielt den Atem an, als könnte damit die Entscheidung aufgehalten werden. Endlich richtete sich der Arzt langsam auf und faßte ganz zart nach Dianas Puls. Und da glitt ein Lächeln über sein Gesicht, und ein tiefer Atemzug hob seine Brust.

Er trat vor das Ehepaar hin und drückte beiden die Hand.

»Sie schläft«, flüsterte er, als habe er eine frohe Botschaft zu künden.

Es war auch eine gute Botschaft. Von dieser Stunde an war die Macht des Fiebers gebrochen, und Diana konnte als gerettet betrachtet werden.

Heiße Gebete stiegen aus zwei besorgten und nun so dankbaren Herzen zum Himmel empor.

Diana schlief ununterbrochen, tief und fest, bis zum nächsten Mittag, und dann wieder nach einer kurzen Pause, in der man ihr stärkende Mittel reichte, Tag und Nacht bis zum nächsten Morgen.

Es war totenstill im Haus, man schlich auf den Zehenspitzen umher, um den Genesungsschlaf der jungen Herrin von Dorneck nicht zu unterbrechen.

Als sie dann am anderen Morgen erwachte, sah sie verträumt in Frau von Steinachs Gesicht.

»Mich hungert, Tante Brigitte«, sagte sie leise, mit einem schwachen Lächeln.

Die alte Dame hätte fast aufgeschrien vor Freude. Es war das erstemal seit Dianas Erkrankung, daß diese Nahrung verlangte.

Der Arzt hatte angeordnet, was man in diesem Fall der Kranken reichen durfte, denn noch war die größte Vorsicht geboten.

Mit der zärtlichsten Fürsorge und einem glücklichen Lächeln flößte Tante Brigitte ihrem Pflegling etwas flüssige Nahrung ein, die Diana sichtlich mit Appetit nahm.

Gleich darauf schlief sie wieder ein. So ging es nun mehrere Tage. Diana schlief viel und erwachte nur immer auf kurze Zeit, um Nahrung zu sich zu nehmen.

So ging es langsam, aber stetig der Genesung entgegen.

Aber der zarte Körper brauchte Monate, um sich zu erholen. Nur langsam kam Diana wieder zu Kräften. Der ganze Winter verging, ehe sie imstande war, sich von ihrem Lager zu erheben. Als aber dann die warme Frühlingssonne durch die Fenster schien und Tante Brigitte ihr geliebtes Pflegekind in die Sonne rückte und die Fenster öffnete, da verlangte Diana sehnsüchtig hinaus ins Freie. Tante Brigitte trug sie am nächsten Tag selbst, wie ein Kind, auf ihren starken Armen hinunter auf die sonnige, windgeschützte Veranda. Dort wurde sie vorläufig in einem Liegestuhl bequem und warm gebettet. Und nun wurde auch Onkel Hermann heruntergebracht. Man stellte seinen Stuhl neben Diana, und sie sahen sich beide lächelnd in die Augen und hielten sich bei den Händen. Wie schön war es doch hier draußen im goldigen Licht nach langer, dunkler Kerkerhaft!

Tante Brigitte strahlte auch über das ganze Gesicht und nahm nun langsam ihre Ritte auf Trumpf wieder auf, um draußen nach dem Rechten zu sehen.

Diana und Onkel Hermann machten wieder gemeinsame Ausflüge in ihr Wunderland und empfanden alles Schöne doppelt intensiv.

Jetzt kam auch Dora Sanders oft von Buchenau herüber, zuweilen allein, zuweilen mit Vater und Mutter.

Doras Frohsinn und Übermut übten einen wohltätigen Einfluß auf Diana aus. Und wenn diese dann leise über Doras Späße lachte, freuten sich ihre Pflegeeltern, als hätte ihnen jemand ein kostbares Geschenk gemacht.

Eines Tages sagte Diana mit einem leisen Schelmenlächeln: »Tante Brigitte, wenn ich wieder ganz gesund und kräftig werden soll, dann muß ich auch deine regelrechten Donnerwetter wieder hören. Du nimmst dich in meiner Gegenwart immer so schrecklich zusammen, daß ich mir selbst noch schonungsbedürftig vorkomme. Trumpfe erst nur wieder gehörig auf mit Ach und Krach – ich glaube, das frischt mich auf.«

Das ließ sich Frau Brigitte nicht zweimal sagen; denn es wurde ihr herzlich sauer, sich zusammenzunehmen. Sie lachte froh und sagte vergnügt: »Das sollst du haben, mein Goldkind. Wenn dir das fehlt, dann kann dir geholfen werden.«

Und noch an demselben Tag konnte Diana ein geharnischtes Donnerwetter hören, das Tante Brigitte über ein paar

Arbeiter losließ, die den Rasen auf dem großen Platz zwischen Haus und Park nicht so in Ordnung gebracht hatten, wie es Frau Brigitte angeordnet hatte. Onkel Hermann und Diana hörten von der Veranda aus ihren Kraftausdrücken mit Vergnügen zu und sahen sich lachend an.

»Gelt, Diana, das erfrischt?« fragte der alte Herr.

Sie nickte aufatmend. »Ja, Gott sei Dank! Das hat mir gefehlt, als sei es etwas Gutes.«

»Ist es auch, meine Diana. Gewitter reinigen die Luft. Der liebe Gott weiß schon, wozu er die Menschen so verschieden geschaffen hat, daß der eine wie Sonnenschein, der andere wie Gewitter wirkt. Du bist mein Sonnenschein, Tante Brigitte sorgt für Gewitter. Und so recht herzhaft wohl ist mir nur, wenn ich sie kräftig losdonnern höre.«

Diana nickte. Und dann warf sie die warmen Decken von sich und erhob sich zum erstenmal freiwillig.

»Jetzt will ich Tante Brigitte auch eine Freude machen«, sagte sie lächelnd und schritt langsam die Verandastufen hinab und über den Rasenplatz auf Frau von Steinach zu. Die kam erfreut und doch erschrocken auf sie zugelaufen.

»Goldkind – nur nicht gleich zu kühn! Ach, wie ich mich freue, daß du wieder laufen kannst. Komm, stütz dich auf mich.«

Und sorglich führte sie Diana ein Weilchen auf und ab im Sonnenschein.

Diana lebte nun sichtlich auf in der stärkenden frischen Luft. Sie mußte so viel wie möglich im Freien sein, entweder in der Sonne liegen oder ein wenig spazierengehen, nur so lange, daß sie sich nicht übermüdete.

Tante Brigitte sorgte für stärkende, zweckentsprechende Nahrung und konnte sich nicht genug tun, Diana »herauszufüttern«.

Die braunen Augen begannen lebensfroh zu strahlen, und die goldenen Lichter darin leuchteten warm und sonnig in neuerwachter Lebenslust und Lebensfreude.

Größer schien sie geworden zu sein, und die hageren Glieder hatten sich gerundet. Eine liebreizende, blühende junge Frau war aus dem eckigen, blassen Backfisch geworden.

Tante Brigitte aber war stolz auf dieses Wunder. Sie hatte auch ein Recht darauf, denn sorgsamer und wohlbedachter konnte kein Mensch gepflegt werden, als die vom Tod erstandene junge Herrin von Dorneck.

Lothar hatte von seinen Eltern fleißig Nachricht erhalten über Dianas Befinden. Als er dann eines Tages einen Brief in den Händen hielt, in dem ihm der Vater meldete, daß Diana wieder ganz gesund sei und sichtlich aufblühte, betrachtete er sinnend die festen, charakteristischen Schriftzüge des Vaters.

Er hatte inzwischen in Afrika seine Tage in harter Arbeit verbracht. Auf allen Komfort, auf alle Bequemlichkeit mußte er verzichten. Provisorisch und nur mit dem Nötigsten ausgestattet war der kahle Raum, in dem er lebte. Draußen lag eine öde Gegend vor ihm. Kurzes, kärgliches Gestrüpp, Sand und Steine, kein Baum und Strauch ringsum. Wie sehnte er sich oft nach dem schönen deutschen Wald, der gerade in seiner Heimat so herrlich wuchs.

Aber er war ein hartes Leben gewöhnt und ließ sich nicht niederdrücken. Seine Arbeit schaffte ihm Befriedigung, und es fehlte ihm wenigstens nicht am Umgang mit einigen gebildeten Menschen.

Natürlich beschäftigte ihn auch die Frage, wie sich seine unter so seltsamen Umständen geschlossene Ehe gestalten würde und wie Diana jetzt, da sie gesund war, darüber dachte.

Wie Lothar, so erging es auch Diana. Auch sie beschäftigte sich, seit sie gesund war, viel mit der Frage, was später aus ihrer Ehe werden sollte. Es war ihr ein unklares, bängliches Gefühl, wenn sie jemand mit »Gnädige Frau« anredete.

Eines Tages – der Sommer war schon wieder seinem Ende nahe – saß Diana mit Onkel Hermann und Tante Brigitte beim Frühstück auf der Veranda. Friedrich brachte die Post.

Onkel Hermann sah die Postsachen durch und blickte ein Weilchen nachdenklich auf einen Brief, den er dann Diana hinüberreichte, sie scharf dabei beobachtend.

»Ein Brief von Lothar an dich, Diana«, sagte er dabei.

Dunkle Röte schoß in Dianas Wangen. Bisher hatte sie mit

Lothar nur durch seine Eltern verkehrt, hatte seine Grüße in Empfang genommen und erwidert. Nun war es das erstemal, daß er selbst das Wort an sie richtete.

Stumm sah sie auf den Brief herab. »Frau Diana von Steinach auf Dorneck.«

Es berührte sie ganz sonderbar, daß auch er sie so nannte. Wie wunderlich ihr dieser Name in seiner festen, charakteristischen Handschrift erschien.

Sie konnte sich nicht entschließen, den Brief jetzt im Beisein seiner Eltern zu öffnen. Sobald sie vom Frühstückstisch aufstehen konnte, entfernte sie sich, ohne ein Wort zu sagen, und ging in den Park. Onkel Hermann sah ihr mit sinnenden Blicken nach und sein gütiges Gesicht hatte einen sorgenden Ausdruck.

Wie wird das enden? dachte er.

Frau Brigitte hatte Diana auch beobachtet. Als diese schweigend den Brief zu sich steckte, ohne ihn zu öffnen, dachte sie ein bißchen gekränkt: Es scheint ihr sehr gleichgültig zu sein, was Lothar schreibt.

Eine feine Seelenkennerin war Frau Brigitte nicht. Onkel Hermann wußte viel besser als sie, daß Dianas Verhalten nicht von Gleichgültigkeit diktiert war.

Diana hatte sich im Park auf eine Bank niedergelassen und öffnete nun Lothars Brief.

Ihr junger Kopf beugte sich tief hinab. Die kastanienbraunen Flechten, die Tante Brigitte nach ihrer Krankheit mühsam entwirrt hatte, um sie nicht der Schere zum Opfer fallen lassen zu müssen, waren jetzt zu einer herrlichen Haarkrone aufgesteckt. Die Sonne streute rötliche Goldfunken darüber. Diana bot, ohne es zu wissen, ein reizendes Bild. Ihre schlanken, edel geformten Glieder waren jetzt weich gerundet, und das weiße, glatt anliegende Leinenträgerkleid mit der durchbrochenen Bluse kleidete die junge Frau entzückend.

Wie herrlich sie sich entwickelt hatte in den letzten Monaten! Jetzt würde so leicht kein Mann mehr achtlos und gleichgültig an Diana vorübergehen. Lothar hätte sie wohl kaum wiedererkannt, wenn er sie plötzlich so vor sich gesehen hätte.

Sein Brief lautete:

»Meine liebe Diana! Schon lange drängt es mich, an Dich zu schreiben, ich konnte nur nicht mit mir klar werden über das, was ich Dir sagen wollte. Heute aber soll es nun endlich geschehen, und ich bitte Dich herzlich, meine Worte so aufzunehmen, wie sie mir aus ehrlichem Herzen kommen.

Mit großer, inniger Freude habe ich von Deiner Genesung gehört. Meine Eltern schrieben mir wiederholt, daß Du jetzt gesünder und frischer seiest als je zuvor, und daß Du gottlob alle Folgen Deiner schlimmen Krankheit überwunden hast. Wenn ich jemals dem lieben Gott innig für etwas gedankt habe, dann ist es für Deine Genesung geschehen. Ich kann Dir nicht sagen, wie froh ich bin bei dem Gedanken, daß Du Dich nun wieder des schönen Lebens freuen kannst.

Aber nun ist es auch an der Zeit, daß wir einmal ernsthaft über unser eigenartiges Verhältnis reden. Durch Deinen beispiellosen Opfermut, durch Deine schrankenlose Güte, die ich nur rückhaltlos bewundern kann, bist Du an mich gefesselt worden. Du wurdest meine Frau in der Voraussetzung, daß Du sterben müßtest, daß unsere Verbindung nur eine Formsache war.

Ich fragte Dich schon damals: Was soll werden, wenn Du am Leben bleibst? Du antwortetest, daß wir uns ja scheiden lassen könnten, wenn ich aus Afrika zurückkehre.

Ich habe mich aber hier für fünf Jahre fest verpflichtet, meine liebe Diana. Und wenn ich nun hier an langen, einsamen Abenden in meinem Zelt sitze, dann denke ich über allerlei nach. Da ist mir denn auch der Gedanke gekommen, daß doch Verhältnisse eintreten können, die es Dir wünschenswert erscheinen ließen, Dich schon früher von mir zu lösen. Du könntest Deine Freiheit ersehnen aus irgendeinem Grund. Sollte dies jemals der Fall sein, so bitte ich Dich herzlich, mich das wissen zu lassen. Ich werde dann sofort alles tun, um Dich von den Fesseln zu befreien, die Du Dir übergeworfen hast. Bitte, versprich mir das, damit ich ruhig sein kann, daß Du nicht gegen Deinen Willen an mich gebunden bist. Ich selbst werde mich Dir immer fest verbunden betrachten und werde nie verlangen, daß wir uns trennen mögen. Aber Du sollst frei sein, ganz frei und ungebunden.

Du sollst allezeit gewiß sein, in mir Deinen treuesten, ergebensten Freund zu sehen, der mit Freuden alles tun wird, Dich vor etwaigen schlimmen Folgen Deines Opfermutes zu schützen. Wie ein treuer Bruder will ich um Dein Lebensglück besorgt sein, das vergiß nie! Du bist mir lieb und wert geworden wie eine Schwester, seit ich einen Blick in Deine große, gütige Seele getan habe, seit wir in der Liebe für meinen Vater unsere Hände ineinanderlegten.

Und Du würdest mir eine große Freude machen, wenn Du mir einige Zeilen schreiben und mir mitteilen würdest, wie Du nun, da Du gesund bist, über das alles denkst. Du kannst mir rückhaltlos vertrauen; niemand kann es besser, ehrlicher mit Dir meinen als ich.

Ich grüße Dich herzlich und innig als Dein allezeit getreuer und ergebener

Lothar.«

Lange, nachdem Diana die Lektüre beendet hatte, sah sie mit versonnenem Ausdruck auf den Brief hinab. So fest und sicher stand sein Name mit geraden, steilen Strichen unter dem Brief. Es war, als steige seine ganze energische, zielbewußte Persönlichkeit aus diesem Namen empor. Ganz deutlich sah sie sein scharfgeschnittenes Gesicht vor sich, aus dem die stahlblauen Augen so klar und sicher unter der charaktervollen Stirn hervorleuchteten.

Ein wohliges, geborgenes Gefühl stieg in ihr auf.

»Du bist mir lieb und wert geworden.« So hatte er geschrieben. Und seine Worte klangen so gut und wahr.

»Mein großer Bruder«, dachte sie mit sinnendem Lächeln. Und dann spannen sich ihre Gedanken weiter, und da stieg langsam dunkle Röte in ihr Gesicht.

Sie erhob sich rasch, wie auf der Flucht vor sich selbst, und ging ins Haus zurück. Ohne Zögern suchte sie ihr Zimmer auf.

Langsam durchschritt sie ihr Schlafzimmer und blieb vor ihrem Lager stehen. Hier hatte sie damals gelegen, ein krankes, elendes Geschöpf, das der Tod schon gezeichnet hatte.

Und hier hatte der Geistliche ihre Hand in die Lothars gelegt und dabei gesagt: »Bis daß der Tod euch scheide.«

Lothars Hand hatte die ihre so fest und warm umschlossen – als wollte er sie wirklich halten für alle Zeit. Sie hob den Kopf, machte eine abwehrende Bewegung und ging weiter.

Wie unwirklich und traumhaft lag das alles hinter ihr. Nur eins hob sich klar und scharf von allem anderen ab: Lothars bleiches Gesicht mit den fest zusammengepreßten Lippen und der düsteren Stirn. Seine Augen hatten so schmerzlich und mitleidig auf ihr geruht, mit einem Blick, den sie nie mehr hatte vergessen können.

Dieser Blick hatte sie seltsam beruhigt. Sie hatte ihn im Fieberwahn vor sich gesehen, wenn dunkle Gewalten sie bedrohten. Vor seinem Blick waren die finsteren Schatten geflohen, die sich an sie herandrängten, um sie mit sich fortzureißen in einen bodenlosen Abgrund. Und nun sah sie diesen Blick wieder vor sich in ihren Träumen.

Sie ließ sich vor ihrem Schreibtisch in einen Sessel gleiten und stützte den Kopf in die Hand. Zum ersten Mal legte sie sich die Frage vor: »Willst du eigentlich, daß deine Verbindung mit Lothar gelöst wird?«

Wieder stieg dunkle Glut in ihr Antlitz. Sie preßte die Hände dagegen, als müsse sie diese Glut ersticken. War ihr Lothar jemals etwas gewesen? Hatte sie nicht nur immer voll Mißbehagen seinen Besuchen in Dorneck entgegengesehen?

Eine kleine Szene kam ihr ins Gedächtnis. Lothar war eines Tages zu Besuch nach Dorneck gekommen, und sie war, wie immer, auf ihr Zimmer geflohen, weil sie fühlte, daß sie überflüssig sei zwischen Eltern und Sohn. Als sie dann zu Tisch hinunter ins Speisezimmer kam, war Lothar schon anwesend.

Halb scheu, halb trotzig hatte sie ihn angesehen. Er war zu ihr getreten, hatte ihr die Hand gereicht und gesagt:

»Ich glaube, ich habe die kleine Herrin von Dorneck noch gar nicht recht begrüßt. Verzeih mir, Diana, aber über der Freude, meine Eltern wiederzusehen, habe ich alles andere vergessen.«

Sie hatte geantwortet:

»Du brauchst dich gar nicht zu entschuldigen, Lothar. Nimm

auf mich keine Rücksicht, du kannst tun, als wenn ich gar nicht da wäre. Ich werde dich und deine Eltern so wenig wie möglich stören. Solange du da bist, gehören sie dir ganz allein. Ich darf nur ein wenig Liebe von ihnen fordern, wenn du nicht hier bist.«

Da hatte Lothar lächelnd in ihr Gesicht geblickt. »Die Herrin von Dorneck ist sehr bescheiden«, hatte er entgegnet.

»Weil sie sehr arm an Liebe ist und keinen Menschen hat, der ihr wirklich angehört«, hatte sie in Schmerz und Groll herausgestoßen. Da war seine Hand leise über ihren Scheitel geglitten.

»Arme, kleine Diana!«

Sie richtete sich hastig empor. Arme, kleine Diana! War es nicht, als ob diese Worte leise durch den Raum schwebten mit demselben warmen, mitleidigen Tonfall, in dem sie Lothar gesprochen hatte? Starr sah sie vor sich hin.

»Arme, kleine Diana!«

Es klang ihr in den Ohren und berührte sie wie eine scheue, leise Liebkosung. Ihr Herz klopfte plötzlich seltsam laut und schwer.

Wie kam es nur, daß sie sich jetzt so deutlich dieser kleinen Szene erinnerte? Lothar hatte sie doch sonst recht wenig beachtet, hatte meist nur einige förmliche Worte mit ihr gewechselt. Jetzt stieg das aus der Vergangenheit empor, als sei es etwas Bedeutungsvolles, Wichtiges für sie gewesen.

Sie machte eine hastige Bewegung, als wolle sie etwas von sich schieben, und sah sich, wie aus einem Traum erwachend, um. Der Raum, in dem sie sich befand, war ihr Arbeitszimmer. Früher, als sie noch eine Erzieherin gehabt hatte, war es ihr Schulzimmer gewesen. Als sie aus dem Pensionat zurückkam, hatte es Tante Brigitte reizend und behaglich einrichten lassen. Ein hübscher Schreibtisch befand sich an der Stelle, wo früher die Schulbank stand, und drüben, am anderen Fenster, stand ein zierliches Nähtischchen mit einer Menge kleiner polierter Fächer. Der neue Bücherschrank enthielt keine Schulbücher mehr, sondern sorgfältig von Onkel Hermann ausgewählte, schöngeistige Lektüre in deutscher, englischer und französischer Sprache. Auf der Schreibtischplatte vor ihr lag ein hübsches, in Leder gebundenes Ausgabenbuch. Dahinein mußte die junge Herrin von Dorneck alle ihre persönlichen Ausgaben notieren, damit Onkel Hermann dann die Beträge gewissenhaft eintragen konnte in das Hauptbuch.

Diana schob es beiseite und entnahm einem Seitenfach Briefpapier. Dann las sie Lothars Brief nochmals durch, und nachdem sie noch eine Weile nachgedacht hatte, begann sie zu schreiben – erst zögernd und nachdenklich, dann ganz flott und ohne Unterbrechung. Der Brief, der so zustande kam, hatte folgenden Inhalt:

»Lieber Lothar! Deinen lieben Brief habe ich erhalten und will ihn sogleich beantworten. Es vergehen ja ohnedies Wochen, ehe Du ihn in die Hände bekommst.

Gesund bin ich nun gottlob wieder und kann mich des Lebens freuen. Wenn ich jetzt mit der übermütigen Dora Sanders lache und scherze, liegt die Zeit meiner Krankheit weit, weit hinter mir. Und das Leben scheint mir jetzt viel herrlicher und kostbarer als zuvor. Was man zu verlieren fürchtete, hat wohl den doppelten Wert für uns. Manchmal möchte ich laut jubeln vor Wonne, daß ich mich wieder im goldenen Sonnenlicht tummeln kann.

Deine lieben Eltern umgeben mich mit so viel Liebe und Fürsorge, daß ich ganz gerührt bin. Auch Tante Brigittes Herz gehört mir jetzt zu einem kleinen Teil. Früher war gar kein Platz für mich darin. Aber während meiner Krankheit hat Euch Tante Brigitte energisch ein wenig beiseite geschoben, und da bin ich durch den Spalt flugs hineingeschlüpft in ihr Herz.

Dorneck steht jetzt in voller Spätsommerpracht. Tante Brigitte hat wieder viel Arbeit und kommt kaum von Trumpfs Rücken herunter. Auch Onkel Hermann hat mit Büchern, Korrespondenzen und Konferenzen mit Geschäftsleuten viel zu tun. Nur ich habe kaum eine andere Beschäftigung, als mich zu pflegen und mich des Lebens zu freuen.

Nun ist es schon fast ein Jahr her, daß ich damals krank von Buchenau nach Hause kam. Ich weiß nicht, wo dies Jahr geblieben ist. Erst war ich lange krank, dann dämmerte ich Monate so hin, ohne mich aufraffen zu können, und dann kam die warme Sonne und lockte mich ins Leben zurück. Nun bin ich so gesund, so stark und lebensfreudig, wie nie zuvor in meinem Leben. Die gute Dornecker Luft, die Sonne, Onkel Hermanns liebevolle Gesellschaft und Tante Brigittes Leckerbissen – in Milch und Sahne bin ich fast ertränkt worden –, das alles hat mich stark und kräftig gemacht. Aber nun will ich nicht mehr davon sprechen. Rekonvaleszenten sollen die egoistischsten Menschen sein, es erscheint ihnen nichts wichtiger als ihre Gesundheit, und Dora Sanders sagte mir, ich habe durchaus keine rühmliche Ausnahme gemacht.

Ja – und nun muß ich wohl auch auf den heiklen Punkt zwischen uns kommen. Du bittest mich, ich soll Dir sofort Mitteilung machen, wenn ich die Verbindung mit Dir gelöst sehen möchte. Das will ich Dir versprechen, unter der Bedingung, daß Du mir fest versprichst dasselbe zu tun, wenn Du frei sein möchtest, denn sonst hätte ich immer das Gefühl, Du möchtest frei sein und wagtest es nicht auszusprechen. Also gleiches Recht für uns beide, nicht wahr? Wir haben beide nur an die Eltern gedacht, als wir diesen Bund geschlossen, und solange ich lebe, sind sie ja geborgen bei mir, auch wenn wir uns trennen sollten. Sollte aber für uns beide keine zwingende Notwendigkeit vorliegen, vor Deiner Rückkehr in die Heimat unseren Bund zu lösen, dann hat die Erledigung dieser Angelegenheit Zeit, bis Du heimgekehrt sein wirst. Ist Dir das so recht?

Von Deinen Eltern höre ich, wie es Dir ergeht. Es ist uns natürlich alles sehr interessant, aber ein leichtes Leben führst Du nicht, das ist gewiß. Hoffentlich wird es Dir nicht gar zu schwer. Du bist trotz der weiten Entfernung immer mitten unter uns, Deine Eltern sprechen täglich, stündlich von Dir. Nun will ich aber schließen und grüße Dich herzlich.

Diana.«

Sie wollte erst schreiben: Deine Diana. Aber dann erschien es ihr, als verriete sie damit zuviel.

5

ALS DIANA, NACHDEM sie diesen Brief beendet hatte, wieder auf der Veranda erschien, saß Onkel Hermann in eifriger Arbeit über den Büchern. Er sah lächelnd auf.

»Wo steckst du so lange, Diana?«

Sie trat zu ihm und legte den geschlossenen und adressierten Brief vor ihn hin.

»Ich habe Lothars Brief gleich beantwortet. Ist die Adresse so richtig?«

Er merkte, daß sie ein wenig verlegen war und daß ihre Augen ihm auswichen. Da zuckte es in seinem Blick auf wie ein leises Freuen.

»Die Adresse ist richtig, Kind. Es ist gut, daß du gleich geschrieben hast, nun kann der Brief mit dem nächsten Schiff abgehen. Ich habe auch schon geschrieben.«

In diesem Augenblick drang der helle Ruf einer Mädchenstimme vom Park herüber, und als die beiden aufsahen, erblickten sie Dora Sanders, die auf ihrem schlanken Goldfuchs auf dem Weg, der den Rasenplatz teilte, herübergeritten kam.

Sie schwenkte lustig zur Begrüßung die Mütze und parierte ihr Pferd vor der Veranda, direkt unter Onkel Hermanns Platz.

»Guten Tag, Herrschaften!«

»Guten Tag, mein kleines Fräulein Dora!« rief Herr von Steinach lächelnd. »Sie haben mir gerade noch an diesem goldenen Sonnentag gefehlt!«

Diana neigte sich über die Brüstung und küßte Dora herzlich.

»Nun steig nur erst ab und komm herauf.«

Dora zog das hübsche Näschen kraus und drückte die Mütze wieder auf das blonde Haar.

»Ach, du – ich bin eigentlich nur gekommen, um dich zu einem Spazierritt zu verleiten. Ich bin nämlich zu Hause ausgekniffen, ohne Reitknecht. Es ist zu schön, so allein im grünen Wald zu reiten.«

Diana lachte. »So? Und nach dieser Versicherung soll ich den Mut finden, dir meine Begleitung aufzudrängen?«

Dora blickte sie erst erstaunt an, lachte aber dann hell auf. »Ach so! Na weißt du, mit dir zusammen ist das was anderes, als wenn ich Franz ins Schlepptau nehmen muß. Also los, Diana – mach dich schnell fertig.«

»Und wenn ich nun nicht will?« neckte Diana.

»Danach geht es nicht, du mußt einfach! In zehn Minuten müssen wir aufbrechen, dann kommen wir gerade recht zum Mittagessen in Buchenau an. Wenn ich dich mitbringe, vergißt Mama, mich auszuschelten wegen meines Auskneifens.«

»Ach so – ich soll sozusagen als Blitzableiter dienen?«

»Ja doch! Zu irgend etwas muß der Mensch doch nütze sein. Also schnell, ich leiste inzwischen deinem guten Onkel Hermann Gesellschaft. Oder störe ich, liebster Herr von Steinach? Dann sagen Sie es bitte rundheraus, ich mache mich dann schon anderweitig unnütz.«

Diana küßte den losen Plaudermund der Freundin noch einmal. »Du, das ›Unnützmachen‹ ist wohl deine Hauptbeschäftigung?« neckte sie und verschwand dann lachend im Haus.

Herr von Steinach betrachtete den hübschen blonden Mädchenkopf, der über die Brüstung ragte.

»Wollen Sie nicht wenigstens absteigen und heraufkommen, Fräulein Dora, daß ich Ihre liebenswürdige Gesellschaft auch sozusagen in Lebensgröße genießen kann?«

»Ja, ich will lieber absteigen, denn Diana ist natürlich in zehn Minuten noch nicht fertig.«

Der Reitknecht, der schon eine Weile bereitstand, half Dora aus dem Sattel und führte auf ihr Geheiß den Goldfuchs langsam auf und ab. Die junge Dame knöpfte ihr dunkelblaues, elegantes Reitkleid hoch und kam auf die Veranda, wo sie sich dem alten Herrn gegenübersetzte.

»Wie geht es Ihren Eltern, Fräulein Dora?«

»Gott sei Dank, prächtig! Papa wird alle Tage vergnügter und Mama alle Tage jünger. Das Landleben ist nun einmal ihre Leidenschaft.«

»Und die Ihre nicht? Gefällt es Ihnen nicht auch in Buchenau?«

»Doch, im Sommer finde ich es himmlisch. Aber für den

Winter möchte ich doch mal ein bißchen Großstadtluft genießen. Und da ich nun in dem Alter bin, wo unsereins Verlangen nach Bällen, Theater und dergleichen bekommt, so wollen meine guten Eltern von jetzt ab im Winter immer einige Wochen mit mir nach Berlin gehen. Ich soll da mit meiner Kusine Susanna – Sie kennen sie auch – in die Gesellschaft eingeführt werden. Und darauf freue ich mich ganz besonders.«

Herr von Steinach nickte. »Das ist ja auch verständlich – die Jugend will ihr Recht haben. Leider können wir unserer Diana nicht dasselbe Vergnügen verschaffen. Ich bin an den Rollstuhl gebannt und halte, wider Willen freilich, auch meine Frau neben mir fest.«

Dora hob rasch den Kopf.

»Lassen Sie Diana mit uns gehen, Herr von Steinach«, rief sie lebhaft und bittend.

Er sah sie lächelnd an. »Meine Frau hatte ja von Ihrer lieben Frau Mutter schon gehört, daß Sie nach Berlin gehen wollen. Und da will ich Ihnen nun ganz offen gestehen, daß wir schon davon gesprochen haben, ob wir es wagen können, Ihre Eltern darum zu bitten, daß sie Diana unter ihre Obhut nehmen.«

»Oh, das ist famos!« rief Dora entzückt. »Natürlich sind meine Eltern sofort einverstanden. Nun freue ich mich doppelt auf Berlin. Wir wollen uns schon amüsieren, Herr von Steinach. Susanna hat schon ein ganzes Vergnügungsprogramm ausgearbeitet. Fein soll das werden!«

Der alte Herr lachte. »Davon bin ich überzeugt, und für Diana freue ich mich sehr.«

Dora hielt das Köpfchen schief und sah ihn ein bißchen unsicher an.

»Offen gesagt, Herr von Steinach, ich hätte Diana selbst schon davon gesprochen – aber ich wußte nicht recht, ob Sie einverstanden sein würden – ich meine, – weil doch Diana mit Ihrem Herrn Sohn verheiratet ist.«

Ein leiser Schatten fiel über Hermann von Steinachs Gesicht. Seine klaren, gütigen Augen blickten ernst in die der jungen Dame.

»Mein liebes Fräulein Dora, Sie und Ihre lieben Eltern wissen ja wohl sehr gut, unter welchen eigenartigen Umständen diese Ehe zwischen Diana und meinem Sohn geschlossen worden ist. Ob es wirklich eine Ehe wird, das soll die Zeit erst zeigen. Vorläufig soll sich Diana noch ganz wie ein junges Mädchen fühlen, soll Welt und Menschen kennenlernen, damit sie später selbst über ihre Zukunft entscheiden kann. Mein Sohn wünscht dringend, daß Diana ihre Jugend ganz so genießen soll, als ob sie frei und ungebunden wäre. Er macht es uns geradezu zur Pflicht, ihr keinerlei Einschränkungen in dieser Hinsicht aufzuerlegen. Und deshalb möchte ich Sie herzlich bitten, Diana teilnehmen zu lassen an allen Lebensfreuden, die Ihrer in Berlin harren. Wir werden bei nächster Gelegenheit Ihre lieben Eltern selbst noch darum bitten, daß sie unsere Diana unter ihre Fittiche nehmen.«

Dora reichte ihm mit herzlichem Lächeln über den Tisch die Hand. Ihre klaren Veilchenaugen blickten ihn strahlend an. »Ich darf doch Diana schon davon sprechen wie von einer feststehenden Tatsache?«

»Gewiß – soweit wir in Frage kommen – und wenn Ihre Eltern einwilligen . . .«

»Ach, die sind sofort dabei, das weiß ich«, sagte Dora, und dann erzählte sie lustig, was Susanna Wallner schon alles geplant hatte.

Als nach einer Weile Diana erschien, rief ihr Dora entgegen: »Du, Diana, weißt du das Neueste?«

Diana blickte sie fragend an. »Was gibt es denn, Dora? Deine Augen tanzen ja vor Vergnügen.«

»Hm! Und bald werde ich selber tanzen und du mit. Wir gehen nämlich diesen Winter miteinander nach Berlin.«

»Nach Berlin?« fragte Diana und sah zweifelnd Onkel Hermann an.

»Ja, ja, liebes Kind, Fräulein Doras Eltern wollen dich ins Schlepptau nehmen.«

»Und wir werden uns nach Kräften amüsieren, du, Susanna und ich. Bälle, Theater, Konzerte und all solche herrlichen Sachen wollen wir mit Ausdauer und Inbrunst genießen. Was sagst du dazu?« fragte Dora.

»Daran habe ich freilich noch nicht gedacht«, erwiderte Diana zögernd.

»Dazu ist jetzt noch Zeit genug, Schatz. Mach doch nicht so erstaunte Augen. Ich habe schon alles mit deinem Onkel Hermann verabredet. Und meine Eltern sind natürlich entzückt, daß du als leuchtendes Vorbild für ihren Wildfang mitgehst. Mama sagt schon jetzt wohl hundertmal am Tag: Nimm dir ein Beispiel an Diana! Sie ist eine so musterhafte junge Dame. Findest du nun nicht, daß ich mindestens ein Denkmal dafür verdiene, daß ich dich trotzdem mitnehmen will?«

»Ja, ich finde, daß du es verdienst, ausgehauen zu werden – in Marmor natürlich«, neckte Diana.

Sie lachten alle drei.

Da kam Tante Brigitte in hohen Lederstiefeln herbei. Sie war in den Ställen gewesen und hatte inspiziert. Nun hatte sie das Lachtrio gehört und kam auf die Veranda.

»Dacht' ich's doch, daß das Buchenauer Küken hier Unfug treibt! Wenn so herzhaft gelacht wird, ist die kleine Dora immer dabei.«

Dora machte einen tiefen Knicks. »Jawohl, liebste Tante Brigitte, Lachen ist mein Element. Aber ich bin nun schon auf dem Sprung, mich wieder zu empfehlen.«

»Schon wieder fort? Na, der Reitknecht hätte mich wohl nicht benachrichtigen können, daß Sie hier sind. Bleiben Sie doch noch ein Weilchen.«

»Nein, nein, heute nicht, ich bin nämlich durchgebrannt und will Ihnen auch noch Diana entführen.«

Die alte Dame sah nun erst, daß Diana im Reitkleid war.

»Oho! Da soll es wohl nun wieder über Stock und Stein gehen? Das gibt's nicht. Wilde Ritte darf Diana noch nicht unternehmen.«

»Ach, wir reiten ganz sanft, liebe Tante Brigitte. Immer Schritt für Schritt.«

»Na, kann ich mich darauf verlassen? Wirst du dich nicht erhitzen, Diana?«

Diese küßte die alte Dame herzlich auf den Mund.

»Sei unbesorgt, Tantchen, ich bin schon selbst vorsichtig.«

»Den Reitknecht nimmst du aber mit.«

Dora hob bittend die Hände.
»Ach, liebste, beste, gnädige Frau – nein – nicht den Reitknecht! Lassen Sie uns allein reiten. Wir sind ja zu zweien.«
»Aber auf dem Rückweg ist Diana allein.«
»Dann mag der Reitknecht in Gottes Namen nachkommen und Diana abholen, aber nicht zu zeitig.«
Frau Brigitte tätschelte Dora die Wangen.
»So ein kleiner Racker! Die wickelt einen nur so um den Finger. Na also, meinetwegen.«
Die jungen Damen verabschiedeten sich vergnügt. Frau Brigitte ging selbst mit hinunter und hob die beiden graziösen, schlanken Gestalten mit ihren kräftigen Armen in den Sattel.
Mit einem frohen Gruß ritten die Freundinnen in mäßigem Tempo davon.
Frau Brigitte ging zu ihrem Gatten zurück. Stumm sahen sie den beiden Reiterinnen nach, die noch einmal mit den Reitpeitschen herüberwinkten, ehe sie im Park verschwanden.
Nach einer Weile sagte die alte Dame in tiefen Gedanken:
»Diana ist auf dem besten Wege, eine Schönheit zu werden.«
Ihr Gatte nickte. »Sie ist es schon, Brigitte. Laß sie noch ein wenig reifen, dann wird ihr so leicht kein Mann ungestraft in die Augen sehen dürfen. Übrigens sprach ich mit Fräulein Dora über Berlin. Sie behauptet, ihre Eltern würden Diana sehr gern unter ihre Obhut nehmen.«
Frau Brigitte seufzte. »Ja, ja – das Kind muß ins Leben hinaus. Lothar verlangt es ja auch dringend, daß wir ihr jede Gelegenheit schaffen, mit anderen jungen Leuten zu verkehren. Manchmal kommt es mir vor, als könne er nicht erwarten, daß ihm ein anderer Diana abverlangt.«
Herr von Steinach schüttelte den Kopf.
»Nein, Brigitte, so mußt du das nicht verstehen. Lothar will nur, daß Diana nicht das geringste spüren soll von den Fesseln, die sie sich selbst angelegt hat. Sie soll frei sein, eventuell auch für einen anderen, wenn ihr Herz sich meldet. Er will nicht, daß sie unglücklich werden soll durch ihren Opfermut. An sich selbst denkt er dabei gar nicht.«

Wieder seufzte die alte Dame.

»Ach, Hermann, wie schön wäre es, wenn aus dieser Scheinehe eines Tages eine rechte Ehe würde, wenn sich die beiden jungen Herzen in Liebe fänden! Sie sind einander so wert, sie passen so gut zusammen!«

Er nahm ihre Hand und küßte sie.

»Laß uns nicht unbescheiden sein, meine liebe Brigitte. Soviel Glück – daran darf man gar nicht denken. Soll es uns beschieden sein, dann wollen wir es geduldig erwarten. Das Schicksal mag alles zum Guten wenden.«

»Ja, ja – aber man möchte selbst ein bißchen nachhelfen!« rief Frau Brigitte wenig geduldig.

Er lächelte. »Das wollen wir lieber nicht tun. Wie wolltest du das auch anfangen?«

»Nun, jedenfalls möchte ich, daß Lothar jetzt Diana einmal sehen könnte. Ich hätte ihm so gern eine Fotografie von ihr geschickt, aber sie weigert sich entschieden, eine Aufnahme von sich machen zu lassen. Warum, weiß ich nicht.«

Hermann von Steinach lachte. »Die Erklärung ist einfach. Sie weiß nicht, wie reizend sie geworden ist und kommt sich noch immer als das häßliche junge Entlein vor. Du weißt, daß sie vor zwei Jahren, als sie sich das letzte Mal aufnehmen ließ, ganz entsetzt ausrief: Mein Gott, was bin ich für ein häßliches Geschöpf, nie mehr lasse ich mich fotografieren.«

»Aber ihr Spiegel wird ihr doch sagen, daß sie jetzt ganz anders aussieht.«

»Wer weiß aber, ob sie sich besser gefällt? Über sich selbst hat man selten ein richtiges Urteil. Und was liegt auch an einer solchen Aufnahme. Sie kann unmöglich den Reiz ihrer Persönlichkeit widerspiegeln. Wäre aber auch das der Fall – was würdest du damit erreichen? Höchstens Lothars Seelenfrieden bedrohen! Das wäre keine Wohltat für ihn.«

Frau Brigitte nickte überzeugt.

»Hast recht, mein Alter. Lassen wir also alles laufen, wie es das Schicksal fügt. Wir müssen uns beschränken, das beste für die Kinder vom Schicksal zu erbitten.«

Diana und Dora ritten langsam durch den grünen Wald, in

dem sich hier und da das Laub schon leicht zu färben begann. Nach junger Mädchenart plauderten sie von hundert Dingen, die ihnen wichtig erschienen. Dann fragte Dora plötzlich nach einer kleinen Pause:

»Sag mal, Diana – kommt es dir nicht sehr seltsam vor, daß du schon verheiratet bist?«

In Dianas Gesicht stieg eine leise Röte. »Du weißt doch, Dora, daß ich im Grunde so wenig verheiratet bin als du.«

»Ja doch, aber du heißt doch jetzt Frau von Steinach und mußt dich so vor aller Welt nennen. Daran ist doch nichts zu deuteln.«

»Gewiß nicht, ich heiße Diana von Steinach, aber ich bin doch immer noch Diana Dorneck.«

»Für dich selbst, ja – aber nicht für die andern.«

»Oh, ich werde es eines Tages auch wieder für die anderen sein.«

»So willst du dich wirklich von Lothar von Steinach scheiden lassen?«

Diana sah eine Weile vor sich hin. Dann aber warf sie ungeduldig den Kopf zurück.

»Ach weißt du, liebste Dora – laß uns davon nicht mehr reden. Ich habe kein Geheimnis vor dir und will Dir auch anvertrauen, daß ich mit Lothar ausgemacht habe, daß wir es uns gegenseitig sagen wollen, wenn uns unsere Freiheit wünschenswert erscheint. Andernfalls ruht die Angelegenheit bis zu seiner Rückkehr. Und ich bitte dich, laß auch du sie so lange ruhen; ich mag nicht davon reden. Ignoriere bitte ganz, daß ich jemand anders bin, als deine alte Diana.«

»Gut, gut, mein Schatz. Nur eins sage mir noch: Du wirst doch in Zukunft viele junge Männer kennenlernen und ihnen als Frau von Steinach vorgestellt werden müssen. Wie nun, wenn einer dabei ist, der dich lieb gewinnt und den du lieben lernst? Wird dich dann dein Frauenname nicht hindern an deinem Glück?«

Diana lachte unbekümmert. »Liebste Dora, darauf will ich es ruhig ankommen lassen. In diesem Fall würde sich wohl ein Ausweg finden lassen. Vorläufig denke ich noch nicht daran, mich zu verlieben, zumal wenn ich neben meinen hübschen Freundinnen Dora und Susanna auftrete.«

Dora sah sie sonderbar von der Seite an.

»Sollte dir dein Spiegel nicht verraten haben, daß deine ›hübschen Freundinnen‹ alle Mühe haben werden, sich neben der ›schönen‹ Diana zu behaupten?«

Diana sah Dora erstaunt und spottlustig an. »Sei so gut, Dora, und ziehe mich nicht auf. Ich weiß, daß ich mein Lebtag ein kleines Scheusal gewesen bin.«

»Ja, früher warst du wirklich nicht sehr hübsch, als du noch so eckig und mager warst. Aber schon damals hat mein Vater immer gesagt: Wenn die kleine Diana einmal zur vollen Blüte kommt, wird sie eine Schönheit. Na – jetzt bist du aufgeblüht, und mein Vater sagt, daß du eine ›eigenartige Schönheit‹ geworden bist, die ›alle Männerköpfe verdrehen wird‹. Daneben müssen wir, Susanna und ich, uns mit unsern Dutzendgesichtern verstecken, obwohl wir uns früher viel hübscher vorkamen als du.«

Diana kitzelte Dora, übermütig lachend, mit der Reitpeitsche an der Nase. »Ach, mein goldenes Blondchen, was redest du da für Unsinn! Tante Brigitte würde drastisch sagen: ›Blech!‹ Bescheidenheit ist wohl eine Zier, aber wenn du mit deinen großen Veilchenaugen und deinem Apfelblütenteint – von deinen goldigen Zöpfen gar nicht zu reden – neben mir auftauchst, dann wird sich kein Mensch um mich kümmern.«

Dora schnitt eine drollige Grimasse. »Na, weißt du, mein Schatz, unterkriegen lasse ich mich auch nicht von dir, da hab' nur keine Bange. Aber was wahr ist, muß wahr bleiben, du bist ein entzückendes Geschöpf geworden, seit du nach deiner Krankheit so aufgeblüht bist. Du wirst in Berlin nicht wenig umschwärmt werden.«

»Also, lassen wir es darauf ankommen, mein Blondchen. Zum Schluß der Saison zählen wir dann aus, wer die meisten Verehrer zur Strecke gebracht hat«, sagte Diana lachend.

Als sie aber an diesem Tag wieder nach Dorneck zurückgekehrt war und in ihrem Ankleidezimmer vor dem Spiegel stand, mit gelöstem Haar, das wie ein schimmernder Mantel ihre blühende Gestalt umgab, da betrachtete sie sich aufmerksam und prüfend. Kritisch glitt ihr Blick von dem reizenden Gesicht über die zart gerundeten Arme und Schultern. Und dann sah sie sich selbst in die großen leuchtenden Sonnenaugen hinein und dachte:

Ob ich Lothar wohl jetzt besser gefallen würde als früher?

Sobald sie sich dieser Frage bewußt wurde, stieg flammende Röte in ihr Gesicht, und sie verbarg es in den Händen, als schäme sie sich dieses Gedankens.

6

WOCHEN WAREN VERGANGEN, seit Diana an Lothar geschrieben hatte. Der Herbst hatte inzwischen mit Sturm und Regen das Laub von den Bäumen geschüttelt, und man saß jetzt gern am Kamin oder am gemütlichen Kachelofen. In den Nächten gab es schon zuweilen leichten Frost. Frau Brigitte war froh, daß sie jetzt nicht soviel hinaus brauchte und fand es sehr behaglich, wenn sie mit ihrem Mann und Diana am gemütlichen Teetisch saß.

Es war in den ersten Novembertagen, als von Lothar abermals ein Brief an Diana eintraf. Auch diesmal öffnete ihn die junge Dame nicht gleich im Beisein seiner Eltern, sondern zog sich damit in ihr Zimmer zurück.

Dann freilich fuhr der Brieföffner hastig in das Kuvert, und schnell entfalteten ihre Hände das Papier. Sie las:

»Meine liebe Diana! Mit Deinem lieben Brief hast Du mir eine sehr große Freude gemacht. So tief hat mich darin Deine neu aufquellende Lebensfreude berührt, daß mir war, als müßte auch ich mich recht von Herzen des schönen Lebens erfreuen. Das meine verläuft hier allerdings ziemlich eintönig und unter mancherlei Schwierigkeiten, aber die letzteren sind mir gerade recht, da kann man doch wenigstens seine Kräfte stählen.

Es würde mich sehr freuen, wenn Du es nicht bei dem einen Brief bewenden ließest, sondern mir öfter einmal ein so liebes Schreiben senden würdest. Du glaubst nicht, wie einem zumute ist im fremden Land, wenn Nachricht aus der

Heimat kommt. So ein Brief stempelt den Tag, wo er in unsere Hände kommt, zum Festtag. Wenn Du Dich also als Wohltäterin und Freudenspenderin betätigen und mir zuweilen eine freie Stunde widmen willst, so laß uns bitte regelmäßig miteinander korrespondieren. Mir ist, als hätten wir mancherlei Berührungspunkte, worüber wir unsere Gedanken austauschen können. Im Grunde wissen wir noch recht wenig voneinander, trotzdem ich Dich eigentlich schon kenne, solange Du auf der Welt bist.

Ist es sehr unbescheiden, wenn ich Dich um einen regelmäßigen Briefwechsel bitte?

Du kannst gewiß sein, daß mich alles aus Deinem Leben interessiert, denn Du kannst Dir wohl denken, daß die jetzige Diana eine ganz andere, wichtigere Person für mich geworden ist als das kleine, scheue Mädchen, das ich früher in Dir sah. Ich habe das Gefühl, Dich früher vollständig verkannt zu haben. Wollen wir nicht versuchen, recht gute Freunde zu werden?

Und um nochmals auf Deinen lieben Brief zu kommen, so will ich Dir auf Deinen Wunsch versprechen, daß auch ich Dir offen sagen will, wenn mich etwas drängt, meine Freiheit zurückzuerlangen. Ich wüßte aber nicht, was mich dazu veranlassen sollte, denn ich gehe hier in meiner Arbeit auf und komme nur mit wenig gebildeten Menschen zusammen.

Nun leb wohl, bleib gesund und froh und denk ein wenig daran, wie sehnsüchtig ich Briefen aus der Heimat entgegensehe.

Mit herzlichen Grüßen
Dein treu ergebener Lothar.«

Diana las diesen Brief wieder und wieder durch. Jedes Wort prägte sie sich ein und betrachtete es gewissermaßen von allen Seiten. Manches sprach ihr zum Herzen, und ihre Gedanken flogen weit über Länder und Meere bis in das schlichte, einfache Zelt, in dem Lothar von Steinach jetzt sein Heim gefunden hatte.

Die Folge dieses Briefes war eine rege Korrespondenz zwischen den beiden jungen Menschen, die, durch die engsten Bande aneinandergeknüpft, einander doch so fremd waren.

Diana gewöhnte sich bald daran, Lothar in ihren Briefen alles zu berichten, was sie dachte und empfand, mit Ausnahme dessen, was mit seiner Person zusammenhing. Sie erzählte ihm auch aus ihrer Umgebung alles, was ihr wichtig und interessant erschien, und ihre Briefe wurden immer länger und ausführlicher. Schließlich wurde eine Art Tagebuch aus diesen Berichten.

Und Lothar hielt es mit seinen Entgegnungen ebenso. Er ließ Diana teilnehmen an seinem Schaffen und Arbeiten, schilderte ihr Land und Leute aus seiner Umgebung und erschloß ihr auch sein Denken und Empfinden mehr und mehr, als er merkte, daß sie mit feinem Verständnis und warmer Teilnahme auf alles einging.

Auch als Diana dann im Januar mit Familie Sanders nach Berlin ging, setzte sie diesen Briefwechsel fort.

Es kam dann ganz von selbst, daß ihnen die Pausen, die durch die weite Entfernung bedingt waren, zu lang wurden, denn die Antwort auf einen Brief konnte im günstigsten Falle erst in sechs Wochen eintreffen, da jeder Brief mindestens drei Wochen zur Reise brauchte. So kamen sie bald überein, jedesmal noch einen Brief dazwischen zu schreiben, so daß sie alle drei Wochen voneinander hörten.

Durch diese Briefe entstand ein freundschaftliches Verhältnis zwischen ihnen. Sie lernten sich daraus viel besser kennen, als wenn sie nahe beieinander lebten, denn sie erschlossen einander ihr innerstes Sein und Wesen. Sie vertrauten einander alles an, was ihnen von Angesicht zu Angesicht vielleicht nicht so leicht über die Lippen gegangen wäre und was sie sonst so leicht keinem anderen Menschen anvertraut hätten.

Nur eins berührten sie nie mehr mit einem Wort – ihr eigentliches Verhältnis zueinander. Beide vermieden es, ein Wort darüber zu schreiben. Das war der einzige heikle Punkt, den sie mit Stillschweigen übergingen, als sei er ein gefährliches Thema.

Und wenn Diana in der Folge öfter mit Sanders' nach Berlin ging und Lothar vorher Mitteilung davon machte, dann schrieb dieser nur jedesmal in dem betreffenden Antwortschreiben: »Ich wünsche Dir viel Vergnügen in Berlin – und vergiß nicht, was Du mir versprochen hast. Du sollst Dich aller Fesseln ledig fühlen.«

Diana antwortete kein Wort darauf, sie erwähnte gar nichts davon. Aber es tat ihr jedesmal weh, wenn er so ausdrücklich ihre Freiheit betonte. Vielleicht wäre sie sehr glücklich gewesen, wenn er mehr darauf bedacht gewesen wäre, sie diese Fesseln fühlen zu lassen.

Lothar dachte aber vorläufig noch ganz ruhig daran, daß Diana eines Tages ihm sagen würde: »Gib mich frei.« So nahe sie ihm durch ihre Briefe gekommen war, so sah er doch in ihr mehr eine junge Schwester, eine gute Freundin, als das, was sie nach Recht und Gesetz ihm sein sollte. Die Diana, die er im Gedächtnis hatte, das langaufgeschossene, eckige Geschöpf mit dem blassen Gesicht und den scheuen Augen, vermochte keine heißeren Gefühle in ihm zu erwecken. Ihre tiefe Seele, ihr kluger Sinn, die geistvollen, lebhaften Gedanken und ihre wertvollen großzügigen Charakteranlagen, alles, was er von ihr wußte und hörte, nötigten ihm Hochachtung, ja Bewunderung ab und erweckten eben freundschaftliche Gefühle für sie in seiner Brust, aber als Ehefrau kam sie für ihn nicht in Betracht. Der Zauber ihrer Persönlichkeit, so wie sich diese jetzt entfaltet hatte, vermochte in der Ferne nicht auf ihn zu wirken. So sehr er sich an ihren Briefen freute, so gern er ihr darauf antwortete, und so sehr er immer wieder staunte, welche Gedankenfülle und Gemütstiefe in dem jungen Geschöpf lebten, seiner Seelenruhe wurde sie nicht gefährlich.

Jahre vergingen. Diana war jetzt über zwanzig Jahre alt, und wo sie sich zeigte, wurde sie wegen ihrer Schönheit und Anmut bewundert. Der Nimbus des Romantischen, der ihre Person umgab, verstärkte den Zauber, den sie auf alle Menschen ausübte, mit denen sie in Berührung kam. Und da sie sehr vermögend war und sich kostbare, elegante Toiletten leisten konnte, die sie mit feinem Geschmack auswählte und mit vornehmer Grazie trug, so war sie überall eine interessante, viel umschwärmte Persönlichkeit.

Mehr als ein Mann hätte sich gar zu gern von ihren großen schimmernden Sonnenaugen für immer fesseln lassen, mehr als einen gelüstete es, den fernen Ehemann der schönen jungen Frau, den man fast wie ein Fabelwesen betrachtete, auszustechen. Aber Diana ging ruhig und unbeirrt ihres Weges, war zu allen gleich liebenswürdig, gleich freundlich, und blieb doch »kühl bis ans Herz hinan«. Keines Mannes Anblick hatte bisher ihr Herz höherschlagen lassen, und noch keinen Moment hatte sie sich gesehnt, frei zu sein von den Fesseln, die sie an Lothar von Steinach banden.

Nicht nur im Winter in Berlin wurde sie gefeiert und umschwärmt, sondern auch im Sommer in Dorneck und Buchenau, wo mancherlei Feste und Gesellschaften veranstaltet wurden. Tante Brigitte und Onkel Hermann ließen es auch daheim nicht an Abwechslung und Unterhaltung für Diana fehlen. Diana war erwachsen und in die Gesellschaft eingeführt worden, nun sollte sie auch daheim Zerstreuung haben und ihre Jugend genießen.

Tante Brigitte war zwar freilich manchmal das Herz recht schwer, wenn sie mit ansehen mußte, wie Diana umschwärmt wurde. Ihr war dann jedesmal zumute, als gehe ihrem Sohn etwas verloren, worauf er ein Anrecht hatte. Und oft fragte sie sich, ob wohl Lothar ebenso dringend wünschen würde, daß Diana keinerlei Schranken auferlegt werden sollten, wenn er sie jetzt einmal in ihrer ganzen Schönheit vor sich sähe.

Noch immer war es ihr nicht gelungen, Diana zu bewegen, sich fotografieren zu lassen. Zwar hielt sich Diana jetzt nicht mehr für ein »kleines Scheusal«, aber aus irgendeinem Grunde hatte sie noch immer eine Abneigung gegen Fotografen.

Onkel Hermann, dessen Rollstuhl man bei festlichen Gelegenheiten in Dorneck in den Festsaal rollte, war weniger unruhig als seine Frau, wenn er Diana im Kreise ihrer Verehrer und Bewunderer beobachtete. Seine Augen blickten scharf und klar – und er verstand wie kein anderer Mensch in Dianas Seele zu lesen.

Ihm entging es nicht, wie ruhig und kühl die braunen Sonnenaugen über die Verehrerschar hinwegsahen, wie sie mit leichtem Scherz oder schelmischer Ironie gar zu überschwengliche Komplimente zurückwies und zu hoch auflodernde Flammen mit einem kühlen Lächeln dämpfte. Nie sah der alte Herr in ihren Augen einen unruhigen Blick, eine noch so leise Erregung, wenn sie mit einem der Herren sprach.

Aber dafür sah er Unruhe und Hast in ihrem Wesen, wenn ein Brief von Lothar an sie eintraf. Dann stieg helles Rot in ihr schönes Gesicht, dann atmete sie erregt und hastig. Blieb aber einmal ein erwarteter Brief länger aus, dann lag ein Ausdruck von Bangigkeit und Sorge auf ihren Zügen, und sie zeigte sich so nervös und erregt, wie sie sonst nie war.

Sie ahnte natürlich nicht, wie scharf sie beobachtet wurde.

Traf dann der erwartete Brief ein, steckte sie ihn ungeöffnet zu sich, als eile es ihr nicht, ihn zu lesen. Tante Brigitte sagte darüber einmal sehr beleidigt

»Sie steckt Lothars Briefe zu sich wie irgendeine belanglose Nachricht und vergißt sie wohl gar zu lesen! Es ist ihr anscheinend sehr gleichgültig, was er schreibt.«

Da hatte Hermann von Steinach gelächelt. Sanft und begütigend hatte er die großen, festen Hände seiner Frau gestreichelt und geantwortet: »Laß gut sein, Brigitte – sie vergißt es sicher nicht, und ihre Antworten an Lothar gehen stets pünktlich an demselben Tage ab, an dem sie seine Briefe erhält. Nach Gleichgültigkeit sieht mir diese rege Korrespondenz zwischen den Kindern gar nicht aus. Aber nicht daran rühren, Brigitte – hörst du wohl?«

Frau Brigitte hatte nur geseufzt und wenig hoffnungsvoll ausgesehen.

Nun war wieder ein Sommer zu Ende gegangen, der fünfte seit Lothars Abreise. Wider Erwarten wurde er einige Monate länger, als er vorausgesehen hatte, in Windhuk aufgehalten. Er hatte seinen Angehörigen gemeldet, daß er erst im nächsten Jahr zwischen Ostern und Pfingsten daheim eintreffen würde.

Diana war über diesen Aufschub froh. Sie fürchtete Lothars Heimkehr, ohne sich recht darüber klar zu werden, warum. Ihr war zumute, als müsse die Entscheidung, die dann fallen sollte, sie sehr schmerzlich treffen. Deshalb betrachtete sie diese Verzögerung als einen Gewinn. Der Briefwechsel mit Lothar war ihr zum wichtigsten Lebensinhalt geworden. Sie teilte ihre Zeit nach seinen Briefen ein, rechnete damit, wie mit etwas, das zu ihrem Leben nötig war. Sie hatte ihm immer so viel zu sagen, viel mehr, als irgendeinem anderen Menschen, und sie mochte gar nicht daran denken, wie das sein würde, wenn sie ihm ihre Gedanken und Empfindungen nicht mehr anvertrauen konnte.

Daß es zu einer Trennung zwischen ihnen kommen mußte, sobald er heimkehrte, schien ihr gewiß. Er würde es selbstverständlich finden, und sie würde nicht den Mut haben, ihn zu bitten: »Laß es so bleiben zwischen uns wie bisher.« Schon in Gedanken daran, daß sie solch eine Bitte aussprechen sollte, stieg ihr dunkle Schamröte ins Gesicht.

Onkel Hermann ahnte, daß zwischen den beiden jungen Leuten sich zarte Fäden herüber und hinüber spannen, aber er rührte nie mit einem Wort oder einem Blick daran, denn diese Fäden schienen ihm so zart, daß sie leicht zerreißen konnten.

Auch Lothars Briefe gaben dem alten Herrn in letzter Zeit zu denken. Er forschte jetzt immer, mit einem viel zu stark betonten Gleichmut, ob sich Diana gut unterhalte und ob sie keinen ihrer Verehrer besonders auszeichne. Er betonte jetzt nicht mehr wie früher, daß man Diana Gelegenheit geben müsse, andere junge Leute kennenzulernen. Es klang überhaupt ein unfreier, gezwungener Ton aus seinen Briefen, wenn er von Diana sprach.

Das war aber erst in den letzten Monaten so. Früher sprach er rückhaltlos und ruhig mit seinen Eltern in seinen Briefen über sein Verhältnis zu Diana. Jetzt war da ein anderer Ton zwischen den Zeilen. Und Hermann von Steinach vermutete sehr richtig, daß seines Sohnes Gefühle Diana gegenüber eine Wandlung durchgemacht hatten.

Und so war es auch. Dianas Briefe, die mehr und mehr verrieten, daß aus dem Kind eine junge Frau mit tiefen Empfindungen geworden war, ließen jetzt manchmal Saiten in Lothars Herz anklingen, die ihn beunruhigten. In einer Zeitung, die ihm seine Mutter geschickt hatte, war bei Gelegenheit eines großen Wohltätigkeitsfestes von den Damen, die sich beteiligt hatten, gesprochen worden. Und da war besonders lobend die »junge und bildschöne Frau Diana von Steinach« erwähnt worden. Ihre Erscheinung war genau und sehr begeistert geschildert worden. Man merkte, der Schreiber dieser Zeilen hatte zu tief in Dianas Sonnenaugen geblickt und hatte seinem Enthusiasmus die Zügel schießen lassen. Sogar ihre Garderobe war auf das genaueste beschrieben worden.

Als Lothar das gelesen hatte, war es ihm seltsam ergangen. Das Bild des aufgeschossenen Mädchens mit dem bleichen, hageren Gesicht verblaßte, und an seine Stelle trat eine unwirkliche Phantasiegestalt, wie sie aus diesem Zeitungsbericht emporstieg – ein schlankes, graziöses Geschöpf, das ein elegantes seidenrauschendes Abendkleid zur vollsten Geltung brachte. Er sah weiße, blendend schöne Frauenarme und einen stolzen, königlichen Nacken vor sich, darüber eine metallisch schimmernde Haarfülle von unsagbarer Schönheit. So hatte sie der Schreiber des Artikels geschildert.

Wie ein Träumer hatte Lothar in seinem kahlen Zelt gesessen und dieses Gebilde wie eine Vision vor sich gesehen. Der Gedanke, daß diese junge Frau, deren Schönheit so begeistert geschildert wurde, ihm durch die engsten Bande angehörte, erfüllte ihn mit einer seltsamen Unruhe. Zwar konnte er ihr Bild nicht formen und festhalten, es verwischte sich immer wieder und verband sich mit der kleinen Diana, die er kannte. Nur eins löste sich nach und nach immer klarer los von diesem Traumbild – das waren Dianas große braune Augen, die ihm selbst damals, als sie krank und elend vor ihm lag, so wunderbar schön erschienen waren.

Er las in stillen Stunden nun all ihre Briefe wieder durch, und manches Wort erhielt jetzt eine andere Bedeutung. Jedenfalls war sein Gefühl für Diana plötzlich in andere Bahnen gelenkt worden, und er forschte unruhig in ihren Briefen, ob sich nicht darin ein besonderes Interesse für ein männliches Wesen offenbarte. Fast glich dieses Forschen einer leisen Eifersucht, wenn er sich das auch nicht eingestehen wollte.

So vermutete sein Vater schon richtig, wenn er annahm, daß Lothars Empfinden für Diana sich geändert haben mußte.

Frau Brigitte entging dieses heimliche Spinnen zarter Fäden. Ihre Beobachtungen blieben am Wirklichen haften und drangen nicht in die Tiefe. Sie hatte Lothar jenes Zeitungsblatt allerdings geschickt, um ihm durch einen beredteren Mund als den ihren Dianas Schönheit schildern zu lassen, aber sie ahnte nicht, wie sehr ihn das erregt hatte.

Am wenigsten ahnte Diana selbst, daß Lothar jetzt mit anderen Gefühlen als bisher ihrer gedachte. Seine Briefe verrieten ihr nichts davon. Er hatte sich in der Gewalt und vergaß keinen Augenblick, daß er kein Recht auf sie hatte, obwohl sie ihm angetraut war.

Nun kam der fünfte Winter nach Dianas Krankheit, und auch diesmal sollte Diana im Januar und Februar mit der Familie Sanders nach Berlin gehen.

Dora Sanders war inzwischen auch eine sehr reizende, vielbegehrte junge Dame geworden, aber sie hatte noch keinen ihrer zahlreichen Verehrer mit ihrer Hand beglückt. Auch Susanna Wallner, ihre Kusine, die Dritte im Bunde der Freundinnen, war noch nicht verheiratet oder verlobt.

Das reizende Trio plante wieder für diese Saison allerlei Vergnügungen. Susannas Mutter war die Schwester von Frau Sanders. Ihr Mann war ein reicher Berliner Kaufmann, der im Grunewald eine komfortable Villa besaß.

Diana und die Familie Sanders waren während ihres Berliner Aufenthaltes fast unzertrennlich von Wallners. Zwar wohnten sie stets im Hotel, um frei und ungehindert zu sein, im übrigen aber hielten sie sich in der behaglichen Grunewaldvilla sehr viel auf, wenn sie nicht zusammen gesellige Veranstaltungen aufsuchten.

Da Wallners im Sommer sich meist einige Wochen in Buchenau aufhielten, blieb man immer in regem Verkehr miteinander. Wallners waren auch oft in Dorneck zu Gast.

Susanna Wallner war, gleich ihrer Kusine Dora, blond und blauäugig, ihre Augen waren vielleicht ein wenig heller, ihr Haar eine Schattierung goldener. Sie war auch ein wenig schlanker und hatte etwas weniger frische Farbe, aber sonst glichen die beiden Kusinen einander sehr.

Auch Susanna fehlte es nicht an Bewerbern, zumal auch

sie die einzige Tochter vermögender Eltern war. Aber sie war ebenso klug wie Dora, und es fiel beiden nicht ein, ihre Freiheit leichtsinnig aufzugeben. Sie warteten beide ruhig ab, bis der Richtige kam.

Sehr bescheiden war sie in bezug auf ihren »Zukünftigen« nicht.

»Weißt du, Diana«, sagte Dora eines Tages über diesen Punkt zu ihrer Freundin, »wer ›Er‹ ist und was ›Er‹ ist – das ist mir gleich. Aber ein ganzer Mann muß er sein, einer, der mir riesig imponiert und zu dem ich aufsehen kann. Und gleich muß ich fühlen: Das ist der Richtige, diesen oder keinen!«

Und Susanna, die neben ihnen saß, nickte energisch und bestätigte:

»So halte ich's auch! Hübsch muß er aber auch sein – und rank und schlank – sonst mag ich ihn nicht.«

Diana lachte.

»Ach, du brauchst gar nicht zu lachen, Diana«, fuhr Susanna fort, »du bist natürlich schon über alle Wahl und Qual hinaus, da du dich beinahe schon als Wickelkind verheiratet hast. Aber wir beiden herrenlosen Mädchen müssen noch suchen. Nächstens komme ich wirklich um vor Neugier, wie mein Zukünftiger aussehen wird. Übrigens, das muß ich sagen, von deinem Mann finde ich es unerhört, daß er seelenruhig da unten in Afrika herumkraxelt und Eisenbahnen baut, wo er doch hier eine so schöne junge Frau hat, die allen Männern den Kopf verdreht.«

»Wobei du mich natürlich, samt Dora, tatkräftig unterstützt«, meinte Diana neckend.

Susanna schüttelte energisch den Kopf.

»Nein, nein, mit dieser neckischen Zwischenfrage bringst du mich nicht aus dem Konzept. Du hast zwar eine Geschicklichkeit, dich solchen Themen zu entziehen, die geradezu verblüffend ist. Aber heute lasse ich mich nicht ablenken und frage dich einmal allen Ernstes: Habt ihr denn gar kein Verlangen nacheinander, du und ein Mann? Verzehrst du dich nicht vor Sehnsucht nach ihm?«

Diana wurde rot und suchte Susanna lachend abzulenken.

»Nein – ich verzehre mich nicht, wie du siehst.«

Susanna schüttelte den Kopf.

»Das verstehe ich nicht. Ihr seid ein merkwürdiges Ehepaar. Mein Mann sollte sich das mal einfallen lassen, mich jahrelang allein zu lassen. Dem würde ich Bescheid sagen. Bist du denn wirklich damit einverstanden?«

Dora kam Diana zu Hilfe.

»Aber Susanna, so quäle doch Diana nicht mit solchen Fragen. Ich habe dir doch gesagt, daß Dianas Mann einen Vertrag unterzeichnet hatte, schon ehe er sich verheiratete, der ihn zwang, auf fünf Jahre nach Afrika zu gehen. Da konnte weder er noch Diana etwas daran ändern. Nun gib Ruhe, und laß uns von etwas anderem reden.«

Diana drückte ihr verstohlen die Hand. Doras entschlossenem Eingreifen dankte sie es schon oft, daß dieses für sie heikle Thema immer schnell abgebrochen wurde. Außer Dora und ihren Eltern war niemand in die näheren Umstände von Dianas Ehe eingeweiht.

Diese Unterredung der drei Freundinnen hatte im letzten Sommer in Buchenau stattgefunden.

7

KINDER, DAS ERSTE auf unserem Vergnügungsprogramm ist eine famose Hochzeitsfeier«, sagte Susanna Wallner, als sie Dora und Diana auf dem Bahnhof empfing.

»Mein Gott, laß uns nur erst einmal richtig aussteigen, ehe du uns mit Vergnügungen überfällst«, erwiderte Dora lachend.

Erst folgte nun eine allseitige Begrüßung. Susannas Mutter, ein etwas verjüngtes Abbild von Frau Sanders, die mit ihrer Tochter den Besuch vom Bahnhof abholen wollte, führte Schwester und Schwager voran, und die drei jungen Mädchen folgten.

»Also schieß los, Susanna! Diana macht schon vor lauter Erwartung die reinen Stielaugen. Welches unglückliche Opfer soll denn zum Traualtar geschleppt werden?«

Susanna hatte sich bei den beiden Freundinnen eingehängt.

»Hilde Wollmann natürlich! Ihr habt ja vorigen Sommer ihre Verlobungsanzeige erhalten. Ich habe schon alles mit ihr verabredet. Sie freut sich, daß ihr mit dabeisein werdet. Dora und ich, wir sind natürlich Brautjungfern, und Diana muß als verheiratete Frau als Dekoration fungieren, weil sie eine Schönheit und noch dazu eine Dame von Adel ist.«

Sie lachten alle drei.

Hilde Wollmann war die Tochter eines Geschäftsfreundes von Herrn Wallner und mit Susanna sehr befreundet.

Sie hatten sich langsam in dem Menschenstrom dem Ausgang zugeschoben und nahmen nun mit den älteren Herrschaften in dem eleganten, großen Auto Platz, das Wallners gehörte.

Die drei jungen Damen rückten zusammen und unterhielten sich weiter über die Hochzeit, während die älteren Herrschaften sich lächelnd zurücklehnten.

»Also, Kinder, diese Hochzeit wird ganz besonders interessant«, sagte Susanna wichtig.

»Wieso denn, Susanna?«

»Sollt ihr gleich hören. Hilde Wollmann ist doch mit einem Ingenieur verlobt.«

»Wissen wir.«

»So unterbrich mich doch nicht immer. Dr. Haßler, so heißt der Bräutigam, ist aber kein gewöhnlicher Ingenieur, sondern er ist als Bordingenieur für das große lenkbare Luftschiff angestellt, das in den Seifert & Schubertschen Werken gebaut wird. Dieses Riesenluftschiff ist draußen in der Wuhlheide in einer großen, drehbaren Halle untergebracht. Dort arbeiten außer Dr. Haßler noch mehrere Ingenieure an allerlei Verbesserungen und neuen Ideen für lenkbare Luftschiffe. Es soll so groß sein wie der Zeppelin, dieses Riesenfahrzeug. Und nun denkt euch, all diese interessanten Männer, auch ein Hauptmann Kroner, der Kapitän des Luftschiffs, sind zur Hochzeit geladen. Also eine ganze Anzahl kühner, tatkräftiger Männer, die fast täglich mit dem Luftschiff waghalsige Fahrten unternehmen. Kann euch diese Eröffnung nicht total erschüttern?«

Doras Augen blitzten. »Famos ist das! Sag mal, Susanna,

können wir nicht zwei von diesen kühnen Männern als Brautführer bekommen?«

Susanna nickte. »Natürlich, ist schon alles gemacht. Zwei Brüder sollen die Ehre und das Vergnügen haben. Sie sind beide Ingenieure bei Seifert & Schubert und arbeiten mit Dr. Haßler zusammen.«

»O fein! Wie heißen sie denn?«

»Heinzius. Der älteste, Dr. Alexander Heinzius, ist dir zugedacht, der jüngste, Hans mit Vornamen, mir. Und damit Diana nicht zu kurz kommt, soll sie Hauptmann Kroner zu Tisch führen. Na – was sagt ihr nun?«

»Wir sind sprachlos vor Wonne!«

»Dann bleibt es noch ein paar Minuten; bis ich euch noch etwas sehr Interessantes erzählt habe. Denkt euch, Hilde will mit Dr. Haßler an ihrem Hochzeitstag einen Probeflug von zwei Stunden unternehmen. Gleich nach der standesamtlichen Trauung fahren sie im Auto hinaus zur Halle. Die kirchliche Trauung und die eigentliche Feier finden erst am nächsten Tag statt.«

»Ach, du lieber Gott – so eine Idee!« rief Dora entsetzt.

»Nicht wahr?«

»Hilde Wollmann hat jedenfalls viel Mut«, bemerkte Diana. »Den hätte ich ihr gar nicht zugetraut.«

»Ich auch nicht, sonst ist sie auch gar nicht so kühn. Aber ich glaube, wenn man verliebt ist, dann ist man überhaupt nicht mehr zurechnungsfähig. Ihr Verlobter hat sich diesen Flug dringend gewünscht, weil er, wie er sagt, seiner Braut das Gruseln vor seinem Beruf abgewöhnen will. Und ihr wißt ja – in der Bibel heißt es: Wo du hingehst, da will auch ich hingehen. Hilde meint wahrscheinlich, daß dabei auch eine Spazierfahrt durch die Luft einbegriffen ist. Ich kann mir freilich nicht denken, daß die liebliche Ruth diesen unvorsichtigen Spruch von sich gegeben hätte, wenn damals schon die Fliegerei erfunden gewesen wäre.«

Ein allgemeines Gelächter folgte diesen Worten. Dann sagte Dora energisch:

»Nein, so etwas dürfte mein ›Zukünftiger‹ nicht von mir verlangen, da würde ich mich bedanken.«

»Man soll nichts verreden, Dora«, rief Diana lächelnd.

Diese zuckte mit den Schultern. »Darauf kann ich schon heute einen Eid ablegen.«

Diana und Dora hatten in den nächsten Tagen eine Menge Besorgungen zu machen, um ihre Kleider, Mäntel und Hüte für die bevorstehende Saison vorzubereiten. Zunächst brauchten sie beide ein Kostüm für den Polterabend, der am Tag vor der standesamtlichen Trauung Hilde Wollmanns gefeiert werden sollte. Dann war für die Hochzeitsfeier selbst ein Abendkleid nötig.

Frau Sanders begleitete die jungen Damen auf ihrer Einkaufsfahrt. Meist war auch Susanna dabei, die als Berlinerin ganz genau über die neueste Mode orientiert war.

Die jungen Damen waren alle drei mit ihrem ganzen Interesse bei den Festvorbereitungen. Vor der Hochzeitsfeier wurde nur einmal die Oper besucht, sonst nahm man sich nichts vor.

Sowohl der Polterabend als auch die Hochzeit selbst sollten in einem erstklassigen Hotel gefeiert werden.

Als Wallners und Sanders mit Diana fast zu gleicher Zeit zur Polterabendfeier eintrafen, war schon der größte Teil der Festteilnehmer versammelt. Dora und Susanna waren voll Erwartung.

Die beiden Brüder Heinzius hatten ihren Besuch bei Sanders und Wallners gemacht und einen günstigen Eindruck hinterlassen. Diana sah der Feier bedeutend ruhiger entgegen. Sie freute sich zwar auch auf das Fest, aber mit ganzer Seele war sie doch nie bei solchen Veranstaltungen. Je mehr Glanz und Leben um sie war, desto intensiver dachte sie an Lothar von Steinach in seinem kahlen, nüchternen Zelt im fernen Afrika.

Als die drei schönen jungen Damen den Saal betraten, gefolgt von Doras und Susannas Eltern, da stockte allenthalben die Unterhaltung und man sah ihnen mit mehr oder minder starkem Interesse entgegen.

Als sie von den Gastgebern begrüßt wurden, traten zwei junge Herren heran und begrüßten die Herrschaften sichtlich erfreut. Es waren die beiden Brüder Heinzius, die sich beeilten, sich ihren Brautjungfern zu widmen.

Dr. Alexander Heinzius überragte seinen stattlichen, schlanken Bruder Hans noch um einige Zentimeter. Hans Heinzius war entschieden der hübschere von beiden, aber seinem Gesicht fehlten noch die charakteristischen Linien, die das Antlitz seins Bruders bedeutender erscheinen ließen. Die Brüder sahen sich aber trotzdem unverkennbar ähnlich. Hans hatte frischere Farben und schien von ruhigerer Gemütsart als Alexander, der lebhafter schien. Beide hatten aschblondes, gescheiteltes Haar und trugen kleine gestutzte Lippenbärte von gleicher Farbe. Beider Augen waren blaugrau und blitzten lustig und lebensfroh. Die des älteren Bruders verrieten vielleicht ein regeres Interesse an künstlerischen Dingen, als die des jüngeren. Dora und Susanna unterhielten sich mit sichtlichem Vergnügen mit den beiden Brüdern und kamen sehr bald auf ihre Arbeit zu sprechen.

Da die jungen Damen großes Interesse dafür an den Tag legten, forderten sie die Brüder auf, doch am nächsten Tag hinaus in die Luftschiffhalle zu kommen, um mit ihren Eltern den Aufstieg und Ausflug des jungen Paars mitanzusehen.

Die Kusinen waren sofort Feuer und Flamme dafür, und den Eltern wurde sogleich die Erlaubnis abgerungen. Diana, die mit Hauptmann Kroner plauderte, wurde ebenfalls aufgefordert, mitzukommen, und als in diesem Augenblick Dr. Haßler mit seiner Braut herantrat, wurde ihnen mitgeteilt, daß die kleine Gesellschaft mit ihnen in der Luftschiffhalle zusammentreffen wollte.

Da gab es nun gleich die angeregteste Unterhaltung, in der das Luftschiff eine große Rolle spielte.

Bei der gleich darauf stattfindenden Tafel war Alexander Heinzius Doras Tischnachbar, während sein Bruder Hans an Susannas Seite ihnen gegenüber saß. Die beiden jungen Paare plauderten sehr angeregt und fanden viel Gefallen aneinander. Diana unterhielt sich gut mit dem stattlichen und sehr ritterlichen Hauptmann Kroner, der voll Bewunderung auf seine schöne, graziöse Tischdame blickte und sichtlich gefesselt war von ihrem geistvollen Geplauder. Dianas anderer

Nachbar war Alexander Heinzius, der auch zuweilen das Wort an sie richtete.

Gleich zu Anfang sagte er voll Interesse:

»Ich bitte Sie, gnädige Frau, um eine Auskunft. Der Name Steinach ist mir nicht unbekannt. Ich studierte mit einem Lothar von Steinach zusammen. Wir waren sehr befreundet und hatten viele gemeinsame Berührungspunkte. Ich habe ihn dann aber ganz aus den Augen verloren. Darf ich fragen, ob Lothar von Steinach mit Ihnen verwandt ist, gnädige Frau?«

Dianas Gesicht rötete sich ein wenig, wie immer, wenn man zu ihr von ihrem Gatten sprach.

»Allerdings, Herr Doktor, ich bin Lothar von Steinachs Frau«, sagte sie ruhig und freundlich.

Alexander Heinzius sah sie überrascht an.

»Ach, das ist mir allerdings sehr interessant! So werde ich doch einmal wieder von meinem alten Freund hören. Ich war etwas früher mit meinem Studium fertig als er und, trotzdem ich in Berlin blieb, bin ich nachher nicht mehr mit ihm zusammengetroffen. Er war so eifrig bei der Arbeit, daß man ihn nie zu einer geselligen Zusammenkunft bewegen konnte. Verschiedentlich habe ich es versucht, ihn vom Studiertisch wegzulocken, aber es gelang mir nicht. Nachher bekam ich meine Anstellung und hatte selber keine Zeit mehr. Darf ich fragen, ob Ihr Herr Gemahl ebenfalls in Berlin ist, gnädige Frau?«

»Nein, mein Mann ist seit fünf Jahren in Afrika beim Bau einer Eisenbahn beschäftigt. Er kommt erst nach Ostern heim.«

Dr. Heinzius richtete seine klugen Augen mit einem seltsam erstaunten Blick auf die schöne, junge Frau, die er nicht älter als zwanzig Jahre taxierte. Vor fünf Jahren mußte sie seiner Ansicht nach noch ein halbes Kind gewesen sein. Natürlich gab er seinem Erstaunen keine Worte, aber in seinen Augen lag warmes Interesse.

»Da werden Sie gewiß sehr froh sein, wenn die Trennungszeit vorüber ist. Übrigens muß sich Lothar gleich nach Beendigung seines Studiums nach Afrika begeben haben. Er sagte mir einmal, daß er ohne Rast und Ruhe vorwärtsstreben müsse, um bald auf eigenen Füßen stehen zu können. Sein Vater, der, soviel ich mich erinnere, einen schweren Unfall erlitten hatte, war Verwalter eines Gutes, das einer Waise gehörte, und Lothar sagte mir, bis diese junge Waise sich einmal verheiraten würde, müsse er so weit sein, daß er etwas für seine Eltern tun könne, da dann ihres Bleibens auf diesem Gut nicht mehr sein würde. Sie sehen, gnädige Frau, ich war sehr vertraut mit Lothar, denn Sie werden wissen, daß er nicht der Mann ist, jeden in seine Verhältnisse blicken zu lassen. Um so erstaunter bin ich, daß er mir nicht einmal seine Verheiratung angezeigt hat.«

Diana hatte interessiert zugehört. Nun sah sie ernst zu dem jungen Mann hoch, dessen ganzes Wesen ihr sehr sympathisch war. Er schien ihr durch seine Freundschaft mit Lothar nähergerückt, als all die anderen Menschen hier. Und seine Augen ruhten voll warmer Teilnahme in den ihren.

»Daß er das unterlassen hat, lag wohl in den Verhältnissen. Lothar ist wenige Tage nach unserer Verheiratung abgereist – und ich war sehr krank. Da haben wir gar keine offiziellen Anzeigen verschickt. Im übrigen, Herr Doktor, da Sie so viel aus Lothars Leben wissen, will ich Ihnen auch noch anvertrauen, daß ich die Waise bin, deren Gut Lothars Vater verwaltet.«

Alexander Heinzius blickte sie ein wenig betreten an.

»Oh, meine verehrte, gnädige Frau, – da bin ich wohl ein wenig ausführlich geworden. Aber Sie begreifen, daß es mir doch interessant war, Näheres über meinen lieben alten Freund zu erfahren, und ich wollte mich gewissermaßen legitimieren. Ich bitte sehr um Verzeihung, wenn ich Ihnen zudringlich erschienen bin.«

»Durchaus nicht, Herr Doktor, ich habe nichts zu verzeihen. Und auch mir ist es sehr angenehm, daß ich mit Ihnen über Lothar sprechen kann. Ich hoffe, daß Sie nach seiner Rückkehr die alten freundschaftlichen Beziehungen zu ihm wieder aufnehmen können. Vielleicht führt Sie das Schicksal einmal nach Dorneck? Dann sollen Sie uns sehr willkommen sein.«

Er küßte ihr die Hand. »Meine verehrte, gnädige Frau, Ihre Güte beschämt mich. Und jedenfalls bitte ich ergebenst, daß Sie in Ihrem nächsten Brief an Ihren Gemahl einen herzlichen Gruß von mir bestellen.«

»Das soll geschehen.«

»Ich danke Ihnen sehr.«

Da inzwischen Dora sich ihrem Tischherrn wieder zuwandte, erzählte er ihr, daß er in Frau von Steinach die Gattin eines alten Studienfreundes erkannt hatte.

»Sie kennen Lothar von Steinach?« fragte sie interessiert.

Und im Laufe des Abends sprachen die beiden jungen Leute noch mehrmals über Lothar und Diana, und soviel Dora von dem Geschick dieser Menschen verraten konnte, ohne Dianas Vertrauen zu mißbrauchen, erzählte sie ihm.

Sie berichtete auch, daß ihren Eltern jetzt Buchenau gehörte, und daß dies früher Herrn von Steinachs Besitz gewesen sei. Strahlend schilderte sie ihm, wie schön es in Buchenau und Dorneck sei.

Alexander Heinzius sah dabei gefesselt in Doras veilchenblaue Augen und fand die junge Dame außerordentlich reizend.

»Sie müssen uns einmal per Luftschiff einen Besuch abstatten, Herr Doktor«, meinte Dora lachend. »Zu Dorneck und Buchenau gehören große Wiesen und Felder, wo Sie bequem landen können.«

Ihre Augen funkelten dabei vor Glück über den stattlichen jungen Mann an ihrer Seite.

»Soll ich Sie beim Wort nehmen, gnädiges Fräulein?« fragte er halb ernst, halb lachend.

Sie nickte strahlend. »Oh, das wäre herrlich! Was meinen Sie wohl, wie unsere Dorfbewohner staunen würden, wenn Sie durch die Luft geflogen kämen.«

Er sah ihr mit einem eigentümlichen Blick in die strahlenden Augen. »Nun – wegen der Dorfbewohner würde ich schwerlich solch eine Luftreise unternehmen. Aber vielleicht – wenn Sie mich darum bitten würden«, neckte er.

Sie funkelte ihn mutwillig an. »Haben Sie denn allein über die Flugziele zu bestimmen?«

Er lachte. »Nein! Aber ich könnte doch ein gutes Wort dafür einlegen, daß wir wenigstens einmal über Buchenau hinwegfliegen. Also bitten Sie mich immerhin recht schön.«

Sie errötete und wandte ihren Blick zur Seite.

»Das will ich mir doch erst überlegen.«

»Bitten Sie so ungern?«

»Ich riskiere nicht gern eine Fehlbitte. Und da es nicht in Ihrer Macht liegt . . . aber ich weiß einen Ausweg. Ich möchte Sie bitten, daß Sie einmal ohne Luftschiff nach Buchenau kommen, wenn Sie es mit demselben nicht tun können.«

Seine Augen senkten sich mit einem warmen Aufleuchten in die ihren. »Diese Bitte will ich mit Freuden erfüllen, mein gnädiges Fräulein, ich bin ja auch schon nach Dorneck eingeladen worden.«

In demselben Augenblick wurde ihm Dora durch einen Tänzer entführt.

Das Brautpaar, das sich auch fleißig am Tanz beteiligte, flog an ihm vorbei. Dr. Haßler lachte ihn an, so daß man seine schönen weißen Zähne blitzen sah. Das energische, scharfgeschnittene Gesicht des Bräutigams hatte heute den ihm sonst eigenen, ernsten Ausdruck verloren.

Diana war als Tänzerin, wie immer, stark begehrt, aber es gelang nun Alexander Heinzius doch, einen Tanz von ihr zu bekommen. Und sie sprachen wieder von Lothar. Diana erzählte von seinen Arbeiten und von seiner Umgebung, und Alexander mußte sich fragen, ob Lothar von Steinach nicht in qualvoller Sehnsucht nach seiner jungen schönen Frau leben mußte. Warum war er überhaupt auf so lange Zeit fortgegangen? Da seine Frau ihm ein großes Vermögen und einen reichen Grundbesitz eingebracht hatte, war es doch seltsam, daß er jetzt noch da unten in Afrika arbeitete. Es erging Alexander Heinzius wie allen Menschen, die Diana von Steinach kennenlernten – er mußte sich mit ihrem Schicksal beschäftigen und über ihre eigenartige Ehe nachdenken.

Jede hätte sich das nicht gefallen lassen, dachte er.

Als er Diana an ihren Platz zurückbrachte, traf er dort seinen Bruder und Susanna in angeregtester Unterhaltung an. Susannas Munterkeit hatte Hans entschieden aus seiner sonstigen Reserve gelockt. Er gehörte zu den Männern, die angeregt werden müssen, ehe sie aus sich herausgehen, während sein Bruder Alexander meist selbst die Initiative ergriff.

Alexander sah sich nach Dora um. Da der Tanz zu Ende war, hatte sie ihre Mutter aufgesucht, die mit mehreren älteren Herrschaften in einem Nebenzimmer saß.

Er hatte sie bald entdeckt und blieb wartend an der Saaltür stehen, bis sie wieder hereinkam. Der nächste Tanz, ein Walzer, gehörte ihm.

Als Diana und Dora an diesem Abend in ihrem gemeinsamen Schlafzimmer im Hotel allein waren, fragte Diana lächelnd: »Nun, Dora – wie gefällt dir dein Brautführer?«

Dora löste ihr blondes Haar und sah sinnend im Spiegel in ihre eigenen Augen. »Er ist jedenfalls ein Mann, dem man nicht alle Tage begegnet.«

Diana lachte. »Das ist alles?«

Nun lachte auch Dora und fiel Diana um den Hals. »Ach, weißt du, Schatz, ich habe schon schönere und blendendere Männer kennengelernt, und mancher hat sich um mich beworben. Aber noch nie habe ich so das bestimmte Empfinden gehabt, einer bedeutenden, eigenartigen Persönlichkeit gegenüberzustehen, wie bei ihm. Und außerdem – er hat unter der Unterlippe, rechts über dem Kinn, einen kleinen Leberfleck – der ist zum Küssen.«

Diana lachte, und Dora lachte mit. »Du bist und bleibst köstlich, liebste Dora.«

»Nicht wahr! Aber nenne es wie du willst – dieser kleine Leberfleck ist meinem Herzen gefährlich geworden.«

»Aber der hat doch wirklich nichts Imponierendes an sich.«

»Der Leberfleck – nein! Aber dafür der Mann, der ihn besitzt. Außerdem hat er wirklich sehr schöne, ausdrucksvolle Augen – und gleichgültig haben die ganz sicher nicht in die meinen gesehen. Ach, Diana – was sind wir Mädchen für schwache Geschöpfe! Da kommt ein Mann daher und schaut einem in die Augen, und schon ist es um uns geschehen. Susanna scheint übrigens auch etwas Ähnliches an sich erfahren zu haben. Sie schwärmte den Mondschein an, als wir auf die Straße traten. Das ist ein bedenkliches Zeichen.«

»Meinst du?«

Dora nickte entschieden. »Unbedingt, ich kenne doch Susanna. Aber nun wollen wir zu Bett gehen. Morgen ist auch noch ein Tag. Du, ich freue mich riesig auf den Ausflug. Ich habe noch nie ein Luftschiff in der Nähe gesehen. Und außerdem bin ich außerordentlich gespannt, ob Hilde wirklich mit ihrem Bräutigam losfliegt, oder ob sie im letzten Moment den Mut verliert. Hoffentlich ist gutes Wetter morgen, sonst wird überhaupt nichts aus dem Aufstieg.«

Diana hatte sich schon niedergelegt und fragte nun müde: »Wollten wir nicht schlafen, Dora?«

»Ach so – natürlich! Also, gute Nacht, liebste Diana – und träume süß – meinetwegen von deinem Lothar.«

Damit knipste sie das elektrische Licht aus.

8

DIE SONNE STRAHLTE am nächsten Tag so herrlich und verlockend, daß Dora mit einem Jauchzer aus ihrem Bett sprang. Das Thermometer zeigte zwar zwei Grad Frost, aber es war ganz windstill. Schöneres Wetter konnte man sich also für den geplanten Ausflug und für den Aufstieg des Brautpaares nicht wünschen. Um zwölf Uhr fuhren Wallners mit ihrem Auto am Hotel vor und holten Familie Sanders und Diana ab. Dann ging es in schnellster Fahrt nach der Wuhlheide hinaus.

Als man Karlshorst passiert hatte und durch einen schmalen Waldstreifen gefahren war, sah man schon die große, drehbare Halle, die das Luftschiff barg, mitten auf freiem Feld liegen. Die spitz zulaufende Schmalseite der Halle war nach Osten gedreht. Die entgegengesetzte Seite der Halle war nur mit einem riesengroßen Vorhang aus grauem Segeltuch geschlossen, der in der Mitte geteilt und noch zugezogen war.

Vor diesem Vorhang hielten schon einige Autos, deren Insassen sich bereits in der Halle befanden. Staunend sahen die Neuangekommenen, als sie ausstiegen, an diesem Riesenvorhang empor und betrachteten erst einmal die Halle von außen. Sie war fest gefügt, die Eisenkonstruktion war unten mit leichtem, dünnem Ziegelwerk und oben durch zahllose Glasfenster ausgefüllt.

Ein kreisrunder Wall im Durchmesser des Längenmaßes der Halle umgab das Bauwerk, es nur an den Schmalseiten berührend, während er von den Breitseiten weit abbog. Innerhalb dieses Walles wurde die Halle gedreht, wie es erforderlich war. Der Schienenstrang, auf dem die Wagen liefen, die das Gebäude trugen, zeichnete sich schwarz, wie mit einem Riesenzirkel gezogen, von der leichten Schneedecke ab. – Seitwärts von dem Riesenvorhang trat man dann durch ein kleines Pförtnerstübchen in die Halle. Unbeschreiblich groß und weit tat sich dieselbe vor den erstaunten Augen auf.

Dora schrie auf vor Überraschung, als sie inmitten der Halle das Luftschiff wie ein riesenhaftes Ungetüm schweben nah. Es war auch ein überwältigender Anblick. Der gelbe Riesenballon war mit Tauen und zahlreichen Ballastsäcken an den Boden gefesselt, weil er sonst wohl bis zur Decke der Halle emporgestiegen wäre.

Am anderen Ende der Halle stand eine Gruppe Menschen an der vordersten Luftschiffgondel. Sie unterhielten sich laut und lebhaft, aber der weite Raum schluckte die Stimmen.

Nun war man da vorn auf die Eingetretenen aufmerksam geworden, und plötzlich kam ein Motorrad in schnellem Tempo durch die Halle gesaust. Es war Alexander Heinzius. Dicht vor Dora Sanders sprang er mit einem eleganten Satz von dem Fahrzeug.

Er trug einen braungestreiften Anzug, eine festsitzende Sportmütze, die er in den Nacken geschoben hatte, und ein Hemd mit losem Kragen, der mit einer schlichten Nadel zusammengehalten wurde. In diesem Arbeitsanzug sah er entschieden noch vorteilhafter aus als im Frack. Dora war ganz blaß geworden vor Erregung und sah ihm mit großen Augen entgegen. Hier, in dieser Umgebung, in diesem schlichten praktischen Anzug erschien ihr Alexander Heinzius ein ganz anderer als gestern im Ballsaal. Er imponierte ihr entschieden mit seinem sicheren, ruhigen Auftreten.

Man muß die Männer bei ihrer Arbeit sehen, wenn man wissen will, was sie wirklich gelten. Und hier in diesem weiten Raum atmete alles einen Riesengeist. Was Menschengeist zu ersinnen, was Menschenwille zu meistern vermochte, das sah man hier vor sich, und bewundernd mußte man zu diesen Männern aufsehen, die im Kampf mit den Elementen ihre ganze Kraft einsetzten.

Als Alexander Heinzius vor Dora von dem Motorrad sprang, das die Ingenieure immer benutzten, um den langen Weg durch die Halle schnell zurückzulegen, und grüßend die Mütze von seinem dichten aschblonden Haar zog, da tat ihr Herz ein paar laute, starke Schläge. Ihre Augen strahlten, und ihre kleine Hand schmiegte sich zitternd in die seine. Er begrüßte nun lächelnd die ganze Gesellschaft und führte sie dann durch die Halle zu den bereits anwesenden Herrschaften.

Auf halbem Weg kam ihnen Hans Heinzius entgegen. Er war genau wie sein Bruder gekleidet. Als er Susanna Wallner begrüßte, lachte er über das ganze Gesicht, und er umschloß ihre Hand mit einem so festen Druck, wie es eigentlich nicht üblich ist. Die Gruppe vorn an der ersten Gondel bestand aus Hilde mit ihren Eltern, Dr. Haßler, Hauptmann Kroner, dem Direktor der Seifert & Schubert-Werke und noch einigen Ingenieuren sowie drei Herren, die mit aufsteigen wollten. Man begrüßte sich gegenseitig, und die Gäste der Halle ergingen sich in bewundernden Ausrufen.

Eine Anzahl Arbeiter machte sich schon an den Ballastsäkken zu schaffen, die, zu Bündeln vereinigt, unter den Gondeln hingen. Neben dem Luftschiff schwebte, drollig unbeholfen wie ein Riesenbaby desselben, ein kleinerer Versuchsballon, ebenfalls gelb, mit einem langen Schweif. Dieses Riesenbaby ließ man in die Lüfte steigen, um die Windverhältnisse festzustellen.

Dr. Haßler trug wie Hauptmann Kroner schon seinen schwarzen gefütterten Lederanzug. Nur die Kappe hatte er noch nicht über den Kopf gezogen. Seine Braut stand neben ihm und hielt seine Hand. Sie war in einen langen Pelzmantel gehüllt und trug auf dem Kopf eine Pelzkappe mit Schleier. Ein wenig bleich sah sie aus, schien aber sonst ruhig und gefaßt. Vor zwei Stunden waren diese beiden Menschen vor dem Standesamt miteinander verbunden worden, und nun sollte die junge Frau die Zugehörigkeit zu ihrem Gatten bekunden, indem sie ihn da hinauf in das unsichere Element begleitete, das zu bezwingen sein Beruf war. Zuweilen drückte Dr. Haßler verstohlen die Hand seiner jungen Frau, und sein ernstes Gesicht strahlte auf. Dann lächelte sie zuversichtlich und mutig.

Die Brautmutter sah aber entschieden sehr ängstlich und verzagt aus, und auch der Vater machte ein unbehagliches Gesicht. So sehr sie ihren Schwiegersohn schätzten, wäre es ihnen doch lieber gewesen, wenn er einen weniger gefahrvollen Beruf gehabt hätte, und wenn er vor allen Dingen nicht darauf bestanden hätte, Hilde mit sich in die Lüfte zu nehmen.

Man ging nun von einer Gondel zur anderen, um sich die Propeller und die Maschinen genau anzusehen.

Alexander Heinzius schwang sich empor in den schmalen Laufgang, der direkt unter dem Ballon, in dessen äußerer loser Hülle, von einer Gondel zur anderen führte. Er sah nach allen Maschinen, prüfte die Ventile und klappte die Signaltafeln, durch die man sich auf der Fahrt von der mittelsten, der Führergondel, mit den andern Gondeln verständigen konnte, auf und nieder.

Dann wurden an die mittelste Gondel zwei Leitern angelegt, dicht nebeneinander. Da hinauf stieg zuerst Hauptmann

Kroner. Die anderen Personen, die zur Bedienung des Luftschiffs nötig waren, verteilten sich in den Gondeln. Dann stieg das junge Paar Seite an Seite hinauf, nachdem Hilde ihre Eltern umarmt und geküßt hatte.

Diana stand etwas abseits. Sie sah mit einem seltsamen Gefühl, wie Dr. Haßler seine junge Frau sorgsam führte und sie dann, als er sie über die Brüstung der Gondel hob, einen Augenblick fest an sich drückte und ihr strahlend in das blasse Gesicht sah.

Eine unbezwingliche heiße Sehnsucht stieg in ihr auf.

Wie schön mußte das sein, so innig vereint mit dem geliebten Mann hoch emporzufliegen über alle Welt, dem Himmel entgegen! Ja – sie hätte auch den Mut gehabt, eine solche Fahrt zu unternehmen, wenn Lothar sie geführt hätte.

Als sie sich dieses Gedankens bewußt wurde, errötete sie über sich selbst. Ein leiser Seufzer entstieg ihrer Brust. Sie sah nicht, daß Hauptmann Kroner sie von oben grüßte und seine Augen bewundernd auf ihr ruhen ließ.

Dora und Susanna standen nebeneinander und hielten sich fest bei den Händen. Sie staunten das Wunder an, das sich vor ihren Blicken vollzog. Ihre jungen Herzen klopften stark und unruhig. Immer wieder sahen sie nach den Brüdern Heinzius hinüber, die jetzt keine Zeit hatten, sich um sie zu kümmern. Zwar stiegen sie nicht mit auf, weil sie ihre Plätze den Gästen abgetreten hatten und nur eine bestimmte Anzahl Personen aufgenommen werden durfte, aber sie hatten alles zu beaufsichtigen.

Nun wurde der graue Riesenvorhang aufgezogen, und der weite Ausgang der Halle lag frei vor aller Augen da.

Die Ballastsäcke wurden auf Kommando entfernt. Es war alles bereit. Langsam begannen die Maschinen zu arbeiten. Wie ein Riesenungeheuer wurde das Luftschiff, von Menschenhänden geleitet, aus der Halle geführt, und zwar rückwärts.

Langsam, in schrägen Zickzacklinien, stieg es draußen im Freien empor. Ein paar weiße Tücher flatterten über die Brüstung der Mittelgondel, in der man nur noch Köpfe der Menschen sah.

Mit einem eigentümlich schnarrenden Geräusch arbeiteten die Maschinen. Höher und höher ging es hinauf in ruhiger Fahrt, sicher und elegant. Jetzt erschien das Luftschiff nicht mehr so riesenhaft und überwältigend. Es schwebte so schlank und elegant in dem blauen Äther, wie ein Fisch im Wasser schwimmt.

Als es die gewünschte Höhe erreicht hatte, nahm es ruhig und sicher seinen Kurs auf, zuerst hinüber nach dem Müggelsee.

Zwei Stunden sollte die Fahrt dauern. Doras und Susannas Eltern trösteten die Mutter der Braut, die ihre Tränen nicht hatte zurückhalten können, als ihre Tochter ihren Blicken entschwand.

Nun kamen die Brüder Heinzius wieder heran.

Alexander trat lächelnd zu Hildes Mutter. »Sie müssen nicht weinen, verehrte gnädige Frau, in zwei Stunden haben Sie Ihre Frau Tochter heil und gesund wieder«, sagte er tröstend.

Die alte Dame sah ihn ängstlich an. »Sagen Sie, Herr Doktor, kann auch wirklich nichts geschehen?« fragte sie zitternd.

»Bei diesem stillen, sonnigen Wetter ganz gewiß nicht. Haben Sie doch ein wenig Vertrauen zu uns. Meinen Sie, Dr. Haßler hätte seine junge Frau einer Gefahr ausgesetzt? Sie ist da oben bei ihm so sicher, wie wir hier unten. Und nun wollen wir gar nicht mehr daran denken. Ich bitte die Herrschaften in unser kleines Speisezimmer, wo wir uns gestatten, Sie ganz schlicht mit einer Tasse Kaffee oder einem Glas Wein zu bewirten. Es kommt von Herzen – und überdies vergeht Ihnen dabei die Wartezeit etwas schneller.«

Die jungen Damen waren sehr neugierig auf dies Speisezimmer. Rechts und links waren unten in der Halle in Zimmerhöhe je eine Reihe kleiner Räume angebaut. Darinnen waren Arbeitszimmer, Zeichenbüros, Maschinenräume für elektrische Beleuchtung und für die Bewegung der Halle, eine Nähstube für Ballonhüllen, Garderoben und Waschräume untergebracht, zuletzt auch eine Küche und daneben ein Speisezimmer für die Ingenieure.

Die Halle lag weitab von menschlichen Behausungen, und so mußten die Herren sich hier in der Küche ihre Mahlzeiten während des Tages zubereiten lassen.

Das Speisezimmer war ein langer, schlichter Raum, in dem eine lange Tafel stand und rings um dieselbe eine Anzahl schlichter Rohrstühle, die gerade für die kleine Gesellschaft ausreichte.

In einer Ecke stand ein kleiner eiserner Ofen, in dem ein lustiges Feuer brannte. Ein sehr primitiver Ofenschirm aus Blech schützte die nächsten Plätze vor der intensiven Ofenglut.

Dem Ofen gegenüber, in der anderen Ecke, stand ein Schränkchen, in dem eine Anzahl Flaschen mit Wein und Likören und einigen Kisten Zigarren und Zigaretten aufbewahrt wurden.

Über der Eingangstür hingen die Fotografien von Luftschiffen, an den Wänden ringsum sah man Abbildungen von Flugzeugen, und über der Tür, die zur Küche führte, hing die Karikatur eines Katers, der auf einem Teller eine Ratte spazierentrug.

Über der Tafel war ein Ventilator angebracht, der gelegentlich die Rauchwolken hinaustreiben mußte. Anscheinend hatte er vor dem Eintritt der Damen sein Werk getan, denn die Luft war ganz rein.

Lachend sahen die Damen auf die weiß gedeckte Tafel. Darauf standen zwei Körbchen mit Brot und holländischem Zwieback, daneben in einer Porzellandose Butter und eine viereckige Schüssel mit ausgelassenem Schmalz.

Außerdem befanden sich noch Aschenbecher, Streichholzständer und Pfeffer- und Salzbüchsen auf dem Tisch und vor jedem Platz eine Kaffeetasse.

Wie bescheiden diese tatkräftigen, tüchtigen Männer sind, dachte Dora, als Alexander lachend erklärte, daß Schmalz- und Butterschnitten köstlich schmeckten, wenn man Hunger habe.

Diana dachte wieder an Lothar. Er würde noch viel bescheidener in seinen Ansprüchen sein müssen als diese Herren.

Alexander hatte am Abend vorher Dora freimütig erzählt, daß er und sein Bruder Hans zeitig selbst für ihren eigenen Unterhalt sorgen mußten, da noch drei jüngere Geschwister daheim waren und seine Eltern in bescheidenen Verhältnissen lebten. Sie sah nun über den Tisch hinüber in sein energisches Gesicht, und ihre Augen schimmerten feucht. Sein Blick strahlte; er fühlte instinktiv, daß die kleine lustige Dora auch ernst und tief empfinden konnte. Ihm war, als könne er ihr die Gedanken vom Gesicht ablesen. Seltsam genug nahmen sich die elegant gekleideten Damen in dem nüchternen Raum mit den grauen Wänden aus.

Susanna verlangte nun übermütig, mit Butter- und Schmalzstullen bewirtet zu werden. Die anderen stimmten ihr bei, und die beiden Brüder machten unter Scherzen und Lachen die Wirte. Eine Riesenkaffeekanne – Dora behauptete, sie konkurriere an Größe mit dem Luftschiff – wurde von einem Arbeiter aus der Küche hereingebracht, dazu eine kleine Kanne mit Milch.

Es wurde nun regelrecht getafelt, bis die Kanne leer war. Die Damen versicherten, daß es ihnen noch nie so gut geschmeckt habe.

Frau Wallner lud die Ingenieure für Sonntag zu Tisch ein. Sichtlich erfreut nahmen die Brüder die Einladung an, die dann später auch auf Hauptmann Kroner ausgedehnt wurde.

Schnell waren auf diese Weise die zwei Stunden vergangen, die für den Flug vorgesehen waren. Die Brauteltern hatten keine Ruhe gehabt und waren längst hinausgegangen, um den Himmel nach dem Luftschiff abzusuchen. Nun gingen die anderen auch hinaus.

Auf den besonderen Wunsch Doras gab Alexander Befehl daß die Halle ein Stück herumgedreht wurde. Ein Druck auf einen Hebel genügte, um die Maschinerie in Bewegung zu setzen. Die Wagen unter der Halle liefen langsam die Schienen entlang, und der ganze Koloß drehte sich langsam herum mit allem, was darin war.

Auf ein Zeichen stand dann im Augenblick alles wieder still.

»Da kommen sie – da kommen sie!« rief jetzt die Brautmutter in zitternder Erregung.

Aller Augen richteten sich empor nach dem klarblauen Himmel. Da kam das Luftschiff über die Bäume des nahen Waldstreifens geflogen, ruhig und majestätisch, vom Sonnenlicht umflossen. Scharf hoben sich die Konturen von der klaren Luft ab.

Nun hörte man auch schon wieder das Geräusch der arbeitenden Maschinen. Ganz deutlich sah man die rotierenden Bewegungen der Propeller.

Ruhig, in schnurgerader Richtung, steuerte das Luftfahrzeug auf die Halle los. Unten an der Mittelgondel hing eine rote Signalflagge, das Zeichen, daß das Schiff landen wollte.

Die Arbeiter, die bei der Landung helfen mußten, sammelten sich um die Brüder Heinzius. Langsam senkte sich nun das Luftschiff, abermals in bestimmten Zickzacklinien. Größer und größer erschien es wieder den Augen der Zuschauer dieses Schauspiels.

Nun sah man schon wieder das Schwenken der weißen Taschentücher, über den Gondelbrüstungen erschienen die Köpfe der Passagiere. Ein Kommando erschallte, alle Hände streckten sich hoch, um das Ungetüm einzufangen und zu halten und es an den Seilen in seinen Schuppen zu bringen.

Ein kurzes Durcheinander von Menschenstimmen, das Trampeln der schweren Füße auf dem Fußboden der Halle, kurze Kommandostimmen und das Surren der Maschinen klangen durcheinander, dann wurden die Maschinen abgestellt, die Ballastsäcke angehängt, und es wurde stiller.

Wenige Minuten später hob Konrad Haßler seine junge Frau strahlend vor Glück und Stolz aus der Gondel und legte sie dann in die Arme der vor Freude weinenden Mutter, die ihr Kind ängstlich betastete, ob es auch ganz und heil geblieben war.

Dr. Haßler lachte glücklich, so daß seine weißen Zähne aus dem gebräunten Gesicht blitzten.

»Mutter – es war eine herrliche, wundervolle Fahrt!« rief

die junge Frau jubelnd und sah mit einem stolzen, verklärten Blick ihren Mann an.

Susanna und Dora umarmten sich vor Erregung. Warum sie so erregt waren, wußten sie nicht so recht, aber alles, was sie hier gesehen hatten, hatte ihre Gemüter erregt. Es war ihnen so feierlich zumute, als hätten sie etwas Wunderbares erlebt, das sie nie wieder vergessen konnten.

»Dora, Hilde ist doch zu beneiden«, flüsterte Susanna.

Dora nickte verträumt. »Ja, ich glaube, sie ist sehr glücklich.«

Hauptmann Kroner trat zu Diana heran. Sie sprach ihm ihre Bewunderung aus über alles das, was sie gesehen hatte. Aber ihre Gedanken irrten immer wieder von dem Gespräch ab und flogen sehnsüchtig weit, weit fort – in ein schlichtes Zelt – zu einem Einsamen.

Sobald die Brüder Heinzius wieder Zeit hatten, traten sie zu den beiden Kusinen heran. »Haben die Damen nicht Lust bekommen zu einer kleinen Luftfahrt?« fragte Hans lachend.

Susanna atmete tief auf. »Gestern noch hätte ich Ihnen auf diese Frage entschieden ›nein‹ geantwortet, aber nachdem ich dies alles hier gesehen habe, erscheint mir das Wagnis gar nicht mehr so ungeheuerlich. Es sieht so sicher aus, wie das Luftschiff seine Bahn verfolgt.«

Nun wurde aber zur Heimfahrt gerüstet.

Man verabschiedete sich herzlich von den Ingenieuren und Hauptmann Kroner.

Als Alexander Heinzius Dora in den Wagen half, hielt er ihre Hand, die sie ihm gereicht hatte, ein wenig länger fest, als es üblich war.

»Morgen sehen wir uns wieder«, sagte er leise.

Sie wandte das rosig überhauchte Gesicht nach ihm zurück, und er fühlte, daß sie den warmen Druck seiner Hand mit einem leisen Gegendruck erwiderte.

»Ja – morgen auf Wiedersehen!«

Auch Hans Heinzius hatte sich eifrig bis zuletzt mit Susanna beschäftigt.

Nun fuhren die Wagen davon.

Hauptmann Kroner rief den Brüdern ein Scherzwort zu und ging in die Halle, um sich im Speisezimmer einen dampfenden Grog zu bestellen.

Alexander und Hans Heinzius sahen eine Weile stumm hinter den davonsausenden Autos her. Dann blickten sie sich in die Augen.

»Du, Alexander – wenn man nicht so ein armer Schlucker wäre! Diese süße, kleine Susanna Wallner wäre eine Frau nach meinem Herzen! So ein liebes, frisches Mädchen! Mir ist ganz wunderlich zumute.«

Alexander lachte und warf übermütig die Mütze in die Luft.

»Auch du, mein Sohn Brutus!«

Hans nickte. »Du bist natürlich in die kleine Dora verschossen?«

»So natürlich ist das doch nun gerade nicht.«

»Aber ich hab's gemerkt, ich kenne dich doch.«

»Na also – ja. Sie ist ein lieber kleiner Kerl und gefällt mir sehr.«

»Aber auch unerreichbar für dich. Diese Menschen sind, glaube ich, ganz unanständig reich. Da hat unsereiner kein Glück.«

Alexander warf den Kopf zurück. »Ach was, Hans! Dem Mutigen gehört die Welt! Schließlich sind wir doch ein paar ganze Kerls, und ein Mädel, das uns zum Mann bekommt, ist nicht betrogen. Nur Lumpen sind bescheiden. Wenn ich auch nicht eine Frau heiraten würde, nur weil sie Geld hat, so sehe ich doch nicht ein, warum ich mich nicht in so ein süßes Mädel verlieben soll, trotzdem sie Geld hat. Mitgiftjäger sind wir doch beide nicht.«

»Nein, gewiß nicht.«

»Na also – dann können wir uns auch mit ruhigem Gewissen in unsere reizenden Brautjungfern verlieben. Ich stehe jedenfalls für nichts, wenn mich die kleine Dora morgen wieder so lieb anschaut wie heute.«

Hans schob seinen Arm unter den des Bruders.

»Jetzt wollen wir aber erst noch an die Arbeit gehen, da wir morgen Urlaub haben.«

»Schön, erledigen wir unser Pensum.«

»Hast du gemerkt, daß Hauptmann Kroner die reizende kleine Frau von Steinach kaum aus den Augen läßt?«

Alexander zuckte mit den Schultern.

»Das ist ungefährlich. Er bewundert nur ihre Schönheit.«

»Mag sein. Aber weißt du, dein Freund Lothar muß seiner Sache sehr sicher sein, daß er die kleine Frau so gemütsruhig hier allein zurückläßt.«

»Wer weiß, ob er so gemütsruhig ist. Mit dieser Ehe stimmt irgend etwas nicht.«

»Meinst du?«

»Ja, sicher! Dora Sanders erzählte mir, daß Frau von Steinach früher gar nicht schön gewesen sei, eher das Gegenteil. Sie ließ eine Bemerkung fallen, die mich vermuten läßt, daß die beiden sich nur äußerer Verhältnisse halber vermählt haben. Bedenke, als Lothar Steinach nach Afrika gegangen ist, war seine Frau doch noch sehr jung und außerdem schwer krank. Sie ist ihm auf dem Krankenbett angetraut worden. Wenn ich Lothar nicht so genau kennte, würde ich glauben, daß er sich da verkauft hat.«

»Na erlaube – diese reizende Frau hat doch wohl nicht nötig, sich einen Mann zu kaufen.«

»Man sollte es meinen, aber Lothar war stets ziemlich unempfindlich weiblichen Reizen gegenüber, trotzdem die Frauen gerade für ihn stets eine besondere Vorliebe zeigten. Ich weiß, daß alle Frauen sehr intensiv in sein Gesicht sahen, wenn wir zusammen auf der Straße gingen, obwohl er nie einer Beachtung schenkte. Aber lassen wir das – es sind sicher sehr delikate Angelegenheiten, und ich wünsche sowohl ihm wie seiner schönen Frau, daß sich ihr Schicksal nach seiner Heimkehr glücklich gestalten möge.«

Sie traten in die Halle. Und dort gab es noch angestrengt zu tun, bis das Luftschiff wieder gesäubert, nachgesehen und regelrecht verstaut war.

Erst als der Abend herabsank, verließen die Brüder Heinzius die Halle und begaben sich nach dem Karlshorster Bahnhof, um mit der Stadtbahn heimzufahren.

9

AM NÄCHSTEN TAG bei der Hochzeitsfeier zeigten die beiden Brüder Heinzius ihren reizenden Brautjungfern ganz unverhohlen, daß diese Eindruck auf ihre Herzen gemacht hatten. Es spannen sich zarte Fäden zwischen den jungen Leuten.

Als dann am nächsten Sonntag die Brüder und Hauptmann Kroner in der Wallnerschen Villa Tischgäste waren, machte sich schon ein leiser, vertraulicher Ton zwischen den beiden Paaren bemerkbar. Amor setzte das Werk, das er begonnen hatte, eifrig fort.

Diana mußte wohl oder übel wieder Hauptmann Kroner beschäftigen, dessen feurige Komplimente sie mit ihrer Schelmerei so weit dämpfte, daß er dann selbst etwas bedächtiger wurde.

Susanna und Dora aber machten Diana ganz offenherzig zur Vertrauten ihrer erwachenden Neigung zu den beiden Brüdern Heinzius.

Als die beiden Mädchen am Sonntag abend, nachdem die Brüder sich mit Hauptmann Kroner entfernt hatten, mit Diana ein Stündchen allein waren, mußte diese einen Sturm von Begeisterung über sich ergehen lassen. Susanna erklärte Hans Heinzius für den reizendsten Menschen der Welt und Dora ihren Alexander auch. Beide waren sich darin einig, daß die Brüder tüchtige, imponierende Männer waren, wie sie noch keinen begegnet waren.

Lächelnd hörte Diana zu, und als sie endlich einmal zu Wort kam, sagte sie neckend:

»Also ich sehe schon – ihr beiden macht auch eine Hochzeitsreise im Luftschiff.«

Die Kusinen lachten verschämt, und Dora sagte seufzend: »Ach – bis dahin läuft noch viel Wasser den Berg hinunter.«

»Ganz zufällig« trafen im Lauf der nächsten Wochen die Brüder Heinzius überall mit den beiden Kusinen zusammen. Man sah sich auf der Eisbahn, im Theater und in Gesellschaft. Und immer größer wurde die Freude an solch einem Zusammentreffen. Schneller noch als sonst vergingen diesmal die Wochen, die Sanders' für den Berliner Aufenthalt vorgesehen hatten.

Nun stand die Abreise nahc bevor. Ein letztes Mal sollte Dora noch mit Alexander zusammentreffen, und zwar bei einem kleinen Abschiedsessen im Hotel, das ihre Eltern ihren nächsten Freunden und Bekannten gaben. Daß die Brüder Heinzius eingeladen wurden, dafür hatte Dora gesorgt.

Es war eine halbe Stunde vor Beginn dieses Soupers, als Dora, bereits elegant angezogen, zu ihrem Vater ins Zimmer schlüpfte.

»Väterchen, hast du ein paar Minuten Zeit für mich?«

Der alte Herr saß am Schreibtisch, um noch schnell einige Briefe zu erledigen. Er sah sich lächelnd nach seiner Einzigen um.

»Na, dann schieß nur los, Dorchen. Was hast du denn auf dem Herzen? Willst du Vaters Portemonnaie noch in aller Eile ein bißchen erleichtern?«

»Nein, Väterchen. lch möchte dich nur bitten, jemand für den Sommer nach Buchenau einzuladen«, sagte sie, ihr Gesicht an seiner Brust verbergend.

Sie hatte sich auf seinen Schoß gesetzt, ungeachtet ihres frischgebügelten Kleides, denn sie wußte, dann war der Vater besonders schwach und nachgiebig.

Der alte Herr schmunzelte, und seine Augen blickten lächelnd sein reizendes Töchterchen an.

»Na also – Dorchen – wen willst du denn gern in Buchenau haben? Soll ich mal raten?«

Sie nickte und küßte ihn auf den Mund. Er gab sich den Anschein, ernsthaft nachzudenken.

»Vielleicht den Hauptmann Kroner?«

Dora schüttelte den Kopf.

»Ach, der – das ist ja schon ein alter Herr!«

»Alt? Na, erlaube mal, wenn der das hört! Also ein Jüngerer muß es sein – ein Mann ist es doch auf alle Fälle?«

Sie nickte energisch.

Papa Sanders wußte ganz genau, wen sein Töchterchen meinte, aber er gab sich den Anschein, angestrengt nachzudenken.

»Meinst du vielleicht den Referendar Röder?«

»Aber Papa – das ist doch ein langweiliger Mensch!«

»So? Na, dann mußt du es mir schon selbst sagen. Es wird doch nicht etwa einer von den Brüdern Heinzius sein?«

Sie versteckte wieder ihr Gesicht. »Doch, Papa.«

»Na, na, Mädelchen! Du willst mir doch nicht etwa dein Herz an solch einen Flieger hängen? Solch einen Luftikus?«

Dora hob kampfbereit das Köpfchen. »Luftikus! Da muß ich aber sehr bitten, Papa, es sind zwei sehr ernste, gediegene Männer.«

Er zog sie am Ohrläppchen. »Na, beiß nur nicht gleich, ich glaube es ja. Der ›Luftikus‹ bezog sich nur auf ihren Beruf. Also, welchen von beiden soll ich denn einladen?«

Sie drehte an seinem Rockknopf. »Weißt du was – lade sie alle beide ein. Vielleicht so um Pfingsten herum, da ist Susanna auch mit ihren Eltern in Buchenau. Das wird ganz nett. Und Lothar von Steinach ist dann wahrscheinlich nach Dorneck zurückgekehrt. Alexander Heinzius ist doch mit ihm befreundet, und sie werden sich freuen über ein Wiedersehen.«

»Also, Betrieb auf der ganzen Linie! Was wird Mama dazu sagen, wenn wir ihr so eine Menge Gäste einladen?«

»Mama ist einverstanden.«

»So, da hast du schon vorgearbeitet?«

Sie lachte. »Natürlich, für solche Sachen ist doch Mama sozusagen die höchste Instanz. Und nicht wahr, du lädst die Brüder recht nett und herzlich ein, damit sie auch wissen, daß sie uns sehr willkommen sind.«

»Weißt du denn, ob sie mir willkommen sind? Ich traue den beiden nicht so recht. Die sind so verteufelt energisch. Wenn es nun gar einem von ihnen einfiel, mir mein Dorchen zu entführen, weißt du, so per Luftschiff, wie die kleine Frau Doktor Haßler. Nee, nee, Dorchen, das gibt es nicht!« neckte er.

Sie funkelte ihn übermütig an. »Also, ich verspreche dir, daß ich nicht mitfliege, wenn du es nicht willst.«

»Na schön, daraufhin will ich die Einladung anbringen.«

Dora küßte ihren Vater herzhaft und huschte dann wieder hinaus.

Eine halbe Stunde später saßen Sanders' mit ihren Gästen in einem kleinen Saal im Hotel bei der Tafel. Dora saß natürlich neben Alexander Heinzius und Susanna neben Hans.

Auf Doras Wunsch hatte der Vater gleich, als die Brüder kamen, seine Einladung ausgesprochen; und sie war mit so strahlenden Gesichtern angenommen worden, zumal von Alexander Heinzius, daß sich der alte Herr sein Teil denken konnte.

So kam kein Trennungsweh auf zwischen den beiden jungen Leuten. Es stand ihnen ja ein Wiedersehen bevor. Das Essen verlief in heiterster Stimmung, nur als man danach auseinanderging, glänzten Doras Augen verräterisch. Alexander hielt ihre Hand fest in der seinen.

»Also auf Wiedersehen in Buchenau, Herr Doktor«, sagte sie leise.

»Auf Wiedersehen, gnädiges Fräulein, und bitte vergessen Sie mich nicht«, antwortete er ernst.

Sie schüttelte den Kopf.

»Nein – ganz gewiß nicht. In Buchenau ist es still, da wird man nicht so leicht abgelenkt wie in Berlin.«

»Ich hoffe aber, wir hören zuweilen voneinander durch Ihr Fräulein Kusine, die wir hoffentlich zuweilen sehen.«

Dora seufzte. »Ach ja – Susanna hat es . . .«

Sie erschrak und brach ab. Sie hatte sagen wollen: ›Susanna hat es gut, die bleibt hier.‹ Er hatte sie aber doch verstanden und preßte seine Lippen auf ihre Hand. Und als sie nun verwirrt und errötend vor ihm stand, dachte er: Du bist ein Tor, daß du sie gehen läßt, ohne dir dein Glück zu sichern.

Aber nun war es zu spät, sie mußten sich trennen.

Am anderen Tage reisten Sanders' mit Diana ab.

Wallners waren am Bahnhof. Dora hing Susanna schluchzend am Hals.

»Ach Susanna – wie beneide ich dich, daß du hierblieben darfst.«

Susanna drückte sie fest an sich. »Sei ruhig, Dora, ich werde Alexander Heinzius immer von dir erzählen, wenn ich ihn sehe.«

»Und wirst du mir auch jedes Wort schreiben, was er über mich gesagt hat?«

»Ganz gewiß. Das will ich tun.«

»Und grüße ihn jedesmal von mir.«

»Nun komm, Dora, steig endlich ein, sonst fährt der Zug ohne dich ab«, drängte Diana.

»Ich wollte, er täte es«, sagte Dora halb lachend, halb weinend.

Aber sie stieg nun doch ein, und gleich darauf setzte sich der Zug in Bewegung.

Diana wurde in Dorneck, wie immer, mit großer Freude empfangen. Onkel Hermann und Tante Brigitte hatten ihr Töchterchen in diesen Wochen der Abwesenheit schmerzlich vermißt.

Die Tante war mit dem Wagen am Bahnhof, um Diana selbst abzuholen. Bei der Begrüßung ging es nicht ohne einige Kraftausdrücke der alten Dame ab. Wie eine Feder hob sie die junge Frau aus dem Zug und drückte sie ans Herz.

Diana verabschiedete sich nun von Familie Sanders und versprach, in den nächsten Tagen nach Buchenau zu kommen. Dann ging's im schlanken Trab nach Hause.

Onkel Hermanns Gesicht leuchtete wie heller Sonnenschein, als Diana auf ihn zuflog.

»Da bin ich wieder, Herzensonkel!« rief sie, ihn herzlich küssend.

Er schluckte ein wenig, weil ihm Tränen emporstiegen.

»Mein kleiner Sonnenschein – gottlob, daß ich dich wiederhabe! Ohne dich fehlt mir in Dorneck die Sonne.«

Sie streichelte seine Hände. »Nun gehe ich auch so bald nicht wieder fort, Onkel Hermann, vielleicht nie wieder. Ich glaube, ich war das letztemal mit in Berlin.«

Er sah sie forschend an, und Tante Brigitte rief verwundert:

»Oho, mein Schäfchen, warum denn? War's diesmal nicht so nett in Berlin?«

Diana legte ihre Arme um den Hals der alten Dame. »O ja, Tantchen, es war sehr schön und interessant. Allerlei habe ich erlebt und gesehen. Ich werde euch viel erzählen müssen. Aber schließlich ist es doch immer dasselbe. Und dann – mir fehlen eben in Berlin deine kräftigen Donnerwetter«, schloß sie schelmisch.

Tante Brigitte schüttelte sie ein wenig an den Schultern. »Du Racker, willst du deine alte Tante verulken?«

»Nein, nein, ich vermisse es wirklich schrecklich, wenn ich nicht schon zum Frühstück höre, daß du einen erfrischenden Marsch durch das ganze Haus bläst.«

»So? Und einzig um dieser Morgenmusik nicht zu entgehen, willst du in Zukunft nicht mehr nach Berlin gehen?«

»Vielleicht habe ich auch noch andere Gründe.«

Hermann von Steinachs Augen hingen mit heimlichem Forschen an Dianas Gesicht. Kam sie wieder, wie sie fortgegangen war – oder war diesmal ein Mann in ihr Leben getreten, der ihr gefährlich geworden war? Er konnte es nicht glauben, weil dann alle seine Vermutungen in bezug auf ihre Gefühle zu Lothar falsch gewesen wären. Aber ganz sicher war er doch nicht . . .

Tante Brigitte machte sehr neugierige Augen.

»Andere Gründe? Na, dann schieß doch mal los, Diana, und hülle dich nicht in so geheimnisvolle Andeutungen.«

Diana machte ein schelmisch wichtiges Gesicht. »Es ist ein Geheimnis, Tante Brigitte, und nicht einmal mein eigenes. Aber wenn ihr mir feierlich Stillschweigen gelobt, dann will ich's euch verraten.«

»Natürlich geloben wir, und nun raus mit der Katze aus dem Sack«, drängte Frau Brigitte.

Diana umfaßte Onkel und Tante zugleich und rief im Bühnenflüsterton: »Dora und Susanna haben sich rettungslos verliebt – und mit verliebten Leuten ist doch nichts Vernünftiges anzufangen.«

Es ging wie ein heimliches Aufatmen über die alten Herrschaften.

»Ei, siehe da! Erzähle doch, Kindchen!« rief Frau Brigitte interessiert.

Diana legte geheimnisvoll den Finger auf die Lippen. »Vorläufig kein Wort. Erst will ich mich umziehen, und dann habe ich Hunger. Wenn der gestillt ist, fange ich an, euch von Berlin zu erzählen.«

»Na, dann los, du Schelm! lch werde gleich blasen zum Futterempfang.«

Herzlich lachend küßte Diana Tante und Onkel auf den Mund und ging aus dem Zimmer. Wohl war ihr ums Herz, daß sie nun wieder bei den beiden Menschen war, die sie innig liebte. Sie hatten ihr doch, wie immer, sehr gefehlt in diesen Wochen.

Daheim ist es doch am schönsten, dachte sie, als ihr Sophie das Haar bürstete und ihr allerlei dabei erzählte vom täglichen Kleinkram.

Dann reichte ihr Sophie ein bequemes Hauskleid und schien sichtlich erfreut, daß sie ihre schöne junge Herrin wieder bedienen konnte.

Als Diana fertig war, ging sie ins Speisezimmer hinunter. Onkel Hermanns Rollstuhl stand schon am gedeckten Tisch, und Tante Brigitte tat nun sofort die Suppe auf.

Neben ihrem Teller sah Diana einen Brief liegen.

»Ich hatte es vergessen, ihn dir vorhin zu geben, Diana, er ist von Lothar«, sagte der alte Herr scheinbar ganz gleichmütig, aber er ließ Diana nicht aus den Augen. Sie faßte mit unsicheren Händen nach dem Schreiben und ließ es ohne ein Wort in ihrer Tasche verschwinden. Aber sie wurde sehr rot dabei und war entschieden zerstreut und unaufmerksam.

Hermann von Steinach wurde um so gesprächiger, so daß Dianas Verstummen wenig auffiel.

Mit dem Erzählen wurde es heute nicht viel. Der Brief in der Tasche lockte zu sehr. Und bald nach Tisch schützte Diana große Müdigkeit vor und bat, sich zurückziehen zu dürfen. Onkel Hermann sah ihr lächelnd nach.

Und er wunderte sich gar nicht, als am nächsten Morgen Diana schon beim Frühstück ein Antwortschreiben für Lothar in das Postfach legte. Trotz der betonten Müdigkeit mußte sie noch gestern abend an ihn geschrieben haben . . .

Lothars Brief, den Diana sofort öffnete, als sie in ihrem Zimmer allein war, lautete:

»Meine liebe Diana! Nun kann ich schon die Wochen zählen bis zu meiner Heimkehr. Mitte April ungefähr schiffe ich mich in Swakopmund ein. Je näher der Termin meiner Abreise herbeirückt, desto unruhiger und fieberhafter sehne ich ihn herbei. – Jahrelang habe ich verhältnismäßig ruhig auf diesen Zeitpunkt gewartet, und nun ist es mit aller Ruhe vorbei. Ich glaube, ich habe ganz regelrechtes Heimweh. Vor allem nach unserem schönen deutschen Wald – und nach vielem anderen ... Ich darf gar nicht daran denken, wenn ich nicht krank werden soll vor Sehnsucht.

Meinen Eltern verrate bitte nichts von dieser Gemütsverfassung, sie würden sich beunruhigen. Dir aber muß ich es anvertrauen, einen Menschen muß man doch haben, dem man solche Stimmungen offenbaren kann, nicht wahr?

Ich hoffe, daß Du, wenn Du diesen Brief erhältst, von Berlin zurückgekehrt bist. Aus Deinem letzten Schreiben ersah ich, daß Du Dich diesmal wohl besonders gut dort unterhalten hast. Du sandtest mir einen Gruß von Alexander Heinzius und schriebst mir sehr viel Gutes von ihm. Er war mir ein lieber Freund, und ich glaube wohl, daß er ein tüchtiger Ingenieur geworden ist. Euer Ausflug in die Luftschiffhalle ist sicher sehr interessant gewesen. Außer über Alexander Heinzius schreibst Du mir sehr wenig, aber natürlich bist Du in Berlin sehr in Anspruch genommen. Nun Du jedoch wieder in Dorneck bist, findest Du hoffentlich noch einmal Zeit, mir ausführlich zu schreiben und mir alles zu erzählen, was Du in Berlin erlebt hast.

Weißt Du, daß ich mir jetzt immer viel Mühe gebe, mir vorzustellen, wie Du jetzt aussiehst? Ich kann das alte Bild von Dir nicht mehr festhalten. Im kurzen Kleid und mit Hängezöpfen streifst Du ganz sicher nicht mehr durch Dorneck. Ich habe ja in einer Zeitung gelesen, daß Du sehr geschmackvolle und elegante Kleider trägst. Meine Eltern schreiben mir auch immer wieder, wie sehr Du Dich verändert hast. Und ich kann mir so gar kein Bild von Dir machen ...

Aber ich bin ja nun bald, bald daheim. Manchmal meine

ich, daß ich diese letzten Wochen nicht mehr ertragen kann. Es muß aber gehen.

Du fragtest mich in Deinem letzten Brief, ob ich schon weitere Zukunftspläne geschmiedet habe. Nein, Diana, ich will mich einmal treiben lassen und abwarten. Ich glaube, mir ist in letzter Zeit ein Teil meiner Energie abhanden gekommen. Vielleicht liegt das am hiesigen Klima oder am Heimweh. Wenn ich erst wieder durch den kühlen, schattigen deutschen Wald schweife, werde ich sie schon wiederfinden.

Habe ich erst ein paar Wochen Heimatluft genossen und Euch alle wiedergesehen, dann werde ich auch wissen, wie sich meine Zukunft weiter gestalten wird.

Manches lasse ich hier zurück, was mir mit den Jahren lieb und wert geworden ist. Ob ich wohl noch einmal hierher zurückkehre?

Und nun – zuletzt das wichtigste, Diana. Seit Jahren sind wir mit keinem Wort auf das zurückgekommen, was uns verbindet. Heute, in diesem voraussichtlich letzten Brief – ich weiß nicht, ob ich nochmals ausführlich schreibe – muß ich es wieder berühren. Du mußt nun ernstlich mit Dir zu Rate gehen, was Du über uns beide beschließen willst. Nicht wahr, das siehst Du ein, daß wir zur Klarheit kommen müssen? Wir wollen ganz ruhig und vernünftig darüber sprechen, wenn ich erst in Dorneck sein werde.

Und damit will ich heute schließen. Lebe wohl – und auf baldiges Wiedersehen.

Dein treu ergebener Lothar.«

Diana hatte diesen Brief mehrere Male durchgelesen. Sie fühlte sich dabei sehr unruhig und erregt.

Mit trüben Augen blickte sie auf die letzten Worte des Briefes, auf die Worte, die ihr Verhältnis zu Lothar berührten.

Sie hatten in der letzten Zeit beide vermieden, davon zu schreiben. Wie im stillen Einverständnis waren sie darüber hinweggegangen, trotzdem sie beide unausgesetzt daran denken mußten.

Und nun stellte er sie so plötzlich durch diese Worte vor

eine Entscheidung. Sie hatte ja diese Entscheidung kommen sehen und sich davor gefürchtet. War ihr doch Lothar durch seine Briefe innerlich näher und näher gerückt, war doch das Gefühl, das sie für ihn hegte, von Tag zu Tag tiefer und inniger geworden. Vielleicht gerade durch das seltsame Verhältnis, das sie an ihn band, war er zu einer Art Idealgestalt für sie geworden, zu der sich ihr junges, unberührtes Herz immer mehr hingezogen fühlte.

Wenn sie jetzt in die Vergangenheit zurückblickte, erschien es ihr, als habe sie schon als Kind eine heimliche unbewußte Neigung für Lothar empfunden. Ihre Befangenheit, ihre Scheu ihm gegenüber waren ganz gewiß keinem Gefühl der Abneigung entsprungen. Sie hatte es schon damals schmerzlich empfunden, wenn er fremd und gleichgültig über sie hinwegsah. Dieses schmerzliche Gefühl hatte sie nur anders gedeutet. Sie hatte geglaubt, es gälte dem Umstand, daß er die Liebe seiner Eltern für sich allein in Anspruch nähme . . .

Jetzt wußte sie aber und gestand es sich ein, daß sie zuweilen ein Gefühl gehabt hatte, als müsse sie ihm sagen: ›Hab' mich ein wenig lieb und neide es mir nicht, wenn deine Eltern mir ein Plätzchen in ihren Herzen geben – ich bin ja so arm an Liebe und habe keinen Menschen, der mir gehört.‹

Sie hatte diese Worte aber nie ausgesprochen. Stolz und Scheu schlossen ihr den Mund, wenn sie in sein herbes, ernstes Gesicht sah, das eigentlich nie so recht unbekümmert und froh ausgesehen hatte. Aber von einer Liebe zwischen Mann und Frau hatte sie damals noch keine Ahnung gehabt.

Und jetzt?

Diana barg das Gesicht in den Händen und erschauerte. Diese Frage wagte sie sich nicht zu beantworten.

Wieder las sie die Worte, die sie so schmerzlich erregt hatten. War es nicht, als wollte er sie damit darauf hinweisen, daß nun das Band, das sie beide umschlang, zerrissen werden mußte? Lag nicht schon zwischen den Zeilen der Wunsch ausgesprochen: ›Gib mich frei, löse dich von mir.‹?

Sie hob den Kopf in einer jähen, stolzen Gebärde. Ihr feiner, roter Mund, der so süß und sinnverwirrend lächeln konnte, preßte sich herb und schmerzlich zusammen, und die großen Sonnenaugen blickten starr und wie erloschen.

Sie trat ans Fenster und sah hinaus in die sternenlose Nacht. Es hatte zu regnen begonnen, und der erste Vorbote des Frühlings, der Wind, rüttelte an den Fenstern und trieb die Regentropfen klatschend an die Scheiben.

Das erinnerte sie an jene Nacht, da sie krank und fiebernd da drüben in ihrem Zimmer gelegen hatte, die Nacht, die ihrem Hochzeitstag folgte.

Ihrem Hochzeitstag!

Seufzend faltete sie ihre Hände über dem Fenstergriff und lehnte die Stirn darauf. Und ein Wort klang ihr in den Ohren, ernst und feierlich, ein Wort, das der Priestermund an jenem Tag über ihre und Lothars verbundene Hände gesprochen hatte, und das ihr damals eine ganze andere Bedeutung gehabt hatte: »Bis daß der Tod euch scheide.«

Der Tod war nicht gekommen damals, der sicher erwartete Tod. Sie lebte, und Lothar war nicht, wie er und sie geglaubt hatten, bald wieder frei geworden von jener Fessel, die sie ihm in der Sorge um Onkel Hermann aufgezwungen hatte.

Aufgezwungen?

Ja, ja – er hatte nicht anders handeln können; an seine Kindesliebe, an seine Sohnespflicht hatte sie ihn gemahnt, so daß er nicht anders konnte. Aber nun kam er und forderte seine Freiheit – und sie würde ihn nicht halten.

»Er soll frei sein«, sagte sie hart und laut vor sich hin, und ihr Antlitz war versteinert.

Mit diesem starren Antlitz setzte sie sich an ihren Schreibtisch und schrieb die Antwort auf seinen Brief.

»Lieber Lothar! Dies soll nun also der letzte Brief werden, den ich an Dich nach Afrika schreibe. Ich bin heute von Berlin zurückgekehrt und fand Dein Schreiben vor.

Über meine Berliner Erlebnisse kann ich Dir nicht viel mehr berichten. Wir sind, wie immer, von einem Vergnügen zum anderen geeilt und kaum zur Besinnung gekommen. Und fast täglich bin ich mit Alexander Heinzius zusammengetroffen, worüber ich mich sehr gefreut habe. Er ist wirklich ein sehr lieber Mensch, und ich habe mich stets gern mit ihm unterhalten. Natürlich haben wir viel von Dir gesprochen. Du wirst ihn bestimmt in Dorneck oder Buchenau sehen, denn er wird um die Pfingstzeit für einige Zeit hier sein. Auch sein Bruder Hans, der mir aber lange nicht so gut gefällt wie er. Alexander ist entschieden eine Persönlichkeit, der man Interesse entgegenbringen muß. Jedenfalls ist die Bekanntschaft mit ihm der beste Gewinn dieses Winteraufenthaltes in Berlin für mich gewesen.

Weiteres über diesen Aufenthalt zu schreiben lohnt sich nicht, es würde Dich sicher nur langweilen. Ich bin wie immer von Onkel und Tante sehr lieb aufgenommen worden und fand sie beide frisch und gesund. Auch sonst ist in Dorneck alles beim alten.

Auf der Fahrt habe ich gesehen, daß die Bäume schon dicke Blattknospen angesetzt haben, woran wohl die laue Witterung schuld ist. Jedenfalls rüstet sich also der deutsche Wald schon, Dich im vollen Blätterschmuck empfangen zu können. Wenn Du Mitte April dort abreist, dann wirst Du ungefähr Mitte Mai hier sein, soviel ich mir ausrechnen kann.

Ich glaube Dir wohl, daß Du Heimweh hast. Deine Eltern zählen auch schon die Tage, die Du noch fern bist. So lange, lange bist Du fortgeblieben . . .

Aber – alles andere können wir ja nun bald mündlich besprechen. Und auch über die Lösung der Frage, die Du am Schluß Deines Briefes berührst, werden wir uns schnell, wie gute Freunde, verständigen, nicht wahr? Es wird sich alles nach unseren Wünschen regeln lassen.

Und nun ein letztes Mal herzliche Grüße aus der Heimat und ein frohes: Auf Wiedersehn! Diana.«

Sie atmete tief auf, als dieser Brief geschrieben war. Er hatte viel Überwindung gekostet und war kühler und steifer ausgefallen als ihre letzten Briefe an Lothar. Das lag auch in ihrer Absicht. Er sollte auf keinen Fall ahnen, daß sie eine Trennung ihres Bundes gar nicht herbeisehnte, sondern sich im Gegenteil davor fürchtete wie vor etwas, das ihr Schmerz bereiten würde.

Keinesfalls ahnte sie aber, welchen Eindruck dieser Brief auf Lothar machte.

Als er nach Wochen die Worte Dianas in den Händen hielt und las, legte es sich wie ein schwerer Druck auf sein Gemüt, obwohl er sich nicht erklären konnte, warum.

Sicher las er zwischen den Zeilen allerlei, was ihn beunruhigte, und zwar quälte ihn gerade das, womit ihm Diana eine Freude machen wollte – ihre warmen Worte über seinen Freund Alexander Heinzius.

Schon als ihm Diana vor Wochen von Berlin aus Grüße von Alexander übermittelt hatte, war etwas in ihm aufgewacht, was ihn seither nicht mehr losließ.

Diana hatte schon in jenem Brief viel Liebes und Gutes über Alexander Heinzius geschrieben, in dem Bestreben freilich, Lothar zu erfreuen. Auch war ihr dieser junge Mann wirklich sehr sympathisch, vielleicht am meisten deshalb, weil er Lothars Freund war. Und dieser Sympathie hatte sie eifrig Ausdruck gegeben, ahnungslos, daß sie damit ein Gefühl in Lothar erweckte, das man nur mit Eifersucht bezeichnen konnte. Und diese Eifersucht erhielt nun neue Nahrung durch das, was Diana in diesem letzten Brief über Alexander Heinzius schrieb. Solche Worte hatte sie noch nie über einen Mann geschrieben . . .

Lothar sprach sich selbst energisch jede Berechtigung zur Eifersucht ab – aber das nützte nichts. Er suchte auch logisch zu zergliedern, daß er unmöglich eifersüchtig sein könnte, da er Diana doch gar nicht liebte. Rundheraus erklärte er sich, daß es ganz unmöglich sei, daß er Diana lieben könnte. Gewiß, er hatte sie bewundert, daß sie ihm in ihren Briefen zutraulich entgegenkam. Aber als Frau war sie doch nicht für ihn in Betracht gekommen. Freilich, er hatte nach jener Zeitungsnotiz seiner Phantasie die Zügel schießen lassen und hatte sich von Diana ein Bild gemacht, wie es ihm wohl gefallen konnte, das aber sicher nicht der Wirklichkeit entsprach. Weil durch ihre Briefe ihr Wesen, ihre Seele für ihn Bedeutung gewonnen, hatte er sich auch äußerlich ein Bild von ihr schaffen wollen, das diesem Kern ihres Wesens entsprach. Aber das war doch nur ein Traumbild, sonst nichts.

Der Briefwechsel mit ihr war ihm eine Freude geworden in dem ewigen, nüchternen Einerlci seiner Tage, und zuweilen hatte ihn seine Einsamkeit verleitet, mit dem Gedanken zu spielen, daß er ein junges Weib daheim hatte, eine Frau, von der andere in begeisterten Tönen sprachen, die schön, lieblich und anmutig sein sollte und die in eleganten Kleidern von vielen Männeraugen bewundert wurde.

Aber alles das berechtigte ihn doch keineswegs, Eifersucht zu empfinden? Nein, gewiß nicht! Und doch – was war es denn sonst, das ihm das Herz bedrückte und ihn so unruhig und verstimmt machte? Warum quälte es ihn, daß sie von dem Freund in warmen Worten berichtete? Warum berührte es ihn so schmerzlich, daß sie ihm schrieb, er würde den Freund in Dorneck sehen zur Pfingstzeit? Und warum konnte er sich nicht freuen auf das Wiedersehen mit Alexander Heinzius? Doch nur, weil er es ihm neidete, daß Diana ihn verehrte und bewunderte – und weil er fürchtete, daß dieser Freund vielleicht eines Tages mehr für Diana sein könnte als er selbst, daß dieser einst in Wirklichkeit die Stelle einnehmen würde, die ihm nur zum Schein gehörte.

Lothar war mit sich selbst so unzufrieden wie nie zuvor im Leben. Und er sehnte nun den Tag seiner Abreise noch fieberhafter herbei als bisher. Oft meinte er, diese letzten Wochen nicht mehr ertragen zu können.

Wenn Diana geahnt hätte, wie sehr sie Lothar quälte mit ihren Worten über Alexander, wie leicht hätte sie ihn dann beruhigen können, wenn sie ihm verraten hätte, daß Alexander und Dora Sanders sich gern hatten.

Aber sie wußte es nicht. So quälen sich die Menschen oft gegenseitig, ohne es zu wissen und zu wollen.

10

OSTERN FIEL IN diesem Jahr in die ersten Apriltage. Tante Brigitte hatte alle Hände voll zu tun, und manchmal konnte sie vor Müdigkeit kaum noch von ihrem Pferd herunterklettern, wenn sie von ihren lnspizierungsritten heimkehrte.

Diana bat sie oft, sie sollte sich mehr Ruhe gönnen.

»Nimm dir doch noch einen zweiten Inspektor zu Hilfe, Tante Brigitte. Du mußt dich entlasten, das geht so nicht weiter«, sagte sie eines Tages sehr dringlich, als die alte Dame todmüde nach einem langen Ritt in einen Sessel fiel.

Frau Brigitte riß die Reitmütze von ihrem starken, grauen Haar und rieb sich dann mit schmerzhafter Gebärde die steif gewordenen Hüften.

»Ach, Küken, das verstehst du nicht! Das Auge des Herrn macht nicht nur die Kühe fett, sondern läßt auch die Saat besser wachsen auf den Feldern. Und da du keine Veranlagung für Ackerbau und Viehzucht hast und deine blanken Äuglein zu anderen Dingen brauchst, als sie zur Vermehrung deines Besitzes herumschweifen zu lassen, so müssen das die meinigen besorgen. Die sehen auch, trotzdem ich schon zuweilen die Brille auf die Nase setzen muß, noch viel schärfer als die deinen. Was soll mir ein zweiter lnspektor? Den müßte ich noch extra beaufsichtigen. Nee, nee, Goldkind, da ist es mit einem reichlich genug.«

Diana umarmte die Tante herzlich und küßte sie auf die Wange. Und dann löste sie selbst die Haare der alten Dame, da Sophie mit einem Auftrag fortgeschickt worden war. Diana wußte, daß sie das als eine Wohltat empfand. Liebevoll strich sie ihr dann über die Wangen.

»Liebste Tante Brigitte – jetzt werde ich dir einmal etwas sagen – von jetzt ab werde ich dir helfen. Jawohl, sieh mich nur nicht so ironisch an, als sei ich ein zerbrechliches Porzellanfigürchen. Ich bin gesund und stark und will nun auch endlich zu etwas nütze sein auf der Welt. Vor allem nehme ich dir von jetzt ab erst einmal die weiten Ritte ab, die dich so anstrengen. Ich will nun auch anfangen zu lernen, wie man ein Gut verwaltet.«

Frau Brigitte sah halb unsicher, halb amüsiert an Dianas schlanker, eleganter Figur empor.

»Hm! Du meinst wohl, ich gehöre nun zum alten Eisen? Soll ich vielleicht das Gnadenbrot in Dorneck essen?«

Die letzte Frage klang stolz und bitter.

Diana umschlang sie erschrocken.

»Tante Brigitte! Was soll denn das heißen?«

Die alte Dame fuhr sich energisch über das zurückgekämmte Haar.

»Das soll heißen, mein liebes Kind, daß ich bisher mein Brot in Dorneck ehrlich verdient habe und das auch weiterhin tun will, solange meine Kräfte ausreichen. Du weißt, daß ich noch mit einem Teil meiner Kräfte für Onkel Hermann einspringen muß, damit auch er nicht das Gefühl hat, hier das Gnadenbrot zu essen«, sagte sie mit verhaltener Stimme.

Diana blickte ihr mit ihren schönen, goldschimmernden Augen groß und ernst ins Gesicht. Sie war ein wenig blaß geworden.

»Ist das meine liebe Mutter, die solche Worte zu mir spricht? Bist du mir nicht eine Mutter geworden?«

Frau von Steinach seufzte.

»Ach Kind, wenn ich's wirklich wäre – wenn ich's bleiben könnte – dann – ja dann wollte ich mich gern bescheiden. Dann müßte nun Lothar hier für mich einspringen. Aber denkst du, ich weiß nicht, daß die Herrlichkeit nun bald ein Ende nehmen wird, wenn er heimkehrt? Ich fühle es ja, daß ihr beide danach strebt, die Bande zu lösen, die mir ein Recht geben, mich deine Mutter zu nennen.«

Diana setzte sich auf ihren Schoß und barg ihr Gesicht an der Schulter der alten Dame. Das, was sie eben gesagt hatte, galt Diana als Beweis, daß Lothar seinen Eltern schon mitgeteilt hatte, daß er sich von ihr lösen wollte. Sie ahnte nicht, daß Tante Brigitte nur ihre eigene Vermutung aussprach.

»Gibt es denn nicht tausend andere Rechte, die dir diesen Namen geben, Tante Brigitte? Liebst du mich nicht von Herzen wie ein eigenes Kind?« fragte sie, ihren Schmerz bezwingend.

»Ja, Diana – weiß Gott – das tue ich«, entgegnete die alte Dame bewegt.

»Und hast du nicht in Liebe für mich gesorgt, wie es nur eine Mutter kann, hast du mich nicht dem Tode abgerungen, mich nicht durch deine zärtliche, unermüdliche Pflege und Fürsorge erst zu einem starken, gesunden Menschen gemacht? Hast du dich nicht jahrelang aufgeopfert und deine ganze Kraft in meine Dienste gestellt, um meinen Besitz zu vergrößern?«

»Ach, das war alles nur meine Pflicht. Was ich darüber tat, geschah nur, weil ich noch einen Teil von Onkel Hermanns Pflichten auf mich nehmen mußte.«

Diana küßte sie innig.

»Ja, du unbändig stolze und hochmütige Tante Brigitte, das tatest du alles nur, um nur um Gottes willen nicht in Dorneck einen Bissen Brot zu essen, den du nicht zehnfach verdient hast! Ach – ziehe nur dein bärbeißigstes Gesicht – das schreckt mich nicht. Sieh, früher nahm ich alles gedankenlos hin, was du für mich tatest, ich merkte gar nicht, daß du mir täglich tausend Opfer brachtest. Aber jetzt bin ich alt und verständig genug, um mir ein Urteil darüber bilden zu können, auch alt genug, dich mit meiner jungen Kraft ein wenig zu entlasten. Und kurz und gut – ich werde jetzt ernstlich mit an die Arbeit gehen. Ich kann doch nicht ewig im Nichtstun schwelgen. Dazu habe ich auch gar keine Lust. Und ja – ich meine – ob es nun zwischen Lothar und mir so bleibt, wie es ist – oder ob es anders kommt – du bist und bleibst meine liebe Mutter. Wenn ich erst alles von dir gelernt habe, dann wirst du dich pflegen, darfst nicht mehr auf Trumpf reiten, der dich immer so gräßlich durcheinanderschüttelt. Wirst auch ohnedies noch genug Arbeit haben, du brauchst nicht in Angst zu sein, daß du einen Bissen Brot in Dorneck genießest, der nicht redlich verdient ist, du schrecklich stolze, hochmütige Tante Brigitte!«

Dies alles hatte Diana in einem warmen, innigen Ton gesagt.

Frau von Steinach würgte und schluckte, daß ihr die Tränen, die ihr im Hals saßen, nicht aus den Augen schossen. Sprechen konnte sie nicht, kein einziges Wort brachte sie hervor. Sie streichelte nur stumm mit ihrer großen Hand Dianas herrliches Haar.

Sophie trat jetzt ein, um Frau von Steinach beim Umkleiden zu helfen.

Diana sprang auf und küßte die alte Dame noch einmal liebevoll, ehe sie dieselbe Sophies Händen überließ und aus dem Zimmer ging.

Als sie dann allein in ihrem kleinen Salon saß und vor sich hin sann, klangen ihr Tante Brigittes Worte wieder in den Ohren: ›Ich fühle es ja, daß ihr beide danach strebt, die Bande zu lösen.‹

Ach – sie strebte gewiß nicht danach – aber Lothar – der freilich! Kein Mensch durfte ahnen, daß sie manchmal in stillen einsamen Stunden gedacht hatte, wie schön es sein müßte, wenn das Wahrheit, Wirklichkeit würde, was jetzt nur zum Schein zwischen ihr und Lothar bestand.

Diana war es ernst mit ihrem Vorsatz, ihrem Leben jetzt einen ernsten Inhalt zu geben und Tante Brigitte zu entlasten.

Sie begleitete erst einmal die alte Dame auf den Ritten und merkte gut auf, was es dabei zu beachten und zu lernen gab. Sehr früh am Morgen mußte sie nun oft aufstehen. Aber das bekam ihr ganz gut.

Bald war sie so weit, daß sie Tante Brigitte einige anstrengende, weite Ritte abnehmen konnte. Diese konnte nun mehr daheim bleiben und sich etwas mehr Ruhe gönnen. Sehr friedlich ergab sich aber die alte Dame nicht in diese Änderung. Sie schalt und lamentierte, daß man sie vorzeitig zum alten Eisen werfen wolle. Aber Diana und Onkel Hermann lachten sie einfach aus und neckten sie mit ihrer Entrüstung.

»So machen es alle eitlen Frauen, sie wollen niemals alt werden«, sagte Herr von Steinach lachend.

»Ja, ja – nun schau einer diese eitle Tante Brigitte an, wer hätte das von ihr gedacht!« stimmte Diana lachend bei.

»Ach, ihr seid eine Verschwörerbande, die anständige Leute um ihren Ruf bringen will«, schalt die alte Dame dann halb lachend, halb ärgerlich.

Aber es tat ihr doch heimlich wohl, daß sie von Diana zärtlich umsorgt wurde, und wenn sie auch zuweilen die mächtigsten Donnerwetter losließ, so war es ihr doch eine große Erleichterung, daß ihr Diana beistand.

Diese gewöhnte sich schnell an eine ernste Tätigkeit. Es machte ihr mehr und mehr Vergnügen, sich in alles einzuarbeiten. Das Interesse an ihrem Besitz wurde geweckt und sie fühlte sich als kleine Gutsherrin sehr zufrieden.

Zu überarbeiten brauchte sie sich dabei nicht. Nur die Morgenstunden gehörten dem Dienst. So blieb ihr noch genug Muße für ihre Liebhabereien und Vergnügungen.

Von Festlichkeiten in Dorneck wollte sie indes jetzt nichts hören. Ihr ganzes Interesse konzentrierte sich heimlich auf den Zeitpunkt von Lothars Ankunft. Nur der Verkehr mit Buchenau wurde fleißig aufrechterhalten, dafür sorgte schon Dora, die oft in Dorneck war.

Es war an einem hellen, sonnigen Tag, bald nach dem Osterfest, als Diana wieder einmal nach Buchenau geritten war.

Dora kam ihr über die Terrasse entgegengeeilt.

»Oh, fein, daß du heute kommst, Schatz, ich habe einen ganzen Sack voll Neuigkeiten! Mach' nur schnell, daß du aus dem Sattel kommst!« rief sie ihr zu.

Dianas Reitknecht sprang vom Pferd und eilte herbei, um seiner Herrin beim Absteigen behilflich zu sein.

Diana raffte ihr Reitkleid, das aus feinem schwarzem Tuch gearbeitet war und im tadellos eleganten Sitz die schlanke Gestalt zur vollsten Geltung brachte. Dora schlang ihren Arm um die Freundin, und so schritten sie über die Terrasse in das Buchenauer Herrenhaus. Sie traten in das große, behagliche Wohnzimmer, wo Frau Sanders, mit einer Näharbeit beschäftigt, am Fenster saß.

Lächelnd blickte sie auf und streckte Diana die Hand entgegen.

»Willkommen, liebe Diana. Dora war schon drauf und dran, nach Dorneck zu reiten, weil sie danach verlangte, ihre Neuigkeiten loszuwerden.«

»Aber wehe dir, wenn du eine davon vorweg verrätst, Mutti«, drohte Dora.

»Ich werde mich hüten«, sagte die alte Dame lachend, und als Diana ihre Hand an die Lippen zog, küßte sie die junge Frau auf die Stirn. Dann fuhr sie, sich erhebend, fort: »Inzwischen du deine Neuigkeiten los wirst, Dorchen, will ich in die Küche gehen und der Mamsell sagen, daß sie schnell Dianas Lieblingskuchen bäckt. Sie bleiben doch zum Tee, Kindchen?«

»Gern, Mama Sanders, zumal, wenn mir die leckeren Teekuchen in Aussicht gestellt werden. Darauf habe ich mich schon gefreut – und durstig bin ich auch.«

»Dann ist ja alles in Ordnung. Also, nun plaudert euch aus, ihr beiden, und beeilt euch ein wenig damit. Es wird nicht lange dauern, dann kommt Papa nach Hause, der will dann auch von Dianas Gesellschaft profitieren.«

»Ja, ja, Mutti, ich beeile mich schon.«

Die alte Dame nickte den Freundinnen liebenswürdig zu und verließ das Zimmer.

Dora zog Diana neben sich auf das Sofa.

»Ach Gott, Diana – ich weiß gar nicht, wo ich zuerst anfangen soll«, seufzte sie.

»Nun, nun – ist es denn so arg viel?«

»Na, du wirst Augen machen. Also höre und bleibe deiner Sinne Meister – Susanna hat sich mit Hans Heinzius verlobt.«

Diana lachte. »Na, weißt du – so überwältigend finde ich diese Neuigkeit nicht. Das war doch nur noch eine Frage der Zeit. Hast du keine tolleren Neuigkeiten?« fragte sie.

Dora schmollte. »Ach du – staunst du denn kein bißchen, daß das so schnell gegangen ist?«

Diana schüttelte den Kopf. »Nein, kein bißchen. Und ich weiß auch, daß du dich mindestens ebenso bald mit Alexander Heinzius verlobt hättest, wenn du, statt nach Buchenau zurückzukehren, in Berlin geblieben wärst.«

Dora seufzte. »Ach – so gewiß wäre das nicht. Wer weiß – vielleicht mag er mich gar nicht. Nach Geld allein heiratet der sicher nicht. Dann möchte ich ihn auch gar nicht. Und ob ich ihm nun so gut gefallen habe, daß er jetzt noch an mich denkt – ich meine mit bestimmten Absichten –, das kann man nicht wissen.«

Diana küßte sie auf die Wange. »Doch, mein Blondchen – das kann man wissen. Ich weiß es jedenfalls.«

»Ach Gott – wir haben uns schon so ewig lange nicht gesehen«, seufzte Dora.

»Das macht nichts. Das verstärkt nur die Sehnsucht.«

»Sprichst du etwa aus Erfahrung?« neckte nun Dora.

Diana wurde blutrot, und ein peinvoller Ausdruck trat in ihr Gesicht. »Bitte, laß mich ganz aus dem Spiel, Dora! Es gibt Dinge, die keine Berührung vertragen.«

Dora faßte erschrocken ihre Hände. »Verzeih. Es war nicht bös gemeint, ich hätte das nicht sagen sollen. Sei wieder gut.«

Schnell versöhnt, zwang sich Diana zu einem Lächeln. »Ich habe nichts zu verzeihen, Dora. Du kannst ja nicht dafür, daß ich in dieser Angelegenheit so empfindlich bin. Das liegt eben in den Verhältnissen. Aber lassen wir das. Du wolltest mir doch sicher noch mehr Neuigkeiten erzählen.«

»Ja, natürlich. Also, denke dir, Schatz, morgen nachmittag gegen drei Uhr wird das Seifert-Schubertsche Luftschiff über Dorneck und Buchenau hinwegfliegen.«

Erstaunt blickte Diana auf. »Nicht möglich!«

»Doch, es ist wirklich wahr. Die Reise soll ins Thüringer Land gehen, und da müssen sie fast unsere Gegend passieren. Nur ein ganz kleiner Umweg ist nötig.«

»Siehe da! Sollte Dr. Heinzius nicht diesen Umweg vorgeschlagen haben?«

»Vielleicht war es auch dein getreuer Verehrer, Hauptmann Kroner, der ihn veranlaßte«, neckte Dora.

»Nun – streiten wir uns nicht. Jedenfalls finde ich es reizend, daß sie uns das Vergnügen machen. Weißt du, wer von den uns bekannten Herren die Fahrt mitmacht?«

»Gewiß, Susanna hat mir alles haarklein berichtet. Also, die Brüder Heinzius, Hauptmann Kroner, Dr. Haßler – samt seiner Hilde, die jetzt ganz wild auf solche Luftreisen sein soll. Und das schönste – wir sollen morgen abend mit allen in Gotha in einem Hotel zusammentreffen. Freilich nur auf einige

Stunden, wir fahren mit dem Auto hin. Aber ich freue mich natürlich sehr. Du kommst doch mit?«

»Gern, wenn ihr mich mitnehmen wollt.«

»Das ist doch selbstverständlich. Ach, Diana – mir hat das Herz schrecklich geklopft, als ich alles las. Und ganz Buchenau habe ich schon rebellisch gemacht. Alles, was Beine und Augen hat, wird morgen unterwegs sein und den Himmel absuchen, daß uns der feierliche Moment nicht entgeht. Auch ich selbst stelle mich mit einem Diener aufs Dach, und sobald das Luftschiff in Sicht ist, muß der Diener aus Leibeskräften die Flagge hin und her schwenken, damit sie es oben bemerken. Meinst du, daß sie es sehen?«

Dora glühte vor Eifer.

»Natürlich sehen sie es, sie werden schon achtgeben.«

»Du mußt natürlich in Dorneck auch alles rebellieren.«

»Das versteht sich – auch ich werde mich auf dem Dach aufstellen.«

»Ja, das tue nur.«

»Und Onkel und Tante werden sich freuen. Sie haben mit brennendem Interesse gelauscht, als ich von unserem Ausflug in die Luftfahrthalle berichtete.«

»Freilich, das war ja auch ein Ereignis, das nicht jeder erlebt. Und, nicht wahr, du hältst dich bereit? Sobald das Luftschiff unsere Gegend passiert hat, holen wir dich im Auto ab. Und dann geht es in Sturmeseile nach Gotha. Schön, daß wieder einmal etwas los ist. Es wurde schon recht langweilig in Buchenau. Und die Zeit bis Pfingsten will gar nicht vergehen.«

»Bleibt es denn dabei, daß die Brüder Heinzius Pfingsten nach Buchenau kommen?«

»Ja. Susanna und ihre Eltern kommen natürlich mit. Sie will sich uns doch als Braut präsentieren.«

Diana schloß Dora in die Arme. »Blondchen – ich weiß genau, was Pfingsten geschehen wird.«

Dora hielt ihr errötend den Mund zu. »Schweig still – das gehört auch zu den Dingen, die keine Berührung vertragen«, sagte sie schelmisch.

Jetzt kam Frau Sanders zurück, gefolgt von einem Diener,

der einen englischen Teewagen hereinrollte. Gleich darauf fand sich auch der Hausherr ein. Er entschuldigte sich, daß er ohne Jackett an den Teetisch käme.

»Oh, Sie brauchen sich nicht zu entschuldigen, Papa Sanders. Erstens gehöre ich zur Familie, und zweitens – unter uns Landwirten sind Umstände überflüssig«, meinte Diana und lachte.

Herr Sanders klopfte ihr väterlich auf die Schulter. »Habe schon gehört, daß Sie jetzt selbst mit nach dem Rechten sehen in Dorneck.«

»Nur ein wenig, weil es für Tante Brigitte zuviel wurde.«

»Ja, ja – eine patente Frau, Ihre Tante Brigitte – ich verdanke ihr manchen praktischen Wink – und Herrn von Steinach auch. Wie wäre es denn, Dorchen, wenn du in die Fußstapfen der kleinen Frau Diana trätest und auch ein wenig deine Fühler ausstrecktest, was eine künftige Gutsherrin alles wissen muß?«

Dora küßte ihn lachend. »Ich bin, glaube ich, ein ganz hoffnungsloser Fall, Papa! Ich kann nicht einmal Roggen von Weizen unterscheiden.«

»Das lernt sich, Dorchen. Und wenn du mir nun nicht bald einen Schwiegersohn bringst, der mir einen Teil der Arbeit abnimmt, dann mußt du selbst dran glauben! Ich bin doch nun auch schon ein älterer Herr!«

»Ach geh, Väterchen, kokettiere nicht mit deinem Alter. Gottlob nimmst du es noch mit dem Jüngsten auf. Und über den Schwiegersohn – na – da wollen wir nächstes Jahr noch einmal sprechen«, erwiderte Dora lächelnd.

Hierauf kam man auf das Ereignis des nächsten Tages zu sprechen, und es wurde eifrig darüber debattiert.

Am nächsten Tag waren ganz Buchenau und Dorneck aus den Fugen. Man sah nur Menschen, die mit aufwärts gerichteten Köpfen umhergingen. Alles hielt, schon lange vor der Zeit, Ausschau nach dem Luftschiff.

Dora hatte sich wirklich gleich nach Tisch auf dem Hausdach postiert, und ein Diener stand neben ihr an der Flaggenstange, ihres Winkes gewärtig.

In Dorneck hatte man Onkel Hermann auf eine große Wiese gefahren, damit er einen möglichst weiten Ausblick habe. Der alte Herr war außer sich vor Freude, daß es ihm noch vergönnt sein sollte, mit eigenen Augen ein lenkbares Luftschiff zu sehen.

Tante Brigitte war nicht weniger aufgeregt als er und schleppte alle Operngläser und Feldstecher herbei, die man in Dorneck auftreiben konnte. Sie sorgte dafür, daß ihr Mann recht bequem in seinem Rollstuhl saß, und hatte sich neben demselben einen Liegestuhl aufstellen lassen, in dem sie dann Platz nahm.

Abwechselnd durch alle Gläser suchten sie nun beide den Himmel ab und sprachen dabei eifrig über die Zukunft der Luftfahrt.

Wenige Minuten nach drei Uhr kam das Luftschiff wirklich in Sicht. Das Wetter hätte nicht günstiger sein können. Von goldigem Sonnenlicht umflossen, zog es seine Bahn, ruhig und sicher, nicht einen Meter weit von seinem Kurs abweichend.

Ganz niedrig – so niedrig, wie es irgend anging, schwebte es über dem Buchenauer Herrenhaus, und die Sirene durchdrang wie ein Gruß die laue Frühlingsluft.

Dora hatte vor lauter Aufregung vergessen, dem Diener Befehl zu geben, die Flagge zu schwenken. Dieser aber hatte sie geistesgegenwärtig schon selbst ergriffen, stolperte aber dabei und fiel, so lang er war, auf das platte Dach. Er erhob sich aber sofort wieder und schwenkte nun die Flagge aus Leibeskräften.

Dora winkte jauchzend mit ihrem Taschentuch, als sie aus der Mittelgondel Tücher flattern sah. Ihr junges Herz flog hinauf, dem Geliebten entgegen, der da oben durch die Lüfte flog.

Wieder tönte der schrille Laut der Sirene durch die Luft, und langsam flog das Luftschiff weiter.

Gleich darauf wurde es über Dorneck gesichtet. Tante Brigitte sprang aus ihrem Liegestuhl empor und rückte erst ihren Gatten zurecht, daß er das Schauspiel bequem genießen konnte, und dann wedelte auch sie mit ihrem Taschentuch und schickte einen bewundernden Kraftausdruck nach dem anderen hinauf zu dem schlank und elegant wirkenden Luftschiff.

Das flog nun in einer großen Schleife noch einmal über Buchenau und Dorneck hinweg, so niedrig, daß man von unten ganz deutlich die Propeller arbeiten sah und das surrende Geräusch der Maschinen hören konnte. – Dann schnitt es wieder schnurgerade durch die Luft. Noch einen letzten Gruß rief die Sirene hinab, und dann flog das Luftschiff schnell weiter. Bald war es den staunenden Augen entschwunden.

Diana hatte, gleich Dora, auf dem Dach des Dornecker Gutshauses gestanden. Nun eilte sie, sich für die Fahrt nach Gotha fertigzumachen. Kaum hatte sie Hut und Schleier befestigt, da hörte sie auch schon das Buchenauer Auto und eilte hinab.

Tante Brigitte war eben mit Onkel Hermann vor dem Haus angelangt, als das Auto vorfuhr. Sie war ganz aus dem Häuschen vor Aufregung, und auch Herr von Steinach war erregt.

Wenn Onkel Hermann nicht gewesen wäre, keine zehn Pferde hätten Tante Brigitte abgehalten, mit nach Gotha zu fahren und sich das Luftschiff in der Nähe anzusehen. So aber ließ sie nicht einmal den Wunsch laut werden. Was ihr Mann nicht mitmachen konnte, das wollte sie auch nicht genießen.

Diana verabschiedete sich nun herzlich von Onkel und Tante und stieg ein, sich neben die vor Aufregung zappelnde Dora setzend. Gleich darauf ging es in rascher Fahrt von dannen.

Zwei Stunden später traf man in Gotha mit den Fliegern zusammen. Die Begrüßung ließ an Herzlichkeit und Lebhaftigkeit nichts zu wünschen übrig. Nur Alexander Heinzius und Dora waren auffallend still. Dafür hatten ihre Augen desto mehr zu erzählen.

Leider war ihnen nicht eine einzige ungestörte Minute beschieden, sie konnten nicht viel zusammen sprechen, was die anderen nicht gehört hätten. So blieb auch heute das wichtigste ungesagt. Aber in einer unbewachten Minute konnte Alexander doch fragen:

»Haben Sie sich ein wenig gefreut, daß wir über Buchenau hinweggeflogen sind, gnädiges Fräulein?«

»Sehr habe ich mich gefreut.«

»Beinahe hätte ich es nicht durchsetzen können«, flüsterte er.

Ihre Augen leuchteten auf. »So haben wir es Ihnen zu verdanken, Herr Doktor?«

Er strahlte sie an.

»Ich habe dem Zufall ein wenig nachgeholfen – weil eine gewisse junge Dame einst den Wunsch äußerte, daß ich einmal über Buchenau hinwegfliegen möchte.«

Sie sah ihn glücklich lächelnd an. »Das haben Sie nicht vergessen?«

»Kein Wort, das Sie je zu mir sprachen.«

Hier wurden sie gestört. Aber in Doras Herzen sang und klang es vor Freude und Wonne.

Und als sie dann am Abend zwischen all den anderen Menschen Abschied nahmen, da sagte sie leise: »Auf Wiedersehen, Pfingsten in Buchenau!«

Er küßte verstohlen ihre Hand.

»Ich freue mich unaussprechlich auf dieses Wiedersehen.«

»Ich auch!« Wie ein Hauch klang es an sein Ohr.

»Werden Sie auch morgen früh über Dorneck fliegen, Herr Hauptmann?« fragte Diana inzwischen Hauptmann Kroner.

»Nein, meine Gnädigste, ein wenig sind wir schon auf der Herfahrt von unserem Kurs abgewichen, um Buchenau und Dorneck aus der Vogelperspektive zu sehen.«

»Das sollen Sie aber nun auch bald einmal auf dem Weg besuchen, den andere Sterbliche benützen müssen. Sie werden in Dorneck willkommen sein.«

»Ich werde Sie beim Wort nehmen, gnädige Frau, und Ihnen dann Fotografien mitbringen, die wir vom Ballon aus von Ihrem Besitztum aufgenommen haben.«

»Wirklich? Da werde ich mich sehr freuen.«

Er küßte ihr die Hand.

»Nur über die Fotografien, verehrte gnädige Frau?«

Diana lachte schelmisch. »Nein, auch über Ihren Besuch, Herr Hauptmann.«

Hilde Haßler sah frisch und blühend aus, und ihr Mann

lachte, als ihm Frau Sanders ein Kompliment über seine mutige kleine Frau machte.

»Ach, Hilde flöge am liebsten jedesmal mit, wenn das anginge«, berichtete er stolz.

»Und Ihre Frau Mutter? Wie steht sie jetzt derartigen Ausflügen gegenüber?«

Hilde lachte vergnügt. »Mama hat sich schon etwas beruhigt, und mein Vater wäre wohl schon längst einmal mit aufgestiegen, wenn Mama nicht so ängstlich wäre. Aber das wird sich schon noch legen, und ich erlebe es doch noch, daß Papa uns einmal begleitet. Vielleicht zieht sie es dann vor, auch mitzukommen.«

Nun stiegen Sanders' und Diana in das Auto, und nach einem nochmaligen kurzen Abschied fuhren sie davon.

Alexander Heinzius hatte den letzten Blick von Dora erhascht, und die jungen Augen hatten einander in aller Eile noch viel Liebes zugerufen.

11

Es war an einem der ersten Maitage. Der Wonnemonat schien diesmal seinem Namen alle Ehre machen zu wollen. Mit Sonnenschein und Blütenduft war er eingezogen. Die Vögel sangen so laut und jubelnd, als wollten sie die kleinen Kehlen sprengen, und die Bäume und Sträucher hatten ein frischgrünes Gewand angezogen.

Diana war auf den Feldern gewesen. Einen Reitknecht nahm sie jetzt nicht mehr mit. Sie fühlte sich sicher in ihrem kleinen Reich und fand es viel schöner, allein durch Wald und Flur zu streifen.

Für heute hatte sie ihr Arbeitspensum erledigt, und nun ließ sie ihr Pferd im Schritt gehen.

Träumend und weltvergessen blickte sie vor sich hin. Ihre Gedanken weilten wieder einmal bei dem Mann, dessen Namen sie trug.

Seit Wochen war keine Nachricht von Lothar gekommen. Zuletzt hatte er nur seinen Eltern mitgeteilt, daß er ihnen den Termin seiner Ankunft nicht genau melden wolle, damit sie sich nicht beunruhigten, wenn er nicht pünktlich einträfe.

»Eines Tages, im Mai, werde ich daheim sein. Vorbereitungen sind nicht nötig«, hatte er geschrieben.

Diana wußte nun freilich, daß er sich Mitte April in Swakopmund einschiffen wollte, und sie verfolgte mit großem Interesse die Schiffsnachrichten. Ihrer Ansicht nach konnte er schon in den nächsten Tagen eintreffen, und sie wurde nun von Erwartung und Unrast hin und her getrieben.

So tief war sie in ihre träumerischen Gedanken versunken, daß sie nicht das Geräusch nahender Schritte vernahm, zumal diese sehr von dem weichen Waldboden gedämpft wurden.

Auf dem schmalen Fußweg, der sich neben der Fahrstraße durch den Wald zog und von der Stadt direkt nach Dorneck führte, kam ein großer, schlanker Mann geschritten. Er trug einen grauen Reiseanzug und eine Reisemütze. Er schritt leicht und elastisch dahin, trotzdem er doch, wenn er von der Stadt kam, schon einen tüchtigen Weg hinter sich hatte. Die Mütze hatte er von der Stirn zurückgeschoben, und aus den stahlblauen, kühn blickenden Augen flog der Blick strahlend über die Frühlingspracht des herrlichen Waldes.

In tiefen Zügen atmete seine Brust die würzige, laue Luft ein. Sein bartloses Gesicht, dessen scharf markierte Züge einen wechselnden Ausdruck hatten, war dunkel gebräunt und wirkte fast wie Bronze. Zuweilen leuchteten seine Augen freudig auf, und dann blickten sie wieder grübelnd, in sinnendem Ernst.

Ein Eichkätzchen huschte über seinen Weg und kletterte eilig an einem Baum empor. Er blieb einen Augenblick stehen und sah ihm lächelnd nach. Gleich darauf kreuzte ein flüchtendes Reh, das Dianas Pferd aufgescheucht hatte, seinen Weg und verschwand, mit einem weiten Satz den Graben überspringend, jenseits der Fahrstraße, im anderen Teil des Waldes.

Nun näherte sich der Fremde dem Weg, auf dem Diana langsam geritten kam und der an dem Graben endigte. Wollte er nach Dorneck gehen, so mußte er seinen Weg geradeaus verfolgen, während Diana links abbiegen mußte. Als er zwischen Gebüsch hervor auf Dianas Weg trat, stutzte er. Auch er bemerkte jetzt erst, daß er nicht mehr allein war.

Mit großen, überraschten Augen sah er nun der schlanken, jungen Reiterin entgegen, die ihn noch nicht bemerkte. Ungehindert konnte er in das schöne träumende Antlitz schauen. Und da ging es plötzlich wie ein Ruck durch seine sehnige Gestalt und die stahlblauen Augen weiteten sich wie in ungläubigem Staunen, als sähe er ein Wunder vor sich.

Konnte diese wunderschöne, schlanke junge Frau mit dem süß verträumten Gesicht seine Diana sein? Dieselbe Diana, die er nur als eckigen, langaufgeschossenen Backfisch gekannt hatte? War es möglich, daß sie sich zu einem solch holden, liebreizenden Geschöpf entwickelt hatte?

Aber hatte nicht in jenem Zeitungsbericht ein Mann begeistert ihre Schönheit geschildert, hatten nicht seine Eltern immer wieder betont, daß sich Diana sehr zu ihrem Vorteil verändert habe? Aber dieses holde Wunder, das sich ihm da in lässiger Grazie auf dem schlanken Goldfuchs näherte – das übertraf das Phantasiegebilde, das er sich in einsamen Stunden von seiner jungen Frau gemacht hatte.

Und doch waren es Dianas Augen, die da so groß und verträumt vor sich hin blickten in einem weichen, sehnsüchtigen Glanz. Wem mochte dieser Ausdruck gelten? Es war auch das kastanienbraune Haar Dianas, das in dichter Fülle unter der Reitmütze hervorquoll, nur war es damals in zwei dicken Zöpfen über den Rücken gefallen, während es jetzt sehr kleidsam aufgesteckt war.

Er stand wie verzaubert und hielt den Atem an, als fürchtete er, das reizvolle Bild zu verscheuchen. Sein Herz schlug laut und stark, und ihm war, als ob plötzlich alle Quellen seines Lebens aufbrächen und sein ganzes Sein durchfluteten.

Sie war nun ganz nahe herbeigekommen, ohne noch den reglos Dastehenden zu bemerken. Da rang sich endlich ihr Name von seinen Lippen.

»Diana . . .!« rief er staunend, zögernd, fragend . . .

Sie erschrak. Das Pferd warf den Kopf zurück und schnaubte, als müsse es seine Herrin aufmerksam machen. Mit großen Augen blickte sie erschrocken in das schmale, gebräunte Männergesicht mit den edlen, ach, so wohlbekannten Zügen.

»Lothar!«

Ein seltsames, heißes, süßes Erschrecken war in ihrem Herzen. Sie sah erst jäh erblassend und dann errötend in sein Gesicht, in die stahlblauen, kühnen Männeraugen, die sie so forschend und zwingend betrachteten. Er hatte die Mütze abgenommen und strich sich über die heiße Stirn, die sich hell von dem bronzefarbigen Gesicht abzeichnete. Mit einem tiefen Atemzug trat er nahe an sie heran, und sich gewaltsam zur Ruhe zwingend, fragte er hastig:

»Also wirklich Diana? Fast hätte ich dich nicht erkannt und war im Zweifel, ob du es wirklich bist.«

Sie reichte ihm ihre zitternde, kleine Hand, die im Reithandschuh steckte.

»Grüß Gott daheim – und herzlich willkommen! Ich bin ein wenig erschrocken, dich so plötzlich vor mir zu sehen. Wie werden sich deine Eltern freuen!«

Ein Schatten flog über sein Gesicht, während er ihre Hand an die Lippen führte, worüber sie jäh von neuem errötete, da sie solche Galanterien von ihm nicht gewöhnt war.

»Nur meine Eltern?« fragte er leise.

Sie lächelte – und dies Lächeln erschien ihm von einer Süßigkeit, wie er noch keine Frau hatte lächeln sehen.

Wie ein Sturm ging es durch sein ganzes Wesen. Hätte er getan, wozu ihn sein Gefühl trieb in diesem Augenblick, dann hätte er sie vom Pferd herab in seine Arme gerissen und das süße Lächeln von ihren Lippen geküßt.

»Ich freue mich natürlich auch, Lothar. Aber die Eltern gehen doch vor. So lange warten wir schon auf dich. Und nun bist du doch überraschend angekommen.«

Er atmete auf, als sei ihm die Brust zu eng. Aber er war zu sehr an Selbstzucht gewöhnt und hielt sich in der Gewalt. Der Gedanke überfiel ihn mit lähmender Pein, daß er jahrelang fern gewesen war und daß diese schöne, junge Frau von tausend Männeraugen inzwischen bewundert und wohl auch begehrlich betrachtet worden war. Er dachte an ihre warmen Worte über Alexander Heinzius, und die wildeste Eifersucht fraß an seinem Herzen. Trotzdem vermochte er scheinbar ruhig zu sein.

»Ich habe mit Absicht meine Ankunft nicht gemeldet. Mit dem Wagen mochte ich nicht abgeholt werden. Wie verdurstet war ich vor Sehnsucht nach dem deutschen Wald und wollte zu Fuß gehen, um still und allein das Wiedersehen mit dem heimischen Wald zu feiern.«

Sie strich mit bebender Hand über den Hals ihres Pferdes.

»So kam ich störend über deinen Weg? Das tut mir leid.«

Er faßte rasch ihre Hand und küßte sie nochmals.

»Störend? Ach, Diana – mir war, als käme die Waldfee auf mich zugeritten, um mich willkommen zu heißen in ihrem Reich. Ich erkannte dich zuerst nicht.«

»Ja – ich habe mich ein wenig verändert.«

Seine Augen sahen mit seltsamem Leuchten in ihr Gesicht, das sie zur Seite gewandt hatte.

»Ein wenig? Du bist eine ganz andere geworden in diesen Jahren. Wie schön du bist, Diana!«

Dunkle Glut lief über ihr Gesicht. Schon unzählige Male war ihr das gesagt worden, man hatte sie mit Komplimenten überschüttet. Aber noch nie war ihr eines dieser Schmeichelworte so ins Herz gedrungen wie dieses von Lothars Lippen, trotzdem er sich bemüht hatte, es ganz ruhig und sachlich auszusprechen.

Sie sagte sich auch, daß er ihr nur, wie viele andere, ein Kompliment hatte machen wollen, und war ärgerlich auf sich selbst, daß es ihr so viel Eindruck machte. Sie dachte daran, daß er gekommen war, um das Band zu lösen, das sie aneinanderfesselte. Und da warf sie stolz den Kopf zurück.

»Hast du in Afrika nicht verlernt, Komplimente zu machen?« fragte sie mit leichtem Spott, der ihr selbst weh tat.

Er biß sich auf die Lippen und richtete sich straff empor, als würfe er die traumbefangene Stimmung von sich. Er hielt ihre Worte für eine leise Zurechtweisung, und ihm war, als müsse er sich zur Wehr setzen gegen den Zauber, den sie auf ihn ausübte.

»Ich konstatierte nur einfach eine Tatsache, Diana«, erwiderte er ruhig und kühl.

Das tat ihr wieder weh, daß sie hätte aufschreien mögen. Aber sie vermochte es, sich ganz unbewegt zu zeigen.

»Wir wollen aber hier nicht Wurzeln schlagen«, sagte sie ruhig lächelnd. »Deine Eltern sollen nicht länger als nötig auf dich warten. Soll ich voranreiten und sie vorbereiten?«

Sie verlangte danach, von seiner Seite wegzukommen, um ihre Ruhe wiederzuerlangen.

Er griff unwillkürlich dem Pferd in die Zügel, als wollte er sie zurückhalten.

»Du kamst im Schritt daher. So sollst du auch deinen Weg fortsetzen. Wenn es dir nicht lästig ist, so laß mich an deiner Seite bleiben.«

Sie freute sich, trotzdem ihr Herz wild und schmerzlich klopfte, daß er sie nicht gehen hieß.

Und so führte er ihr Pferd am Zügel und schritt neben ihr her.

Sie plauderten lebhaft, beide im Bestreben, unbefangen zu scheinen und keine Gesprächspause aufkommen zu lassen.

Er erzählte von seiner Heimreise, die etwas stürmisch verlaufen war. Und sie wußte nichts Besseres zu berichten als von der Fahrt des Luftschiffes über Buchenau und Dorneck und dem Zusammentreffen mit der Flugzeugbesatzung in Gotha. Weil sie glaubte, es interessiere ihn am meisten und tue ihm wohl, sprach sie wieder in den wärmsten Tönen von Alexander Heinzius. Ohne zu ahnen, wie weh sie ihm tat, berichtete sie weiter:

»Eigentlich hätte das Luftschiff Dorneck und Buchenau gar nicht berührt; wir haben es nur deinem Freund Heinzius zu danken, der sich dafür verwandte, daß der Kurs ein wenig geändert wurde. Die Herren haben unser Reich von oben fotografiert, und wir werden die Abzüge erhalten. Du wirst Dr. Heinzius Pfingsten wiedersehen. Susanna Wallner hat sich mit seinem Bruder verlobt, und Wallners und die beiden Brüder kommen Pfingsten nach Buchenau.«

Sie wollte erst noch hinzufügen, daß Alexander Heinzius vielleicht eines Tages Herr in Buchenau sein würde, weil er sich wahrscheinlich mit Dora Sanders verloben würde. Aber sie wollte nicht indiskret das Herzensgeheimnis Doras an einen fremden Mann verraten, und so schwieg sie. Hätte sie diese kleine, belanglose Indiskretion begangen – wieviel Leid hätte sie sich und Lothar ersparen können!

Aber das ahnte sie nicht.

Lothar mußte sich zwingen, einige Freude zu heucheln über Alexander Heinzius' Besuch. Es wurde ihm schwer. Im Herzen brannte die Eifersucht. Viel schärfer und schmerzlicher empfand er jetzt diese Eifersucht, nachdem er Diana in ihrer ganzen Schönheit und Lieblichkeit vor sich gesehen hatte.

Immer wieder schaute er verstohlen zu ihr auf und konnte sich nicht sattsehen an ihrem reinen Profil, ihrer jugendschönen Gestalt und der ganzen lieblichen Grazie, die über sie ausgegossen schien. Von einer Süßigkeit und Holdseligkeit erschien ihm diese junge Frau, daß er an sich halten mußte, um nicht die Arme verlangend nach ihr auszustrecken.

Und dann fuhr ihm ein Gedanke wie elektrisierend durch den Kopf:

Dies alles ist dein! Sie ist dein Weib, dir durch Priesterhand angetraut. Du brauchst sie nicht freizugeben, wenn du nicht willst. Versuche es doch, den anderen aus ihrem Herzen zu drängen, wirb um ihre Liebe, vielleicht ist es doch noch nicht zu spät . . .

Er krampfte die Hand fest um den Zügel, als könnte er sie dadurch festhalten für immer. Seine Augen saugten sich fest an ihren Zügen, und trotz aller Angst, sie zu verlieren, brauste und jubelte es in seinem Herzen. Er fühlte voll unsagbarer Wonne, daß er sie liebte, sie schon lange geliebt hatte, ohne es zu wissen. Und es erfüllte ihn mit Stolz, daß sie ihn in ihren Briefen auch einen Blick in ihr tiefstes, innerstes Wesen hatte tun lassen.

Er dachte jetzt nicht darüber nach, ob er sie auch geliebt haben würde, wenn sie ihm äußerlich so reizlos und und unschön wie früher erschienen wäre. Er wußte nur, daß das, was er von ihrem Charakter und ihrem Innenleben wußte, sich zu einem herrlichen, bewundernswerten Ganzen mit ihrer äußeren Erscheinung verband, und daß sie so, wie sie war, sein höchstes Ideal verkörperte. Wenn er sie verlor – dann gab es kein Glück für ihn auf der Welt – das war gewiß.

Schweigend war er nun schon eine Weile neben ihr geschritten, und er sah starr vor sich hin. Da machte das Pferd eine hastige Bewegung. Dianas Fuß streifte dabei seinen Nacken. Zusammenzuckend sah er zu ihr auf. Sie saß mit geschlossenem Mund und traurigen Augen in sich zusammengesunken im Sattel. Er wußte nicht, daß er einige Fragen von ihr überhört und nicht beantwortet hatte. Sie grübelte, an wen oder was er so intensiv denken mochte, und war sich bewußt, daß sie ihn demnach störte und lästig sei. Wie früher zog sie sich scheu und stolz in sich selbst zurück.

Sie fanden nun beide kein unbefangenes Wort mehr. Zum Glück lag Dorneck dicht vor ihnen. Sie waren schon an der Mauer angelangt, die den Hof und die Wirtschaftsgebäude umgab. Als sie gerade an einem der geschlossenen Tore vorüber wollten, die in der Mauer angebracht waren, erscholl von jenseits derselben ein lautes, kräftiges Donnerwetter. Da drüben kanzelte Tante Brigitte einen säumigen Knecht gehörig ab.

Lächelnd blickten sich die beiden jungen Leute an. In Lothars Gesicht erschien ein weicher, seltsamer Ausdruck, der an seinen Vater gemahnte, wenn dieser nachsichtig über das laute, derbe Wesen seiner Gattin lächelte.

»Gottlob – Mutter scheint noch rüstig auf dem Posten zu sein!« sagte er leise und sah prüfend an dem Holztor empor.

Sie schien diesen Blick zu verstehen und nickte lächelnd.

»Tante Brigitte wird die Überraschung nicht schaden. Aber deinen Vater will ich doch ein wenig vorbereiten«, flüsterte sie.

Er küßte ihr die Hand.

»Ja, bitte tu das. Meinen Vater könnte doch die Überraschung zu sehr aufregen. Habe Dank, daß du daran dachtest.«

Tante Brigitte schalt drüben kräftig weiter, ahnungslos, wer hinter der Mauer Zeuge ihrer Standpauke war. Diana und Lothar nickten sich noch einmal zu. Dann kletterte Lothar gewandt an dem Tor empor und schwang sich mit einem eleganten Satz drüben zur Erde, mitten in den Zorneserguß seiner Mutter hinein.

Diana lauschte. Sie hörte Tante Brigitte aufschreien. Dann folgte eine kurze, atemlose Stille – und dann ein glückliches, halberstickte Stammeln und Lachen und Weinen. Mutter und Sohn hielten sich in den Armen nach langer, schmerzlicher Trennung. Der gescholtene Knecht machte sich, den glücklichen Zufall benutzend, aus dem Staub. Diana hörte seine flüchtigen Schritte.

Mit einem wehen Gefühl ritt sie nun um das Haus herum bis vor die Veranda, wo Onkel Hermann, in warme Decken gehüllt, in der Sonne saß und in den Büchern rechnete.

Als Diana neben ihm auftauchte, sah er lächelnd in ihr Gesicht.

»Da geht die Sonne auf«, scherzte er.

»Ja, Onkel Hermann, und eine sehr freudige Überraschung bringt sie dir mit«, fuhr sie in demselben Ton fort. »Warte einen Augenblick, gleich bin ich oben.«

Sie hatte dem Reitknecht gepfiffen und sprang, als dieser herbeikam, vom Pferd. Dann eilte die sie Verandastufen empor und umfaßte mit krampfhaftem Druck seine Schultern, ohne zunächst ein Wort hervorzubringen.

Der alte Herr hielt sie von sich ab und sah forschend in ihr Gesicht.

»Hallo, mein Mädel! Was gibt es denn?« fragte er ein wenig besorgt und unruhig.

Sie sah ihn mit weichen, strahlenden Blicken an.

»Etwas Wunderschönes – für dich – Onkel Hermann! Aber du mußt mir versprechen, ganz ruhig zu bleiben.«

Da faßte er sie fest an beiden Armen und sah ihr mit geweiteten Augen in das glühende, erregte Gesicht. Er wurde ein wenig blaß und holte tief Atem, und dann frage er leise:

»Lothar ist angekommen – nicht wahr?«

Sie nickte eifrig.

»Ja – und gleich wird er hier sein.«

Der alte Herr umkrampfte die Lehne seines Rollstuhles.

»Und ich muß hier stillsitzen und kann ihm keinen Schritt entgegengehen«, sagte er leise.

Sonst klagte er nie über sein bitteres Los und trug es mit Geduld. Um so ergreifender klang jetzt die leise Klage.

Diana küßte ihn innig und tröstend, und um ihn aufzuheitern, sagte sie lachend:

»Ich traf ihn im Wald, er wollte euch überraschen. Aber dich wollte ich doch ein wenig vorbereiten. Tante Brigitte ließ gerade ein Donnerwetter auf dem Hof los. Da ist er über das Hoftor geklettert und ihr mitten in die schönste Standpauke hineingesprungen.«

Da mußte auch Onkel Hermann lachen, und nun war Diana zufrieden.

Nun kamen auch schon Mutter und Sohn um die andere Seite des Hauses herum, und Lothar stürmte der Mutter voran auf die Veranda.

»Vater – mein lieber Vater!«

Vor dem Rollstuhl fiel er auf die Knie, um den Vater besser umfassen zu können.

Tante Brigitte umarmte, vor Freude noch ganz fassungslos, Diana und küßte sie, als müsse auch diese an ihrer Freude teilnehmen. Dann trat sie zu ihrem Mann.

»Nun haben wir ihn wieder, unseren Jungen, mein Alter«, sagte sie leise mit verhaltener Erregung.

Hermann von Steinach faßte die Hände seiner Frau, und Lothar erhob sich.

Diana war langsam die Veranda entlang geschritten und wollte sich unbemerkt entfernen. Als sie eine der Glastüren öffnete, um ins Haus zu gehen, wandte sich Lothar nach ihr um.

»Willst du nicht bleiben, Diana?« rief er ihr zu.

Sie schüttelte den Kopf. »Nein – jetzt gehörst du deinen Eltern«, sagte sie ruhig.

Aber Onkel Hermann sah, wie es in ihrem Gesicht zuckte. Er kannte Diana besser als jeder andere und las in ihrer Seele wie in einem aufgeschlagenen Buch. Mit keinem Wort hielt er sie jetzt zurück. Er wußte, daß alles jetzt in Aufruhr war und daß sie Ruhe brauchte und das Alleinsein als eine Wohltat empfinden würde.

Diana zog sich in ihr Zimmer zurück.

Lothar aber glaubte, es sei Gleichgültigkeit gegen ihn, daß sie jetzt fortging und sich in den nächsten Stunden nicht mehr sehen ließ.

Während er mit den Eltern zusammensaß und ihnen alles berichtete, was sie wissen wollten, sah er immer wieder mit sehnsüchtigen Blicken nach der Tür, ob Diana nicht wiederkommen würde.

Hermann von Steinach, der feine Seelenkenner, bemerkte diese Blicke, und sein Herz war freudig gestimmt darüber. Verrieten sie ihm doch, was er hatte wissen wollen. Wie Diana im Herzen Lothar gegenüberstand, hatte er gewußt, und über Lothars Gefühle war er nun auch im klaren. Aber kein Wort, kein Blick verriet, was er dachte. Er wußte, daß auch die leiseste Berührung so zarten Keimen schaden konnte.

Frau Brigitte hatte jetzt keine Zeit, sich mit jemand anderem als mit ihrem Sohn zu beschäftigen. Stolz und strahlend ruhten ihre Blicke auf ihm, und immer wieder streichelte sie ihm das kurzgeschnittene Haar.

Erst nach einer Weile fiel ihr Diana wieder ein, und nun fragte sie hastig:

»Nun sag mir nur, Lothar, wie dir Diana gefallen hat. Was sagst du zu ihrer Veränderung? Hast du sie gleich wiedererkannt?«

Der weiße Strich auf Lothars Stirn rötete sich, was seines Vaters scharfen Augen nicht entging.

»Das sind drei Fragen auf einmal, liebe Mutter«, sagte der junge Mann scherzend. »Ich muß sie wohl der Reihe nach beantworten. Also: Diana hat mir natürlich sehr gut gefallen. Sie hat sich sehr verändert und ist sehr schön geworden. Und erkannt hätte ich sie fast nicht. Wenn sie mir anderswo als im Dornecker Wald begegnet wäre, hätte ich nicht geglaubt, sie vor mir zu sehen.«

Frau Brigitte nickte befriedigt.

»Ja, ja – ich habe es dir doch oft genug geschrieben, wie wunderbar sie sich entwickelt hat. Ich habe dir doch auch die Zeitung geschickt, worin sie samt ihrer Garderobe so genau beschrieben war.«

Lothar streichelte ihre Hand.

»Ja, liebe Mutter, das hast du wohl getan – aber so etwas – das läßt sich nicht beschreiben, das muß man sehen.«

Seine Augen sahen bei diesen Worten seltsam verträumt vor sich hin.

»Nun, und wie fiel denn eure Begrüßung aus?« forschte Frau Brigitte weiter.

In Lothars Gesicht zuckte es unruhig. Er zögerte mit der Antwort und wußte nicht, was er sagen sollte. Da kam ihm auch schon sein Vater zu Hilfe.

»Sag mal, liebe Brigitte – ist es momentan nicht wichtiger, wenn du Lothar fragst, ob er Hunger und Durst hat?«

Sie sprang entsetzt auf. »Mein Gott, das habe ich in der freudigen Überraschung ganz vergessen. Natürlich hat er Hunger und Durst. Mein armer Junge, gleich laufe ich in die Küche und sorge, daß sofort aufgetragen wird.«

Sie wollte ins Haus eilen, aber Lothar hielt sie fest.

»Warte noch ein Weilchen, Mutter, so eilig ist es mit dem Essen nicht. Viel mehr sehne ich mich danach, mir den Staub abzuwaschen. Das ist auch vorläufig der einzige Toilettenaufwand, den ich treiben kann. Ich habe mich zwar in Berlin neu eingekleidet, denn da unten in Afrika habe ich mir in den ganzen Jahren nichts Neues angeschafft und war daher so ziemlich mit meiner Garderobe am Ende. Aber meine Koffer stehen noch auf dem Bahnhof, und ihr müßt sie holen lassen.«

»Das soll sofort geschehen, mein lieber Junge. Und nun komm, ich will dich auf dein Zimmer führen«, erwiderte Frau von Steinach.

Lothar drückte sie sanft in ihren Sessel zurück.

»Bleib nur ruhig hier sitzen, Mutter, ich finde schon allein den Weg. Ich kann doch in meinem alten Zimmer wohnen?«

»Ja, ja – es ist schon seit acht Tagen alles gerichtet.«

»Schön, Mutter! Und nachher, wenn ich mich ein wenig erfrischt habe, dann bin ich nicht abgeneigt, der Dornecker Küche alle Ehre anzutun.«

Damit verschwand er im Haus. Frau Brigitte erhob sich.

»Ich will doch lieber gleich in die Küche gehen und sehen, daß Lothar etwas Ordentliches zu essen bekommt«, sagte sie geschäftig.

Ihr Mann hielt sie fest.

»Einen Augenblick, Brigitte – ich möchte dir erst noch eine Bitte ans Herz legen«, sagte er dringlich.

Sie blickte liebevoll zu ihm herab und strich fast mütterlich-zärtlich über seinen grauen Scheitel.

»Was ist denn, mein Alter?«

Langsam und andächtig küßte er ihre Hände. Dann sagte er leise:

»Du sollst mir versprechen, Brigitte, daß du mit keinem Wort an das Verhältnis rührst zwischen Lothar und Diana. Ich bitte dich, frage weder ihn noch sie darüber und enthalte dich jeder Einmischung. Darf ich mich darauf verlassen?«

Sie blickte ihn fragend an.

»Aber warum denn, Hermann? Sollen wir denn gar nichts dazu tun, die beiden einander näherzubringen? Wäre es denn nicht schön, wenn sie zusammenblieben für immer?«

Er nickte, und seine guten Augen leuchteten wie verklärt.

»Wunderschön wäre es, meine Brigitte. Aber daran rühren darf man nicht, das habe ich dir schon einmal gesagt. Von außen darf das nicht kommen – sondern von innen, verstehst du mich? Jedes Wort könnte unberechenbaren Schaden tun. Die beiden sind keine Menschen, deren Inneres ein rauhes Zufassen verträgt. Es sind subtile Naturen mit einem feinen Empfinden. Also Vorsicht, Brigitte!«

Sie atmete kräftig auf.

»Nun, mein Alter – wenn ich das auch nicht so recht verstehe –, wenn du es willst, wird es schon recht sein. Du bist ja immer der Klügere und Bedächtigere von uns beiden gewesen, ich verlasse mich auch in dieser Sache ganz auf dich. Und ich verspreche dir, meine Zunge im Zaum zu halten. Wenn nur der liebe Gott hilft, daß sie beide glücklich werden. Sie haben es verdient. Und ein schöneres Paar, das besser zueinander paßte, gibt es überhaupt nicht. Sie sind beide so gute, herrliche Menschen, wenn man das auch eigentlich von seinem Fleisch und Blut nicht sagen darf. Aber es ist doch so, nicht wahr, mein Hermann?«

»Ja, meine Brigitte – tausendmal ja! Und ich bin voll freudiger Hoffnung, daß alles noch gut wird. Laß uns nur geduldig warten. Es darf nichts übereilt werden. Eine edle Frucht braucht Zeit, um auszureifen. Nun aber geh und richte unserem Sohn eine Mahlzeit.«

12

DIANA SASS IN ihrem Zimmer in einem Sessel zusammengesunken und hatte die Hände vor das Gesicht gepreßt. Wie ein Sturm war es über ihre Seele dahingebraust, als sie Lothar vor sich gesehen hatte. Und als sie seine Augen auf sich ruhen fühlte, da wußte sie, daß sie ihn liebte mit der ganzen Glut und Innigkeit ihrer Seele.

Was bisher noch unklar in ihr geschlummert hatte, was sie sich bisher nicht selbst hatte eingestehen wollen, das stand nun wie in Flammenschrift auf dem Grund ihres Herzens. In Schmerz und Wonne zugleich wurde sie sich bewußt, daß sie ihren Mann liebte, der doch nicht ihr Mann war, daß sie vor Angst und Weh zitterte vor dem Moment, da er ihr sagen würde: ›Löse das Band, das mich an dich fesselt, ich will frei sein.‹

Und doch mußte sie sich sagen, daß es besser war, er sprach dieses Wort, als daß er stumm neben ihr dahinlebte, sich nach Freiheit sehnte und sie doch nicht zu verlangen wagte.

Ich muß es ihm leicht machen, daß er es ausspricht – und ich habe ja sein Wort, daß er es tun wird, wenn ihm seine Freiheit wünschenswert erscheint, dachte sie voll Qual.

Nur ein ganz leiser Hoffnungsschimmer lebte in einem Winkel ihrer Seele, daß ihr dennoch das Glück, nach dem sie sich sehnte, beschieden sein könnte . . .

Vorläufig konnte sie nicht zur Klarheit kommen über das, was nun geschehen würde, was sie tun mußte. Ihre ganze Seele war noch in Aufruhr von dieser Begegnung mit ihm. Sie hätte jauchzen und weinen mögen in einem Atem, und blieb doch stumm, wie gelähmt von der Übermacht ihres Gefühls, eine Beute der widerstreitendsten Empfindungen.

Noch hatte sie ihr Reitkleid nicht abgelegt. Sie war in ihr Zimmer gestürmt, hatte es hinter sich abgeschlossen und sich in den Sessel geworfen, unfähig, etwas zu tun oder klar zu denken. Und so saß sie noch, wie betäubt und doch so unruhig.

Wie lange sie so gesessen hatte, wußte sie nicht, als es an ihrer Tür klopfte.

Sie erhob sich und öffnete. Tante Brigitte trat ein.

»Wie, Diana – noch im Reitkleid? Ja, Kind, du bist doch schon seit Stunden zu Hause. Warum hast du dich denn noch nicht umgezogen?« fragte sie erstaunt.

Diana blickte sie verwirrt an.

»Ich? Ach – ich – ja, ich war im Lehnstuhl eingeschlafen – ich war so müde von dem langen Ritt in der Frühlingsluft.«

Die alte Dame strich ihr das Haar aus der Stirn.

»Sagt' ich's nicht – das Frühaufstehen ist nichts für dich, das muß man gewöhnt sein. Ganz blaß siehst du aus. Ich leide es auch nicht mehr, verstanden? Ist ja Unsinn, daß du dich darauf versteifst. Ich werde es dir ganz streng verbieten und werde es nicht leiden, daß man dich wieder so früh weckt. Du kannst doch später ausreiten. Und jetzt, da Lothar hier ist, kann der mich unterstützen, da kannst du dich erst wieder einmal ordentlich ausruhen.«

Diana hätte am liebsten gefragt: Hat Lothar euch gesagt, wie lange er in Dorneck bleiben wird? Aber sie hielt diese Worte zurück und sagte nur ruhig: »Vielleicht hat Lothar die Ruhe nötiger als ich nach seiner angestrengten Tätigkeit.«

Frau Brigitte lachte froh. »Ach, der ist wie von Stahl und sieht gottlob nicht aus, als ob er ruhebedürftig wäre. Und jedenfalls stehst du mir nicht wieder so früh auf, Diana. Jetzt aber zieh dich schnell um. Ich bin heraufgeschickt worden, um dich zu holen. Wir wundern uns schon, wo du bleibst, und denken, du willst es wieder machen wie früher, wenn Lothar in Dorneck war. Da verkrochst du dich auch immer. Aber jetzt bist du doch kein kleines, dummes Mädel mehr, gelt, mein Küken? Ist das arme Kind eingeschlafen! Du fühlst dich doch nicht krank?«

Diana schüttelte lächelnd den Kopf. Zwar war ihr nicht sehr

wohl zumute, die Aufregung zitterte in ihr nach, aber krank fühlte sie sich durchaus nicht.

»Nein, nein, Tantchen. Ich bin nur eine richtige, kleine Schlafmütze«, scherzte sie und fuhr, ernster werdend, fort: »Im übrigen war es doch gut, daß ihr Lothar erst mal für euch allein hattet.«

»Na ja doch, Goldkind – aber du gehörst doch zu uns. Und der erste Freudensturm ist nun auch ausgetobt. Nun mach schnell, daß du herunterkommst, wir wollen essen. Ich schikke Sophie herauf. Und gelt – du machst dich ein bißchen schön, weißt du, das weiße Spitzenkleid ziehst du an, das du von Berlin mitgebracht hast. Das sieht ein bißchen festlich aus. Wir müssen doch heute abend bei der Tafel ein bißchen feiern!«

»Dann mußt du dich aber auch schön machen«, scherzte Diana, ihre Verlegenheit verbergend. Nur zu gern folgte sie Tante Brigittes Wunsch . . .

Frau Brigitte lachte. »Natürlich mache ich mich auch schön – wenn das Resultat bei mir auch nicht so gut ausfallen wird wie bei dir. Aber feiern müssen wir doch Lothars Heimkehr, nicht wahr?«

Diana nickte, ohne die alte Dame anzusehen, und den scherzhaften Ton festhaltend, erwiderte sie: »Gewiß, Tantchen, und ich werde deinen Wunsch erfüllen und das weiße Spitzenkleid anziehen.«

Sophie wunderte sich im stillen, daß ihre junge Herrin heute bei der Toilette so nervös und unruhig war und so lange Zeit brauchte. Aber als sie endlich fertig war und in ihrer ganzen Schönheit und Anmut vor dem Spiegel stand, schlug Sophie die Hände vor Bewunderung zusammen.

»Nein – so schön haben gnädige Frau noch niemals ausgesehen wie heute«, rief sie fast andachtsvoll.

Diana lachte errötend. »Was Sie nicht sagen, Sophie.«

»Nein wirklich, gnädige Frau. Darf ich noch einen kleinen Fliederzweig am Gürtel befestigen?«

»Meinetwegen, wenn Sie meinen, daß es gut aussieht.«

»Rosen wären viel schöner – aber die blühen noch nicht«, meinte Sophie nachdenklich.

»Nein – die blühen noch nicht, also lassen wir es beim Flieder«, sagte Diana, und sie dachte dabei: Ob wohl für mich jemals die Rosen blühen werden?

Lothar hatte die Stirn ein wenig zusammengezogen, und seine Augen hatten trübe geblickt, als Frau Brigitte lachend erzählte, daß Diana noch im Reitkleid sei und seit ihrer Heimkehr in einem Lehnstuhl geschlafen habe.

»Wenn ich sie nicht geweckt hätte, schliefe sie wohl noch immer«, hatte seine Mutter ihren Bericht beendet.

Hermann von Steinach glaubte nicht, daß Diana geschlafen hatte, er ahnte die Wahrheit, behielt sie aber für sich.

Lothar aber hatte ein wehes Gefühl im Herzen. Nach langjähriger Abwesenheit war er die ersten Stunden zu Hause – und Diana schlief! Während er sich hier unten in Sehnsucht nach ihr verzehrte, konnte sie ruhig schlafen. Wie gleichgültig mußte er ihr sein!

Als aber Diana dann in den hellerleuchteten Salon trat, wo Lothar mit seinen Eltern wartete, da stand sein Herz fast still vor Entzücken und Bewunderung. War sie ihm heute nachmittag schon in ihrem schlichten Reitkleid als eine köstliche Augenweide erschienen, so blendete ihn jetzt ihre Erscheinung geradezu.

Weich und graziös schmiegte sich der köstliche Spitzenstoff an ihre herrlichen, jugendfrischen Glieder und ließ den feingeformten Hals und ein Stück Nacken frei, dessen geschwungene Linie jeden Bildhauer hätte begeistern können. Im wundervollen Ansatz der kastanienbraunen, metallisch glänzenden Haare verlor sich diese weiche, entzückende Linie. Die lockige Fülle des gebauschten Haares war am Hinterkopf zu einem üppigen Knoten aufgesteckt. Die weißen, runden Unterarme und die schlanken, feingeformten Hände waren unbekleidet, und die Wangen waren zart gerötet. Das Schönste an ihr aber waren die dunklen, flammenden Augen und das Lächeln, das um ihren roten Mund spielte. Dies Lächeln allein war von so bestrikkender Süße und Anmut, daß Lothar wie verzaubert vor ihr stand.

Lange Jahre hatte er den Anblick schöner, eleganter Frauen ganz entbehren müssen. Um so stärker wirkte diese Erscheinung jetzt auf ihn. Das leise, diskrete Rauschen ihres seidenen Unterkleides, der zarte Duft, der kaum wahrnehmbar von ihr ausging, umschmeichelte seine Sinne. Wie ein Zittern lief es über ihn hin.

Am liebsten wäre er auf sie zugeeilt, hätte sie in seine Arme genommen und ihr gesagt: ›Ich liebe dich, du bist so schön und bezaubernd als Frau, wie du groß, gut und edel als Mensch bist. Sei in Wirklichkeit meine geliebte Frau, wie du es nur dem Namen nach bist. Ich kann nicht daran denken, daß ich dich lassen muß. Versuche es doch, ob du mich nicht lieben kannst, ich will um diese Liebe werben, wie um das Köstlichste, was mir das Leben zu bieten hat.‹

Aber er sprach diese Worte nicht aus, sondern stand ihr stumm gegenüber, sich mit Mühe selbst meisternd. Er durfte ja nicht so zu ihr sprechen, denn er hatte gelobt, sie selbst entscheiden zu lassen über ihr Schicksal.

Liebte sie wirklich, wie er fürchtete, einen anderen, hatte sie ihr Herz Alexander Heinzius geschenkt, dann würde er sie nur quälen und beunruhigen, wenn er ihr seine Liebe zeigte, denn ihr Herz war gut und weich.

Nein, das wäre ein schlechter Dank gewesen für das Opfer, das sie gebracht hatte, als sie ihre Hand in die seine legte. Nicht für das Leben hatte sie sich ihm verbunden, sondern nur, weil sie fest daran glaubte, daß sie sterben mußte.

Die Hände waren ihm gebunden, er konnte nichts tun, um das Glück zu erringen, nach dem seine Seele verlangte. Ja, wenn er die feste Überzeugung gehabt hätte, daß ihr Herz frei war, dann – ja, dann hätte er um ihre Liebe kämpfen können. Aber diese Überzeugung hatte er eben nicht mehr, seit sie ihm diesen Winter so enthusiastisch über Alexander Heinzius geschrieben hatte. So begeisterte Worte hatte sie nie zuvor für einen Mann gehabt. Und vorhin, als er neben ihr durch den Wald gegangen war, als sie ihm von Alexander Heinzius erzählte, hatte ihre Stimme gebebt und ihre Augen geleuchtet. Ihm hatte wohl auch der sehnsüchtige, verträumte Ausdruck gegolten, der auf ihrem Antlitz lag, als sie draußen im Wald ihm entgegengeritten kam.

So trug Lothar eifrig in selbstquälerischer Pein alles zusammen, was ihm jede Hoffnung nahm.

Wie es gekommen war, daß Diana sein ganzes Herz mit Liebe erfüllte, wußte er jetzt kaum noch. Ihm war, als habe er sie schon lange, lange geliebt, als sei diese Liebe langsam mit seinem ganzen Sein verwachsen. Er glaubte jetzt, die Sehnsucht nach ihr habe ihm die letzten Monate dort unten im fremden Land so unerträglich gemacht. Die schmerzliche Wonne, die er bei ihrem Anblick empfand, beseligte und bedrückte ihn zugleich.

Aber äußerlich schien er ruhig und unbewegt. Er hütete sich wohl, nichts von seinen Empfindungen zu verraten.

Auch Diana brachte es über sich, ganz ruhig und scheinbar heiter und unbefangen mit Lothar zu plaudern. Onkel Hermann half den beiden gewissermaßen, das Gleichgewicht zu halten. Und Tante Brigitte, die wirklich in schwerer, hellgrauer Seide festlich geschmückt einherrauschte, sorgte durch ihre lebhafte Art dafür, daß keine Pause entstand.

Die alte Dame sah in dem festlichen Kleid sehr vornehm aus, und ihre Augen strahlten so glücklich, daß ihr Diana in überquellender Empfindung die Arme um den Hals legte und sie innig küßte.

Gleich darauf begab man sich ins Speisezimmer, wo die Tafel festlich gedeckt war.

Lothar saß an der Seite seiner Mutter, Diana gegenüber. Neben Diana stand Onkel Hermanns Rollstuhl. So oft er es unbemerkt tun konnte, ließ Lothar seinen Blick auf Diana ruhen, und niemand als sein Vater bemerkte den sehnsüchtigen Glanz in seinen Augen.

Diana vermied es, ihm in die Augen zu sehen, und um ihre Befangenheit zu verbergen, zeigte sie sich sehr heiter und neckte sich mit Onkel Hermann. Die leise Schelmerei gab ihr nur einen neuen Reiz in Lothars Augen.

Frau Brigitte veranlaßte ihren Sohn, von seinen Erlebnissen in Afrika zu erzählen. Diana lauschte mit einem traumhaften Wohlbehagen dem tiefen Wohlklang seiner Stimme.

Er erzählte von seinen primitiven Lebensverhältnissen da unten und gab eine humoristische Schilderung, wie er seine

Mahlzeiten, oft genug selbst bereitet, hatte einnehmen müssen. Seine Zuhörer lachten, und doch klang durch dieses Lachen eine leise Rührung. Diana dachte an den kleinen, schlichten Speiseraum der Ingenieure in der Luftschiffhalle. Wie seltsam war sie berührt worden durch die bescheidene Lebensweise dieser jungen Männer. Und doch – wieviel mehr hatte Lothar entbehren müssen!

Sie erzählte von dem einfachen Mahl, an dem sich alle damals beteiligt hatten, und hob hervor, wie lustig und zufrieden Alexander Heinzius Schmalz- und Butterschnitten für etwas sehr Gutes erklärt hatte.

»So geht es allen Pionieren der Zivilisation«, sagte Onkel Hermann.

Lothar atmete tief auf. Dianas Hinweis auf Alexander Heinzius hatte ihm wieder die Brust beklemmt. Nun sagte er seufzend:

»Ja, leicht ist es manchmal nicht, unser Leben. Aber solch harte Tage stählen unsere Kraft und lassen uns nicht verweichlichen im Genuß. Man ist dann doppelt empfänglich für kleine Annehmlichkeiten des Lebens. Wenn ich mich jetzt hier umsehe – die festlich geschmückte Tafel, das blitzende Silber und die funkelnden Gläser, dazu Blumen und Früchte, die ich lange nicht gesehen habe, Delikatessen, die ich jahrelang nicht gekostet habe, dieser behagliche Raum mit den kostbaren alten Möbeln und – last not least – Damen in eleganten Roben der letzten Mode –, dann ist es mir wie ein Traum – als müßte alles verschwunden sein, wenn ich erwache.«

Frau Brigitte seufzte. »Na gottlob, mein Junge, daß es dir da unten nicht besser gefallen hat, wer weiß, ob du sonst zu uns zurückgekehrt wärst. Oder am Ende gingst du uns eines Tages wieder dahin zurück«, sagte sie.

Lothar streifte Dianas Gestalt mit einem seltsamen Blick, den sie aber nicht bemerkte.

»Wer weiß, Mutter – vielleicht locken mich gerade die Strapazen eines Tages wieder nach Afrika? Man sagt, dieses Land ziehe mit Zaubermacht alle in seinen Bannkreis zurück, die einmal dort gelebt haben. In den letzten Monaten verkehrte ich viel mit dem Besitzer einer großen Farm, der mit seiner

Frau und zwei Töchtern, lebhafte Damen ungefähr in Dianas Alter, seit Jahren dort lebt. Sie waren voriges Jahr einige Monate in Deutschland und versicherten mir, sie hätten es vor Heimwehr nach ihrer Farm, wo sie doch oft ein beschwerliches Leben hatten, nicht ausgehalten. Und als ich mich von ihnen verabschiedete, sagten sie mir:

›Wir sehen uns wieder, Sie kommen nach Afrika zurück.‹«

Dianas Gesicht wurde einen Schein blasser, und einen Moment sah sie wie in jähem Schrecken zu ihm hinüber. Diesen unbeherrschten Blick bemerkte aber Lothar nicht. Er sah sinnend in den funkelnden Wein, der sein Glas füllte.

»Junge, das wirst du dir doch nicht einfallen lassen!« rief seine Mutter erschrocken.

Er schien in Gedanken versunken und hörte es wohl nicht, denn er antwortete nicht darauf. Und dann hob er den Kopf und sah in des Vaters forschendes Gesicht. Da lächelte er, und um die Aufmerksamkeit von sich abzulenken, erzählte er von der Farm Saßneck und von den beiden mutigen, tapferen Farmerstöchtern, die Seite an Seite mit ihren Eltern den Kampf mit allen Widrigkeiten aufnahmen und dabei nie die gute Laune verloren.

Sein Bericht klang herzlich und warm, und er gestand offen ein, daß das muntere Lachen dieser hübschen und klugen Mädchen ihn oft aus trüben Stimmungen gerissen hatte.

Dianas Herz klopfte bei dieser Schilderung langsam und schwer.

Vielleicht hatte Lothar eines dieser Mädchen ins Herz geschlossen, vielleicht kehrte er eines Tages wirklich dorthin zurück, um sich mit ihm zu verbinden – wenn er erst seiner Fesseln ledig war? Oder war er am Ende nur zurückgekommen, um seine Freiheit zurückzuholen?

Der Herzschlag stockte ihr, als sie sich diese Frage vorlegte.

Drückende Scham stieg plötzlich in ihr auf, daß sie Lothar damals gezwungen hatte, sich mit ihr zu vermählen. Ja – gezwungen hatte sie ihn. Und er hatte vielleicht schon oft bedauert, daß er sich hatte zwingen lassen. Wohl hatte sie das damals in reinster und lauterster Absicht getan, aber wenn er ahnte, daß sie ihn liebte, in welchem Licht erschiene ihm dann, was sie getan hatte?

Ein Zittern überfiel sie. Um alles in der Welt durfte er nicht erfahren, daß sie ihn liebte, wenn sie nicht vor Scham sterben sollte . . .

Und so verschloß sie ihre Gefühle tief in ihrer Seele und beschloß, ihm so ruhig und unbewegt wie möglich zu begegnen. Zeitiger als sonst zog sie sich an diesem Abend zurück. Als sie das Zimmer verließ, wo die anderen noch saßen, fiel der Fliederzweig, den sie im Gürtel getragen hatte, auf den Teppich nieder. Er welkte schon.

Sie bemerkte es nicht. Aber Lothar hatte es gesehen, und sein Blick hing nun wie hypnotisiert an diesem Blütenstengel.

Auch sein Vater hatte es gesehen, und dieser merkte auch, daß Lothars Blick sich nicht davon trennen konnte.

Da nahm er eine Illustrierte zur Hand und rief seine Frau herbei, um ihr etwas zu zeigen. Die beiden grauen Köpfe beugten sich dicht nebeneinander über das Journal und betrachteten die Fotos.

Hermann von Steinach war aber nur mit halber Aufmerksamkeit dabei. Er hörte, wie sich Lothar erhob und langsam durchs Zimmer ging.

Als seine Eltern nach einer Weile die Zeitschrift beiseite legten, stand Lothar abgewandt am Fenster und zog umständlich ein Taschentuch aus seiner Brusttasche.

Sein Vater blickte nach der Stelle, wo der Fliederstengel gelegen hatte – er war verschwunden.

Da leuchteten die Augen des alten Herrn in stillem Glanz. Frau Brigitte aber hatte von alledem nichts gemerkt.

13

Es VERGINGEN NUN Tage und Wochen, die für Diana und Lothar täglich neue Pein und doch wieder auch heimliche Wonnen brachten. Es lag wie ein Bann auf den beiden jungen Menschen, der sie hinderte, frei zu atmen, und den sie doch nicht zu zerreißen wagten.

Es ließ sich nicht vermeiden, daß sie oft zusammen waren. Sie wollten es auch nicht vermeiden und betrachteten jede Stunde des Beisammenseins wie ein Gnadengeschenk des Himmels. Fast täglich ritten sie miteinander aus, machten Besuche in Buchenau oder saßen mit den Eltern zusammen.

Und der schönste, herrlichste Frühling umspann sie mit seinem Zauber und verlockte ihre Herzen, sich einander in immer heißerer Liebe zu ergeben. Aber nach außen zeigten sie sich beide in einer ruhig-freundschaftlichen Art. Täglich erwartete und fürchtete Diana, daß Lothar sprechen und seine Freiheit fordern würde und täglich erwartete und fürchtete Lothar von Diana das gleiche. Sie vermochten beide nicht das Thema zu berühren, das doch unbedingt berührt werden mußte, wenn sich ihr Verhältnis klären sollte.

Unausgesprochen lag es immer zwischen ihnen, und sie heuchelten dabei beide die größte Unbefangenheit, als sei alles in schönster Ordnung.

Lothar schob die Erklärung immer wieder hinaus. Er war so sicher, daß Diana ihm mit einer Aussprache verlorengehen mußte, daß er sich nicht dazu entschließen konnte.

Diana hingegen nahm sich täglich vor, diese brennende Frage mit ihm zu erörtern, aber immer wieder bebte sie in weiblicher Scheu davor zurück, dieses heikle Thema zu berühren.

So verging ein Tag nach dem anderen. Lothar nahm in dieser Zeit seiner Mutter alle anstrengenden Arbeiten ab. Diese hatte eine gute Zeit und konnte behagliche Ruhestunden genießen. Diana durfte wirklich nicht mehr so früh aufstehen wie in letzter Zeit. Lothar trat für sie ein. Es war, als seien ihm die landwirtschaftlichen Kenntnisse angeboren. Wie selbstverständlich erschien alles, was er tat. Und die Leute sahen in ihm den neuen Herrn, da sie ja wußten, daß er der Mann ihrer jungen Herrin war. Außerdem war Lothar eine sehr imponierende Persönlichkeit, die sich ohnedies Geltung verschafft hätte. War er doch gewohnt, über eine Menge Arbeiter zu befehlen, oft über die widerwilligsten und faulsten Schlingel in Afrika.

Nicht nur Diana – auch Frau von Steinach dachte in diesen

Tagen oft, wie schön es wäre, wenn Lothar immer die Zügel von Dorneck in der Hand behalten würde. Aber getreu ihrem Versprechen, das sie ihrem Gatten gegeben hatte, rührte sie auch daran mit keinem Wort und wartete, wenn auch nicht gerade geduldig, wie sich alles entscheiden würde.

Es gab noch eine Person, die das Verhältnis der beiden jungen Gatten mit Interesse beobachtete. Das war Dora Sanders. Ihr ebenfalls von Liebessehnsucht erfülltes junges Herz empfand eine innige Teilnahme für Diana. Wenn ihr diese auch mit Worten nicht bekannt hatte, daß sie Lothar liebte, so fühlte sie es doch mit dem sicheren Instinkt, der Frauen in solchen Fällen eigen ist.

Lothar von Steinach gefiel Dora sehr gut, nun sie ihn näher kennenlernte. Sie sagte sich, daß selten zwei Menschen so gut zusammenpaßten wie er und Diana. Und die ganze romantische Angelegenheit war natürlich ihrer wärmsten Teilnahme sicher.

So gab es viele Augen, die das junge Paar mit heimlichem Interesse verfolgten, ohne daß es die beiden gemerkt hätten. Sie waren ganz mit ihren eigenen Gedanken und Empfindungen beschäftigt, daß sie nicht viel Aufmerksamkeit für ihre Umgebung aufbrachten.

Eines Tages waren Lothar und Diana in Buchenau zu Besuch gewesen und ritten nun nebeneinander in dem sinkenden Maientag durch den Wald. Unter dem Einfluß von Doras Munterkeit waren sie lachend und plaudernd von Buchenau fortgeritten. Je weiter sie sich aber entfernten, desto stiller wurden sie beide, und schließlich verstummten sie ganz.

Ohne auf die Pferde zu achten, ließen sie dieselben gehen, wie sie wollten, und hielten die Zügel nur locker in den Händen.

So kam es, daß Dianas Goldfuchs plötzlich mit den Vorderhufen an einer starken, feuchten Baumwurzel abrutschte, die sich über den Weg legte, und in die Knie brach.

Diana verlor durch den plötzlichen Ruck das Gleichgewicht, da sie ohne Halt war, und glitt aus dem Sattel.

Mit einem Satz war Lothar vom Pferd gesprungen und hob sie auf seinen Armen empor wie ein Kind. Unwillkürlich preßte er sie dabei fest und innig an sich, so daß sie den starken Schlag seines Herzens spürte.

War sie schon durch den leichten Sturz erschrocken, so vergingen ihr nun, da er sie an seinem Herzen hielt, in jähem Schreck die Sinne. Blaß und mit geschlossenen Augen lag ihr Kopf auf seinem Arm. Er glaubte, sie sei ohnmächtig geworden, so leblos ruhte sie an seinem Herzen. Von seinem heißen Gefühl für sie überwältigt und vor zärtlicher Angst und Sorge um sie außer sich, war er einen Moment nicht Herr über sich und preßte seine Lippen auf ihren kleinen, blassen Mund. Dann kam sein Atem wie ein Stöhnen aus seiner Brust.

Wie in einem tiefen Traum fühlte Diana seine Lippen auf den ihren, und sie vermochte sich nicht aus ihrer Erstarrung zu lösen. Es war ihr, als seien ihr alle Glieder gelähmt, und sie vermochte nicht zu denken, nicht zu unterscheiden, ob sie wachte oder träumte.

»Diana – Diana!« rief er nun angstvoll.

Da schlug sie die Augen auf und sah ihn verwirrt, traumbefangen an. Er hatte sich schon wieder in der Gewalt. Nur sehr bleich sah er aus, und seine Augen forschten ängstlich in ihrem Gesicht.

»Hast du dir weh getan?« stieß er hervor.

Ein Zittern lief über sie hin. In seinen Worten lag eine so zärtliche Sorge, daß sie vor Seligkeit erschauerte. Sie hätte in diesem Augenblick sterben mögen.

»Diana! Komm zu dir!« rief er noch einmal, sich zur Ruhe zwingend, als wollte er sie ermuntern.

Bang, hilflos und rührend sah sie zu ihm auf. Er mußte sich Gewalt antun, denn es lockte ihn, ihr Antlitz mit Küssen zu bedecken. Und er konnte es sich nicht versagen, wenigstens seine Lippen über ihr Haar streifen zu lassen, von dem die Reitmütze abgeglitten war. Ganz zart und leise war diese Berührung, so daß Diana nichts davon merkte.

Sie kam nun wieder zu sich und glaubte, geträumt zu haben, daß sein Mund den ihren berührt hatte. Sich aufraffend aus ihrer Erstarrung und die süße Befangenheit abwehrend, sagte sie, so ruhig sie konnte:

»Du brauchst nicht zu erschrecken, Lothar, es ist mir nichts geschehen – nur hatte ich vor Schreck die Besinnung verloren. Laß uns nach den Pferden sehen.«

Er ließ sie langsam und sorglich aus seinen Armen gleiten. Nur ungern gab er sie frei. Es war ihm heiß geworden, und er schob die Mütze aus der Stirn zurück.

Diana hatte sich an einen Baum gelehnt, weil ihr die Knie den Dienst zu versagen drohten. Er beugte sich zu ihrem Goldfuchs herab, um seine Knie zu untersuchen. Das schlanke Tier war sofort selbst wieder aufgesprungen und stand nun ruhig neben Lothars Pferd, das seinen Gefährten beschnupperte, als wollte es fragen: ›Bist du heil geblieben?‹

Lothar konnte feststellen, daß der Goldfuchs unverletzt geblieben war, wie seine Herrin.

Er trat nun wieder zu Diana heran. »Wirst du imstande sein, wieder aufzusteigen und heimzureiten?« fragte er, besorgt ihr blasses Gesicht betrachtend. Sie lächelte schwach. Der Schrecken zitterte noch in ihr nach. Nicht der Schreck über ihren Unfall, sondern über das, was sie geträumt zu haben glaubte.

Und eine zehrende Unruhe war in ihr, seit sie in seinen Armen gelegen und seine Augen so voll zärtlicher Sorge auf sich gerichtet gesehen hatte. Konnte das nur freundschaftliche – brüderliche Sorgfalt sein?

Zum erstenmal erwachte eine scheue, leise Hoffnung in ihr, daß er wärmer für sie empfinden könnte als sie es bisher geglaubt. Und dieses leise Hoffen schon ließ sie erschauern und raubte ihr alle Kraft.

»Laß mich noch einen Augenblick ruhen – ich bin noch ein wenig unsicher – aber gleich wird es besser sein, dann reiten wir weiter«, sagte sie bittend.

Er sah sich nach einem Ruheplatz für sie um und geleitete sie zu einem dicken Baumstumpf, der ihr als Sitzplatz dienen konnte.

Darauf ließ sie sich nieder. Er beschäftigte sich nun mit den Pferden, um seine Ruhe wiederzuerlangen. Sorgfältig prüfte er, ob Dianas Sattelzeug noch in Ordnung war und zog den Gurt etwas fester. Nach einer Weile trat er wieder vor sie hin. Sie erhob sich sogleich.

»Nun wollen wir unseren Weg fortsetzen, Lothar.«

»Hast du dich auch genügend erholt?«

»Ja, ja, wir können weiterreiten.«

Er führte sie an ihren Goldfuchs heran und hob sie in den Sattel. Sorglich legte er ihr Kleid zurecht und machte sich länger als nötig damit zu schaffen. Sie sahen sich aber nicht an dabei. Es lag wieder so viel zarte, liebevolle Fürsorge in seinem ganzen Tun, daß ihr plötzlich die Tränen in die Augen schossen. Ehe sie es hindern konnte, fiel einer der klaren, salzigen Tropfen auf seine Hand hernieder. Er zuckte zusammen und sah zu ihr empor. Sie war sehr bleich, und ihre Augen schimmerten in Tränen.

»Diana – was ist dir?« stammelte er erregt.

Sie schüttelte nur stumm den Kopf, machte eine hastig abwehrende Bewegung und zog unwillkürlich am Zügel, so daß das Pferd einige Schritte vorwärts tat.

Er stand wie erstarrt und sah ihr nach. Und dabei trank er den salzigen Tropfen von seiner Hand mit einer schmerzlichen Wonne. Warum hatte sie geweint? Hatte sie doch gemerkt, daß er sie geküßt hatte, und zürnte sie ihm deshalb? Oder bemitleidete sie ihn, weil er ihr dadurch verraten hatte, wie es um ihn stand? Schwankte sie zwischen Zorn und Mitleid?

Er drückte die geballte Hand an sein Herz, als wollte er sich zur Ruhe zwingen. Und grübelte weiter ...

Wagt sie vielleicht deshalb nicht, das entscheidende Wort zu sprechen, weil sie längst herausgefühlt hatte, daß er sie liebte? Frauen sollten doch dafür ein feines Gefühl haben. Litt sie darunter, daß sie ihm weh tun mußte, wenn sie ihre Freiheit von ihm forderte? Band ihr das die Zunge?

Sie war so weichherzig, so gütig und feinfühlig. Es würde ihr schwer werden, etwas zu tun, womit sie einem anderen Menschen Schmerz bereiten mußte. Und so quälte sie sich am Ende schon lange und wagte nicht, sich von ihm freizumachen für ein anderes ersehntes Glück.

Tief aufatmend schritt er zu seinem Pferd und ein herber, entschlossener Zug lag um seinen Mund.

So geht es nicht weiter – ich muß Klarheit, Gewißheit haben, sagte er sich, als er sich in den Sattel schwang. Schnell ritt er ihr nach.

Er sah, daß sie mit gesenktem Kopf und müder Haltung im Sattel saß, und als er an ihre Seite kam, blickte er forschend in ihr Gesicht. Die Tränen waren versiegt, aber sie sah noch sehr blaß und unruhig aus.

Mit einem erzwungenen Lächeln wandte sie sich nach ihm um.

»Nun bin ich wieder im Gleichgewicht«, suchte sie zu scherzen. »Was sind Frauen doch für schwachnervige Geschöpfe. Wegen so einer Kleinigkeit die Haltung zu verlieren, ist doch eigentlich recht beschämend.«

Er sah sie prüfend an und merkte sehr wohl, daß sie sich zu einem unbefangenen Ton zwingen wollte. Aber weit entfernt, zu ahnen, was in ihr vorging, glaubte er nur, sie wolle ihm eine Beschämung ersparen. Ganz gewiß schien es ihm jetzt, daß sie wußte, daß er sie geküßt hatte.

»Ich halte dich durchaus nicht für ein schwachnerviges Geschöpf, Diana. Bin ich doch selbst Zeuge gewesen, wie du dem Tod ins Antlitz geschaut hast mit einem Mut, um den dich mancher Mann hätte beneiden können.«

Das Blut schoß ihr jäh ins Gesicht. Sie wußte sofort, was er meinte, und eine heiße Angst kam über sie, daß er jetzt davon sprechen könnte, daß sie ihn damals gebeten hatte, sich mit ihm zu vermählen. Sie fühlte, daß sie vor Scham außer sich sein würde, wenn das zur Sprache käme.

Aber Lothar wollte jetzt wirklich um jeden Preis Klarheit haben.

Da sie nicht antwortete, sondern mit großen, starren Augen vor sich hinblickte, und in der Angst, sich zu verraten, eine herbe, abwehrende Miene zur Schau trug, atmete er tief auf und fuhr fort:

»Diana – ich bin nun schon wochenlang in Dorneck – und von Tag zu Tag habe ich es verschoben, mit dir über das zu sprechen, was wir doch nicht auf die Dauer ignorieren können. Du weißt, was ich meine?«

Sie nickte nur stumm, und er sprach weiter:

»Einmal müssen wir uns doch aussprechen, wenn es auch

peinlich ist. Ich kann doch nicht ewig in Dorneck bleiben – gewissermaßen als dein Gast. So geht das nicht länger mehr – ich fühle es –, ich muß wieder fort von Dorneck.«

Er machte eine Pause, weil ihn die Erregung übermannte, und sie saß zusammengesunken auf ihrem Pferd, als erwarte sie ihr Todesurteil.

Nach einer Weile ergriff er wieder das Wort: »Du hast wohl nicht den Mut, mich fortzuschicken – und so muß ich ihn haben, um unsere Lage zu klären. Willst du mir nun offen sagen, was du über unsere Zukunft beschlossen hast?«

Er hatte, um sich Festigkeit zu geben, ruhig, fast kühl und sachlich gesprochen, als handle es sich um ein geschäftliches Abkommen. Ihr war zumute, als müsse sie aufschreien. Ihre Glieder waren schwer wie Blei, und sie preßte die Lippen fest aufeinander. Jetzt sprach er vom Fortgehen, wie von etwas Selbstverständlichem, Vorbereitetem, jetzt, da sich zum erstenmal ein leises Hoffen in ihre Seele geschlichen hatte, daß sie ihm mehr gelten könne, als sie bisher geglaubt hatte.

Das war ein grausames Erwachen aus dem süßen Traum, der vorhin ihre Seele umfangen hatte. Sie wußte ja nicht, was ihn seine Ruhe, der sachliche Ton kostete. Und sie überhäufte sich selbst mit bitterem Spott.

Närrin, was hast du denn geglaubt und gehofft, was hast du geträumt, als du vorhin in seinen Armen lagst? Und wenn er dich wirklich geküßt und mit zarter Fürsorge umgeben hatte – was berechtigt dich da zu süßen Hoffnungen? Küßt nicht ein Bruder auch seine Schwester, sorgt sich der Freund nicht um den Freund, wenn er ihn verletzt glaubt? Eine Freundin, eine Schwester bist du ihm – das hat er dir ja geschrieben, oft genug – aber mehr bist du ihm nicht!

Die Zähne schlugen ihr wie im Frost zusammen vor Erregung, und sie biß sie fest aufeinander. Nur ein Gedanke hielt sie jetzt aufrecht: Ihn nicht merken lassen, daß du ihn liebst, sonst tötet dich die Scham auf der Stelle.

Sie richtete sich empor und strich sich über die Augen. Dann sagte sie wie mechanisch: »Ja, wir müssen wohl davon reden. Aber – warum soll gerade ich bestimmen, was werden soll?

Haben wir nicht beide das gleiche Recht? Du sollst entscheiden.«

Er zog die Stirn wie im Schmerz zusammen. Es erschien ihm zweifellos – sie scheute sich, ihm weh zu tun, und wollte ihm die Entscheidung zuschieben. Sonst hätte sie doch wohl sagen können: Mich treibt nichts zu einer Trennung von dir . . .

Daß eine Frau ihr Fühlen scheu in sich verschließen kann und lieber Höllenqualen duldet, als einem Mann offen ihre Liebe zu zeigen – daran dachte er nicht in der Bitterkeit seiner Seele. Zu sehr hatte er sich in den Gedanken verrannt, daß Diana einen anderen liebte.

Muß ich denn selbst meine Freiheit fordern – um sie freizumachen für einen anderen? Kann das Schicksal eine solche Selbstverleugnung von mir fordern? Soll ich mich selbst von ihr lösen, die ich mit tausend Ketten an mich fesseln möchte? dachte er düster.

Aber dann stand jene Stunde vor ihm, da er an ihrem Krankenbett stand und sie in beispielloser Großherzigkeit ihre Hand in die seine legte, ihm ihren ganzen Besitz zu eigen gab, um seinem Vater einen sorglosen Lebensabend zu erhalten.

Durfte er da jetzt an sein eigenes Glück denken, mußte ihm nicht das ihre höher gelten? Hatte er sich damals nicht gelobt, sie vor allen schlimmen Folgen ihres Opfermutes zu behüten, wenn sie am Leben bliebe? Er durfte sich nicht von ihr beschämen lassen, mußte es ihr leicht machen, sich von ihm zu lösen. Totenblaß sah er aus, aber seine Augen blickten mit hartem Entschluß vor sich hin. Mit einem tiefen Atemzug richtete er sich straff empor und reichte ihr die Hand.

»Du hast recht, Diana – mir kommt es zu, dich zu lösen aus dem Bann, den du großherzig auf dich genommen hast. Du sollst frei sein, so schnell wie möglich. Laß mir nur noch einige Tage Zeit, alles zu bedenken und vorzubereiten – ich will in den nächsten Tagen in der Stadt deinen Notar aufsuchen und mit ihm besprechen, wie du am einfachsten und schnellsten frei sein kannst. Dann besprechen wir alles Nähere. Ist es dir so recht?«

Ihre Hand zitterte in der seinen, so daß es ihn heiß durchlief. Sie neigte nur den Kopf, sprechen konnte sie jetzt nicht.

Wenn ihr Leben davon abgehangen hätte, wäre kein einziges Wort über ihre Lippen gekommen, die fest aufeinandergepreßt waren, denn sie fühlte, daß sie hätte laut aufschreien müssen, wenn sie die Lippen geöffnet hätte.

Forschend blickte er sie an – ob ihr Gesicht wohl aufleuchten würde vor Freude darüber, daß das erlösende Wort gesprochen war? Aber sie hielt die Augen gesenkt, und ihre Züge waren wie von Stein.

Da ließ er ihre Hand langsam aus der seinen.

Sie aber war wie erstarrt vor Schmerz und Scham, daß sie den Mann lieben mußte, der sich von ihr löste.

Wenn sie doch beide nur einen Blick in ihre Herzen hätten tun können!

Er wußte nicht, wie er ihr Wesen deuten sollte. Sie schien ihm mehr bedrückt als erfreut, und er sagte sich wieder: Sie ahnt, was es dich kostet, sie freizugeben, und ihr edles Herz leidet darunter.

Schweigsam legten sie den Rest des Weges zurück.

Daheim angelangt, zog sich Diana sofort in ihr Zimmer zurück und schloß sich ein. Wie leblos warf sie sich auf das Sofa und barg das blasse Gesicht in den Händen. Jetzt erst tobte sich der Sturm aus, der in ihrer Seele entfesselt war, und ihr war zumute, als würde nun nie mehr im Leben die Sonne für sie scheinen.

Auch Lothar war vorläufig nicht imstande, ruhig mit seinen Eltern zu plaudern. Auch er blieb eine ganze Weile allein in seinem Zimmer und suchte fertig zu werden mit dem, was nun vor ihm lag.

Beim Abendessen fand er sich indes, anscheinend ruhig, mit seinen Eltern zusammen im Speisezimmer ein. Gleich darauf kam Sophie und meldete, daß ihre Herrin Kopfweh habe und nicht zu Tisch kommen, sondern gleich zu Bett gehen wolle.

Frau Brigitte wollte sofort zu ihr eilen. »Das Kind wird mir doch nicht krank«, sagte sie erschrocken.

Lothar hielt sie zurück. »Laß nur, Mutter – sie bedarf nur der Ruhe – sonst nichts.«

Sein Vater sah ihn forschend an. Lothars blasses Gesicht und seine müden, traurigen Augen hatten ihm schon zu denken gegeben. Da stimmte etwas nicht in seinen Erwartungen. Es mußte etwas zwischen den jungen Leuten geschehen sein.

»Was ist denn mit Diana?« fragte Frau Brigitte unruhig.

»Sie hatte einen kleinen Unfall mit dem Pferd, Mutter, und ist ein wenig erschrocken. Ihre Nerven müssen sich beruhigen«, antwortete Lothar.

Die Mutter gab sich damit aber nicht zufrieden und war besorgt um Diana. Lothar mußte ihr den Unfall erst genau beschreiben und sie beruhigen, ehe sie sich entschloß, Diana in Ruhe zu lassen.

Hermann von Steinach hatte kein Wort dazu gesagt. Aber er war unruhiger als er zeigen mochte. Wohl war er der Ansicht, daß sich die beiden jungen Menschenherzen selbst zusammenfinden mußten. Er glaubte zuversichtlich, daß sich die beiden liebten.

Bisher war alles gegangen, wie er vorausgesehen und erwartet hatte, aber heute stimmte etwas nicht in seinen Vermutungen. Dennoch sagte er sich, daß man sich jeder Einmischung enthalten müsse. Einmal mußte ja alles zur Klarheit kommen.

14

AM NÄCHSTEN MORGEN kam Diana wie sonst an den Frühstückstisch. Sie schien ganz ruhig zu sein. Nur ein wenig blaß sah sie aus, und den Augen merkte man an, daß sie nicht viel Schlaf gefunden hatte in der Nacht.

Auch Lothar hatte keinen Schlaf gefunden. Trübe Gedanken hatten ihn wach gehalten. Er hatte nun beschlossen, möglichst bald wieder abzureisen – am besten wieder nach Afrika, wo man Männer wie ihn brauchen konnte. So schnell wie möglich wollte er nun den bitteren Kelch leeren. Der übernächste Tag war der erste Pfingsttag – während des Festes konnte er nichts unternehmen. Aber gleich nach dem Fest wollte er den Notar aufsuchen und ihn unter offener Darlegung der Verhältnisse um Rat bitten, wie seine Ehe mit Diana schnellstens und ohne großes Aufsehen gelöst werden konnte. Nun saßen sie sich scheinbar ruhig beim Frühstück gegenüber.

Es war Pfingstsamstag. Im Haus roch es nach frischem Kuchen, und draußen auf dem Hof lachten und scherzten die Knechte und Mägde, die sich auf den Pfingsttanz freuten.

Onkel Hermann half dem jungen Paar mit feinem Takt über die unsichere Stimmung hinweg, und man plauderte wie sonst, scheinbar ganz unbefangen.

Gleich nach dem Frühstück, man saß noch beisammen, kam ein Bote von Buchenau und brachte einen Brief von Dora für Diana.

Sie öffnete ihn sogleich und las:

»Liebste Diana! Unser Besuch ist überraschenderweise schon gestern abend eingetroffen. Gleich, nachdem Ihr fortgeritten wart, kam ein Ferngespräch, das ihn ankündigte. Susanne und Hans Heinzius sind ein strahlend glückliches Brautpaar und wissen vor Übermut nicht wohin. ›Er‹ ist natürlich auch mitgekommen, und mein dummes, törichtes Herz will und will sich nicht bequemen, im ruhigen Tempo zu klopfen. Ach, Diana – – – Du weißt, was diese Gedankenstriche bedeuten. Mir ist so bang und doch so froh zumute. Aber das kann ich Dir ja alles mündlich sagen. Zweck dieser Zeilen ist, daß Ihr beide, Du und Dein Mann, heute mittag nach Buchenau zu Tisch kommen sollt. Susanna brennt vor Neugier, Deinen Mann kennenzulernen, und Alexander Heinzius freut sich so, den lieben alten Freund wiederzusehen! Absage gilt nicht. Wenn Dein Lothar nicht will, dann strahle ihn mit Deinen Wunderaugen an. Ich glaube, dann ist er so schwach wie andere Männer auch. Auf Wiedersehen! Deine Dora.«

Bei den letzten Worten wurde Diana dunkelrot und faltete den Brief sichtlich verwirrt schnell zusammen, um ihn in ihrem Kleid zu verbergen.

Lothar hatte sie beobachtet beim Lesen und sah die dunkle Glut ihres Gesichts und die verlegene Miene.

Sie blickte scheu zu ihm hinüber. »Dora schickt uns eine

Einladung, wir sollen heute mittag in Buchenau speisen. Der erwartete Besuch ist angekommen. Alexander Heinzius freut sich sehr auf ein Wiedersehen mit dir«, berichtete sie hastig.

Lothars Herz krampfte sich zusammen. Er deutete sich Dianas Erglühen nun auf seine Weise. Die Freude, den Mann, den sie liebte, wiederzusehen, trieb ihr das Blut so verräterisch in die Wangen. So sagte er sich.

Am liebsten hätte er abgesagt. Er fürchtete sich, dem Freund als Nebenbuhler – als begünstigtem Nebenbuhler – zu begegnen.

Dann sagte er sich aber voll Bitterkeit: Nein, geh nur und sieh mit eigenen Augen, daß sie ihn liebt, dann wirst du vielleicht ruhiger werden und überwinden lernen.

Ruhig fragte er: »Du willst natürlich die Einladung annehmen?«

Auch sie hätte am liebsten abgesagt, aber sie glaubte, Lothar verlange danach, den Freund zu sehen. Und schließlich war es ja auch gleich, wohin sie ihren Schmerz trug.

»Ja, wenn es dir recht ist, nehmen wir an, ich freue mich sehr auf das Wiedersehen.«

Es tat ihm weh, daß sie das so offen aussprach. Diese Freude galt seiner Meinung nach nur Alexander Heinzius.

»Also gut – fahren wir hinüber nach Buchenau«, sagte er aufstehend.

Diana gab nun dem Boten die Antwort und zog sich dann auf ihr Zimmer zurück unter dem Vorwand, sich umziehen zu wollen.

Lothar sah ihr mit schmerzlicher Bitterkeit nach.

Sie wird sich schmücken – für den anderen –, und ich werde zusehen müssen, wie ihm ihre Augen die frohe Botschaft künden: Bald bin ich frei! Ihm schwindelte.

Gegen ein Uhr stand der Wagen bereit, der das Paar nach Buchenau bringen sollte.

Diana hatte ein weißes, enganliegendes, sportliches Kleid angelegt. Es schmiegte sich eng um ihren herrlichen Körper und war nur an den halblangen Ärmeln mit einer schlichten

Stickerei geschmückt. Das Dekolleté war tief, wodurch der wundervolle Nacken und Halsansatz zur vollsten Geltung kamen. Um den schlanken, weißen Hals schlang sich eine einzige Reihe köstlicher Perlen mit einem Schloß von Brillanten.

Diana hatte von ihrer verstorbenen Mutter sehr kostbaren Schmuck geerbt, aber sie trug bisher noch nie anderen Schmuck als diese schlichte, wenn auch sehr kostbare Perlenschnur und an der linken Hand einen sehr schönen Brillantring. Ihr ganzer Anzug war schlicht und dabei doch so elegant und vornehm, daß es jeden Mann begeistern würde.

Lothar legte ihr mit einem bitteren Gefühl den hellen Mantel um die Schultern in der großen Halle vor dem Spiegel. Dabei ließ Diana verstohlen ihren Blick auf seiner eleganten Erscheinung ruhen. Es war das erstemal, daß sie ihn im dunklen Anzug sah, und sie mußte sich gestehen, daß wenige Männer so gut darin aussahen wie er. Er reichte ihr den Arm und führte sie zum Wagen. Tante Brigitte folgte ihnen mit stolzen, zärtlichen Blicken und dachte wie so oft:

Welch ein schönes Paar, sie sind wie füreinander geschaffen!

Sie schüttelte den beiden noch einmal kräftig die Hand, ihnen viel Vergnügen wünschend. Onkel Hermann winkte von der Veranda herüber mit dem Taschentuch, und sie winkten zurück.

Dann fuhr der Wagen davon. Er war offen, da es sehr warm und sonnig und doch nicht staubig war. Die Natur hatte noch etwas Frisches, Unverbrauchtes, wie man es nur im Frühling und Frühsommer oder nach Gewitterregen findet. Die ganze Welt schien in Blütenduft und Sonnenschein getaucht, so recht geschaffen, glücklichen Menschen die Freude am Dasein noch zu erhöhen.

Aber in den beiden jungen Herzen fand das alles keinen Widerhall.

Stumm und in sich gekehrt fuhr das junge Paar durch den Wald. Sie kamen an der Stelle vorüber, wo sie einander zuerst begegnet waren. Er starrte düster vor sich hin, und sie hätte weinen mögen, weinen ohne Unterlaß, so weh war ihr zumute.

In Buchenau war es schon den ganzen Morgen sehr lebhaft zugegangen. Frohes Scherzen und Lachen scholl durch das Haus.

Gleich nach dem Frühstück, während Susannas und Doras Eltern noch plaudernd auf der Terrasse zusammensaßen, gingen die Kusinen mit den Brüdern Heinzius zum Tennisspiel. Auf der großen Parkwiese war ein selten schöner Tennisplatz angelegt, der fast immer im Schatten lag, da er von hohen Bäumen umgeben war. Das Spiel begann.

Susanna und Hans waren aber wenig bei der Sache und hatten mehr verliebte Torheiten im Kopf. Sie erklärten nach einer Weile lachend, daß sie überhaupt keine Lust zum Spielen hätten.

»Wir gehen lieber ein wenig in dem Park spazieren, nicht wahr, Susi?« fragte Hans.

Susanna war sofort dabei, und Arm in Arm schlenderten sie davon.

Dora und Alexander spielten eine Weile ganz ernsthaft. Aber dann kam eine kleine Spielpause, und während derselben plauderten sie lebhaft miteinander. Dabei sahen sie sich aber so tief in die Augen, daß Doras Gesicht immer rosiger wurde, und schließlich rief sie verwirrt:

»Nun wollen wir aber weiterspielen!«

So begannen sie von neuem. Aber nun ging es gar nicht mehr so gut wie zuvor. Alexander Heinzius sah viel mehr auf Dora als auf die Bälle. Und zuweilen trafen die Augen mit einem kurzen, heißen Blick ineinander, so daß Dora immer verwirrter wurde.

Schließlich warf sie mitten im Spiel das Racket auf einen Schemel und sagte hastig:

»Nein – ich kann nicht mehr spielen – mir ist zu heiß.«

Alexander war zufrieden und trat rasch zu ihr heran. Er ergriff ihre weiße Golfjacke, die über dem Sessel hing, und wollte ihr beim Anziehen helfen.

Sie schüttelte den Kopf. »Mir ist ja so warm.«

»Eben darum müssen Sie die Jacke anziehen, gnädiges Fräulein, sonst erkälten Sie sich«, sagte er dringend.

Da ließ sie es geschehen. Und als er ihre Schultern dabei berührte, sah sie mit einem scheuen Blick zu ihm empor.

Sein kluges, energisches Gesicht hatte einen seltsam weichen Ausdruck.

»Gefällt es Ihnen in Buchenau?« fragte sie hastig.

Er sah ihr tief in die Augen. »Ich weiß es nicht.«

Sie machte erstaunte Augen und lachte verwirrt. »Sie wissen es nicht?«

»Nein.«

»Warum denn nicht?«

»Weil ich mich noch gar nicht umgesehen habe und überhaupt immer an etwas anderes denken muß.«

»An was denn?«

»An etwas Süßes, Liebes, was ich fassen und halten möchte.«

Sie wurde dunkelrot und wollte zur Seite blicken, aber sein Blick hielt sie zwingend fest.

»Warum tun Sie es nicht?« fragte sie leise.

Er lachte ein wenig. »Ja, warum tue ich es nicht? Ich bin ein rechter Tor. Schon einige Male war mir das Glück greifbar nahe – und ich faßte nicht danach. Jetzt soll es mir nicht wieder entwischen. Dem Mutigen gehört die Welt. Und mir lachen zwei liebe, blaue Augen; ein roter, süßer Mund lockt mich ohne Unterlaß. Wozu hat wohl der liebe Gott diesen roten Mund so schön geschaffen, wenn man ihn nicht küssen soll?«

Und ehe es Dora sich versah, hatte er sie in seine Arme genommen und preßte seine Lippen fest und innig auf die ihren.

Das war lieb und gefiel ihm sehr, deshalb wiederholte er es einige Male mit heißem Eifer. Dora hielt ganz andächtig still und ließ es geschehen. Endlich war sein erster Durst gestillt. Er hielt sie ein wenig von sich ab und lachte sie zärtlich an. »Mein süßer, blonder Schatz – nun möchte ich doch gleich mit dir in den Himmel hineinfliegen!«

»Wir haben aber kein Luftschiff«, neckte sie.

»Ach, das brauchen wir zwei doch nicht. Herrgott, wie ist das schön, wenn man so ein liebes Ding im Arm hat. Aber, sag mal, meine liebe, kleine Dora – was sollen nun deine Eltern dazu sagen, daß du dir so einen armen Schlucker, wie ich bin, zum Mann ausgesucht hast?«

Sie blickte mit schelmischer Wichtigkeit zu ihm auf und atmete tief und schwer. »Ja, was werden sie sagen? Das wird ein schlimmes Verhör werden. Vater wird sagen: ›Was ist denn der Schelm, der mir meine Tochter fortnehmen will?‹ Da werde ich antworten: ›Er ist ein ganzer Mann, der mir schrecklich imponiert, und das ist die Hauptsache.‹ Da wird Mutter sagen: ›Nein, das ist nicht die Hauptsache – die Hauptsache ist, daß ihr euch beide liebt von ganzem Herzen, von ganzer Seele und ganzem Gemüt.‹ Da sage ich denn: ›Mutter – so lieb ich ihn – nun frage ihn selbst, ob er mich auch so liebt – er hat es mir nämlich noch gar nicht gesagt.‹«

Er küßte sie wieder auf den lieben, roten Plaudermund und sagte innig: »So liebe ich dich, meine Dora – und du wirst es mir glauben. Aber ob mir deine Eltern auch glauben wollen? Wenn sie nun denken, ich hätte mir nur aus Berechnung eine reiche Braut ausgesucht?«

Sie umfaßte seinen Hals und legte ihre Wange an die seine. »Das werden meine Eltern nie glauben, Liebster. Sie wissen, daß so ein tüchtiger, zielbewußter und energischer Mann, wie du bist, nicht nach Geld zu sehen braucht. So weh würden mir meine Eltern gar nicht tun. Und ich werde ihnen sagen, daß ich furchtbar stolz auf dich bin. Sie wissen schon, daß ihre Dora ihr Herz nur an einen Mann wegschenkt, der es wert ist.«

Er preßte sie fest an sich. »Herzlieb, du bist ein goldiges Geschöpf, und so wahr ich ein ehrlicher Mann bin – ich hab' dich innig lieb und hoffe, daß ich dich glücklich machen kann.«

So standen sie noch lange, Arm in Arm, und sahen sich glücklich an und küßten sich.

Die Vögel sangen um sie her, als wollten sie der Welt verkünden, daß sich wieder ein junges Menschenpaar in Liebe gefunden hatte.

Und sie merkten nicht, daß Hans und Susanna wieder zum

Tennisplatz zurückkehrten. Lachend sahen die auf das innig umschlungene Paar.

»Sagt mal, ihr beiden, bildet ihr euch vielleicht ein, daß ihr aufmerksamer Tennis spielt, als wir zuvor?« fragte Susanna.

Die Liebenden fuhren auseinander. Alexander drohte Susanna mit dem Finger. »Kleine Schwägerin – du bist schuld an dem ganzen Unglück, das hier geschehen ist. Du bist uns mit einem guten Beispiel vorangegangen. Im übrigen finde ich es sehr grausam von euch, uns zu stören. Ich gab dieser jungen Dame hier nur einen Kursus in Treffsicherheit.«

»Diesen Kursus werde ich meiner Braut auch gleich geben!« rief Hans lachend, und er führte seinen Vorsatz sofort aus, bis sich Susanna aus seinen Armen riß und lachend davonsprang. Hans eilte ihr nach.

Alexander und Dora aber schritten, Hand in Hand, langsam hinter ihnen her.

Susannas Eltern hatten sich in ihre Zimmer zurückgezogen. So saßen Doras Eltern allein auf der Terrasse. Dora zog Alexander vor die Eltern hin.

»Liebster Vater – liebste Mutter – der da – das ist mein Bräutigam – und wir bitten um euern Segen«, sagte sie kurz und bündig.

Und dann umschlang sie die beiden, die von ihren Sitzen emporfuhren, mit beiden Armen, küßte sie halb lachend, halb weinend, und sagte, mit ihrer Rührung kämpfend:

»Ihr braucht gar nichts weiter zu sagen als Ja und Amen.«

Auch die Eltern waren sehr bewegt.

Frau Sanders hatte ihren Tränen nicht gebieten können. Nun umfaßte sie die beiden jungen Leute zugleich, und dann stieß sie ängstlich hervor: »Aber im Luftschiff darf meine Dora nicht fliegen, das ist meine Bedingung!«

Da mußten sie alle lachen.

Der alte Herr legte seine Hand auf Alexanders Arm. »Jetzt wollen wir beiden Männer erst einmal ein vernünftiges Wort miteinander reden – komm, mein Sohn!«

15

PÜNKTLICH TRAFEN LOTHAR und Diana in Buchenau ein. Sie wurden von allen Seiten herzlich begrüßt. Dora umarmte Diana stürmisch. Sie versagte es sich, Diana schon jetzt ihre Verlobung zu verkünden. Nur flüsterte sie ihr zu:

»Ach, Diana – ich bin so glücklich, daß ich nicht weiß, ob ich lachen oder weinen soll.«

Diana ahnte nun freilich, was geschehen war, aber sie sprach es nicht aus.

Alexander Heinzius hatte Diana sehr herzlich begrüßt, und sie lächelte ihm so herzlich zu, daß Lothar es dann nur mit großer Mühe über sich brachte, Alexanders frohe Begrüßung, äußerlich wenigstens, in gleicher Weise zu erwidern. In seinem Herzen kämpfte dabei die wildeste Eifersucht mit der alten Freundschaft.

Herr Sanders hatte Diana zu Tisch geführt. Diana gegenüber saß Lothar, an der Seite der Hausfrau, die anscheinend ein wenig erregt war und nicht sehr aufmerksam seinen Worten zuhörte. So konnte sich Lothar ziemlich ungestört in den Anblick seiner schönen, jungen Frau versenken, die eifrig mit dem Hausherrn plauderte.

Zu seiner geheimen Befriedigung saß Alexander Heinzius ziemlich weit von Diana entfernt, an der Seite der Tafel, wo er selbst saß. Aber er bemerkte voll Bitterkeit, daß Diana oft mit leuchtenden Blicken hinübersah, dazu mit einem – ach, so süßen Lächeln! Daß diese Blicke, dieses Lächeln ihrer Freundin Dora galten, die glühend und blühend neben Alexander saß, wußte er nicht. Und dann erhob sich der Hausherr, schlug an sein Glas und wartete, bis Ruhe eingetreten war.

Wieder sah Lothar, daß Diana einen Blick heimlichen Einverständnisses nach der Richtung hinübersandte, wo Alexander saß, und er wäre am liebsten aufgestanden und davongelaufen.

Herr Sanders wandte sich nun erst mit den üblichen Worten an seine Gäste und erst, als er diese willkommen geheißen hatte, verkündete er in kurzen, schlichten Worten die Verlobung seiner Tochter mit Dr. Alexander Heinzius.

Lothar hatte unverwandt Dianas Gesicht betrachtet, da sie die Augen gesenkt hielt. Mit seltsamen Empfindungen vernahm er nun, daß sich sein Freund Alexander Heinzius, den er für seinen Nebenbuhler hielt, mit Dora Sanders verlobt habe.

Und ein Glücksgefühl ohnegleichen erfüllte ihn, als Diana jetzt wieder schelmisch da hinüberblickte, wo Alexander und Dora saßen. Sie schien auch gar nicht überrascht zu sein über diese Verlobung und jedenfalls gar nicht betrübt oder betroffen.

Die zwiespältigsten Gefühle tobten in Lothars Brust. Was hatte er sich alles eingebildet, wie sehr hatte er sich mit diesen Einbildungen gemartert! Er sah nun alles in einem anderen Licht und konnte nicht mehr verstehen, daß er sich so namenlos mit diesem Hirngespinst gequält und gepeinigt hatte.

Wenn ich mich aber in diesem Punkt täuschte – kann ich mich da nicht auch in allem andern getäuscht haben? Ist es nun nicht überhaupt zweifelhaft, daß Diana sich gesehnt hatte, von mir freizukommen? Am Ende wäre es mir dennoch möglich, sie noch zu erringen?

Und dieser Gedanke, diese Hoffnung berauschte ihn schon derartig, daß er so lebhaft und heiter wurde, wie ihn Diana noch nie gesehen. Das machte sie aber nur wieder furchtbar traurig und reizte sie, sich zu quälen.

Wie froh er ist, nun er der Fesseln bald ledig sein wird, die ihn an mich binden! Er ist seit gestern ein ganz anderer Mensch . . .

Und auch als Lothar sich nun einige Male mit herzlichen Worten und Blicken an sie wandte, dachte sie nur gequält: Nun er mir gesagt hat, daß er frei sein will, kostete es ihn keine Überwindung mehr, freundlich wie ein guter Bruder zu mir zu sein.

Nach Tisch wurde auf der Terrasse der Mokka serviert, und die lustige Stimmung hielt an. Nur Diana wurde im Herzen immer trauriger, als sie ringsum die glücklichen Gesichter sah.

Sie hatte sich in einen Rohrsessel niedergelassen. Lothar stand hinter ihr und fragte sie zärtlich besorgt, ob ihr nicht zu kühl sei.

Sie schüttelte nur den Kopf. Seine zärtliche Besorgnis tat ihr weh.

Aber sie zwang sich zur Heiterkeit.

Dora trat lächelnd zu den beiden heran und küßte Diana.

»Du siehst heute wieder aus wie ein schöner Frühlingstraum, Diana. Finden Sie nicht auch, Herr von Steinach?«

Lothar verneigte sich. Ehe er aber antworten konnte, erwiderte Diana hastig und etwas spöttisch:

»Dich hat die Liebe ganz poetisch gemacht, mein Blondchen.«

Dora lachte. »Ach, da müßte ich es doch schon lange sein. Du weißt doch sehr wohl, daß meine Liebe nicht erst heute mit meiner Verlobung angefangen hat.«

Diana lachte. »Nein, da ich dies Ereignis schon seit unserm letzten Berliner Aufenthalt voraussah, kannst du nicht verlangen, daß ich überrascht sein soll.«

Dora sah lächelnd in Lothars gespanntes Gesicht.

»Ja, ja, Herr von Steinach, wir beide, Diana und ich, haben keine Geheimnisse voreinander. Nur gibt es einen Punkt in ihrem Herzen, den auch ich nicht mit Worten berühren darf.«

Diana sprang zitternd, mit flammendem Gesicht empor.

»Dora – ich bitte dich – schweig!«

Das klang wie in heißer Angst.

Dora sah erschrocken in ihr Gesicht und faßte ihre Hand.

»Aber Diana – das ist doch selbstverständlich, daß ich schweige«, sagte sie beruhigend.

Diana zog die Freundin hastig mit sich fort, weit abseits von den anderen. Lothar sah ihnen mit einem seltsam unruhigen Ausdruck nach. Aber er blieb stehen und sprach mit Alexander, der zu ihm trat.

In seinem Geist stand es jedoch fest: Er mußte mit Dora sprechen, um jeden Preis!

Endlich gelang es ihm, sie von den andern zu isolieren.

»Mein gnädiges Fräulein, dürfte ich Sie wohl einige Minuten um Gehör bitten?« fragte er hastig.

»Gewiß, Herr von Steinach. Womit kann ich Ihnen dienen?«

»Bitte, begleiten Sie mich zu jener Blumenrabatte. Wir wollen uns den Anschein geben, als betrachteten wir dieselbe. Ich möchte nicht, daß jemand ahnt, daß ich Sie etwas sehr Wichtiges zu fragen habe.«

Dora sah sich um. Alexander und Diana saßen mit Susanna und Hans zusammen und plauderten sehr lebhaft. Man würde sie jetzt nicht vermissen. Die alten Herrschaften saßen in beschaulicher Ruhe im Zimmer.

Es beobachtete niemand, daß sie sich entfernten. Lothar ging schweigend neben Dora her, bis sie vor der Rabatte standen. Dann sagte er dringend, mit bleichem Gesicht und erregter Miene:

»Mein gnädiges Fräulein, ich bitte, ich beschwöre Sie – sagen Sie mir, welchen Punkt es im Herzen meiner – meiner Frau gibt, der auch von Ihnen nicht berührt werden darf.«

Dora zuckte betreten mit den Achseln. »Es tut mir leid, Herr von Steinach – das kann ich – darf ich nicht.«

»Auch dann nicht«, drängte er, »wenn ich Ihnen sage, daß es vielleicht in Ihrer Hand liegt, dem Schicksal zweier Menschen eine günstige Wendung zu geben?«

Sie wurde unsicher und unruhig. »Ich müßte ja Dianas Vertrauen mißbrauchen, müßte indiskret sein.«

Er atmete tief und schwer. »Ich erkenne, daß ich eine kühne Bitte an Sie stelle. Und dennoch – ich kann Ihnen nicht sagen, wie dankbar ich Ihnen für eine solche Selbstüberwindung sein würde. Bedenken Sie doch – Sie vertrauen keinem Fremden an, was Sie allein zu wissen scheinen.«

Dora sah erregt in sein blasses, unruhiges Gesicht, in seine flehenden Augen. Eine Ahnung stieg in ihr auf, daß dieser Mann Diana unmöglich mit dem lauen Gefühl brüderlicher Liebe gegenüberstehen konnte. Sie bedachte sich einen Augenblick, dann warf sie entschlossen den Kopf zurück.

»Herr von Steinach – das, was Sie wissen möchten, kann ich Ihnen ohne schweren Vertrauensbruch nicht verraten, aber mir ist so seltsam – als könnte ich etwas sehr Trauriges verhüten – wenn ich in Nebendingen ein wenig schwatzhaft wäre, obwohl das sonst meine Art nicht ist. Sie sehen mir wirklich in diesem Augenblick nicht so aus, als ob Ihnen Diana gleichgültig wäre. Vielleicht liegt da irgendwo ein Irrtum – manches Menschen Glück ist schon an einem kleinen Irrtum gescheitert. Vielleicht begehe ich aber auch eine Torheit, wenn ich Ihnen sage, was ich gern sagen möchte.«

Er sah sie flehend an. »Sprechen Sie – bitte sprechen Sie; für jedes Wort danke ich Ihnen von ganzem Herzen. Diana und ich – wir sind in einer so seltsamen Lage. Und ich habe nicht den Mut, diese Lage durch ein rasches Wort zu klären, weil ich fürchte, Diana wider ihren Willen in einer Situation festzuhalten, die sie, nach meiner Ansicht, bedrückt. Was Sie mir auch sagen werden – wenn es so oder so zu einer Klärung zwischen uns führen könnte, würden Sie nicht nur mir, sondern sicher auch Diana eine große Wohltat erweisen.«

Dora zögerte noch einen Augenblick, dann sah sie ihn ernst und entschlossen an.

»So helfe Gott, daß ich keine Dummheit mache. Also hören Sie, was ich Ihnen sagen darf: Diana hat mir vorhin mitgeteilt, daß ihre Ehe geschieden werden soll. Sie glaubt, daß Sie wieder nach Afrika zurückgehen werden. Und wenn Sie das tun – ach – gleichviel, ob Sie dorthin oder sonstwohin gehen – wenn Sie von Diana fortgehen – dann wird sie sehr – sehr unglücklich sein, das weiß ich.«

Er drückte krampfhaft ihre Hand, und sein Gesicht zuckte in furchtbarer Erregung.

»Ist das wahr – mein gnädiges Fräulein – ist das wahr – nicht nur eine vage Vermutung von Ihnen?« stieß er heiser hervor.

»Es ist wahr!« bestätigte sie, nun selbst sehr erregt.

»Danke, innigsten Dank für diese Worte, mein gnädiges Fräulein. Ich hoffe, daß Sie damit mein und Dianas Glück begründet haben.«

Sie seufzte und sah ihn mit feuchten Augen an.

»Wenn ich das glauben dürfte . . .«

»Ich hoffe, Sie bald davon zu überzeugen. Aber bitte – jetzt betrachten Sie diese Blume genau und interessiert – Diana sieht zu uns hinüber. Und sie darf um keinen Preis ahnen, was Sie mir jetzt gesagt haben. Nicht wahr – bis morgen bleibt diese Unterhaltung Geheimnis zwischen uns?«

»Mein Wort darauf, Herr von Steinach.«

»Ich danke Ihnen. Und nun gestatten Sie mir, daß ich Sie wieder zurückführe. Wie ich sehe, kommt uns Ihr Bräutigam entgegen.«

Gleich darauf trafen sie mit Alexander zusammen.

Lothar hatte, so sehr es ihn auch nach der Unterredung mit Dora danach gelüstete, mit Diana allein zu sein, doch einige Stunden in Buchenau ausgeharrt.

Aber dann drängte er zur Heimkehr. Das junge Paar wurde zwar von allen Seiten gebeten, auch den Abend noch in Buchenau zu verbringen, und Diana hätte sich wohl dazu bereden lassen, aber Lothar ließ sich nicht zurückhalten.

»Der Abend gehört meinen Eltern, meine Herrschaften; ich möchte sie nicht gern noch länger allein lassen. Nicht wahr, Diana – wir fahren jetzt heim?« sagte er bestimmt.

Die junge Frau bejahte bereitwillig, da er sie an die Eltern mahnte. Sie hatte eigentlich nur für ein längeres Bleiben gestimmt, weil sie sich vor der Heimfahrt, vor dem Alleinsein mit Lothar fürchtete. Sonst lag ihr nicht viel daran, in der frohen Gesellschaft zu bleiben, in der es nur glückliche Menschen gab.

So verabschiedete sich das Paar nun schnell und anscheinend in heiterster Stimmung. Diana wiederholte eine bereits vorgebrachte Einladung: Sanders' möchten mit ihren Gästen am zweiten Pfingsttag zu einem Souper nach Dorneck kommen. Diese Einladung wurde vergnügt angenommen.

Lothar preßte Doras Hand beim Abschied fest und warm in der seinen und flüsterte ihr zu: »Beten Sie für mich, mein gnädiges Fräulein.«

Dora erwiderte den Druck seiner Hand so fest sie konnte. »Das will ich tun«, antwortete sie leise. Dann umarmte sie Diana herzlich und sagte mit halberstickter Stimme:

»Viel Glück auf den Weg, meine Diana.«

Die ganze Gesellschaft begleitete das junge Paar bis zum

Wagen, und es gab noch eine Weile ein herzliches, lustiges Durcheinander, bis der Wagen endlich davonfuhr.

Bis zuletzt hatte Diana vermocht, eine heitere Miene zu zeigen. Nun lehnte sie sich blaß und erschöpft in den Fond zurück.

Lothar saß eine Weile stumm, mit seiner Erregung kämpfend, an ihrer Seite. Er war fest entschlossen, jetzt gleich eine offene Aussprache, ohne allen Hinterhalt, herbeizuführen, um Klarheit in ihr Verhältnis zu bringen.

Verstohlen sah er seine junge Frau von der Seite an. Das süße, blasse Gesicht erschien ihm nie schöner als jetzt, mit dem unverkennbaren Leidenszug im Gesicht. Sie glaubte sich unbeobachtet und war so in ihre wehen, traurigen Gedanken versunken, daß sie vergaß, das Lächeln festzuhalten.

Endlich richtete er sich entschlossen auf. Der Weg würde in einer Stunde zurückgelegt sein – diese Stunde mußte er nützen.

»Bist du sehr müde, Diana?« fragte er leise.

Sie blickte ihn, aus ihren Gedanken emporschreckend, an. »Nein. Warum fragst du danach?«

»Weil ich etwas mit dir besprechen möchte, wenn du fähig bist, mich anzuhören.«

Sie schloß einen Moment wie in hilfloser Furcht die Augen, glaubte sie doch, er wolle ihr Vorschläge zu ihrer Trennung machen. Am liebsten hätte sie ihn gebeten: Laß mich mit allen Einzelheiten zufrieden, beschließe, was du willst – nur quäle mich nicht mit diesen Besprechungen, die mich so bitter leiden machen.

Aber so durfte sie nicht sprechen, wenn sie nicht verraten wollte, wie es in ihr aussah. So sah sie starr vor sich hin und sagte kurz:

»Sprich nur – ich bin nicht müde.«

Lange sah er sie forschend an. Dann sagte er langsam, mit mühsam beherrschtem Ton: »Ich muß noch einmal auf das zurückkommen, Diana, was wir gestern auf unserm Heimritt besprachen. Ich versprach dir, die Bande zu lösen, die dich an mich fesseln. Was es mich gekostet hat, dir das zu sagen – das weiß nur ich allein. Aber mein Wort darauf – gleich nach dem

Fest wollte ich zum Notar, um alles mit ihm zu besprechen. Nun ist aber etwas geschehen – das mir gezeigt hat, daß ich unter einer falschen Voraussetzung – einem inneren Zwang folgend – mich erboten habe, dich freizugeben.«

Sie wandte ihm langsam ihr blasses, zuckendes Gesicht zu. »Was meinst du? Von welcher Voraussetzung bist du ausgegangen?«

Er sah ihr mit einem so seltsamen Blick in die Augen, daß sie erzitterte und ihr die Glut ins Gesicht schoß.

»Das will ich dir offen sagen, Diana, denn wie ich jetzt die Dinge ansehe, ist eine ganz offene Aussprache zwischen uns nötig. Ich war durch deine Briefe und durch die Art, wie du von Alexander Heinzius sprachst, zu der Vermutung gekommen, daß du ihn liebtest, und daß du deshalb deine Freiheit zurückerlangen möchtest. Ich glaubte, du zögertest nur, mir dies zu sagen, weil – du mir nicht weh tun wolltest.«

Sie preßte die Hände zusammen und sah ihn mit umflorten Augen an. »Dir nicht weh tun?« fragte sie fassungslos, verständnislos.

Er atmete tief auf und legte seinen Hut auf den Rücksitz, weil ihm zu heiß wurde, da jetzt der Wagen geschlossen war.

»Ja, Diana. Ich weiß doch, welch ein edles, gütiges Herz du hast. Ich glaubte, du habest mir ins Herz geblickt, wüßtest, wie – aber nein – erst will ich noch eine Frage an dich richten und bitte dich dringend, sie mir ehrlich zu beantworten. Gibt es einen Mann, dem du angehören möchtest, so daß du dich seinetwegen nach deiner Freiheit sehnst?«

Sie schüttelte leise den Kopf.

»Ich habe dir doch versprochen, daß ich meine Freiheit fordern würde, wenn sie mir wünschenswert erscheinen würde.«

»So ist dein Herz noch frei, du liebst keinen anderen?« fragte er hastig, und diese Frage brach wie ein Schrei aus seiner Brust.

Sie schloß zitternd die Augen.

»Nein – ich liebe keinen anderen«, erwiderte sie tonlos.

Da faßte er ihre Hände. »Diana – ach Diana! So wäre nicht alle Hoffnung für mich verloren, ich käme noch nicht zu spät, wenn ich versuchen wollte, deine Liebe zu erringen? Ich liebe dich, Diana, liebe dich mit aller Innigkeit, deren ich fähig bin. Schon durch deine Briefe – nein – schon durch dein großherziges Opfer hast du mich damals an dich gefesselt. Mehr und mehr wichen die ruhigen brüderlichen Gefühle, die ich für dich hegte, einer tiefen Neigung. Und als ich dich dann in deiner ganzen Schönheit und Anmut vor mir sah, da wußte ich es vom ersten Augenblick an, daß ich dich liebte und dich mit aller Glut einer heißen Liebe in Wirklichkeit zur Frau begehrte, wie du es bisher nur dem Namen nach warst. Aber ich hatte zugleich mit meiner Liebe den Keim zur Eifersucht gegen Alexander Heinzius mit heimgebracht, und ich glaubte, du liebtest ihn. Da verschloß ich mein Herz, so fest ich konnte, denn ich hatte dir gelobt, dich nicht zu halten gegen deinen Willen. Und so lebte ich seit meiner Heimkehr in einem fortwährenden Kampf gegen das Gefühl, das mich immer mächtiger zu dir zog. Ich sagte mir täglich: Du mußt sie freigeben! Und doch vermochte ich es nicht, es zu tun. Ich zitterte vor der Stunde, da du deine Freiheit fordern würdest, und glaubte, du hättest es nur noch nicht getan, weil du meinen Zustand erkannt hattest und mir nicht weh tun wolltest. Dann kam gestern dein kleiner Unfall mit dem Pferd. Ich hielt dich in meinen Armen, an meinem Herzen, Diana, das erstemal. Da verlor ich einen Moment all meine Selbstbeherrschung – und ich küßte deinen Mund. Hast du es gefühlt, Diana? Zürntest du mir? – Als ich dich auf das Pferd hob, weintest du. Deine Tränen fielen auf meine Hand, und ich war sehr unglücklich und elend, weil ich annahm, du weintest darüber, daß du mir deine Liebe zu einem anderen bekennen mußtest. Ich rang mich zu einem Entschluß durch – und sagte dir selbst – unter tausend Schmerzen, daß du frei sein solltest. Das war gestern, Diana – und heute erfuhr ich nun, daß ich mich mit einem Phantom gequält – und du sagst mir, daß dein Herz noch frei ist. Und nun vermag ich es nicht mehr, dich ohne Kampf freizugeben. Laß mich versuchen, ob ich dein Herz nicht erringen kann, laß mich um dich werben in treuer, inniger Liebe. Sag mir – ist es zu spät für mich? Ich kann dich nicht lassen, Diana – ich kann es nicht.«

Wie ein heißer Strom brach das alles über seine Lippen. Er

hatte ihre Hände nicht aus den seinen gelassen und drückte sie immer wieder an sich, sie mit Küssen bedeckend. Nun sah er ihr flehend ins Gesicht.

Diana saß wie im Traum und rührte sich nicht, weil sie fürchtete, zu erwachen. Mit weitgeöffneten Augen sah sie vor sich hin – wie in ein goldenes Wunderland. Sie zitterte so stark, daß er es fühlte, und das erregte ihn noch mehr.

»Diana – hast du kein Wort für mich?« flehte er mit heißer Innigkeit.

Da löste sie ihre Hände rasch aus den seinen, schlug sie vor das Antlitz. Ein krampfhaftes Schluchzen erschütterte ihren Körper, und sie weinte, als ob sich dadurch alle Qual, alle Pein der letzten Tage auflösen sollte.

Er erschrak. Die frohe Ahnung, die Doras Worte in ihm geweckt hatten, erlosch. Bestürzt sah er sie an. »Diana – um Gottes willen – verzeih mir – habe ich dir weh getan? Ich konnte nicht anders, als dir sagen, wie sehr ich dich liebe, du bist so schön, so hold – nichts trennt mich von dir als dein Wille. Sei ruhig – nicht ohne deinen Willen werde ich dich halten. Weine doch nicht. Sag mir doch ein Wort, ob ich hoffen darf, laß mich nicht verharren in dieser martervollen Pein«, bat er, außer sich.

Da richtete sie sich empor und ließ die Hände sinken. Und ihn mit ihren großen, schimmernden Augen voll heißer Innigkeit anblickend, sagte sie leise:

»Du fragst mich, ob du nicht zu spät kommst, um dir meine Liebe zu erwerben. Ja, Lothar – ja – viel zu spät – denn – ich liebe dich schon lange, lange, und mein Herz gehört dir allein.«

Da umfaßte er sie rasch mit beiden Armen und stöhnte auf, als müsse er damit alles Quälende aus seiner Brust herauslassen.

»Diana – Diana – ist das wahr, darf ich es glauben?«

Sie sah mit dem hinreißenden Lächeln, das so voll Süßigkeit sein konnte, zu ihm auf, und ihre Augen strahlten, als sei die Sonne darin gefangen.

»Ich liebe dich – ich liebe dich!« rief sie, sich in scheuer Glut in seine Arme schmiegend.

Und sie zitterte vor Erregung, so daß er sie fest an sich preßte.

»Liebe, Süße – meine Frau – meine holde süße Frau«, flüsterte er und küßte ihren zuckenden Mund, ihre Wunderaugen, die weiße Stirn und das duftende, schimmernde Haar.

Dann nahm er ihre Hände, küßte sie und bedeckte damit seine Augen, daß sie die heiße Glut darin nicht erschrecken sollte.

So saß er eine Weile, dann preßte er sie von neuem an sich und sagte aufatmend: »Wie haben wir uns nutzlos gequält, meine Diana? Auch du hast gelitten! Wie mache ich es nur gut?«

»Hab' mich lieb – halte mich fest – daß ich fühle, daß es kein Traum ist«, bat sie leise.

Lachend und glückselig bedeckte er das geliebte Gesicht mit Küssen.

»Du – du – mein Lothar – mein Lothar«, flüsterte sie selig und umschlang ihn mit ihren weißen Armen.

Er sah entzückt und berauscht in ihre Wunderaugen, und sein sonst so ruhiges, fast strenges Gesicht war wie durchleuchtet von Glück.

»Aber nun weißt du es, Süße. Nun weißt du, daß das Weib dem Mann ihrer Liebe angehört mit Leib und Seele, jetzt weißt du, welches Recht mir deine Liebe über dich gibt, ja?«

Sie barg erschauernd das Gesicht an seiner Brust, und er hielt sie fest an seinem Herzen, daß sie es laut und stark schlagen hörte.

Er hob ihr Gesicht wieder zu sich empor und sah ihr tief in die Augen, daß sie meinte, vor Seligkeit vergehen zu müssen.

»Oh, ich werde eifersüchtig darüber wachen, daß du mir mit jedem Atemzug gehörst – jetzt, da ich deiner Liebe gewiß bin, kann ich nicht mehr bescheiden sein. Ich fordere dich ganz als mein Eigentum, so wie ich dir gehöre mit meinem ganzen Sein. Du bist mein – mein bis in alle Ewigkeit«, flüsterte er. Seine Lippen preßten sich auf die ihren, daß ihr die Sinne vergingen. Zitternd vor Seligkeit lag sie in seinen Armen, und ihr Herz war voll Jubel und Wonne.

Willenlos ließ sie den Sturm seiner Zärtlichkeit über sich

dahinbrausen. Der sonst so ruhige, ernste Mann war wie verwandelt. Alles, was er in den fünf Jahren mühsam bezwungen und gebändigt hatte, drängte nach einem Ausbruch. Er war wie berauscht, und doch vergaß er auch jetzt nicht die Zartheit des Empfindens, die ein echter Mann stets der Geliebten entgegenbringt. Er behielt sich noch immer in der Gewalt.

Sie hatten nicht auf den Weg geachtet und fuhren beide wie verträumt empor, als der Wagen vor dem Dornecker Herrenhaus hielt.

Auf seinen Armen trug er sie die breite Freitreppe empor ins Haus. Und so trug er sie, fest an sich gepreßt, bis ins Wohnzimmer, wo seine Eltern ihrer harrten.

»Vater – Mutter, – da bringe ich euch mein Glück!« rief er mit strahlenden Augen, ließ Diana sanft und sorglich in einen Sessel neben des Vaters Rollstuhl gleiten und kniete neben ihr nieder, sie innig umfassend.

Schweigend, zutiefst ergriffen, sahen die Eltern das junge Paar an, dem das lachende Glück aus den Augen strahlte. Frau Brigitte würgte vergeblich die Tränen herab, sie brachen schließlich doch aus den Augen, und Onkel Hermanns Hände legten sich wie segnend auf die beiden jungen Köpfe.

»Gott sei Dank, meine Kinder, daß er euch zusammengeführt. Ich habe voll frohen Mutes darauf gewartet, denn ich erkannte längst, daß ihr einander liebtet. Aber seit gestern war ich unruhig – ich fühlte, daß etwas nicht so war, wie es sein sollte«, sagte er weich.

Lothar preßte Dianas Wangen an die seinen.

»Ja, Vater, es war nahe daran, daß wir uns für immer verloren. Unsere Herzen waren in einem schweren Irrtum befangen, und wenn es heute in Buchenau nicht ein neues, glückliches Brautpaar gegeben hätte – und eine junge Braut, die mir einen kleinen Fingerzeig gegeben hätte, daß ich mich auf falschem Weg befand, wer weiß, was dann geschehen wäre.«

Diana sah ihn fragend an. »Dora?«

Er lächelte. »Ja, Diana – Dora Sanders hat mir auf meine Bitte verraten, daß du sehr unglücklich sein würdest, wenn ich wieder nach Afrika gehen würde.«

»Nach Afrika – Junge? Du wolltest wieder weg von uns?« rief seine Mutter entsetzt.

Er nickte. »Ja, Mutter, wenn ich Diana hätte freigeben müssen, wäre ich nicht hiergeblieben – ich hätte sie dann nicht wiedersehen dürfen. Aber sag, Diana, woher wußtest du, daß ich wieder nach Afrika wollte? Ich hatte doch noch zu keinem Menschen davon gesprochen.«

Sie sah ihn schelmisch lächelnd an und flüsterte: »Ich war auch eifersüchtig auf die Farmerstöchter – und dachte, du hättest dein Herz da unten gelassen.«

Da sprang er auf und lachte glücklich. »Wir Toren – wir Toren!« rief er.

Dann zog er Diana mit sich fort in ein Nebenzimmer. »Liebe Eltern – wir haben uns noch so viel zu sagen – ruft uns nur, wenn es zu Tisch geht. So lange wollen wir hier drüben bleiben.«

Lächelnd nickten die Eltern.

Lothar und Diana saßen im Nebenzimmer innig aneinandergeschmiegt, küßten sich und machten Pläne für die Zukunft.

16

GLEICH AM NÄCHSTEN Morgen schickten Lothar und Diana einen Boten an Dora Sanders mit einem herrlichen Rosenstrauß und einer Karte.

Darauf stand: »Der treuen Helferin zum Zeichen, daß sie das Glück zweier Menschen hat begründen helfen.

Ein glückliches Paar.«

Dora jubelte, als sie das gelesen hatte. Am zweiten Pfingsttag war dann die ganze Gesellschaft in Dorneck versammelt, und da gab es nur frohe und glückliche Menschen.

Schon am nächsten Tag reiste das junge Ehepaar von Dorneck ab. Sie unternahmen jetzt erst ihre Hochzeitsreise, die sie einige Monate von Dorneck fernhalten würde.

Inzwischen nahm Frau Brigitte mit freudiger Energie noch einmal alle schweren Pflichten auf sich. Nach Lothars Rückkehr sollte sie dann mehr Ruhe bekommen.

Im Dornecker Herrenhaus wurden nun lange verschlossen gehaltene Räume wieder geöffnet, gelüftet und zum Teil neu ausgestattet. Diese Räume, die Dianas Eltern bewohnt hatten, sollten dem jungen Paar zur Wohnung dienen.

Erst Mitte September kehrten Lothar und Diana von ihrer Hochzeitsreise zurück.

Kurze Zeit darauf fand Doras Vermählung mit Alexander Heinzius statt. Susanna war schon im August Hans Heinzius' Frau geworden, und auch diese beiden glücklichen Menschen waren wieder in Buchenau. Es kamen auch sonst all die lieben Freunde zu diesem Fest nach Buchenau; Dr. Haßler mit seiner Frau Hilde und Hauptmann Kroner fehlten auch nicht.

Diana und Dora hielten auch als junge Frauen innige Freundschaft miteinander. Im Winter gingen die beiden jungen Paare regelmäßig einige Wochen nach Berlin, um sich geistige Anregung zu verschaffen.

Und da merkte Lothar erst, wie man Diana feierte und bewunderte. Aber er war nicht eifersüchtig, wußte er doch, daß sie ihm gehörte mit jedem Gedanken, jedem Atemzug. Seine strahlenden Augen hingen dann in freudigem Stolz an seiner schönen jungen Frau, die ihn täglich von neuem entzückte und beseligte.

Onkel Hermann und Tante Brigitte führen ein beschauliches Dasein und sonnen sich im Glück ihrer Kinder. Tante Brigitte läßt immer noch manch kräftiges Donnerwetter los, wenn sie einer Nachlässigkeit auf die Spur kommt. Aber das gehört zu Dorneck wie das helle, heilige Glück, das der jungen Herrin von Dorneck aus den Augen lacht und einen Widerschein findet in den ernsten Augen ihres Lothars.

Band 12695

Hedwig Courths-Mahler

Ich darf dich nicht lieben

Roman um zwei Menschen, die ein bitteres Schicksal trennt

Vor dem Portal hat die Dienerschaft Aufstellung genommen, um die neue Herrin des Schlosses willkommen zu heißen. Lächelnd dankt die junge Gräfin für die Begrüßung. Aber als sie dann in ihren Zimmern allein ist, sinkt sie verzweifelt in einen Sessel und sieht sich mit leeren Augen um. Was soll ich hier? denkt sie. Nie wird mir dieses Haus eine Heimat sein. Jetzt bin ich die Frau eines Mannes, den ich nicht liebe. Und den anderen, dem mein Herz gehört, darf ich nicht lieben...

BASTEI LÜBBE

Band 12746

Cheryl Potter

Die Tochter der Hexe

1664 - 1666. Jahre der Seuchen, der Flammen, des Aberglaubens. Die junge Schäferin Katherine Gurney ist die Tochter einer Hexe, die hingerichtet wurde. Von der Mutter ererbt, schlummern übersinnliche Kräfte in ihr. Und dann kommt er plötzlich, der listenreiche Francis Borri, ein abtrünniger Priester mit magischer Suggestivkraft. Er will sie benutzen, so, wie er zuvor andere benutzt hat - in seinem brutalen Streben nach Reichtum und Macht. Mühelos zieht er sie in seinen Bann. In einer von Männern, grausamer Unterdrückung und wilder Rachsucht beherrschten Welt, die neun Millionen »Hexen« auf dem Scheiterhaufen verbrannte, muß sie mit ihrem Kind ums Überleben kämpfen ...

Band 12741

Marie Louise Fischer

Die Aussteigerin

Eine geschiedene Frau startet mutig in ein neues Leben

Was bleibt einer Frau in der Mitte des Lebens, die in Scheidung lebt, zwei halbwüchsige Kinder hat sich von Männern und ehemaligen Freundinnen unverstanden fühlt, einer Frau, die so wie bisher nicht weiterleben will? Gerda Keppler versucht einen Weg für sich zu finden. Finanziell durch ihren Ex-Mann abgesichert, wagt sie einen völligen Neubeginn, indem sie einen Bauernhof pachtet und eine Biogärtnerei eröffnet – ein Schritt, der ihr viele Schwierigkeiten, aber auch einen neuen Freund einbringt: einen Mann, der ganz anders ist als die Männer, die Gerda bisher gekannt hat…

BASTEI LÜBBE

Band 12770

Hedwig Courths-Mahler

Scheinehe

Anna Maria ist die Adoptivtochter des reichen Heinrich Malten. Seit er an einer schweren Krankheit dahinsiecht, pflegt sie ihn aufopferungsvoll und vertraut ihm auch eines ihrer Herzensgeheimnisse an: Sie hat sich in Ernst Hellmut, einen Neffen von Heinrich Malten, verliebt, ohne daß dieser etwas davon ahnt.
Aus der Testamentseröffnung nach Heinrich Maltens Tod geht hervor, daß Anna Maria und Ernst Hellmut das Vermögen zu gleichen Teilen erben sollen – allerdings nur, wenn sie heiraten. Der überraschte junge Mann verspricht, ihr ein guter Freund zu sein, ohne wahre Liebe in seinem Herzen zu empfinden. Ist ihrer Ehe von vornherein kein Glück beschieden?

BASTEI LÜBBE